国家社会科学基金项目

"新时期小说与影视传媒关系研究"（项目编号：10XZW004）

新时期小说与影视传媒

李红秀 著

小说叙事与影像叙事
《天云山传奇》的时代变迁与命运沉浮
《背靠背，脸对脸》的分裂人格与灰色现实
戏谑性情节与影像化隐喻
《被爱情遗忘的角落》的婚恋悲剧与时代变化

中国社会科学出版社

图书在版编目(CIP)数据

新时期小说与影视传媒/李红秀著. —北京:中国社会科学出版社,2016.11
ISBN 978 - 7 - 5161 - 8816 - 3

Ⅰ.①新… Ⅱ.①李… Ⅲ.①小说—关系—电影文学—研究②小说—
关系—电视文学—研究 Ⅳ.①I106.4②I053.5

中国版本图书馆 CIP 数据核字(2016)第 205139 号

出 版 人 赵剑英
责任编辑 周晓慧
责任校对 无 介
责任印制 戴 宽

出 版 中国社会科学出版社
社 址 北京鼓楼西大街甲 158 号
邮 编 100720
网 址 http://www.csspw.cn
发 行 部 010 - 84083685
门 市 部 010 - 84029450
经 销 新华书店及其他书店

印刷装订 三河市君旺印务有限公司
版 次 2016 年 11 月第 1 版
印 次 2016 年 11 月第 1 次印刷

开 本 710×1000 1/16
印 张 35.75
插 页 2
字 数 519 千字
定 价 128.00 元

序

　　自从电影和电视在 19 世纪末和 20 世纪初相继诞生以来，运用影视技术表现文学作品就成为一种新的重要艺术类型。新时期，伴随着改革开放的时代潮流，当代文学表现出极为活跃的发展态势，当代影视艺术更是得到跨越式发展。有数据表明，1980 年，中国大陆全年生产故事片 4 部，拍摄电视剧 2 部共 12 集。到 2015 年，中国大陆全年生产国产故事影片达 686 部，票房价值超过 270 亿元；2015 年，全年生产电视剧达 395 部共 16560 集。这是一组无论如何都不可忽略的数据。现代电子传媒的发达和广泛运用，已经把文学艺术与影视技术紧紧联系在一起，不仅促进了影视艺术的发展，而且使得传统的小说艺术本身也发生了诸多变化，极大地改变了现代人的精神生活。小说与影视艺术和传媒的关系也因此成为具有跨学科特征的新的研究领域。比起传统的文学研究，文学与影视关系的研究不仅表现出巨大的活力，也提出了诸多亟待回答的问题。正是因为如此，影视文学的研究迄今仍然是一个有待进一步开垦的文学艺术研究富矿。重庆交通大学李红秀教授的专著《新时期小说与影视传媒》则为其添加了一笔富有特色的新成果。

　　李红秀把他对小说与影视关系的关注集中在中国当代新时期这样一个特殊的时段，集中对新时期小说的九种类型及其与影视传媒关系进行了较为全面系统的分析研究，关注了许多值得关注的新鲜的文学艺术现象，发现了一些新颖的有价值的文学艺术问题，展开了丰富而饶有趣味的文学与影视艺术研究。这些现象和问题在一般的纯文学研究和专门的影视艺术研究中往往被付诸阙如，由此显示了该研究的意义和价值。例如，该书在第一章"反思小说与影视传媒的关系"中集中研究了小说《天云山传奇》《芙蓉镇》和《许茂和他的女儿们》的影视改编现象，并在此基础上对小说叙事与影像叙事、小说情节与电影场景的关系展开了深入探讨，令人耳目一新；第二章"改革小说与影视传媒的关系"中对"小说情节的影像化处理"，第五章"文化寻根小说与影视传媒的关系"中关于"小说与电影接受的差异性思考"，第八章"新写实小说与影视传媒的关系"中关于"大众传媒的选择与小说传播的思考"等都给人以丰富的启示。李红秀在书中对影视作品改编的成败得失有褒有贬，并不一概简单认同，表现出有态度的学术判断。尤其值得注意的是，李红秀通过对新时期小说与影视传媒关系的较为全面系统的论析，得出新时期小说与影视传媒多元关系的结论；书中对新时期小说与影视传媒关系的传播性、互文性、接受性、互补性等所进行的较为全面深入的阐释，自成一家之言；既圆满完成了他给自己设定的任务，也对当今文学与影视艺术发展所面临的一些重要问题给出了富有启发意义的回答。该书对于丰富和拓展新时期小说研究的思维空间和深入理解新时期小说与影视传媒的关系，对于更为合理地把握和处理文学与影视传媒相互促进的发展规律，都具有重要的借鉴意义和参考价值。

当然，李红秀此书也存在一些还可以进一步讨论的问题，首先，他根据一些学者的意见把所谓"新时期文学"限定为 1978—2000 年之间的文学，既有不少遗珠之憾，还涉及对新时期文学的重要理解和界定；其次，该书由于著者对文学的训练和浸染显然比对影视作品更为深入，因此难免对影视传媒特征的把握不如对新时期小说的把握更为具体深入，尤其对现代传媒技术影响到影视艺术表现的某些特殊问题还有待进一步深化。尽管如此，我认为，该书仍然不失为一部具有重要学术价值和创新特色的研究成果，值得向国内同行和对影视艺术有兴趣的朋友推荐。

李红秀曾与我有一段师生同学之缘，他的执着和勤奋给我留下了深刻的印象。本书是在他主持的国家社科基金项目顺利结题基础上修订完成的，也是他在学术研究道路上的一个重要阶段性成果。我很高兴能对他所取得的不俗成绩先睹为快，也借此机会表达我的欣喜和祝贺，相信他在未来的学术道路上将取得更大的成就。

重庆师范大学文学院教授

重庆市两江学者特聘教授　周晓风

2016 年 3 月

目　录

绪论 新时期小说与影视传媒的整体观念

新时期小说最初是在政治变革和思想解放运动中产生的，之后在外国文化和外国文学的强大影响下演进，从而呈现出当代未曾有过的精彩纷呈的图景。新时期小说创作领域充满活力，兴盛多变，从艺术创作的整体走向而言，清晰地勾勒出从沉重的记忆走向多元叙事的轨迹。与新时期小说相似，新时期电影和电视剧也进入了蓬勃发展时期。更为重要的是，新时期小说与电影、电视等现代传媒之间的关系十分密切，相互之间形成了你中有我、我中有你的亲密关系，从而使新时期文艺呈现出"百花齐放，百家争鸣"的可喜局面。

一 关于"新时期"与"新时期小说"

本著使用的"新时期小说"概念，主要是指"文化大革命"以后到 20 世纪末中国作家创作和出版的小说作品。其实，无论是"新时期小说"的概念，还是"新时期文学"的概念，许多文学史教材和学术专著都约定俗成地使用着，但是对概念的界定和解释并不相同。

"新时期小说"隶属于"新时期文学"，而"新时期文学"的概念是在"新时期"这个政治性的词语出现后才诞生的。1977 年 8 月，中共中央召开了党的第十一次全国代表大会，当时大会决议指出："第一次无产阶级'文化大革命'的胜利结束，使我国社会主义革命和社会主义建设进入新的发展时期。"① 以后，大家就把"新的发展时期"简称为"新时期"。洪子诚先生在《当代文学概说》中专门论述了"新时期文学"概念的来源："1977 年 8 月召开的中共十一大宣布'文化大革命'结束。通常认为，1976 年 10 月江青、张春桥等'四人帮'被逮捕，便标志着长达十年的'文化大革命'的终结。在中共十一大上，将'文化大革命'结束后称为'新时期'。"② 准确地说，1977 年 8 月以后才出现了"新时期文学"的提法，应该理解为"文化大革命"以后的文学。不过，洪子诚先生认为，"新时期文学"终止于 20 世纪 80 年代末，"这一概念的运用，在时间的起讫上，基本与'80 年代文学'重合，因此也可以看作是可以互相替代的称谓。新时期文学的转折性变革，在于它结束了中国当代文学那种'一元化'的严格规范的趋势，使文学创作进入了一个较为自由、宽阔的天地，并由此出现了从内容到形式的开拓和创新。"③

陈思和先生对"新时期文学"概念的使用比较谨慎。他在《中国当代文学史教程》④中，为了使概念规范化，已经停止了"新时期文学"概念的使用，一律改作"'文革'后的文学"，强调了这个概念的时间意义，有明确的起点，而终点却是开放的。与此同时，陈思和在他主编的《新时期文学简史》里，明确使用了"新时期文学"的概念，他解释说："本书是国家教委的指定项目，书名也是原先已经决定的，不便擅自改动。所以，我只能在导论里作上述说明。在具体的论述中，'新时期文学'的概念包含了'文革'后到 20 世纪末的文学，同时也注意到 80 年代文学和 90 年代文学之间的差别。"⑤ 由此看来，洪子诚和陈思和关于"新时期文学"时间段的界定有所不同。

不过，从学术界的认同度来看，陈思和关于"新时期文学"概

① 见《人民日报》1977 年 8 月 23 日。

② 洪子诚：《当代文学概说》，广西教育出版社 2000 年版，第 136 页。

③ 同上。

④ 陈思和主编：《中国当代文学史教程》，复旦大学出版社 1999 年版。

⑤ 陈思和主编：《新时期文学简史》，广西师范大学出版社 2010 年版，第 3—4 页。

念的界定更占主导地位。换言之，新时期文学不是十年，而是二十多年。王铁仙等人出版了《新时期文学二十年》一书，开篇写道："新时期文学已经走过了二十年的路程。它最初是在一个伟大的政治变革和思想解放运动中产生的，尔后在急剧而复杂的经济、文化的现代性转型过程中，在外国文化和文学的强大影响下演进，从而呈现出当代未曾有过的宏阔多变、色彩斑斓的图景。"① 该书在具体论述过程中，把80年代文学和90年代文学都归属于新时期文学的范畴。这与陈思和在《新时期文学简史》中关于"新时期文学"起止点的界定是一致的。

"新时期文学"的概念也不能无限制地延伸到21世纪。进入21世纪后，无论是日常用语还是学术界，大家都不约而同地使用"新世纪"的概念。在文学界，"新世纪文学"的概念也逐渐被大家接受。特别是从2005年开始，《文艺争鸣》杂志持续不断地发表了多篇关于"新世纪文学"的学术文章，引起了文学界的广泛关注。陈思和在《新时期文学简史》的《再版后记》中，对"新时期文学"的终结点给予了明确限定："新时期文学应该有一个时间限定，不能无限制延续下去，本书的时间范围，依然是限定在1978—2000年，也就是20世纪文学的最后二十三年（笔者注：原文为'二十五'）。"②

"新时期小说"是新时期文学的组成部分，因此，"新时期小说"的起止点应该跟"新时期文学"起止点一致。本书关于"新时期小说"的时间段，基本认同陈思和在《新时期文学简史》中关于"新时期文学"的时间限定。1977年，刘心武的短篇小说《班主任》发表于《人民文学》第11期上，这标志着新时期小说正式拉开帷幕。新时期小说到底止于哪部小说并不需要明确，但新时期小说的历史应该终止于2000年底，因为进入2001年就是21世纪了，也就是人们习惯上所称的"新世纪"，发表的小说也应该称为"新

---

① 王铁仙等：《新时期文学二十年》，上海教育出版社2001年版，第1页。
② 陈思和主编：《新时期文学简史》，广西师范大学出版社2010年版，第312页。

世纪小说"了。

陈思和主编的《新时期文学简史》中，绝大部分内容是关于新时期小说的论述，他论述的小说主要是当代作家在1978—2000年期间发表的作品。王铁仙等人所著的《新时期文学二十年》，准确地说，应该叫"新时期小说二十年"，因为该书论述的对象全部是小说，基本上没有对新时期诗歌、散文、话剧等进行论述，选取的小说也主要是20世纪八九十年代发表的作品。

最近几年，一些学者出版了以"新时期小说"为书名的学术著作，比如，郝春涛的《新时期小说人性发掘历程》①、张宏的《新时期小说中的苦难叙事》②、柯倩婷的《身体、创伤与性别——中国新时期小说的身体书写》③、黄永林的《中国民间文学与新时期小说》④、陈黎明的《魔幻现实主义与新时期中国小说》⑤等。这些著作在关于"新时期小说"时间段的界定上，都倾向于从"文化大革命"以后到20世纪末。当然，也有少数学者把"新时期小说"的时间点延伸到了21世纪，比如，周水涛等人所著的《新时期农民工题材小说研究》⑥，就把农民工题材小说延伸到21世纪初。不过，大多数学者都不赞同把21世纪发表的小说作品作为新时期小说的研究对象。

纵观20世纪中国小说的发展历程，应该说，新时期小说是非常辉煌也是非常重要的阶段。新时期小说上接"五四"小说的传统，坚持"文学为人生"，强调文学是"人学"，主张深刻地写出人性深处的奥秘，"追求人性的解放和直面复杂的人生"⑦，抒发自

---

① 郝春涛：《新时期小说人性发掘历程》，山东人民出版社2011年版。

② 张宏：《新时期小说中的苦难叙事》，中国传媒大学出版社2009年版。

③ 柯倩婷：《身体、创伤与性别——中国新时期小说的身体书写》，广东人民出版社2009年版。

④ 黄永林：《中国民间文学与新时期小说》，人民出版社2007年版。

⑤ 陈黎明：《魔幻现实主义与新时期中国小说》，河北大学出版社2008年版。

⑥ 周水涛、轩红芹、王文初：《新时期农民工题材小说研究》，社会科学文献出版社2010年版。

⑦ 谈蓓芳：《再论中国现当代文学分期》，《复旦学报》2001年第1期。

己对现实的复杂感情与隐藏在内心深处的美好情愫，否定了非文学的"从属论"①和"工具论"②，中国小说创作走向了一个新的创作高峰。在二十多年的发展历程中，新时期小说先后出现了各种流派，比如伤痕小说、反思小说、改革小说、意识流小说、寻根小说、现代派小说、新写实小说、新历史主义小说、新现实主义小说、"晚生代"小说、美女小说，等等。这些小说不但丰富了新时期文学的宝库，而且使新时期文学呈现出"百花齐放、百家争鸣"的可喜局面。

二 关于新时期影视剧

新时期影视剧，顾名思义，是新时期电影和新时期电视剧的合称，本书是指"文化大革命"以后到 20 世纪末中国导演创作、拍摄的影视剧作品。从严格意义上讲，"影视剧"只是一个约定俗成的概念，人们在日常生活中广泛使用，但却没有严密的科学论证。电影和电视剧既有相同点，又有很大的区别。在学术界，许多学者还是习惯于把电影和电视剧分开，撰写的学术论著也是泾渭分明。从国家学位办公布的学科目录来看，电影属于电影学学科，电视剧属于广播电视艺术学学科，两个学科目前并没有统一。

目前，以"新时期影视剧"为标题的学术专著几乎没有，仅有少数学者出版了以"新时期电影"或"新时期电视剧"为标题的著作。宋彦的《新时期中国电影的现代性、后现代性研究》③一书，着重从现代性和后现代性的视角来探讨新时期电影的发展历程。汪芳华在

---

① "从属论"是指文学从属于政治，为政治服务。"从属论"产生于 20 世纪三四十年代，到了"文化大革命"期间，"四人帮"把它推向极致，要求文学为所有的政治服务。

② 20 世纪中国文学先后出现了启蒙工具论、革命工具论、救亡工具论和政治工具论。在"文化大革命"期间，"四人帮"大力提倡"政治工具论"，强调一切文学作品都是阶级斗争的工具，文学也是政治斗争的宣传工具。至此，文学完全沦为政治的传声筒，失去了独立的审美特性。

③ 宋彦：《新时期中国电影的现代性、后现代性研究》，山东人民出版社 2010 年版。

《坚硬的影像——后新时期中国电影研究》①中，集中笔墨论述了中国电影第六代导演及其作品。彭文祥的《中国现代性的影像书写：新时期改革题材电视剧研究》②，重点从"主题思想""人物塑造""艺术叙事""现代性体验""艺术生产"和"艺术接受"等几个主要方面来揭示和阐述新时期改革题材电视剧审美现代性的内涵与特质。有些著作虽然没有在书名上标出"新时期"三个字，但研究的主要对象却是新时期电影或新时期电视剧。陆绍阳著的《中国当代电影史——1977年以来》③，研究的是1977—2000年编导的电影作品，准确地说应该是一部"新时期电影史"。张斌的《镜像家国——现代性与中国家族电视剧》④和刘彬彬的《中国电视剧改编的历史嬗变与文化审视》⑤等专著，都是把新时期电视剧作为主要研究对象，对1958—1976年的电视剧则很少论及。

中国电影和中国电视剧诞生时间相差半个世纪。中国电影诞生于1905年，比世界电影的诞生只晚了10年。这一年，北京丰泰照相馆拍摄了著名京剧演员谭鑫培表演的《定军山》，这是中国人第一次尝试摄制影片，这标志着中国电影正式诞生。令人遗憾的是，现在我们只能看到《定军山》的图片资料，而当时拍摄的影像资料已经遗失了。中国电视剧诞生于1958年。当年5月1日晚19点整，北京上空出现了中国电视节目的信号。北京仅有的几十台电视接收机的屏幕上，出现了以广播大楼作为背景的图案，上书"北京电视台"字样的电视画面，这是中国第一次传播自己的电视节目。6月15日，北京电视台在演播室内直播了根据《新观察》杂志发表的同名小说改编而成的电视剧《一口菜饼子》，长20分钟。《一口菜饼子》便成为中国第一部电视剧。可惜的是，由于当时没有电视录像设备，这部电视剧采用了

① 汪芳华：《坚硬的影像——后新时期中国电影研究》，中国传媒大学出版社2011年版。

② 彭文祥：《中国现代性的影像书写：新时期改革题材电视剧研究》，中国传媒大学出版社2009年版。

③ 陆绍阳：《中国当代电影史——1977年以来》，北京大学出版社2004年版。

④ 张斌：《镜像家国——现代性与中国家族电视剧》，上海学林出版社2010年版。

⑤ 刘彬彬：《中国电视剧改编的历史嬗变与文化审视》，岳麓书社2010年版。

直播方式。今天我们只能看到留下的剧照，而看不到《一口菜饼子》的影像了。由于电影和电视剧诞生时间的不同，这就导致了学者在选择电影或电视剧上存在着差异性，一般来说，研究中国电影的学者多，而研究中国电视剧的学者较少，研究电影的学者很少去研究电视剧。这种分化现象在今天的学术界依然存在。

不过，笔者认为，对于新时期电影和新时期电视剧的研究可以采取整合的方式，采取"新时期影视剧"的提法把二者统一起来。中国电影和中国电视剧虽然诞生时间不同，但是二者都经历了"文化大革命"的十年浩劫，无论是电影还是电视剧，几乎都处于停滞状态。进入新时期以后，新时期电影和新时期电视剧实际上都是重新开始，站在同一起跑线上，同时恢复活力，走向兴旺繁荣的。"文化大革命"结束后，电影工作者重新开始了在"文化荒原"上的建设工作，从"干校"回到各个电影制片厂的艺术家，以前所未有的热情投入到工作当中，希望在短时间内把过去十年的损失弥补回来。1977—1978 年，电影生产开始复苏，两年生产了 56 部影片。到 1984 年，故事片年产量达 140 部。1979 年中国电影观众高达 279 亿人次之多，创中国电影观众最高纪录。1980—1984 年，每年电影观众人次平均在 250 亿左右，平均每天观众达 7000 万人次（不包括电视播放影片的观众）。[①] 随着电影的复苏，我国的电视剧事业也在新时期萌发出了勃勃生机。早在 1973 年，北京电视台的彩色电视节目就已开始通过京津、京沪微波线路向外地传送，到"文化大革命"结束后的 1977 年底，全国已有 26 个省、市、自治区可以通过微波线路接收到北京电视台的节目。1978 年 5 月 1 日，原北京电视台改名为中央电视台，时隔一年之后，1979 年 5 月 18 日，北京市也成立了自己的电视台，并开始正式试播。此时，29 个省、市、自治区都已建立了自己的电视台。1979 年，中央电视台共播出电视剧 19 部。1980 年是电视剧复苏以来的第一个丰收年。这一年，中央电视台共播出电视剧131 部，仅在国庆期间举办的电视节目联播，就播出了全国各电视剧

---

① 倪骏：《中国电影史》，中国电影出版社 2004 年版，第 159—160 页。

录制单位创作的电视剧 47 部。① 1990 年以后，中国电视剧进入了多元发展的新阶段。电视剧年产量高达 15000 部集②，省级电视台纷纷进入卫星传输，电视进入普通家庭，电视剧已经成为人们日常生活中不可缺少的精神文化消费。事实证明，新时期电影和新时期电视剧不仅同时复苏，同时呈现出崭新的局面，而且在内容和题材上也有许多相同之处。有伤痕电影，就有伤痕电视剧；有反思电影，就有反思电视剧；有改革电影，就有改革电视剧；有知青题材电影，就有知青题材电视剧。正因为如此，笔者才有理由把新时期电影和新时期电视剧统一为"新时期影视剧"。

更为重要的是，最近十多年里，一些中外学者已经在学理上把电影和电视剧两种艺术形式合称为"影视"，并公开出版了学术专著，这就构成了"新时期影视剧"称谓的理论基础。早在 20 世纪 90 年代，德国学者出版了《影视心理学》。③ 随后不久，国内学者王世德出版了《影视审美学》④、张凤铸出版了《影视艺术新论》⑤等著作。进入新世纪以后，以"影视"作为书名的专著和教材就更多了，韩伟岳出版了《影视学基础》⑥，李道新出版了《影视批评学》⑦，王国臣出版了《广播影视文学脚本创作》⑧，金丹元、陈犀禾主编了《新世纪影视理论探索》⑨，黄会林主编了《影视文学》⑩教材，邹红主编了《影视文学教程》⑪，袁智忠主编了《影视传播概论》⑫。这些学术专著和教材从心理学、美学、艺术学、文学、批评学、传播学等不同学科领域，

---

①　高鑫、吴秋雅：《20 世纪中国电视剧史论》，学苑出版社 2002 年版，第 20—21 页。

②　高鑫、吴秋雅：《20 世纪中国电视剧史论》，第 190 页。

③　［德］舒里安：《影视心理学》，罗悌伦译，四川人民出版社 1998 年版。

④　王世德：《影视审美学》，北京广播学院出版社 1999 年版。

⑤　张凤铸：《影视艺术新论》，北京广播学院出版社 2000 年版。

⑥　韩伟岳：《影视学基础》，中国电影出版社 2001 年版。

⑦　李道新：《影视批评学》，北京大学出版社 2002 年版。

⑧　王国臣：《广播影视文学脚本创作》，浙江大学出版社 2004 年版。

⑨　金丹元、陈犀禾主编：《新世纪影视理论探索》，学林出版社 2004 年版。

⑩　黄会林主编：《影视文学》，高等教育出版社 2002 年版。

⑪　邹红主编：《影视文学教程》，中国人民大学出版社 2007 年版。

⑫　袁智忠主编：《影视传播概论》，西南师范大学出版社 2007 年版。

论述了电影和电视剧之间的内在一致性和统一性。同时，这些理论著作也为"新时期影视剧"的研究指明了方向。

三　新时期小说与新时期影视剧的整体观

传统观念认为，小说属于文学，影视剧属于艺术学，二者有着严格的学科界限。但事实上，影视剧自从诞生之日起，就与小说紧密联系在一起。世界上第一个把小说与电影连接在一起的是法国早期导演乔治·梅里爱。1902 年，梅里爱拍摄了《月球旅行记》，片长 260 米，可放映 16 分钟，由 30 个场景（镜头）组成。这部电影是根据科幻作家儒勒·凡尔纳的《从地球到月球》(1865 年出版)和维尔斯的《第一次到达月球的人》(1895 年出版)两部小说改编的。这是电影史上最早的改编自文学作品的影片，距离电影诞生才 7 年，同时也确定了电影与小说的联结关系。

中国早期电影最重要、最庞大的资源是鸳鸯蝴蝶派的小说。1924年，郑正秋根据徐振亚的骈体文言小说《玉梨魂》改编了同名电影。几乎在同一时间，鸳鸯蝴蝶派小说广受电影界青睐，《苦儿弱女》《二八佳人》《小情人》《姊妹花》等电影大多改编自鸳鸯蝴蝶派小说。其中，张恨水的小说被改编得最多，他的《啼笑因缘》《落霞孤鹜》《满江红》《夜深沉》《秦淮世家》等小说都被改编成电影。1928 年，郑正秋编剧的《火烧红莲寺》，改编自平江不肖生的畅销武侠小说《江湖奇侠传》。明星公司未料到此片一出，万人空巷，远近轰动，于是一集一集地续拍下去，竟达 18 集之多，观众兴趣依然不减，创造了当时影片总尺码最长纪录，可以连续放 27 个小时，是中国电影史上的奇迹。《火烧红莲寺》的"一把火"烧及整个影坛，形成一股武侠片拍摄热潮。

进入新时期以后，新时期小说与新时期影视剧的关系更加紧密，形成了你中有我、我中有你的亲密关系。在新时期小说中，许多作品都被改编成了电影或者电视剧。比如，由小说改编的电影有《小花》《神圣的使命》《天云山传奇》《内当家》《枫》《人生》《没有航标的河流》《被爱情遗忘的角落》《十六号病房》《飘逝的花头巾》《青春祭》《女大学生宿舍》《红衣少女》《人到中年》《青春万岁》《野山》《老井》《祸起萧墙》《花园街五号》《神鞭》《哦，香雪》《找乐》《这是一片神奇的土地》《凤凰琴》《背靠背，脸对脸》《轮回》《炮打双灯》《红粉》……由小说改编的电视剧有《凡人小事》《新岸》《大地的深情》《蹉跎岁月》《燃烧的心》《今夜有暴风雪》《寻找未来的世界》《新星》《凯旋在子夜》《希波克拉底誓言》《雪城》《便衣警察》《过把瘾》《北京人在纽约》《永不瞑目》《小姐你早》《贫嘴张大民的幸福生活》《永远有多远》《苍天在上》《大雪无痕》《国家公诉》，等等。这个行列还可以长长地排下去。如果将统计出来的片名和剧名一一列出，那要占去太多的篇幅。

　　长期以来，学术界在对新时期小说和新时期影视剧进行研究时，多数学者都局限在一个相对封闭的学科领域内。从学科边界的划分来看，这种各具独立性的研究方式无可厚非。但是，从新时期小说和新时期影视剧的现状来看，各具独立性的研究与现实创作实践不相吻合。笔者认为，由于新时期小说和新时期影视剧的紧密联系，我们应该树立整体观的研究视野，在研究新时期小说时，要考虑影视剧对小说的影响；在研究新时期影视剧时，也要考虑小说的价值和意义。正如中国古代诗和画的关系一样，"以体裁形式而言，古典的关于'诗与画'之间的界限已开始淡化，并逐渐消失，各种体裁之间开始出现位移与转化。特别重要的是，传统的关于不同体裁形式中有不同的美学原则、艺术规律与技巧方法的条律已被打破，空间艺术的造型方法被引进了小说这种时间艺术部类，在现代小说中出现了绘画化与影视化的艺术现象。"[1] 新时期小说为影视艺术提供了"作品的思想内容""典型形象的塑造""关于文学的表现手法""节奏、气氛、风格和样式"四个方面的文学价值，张骏祥说："电影就是文学——用电影表现手段完成的文学。"[2] 同样道理，新时期影视剧对作家的小说创作也产生了很大影响，改变了小说的固有属性，作家的创作有意

---

　　①　柳鸣九：《从现代主义到后现代主义·序言》，中国社会科学出版社1994年版。
　　②　张骏祥：《用电影表现手段完成的文学——在一次导演总结会上的发言》，《电影的文学性讨论文选》，中国电影出版社1987年版。

识地借鉴了影视艺术的特征，使小说具有明显的影视化倾向。种种情况表明，"影视化"已经成为当代小说创作的重要艺术表征，构成了新时期小说本身的基本话语形态。而从影视角度研究新时期小说，又可提供一种有关小说的、崭新的阐释。

陈思和早就提出："中国20世纪文学是一个开放性的整体。"① 他的《中国当代文学史教程》把电影《李双双》《黄土地》《大红灯笼高高挂》和摇滚乐《一无所有》都纳入其中，并有专门的评价章节，这说明他已经突破了传统的文学史概念和范围，扩大了文学研究视野。同样道理，我们可以清楚地看到，新时期小说与新时期影视剧处于同步发展的过程，二者之间相互影响，相互借鉴，共同促进。许多导演在拍摄影视剧时，都不约而同地把新时期小说文本作为影像阐释②的对象。谢晋最受观众欢迎、影响最大的几部影片，都是对新时期小说进行影像阐释的结果。他说："电影艺术的基础是文学。"③ 谢晋曾多次讲，"导演是用镜头写作的作家""导演最大的基本功是用电影手段揭示角色的灵魂，揭示人物内心世界"④。中国第五代导演陈凯歌、张艺谋、黄建新等人都对新时期小说情有独钟，张艺谋拍摄的绝大多数影片都来源于对新时期小说的影像阐释。张艺谋说："我现在选择影片题材的标准，是把自己放在一个特别感性的角度。我有意识地去看很多小说，看很多剧本，听很多故事。"⑤ 他还说："我每天要看大量的小说，晚上，只要没事，我都要读到凌晨三四点钟。"⑥ 张艺谋并不讳言对小说的依赖。他说："文学是所有创作的母体，只有文学的繁荣才有各个门类艺术的繁荣。不是我们依赖文学，而是文学是整

---

① 陈思和主编：《中国当代文学史教程·前言》，复旦大学出版社1999年版，第5页。

② "影像阐释"的概念来源于笔者的另一部著作《新时期的影像阐释与小说传播》，影像阐释是针对传统文学研究中的阅读阐释而言的，是指影视剧对文学文本进行影像化的创造性阅读和理解。

③ 代琇、庄辛：《谢晋传》，中国电影出版社1997年版，第93页。

④ 转引自刘诗兵《谢晋电影表演美学对中国电影的贡献》，《论谢晋电影续集》，中国电影出版社2002年版，第252页。

⑤ 张明：《与张艺谋对话》，中国电影出版社2004年版，第162页。

⑥ 同上书，第172页。

个的'基座'。"① 可以说，新时期小说成了新时期影视剧的重要源泉。与此同时，影视剧又掀起了观众重新回头看小说的热潮，无形中带动了小说作品的销售量，扩大了小说的影响力。

新时期小说与影视剧的整体观，无论是对中国当代文学研究，还是对中国当代影视剧研究，都具有理论重构的意义。在这里，整体观中的新时期小说显然不是"纯文学"或"纯审美"意义上的概念，无论创作主体的作家身份特征，还是文体类型及其传播方式和传播媒介，都已经超出了"纯文学"的范式而具有了"大文学"的特征。将整体观引入新时期小说和新时期影视剧的研究，其意义不仅在于要突破传统研究方式的封闭体系，而且要在影像文本与小说文本的相互关系中，考察新时期小说的形成发展及其作为"大文学"存在的文学史意义，考察新时期影视剧创作观念的变化，考察小说生产与影像生产的联系。

四 关于分类研究

学术研究的方法多种多样，具体哪种研究方法行之有效，要视研究对象和研究者的自身条件而定。关于新时期小说和新时期影视剧研究，不同学者有不同的研究方法，但归纳而言，主要有两种方法使用得比较普遍，即阶段研究和分类研究。所谓阶段研究，是指把研究对象根据时间的先后顺序划分为不同的阶段，按照阶段进行研究。阶段研究在文学史、电影史、电视剧史等学科的史学研究中运用得比较频繁。所谓分类研究，是指把研究对象根据一定的标准划分成不同的类型，再对每种类型进行详细研究。如果说阶段研究属于纵向研究，那么分类研究就属于横向研究。

目前，对于新时期小说的研究，多数学者采用了分类研究的方法。不过，不同学者的分类标准不同，对新时期小说类型的划分，也

---

① 张明：《与张艺谋对话》，中国电影出版社 2004 年版，第 171 页。

就存在着某些差异。张学军著的《中国当代小说流派史》①就是典型的分类研究著作。该著除了第一章"'山药蛋'派小说"、第二章"荷花淀派小说"属于"十七年小说"研究范畴，第九章"台湾现代派小说"、第十章"台湾乡土派小说"属于台湾小说研究范畴外，其余六章都属于新时期小说研究："市井风俗派小说""散文化小说派""社会剖析派小说""现代派小说""文化寻根派小说""新写实小说"。王铁仙等人所著的《新时期文学二十年》，实际上是对新时期小说发展的 20 年历程进行研究。该著根据主题和形式的不同，把新时期小说划分为六大类型："反思的涌潮""原始的回响""自我的张扬""形式的追求""庸常的生态""宏大的场景"。

如果说张学军和王铁仙的著作是对新时期小说进行的粗线条分类研究，那么陈思和主编的《新时期文学简史》就是细线条的分类研究。虽然《新时期文学简史》这本教材还涉及对诗歌、话剧和散文的研究，但对新时期小说研究的内容占有很大的篇幅。该书把新时期文学划分为 15 种类型，每一种类型作为一章，比如"文学创作中对历史的反思""文学创作中的人道主义思潮""文学创作中的现代意识""文学创作中的民俗文化""文学创作中的'文化寻根'意识""文学创作中的先锋精神""新写实小说与新历史小说"等。每一章又统一分成四节：第一节是概述，其余三节是作家作品研究。以第三章"文学创作对社会改革的呼吁"为例：第一节是"'改革文学'的兴起及其特征"；第二节是"蒋子龙和他的中篇小说《乔厂长上任记》"；第三节是"高晓声和他的短篇小说《陈奂生上城》"；第四节是"路遥和他的中篇小说《人生》"。这种分类研究比较有特色：做到了点与面、宏观与微观、整体与局部、作家与作品的充分结合。

从已出版的一些学术著作来看，新时期影视剧的研究多采用阶段研究方法。然而，不同学者对新时期电影和新时期电视剧的阶段划分并不一致。陆绍阳所著的《中国当代电影史——1977 年以来》把新时期电影划分为七个阶段：徘徊时代、补课时代、改良时代、浪漫时

---

① 张学军：《中国当代小说流派史》，山东大学出版社 2000 年版。

代、娱乐时代、高歌时代、写实时代。虽然划分了七个阶段，但作者并没用明确标出时间的起止点，有些阶段有重复的部分。正如郑洞天在《序》中所说："前几个以年代划分，小有交错；后面几个，时间是共时的，说的事以人划分。这种划分以及给每个'时代'起的名，可谓苦心孤诣，因为前后相互间没有必然联系，以前没人这样分过，而这种'姑妄分之'，尽管没有道出历史前进或拐弯的规律（但愿将来能有人道出），却带来了讲述现象时的洒脱和自由。"① 仲呈祥、陈友军所著的《中国电视剧历史教程》②，把新时期电视剧分为三个阶段："复苏时期的中国电视剧（1976. 10—1981）"；"发展时期的中国电视剧（1982—1989）"；"走向成熟的中国电视剧（1990 年至今）"。同样是电视剧史著作，高鑫、吴秋雅所著的《20 世纪中国电视剧史论》③，把新时期电视剧划分为四个阶段："1976—1980，复苏中的中国电视剧"；"1980—1985，奏响在新时代的乐章"；"1985—1990，电视剧审美范式的突破"；"1990—2000，中国电视剧走向多元化"。阶段研究的优点是：发展脉络清晰，研究者容易把握，不必过多考虑内容的复杂性。

关于新时期小说与新时期影视剧关系研究的著作，目前还很少。刘明银所著的《改编：从文学到影像的审美转换》④论述的主要内容是20 世纪中国文学与新时期电影之间的关系。该著采用的是分类研究方法，不过，各章节的分类标准并不统一。第二章"反思文学的电影同构与变异"和第三章"旗语与诘难——银幕上的改革文学与问题小说"是按照新时期小说题材类型进行分类的；第四章"革命的诞生——探索电影的文学之源"则是按照电影的审美形式进行分类的；第五章"分裂中闪耀——第五代电影的文学构成"又是按照导演的代际关系进行分类的；第六章"纷繁与惶惑"研究了王朔、刘

---

① 陆绍阳：《中国当代电影史——1977 年以来》，北京大学出版社 2014 年版，第1 页。

② 仲呈祥、陈友军：《中国电视剧历史教程》，中国传媒大学出版社 2010 年版。

③ 高鑫、吴秋雅：《20 世纪中国电视剧史论》，学苑出版社 2002 年版。

④ 刘明银：《改编：从文学到影像的审美转换》，中国电影出版社 2008 年版。

恒、冯骥才和刘醒龙等作家作品的电影改编，这是按照新时期小说作家的创作标准进行分类的。一本书里面有四种分类标准，这不仅带来了分类标准的混杂，而且也没有真正理清新时期小说与新时期电影之间的内在关系。

本书在论述新时期小说与新时期影视剧之间的关系上，同样采用了分类研究。不过，本书的分类研究与其他著作并不相同，有其独特之处。首先，划分标准统一按照小说的题材类型。根据新时期小说的题材不同，本书把新时期小说与新时期影视剧的关系统一分为九大类型：反思小说与影视传媒的关系；改革小说与影视传媒的关系；知识分子小说与影视传媒的关系；知青小说与影视传媒的关系；文化寻根小说与影视传媒的关系；先锋小说与影视传媒的关系；婚恋小说与影视传媒的关系；新写实小说与影视传媒的关系；主旋律小说与影视传媒的关系。其次，注意整体与个体的关系。本书每章都统一分为四节，第一节是概述，第二节到第四节的内容都是针对具体的小说和影视剧作品进行详细研究。最后，始终贯穿小说与影视剧的关系。本书无论是概述章节，还是具体的作品分析，都始终紧扣新时期小说与新时期影视剧的关系。本书重点分析的小说作品有 27 部，重点论述的影视剧作品是 32 部，作品始终是新时期小说与新时期影视剧联系的重要纽带。

如何对新时期小说进行分类？如何兼顾新时期小说与新时期影视剧的关系？这的确颇费周折。本书属于跨学科研究，不得不充分考虑不同学科之间的关系，新时期小说与新时期影视剧之间既有共性，也有区别。从文学角度看，伤痕小说在新时期文学发展历程中比较重要，但是，伤痕小说改编成伤痕影视剧的作品很少，于是，笔者只好舍弃对这类小说的专章研究。与此相反，知识分子小说、知青小说、婚恋小说、主旋律小说等题材在文学界研究得并不深入，但在影视界反响强烈，同时也受到普通大众的喜欢，因此，笔者增添了这些在文学史中往往被忽略的题材。

还需要说明的是，分类研究也有局限性。作家的创作是多样化的，同一个作家也可以创作出不同题材的小说作品。本著只是为了研究的方便，才把某个作家及其作品划分成某一类型，但并不代表这个作家只能创作这类小说。比如，贾平凹的有些作品属于寻根小说，有些属于民俗小说，有些也能划归为改革小说。张贤亮作品中反思小说居多，但他创作的《男人的风格》属于改革小说，《浪漫的黑炮》可以划归为知识分子题材小说。再如，刘恒和池莉的作品往往被划归为新写实小说，但刘恒的《伏羲伏羲》却是典型的寻根小说，池莉的《小姐你早》等作品也可以划归为婚恋小说。又如，王朔是"痞子文学"的代表人物，不过，除了王朔以外，再没有第二位作家可以划归为"痞子文学"，所以，把王朔的作品划归为"婚恋小说"也只是权宜之计。古人云：诗无达诂。本书的分类研究方法，只是为新时期小说与新时期影视剧的关系研究提供某种视角，并不是什么绝对的科学结论，仅仅是笔者的认识和探索。

第一章　反思小说与影视传媒的关系

　　反思小说是伤痕小说的延续和深化，它不仅展示了极"左"思潮对中国社会和中国人的巨大危害，而且努力探讨极"左"思潮得以实行的社会历史根源。鲁彦周创作的《天云山传奇》、古华创作的《芙蓉镇》、周克芹创作的《许茂和他的女儿们》、张洁创作的《有一个青年》等作品，不仅掀起反思小说的热潮，同时，这些小说很快被改编成电影和电视剧，极大地推动了新时期反思影视剧的发展。

第一节　历史伤痛的集体反思

一　作家的切身体验与时代思考

　　新时期文学发端于伤痕小说，因卢新华发表了短篇小说《伤痕》而得以命名。伤痕小说的一个突出特点："就是揭示出当时（文化大革命——笔者注）视人为鬼的人为的'阶级斗争'，给多少人、多少家庭带来了刻骨铭心的痛苦。肉体的摧残和精神的伤痕，使多少人留下了悲愤的眼泪。作家把自己甚为同情的人物的人性，同作家深恶痛绝的人物的兽性进行对比，构成作品的基本冲突，控诉兽性对人性的摧残，产生强烈的悲剧效果。"① 伤痕小说从时间上极其巧妙地配合了政治思想上的变革进程，以鲜明的立场表达了对"文化大革命"的否定及对相关现实问题的揭露和批判，这种真挚而深切的现实情感

---

① 王铁仙等著：《新时期文学二十年》，上海教育出版社2001年版，第26页。

在广大群众中获得热烈的响应，成为"文化大革命"后拨乱反正的威力巨大的武器。

刘心武的短篇小说《班主任》，以中学生的愚昧无知为警钟，写出了"文化大革命"十年盛行的反知识、反文化的政治风尚所造成的危害。卢新华的《伤痕》，讲述了少女王晓华受到"文化大革命"思想的蒙蔽，与被陷害成叛徒的母亲决裂，直到她母亲含冤而死后，她才发现轻信造成了心灵上永远也无法抹去的"伤痕"。陈国凯的小说《我该怎么办？》，反映了主人公薛子君的悲剧人生，她的第一个丈夫李丽文没有任何罪，只是成了某些人政治上的对立面，就随便地被人"处死"，人的生命权利得不到起码的保证。从维熙的小说《大墙下的红玉兰》，反映了1976年初发生在监狱内的一幕悲剧。葛翎是新中国成立前入党的老共产党员，后任劳改处处长，"文化大革命"中被诬陷下狱，成为一个特殊的犯人，既无刑期又无法律手续。在身陷囹圄的环境里，他表现出一个共产党人宁折不弯的凛然正气，机智地同造反派头子巧妙周旋。然而，在悼念周总理的活动中，他为制作花圈，攀墙采摘玉兰花，被造反派枪杀在大墙下，鲜血染红了素洁的玉兰花。宗璞的小说《我是谁？》揭露了"文化大革命"对一对夫妻进行的非人折磨。韦弥和她的丈夫孟文起在轰轰烈烈的革命口号中，都被剃成阴阳头，经常被批斗、鞭打、驱赶，两人经受不住，精神崩溃了，先后走上了自杀的道路。这类伤痕小说还有孔捷生的《在小河那边》，郑义的《枫》，阿蔷的《网》，曹冠龙的《锁》《猫》《火》三部曲等。"这些作品的共同主题集中在对'文革'的批判，揭露'文革'给人们造成的精神戕害，以及无可弥补的精神创伤，在艺术上都采用了明确剖析社会问题的现实主义手法。"①

不过，伤痕小说创作时间很短暂，只有一两年时间，后来很快被反思小说取代。反思小说形成于1978年5月开始的关于"实践是检验真理的唯一标准"的讨论以后。随着"真理标准"讨论的深入，1978年11月16日，中共中央正式为1957年错划的"右派分子"平

---

① 陈思和主编：《新时期文学简史》，广西师范大学出版社2010年版，第17—18页。

反，一批被错划的"右派"作家终于恢复了政治权利，重新拿起笔，进行小说创作，他们当中包括王蒙、张贤亮、高晓声、方之、陆文夫、李国文、从维熙等。这些重新获得创作机会的作家们，自然而然地成为新时期初期文学创作的主力军，从而形成了反思小说的巨大浪潮。

与伤痕小说作家群相比，反思小说作家群的人生阅历更加丰富。反思小说作家大多出生在 20 世纪三四十年代，他们经历过共产党夺取全国政权的斗争和参加过新中国轰轰烈烈的建设热潮。1957 年的"反右斗争"，他们被错划为"右派"，曾被打入社会的最底层，甚至入狱、劳改，历尽苦难。这种命运遭际，无论从正面或从反面，都使他们积累了大量的切身体验，同时使他们更加靠近人民，因而对人生也就能够理解得更深透。他们在恢复创作权利后，多数都是 40—50 岁左右的中年人，这正是他们一生中创作的黄金岁月。他们积压二十多年的情感终于有了展示的机会，而且，他们的个人命运和人生体验本身为反思历史、认识现实提供了这一代人所特有的理念。正如作家高晓声所说："跌倒了站起来，打散了聚拢来，受伤的不顾疼痛，死了灵魂不散，生生死死，都要为人民做点事，这就是作家们的信念。"①

反思小说具有较为深刻的历史纵深感和较大的思想容量，比伤痕小说在社会思考方面拓展了一大步。反思小说的一个共同特征是突出故事的政治背景和故事情节，"不少作家开始在创作中追求更开阔的社会历史眼光与对当代社会的全景式的描绘，努力通过对这种巨大历史跨度中人的命运的展示，而寻求一种史诗效果。"② 如鲁彦周的《天云山传奇》，张一弓的《犯人李铜钟的故事》，茹志鹃的《剪辑错了的故事》，周克芹的《许茂和他的女儿们》，高晓声的《李顺大造屋》《漏斗户主》，古华的《芙蓉镇》，方之的《内奸》，李国文的《冬天里的春天》，等等。这些小说较为普遍地将人物个体的苦难与民族的苦难联

---

① 高晓声：《解放思想和文学创作》，《生活·思考·创作》，上海文艺出版社 1986 年版，第 236 页。

② 王铁仙等：《新时期文学二十年》，上海教育出版社 2001 年版，第 46 页。

系起来，从现实生活的角度反思中国民主革命和历次政治运动中存在的悖谬与悲剧现象，从而使个体的苦难具有了普遍的启蒙意义。

茹志鹃的短篇小说《剪辑错了的故事》刊登在 1979 年《人民文学》第 2 期上。小说描写了 1958 年"大跃进"的"左"倾冒进错误，反映了极"左"路线对党群关系所造成的破坏。小说从普通群众老寿的心理感受中，描写了党的干部老甘的变化。老甘在革命年代是游击队的县大队长，真心实意地与群众打成一片，依靠群众，关心群众，推动了革命工作。到了"大跃进"时期，老甘成了县委副书记，为了自己邀功，根本不听老寿的劝告，不但下令按亩产 18000 斤的虚假产量提高征购数，而且撤销了老寿生产队队长的职务，给老寿戴上了"右倾机会主义分子"的帽子，给予留党察看两年的处分。茹志鹃在小说中以梦幻的手法写出了现实警告：如果战争再次爆发，老百姓还会像过去一样支持共产党吗？

李国文的短篇小说《月食》，从另一个角度思考干部和人民群众的关系。太行山区的郭大娘，新中国成立后曾三次进城，看望过去的八路军干部毕竟和伊汝。她遇到了毕竟的夫人何茹这样的官太太，有些伤心，当毕竟向她作检讨时，她还是很谅解。郭大娘最后一次进城，住在伊汝的单身干部宿舍，像当年对待子弟兵一样帮他们洗洗补补。后来在"反右运动"中，伊汝和毕竟为老百姓讲了几句实话，分别被戴上"右派"和"右倾"的帽子。郭大娘相信他们，把自己的棺材卖了 180 块钱，分成两包，寄给毕竟和伊汝，坚信他们会有冤情大白的一天。22 年后，毕竟和伊汝终于平反昭雪，然而郭大娘早就离开了人世。

方之在 1979 年《北京文艺》第 3 期上发表了著名的中篇小说《内奸》之后不久，就因病逝世了。《内奸》是反思小说的重要代表作，小说叙述时间从 40 年代初一直延续到 70 年代末，前后跨越近 40 年。小说主人公田玉堂在抗日战争时期是一个普通小商人，他对新四军从躲避到接近，并经常为新四军提供药品。1942 年，日军围剿新四军，新四军黄司令员委托田玉堂掩护副司令员严赤快要临产的妻子杨曙。田玉堂闯过重重难关，终于使母子平安无恙。"文化大革命"期间，田玉堂当上了县蚊香厂厂长，受人尊敬。然而，有人要诬陷黄司令员和严赤夫妇为"内奸"，并要田玉堂作伪证。田玉堂实话实说，否认所谓"内奸"的指控，因而招来一顿毒打，并被革职为民，被遣返故乡喂猪去了。小说并不是从正面展示"文化大革命"的悲剧，而是以一个胆小、谨慎的普通人的悲哀、痛苦来折射时代的悲剧。

有些反思小说则从普通百姓的日常生活中折射出社会生活的沉浮变迁，更显得凝重而令人感到辛酸。张一弓的中篇小说《犯人李铜钟的故事》，真实地反映了"大跃进"给人民群众所带来的灾难。残废军人李铜钟原是李家寨的党支部书记，"大跃进"把全村的口粮刮得干干净净。1960年春荒季节，全村断粮三天，李铜钟不顾自己的饥饿与疲惫，拖着假腿，去公社和县委告急，却均无着落。在断粮七天时，仍求告无门，全村人生死迫在眉睫。李铜钟立下全部责任由"一人承担"的字据向粮库借粮。全村500人得救了，他却被送进监狱，死在狱中。高晓声的短篇小说《李顺大造屋》，讲述贫苦农民李顺大在土改后立志要建造三间房屋，到1957年终于积攒够了建筑材料，可是在"大跃进"时被"共产"了。之后，他重新积攒建筑材料，却又在"文化大革命"期间被造反派诈去，还坐了班房。直到"四人帮"垮台后，李顺大的愿望才得以实现。锦云、王毅的短篇小说《笨人王老大》也叙述了一个普通农民的悲惨遭遇。王老大善良无私，但是，农村推行的极"左"路线，使他穷得一无所有，为了给孩子们添件取暖的衣服，被迫违背"禁令"上山砍柴，惨死在回家的山路上。这些小说都提出了土改以后我国农民的命运问题，揭示出几经泛滥的极"左"路线给农村带来的深重灾难。

二 导演对特殊年代的影像化表达

在反思小说浪潮的推动下，反思影视剧也大放异彩。如果说伤痕小说和伤痕影视剧是同一思潮下两种文体样式的试探性接触，那么反思小说和反思影视剧则达到水乳交融的程度。后者不但在思维向度上趋于一致，就连所表现的形象载体都具有同一性。虽然小说和影视剧在艺术表现形式上有所不同，但在内容上却是相互影响，相互借鉴，影视剧以一种淘取者和再创造者的身份占据了文学的领地，而小说也借鉴影视剧的传播力量挥洒了反思的种子。

新时期反思浪潮在电影界掀起了巨浪，尤其是对电影学术理论表现出空前热情。从 1979 年春《人民日报》开展"怎样把电影工作搞上去"的讨论及随后《电影艺术》杂志发起的关于"电影理论现代化"的讨论起，在以后的数年里，关于电影与文学、电影与戏剧的讨论；关于电影美学、电影本性的讨论，等等，形成了新时期初期电影理论界的热闹景象。它们程度不同地影响了后来的电影创作，特别是促进了电影创作者对电影理论乃至整个文化理论的重视。[1]这个阶段电影学术思想十分活跃，涉及范围非常广泛，其中，关于电影与文学、戏剧的关系讨论得相当深入。

在新时期初期，北京电影学院教师白景晟大胆提出了"丢掉戏剧拐杖"的观点，主张电影必须与戏剧"离婚"，要分清两者的关系，不能把电影和戏剧老是纠缠在一起。一石激起千层浪，电影界展开了电影与文学关系的讨论。1980 年，著名导演张骏祥撰写的文章《电影就是文学——用电影手段完成的文学》刊登在《电影通讯》第 11 期上。张骏祥认为，国产片艺术质量不高，根本问题"不在表现手法的陈旧，而在于作品的文学价值不高"[2]。他认为，电影的"文学价值"具体表现在四个方面：首先它指的是作品的思想内容；其次是关于典型形象的塑造；再次是文学表现的手段；最后是节奏、气氛、风格和样式，导演要做的工作就是用电影的各种表现手法来体现、丰富这些文学价值。

张骏祥的观点引起了很大的争议。有的电影理论家就怀疑"文学价值"是否能作为一个严格的文艺学概念存在，如果一定要用"价值"这个字样，那么，各种艺术所要体现的可以说是"美学价值"，而未必是"文学价值"；将"文学价值"高居于其他一切艺术

---

① 李少白：《二十年影坛弹指一挥间》，《戏剧电影报》1998 年 12 月 31 日。
② 张骏祥：《电影就是文学——用电影手段完成的文学》，《电影通讯》1980 年第 11 期。

之上，这"既不符合艺术的客观规律，也不符合艺术的发展历史"①。有的电影理论家认为，不能把文学和电影简单地等同，也不能完全割裂，一方面应该肯定在电影的艺术可能性之中，文学的作用绝对不能忽视，电影和文学有密切的关系，如果没有文学作为基础，它的其他艺术可能性便会丧失意义，至少难以发挥应有的意义；但这并不能说文学等同于电影了，如果以文学性代替电影性，以文学价值代替电影美学价值，把电影等同于文学，电影也就失去了存在的意义。②

导演郑洞天认同电影与文学有紧密的关系，但也指出了二者存在的差异性。文学的人物形象、性格塑造等因素在进入银幕形象之后，就不能再用文学的方式来套。电影的人物形象，虽然是演员根据剧本所规定的台词和动作来扮演的，但同时，这个形象又明显地带有演员本人的外貌、气质和许多细微的特征；这些形象特征因人而异，带给观众的感受也不尽相同；这种银幕形象很难用文学的"性格"来概括，而且导演调动了表演以外的电影手段来丰富和补充它，电影就超越了文学剧本的规范。"可以说，电影的文学性和文学的文学性的共同之处，似乎只可意会，难以用语言来讲清楚。"③

电影与文学关系的大讨论，实质上是探讨电影艺术与其他艺术之间到底是什么关系。众所周知，在艺术的大家庭里，电影是小孩子，他在成长过程中，吸收了文学、音乐、舞蹈、绘画、雕塑、建筑诸多艺术的营养。电影学术理论讨论的直接效果是带来了电影创作的繁荣。从当时创作的电影来看，许多优秀影片都不同程度地受到了新时期文学思潮的影响，拍摄了大量的伤痕电影和反思电影。1979 年，各大制片厂共生产故事片 65 部，出现了像《啊，摇篮》《归心似箭》《小花》《生活的颤音》《春雨潇潇》《苦恼人的笑》等比较优秀的影片。虽然这些影片不同程度地显示出这样或那样的稚嫩痕迹，但和传统的中国电影相比，毕竟带有一定程度的实验性，创作者创新的勇气值得

---

① 郑雪来：《电影文学与电影特性问题》，《电影新作》1982 年第 5 期。
② 陆绍阳：《中国当代电影史——1977 年以来》，北京大学出版社 2004 年版，第 12 页。
③ 同上。

肯定，正因为他们的努力，多多少少"给观众耳目一新的感觉"①。
"1980年各大制片厂共生产故事片82部，1981年是105部，1982年
是115部，1983年达到127部。"②这几年，无论是从数量上还是从质
量上看，都可以说是中国电影的丰收年。《天云山传奇》《被爱情遗忘
的角落》《巴山夜雨》《庐山恋》《邻居》《沙鸥》《小街》《牧马人》《没有
航标的河流》《人生》《喜盈门》《乡情》《城南旧事》《逆光》《人到中年》
《骆驼祥子》《伤逝》等影片，都体现了新、老导演在新时期开端对文
学艺术的借鉴和使用。受文学的影响，这些影片结构比较完整，叙事
流畅，人物刻画较为生动，社会现实的反映比较深刻。

1980年，导演吴贻弓拍摄了反思电影《巴山夜雨》，受到观众的好
评。"文化大革命"期间，诗人秋石在被关押了六年之后，由专案人员
李彦、刘文英押送，秘密登上了四川开往武汉的夜航江轮。在这个封
闭的环境里，秋石认出了小女儿娟子，"革命小将"刘文英逐渐表现出
忏悔的心情，李彦的身份也暴露了。编导的高明之处在于，影片表现
的时间跨度仅仅是一天一夜，然而通过闪回等手段，使故事的实际内
容延伸了前后几年时间。影片巧妙地把事件发生的场景放在茫茫黑夜
的一条孤船上，"孤船在黑夜中航行，随时都有触礁、沉默的危险，这
样的设计很富有象征意味，这是一艘载负着人民苦难的航船，但也是
满载着人民的希望、信念和力量的航船"③。影片没有直接反映"文化
大革命"中血淋淋的残酷表象，而是竭力挖掘在蹂躏中觉醒的人性美。

杨延晋于1981年导演的《小街》，也是一部反思电影的力作。在
僻静的小街上，双目已经失明的男主角夏向钟导演讲述了一个奇特的
故事："文化大革命"期间，少女俞只能靠剪短发、束胸、假扮成男
孩才能生活下去。少年夏为了让俞重新做一个女人，冒险偷了样板戏
剧团的假发套，不料被造反派发觉，善良的夏被残忍毒打后失明。电
影并没有停留在对"文化大革命"的简单控诉上，而是在结尾上进

---

① 李少白：《二十年影坛弹指一挥间》，《戏剧电影报》1998年12月31日。

② 陆绍阳：《中国当代电影史——1977年以来》，北京大学出版社2004年版，第
17页。

③ 同上书，第54页。

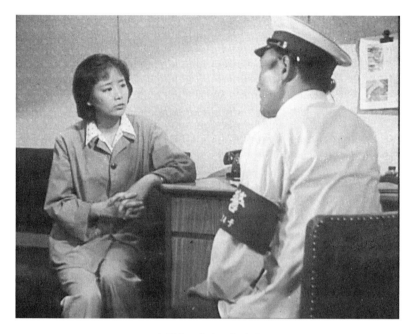

电影《巴山夜雨》剧照

行大胆创新，提出了三种完全不同的结局方式，在三个结局中呈现了两个主人公的不同命运走向，女主人公的身份、地位、性格都有较大的差异性。这种开放式的结尾，既还原了充满各种偶然性的生活，又给观众留下了足够的想象空间，让观众根据自己的生活经历，对人物命运和社会现实进行深入的思考。

　　与新时期初期电影类似，新时期初期的电视剧也很快萌发出勃勃生机。1978 年 5 月，彩色电视剧《三家亲》在中央电视台播出，从此，中国电视剧迎来了全新的发展。1979 年，中央电视台共播出电视剧 19 部，上海电视台制作了 5 部电视剧，广东电视台制作了 3 部，浙江电视台、天津电视台、河北电视台、黑龙江电视台、湖南电视台等都制作并播出了电视剧。①其中，描写青年人奋发图强的电视剧《有一个青年》，表现烈士张志新事迹的《永不凋谢的红花》，反映自卫反击

---

　　① 高鑫、吴秋雅：《20 世纪中国电视剧史论》，学苑出版社 2002 年版，第 20 页。

战的《祖国的儿子》播出后都引起了较大反响。1980 年涌现出来的优秀电视剧有《凡人小事》《女友》《瓜儿甜蜜蜜》《光明的天使》《何日彩云归》《唢呐情话》等。1981 年，中央电视台共播出电视剧 128 部，其中包括《新岸》《大地的深情》《洁白的手帕》《卖大饼的姑娘》《乱世擒魔》等多部优秀短篇电视剧。①据统计，1981 年全国已有电视机 1000 万台，电视观众的数量约在 5000 万人至 1 亿人左右。1982 年，全国生产电视剧 348 集，中央电视台播出 277 集，其中优秀剧目有《蹉跎岁月》《武松》《鲁迅》《上海屋檐下》《家风》《喜鹊泪》等。②为了对优秀电视剧进行表彰，1981 年，第三次全国电视节目会议在北京召开，评出了 28 部获奖电视剧。1983 年，全国电视剧"飞天奖"和"大众电视金鹰奖"同时诞生，标志着优秀电视剧评选机制的日臻完善。

三 忠实移植的影像阐释

在现代视觉文化中，影像主要是指以摄像机为主要工作手段和记录方式的活动画面，这种影像元素包括图像、人声、音响、音乐、字幕等，其中最为典型的就是电影和电视生成的影像。在本著中，影像阐释是针对传统文学研究中的阅读阐释而言的，是指电影或者电视剧对小说文本进行影像化的创造性阅读和理解。这个概念包括两层内涵：从表层意义来看，影像阐释是影像文本对小说文本的改编和转化，是平面化的文字媒介向立体化的视听媒介转变；从深层意义来看，影像阐释是编剧、导演、演员、摄影师、灯光师、化妆师等人对小说进行的一次集体性的再创造过程，这种创造过程相当复杂，既涉及社会制度、资本力量、生产机制、文化观念等问题，又包括广告宣传、市场运作、播放效果、成本回收等问题。

新时期反思影视剧多数来源于对反思小说的影像阐释。导演在对反思小说进行影像阐释时，始终遵循着小说创作的原则，表现出对忠实于原著的审美追求。他们尽可能在电影、电视剧中传达出小说的主

---

① 高鑫、吴秋雅：《20 世纪中国电视剧史论》，学苑出版社 2002 年版，第 23 页。
② 同上书，第 24—25 页。

题和神韵，其叙事结构都有一个共同特点：影像叙事结构与小说叙事结构表现出总体的一致性。

在文学理论中，对叙事结构的论述和分析由来已久。最初对文艺作品叙事结构的分析，可追溯到亚里斯多德对"悲剧艺术"的阐释。亚里斯多德非常重视悲剧艺术的情节，"悲剧艺术的目的在于组织情节（亦即布局）"①。而悲剧情节安排的要点有两个②：一是"完整"，即事件发生的前因后果；二是"须有长度"，即情节安排要有一个时间的延续进程。进入20世纪以后，随着形式主义、结构主义、符号学等批评理论的兴起，传统的结构研究方法得以与叙事学研究结合，从而形成了丰富多彩的叙事结构理论和分析方法。对于小说结构的研究，人们一般习惯从外结构和内结构入手。外结构又称故事结构，是指作品外部的谋篇布局，其经典布局模式是开端——发展——高潮——结局；内结构又称情节结构，是指作品内部具体的叙述方式。

电影叙事结构比小说叙事结构要复杂，它是一个拥有多级层面的复杂概念。第一，电影叙事结构中最基本的一个层面，是指一部具体电影的组织关系和表达方式，这个层级上的叙事结构称为故事结构或"影片总结构"③，相当于小说叙事的外结构。在影片总体结构的框架中，故事结构与电影蒙太奇结构相当，它表明一部电影的总体构架方式。一部电影能给观众以某种心灵的触动、新鲜的感受或情感的激荡，除了主题深刻和人物形象丰满之外，一个重要的方面，就在于其故事结构的构架别出心裁，富有叙述上的节奏感、层次感或艺术韵味。第二，在影片故事结构之上，电影结构还可以用来表示整体叙事系统意义上的结构组合关系，这个结构不属于某一部电影，而是作为一种系统概括的、具有普世性的组合关系。麦茨提出的电影叙事的大组合段理论，就属于电影一种整体叙事系统意义上的叙事结构说。麦茨将电影叙事的基本单位确认为"独立语义段"，在独立语义段中具

---

① ［古希腊］亚里斯多德：《诗学·诗艺》，罗念生、杨周翰译，人民文学出版社1962年版，第21页。

② 同上书，第25、26页。

③ 参见崔君衍《现代电影理论信息》(第二部分)，《世界电影》1985年第3期。

有八种形态：镜头、平行组合段、括入性组合段、描述性组合段、交替叙事组合段、场景、插曲式段落和一般性段落。麦茨试图以这种理论来涵盖电影的全部叙事结构。第三，在影片故事结构层级之下，电影叙事结构又可以表述为是对具体影片内部各种元素组合关系的概括，这相当于小说叙事的内结构。彼得斯指出："分析一部影片的独特的符号学系统面临着一个双重任务。第一，应当研究每一个独特的子系统：影片故事的具体结构，该片场面调度的具体结构，拍摄和剪辑的具体结构和图像外层次的具体结构。第二个任务是，探查这四个独特的子系统是怎样共同起作用使影片产生内在意义的。"① 这里所说的四个独特的具体结构，实际上是影片内部的情节、场面调度、剪辑、画面等的结构组合关系，它们是作为影片总结构之下的内结构环节而发挥叙事功用的。

谢晋导演的电影《天云山传奇》和《芙蓉镇》，李俊导演的电影《许茂和他的女儿们》，叙事结构总体上表现出对小说叙事结构的忠实和依赖。小说《天云山传奇》的故事时间（外结构时间）只有几个月，即1978年冬到1979年清明前，而主要故事时间大约只有一周，因为宋薇生病住院有两三个月，小说叙述只一笔带过。但是，小说的情节时间（内结构时间）却长达20多年，即1956年至1979年。电影的叙事结构同样不是按照时间顺序来叙述的，而是根据小说的情节设计，按照周瑜贞、宋薇、冯晴岚三个女性的心理线索来结构的，尤其是以宋薇第一人称的内心独白来贯穿的。以人物的心理线索来结构电影，这是电影语言对小说语言的借鉴。古华的《芙蓉镇》是"土洋结合"的情节结构②和整块状的叙述手法。小说写了四个年代（1963年、1964年、1969年、1979年），每一年代成一章，每一章写七节，每一节集中写一个人物的表演。四章共28节。"每一节、每个人物之间必须紧密而自然地互相连接，犬齿交错，经纬编织。"③ 也就是说，这

---

① ［荷］扬·M. 彼得斯：《图像符号和电影语言》，一匡译，中国电影出版社1990年版，第58页。

② 古华：《话说〈芙蓉镇〉》，《芙蓉镇》，人民文学出版社2005年版，第205页。

③ 同上。

部小说是以年代和人物为中心来组织结构，而不是以具体事件来叙述情节。小说的叙事结构被谢晋忠实地移植到电影之中。我们看到，电影《芙蓉镇》讲述的依然是小说中同样的故事，故事的时间跨度没变，所有人物没变，故事的基本情节也没变，看一看影片的故事梗概，我们可以从中发现它与小说的情节内容是何等地接近。小说《许茂和他的女儿们》采用"家庭纪事"的结构方式，以一个家庭的矛盾纠葛和人物性格的变化来反映整个社会的动荡和时代的足迹。小说反映了1975年冬发生在四川沱江流域葫芦坝的故事，揭示了多年来特别是十年浩劫以来"左倾"路线给农村带来的危害。李俊执导的同名电影，在故事情节和主要内容上，比较忠实于原著，叙事结构以顺叙为主，叙事时间为两三个月左右，小说里的两个主要人物是四姑娘许秀云和许茂，电影中同样以这两个人物为主线展开情节内容。

忠实移植的影像阐释方式是新时期初期众多导演不约而同遵循的法则，吴天明导演的反思电影也不例外。吴天明1983年独立执导的第一部影片《没有航标的河流》，是根据作家叶蔚林的同名小说改编的。影片再现了三个放排工的命运和遭遇，特别是粗犷、放浪形骸的盘老五在危难关头表现出的果敢、无私的精神境界，给观众留下了深刻印象。影片选取了一个独特的视角，从放排工的生存环境出发，暗喻一个动荡年代的整体氛围，展现了人民在"极左"路线的凶险洪流中为生存而做出的艰难搏击。

新时期初期的电视剧几乎是在文学的沃土中茁壮成长起来的。许多优秀电视剧都改编自文学作品，尤其是反思小说催生了一批优秀的反思电视剧。中央电视台录制的单本电视剧《有一个青年》（张洁、许欢子编剧，蔡晓晴导演）是根据张洁同名小说改编而成的。该剧讲述一个叫顾明华的青年电焊工，为了提高焊接产品的质量，利用业余时间大量阅读国内外焊接技术方面的资料。同时，一位素不相识的姑娘徐薇给了顾明华许多帮助。在共同的理想鼓舞下，两人由相互钦佩而产生爱情，最终走到了一起。该剧真实地反映了"十年动乱"给青年一代造成的精神伤害，展现了他们在新的历史时期要求积极上进的可贵精神。该剧获得了第一届（1981）全国电视剧评选单本剧一等奖。

　　根据杜保平小说《绣花床单》改编的单本剧《凡人小事》(于永和、陈文静编剧,赖淑君导演),也是中央电视台录制的,也是优秀的反思电视剧。该剧描写了一个普通中学教师家里发生的平凡小事。中年丧夫的顾老师独自挑起了生活的重担,每天上下班要用三个小时,换六次车,还要照看小女儿。为了解决实际的生活困难,她向领导提出了调到离家更近的学校去工作的要求。然而,顾老师为人正直,不愿做送礼行贿之事,结果被"王书记"以"研究研究"为由拖了两年。新来的张书记廉洁高尚,关心教师生活,最终解决了顾老师的困难。与以往充斥艺术舞台的假大空和人为制造的所谓幸福生活相比,《凡人小事》沐浴着浓郁的人情味,它悲悯的情怀抒发出融融暖意。该剧虽然赞扬了共产党员的好干部张书记,批评了官僚主义干部王书记,但办事送礼的社会现状却给观众留下了深刻的反思。该剧也被评为第

电视剧《凡人小事》剧照

一届(1981)优秀单本剧一等奖。

　　80 年代初,由丹东电视台和中央电视台联合录制的电视剧《新岸》(李宏林编剧,王岚导演)也引来了成千上万的信件,人们为主人公未来的命运献计献策,鼓励她走出人生的迷雾。该剧根据李宏林的纪实体小说《走向新岸》改编而成,是新中国第一部表现失足者生

活的电视剧。《新岸》讲述了这样一个故事："文化大革命"中，过早失去家庭温暖的小姑娘刘艳华，因偷窃而被押上了驶向监狱的囚车。在监狱里，管教干部给予她母亲般的温暖。刑满释放后，刘艳华痛改前非，决心重新做人，在监狱门口立下誓言："人类不覆灭，地球不翻个，我再也不会进监狱了。"然而，回家待业的刘艳华却处处受人歧视，一度在父亲坟前寻死。无奈之下，刘艳华加入了青年上山下乡的行列。在农村，刘艳华投入到了艰苦的劳动中，农村青年高元钢唤起了她内心沉睡的情感，使她恢复了生活的信心，在高元钢的帮助下，刘艳华终于走向了光明的新岸。这部电视剧没有直接控诉"文化大革命"的灾难，而是把城市和农村进行了比较，城市青年刘艳华在城市没有容身之地，而在农村获得了新生，给观众留下了无限遐思。该剧获得第二届(1982)全国优秀电视剧一等奖。

电视剧《新岸》剧照

可以这样说，反思小说为反思影视剧创作提供了必要的基础和源泉，从而带来了新时期初期影视剧的繁荣。反思小说和反思影视剧的创作大多取材于真实的社会现实生活，充满了强烈的时代精神，有着浓郁的生活气息。无论是作家还是导演，都不约而同地摒弃了"高大全"式的英雄人物，开始聚焦于普通人的喜怒哀乐。无论是题材的选择，还是人物性格的塑造，作家和导演都进行了比较深入的艺术探索。与此同时，作家与导演的关系非常融洽，导演充分尊重作家的创作成果，在影视剧改编时，直接邀请原著作家担任编剧，因此，忠实移植的影像阐释在反思影视剧中表现得特别明显，反思小说对反思影视剧的引领作用也就不言而喻了。

第二节 《天云山传奇》的时代变迁与命运沉浮

一 作家的表达与导演的选择

在新时期反思小说作家中，鲁彦周（1928—2006）无疑是重要的代表作家之一。鲁彦周50年代初就步入了文学的殿堂，创作了不少饮誉当时的作品，如话剧《归来》、电影文学剧本《风雪大别山》以及一些短篇小说。其中《归来》获全国剧本一等奖，《凤凰之歌》获1957年文化部举办的全国电影文学剧本征文三等奖。1976年粉碎"四人帮"以后，鲁彦周重新操笔，创作了电影剧本《巨澜》和《柳暗花明》。而真正使鲁彦周饮誉新时期文坛的作品是他创作的中篇小说《天云山传奇》。

《天云山传奇》是鲁彦周的重要作品，也是粉碎"四人帮"以后第一部文坛回春年代"反思文学"的代表作。1978年底，党的十一届三中全会在北京召开。鲁彦周当时在北京做电影剧本《柳暗花明》的定稿工作，住在北京电影制片厂，亲身感受到思想解放的热烈气氛。他经常坐公共汽车到天安门广场，那时，广场上的群众正在开展大辩论，热闹非常。对于国家出现的政治风波有各种各样的分析和评论，反思历史已经成为一股时代潮流。鲁彦周真切地感到，他又能够和文艺界一些人士自由来往，互相启发，议论国家的政治生活和前途命运了。作为一个作家，他觉得应该鼓起勇气，用手中的笔为转折年代的文艺写点什么。他脑子里产生了一个想法：通过小说作品歌颂三中全会精神，批判那些想阻挠三中全会精神贯彻的人；同时写一些人物的个人命运和坎坷遭遇，通过他们的工作、生活和爱情，告诉大家，过去的一些政治错误再也不能让它们发生了。鲁彦周说："1979

年初，我就动笔写了，仅仅20多天就完成了小说初稿，写得比较快，也比较激动，可以说是一气呵成，没有什么顾忌。为什么？是因为写的时候有一股汹涌澎湃的激情，这从小说中能够看得出来，许多观点和反思的结果通过小说充分地表现了出来。再说写作过程中如果顾忌这个顾忌那个，那就肯定写不好。"①

三中全会后，鲁彦周和陈登科等作家筹办了《清明》杂志，大家相约每人写出一篇自己认为比较好的稿子。于是，《天云山传奇》就在1979年初出版的《清明》创刊号上发表了。

《天云山传奇》刻画了一位被错划为右派的干部，在

作家鲁彦周

（图片来源于新华网《著名作家〈天云山传奇〉作者鲁彦周去世》中的插图，2006年11月28日，http://www.china.com.cn/book/txt/2006 - 11/28/content_ 7419576. htm）

遭受政治迫害和爱情背叛的打击之下，仍然坚持信仰，努力工作，表现出在逆境中不虚度光阴的可贵品质。1956年，从学校毕业的女学生宋薇和冯晴岚参加了天云山考察队，考察队年轻有为的政委罗群和宋薇产生了爱情。两人准备结婚时，罗群在1957年"反右运动"中为保护知识分子而被划为右派。于是，宋薇转而嫁给了领导考察队反右运动的吴遥。1958年，罗群和区委书记凌曙反对群众砍树炼钢，两人又被停职改造，并被扣上"反对大跃进、破坏大炼钢铁"的帽

---

① 许水涛：《〈天云山传奇〉令文坛为之一震》，《传记文学》2005年第7期。

子。1959 年，罗群和凌曙反对不科学的建造水库，双双被开除公职，罗群又被加上"屡教不改分子"的罪名。凌曙为保护水库而牺牲，妻子不久病逝，留下周岁女儿凌云，由罗群和冯晴岚收养。此时，天云山考察队解散，绝大部分考察队员离开了天云山。在罗群痛苦万分时，冯晴岚留在天云山当小学教员，排除种种压力和罗群结婚。冯晴岚用微薄的工资支撑着一家三口人的生活，并支持罗群继续进行天云山的考察研究。"文化大革命"中，罗群又增加了一顶"反革命分子"的帽子。同时，冯晴岚也被折磨得病魔缠身，失去了生育能力。在冯晴岚的支持和帮助下，罗群写出了《论天云山区的改造与建设》《农村调查》《天云山下随感录》《读史笔记》《科技与中国》《论"四人帮"产生的背景及其教训》等著作。"四人帮"粉碎后，宋薇发现了罗群的申诉材料，于是冲破丈夫吴遥的层层阻力，为罗群平反，这时冯晴岚却因病与世长辞。通过周瑜贞的四处奔走，罗群的著作得到省委领导的高度重视，并被批准出版。与此同时，天云山特区又恢复成立，罗群任特区书记，周瑜贞也加入了天云山特区考察队。

罗群这个人物形象具有很强的典型性，他既是 20 多年中国历次政治运动的亲历者和见证者，也是政治运动的受害者。罗群以满腔的热情投入新中国的建设中，然而，1957 年被错划为右派；1959 年又被加上"反党、反社会主义、反毛主席"的罪名；"文化大革命"中更是增加了一顶"反革命分子"的帽子。罗群的高尚之处在于，他虽然受到不公正的待遇，却始终保持着共产党人的信念和气节，身处逆境仍坚持为党为人民工作，继续对天云山区进行考察和研究，写出了很有价值的著作。对于这样一个人物应该怎样评价呢？他牵涉到重大历史是非的评价问题，如 1957 年的反右斗争，1958 年的"大跃进"，1959 年的"反右倾"等。吴遥坚持不为罗群平反，固然有自私、嫉妒的原因，更重要的还是对待上述历史是非的态度问题。在吴遥看来，否定反右斗争、"反右倾运动"和"文化大革命"，是"大逆不道"的。而吴遥之所以采取这种态度，乃是因为"极左"路线是他赖以安身立命的基础。这正如小说里周瑜贞所思考的："他的同时代的人，为什么会那么冷酷无情地抛弃了他？他为什么会有这样的遭遇？我应该从他的遭遇中得出什么结论，又该怎样从他的生活里吸取我应该学习的东西？"《天云山传奇》并没有就作品所涉及的是非提出明确的结论，但它却有力地把读者引入了对这些问题的沉思中。

小说还塑造了三位性格鲜明的女性：外柔内刚、信仰坚定的冯晴岚，背弃爱情、随波逐流的宋薇，活泼热情、针砭时弊的周瑜贞。鲁彦周对冯晴岚这个形象给予了高度赞扬，冯晴岚为了自己所爱的人，无怨无悔地奉献了一切，她既有中国传统女性忍辱负重的美德，又有现代女性的独立自主意识。在丈夫罗群没有收入、受到迫害的环境中，她用微薄的薪水支持着丈夫的事业，在艰难逆境中维持着家庭的温暖，这不是一般女性能够做到的。与冯晴岚形成鲜明对比的是宋薇。从某种意义上说，宋薇是政治运动年代一些女性的典型代表。宋薇追求美好的爱情，但经受不住一点风雨，在政治运动的风潮中随波逐流，没有自己独立的思考和判断，无论在工作还是在家庭中，都处于被动和从属的地位。宋薇二十多年的生活，始终都听任丈夫吴遥的控制和安排。不过，在冯晴岚来信的感召下，宋薇最终动了恻隐之心，冲破丈夫的阻挠，坚持为罗群平反。周瑜贞比冯晴岚和宋薇年轻，虽经历过"文化大革命"，但充满朝气与活力，具有爱憎分明的品质，她既敢对社会上的不良现象进行大胆批评，又对罗群和冯晴岚给予无私帮助。可以说，周瑜贞代表了新时代新女性的形象。不过，小说的结尾落入了庸俗的爱情主义模式：宋薇仅因为为罗群平反就要与丈夫吴遥离婚，并且幻想着与罗群再续前缘；周瑜贞在与罗群的短暂交往中，不畏相差十多岁的年龄，就要与罗群结婚。宋薇、罗群与周瑜贞之间陷入了朦胧的三角情感纠葛中，这种结尾方式既有些庸俗化，而且不太符合生活逻辑。正如鲁彦周后来回忆所说："这都是因为一气呵成的激情造成的遗憾。"①

小说不但故事曲折感人，而且作者的叙述手法也别出心裁。80年代初期，许多作家都抛弃了传统的顺叙创作方法，而偏爱倒叙、插叙、补叙、追叙等多种叙述手法的综合运用，以便使小说情节跌宕起

---

① 许水涛：《〈天云山传奇〉令文坛为之一震》，《传记文学》2005 年第 7 期。

伏，故事内容迂回婉转。小说《天云山传奇》便是多种叙述技巧运用的典范。小说的故事时间只有几个月，即1978年冬到1979年清明前。但是，小说的情节时间却长达二十多年，即1956年至1979年。小说是以宋薇第一人称的叙述方式来讲述故事的，开头是这样一句："一九七八年冬天的一个晚上，我吃过晚饭，照例拿出从办公室带回的各种申诉材料，细细翻读。"明确点明了故事发生的时间。再看小说结尾："过了一段时候，我终于出院了。这也正是清明节的前夕。"再次交代故事进行的时间。第一人称叙述方式是一种受限制的叙述视角，无法进行全面多角度的叙述。为了弥补这种叙述的局限，小说通过周瑜贞向宋薇讲述她去天云山见到罗群和冯晴岚的情形，交代了两人在1978年的生活状况；补叙了冯晴岚于1978年冬天给宋薇写信，讲述冯晴岚与罗群在1957年以后的生活状况；加上宋薇回忆1956年与罗群相识、相爱的过程。这三条线索平行发展，互为补充，从而使小说情节在受限制的叙事中达到了完美统一。

二　小说叙事与影像叙事

小说《天云山传奇》发表后很快引起了轰动，上海电影制片厂想改编成电影，便派了一个老编辑到合肥，请鲁彦周到上海，尽快将小说改编成电影剧本，厂长徐桑楚非常支持这件事情。不久，《电影选作》杂志率先发表了电影剧本《天云山传奇》。

1980年，上海电影制片厂安排著名导演谢晋（1923—2008）拍摄《天云山传奇》。作为我国第三代导演①中的重要代表人物之一，谢晋早在五六十年代就拍摄了《红色娘子军》《女篮五号》《舞台姐妹》等许多有影响的电影作品。这次拍摄《天云山传奇》虽然冒着一定的风险，但他被小说的故事情节所吸引，于是全身心地投入电影的拍摄之中。

电影界对政治运动进行历史反思主要依赖于"反思文学"，谢晋

---

①　中国第三代导演主要是指建国初期走上影坛的导演艺术家。这一代导演主要有成荫、谢铁骊、水华、崔嵬、凌子风、谢晋、王炎、郭维、李俊、于彦夫、鲁韧、王苹、林农等，他们在遵循现实主义原则，表现生活的本质，深入展现矛盾冲突，以及在民族风格、地方特色、艺术意蕴等方面，都进行了十分有益的探索。

恰恰经历过"反右"斗争和"文化大革命",因此反思小说自然会触动其内心情感。他从《天云山传奇》开始,就率先在电影界投入了"反思"的潮流。谢晋说:"我读过《天云山传奇》剧本之后,感到在这部戏里,有你,有我,有我们大家历历在目的亲身经历的一段道路。这些生活是我所熟悉的,在这些角色里,体现着我的各种感情:有爱,有憎,也有同情。"①

为了拍摄《天云山传奇》,谢晋花费了不少心血,虽然小说和电影剧本都出自鲁彦周之手,电影在内容和情节

导演谢晋

(图片来源于搜狐娱乐藤井树《"金"榜提名:十大金鸡佳片与金鸡红人》中的插图,2009 年 10 月 15 日, http://yule. sohu. com/ 20091015/n267389761_ 2. shtml)

方面大体上与小说是一致的,但是,在人物的安排、细节的处理和场景的布置上却是按照谢晋的思路设计的。谢晋邀请石维坚来饰演罗群,王馥荔饰演宋薇,施建岚饰演冯晴岚,仲星火饰演吴遥,洪学敏饰演周瑜贞。在确定了几位主要人物的角色扮演者之后,谢晋根据电影情节的需要,在原小说人物的基础上,增加了追求冯晴岚的技术员小王、考察队的胖姑娘、老工程师、农村大嫂、农村老汉等次要角色,这些人物虽然在电影中的镜头很少,但使电影的内容更加丰富多彩。为了营造电影独特的视觉氛围,谢晋在场景布置上也是匠心独具。小说里,罗群在"反右运动"中被下放到金沙区劳动,冯晴岚专程去看望他,"我是正午到达村子的,我在溪边的一棵大树下,找到了罗群,他坐在那拱起的树根上面,两脚伸到水里,旁边放了个还

---

① 代琇、庄辛:《谢晋传》,中国电影出版社 1997 年版,第 66 页。

没吃的玉米饼，手里却捧了个本子，在那上面写着什么。"这么简单的一句话，谢晋在电影场景布置上进行了很大的改动：树根改成了石头，一间罗群居住的破茅屋，旁边有一个水车和磨坊。这个场景在电影中多次出现，冯晴岚和罗群在这里建立了恋爱关系；罗群在这里生病；两人在这里结婚；他们在这里生活了二十多年。在人物服饰的设计上，谢晋让冯晴岚戴上了眼睛，让周瑜贞拿起了照相机，这是小说里没有的细节。这些细节的变化不仅增强了电影的可视性，而且对于表现人物的性格和内心情感起到了重要的辅助作用。

《天云山传奇》是以宋薇、周瑜贞、冯晴岚三条线索来组织结构小说内容的，谢晋在电影中对三条线索的具体处理花费了很多工夫。小说中的三条线索除了叙述内容不同外，看不出有多少区别。在电影中，谢晋加入了色彩不同的画外音，周瑜贞是明朗的，冯晴岚的信是深情、朴素的心声，宋薇是自我解剖式的、悲剧性的。这样，三个人物和三条线索具有了明显的区别。像冯晴岚的书信是以交心的方式与宋薇的主线有机地连在一起的。影片在表现冯晴岚的心理线索时，不是孤立地进行的，而是将现实和回忆穿插进行，让观众真实地感受到了宋薇心理线索的作用。比如冯晴岚在给宋薇的信中说："……即使今天我就离开人世，我也可以骄傲地宣告，我是幸福的，宋薇同志……"电影画面上出现了冯晴岚抬头正视的镜头，她深情地看着宋薇，接下来，画面中出现的是宋薇茫然、悲凉的神情。当冯晴岚的画外音"……你呢？"说完之后，宋薇不由自主地脱口而出："我？……"谢晋认为："这样的镜头组接造成的效果是两人犹如面对面地在一问一答，她们的感情得到了交流，两条心理线索也同时得到了体现。"①

宋薇的心理线索体现得比较复杂，它不但贯穿于整个旁白之中，而且还表现在她感情的发展变化方面，因此，影片中多次使用了她的闪回镜头。比如，吴遥在会议室讲话，宋薇听着听着，吴遥响亮的声

---

① 谢晋：《心灵深处的呐喊——〈天云山传奇〉导演创作随想》，《电影艺术》1981 年第 4 期。

音没有了，她脑子里出现的是其他内容，电影随即插入了吴遥将碎纸扔到宋薇头上的镜头，以及吴遥曾经在干校劳动的镜头。又比如，影片始终让罗群、吴遥两人的形象在宋薇脑子里交替出现。这种蒙太奇手法的运用，完全符合生活逻辑和人物的思维逻辑。这些细节在小说中是没有的。

为了塑造好冯晴岚的形象，在影像阐释中，谢晋把小说中只有一两句话的描写，化为由"板车之歌"所组成的一个重头戏，形成了电影中的一个高潮。小说是这样描写冯晴岚拉板车的：

> 那天，我自己拉着板车，板车上躺着我的爱人，我们迎着寒冷的风雪，在古城堡下的路上前进着。许多人都用惊异的眼光望着我，我挺起胸骄傲地往前走着，不时回头和他交换一个会心的微笑，我感到真正的幸福是属于我们的！

电影《天云山传奇》剧照

谢晋在电影中拍摄这场戏时，加上了"山路弯弯，风雪漫漫，莫道路途多艰难，知己相逢心相连"一首歌。这首歌曲贯穿整部影片，从开头到婚后的生活，再到冯晴岚去世，曾几次出现，不仅烘托了气氛，而且增加了电影的抒情色彩。我们具体来看电影中"雪地拉车"的场景：

镜头1：（远景）群山覆盖着皑皑白雪，冯晴岚拉着板车在雪地上行走，风雪交加，生病的罗群躺在板车上。音乐响起：山路弯弯。

镜头2：（远景）冯晴岚拉着板车经过覆盖着白雪的山坡。音乐继续：山路弯弯。

镜头3：（全景）冯晴岚拉着板车经过村庄，很多群众出来，关切地看着冯晴岚拉板车的情形。冯晴岚围着红头巾，罗群戴着火车头帽子，躺在板车上，身上盖着破旧的军大衣。音乐继续：风雪漫漫。

镜头4：（远景）冯晴岚在山路上艰难地拉着板车，道路两旁的树落光了树叶，树枝上覆盖着白雪。音乐继续：风雪漫漫。

镜头5：（叠化，近景，摇）从远景镜头逐渐叠化成近景，冯晴岚拉板车的头像，镜头跟着摇动。在拉板车中，镜头从冯晴岚摇到板车，再摇到躺在板车上的罗群，再摇到军大衣，最后摇到板车尾部上的各种书籍。伴奏音乐继续。

镜头6：（中景，跟摇）冯晴岚低头艰难地拉着板车，风雪迎面吹打着她的脸。伴奏音乐继续。

镜头7：（特写，跟摇）板车上的罗群紧闭双眼。伴奏音乐继续。

镜头8：（远景）群山笼罩在风雪之中，冯晴岚拉着板车慢慢入画，并突然摔倒。伴奏音乐继续。

镜头9：（近景，摇）罗群突然惊醒，慢慢抬起头往后看。音乐继续：山路弯弯。

镜头10：（近景）在风雪吹拂中，冯晴岚放下板车的牵绳，绕过板车，俯下身子，深情地看着板车上躺着的罗群。冯晴岚的头巾和罗群的帽子上都有雪花。音乐继续：风雪漫漫。

镜头11：（近景）冯晴岚微笑地看着罗群，她头巾和头发上都飘满了雪花。音乐继续：风雪漫漫。

　　镜头 12：（中景）风雪中，罗群慢慢取下冯晴岚的眼镜。音乐继续：风雪漫漫。

　　镜头 13：（中景）冯晴岚站起身给罗群盖军大衣。音乐继续：莫道路途多艰难。

　　镜头 14：（特写）罗群激动地流出了眼泪，并把冯晴岚的眼镜放进军大衣下盖着。音乐继续：莫道路途多艰难。

　　镜头 15：（中景）冯晴岚继续给罗群加盖衣物。风雪刮过不停。罗群激动地握住冯晴岚的手。音乐继续：莫道路途多艰难。

　　镜头 16：（近景，跟摇）风雪更大了，冯晴岚又拉着板车前行。音乐继续：知己相逢心相连。

　　镜头 17：（全景，跟摇）冯晴岚在结冰的河岸上拉着板车，风雪迎面刮来。音乐继续：心相连，心相连。

　　镜头 18：（中景，拉）雪地上留下了密集的脚印和两行板车印迹。镜头从中景逐渐拉成全景。音乐继续：心相连。

　　（根据电影《天云山传奇》整理而成）

　　为了把"雪地拉车"的动人情景逼真地再现在银幕上，谢晋要求冯晴岚的扮演者施建岚在冰天雪地的通化郊外反复练习拉车。这场戏没有对话，主要靠演员的表演和环境气氛的渲染来刻画人物。电影要有好的艺术效果就必然要使人物真切，像真实生活一样。施建岚深有体会地说："现在银幕上出现的冯晴岚跌跤子细节，是我在实拉时真的跌下来的记录，因此看来比较真实、感人。"① 这个场景还增加了一个罗群为冯晴岚摘眼镜的细节，大风雪使冯晴岚的眼镜粘上了一层薄冰，以致模糊了她的眼睛，罗群摘下她的眼镜并放在怀里，是要表达他俩深沉的爱和互相关心，也写出环境的艰险，从而揭示出冯晴岚外柔内刚的性格。

　　不过，从人物形象的塑造来看，宋薇的形象比冯晴岚和罗群更加丰满，也更具有典型性。年轻时期的宋薇很单纯，虽然对党忠心耿

---

　　① 施建岚：《银幕生活第一课——扮演冯晴岚的体会》，《电影艺术》1981 年第 1 期。

耿，但政治上还不成熟，生活阅历还不丰富，自身性格又存在着盲目、软弱以及有些虚荣等弱点，因而在复杂的政治风云变幻中，不止一次地丧失了自己。"她的爱情悲剧，从根本上说，也是'左'的路线的产物。"①电影细致入微地刻画了她的心路历程，展示了她复杂的精神世界。少女时代的宋薇纯真浪漫，对生活有美好的憧憬。当她被"大白马"载入幸福的爱情天地后，更是全身心地投入甜蜜的渴望中。而在政治浪潮突然袭来时，她又手足无措，缺乏应对和辨别能力。正如鲁彦周对宋薇的评价："她所走过的道路，正是我们许多人中曾经走过的道路，是有鲜明的社会烙印的。"②宋薇是一个复杂的人物形象，她既不是"中间人物"，也不是一般常见的正面人物，而是在特定历史条件下被摧残的天真灵魂，是时代悲剧的缩影。

三 影像阐释的冒险与成功

其实，鲁彦周和谢晋对《天云山传奇》都承担着一定的政治风险。毕竟《天云山传奇》是文坛上第一部直接描写"反右"运动的小说，而鲁彦周本人并没有戴过"右派"的帽子，他是根据一些朋友的经历和对生活的观察写出来的。鲁彦周创作之时，国家还没有全面处理"反右"运动的问题，一些人还坚持"反右"运动的正确性。因此，鲁彦周在小说里直接否定"反右"运动是冒着很大风险的。

同样道理，谢晋拍摄电影所承担的风险更大，因为《天云山传奇》也是影视界第一部直接表现"反右"运动的电影。当上海电影制片厂安排谢晋拍摄这部电影时，没想到谢晋夫人徐大雯坚决反对，担心《天云山传奇》这个剧本太危险，认为小说是一回事，拍成电影就会扩大社会影响，要出纰漏可就不得了了。谢晋和夫人徐大雯都经历过"反右"运动和"文化大革命"，知道政治运动对艺术家人生道路的影响。徐桑楚知道情况后马上找谢晋谈话，如果政治上出问题，他作为一把手可以承担全部责任，这才解除了谢晋的顾虑。

---

① 张阿利、曹小晶：《中国电影精品解读》，重庆大学出版社 2011 年版，第 156 页。

② 鲁彦周：《〈天云山传奇〉——从小说到电影》，中国电影出版社 1983 年版，第 281 页。

在具体拍摄和影像阐释过程中，谢晋虽然比较尊重小说原作，但并没有亦步亦趋地照搬小说情节，有些地方对小说进行了改动，这些改动实际上也存在着影像阐释的艺术风险。首先，小说里，宋薇有一个 16 岁的女儿，正在读高一，符合宋薇与吴遥结婚的时间，因为两人是在 60 年代初结婚的。电影中，女儿变成了一个小男孩，大约只有七八岁，除非宋薇还有其他孩子，否则就存在故事的逻辑矛盾。宋薇和吴遥结婚大约 18 年了，小孩不可能那么小。其次，关于宋薇给罗群平反的情节，小说比电影处理得好些。小说里，宋薇在丈夫吴遥疗养期间，积极给罗群平反，因为吴遥提前回家而中途夭折，后来是周瑜贞给省委反映罗群的情况，通过省委领导的出面才真正解决了罗群的问题。电影中，宋薇不顾吴遥的反对，直接找到市委第一书记，交上了罗群的申诉材料，从而使罗群得到平反。从表面上看，电影的处理显示了宋薇性格的转变。不过，宋薇性格的转变太突兀，不太符合生活逻辑，多年来，宋薇已经形成了依赖吴遥的习惯，不可能一夜之间性格大变。不过，从结尾的处理来看，电影比小说更含蓄，更符合情理。小说里，宋薇为罗群平反而导致与吴遥关系破裂，还想与罗群旧梦重圆；周瑜贞明确要与罗群建立恋爱关系。这就陷入了庸俗的爱情主义情感中，并且与生活逻辑不相符。电影中，没有暗示周瑜贞与罗群的爱情关系，并以宋薇的独白作结："人生应当有更高的境界，有更重的需要我完成的任务。"这种处理方式不但留给观众想象的空间，而且对人生的价值给予了更高层次的诠释。

电影拍出后，鲁彦周到上海电影制片厂看了两遍样片，当时影片还没有最后合成，但他心中已有数了。影片定型后在北京试映，鲁彦周特意到电影院，想看看观众的反映。电影放完以后，场内鸦雀无声，还能够听到有人哭泣的声音，过了大约一分多钟后，突然爆发出热烈的掌声。一位解放军战士跑到鲁彦周跟前敬礼，让鲁彦周既惊讶又激动，这对作家和编剧来讲当然是最大的安慰和鼓舞了。鲁彦周始料未及的是："电影公演之后，老百姓的强烈反响出乎我的意料。我一共收到好几麻袋的信件，有称赞和鼓励的，有诉说自己在历次政治运动中的遭遇，有要求代为申诉的，各种各样的内容都有，而且都很感人，对我的创作表示了感谢和支持。还有人背个破包、等在我家门口、想让我帮助申冤。这让我非常感动，可我自感只是个作家，没有权利解决这类问题。但我想，人家遭遇那么曲折，不能漠然置之，所以一般的都要回信，并且还介绍他们到政府的信访部门，也转了不少来信给有关单位。能够为群众特别是一些受到磨难的人们做点事，反映他们的实际生活和要求，我在感到欣慰的同时，也更加认识到社会生活中发生这么多的冤屈是很悲哀的，也更加坚信自己原先的判断。"①

电影《天云山传奇》也为导演和剧组人员赢得了无数的荣誉。在第一届金鸡奖（1981）评选中，《天云山传奇》获得了最佳故事片、最佳摄影、最佳美术、最佳音乐等多项大奖；在第四届大众电影百花奖（1981）评选中，《天云山传奇》也获得了最佳故事片奖。金鸡奖评委会在授奖词里写道："《天云山传奇》比较深刻地反映了我国二十余年社会生活的一个侧面，充满激情地创造了动人的银幕形象，发挥了电影作为综合艺术的丰富表现力。"②谢晋也以"富有创造性地体现了剧作的风格和特色，充满激情地调动各种艺术手段，塑造了感人的银幕形象，显示了导演的功力"而获得"最佳导演奖"。同时，《天云山传奇》也获得文化部1980年优秀影片奖。在第一届香港电影"金像奖"（1982）评选中，《天云山传奇》获得最佳影片奖。1995年，上海影评学会把《天云山传奇》评为中国电影"十大名片"之一。台湾学者蒋勋评价说："从大的人文传统来看，谢晋是直溯《诗经》、杜甫、'五四'的精神。谢晋的创作路线更民间性，注重人与人所组成的社会，接近儒家，认为人的问题仍要在人的社会里解决。他作品里面有好大的愧疚，虽然有乐观及理想主义，却也有控诉及悲愤。以时代格局及历史代表性而言，谢晋更具代表性。作品好坏是另一回事，在时代的脉搏上，杜甫式的沉痛仍是最重要的。"③

---

① 许水涛：《〈天云山传奇〉令文坛为之一震》，《传记文学》2005年第7期。
② 陆绍阳：《中国当代电影史——1977年以来》，北京大学出版社2004年版，第42页。
③ 代琇、庄辛：《谢晋传》，中国电影出版社1997年版，第235页。

第三节 《芙蓉镇》的小人物与大社会

一 文学形象与影像人物

古华（1942— ）的长篇小说《芙蓉镇》不仅获得了首届茅盾文学奖，而且也是新时期文学中反思小说的重要代表作。《芙蓉镇》创作于 1980 年七八月间，发表在 1981 年《当代》第一期上。小说发表数月内就引起全国各地读者的注意，《当代》编辑部和作者先后收到数百封来信。文艺界对这部小说也相当重视，先后有新华社及《光明日报》《中国青年报》《当代》《文汇报》《作品与争鸣》《湖南日报》等报刊发了有关的消息、专访或评论。①

作家古华

（图片来源于古华 - 百度百科中的插图，http：//baike. baidu. com/view/123923. htm）

据古华介绍，《芙蓉镇》故事的雏形来源于现实生活中的"寡妇哭坟"事件。②

1978 年秋天，古华到一个山区大县采访，该县文化馆的一位音乐干部讲述了他们县里一寡妇的冤案。一位女社员在死了两个丈夫之后，满脑子都是宿命思想，怪自己命大，命独，克夫。不久，古华到长沙开创作座谈会，他把这个故事讲给一些同志听，他们出了不少主意，写成"寡妇哭坟"啦，"双上坟"啦，"一个女人的昭雪"啦，等等。这个寡妇后来就

---

① 古华：《芙蓉镇》，人民文学出版社 2005 年版，第 200 页。
② 同上书，第 203 页。

成了小说主人公胡玉音的原形。古华没有介绍讲述故事的音乐干部是否与那位寡妇有什么直接关系或感情纠葛，但从后来创作的小说故事中可以推测：小说中的右派分子秦书田的形象很可能就来源于现实生活中那位音乐干部。古华知道，小说创作必须要对现实素材进行提炼和加工，使之形成典型环境中的典型形象，达到从个别到一般、从特殊到普遍的艺术高度。生活中寡妇的遭遇相当悲惨，令人同情，但是，悲惨不能等同于文学艺术上的悲剧。当然，古华如把小说写成"寡妇哭坟"的主题，也许可以使小说情节曲折生动，感情缠绵悱恻，使故事更具有可读性，但是，这样的小说却无法承载重大的社会意义，更无法达到恩格斯所说的"历史的必然要求和这个要求无法实现的必然冲突"的美学要求。

"寡妇哭坟"的素材，对湘南村镇生活的熟悉，只是为古华创作《芙蓉镇》提供了必要的前提条件，而真正促使他创作小说的契机是他参加中国作协学习的经历。1980年，古华终于有机会走出偏远而闭塞的湖南山区，来到首都北京，参加中国作家协会文学讲习所组织的学习。这次学习对古华来说相当重要，因为他有机会结识居住在北京的一些著名老作家和来自全国的许多青年作家，并且能够与出版社的著名编辑面对面的交谈。同行的指点，编辑的帮助，加上亲身的耳濡目染，使古华的眼界大为开阔。他深有感触地说："三中全会的路线、方针，使我茅塞顿开，给了我一个认识论的高度，给了我重新认识、剖析自己所熟悉的湘南乡镇生活的勇气和胆魄。我就像上升到了一处山坡上，朝下俯视清楚了湘南乡镇上二三十年来的风云聚会，山川流走，民情变异……"①此时，古华眼前豁然开朗，把"寡妇哭坟"的故事与自己熟悉的湘南村镇生活实现了有效的对接，他的脑海中终于产生了设想："即以某小山镇的青石板街为中心场地，把这个寡妇的故事穿插进一组人物当中去，并由这些人物组成一个小社会，写他们在四个不同年代里的各自表

① 古华:《芙蓉镇》，人民文学出版社2005年版，第204页。

演，悲欢离合，透过小社会来写大社会，来写整个走动着的大的时代。"①这个总体构思使古华兴奋不已，觉得这样的结构不会落入俗套，会有很多新意。7月，恰逢古华创作实习期，他赶紧回到湖南家乡，躲进五岭山区腹地的一个凉爽幽静的林场里。当时的古华"情思奔涌、下笔有神"，每日含泪而作，嬉笑怒骂，激动不已。②在短短的二十多天里，他就创作出了十多万字的草稿。8月中旬回到北京，古华抓紧课余时间进行抄写，因为文学讲习所9月中旬要结业。9月初，古华将只完成了3/4的稿子交给人民文学出版社，三位编辑在10天内就看完了这部半成品。他们充分肯定了小说的价值。古华在修改小说内容时，也开列了十多个题目给《当代》编辑部：《山镇风月》《山镇风俗画》《山镇女郎》《芙蓉女》《青莲镇》《芙蓉镇》《芙蓉玉树》等。秦兆阳同志从众多的名字中一眼就认定《芙蓉镇》最好，他认为，以地名概括丰富、复杂内容的作品，不乏先例，小说题目就这样定了下来。③至此，古华终于实现了小说"小中见大"的创作意图，实现了"寓政治风云于风俗民情图画，借人物命运演乡镇生活变迁"④的创作目标。

《芙蓉镇》里没有枪林弹雨的战争场面，没有民族危亡的关键时刻，更没有阴险毒辣的潜伏敌人，小说里面的几个主要人物，如胡玉音、秦书田、谷燕山、黎满庚、王秋赦、李国香等，都是山区小镇平凡不过的普通人物。他们文化程度不高，生活空间狭小，但这里民俗纯朴，多数人心地善良，待人真诚。尽管如此，芙蓉镇这个偏僻落后的普通小社会，也能折射出大社会和大时代的风云变幻。小说描写道："芙蓉镇街面不大。十几家铺子、几十户住家紧紧夹着一条青石板街。"即便这么小，"反右"斗争、"四清"运动、"文化大革命"

① 古华：《芙蓉镇》，人民文学出版社 2005 年版，第 204—205 页。
② 同上书，第 204 页。
③ 龙世辉：《关于古华和他的〈芙蓉镇〉》，《〈芙蓉镇〉评论选集》，湖南人民出版社 1984 年版，第 19 页。
④ 古华：《话说〈芙蓉镇〉》，《芙蓉镇》，人民文学出版社 2005 年版，第 200 页。

同样波及了这里，而且搞得轰轰烈烈。这样的小镇，居然地、富、反、坏、右五类分子也有二十几个，大队党支部书记黎满庚还定期召开五类分子训话会。经过李国香的改造，古老的芙蓉镇发生了翻天覆地的变化，以往那个生机勃勃、温情脉脉、和谐的民间社会没有了，代之以"紧张"的"社会主义的战斗堡垒"。镇上制定了"治安保卫制度"，设有三个"检举揭发箱"，原先是"我为人人，人人为我"，如今是"人人防我，我防人人"。李国香的同盟王秋赦从北方取经，取来了"三忠于""四无限"整整一套仪式，在全镇学习推广。古老的乡风民俗被严肃的政治仪式所取代。古华客观地描述了芙蓉镇的变化：

> 原先街坊们喜欢互赠吃食，讲究人缘、人情，如今批判了资产阶级人性论、人情味，只好互相竖起了觉悟的耳朵，睁大了雪亮的眼睛，警惕着左邻右舍的风吹草动，再者，如今镇上阶级阵线分明。经过无数次背靠背、面对面的大会、中会、小会和各种形式的政治排队，大家都懂得了：雇农的地位优于贫农，贫农的地位优于下中农，下中农的地位优于中农，中农的地位优于富裕中农，依此类推，三等九级。街坊邻居吵嘴，都要先估量一下对方的阶级高下，自己的成分优劣。

这种改变体现的是"人和人的关系政治化"了，是时代变迁在偏远小镇烙下的深深印痕。从芙蓉镇的变化中，可以看到中国千千万万小镇整齐划一的类似变化，从小镇人物的命运，可以透视出整个中国在特殊年代所遭遇的相似命运。

《芙蓉镇》发表后，受到文艺界和广大读者的重视，电影界也不例外。曾有三家电影厂想改编拍摄，但当时"文化大革命"还没有被彻底否定，大家都不敢立即拍摄。1985 年，古华拿着小说去找著名导演谢晋。谢晋当时手中拿着《赤壁大战》剧本，他再三踌躇、反复斟酌，最后决定放下《赤壁大战》，改拍《芙蓉镇》。谢晋深受小说的感染，几次和古华交换意见。他说："这样好的小说我要尽全力来拍好它。"①1986 年，电影《芙蓉镇》正式开始拍摄。

对于《芙蓉镇》的改编，谢晋看过两个剧本，均不满意。后来他出了一个新招：点名让青年作家阿城执笔改编，阿城因《棋王》而名噪文坛。谢晋开玩笑说："我跟李準的结合，可能是一种'近亲结婚'，观点比较一致，年龄也相仿，我们是同时代的人，走过的道路非常接近。但阿城跟我的出入比较大，不是'近亲结婚'，那就可进行一些冲击。"② 谢晋主动放弃曾长期合作的李準而选择与自己风格迥异的阿城担任编剧，这可以看出他思想的大胆和开放。但由于传统的电影观念上的局限，阿城改编的《芙蓉镇》剧本，一旦真正与他拉开了距离，他反而又难以适应，最后不得不在此基础上亲自动笔进行重新加工。所以，《芙蓉镇》最后拍摄的剧本是阿城和谢晋两人共同完成的。

为了拍好《芙蓉镇》，谢晋也花了不少时间来找演员。他请刘晓庆饰演女主角胡玉音，理由有三：刘晓庆与角色胡玉音有类似的妩媚动人的气质；她风华正茂，年龄的变化有可塑性，适合扮演时间跨度大的角色；她演技成熟，较有成功的把握。③ 秦书田这个角色最难找演员，谢晋说："'秦癫子'这个人，表面上玩世不恭，油油滑滑，但内心并不麻木，有很多深沉的东西，要把这些都表演出来，很不容易。"④他后来选中青年演员姜文来演秦书田，因为姜文刚在电影《末代皇后》中扮演末代皇帝溥仪而大获成功。为了尽快找好演员，摄制组兵分几路，寻找他们心目中最合适的扮演者。结果是八一厂的郑在石饰演谷燕山，刘利年饰演黎桂桂，中央戏剧学院的徐松子饰演李国香，张光北饰演黎满庚，中国青年艺术剧院的祝士彬饰演王秋赦，空军话剧团的徐宁还是个姑娘，这次饰演有四个孩子的母亲"五爪辣"，黎模宪饰演杨民高。

"芙蓉镇"在哪里？这给谢晋和摄制组出了一个大难题。当谢晋

---

① 代琇、庄辛：《谢晋传》，中国电影出版社 1997 年版，第 94 页。
② 同上。
③ 同上书，第 95 页。
④ 同上书，第 96 页。

谢晋(中)和古华(右)在拍摄现场

(图片来源于古华－百度百科中的插图, http: //baike. baidu. com/view/ 123923. htm)

问古华"芙蓉镇"到底在湖南哪个地方时,古华也答不上来。为了寻觅一条长长的青石板街道,摄制组几乎走遍了湘西南的几十个县,奔波几十天,行程5000里。从郴州、嘉乐、大圩、江华、凤凰、吉首、里耶一直到永顺,最后在永顺县的王村镇终于找到了古华小说所要求的"芙蓉镇"。青石板街道上"胡记米豆腐店""圩场""国营饮食店""黎满庚家"等重要场景,也都是现成的。不过,王秋赦居住的"吊脚楼"是从10公里外抬运过来的,木质结构建筑,有几吨重,是临时搭建的。当地政府对拍摄电影相当支持,凡是《芙蓉镇》拍摄需要的,他们都全力配合,这给整个拍摄过程带来了极大的方便。

谢晋在对《芙蓉镇》进行影像阐释时,把小说中的胡玉音作为中心人物,其他形形色色的人物——李国香、秦书田、黎满庚、谷燕山、王秋赦、黎桂桂——都围绕胡玉音的命运而展开。环绕着胡玉音的爱情、婚姻的中心情节线，电影着重强化和铺衍小说提供的富于戏剧性的情节：极"左"路线的宠儿李国香以工作组组长的身份亲临胡玉音用劳动赚钱盖成的新楼，不阴不阳，步步紧逼，给胡玉音算豆腐账；李国香怀着对谷燕山的爱却不能得手的恨，在粮库里对谷展开软硬兼施的攻心战；秦书田和胡玉音同病相怜，一起扫大街；谷燕山怀着如父如夫的感情为胡玉音接生；黎满庚醉酒中向胡玉音倾诉对胡玉音的悔恨之情……一个个令人勾魂摄魄的情节始终围绕胡玉音展开，构成了全片多层次、多角度的人与人之间的矛盾。叙事的推进，来自胡玉音对人的尊严和人性的渴望。"正是围绕着胡玉音形成的错综复杂的人、事纠葛，展现出一场场政治风暴中社会生活的真实图景：有受难者、抗争者、动摇者，也有凌虐者、迫害者。每一个人物的命运和内心冲突，在强化了的情节进展中达到了典型性。"①

二 小说情节与电影场景

小说的情节虽然不等同于电影的场景，但二者关系非常密切。小说《芙蓉镇》开头第一章第一节——"一览风物"，重点介绍胡玉音的米豆腐摊子以及来吃米豆腐的几位常客谷燕山、黎满庚、王秋赦、秦书田——这是小说的几位主要人物。电影的开头段落与小说情节类似，围绕胡玉音和黎桂桂的米豆腐摊子，几位主要人物都纷纷出场亮相。这个段落容纳的信息量很大，包含的场景很多，各种拍摄技巧，推、拉、摇、移镜头，全景、中景、近景、特写等画面，都在开头段落里交替使用。这里以"李国香追求谷燕山"的场景为例，看小说情节是如何转化为电影场景的。小说的叙述情节如下：

> 她开始注意跟粮站主任去接近，亲亲热热喊声"老谷呀，要不要叫店里大师傅替你炒盘下酒菜？"或是扯个眉眼送上点风

① 任殷：《谢晋电影的文化经验：雅俗共赏》，《论谢晋电影续集》，中国电影出版社2002年版，第83页。

情什么的："谷大主任，我们店里新到了一箱'杏花村'，我特意吩咐给你留了两瓶！""哎呀，你的衣服领子都黑得放亮啦，做个假领子就省事啦……"如此这般。本来成年男女间这一类的表露、试探，如同易燃物，一碰就着。谷燕山这老单身汉却像截湿木头，不着火，不冒烟。没的恶心！李国香只好进一步做出牺牲，老着脸子采取些积极行动。

这个情节主要说明李国香急于嫁人而主动示爱的老姑娘心态。小说采用漫画式的勾勒笔法进行叙述，并且只有李国香的声音，没有谷燕山的应答。编剧在将其转化为电影场景时，必须要让谷燕山说话，形成一应一答的对白效果。电影的场景对这个情节的叙述就非常生动具体：

镜头1：（全景，左摇）谷燕山在人群中向左走。李国香（画外音）："老谷啊，忙什么呢？"

镜头跟着谷燕山左摇。谷燕山走到李国香的饮食店门前。李国香和穿白色工作服的妇女入画。

谷燕山站在李国香面前说："没忙什么。"他手里提着一支打猎的火药枪。

李国香热情地说："人家跟你说点事儿。"

谷燕山问："又要调粮啊？这么好的粮食，也做点像样的吃吃。"

李国香娇嗔地说："粮办主任，开口闭口就是粮食。店里来了五粮大曲，人家特意给你留了两瓶。"

穿工作服的妇女已经悄悄地走进了里屋。

镜头2：（中景）镜头跳切到三位穿白色工作服的服务员，两女一男，两位妇女一边吃瓜子，一边向右前方看，男服务员也走过来看着，他们窃窃私语地议论着。

李国香（画外音）："哎，给你炒两个？"

谷燕山（画外音）："算了，算了……"

镜头3：(中景)服务员的主观视点。李国香和谷燕山的双人镜头。

谷燕山有点讥讽地说："人家说啊，在你国营食堂都吃出老鼠屎啦!"

镜头4：(中景,左摇)李国香依然赔着笑说："我还会给你老鼠屎吃?"

谷燕山"嘿嘿"地笑了两声。他向左走，李国香也跟着左走，镜头跟随左摇。

李国香进一步暧昧地说："这衣服领子让人家洗一洗? 现在城里人可都兴假领子呢。"她停住脚步，假装用抹布擦栏杆和柱子。

谷燕山继续左走，镜头继续左摇。李国香被摇出了画面。

谷燕山边走边摆手："得了，得了。"

李国香(画外音)："老谷，晚上开会可得早点哟。"

镜头5：(中景)切回李国香的单人镜头。她左手扶着柱子，怅然若失地看着左前方，最后，无可奈何地转身离去。

(根据电影《芙蓉镇》整理而成)

这个场景虽然只有五个镜头，但比小说情节更加丰富直观，并且增加了谷燕山的对白语言。从李国香与谷燕山的对白中可以看出，李国香对谷燕山表现出主动和热情，很远就主动打招呼，谷燕山离开了还要大声提醒晚上的会议；而谷燕山却对李国香带有一些讥讽，并不留情面地拒绝了李国香的热情。在这里，导演充分调动了影像语言的特殊方式，运用了正反角组合和摇、跟、移镜头，加入了主观视点镜头，设置了画内音与画外音组合的对白，将"示爱"与"拒爱"的人物关系演绎得含蓄婉转，意味无穷。

一部电影一般只能容纳一个中篇小说的内容，如果要对一部长篇小说进行影像阐释，在受制于银幕时间的规定下，必定要对小说内容进行压缩。电影《芙蓉镇》在不损害小说的整体神韵基础上，压缩了不少小说情节。比如，对于胡玉音与秦书田通过扫街而产生的爱情情节内容,小说花了相当多的笔墨来描写其中的过程,叙述内容多达25页。电影不可能把这些情节全部转化为影像场景,而只能选择其中的一些情节进行场景再现。当胡玉音与秦书田在离经叛道的悲剧氛围中,爆发出火山似的感情时,两人就表现出不可思议的狂热,影片毫不吝啬地连用几个场景渲染了这种近乎疯狂的情爱:

电影《芙蓉镇》剧照

秦书田家(春、晨)

秦书田扫完街,悄悄拉着胡玉音闪进屋。(音乐)

两人一放下扫把,立即热烈地拥抱。他们像一对未经父老长者认可就偷情的年轻人,既时时感到胆战心惊,又觉得每分每秒都宝贵、甜蜜。只要在一起,他们就搂抱着,发疯似的亲着,吻着。(化出)

"胡记"老客栈内(秋、夜)

屋内没有点灯。床上,胡玉音和秦书田紧紧拥抱在一起。……

秦书田家(冬、晨)

胡玉音、秦书田亲密地靠在床上。

胡玉音痴情地看着秦书田的照片，感到一种从未有过的幸福，眼睛湿润了。她猛一下紧紧地搂住秦书田，热烈地吻着他……

（根据电影《芙蓉镇》整理而成）

谢晋要求拍这些场景时要倾注主创人员"最强烈、最浓厚的人道主义感情"，也就是他说的"把自己烧进去"。观众看到这些场景，既为两人炙热的爱情感到高兴，又为他俩未来的命运感到担忧。

新时期的谢晋电影，始终坚持走对小说进行影像阐释的道路，遵循着小说创作的原则，表现出对忠实于原著的审美追求。小说《芙蓉镇》写了四个时间段(1963 年、1964 年、1969 年、1979 年)，每一时间段成一章，每一章写七节，每一节集中写一个人物的表演。四章共 28 节。"每一节、每个人物之间必须紧密而自然地互相连接，犬齿交错，经纬编织。"① 我们看到，电影《芙蓉镇》讲述的依然是小说中同样的故事，故事的时间跨度没变，所有人物没变，故事的基本情节也没变，看一看影片的故事梗概，我们可以从中发现它与小说的情节内容是何等的接近。但是，谢晋电影对小说原著的忠实，并不是简单地用影像语言再现小说的语言文字。他在不破坏原著的叙事结构的基础上，非常重视对小说细节内容的深入挖掘。他在影像阐释中，不追求对文本细节的"形似"，而看重对小说细节的"神似"，以便能传达出小说内在的精神意韵。

三　"谢晋模式"的小说反思

电影《芙蓉镇》上映后大获成功，好评如潮，并且获奖无数。影片先后获得第七届中国电影"金鸡奖"最佳故事片奖、最佳女主角奖(饰演胡玉音的刘晓庆)、最佳女配角奖(饰演"五爪辣"的徐宁)、最佳美术奖(金绮芬)；第十届《大众电影》"百花奖"最佳故事片奖、最佳男演员奖(饰演秦书田的姜文)、最佳女演员奖(饰演胡

---

① 古华：《话说〈芙蓉镇〉》，《芙蓉镇》，人民文学出版社 2005 年版，第 205 页。

玉音的刘晓庆)、最佳男配角奖(饰演王秋赦的祝士彬);法国第五届蒙彼利埃电影节"金熊猫奖",等等。20世纪90年代,中国大陆电影都不能合法地进入台湾,但是,1992年谢晋访问台湾时,《芙蓉镇》等大陆电影的录像带,在黑市地摊上随处可见,很受欢迎。法国著名的电影评论家贝尔·尼奥格雷撰文说:"谢晋是在为全体中国人拍片,就好像好莱坞导演约翰·福特、道格拉斯·西尔克生前是为全体美国人拍摄影片一样,他不是为少数人拍的。"他认为:"谢晋的影片,是同好莱坞五六十年代光辉时期的影片并驾齐驱的。"①

然而,当谢晋的电影获得广泛赞誉的同时,一些学者也提出了批评之声。1986年,正当谢晋执导的《芙蓉镇》在湘西拍摄外景时,上海《文汇报》于7月8日发表了上海财经大学讲师朱大可的文章——《谢晋电影模式的缺陷》,对谢晋电影发起批评。随后《文汇报》又于8月1日发表了华东师范大学中文系研究生李劼的文章——《"谢晋时代"应该结束》。一石激起千层浪,电影界、文艺界和广大观众都纷纷关注谢晋电影。其后,《文汇报》等报纸又发表了江俊绪、纪人、徐德仁、黄式宪、何平、邵牧君、钟惦棐、董鼎山等许多专家、学者和读者的文章。一时间谢晋电影的优劣似乎成了颇为热门的话题,展开了极为热烈的争论。

朱大可认为,谢晋电影具有既定的"模式",恪守"好人蒙难""价值发现""道德感化"到"善必胜恶"的结构。无论是《天云山传奇》《牧马人》还是《高山下的花环》,总有一些好人不幸蒙受冤屈,接着便有天使般温存善良的女子出现,感化了自私自利者、意志薄弱者和出卖朋友者。谢晋向观众提供的这种"化解社会冲突的奇异的道德神话",烙着"俗电影的印记",体现了一种"以煽情性为最高目标的陈旧美学意识",这是中国文化变革进程中一个严重的不谐和音。李劼认为,谢晋的艺术才华总是以一种畸形的模样伸展和发挥出来,形成了一种可以称之为"谢晋模式"的创作心理构架。谢晋注

---

① 转引自程季华《谢晋的海外知音》,《论谢晋电影续集》,中国电影出版社2002年版,第66页。

意收集人们在电影审美上各方面的心理信息，从中制定出一个最佳配方，把中国电影所特有的政治性、娱乐性、艺术性尽可能统一起来，这种模式必须打破。

其实，有关"谢晋模式"的提出和讨论，与其说是一场电影争论，不如说是一场文化观念的争论。中国电影的创新几乎是与改革开放同步的，从 70 年代末 80 年代初开始到 1986 年，西方电影观念和电影思潮大量涌入国内，"电影语言的创新"和纪实美学的大量实践成为一股热潮，紧接着又有了第五代导演的文化反思电影。在短短两三年时间里，《一个和八个》《黄土地》《猎场扎撒》《青春祭》等一批"探索电影"引起影坛的强烈震撼，尤其是那些热情拥抱西方文化的青年学者，对这些电影高唱赞歌，而对第三代导演谢晋拍摄的电影则给予武断的否定和排斥。在朱大可、李劼等青年学者看来，谢晋电影沿袭着中国传统的文化观念，承载着过重的伦理道德和教化功能，这与"新潮"的西方文化观念是格格不入的。

笔者不想对"谢晋模式"的讨论做简单的价值评判，不过，朱大可、李劼所批评的"谢晋模式"不应该是谢晋电影本身的问题，而应该是谢晋对文学自主选择的方式问题。他们指责谢晋电影具有"好人蒙难""女性救赎""道德感化""善必胜恶"的"模式"，这种"模式"其实不是谢晋电影中原生的，而是出自作家创作的小说作品。无论是《天云山传奇》《牧马人》还是《高山下的花环》《芙蓉镇》，都是根据新时期初期的小说作品改编而成的，谢晋并没有在电影中对小说的人物故事和叙事结构进行很大的改动。对十年"文化大革命"进行历史性的反思主要是在文学界，70 年代末 80 年代初，在文学上出现了"反思文学"的热潮，一大批反思小说作品照耀着文坛。许多优秀反思小说的作者，都是曲折历史的目击者，无论从正面或从反面，都积累了大量的切身体验。他们中有的作家曾被打入社会的最底层，甚至入狱、劳改，历尽苦难。这种命运遭际使他们更加靠近人民，因而对人生也就能够理解得更深透。这样，他们在小说中揭示人们度过的近三十年多灾多难的岁月时，也就"更具有理性思考的冲击力与穿透力，具有更为深刻厚实的思想内涵"①。

电影界对政治运动进行历史反思主要依赖于"反思小说",谢晋恰恰经历过"反右"斗争和"文化大革命",因此反思小说自然就会触动其内心情感。他从《天云山传奇》开始,就率先在电影界投入了"反思"的潮流。到《牧马人》《高山下的花环》《芙蓉镇》,谢晋电影叙事更多地着意于从感性上揭露矛盾,暴露黑暗,同时也用理性去分析历史,解剖社会。借助于古华小说的成功,谢晋的《芙蓉镇》也成了反思电影中最成功的作品。这部影片真正将以往对政治路线畸变的批判衍化为一种更为宽广的政治历史视野,并将以前的政治性反思转化为对民族悲剧的历史性反思。我们透过湘西偏僻小镇上几个小人物在几十年间的命运沉浮,的确看到了创作者剖析历史的犀利目光。一位评论家说得好:"从目前谢晋已有的电影作品来看,他倾向鲜明的时代内容,悲剧意味,寓教于乐和写实主义。对情节、性格和感情力度的强调,都是由此派生出来的。这种统一的倾向,表明谢晋的选择和改编都内含着某种一以贯之的原则。这种原则与其说是来自作家梁信、李準、鲁彦周、张贤亮和古华,还不如说来自于包括这些作家和谢晋本人在内的'集体的无意识',来自于共同的民族心理,体现了最广大群众的政治、伦理和美学观念,他们的思想、感情和愿望,以及对于历史的共同反思。"②

谢晋偏爱对文学手法的借鉴和运用,从而使他的电影整体上表现出韵味无穷的文学深度。谢晋拍电影时喜用《红楼梦》的故事情节来启发演员们的灵感。他最常讲的是林黛玉初见贾宝玉的那一段描写:一语未了,只听外面一阵脚步响,丫鬟进来报道:"宝玉来了!"接着就是对黛玉眼中的宝玉的描写,用电影的行话,这就是林黛玉的主观镜头。从宝玉头上戴什么冠,身上穿什么样的衣服,一直写到他进去见过母亲,换了衣服再出来。接着写两人对对方的相互印象,最后写宝玉摔玉。这是惊人的一笔,对人物性格做了突发性的刻画。谢晋

---

① 王铁仙、杨剑龙、方克强等:《新时期文学二十年》,上海教育出版社 2001 年版,第 46 页。

② 代琇、庄辛:《谢晋传》,中国电影出版社 1997 年版,第 169 页。

认为，文学艺术作品要写得真实，要以情动人，特别要着重刻画能显示人物性格特征的动作、语言和生活细节，而不是靠空洞的叙述或旁白。整部《红楼梦》对许多人物的描绘，特别是对林黛玉和贾宝玉的描绘，尤其是显示两人性格特征的描绘，值得我们细细玩味、细细咀嚼、细细学习。① 谢晋特别注重对戏剧手法的借鉴使用，并把自己的电影按照戏剧的美学特征进行分类，《红色娘子军》是"革命传奇色彩的正剧"，《天云山传奇》是"带悲剧色彩的正剧"，《牧马人》是"令人思索的、带哲理的正剧"，《芙蓉镇》是"抒情悲剧"②。他在电影中对戏剧效果的强调总是浓墨重彩，尽情描绘，《天云山传奇》中的"雪地拉车"、《高山下的花环》中的"宴会送行"、《芙蓉镇》中的"胡玉音临产"等场景，均对观众产生了强烈的感染，不少人一边看一边流泪。谢晋并不保守，西方现代主义文学创作手法也被他大胆地用到了电影中，比如《天云山传奇》的心理线索结构，就多处运用意识流手法来表现宋薇的复杂心理活动。

谢晋对文学深度的追求，既给其电影带来了成功，同时也造成了一些缺陷。钟惦棐指出，在新时期中，谢晋瞩目于文学的，多是反思之作。但反思也有局限性，思往未必知来。文学艺术恐也有个"自己活，也让人活"的问题。③ 像《天云山传奇》中谢晋就运用了太多的意识流手法去揭示人物复杂的内心世界，使影片充满了过重的文学化味道，加上过多的闪回和画外音，普通观众难以理清里面复杂的人物关系和情感纠葛。在《牧马人》中，为了表现许灵均从绝望中解脱出来所依托的精神力量，谢晋让许灵均抱着棕色的马痛哭，一个大全景之后，影片切入了几个由特写到中近景的变拉镜头：鲜红的少先队队旗飘扬，许灵均敬礼入队。这种文学化的图解处理，使人感到有些矫情和不真实。类似的情形在《芙蓉镇》中也有反映。胡玉音分娩时，谢晋将新生儿的哭声与谷燕山流血这两组无关的镜头连接在一起，想用以表达马克思所说的"新社会的悲剧是描写新时代诞生的苦难"。

---

① 代琇、庄辛：《谢晋传》，中国电影出版社1997年版，第187页。
② 张铭堂：《谢晋电影之谜》，《电影艺术》1988年第5期。
③ 转引自代琇、庄辛的《谢晋传》，中国电影出版社1997年版，第230页。

这种艺术处理，理性的思辨大于形象的描绘，最后带给观众的只能是抽象的概念，而不可能是感人的力量。谢晋电影这些疏忽和失误，不是他追求文学性造成的，而是他某些文学观念局限的反映。

第四节 《许茂和他的女儿们》的乡村叙事与政治运动

一 乡村景象与家庭叙事

在周克芹(1937—1990)的小说创作中，长篇小说《许茂和他的女儿们》无疑是最重要的代表作。首届茅盾文学奖有 6 部长篇小说获奖：魏巍的《东方》，姚雪垠的《李自成》，莫应丰的《将军吟》，李国文的《冬天里的春天》，古华的《芙蓉镇》，周克芹的《许茂和他的女儿们》。而《许茂和他的女儿们》是唯一一部农村题材的作品。

作为大地的儿子，周克芹长期生活在四川简阳农村，用勤劳的双手养活自己。1957 年，即将在成都农业技术专科学校毕业的周克芹，因为写了一些反映农村真实情况的大字报，竟被视为"右的言论"，被开除团籍，被批判，不予分配工作，他便坦然回乡务农。由于社员和干部们的信赖，他不久被选为生产队的会计，过着普通社员的生活。周克芹自幼喜欢文学，懂得农民的喜怒哀乐，家乡发生的一切，常常引起他创作的冲动。就这样，他白天下地，晚上写作，辛勤地耕耘了 20 年。从 1959 年创作开始，周克芹的作品不断在报刊上发表，名气也越来越大。在"文化大革命"期间，他写出了《李秀满》等一些有影响力的作品，并出版了短篇小说集《石家兄妹》。区委负责同志对他的为人和创作非常器重，经常把他借调到区里帮助工作，在学习和工作上热情关怀他的成长，这使他视野更加开阔，得以了解更多的情况。1977 年，他在随区委书记到一个大队蹲点的时候，已经在构思长篇小说《许茂和他的女儿们》了。周克芹对这部小说的创作态度是严肃的，光是思索如何开头，就用了半年时间。1979 年春，他被四川省作协调出从事专业创作，《许茂和他的女儿们》便很快写出问世了。

《许茂和他的女儿们》以 1975 年冬发生在四川沱江流域葫芦坝的故事为背景，揭示了新中国成立后特别是十年浩劫以来"左倾"路线给农村带来的危害。川西葫芦坝的许茂老汉一生养了九个女儿。他妻子早逝，一个人拉扯着九个女儿长大成人。在十年动乱中，大姑娘的丈夫金东水由于身为大队党支部书记而被批判斗争，大姑娘因此含恨离世。靠造反起家的郑百如窃取了大队党支部副书记职位，强奸了

作家周克芹

（图片来源于周克芹－百度百科中的插图，http：// baike. baidu. com/link? url = tkyFFq8ziXi6AmnH ＿ bma KGhKvUGYbTnYr2p3B7v2＿ Fvikj2vzcz＿ P106rUBNW＿ YLknzl2vdNiU79kvNZ5V46Cq）

四姑娘秀云。四姑娘被迫与郑百如结婚，不久又遭抛弃，从此变得沉默寡言。四姑娘秀云疼爱死去的大姐留下的孩子，无限同情大姐夫金东水的遭遇，心里希望能与大姐夫重组家庭。不知内情的三姑娘秋云积极为秀云介绍对象，却被秀云拒绝，引起老父许茂与众姐妹的不满。1975 年，县里派工作组进村搞整顿，郑百如为了躲过整顿，夜闯秀云小屋，要求复婚，被秀云赶出。郑百如恼羞成怒，大肆散布流言蜚语，诬蔑金东水与秀云有不正当关系，逼得秀云投河自尽，幸为金东水和工作组组长颜少春救起。经过调查研究，工作组停止了郑百如的工作，恢复了金东水大队支部书记的职务。泼辣而善良的三姑娘理解了秀云，在颜少春的撮合下，许茂老汉同意了金东水与四姑娘秀云的婚事。正当葫芦坝迎来春天之时，全国又掀起了"反击右倾翻案风"的运动，郑百如之流又开始蠢蠢欲动，工作组被迫撤离。四

姑娘为颜组长送行，坚定地表示她要和大家一起，抗拒各种歪风邪气，迎接葫芦坝未来的春天。

《许茂和他的女儿们》这部长篇小说，写了十多个人物，主要人物性格都鲜明突出，呼之欲出。许茂是小说里刻画得最有深度的人物形象。在农业合作化时期，许茂担任作业组组长，全身心地投入集体的农副业生产中，是一位"爱社如家"的积极分子。他居住的那座明亮宽敞的三合头草房大院，就是他在合作化以后辛勤劳动的结晶。许茂是一个争强好胜、从不服输的能干农民，在重男轻女的农村，他生养了九个女儿，没有一个儿子，妻子又早逝。然而，他并没有向命运低头，不仅把九个女儿养大成人，而且三姑娘后面的六个女儿都先后上学读书，七女儿许贞在供销社工作，八女儿参军并在军校读书，九女儿许琴高中毕业在大队当团支部书记。世俗观念没能让许茂低头，而"左倾"思潮的泛滥和"文化大革命"的一场动乱，使许茂的灵魂开始变异，性格也变得自私、冷酷、无情无义。他宁可让自己宽敞的三合头草房大院空着，也不肯接纳遭灾的大女儿一家；在连云场赶集时，他为了赚钱，不顾穷苦女人为孩子治病的困境，竟压价倒卖菜油。

一个经历过农业合作化时期顺畅生活的农民，性格竟然发生如此剧变！周克芹解释说："二十多年来，我们在农村实行左的政策，总是侵害农民的利益。结果，就冲淡了多年来党和农民建立起来的血肉关系。有不少象许茂这样合作化时期的积极分子也被生活教育得'自私'了。这能完全怪农民吗？特别是'三年困难'时期和十年浩劫期间，号称'天府之国'的四川，竟出现吃草根树皮、逃荒要饭的情景。但我们的农民是很好的，他们勒紧了裤带支援国家建设。他们干得多，说得少，创造得多，消耗得少，他们强烈地要求改变穷困面貌，他们渴望有一条正确的路线。我写这部小说，就是想反映农民的这个愿望和要求。"①当许茂从工作组的整顿中看到了葫芦坝的希望

---

① 劳武：《乡土作家周克芹：植根于故乡的沃土之中》，http：//rencai. gmw. cn/2011－05/31/content_ 2027419. htm。

后，他的性格又开始朝着正常的方向转变，又焕发了对未来生活的热情和向往。许茂思想性格的变化历程带有鲜明的时代印记，包孕着农村生活曲折变化的丰富内容。

四姑娘是许茂众多女儿中感情遭遇最重、受苦最深，也是周克芹倾注了全部热情刻意描写的一个人物。她善良勤劳，性格内蕴，对幸福和爱情充满执着的追求。她在少女时代受到郑百如的奸污，被迫成婚，婚后又遭受百般折磨，直至被抛弃。面对郑百如泼来的污水和不被亲人理解的现实，四姑娘许秀云始终未放弃一个农家妇女所能采取的抗争行动。一方面，她拒绝再嫁到外地，拒绝与郑百如复婚；另一方面，她落落大方地跟金东水一家人走在一起，毫不畏惧地揭发郑百如的罪行。许秀云不屈抗争的精神，以及在逆境中对未来幸福的执着追求，不仅体现了周克芹对农村生活的深刻理解，而且反映出黑暗将要过去、光明即将到来的时代进程。

《许茂和他的女儿们》采用"家庭纪事"的结构方式，以一个家庭的矛盾纠葛和人物性格的变化来反映整个社会的动荡和时代的足迹，取得了以小见大的艺术效果。对蜀中一带自然风物的描写，又使作品染上浓郁的地方色彩，并蕴含着象征意味。可以毫不夸张地说，这部作品是一幅农村生活的田园画卷。小说共十章，许多章的标题都是自然风物的呈现，比如第一章"雾茫茫"，第二章"未圆的月亮"，第四章"不眠之夜"，第六章"田园诗"，第七章"雨潇潇"，第九章"夜深沉"等，可见，作家在章节标题取名上紧扣农村自然景物。这源于周克芹对农村生活环境的熟悉，他说："我是写农村题材的。只有农村生活才是我取之不尽、用之不竭的源泉。有了生活，哪怕把稿纸放在膝盖上也能写得出来；没有生活，就是住进高级宾馆也写不出一个字。"①

《许茂和他的女儿们》的许多篇章就是周克芹在农村生活的小茅屋里写出来的。小说出版后，有人请他到北京参观，有人邀他到外地

---

①　劳武：《乡土作家周克芹：植根于故乡的沃土之中》，http://rencai.gmw.cn/2011-05/31/content_2027419.htm。

旅游，他都一概谢绝。就是去成都改稿或者开会，也是办完事即回，从不多住。后来，周克芹虽然离开了农村老家，但他每年都要回家乡几次，到农村蹲点，深入生活。他一直深爱着农村的生活环境。他曾在谈对创作与人生的感受时说："做人应该淡泊一些，甘于寂寞，潜心于工作和事业。……永远保持对生活的热情，保持一颗诚挚的赤子之心。"①

二　两部电影的不同风格

让周克芹万万没有想到的是，《许茂和他的女儿们》不久获得首届茅盾文学奖，而且很快成为电影界、戏剧界争夺的宠儿。1981年，八一电影制片厂和北京电影制片厂同时把小说改编成同名电影，并且互不相让，结果产生了百年电影史上的一大奇迹，两大电影厂同时开机拍摄同一部电影，并且都分别邀请了当时演艺界的著名演员参与主演，几乎是同时上映。中国电影界下的这个"双黄蛋"轰动一时，上映时曾万人空巷。同年，四川剧作家魏明伦根据小说改编的川剧《四姑娘》也获得全国优秀剧本奖。

北京电影制片厂拍摄的电影《许茂和他的女儿们》，编剧和导演均为王炎（1923—　），李秀明饰演四姑娘许秀云，李纬饰演许茂，张金玲饰演三姑娘许秋云，杨在葆饰演金东水，张连文饰演郑百如，卢桂兰饰演颜少春，刘晓庆饰演七姑娘许贞，李凤绪饰演九姑娘许琴。

导演王炎

（图片来源于百度百科《一个导演的自述：王炎自传》中的插图，http://baike. baidu. com/view/7278951. htm）

---

①　徐坤：《"物质虚名"与"精神之花"》，《渤海早报》2010年11月11日。

电影较为忠实于原著，以四姑娘的命运为主线，展示了在特定的社会环境下人们心中的痛苦和各种复杂社会矛盾带给普通群众的影响。

作为第三代导演的王炎，早在1947年就加入东北电影制片厂，新中国成立后担任导演，执导过《南征北战》《战火中的青春》《独立大队》《从奴隶到将军》等多部有影响的电影。他在执导《许茂和他的女儿们》时，既保持了小说原著的风貌，又有自己的独特理解，在现实感中见出一种历史感。影片呈现了很多日常生活场景，但并没有肤浅地反映农村生活，而是努力挖掘其背后的深刻内涵。影片镜头语言简练，画面富有表现力，是将小说语言转化为电影视觉语言的一次成功突破。电影根据原著提供的故事基础，把四姑娘与郑百如的关系变化作为一条情节主线贯穿始终，并使之与许茂、三姑娘、七姑娘、九姑娘等人物联系起来，形成辐射状结构。于是，电影在着力描绘四姑娘许秀云的同时，又从各个方面丰富和加强了许茂的形象塑造，真实地反映了农村生活的艰难景象。这种改编方式有值得肯定的一面。它既保持了原小说的主要情节和叙事风格，又为影片的艺术再创造提供了广阔驰骋的天地。导演王炎在电影中融入了自己的艺术风格：质朴、含蓄、凝重、淡雅。影片没有热衷于戏剧情节的追求，而是始终让人物近于农村日常生活的真实形态，随着人物的行动，让情节自然发展。

八一电影制片厂拍摄的《许茂和他的女儿们》，编剧是周克芹和肖穆，导演为李俊(1922—2013)，演员阵容也相当强大，贾六饰演许茂，斯琴高娃饰演三姑娘许秋云，王馥荔饰演四姑娘许秀云，周宏饰演七姑娘许贞，赵娜饰演九姑娘许琴，田华饰演颜少春，冯恩鹤饰演金东水。与北京电影制片厂的版本不同，八一电影制片厂的版本人物重心移到了许茂身上，对许茂这个主要人物的个性、心理活动重新进行了加工，强化了影片的社会性和思想性。影片在选景、构图方面别具特色，采用了水墨画的写意风格，表现出浓郁的四川地域特色。

与王炎一样，李俊也是中国第三代电影导演，先后执导过《回民支队》《农奴》《闪闪的红星》《南海长城》《归心似箭》等多部广为观众熟知的电影。他在执导《许茂和他的女儿们》时，同样比较忠实于小

导演李俊

（图片来源于央视新闻《〈闪闪的红星〉导演李俊去世》中的插图，2013 年 1 月 8 日，ht-tp：//www.kankanews.com/a/2013－01－08/00 4102622.shtml）

说原著。小说里的两个主要人物是四姑娘许秀云和许茂，电影中同样以这两个人物为主线展开情节内容。与王炎版的电影不同的是，李俊执导的电影把重心偏向了许茂，同时增强了电影的矛盾冲突，悲喜剧的节奏感更强。

一部电影通常是 90 分钟的放映时间，因此不能容纳太多的内容。换句话说，一部电影最多能够容纳一部中篇小说的内容。如果要把一部长篇小说改编成电影，小说的许多内容就必须做适当调整和压缩。为了适应电影的需要，李俊在拍摄《许茂和他的女儿们》时，在保证小说主要内容不变的情况下，重点围绕许茂和四姑娘许秀云两个人物展开故事情节。为了突出电影的矛盾冲突，增加故事悬念，电影把小说中第六章里叙述的"郑百如夜闯秀云屋"的情节，放到了电影的开头，设置悬疑，并与电影后面的情节形成照应关系。小说涉及的人物有近三十个，电影只保留了十几个人物，把无关紧要的次要人物全部删除，甚至小说里比较重要的人物吴昌全母亲、老党员金顺玉也去掉了，目的是要突出许茂和他几个女儿的故事。小说中的颜少春在叙事篇幅上也占有较大比重，但电影进行了大刀阔斧的删减，比如，颜少春在公社召开干部大会、与炊事员的谈话等内容，电影中都没有反映。电影是用镜头叙事，为了压缩镜头，往往小说中丰富的内容，到电影中只有简单的几个镜头。比如，许茂与四姑娘关于再婚的争吵情节，小说里描写得非常细致。

李俊版电影《许茂和他的女儿们》剧照

清早，许茂老汉刚刚跨出房门，便看见四女儿从外面搬了许多石头进来，在院子西南墙角上那间堆放茅柴用的孤零零的小屋屋檐下，已经垒起了一个小小的灶头。机敏的老汉眉毛霍地抖动了一下，站在自己高高的阶沿石上，厉声问，"咋个？你……磊起那些石头干啥子？"

四姑娘转过脸来，一对大眼睛闪着几分忧郁的光，对老人赔笑道："爹，我正要给你说呢，我……不走……"

老汉不相信自己的耳朵："说啥？"

"不走了。"四姑娘直起腰来，向老汉走近两步，拍打拍打怀里的泥土，淌着汗的瓜子脸上现出红晕："我想了这几天，实在是不走的好。"

"你说啥？"老汉像突然遭了雷轰，直气得横眉竖眼，跳起脚吼道："胡说，哪有这样撇脱！哼，哼！"他气得鼻子打响，说不下去了。

接着，小说又详细交代了许茂不想四姑娘与郑百如离婚，因为郑百如是干部。四姑娘离婚回娘家住，他心里"很不顺心，成天黑着一张脸"。在三女婿的帮助下，许茂同意四姑娘嫁给耳鼓山上中年丧妻的一个男子。四姑娘公然宣布"不走了"，许茂很生气。同时，小说里还有四姑娘与许茂的对话。我们再看电影对这个场景的叙述。

李俊版电影《许茂和他的女儿们》剧照

镜头1(中景)：许茂扛着锄头、背着小背篼从地里回家，走到屋前，看见四姑娘便问："怎么？你不打算到人家耳鼓山去了？"

镜头2(中景)：许茂屋前是一片竹林，四姑娘正在竹林下晾晒腌菜。她转身回答："爹，我正想给你说啦。我……我不想走……"

镜头3(中景)：许茂边说边放下锄头："你不走！还想留在家里给我找麻烦？你还嫌事儿少？"

镜头4(中景，摇)：四姑娘边晒腌菜边流泪，接着，擦着眼泪跑进了屋子，关上门。镜头跟摇，逐渐拉成全景。许茂长叹一声："上辈子没修好，碰到的尽是冤孽对头。"说完，许茂提着锄头慢慢走出画面。

(根据电影《许茂和他的女儿们》整理而成)

电影仅用了四个简单的镜头来叙述四姑娘不想离开葫芦坝，引起许茂强烈不满。在细节上，电影与小说有些不同。小说里，许茂从屋里出来，看见四姑娘用石头垒灶头；电影中，许茂从地里回家，看见四姑娘晒腌菜。尽管二者有差别，电影叙事更简单，但所要表达的内容是一致的。

为了进一步压缩小说的内容，电影中许多地方运用了呼应蒙太奇的手法。所谓呼应蒙太奇，是指不同的两个场景之间，由于讲述相同的内容，于是，前一个场景的人物问，而后一个场景的人物答，形成了一呼一应的关系。呼应蒙太奇不仅使两个场景之间过渡自然，而且减少了镜头，节省了叙事篇幅。比如，在九姑娘许琴的卧室，颜少春问许琴："你四姐为什么和郑百如离的婚?"本来该许琴回答。而电影马上转到郑百如的家，他正在与齐明江谈论离婚的事，便答道："说来话长。她原来是团支部书记，她大姐夫金东水是党支部书记，两个人摞在一起反对农业学大寨，犯了政治路线的错误。我就跟她离了。"这表面上是回答齐明江的问题，实际上也同时回答了颜少春的问题。

三 忠实原著与小说影响

中外小说名著被影视剧多次改编的事例也屡见不鲜，这也充分显示了名著的艺术价值和深远影响。"把任何一部名著改编成电影，都不是机械地照搬，都必须在忠实原著的前提下对作品的主旨、人物、情节作一定的取舍与加工。"①小说《许茂和他的女儿们》同时被北京电

---

① 翁世荣：《从〈许茂和他的女儿们〉谈改编》，《电影新作》1982年第2期。

影制片厂和八一电影制片厂改编成电影，这在新时期小说中并不多见，换个角度来看，这也证明了小说的价值和艺术影响力。

在名著改编过程中，改编者既要忠实于原著，又要在充分理解、消化原著的前提下，融入自己的见解，截取传神点，这是非常重要的。两个版本的电影《许茂和他的女儿们》都比较忠实于原著，同时也有导演各自不同的创造性阐释，八一厂李俊版的侧重于许茂，北影厂王炎版的侧重于四姑娘。两部电影在整体情节和场景上大体相同，不过在细节处理上则各有千秋。连云场赶集的场景都是两部电影拍摄的重头戏，都充分表现了四姑娘许秀云不顾郑百如的阻挠和周围的闲言碎语，大胆追求自己的人生理想和幸福生活。李俊版的连云场追求表象的繁华、热闹，结果导致人物、内容游离于画面之外。而王炎版对许茂买油的情节做了简洁的处理，只表现了他的自私行为，删除了他被围观和奚落的情节，连云场处处给人以一种冷落、萧条之感。这种处理方式同当时那个在动荡的年月里疮痍满目的景象相一致，并且也完全能够与人物的情绪相呼应。电影中的场景选择、气氛渲染、细节描绘都与人物的动作显得和谐协调。

李俊版在电影中增加了许茂自杀的场景。小说里，许茂在连云场上先是贱买贵卖菜油，却被七姑娘许贞的男朋友冒充市场管理人员没收了；接着，在市场上受到群众的围攻羞辱；随后，看到没收菜油的男青年居然在许贞房间里；回到家里，被三姑娘请去吃饭，听说金东水与四姑娘有私情，气得当场昏倒了。电影中，许茂在连云场上的遭遇与小说情节一样，不过，回到家，准备上吊自杀，被颜少春救了下来，进行开导。影片表现许茂企图自杀的两个直接原因是：一是他自己在集市上的不义行为受到了群众的奚落和谴责；二是回来听到四姑娘许秀云行为不端的消息。不过，这种处理是不甚合理的。因为许茂是一个性格坚强的人，风风雨雨几十年，经历过各种政治运动和生活变故，忍受和承担困难的能力特别强。如果许茂如此脆弱的话，他早就走上了绝路。他经历过妻子早逝、大女婿金东水一家的火灾、大女儿病逝、四姑娘被郑百如强奸和被抛弃等许多变故，每一件事都比连云场被奚落严重得多。所以，增加许茂自杀的场景有些欠妥。

　　王炎版的电影重点拍摄了四姑娘许秀云的自杀，不过由小说原著的两次并成一次。影片对四姑娘的自杀做了大量的渲染和铺垫，使观众感到四姑娘许秀云真是山穷水尽，走投无路，不得不走上死路，这是比较合理的。小说里的两次自杀变成电影中的一次，使影像叙事更加简洁流畅，节约了叙事时间。

　　两部影片在结尾处理上，内容相似，但形式却不相同。王炎版电影的结尾只写了四姑娘许秀云一个人悄悄送工作组组长颜少春，场景的安排显得深沉凝重，意境的追求显得含蓄蕴藉。许秀云向颜组长表达了自己对生活的信念："以后，我什么都不怕，不管还要受多少苦。"这一句话有画龙点睛的功效，基本上完成了对许秀云性格的塑造：曾经饱尝生活坎坷，现在又复苏起炽热的希望。颜少春也克制住自己的丧夫之痛，意味深长地说："人们哪一天才能没有痛苦。""我相信党会把人们的痛苦放在心上的。"两人都经历了人生的苦难，如今互诉衷曲，相互鼓励。此时，画外传来了开山的炮响，后景出现了炸山的滚滚硝烟。意在言外，我们从炸山的场景中，可以联想到许秀云家乡和人物的未来前景，冻结十年的农村将会炸开新的面貌。这样处理，显然是从现实生活出发的，含蓄隽永，耐人寻味。李俊版影片结尾形式不同，不是许秀云独自送别，而是许茂带领几个女儿合家送别颜组长离村。送别时，彼此间都发表了不少议论，导演还让颜少春立在远去的船上举着红伞致意。这个画面虽然含有蒙太奇的意境，但给人过于直露之感，雕凿痕迹显得过重。

　　两个电影版本的《许茂和他的女儿们》改编自同一部小说，都在忠实原著的基础上有所创造。两部电影同时改编，同时拍摄，同时上映，无论是在电影界还是在文学界，都是绝无仅有的事。两部电影上映后，都受到观众的好评。不过，在孰优孰劣的评奖中，北京电影制片厂王炎导演的版本认可度比八一电影制片厂李俊导演的版本高一些。王炎版本中，饰演许秀云的李秀明同时获得第二届金鸡奖（1982）和第五届百花奖（1982）最佳女主角奖，邹积勋还获得了最佳摄影奖。不少评论者认为，王炎版的影片更忠实于原著，它保持了现实主义质朴真实的格调，人物性格刻画深刻，富有浓郁的乡土气息。

　　两部电影拍摄之后，周克芹的这部小说在影视界的影响力并没有结束，时隔近30年之后，《许茂和他的女儿们》再次受到导演的青睐。2009年，为纪念改革开放30周年和新中国成立60周年，中共重庆市委宣传部、湖南电广传媒股份有限公司、北京星联国际文化传媒有限公司等单位共同投资，又拍摄了30集电视连续剧《许茂和他的女儿们》，由拍摄过《突出重围》《红色记忆》等热播剧的舒崇福担任导演，著名影视明星、当红实力派演员刘佩琦扮演男主角许茂，刘蓓饰演大姑娘，陆玲饰演四姑娘，席与立饰演九姑娘，林静饰演七姑娘，于莉红饰演颜少春，马世红饰演金东水，小品演员句号饰演郑百如。除了小说的主要人物与电视剧相同以外，电视剧的内容与小说差异很大。小说原著仅反映了1975年葫芦坝发生的事情，而电视剧却跨越中国农村30年变革发展的历程。这30年的故事完全是编剧重新编写的：九姑娘当上了副县长，郑百如当上了造纸厂厂长，四姑娘被郑百如再次强暴怀孕，金东水全身心投入修筑葫芦坝水利工程却没有收到预期效果……虽然电视剧并没有忠实于原著，但小说在影视界的持续影响力却是有目共睹的。一幅当代中国农村生活的辉煌画卷，一部恢宏繁复的交响乐章，让昔日的经典重新焕发出新的生命力。

第二章　改革小说与影视传媒的关系

　　众所周知，自 1978 年中共十一届三中全会之后，中国就开始了自上而下的全国改革开放。与此同时，一些作家开始把创作目光转向现实社会，一边关注着现实中的改革变化，一边在文学中发表他们关于国家建设的种种设想和思考，改革小说便应运而生。蒋子龙的中篇小说《乔厂长上任记》便成为改革小说的开山之作。之后，李国文的《花园街五号》、高晓声的《陈奂生上城》、贾平凹的《鸡窝洼人家》、柯云路的《新星》等小说发表，形成了改革小说的一个创作高峰。与此同时，这些小说很快被影视导演改编成影视剧，在影视界掀起了改革影视剧的热潮。广大文艺工作者先后创作出一大批反映改革开放火热生活的小说和影视作品，以文字和影像的形式记录了中国社会所发生的深刻变革，许多作品在广大读者和观众中留下了深刻的印象，产生了强烈的社会影响。

第一节　改革主潮与时代呼唤

一　改革浪潮的文学表达

　　1978 年 12 月召开的中国共产党第十一届三中全会，做出了把党和国家的工作重点转移到社会主义现代化建设上来的伟大战略决策。"随着这一战略决策的实施，我国的政治、经济、文化等都相应地发生了深刻的变化，社会现实向作家们提出了许多需要加以正视和探讨的新课题，也为小说创作提供了纵横驰骋的广阔天地。"①从"伤痕"
"反思"中走出来的文学，回应时代的召唤，从改革和建设现实中选
取题材，发掘新的人物，展现新的时代风貌，因此，改革小说便应运
而生。

如果从文学精神和文学观念来看，改革小说的范围相当广泛：凡
是反映新时期各个领域改革进程的小说作品都在此列，读者从中可以
看到改革开放以后中国社会各领域的急剧变化，体味新旧历史交替中
的欢乐和痛苦。从中国当代文学史的发展来看，早在新中国建立初期
的 50 年代，已经出现了改革小说的端倪。所不同的是，50 年代的文
学家们仅仅是在国家意识形态控制下宣传各项政策，而新时期的改革
小说则表现出作家们对政治生活的强烈参与精神。改革小说与伤痕小
说、反思小说等文学思潮一样，"都是作为知识分子的现实关怀和政
治热情的直接体现，但又因为它在文学的发生和演变上仍延续了当代
文学的一个传统，即并非按照文学的自身规律，而是依仗着强大的时
代'共名'而产生"②。因此，这些小说作品往往不自觉地充当了社
会或公众普遍情绪的代言人，常常提出相当尖锐的政治或现实主题，
引起全国性的社会轰动效应。

改革小说经历了一个自我完善的发展过程。新时期"改革小说
大致可以划分为三个阶段：改革小说的发轫期（1979—1983）；改革
小说的发展期（1983—1988）；改革小说的深化期（1988—2000）。

蒋子龙在 1979 年《人民文学》第 7 期上发表的短篇小说《乔厂长
上任记》，拉开了改革小说的帷幕。从主人公乔光朴身上，我们可以
看到改革者崭新的精神风貌。此后不久，蒋子龙又陆续发表了《一个
工厂秘书的日记》《开拓者》《赤橙黄绿青蓝紫》等中短篇小说，蒋子龙
也因此成为新时期改革小说的开创者。在第一个阶段的改革小说中，
还有陆文夫的《小贩世家》、高晓声的《陈奂生上城》、柯云路的《三千
万》、水运宪的《祸起萧墙》、单学鹏的《这里通向世界》、中杰英的

---

① 张学军：《中国当代小说流派史》，山东大学出版社 2000 年版，第 150 页。

② 陈思和主编：《新时期文学简史》，广西师范大学出版社 2010 年版，第 54—55 页。

《在地震的废墟上》、周嘉俊的《下马部长》、陈冲的《厂长今年二十六》、程树臻的《春天的呼唤》等。这些小说对因历史因袭和现实问题而造成的种种社会弊端予以尖锐的批判和揭露，从英雄缺失中呼唤理想的英雄和新的社会秩序，在对一些陷身于特权和私利的干部形象的批判和揭露中，呼唤理想的人民公仆。

张洁的长篇小说《沉重的翅膀》无疑是发轫期改革小说的重要代表作。小说通过重工业部上下各层的斗争态势，以至于几个家庭和人物的命运遭际，更为广泛地展示出当时社会的世相和斗争风貌，预示着时代雄鹰正挣脱历史因袭的重负，拨开障目的迷雾和乌云，就要振翅腾飞了。副部长郑子云是改革派主将，而以部长田守诚、副部长孔祥为首的一股势力却是改革的阻挠者。"作者通过再现这一系列针锋相对又盘根错节的矛盾，无情地揭露社会积弊、不正之风，以及反改革力量在历史潮流中的丑恶之态。"①该小说开拓出一个较为广阔的生活面，使作品具有丰富的社会内容，因此获得第二届茅盾文学奖。

从 1983 年到 1984 年间，描写社会改革的作品大量涌现，形成了第二阶段改革小说的创作高峰。在这一个阶段，一些长篇小说，如柯云路的《新星》、张贤亮的《男人的风格》、李国文的《花园街五号》、张锲的《改革者》、矫健的《河魂》、王力雄的《天堂之歌》等相继问世。这些小说虽然也塑造了改革者的艺术形象，展示了改革者与保守势力之间的矛盾冲突，但作品艺术视野更加宏阔，描写社会风貌更加全面，对社会各阶层和社会现实的分析更加深刻。这些作品在题材的开拓上，更趋于生活化和多视角，从历史文化的角度，写改革与人心事态、风俗习惯的变化，与第一阶段的改革小说相比，描写改革已经很少有那种理想主义的色彩，而是交织着多种矛盾和斗争，具有更加强烈的悲剧性。

1987 年，孙力和余小惠创作了长篇小说《都市风流》。小说以北方某大城市的市政建设为中心，刻画了上至市长下至街道妇女的生态

---

① 王铁仙等著：《新时期文学二十年》，上海教育出版社 2001 年版，第 60 页。

和心态，反映了当前城市改革的复杂面貌。作者是这样描述的："我们这部小说写在1986年到1987年，那时城市改革已经在不断深化，中国社会的变化日新月异，作为作家，我们意识到：这是一个伟大的时代，是中国的命运和历史发展的一重要阶段，一种强烈的社会责任感和创作冲动，促使我们拿起笔来，要创作一部既有当代强烈的时代气息又要有纵深历史感的反映都市生活的长篇小说。我们觉得，那种以一家一户、一厂一街的视角去取材，虽然也可写出当代都市的骚动，但那毕竟是一种折射。所以考虑采用全景的结构方式，人物从上层、中层到底层，事件从大到小，故事一环套一环像编织一张大网一样，力图全景地，站在历史的高度，俯视当代都市中各个社会层次里人们的命运和心态，在历史的变迁和复杂的人际关系变化中去写现实生活的裂变中人们的观念冲突和困惑，人们对自己命运的抗争和奋斗，写出变革中的中国的昨天、今天和明天的历史蜕变和预示。"①这就是《都市风流》一书的创作动机。《都市风流》用平实、简练、朴素的语言为读者打造了一幅气势磅礴、恢弘壮大的都市改革画面，而其中所刻画的主要人物，无论是身居要职的市委书记、市长，还是个体户万家福、劳改犯陈宝柱、建桥工人杨建华，以及那些埋头苦干、默默无闻的市政工人们，都在国家建设和历史进程中奋斗着。该作品也因此获得第三届茅盾文学奖。

随着改革开放的深入，商品经济的发展，从1988年开始，改革小说进入了第三阶段的深化期，作品由对社会政治关系的考察和分析，转向了对经济领域的剖析。这一阶段的代表作品有钱石昌、欧阳伟的《商界》，俞天白的《大上海沉没》和《大上海漂浮》，周梅森的《天下财富》等。这些小说反映了改革开放逐步深化阶段的社会生活，深入分析了当代社会的政治、经济、文化等各方面，对当代社会生活的整体风貌进行了艺术再现，揭示了改革道路上出现的新问题和种种矛盾，同时也显示出改革开放势不可当的历史趋势。

---

① 孙力、余小惠：《关于长篇小说〈都市风流〉的创作》，央视国际2003年12月29日。

钱石昌、欧阳伟的《商界》发表在 1988 年《当代》第 3—4 期上，小说以我国商品经济最发达的广州地区为背景，通过一家银行、三家公司的兴衰，展现出由计划经济向市场经济转轨过程中的社会矛盾和商品经济对我国经济发展的冲击和影响，向读者提供了大量的商品知识信息和社会文化心理信息。作者二人都有着长期从事经济工作的经历，1984 年，他们共同在深圳一家合资公司筹备组工作，在改革实践中，亲身感受到商品经济大潮的冲击，在创作《商界》的过程中，两位作者都就任公司经理，丰富的经历使他们获得了创作的第一手素材。《商界》反映了经济体制改革中的种种矛盾。"从 80 年代初开始的改革开放，到 80 年代中期迈上了一个新的台阶，传统的计划经济开始向市场经济转换，经济领域出现了市场意识和竞争意识，由此也带来了多元纷争的新格局。国营、集体、个体不同性质的经济实体并行发展，相互竞争，既带来了商品经济的繁荣，又产生了新的矛盾和问题。"①银行由过去的财政拨款改为以信贷为主之后所面临的新矛盾，把金融流通当作政治斗争一部分来对待的行政力量的干预，与国际金融流通体制接轨的差距，企业集资、融资渠道不畅通的问题，对证券交易市场的呼唤，法制建设的迫切性，以政策代法的弊端，破产法亟须出台，政企分离的要求，企业自主权等问题，各种矛盾纷至沓来。与此同时，西方的经营管理体制、现代化的商品经济观念，既同计划经济体制相矛盾，又同鄙视经商的传统观念相冲突。《商界》作为第一部反映当代中国商品经济发展的长篇小说，于 1994 年获第二届"人民文学奖"。

1988 年，俞天白在《当代》第 5—6 期上发表了《大上海沉没》。这部长篇小说在经济体制改革的历史背景下，通过对上海十户人家众生相的描绘和由此联系着的社会生活，形象地昭示出大上海经济地位正在下沉，"衰弱巨人"综合征正在阻碍着上海经济的发展。小说从三个方面进行了剖析。一是上海经济滑坡的严峻形势。改革开放时期，上海虽然每年的产值都在增长，但三年来地方财政收入却净减

---

① 张学军：《中国当代小说流派史》，山东大学出版社 2000 年版，第 163 页。

28 亿多元，隐性失业人数达 70 万以上。科技、工业、商贸的优势正在丧失。电力短缺，交通濒于崩溃。二是封闭性的文化心态。处处以老大自居，瞧不起乡下人和外地人，对乡镇企业的优质产品打进上海市场抱着鄙夷不屑的态度。上海的文化具有一种"自恋"情结，它缺乏海纳百川的大度；具有狭隘性、封闭性的自我中心主义。三是干部队伍中复杂的人际关系。小说通过权抱黎被污事件和符锡九并厂失败事件，揭示了上海干部队伍中复杂的人际关系和权力斗争。作者通过这三个方面深刻地剖析了上海经济滑坡的社会原因，提出了许多令人深思的问题。小说虽然没有对这些问题做出解答，但对改革进程中社会矛盾的分析，就足以使人深思。

中国的经济改革是从农村到城市，并逐渐深入各行各业的，因此，改革小说的创作也主要集中在农村题材的改革小说和城市题材改革小说之中。纵观农村题材的改革小说，许多敏感的作家便抓住拥有土地支配权后农民的新状态进行了大量的创作，一些优秀之作触及了在改革中发生变异的中国农民的"传统文化心理"层面，深刻揭示了农村改革中所受阻力并剖析其产生的原因。相对于农村来说，城市的改革更为艰难复杂，因而反映城市改革的小说作品也更为深刻多样。城市题材的改革小说涉及领域广泛，上至国家行政部门，下至街道小厂和普通工人，充分反映出作家对社会、时代的广泛思索。

二 改革历程的影像纪实

伴随着改革小说洪流的推动，改革影视剧在新时期发展 20 余年的时间里也保持着良好的延续性。改革的时代主题不变，小说的改革主题就会继续。从改革小说改编而来的改革影视剧，也会持续不断地吸引着观众的注意力。

与改革小说一样，改革影视剧在新时期初期的创作中也涌现了许多优秀作品，比如《乔厂长上任记》《女记者的画外音》《新闻启示录》《走向远方》《新星》《祸起萧墙》《锅碗瓢盆交响曲》《赤橙黄绿青蓝紫》《花园街五号》《陈奂生上城》《乡民》《野山》等。这些影视剧有不少改编自同时期的改革小说，它们不仅在题材上紧紧抓住了这个时代的主旋律，在艺术表现与剧作风格上也做出了相当多的探索。

　　《女记者的画外音》是一部纪实性的电视剧，由浙江电视台1983年录制完成，张光照、奚佩兰编剧，奚佩兰导演。该剧以一个女记者在双燕服装厂的采访贯穿全篇，通过女记者的所见所闻，讲述了双燕厂年轻的厂长锐意改革、大胆创新，将一个破旧的小厂改造成为一个大型现代化工厂的事迹。厂长这一新型企业家的形象在剧中得到了充分的刻画，不仅展现了他的一系列改革措施，还以一系列耐人寻味的生活细节，展示了改革者的精神世界；不仅有现代的观念，求新的精神，也有倔强的个性和不可避免的弱点，从而将一个立体的、真实的人物呈现在观众面前。该剧不仅紧扣时代主题，在艺术风格上的创新也引人注目，播出后受到观众和电视剧界的一致好评，并一举夺得第四届全国优秀电视剧"飞天奖"单剧本一等奖。

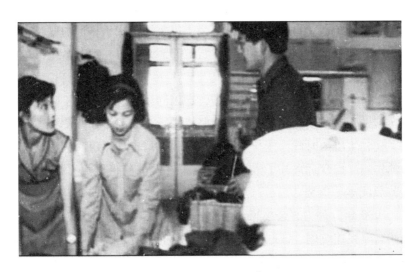

电视剧《女记者的画外音》剧照

　　1984年，浙江电视台又推出了一部纪实性的电视剧《新闻启示录》，由张光照编剧，张光照、戚健导演。该剧通过南亚大学管理体制、人事制度的改革，塑造了几位新闻记者和"新书记""人事处长"等改革者形象，阐明了大力进行改革开放，把管理、人事搞活，把新闻工作搞上去，是时代赋予大学的重任的道理。该剧在艺术表现上特色鲜明，"依据声画艺术的要求，将戏剧性的情节结构、电影化的蒙太奇组接、电视艺术的纪实手法，乃至于新闻报道、纪录片等统统拿来为我所用，从而创造出了独特的艺术风格"①。这部电视剧获得了第五届"飞天奖"单本剧一等奖和优秀剪辑奖。

在1984年的"飞天奖"评选中，改革题材电视剧所占比重最大。湖南电视台推出的《走向远方》也是一部改革题材电视剧，孙卓、王宏编剧，王宏导演。这部电视剧以街道办小厂的改革经历与改革者悲剧遭际为切入生活的视角，把普通的人际关系与最新的改革事业放在一起观照，从最复杂、隐秘、微妙的人际情感网络中开掘生活，深入民族文化的心理结构中审视生活，把观众引向对历史的深沉思考中。"文化大革命"中父母双亡的孤儿周梦远被李桂英收养，在十余年的共同生活中，李桂英全家给予周梦远亲人般的温暖。在改革开放的年代，周梦远凭自己的才学被选为街道小厂兴华机械厂的厂长，为了使小厂起死回生，周梦远决心进行革新，采取了一系列措施，包括改善工人的年龄结构，进行扩大再生产，并实行浮动工资制，等等。然而，这些有利于工厂发展的举措，却因同私人感情发生了碰撞，而在实施过程中屡屡受阻。当周梦远坚持推行革新政策，并使小厂焕发出了勃勃生机的时候，他与李桂英一家的感情也破裂了。带着无法说出的伤痛，周梦远离开了兴华机械厂。该剧也获得了第五届"飞天奖"单剧本一等奖。

1990年，孙力、余小惠合著的长篇小说《都市风流》被改编成12集同名电视连续剧。该剧以北方某大城市的市政建设为中心，全景式地反映了80年代的城市改革生活。作品在广阔的社会背景下，为我们勾勒了从大杂院居民到身居要职的一市之长，从摆摊的大学生个体户到高级工程师，从崇尚性解放的流行歌星到市长家的"公子""千金"等身份各异的人物形象。这部电视剧获得了第十一届"飞天奖"三等奖。

---

① 高鑫、吴秋雅：《20世纪中国电视剧史论》，学苑出版社2002年版，第63页。

　　除了改革电视剧以外，改革电影在同时期的银幕上也大放异彩。1982 年，潇湘电影制片厂和北京青年电影制片厂联合摄制了农村改革题材电影《陈奂生上城》，影片是根据高晓声的《陈奂生上城》和《陈奂生转业》两个短篇小说改编的。国家实行经济改革政策以后，憨厚朴实的农民陈奂生终于过上了舒坦日子。大队领导看中陈奂生曾与县委书记吴楚结下的友谊，硬要调他去队办工厂当采购员。他无法推脱，勉强上任进城。在县城旅社，老采购员林真和听说他与县委书记的交情，立即大献殷勤，表示愿为他跑腿办事。县委书记吴楚得知陈奂生要采购紧俏物资聚乙烯原料，遂请办公室刘主任在可能的情况下帮他解决困难。陈奂生按刘主任的吩咐，前往地区化工厂，王厂长见他空手而来，便一口回绝。后得知陈奂生与县委书记关系密切，王厂长又主动邀他到家做客，并将应批给女采购员刘玉梅的五吨原料转批给陈奂生。林真和自恃帮忙有功，趁机分得一吨。刘玉梅本来已经给王厂长请客送礼，眼看弄到手的原料突然落空，不禁义愤填膺，在陈奂生和林真和二人面前大发牢骚。陈奂生为节约运输费，借来板车运货。他凯旋回到大队，受到大家褒奖，但会计却因他无运输发票而拒绝报销运输费。夜里，陈奂生久久无法入眠，各种问题百思不得其解。陈奂生在失眠的阵痛中，人生裂变由此引发。"电影中很好地汲取了小说幽默、诙谐的情调，给阵痛涂抹上一层淡淡的油彩，阵痛并不由此减轻，反而增添了些许让人哑然失笑的悲凉感。"①由于演员的演技欠佳，电影的幽默似乎显得粗疏和肤浅，没有达到小说中的深厚与宽广。

　　1984 年，长春电影制片厂把李国文的长篇小说《花园街五号》改编成同名电影，由姜树森、赵实导演，李默然、庞学勤、方舒等主演。1982 年，市委第一书记韩涛是花园街五号的第五代主人，即将退居二线。于是，花园街五号又要换主人了。是选择副市长丁晓接班，还是选择未任命的干部刘钊接班？这一直使韩涛犹豫不决。老伴

---

① 刘明银：《改编：从文学到影像的审美转换》，中国电影出版社 2008 年版，第84 页。

吴纬任文联主席，儿媳吕莎任报社编辑，两人常常劝韩涛要大胆起用
人才，可他仍顾虑重重。刘钊陪同全市各级领导视察，验收已进入收
尾阶段的沿江新村建筑。沿江新村工程得到了群众和干部的称赞。而
建筑工人出身的韩涛，却板着面孔一味地寻找毛病。刘钊对此十分苦
恼，刘钊的苦衷也只有深深爱着他的吕莎才能理解。然而，他俩之间
却有一道无形的门：吕莎是精神病患者的妻子，刘钊是一个被妻子抛
弃的丈夫。吕莎正在赶写有关刘钊的通讯报道，突然接到丈夫大宝打
来的电话，他满口疯狂的胡言乱语给吕莎的心灵增添了一层哀怨和烦
恼。吕莎几次下决心与大宝离婚，可最终都是自己撕掉离婚申请书。
刘钊为改革事业而全力以赴，丁晓却暗中捣鬼：写信诬告陷害刘钊，
煽动啤酒厂的胖子厂长找省、市领导告刘钊的状，后来又直接阻止刘
钊去抓临江大厦工程。刘钊的前妻罗曼如今已是许副省长的夫人，她
受许副省长的指示，亲自劝刘钊放弃对市委书记职务的竞争。为了搞

电影《花园街五号》剧照

清事实真相，韩涛暗中走访了临江大厦工地，结果却被事先安排好的虚假民意所愚弄。一气之下，韩涛批准了刘钊申请去一建的报告。刘钊当机立断，彻底查清了临江大厦追加预算的底细，揭露了丁晓动用资金建超标干部楼的卑劣行径。在抗洪抢险中，刘钊为保住大厦工地，带头跳进了滚滚江水之中。影片借用一栋房屋里几代人的兴衰变革、复杂矛盾和围绕其所代表的社会地位对不同人造成的影响，反映了改革的重大意义，具有浓郁的时代气息。该片获得了文化部1984年优秀故事片二等奖。

三 从文学书写到影像叙事

从符号形式来看，小说和影视剧的构成方式不同。小说最小的符号单位是句子，影视剧最小的符号单位是镜头。小说的构成方式是：句子——段落——节——章——整部小说；影视剧的构成方式是：镜头——场景——段落——集——整部电影或电视剧。小说"段落"和影视剧"段落"在表达的内容上是一致的，都是指讲述一段相对完整的故事；不过，二者的符号载体不同，小说的"段落"是通过许多语言符号的句子组接而成的，而影视剧的"段落"是由许多镜头符号的场景组成的。

从叙事角度看，小说和影视剧都是讲述故事的艺术。何谓故事？故事是叙述出来的事件。李幼蒸指出："人类生活由各类事件组成。事件，即有目的的人的心理活动与行为及其结果；无数事件在时间和空间内的组合即历史；对历史的部分或全体的描述即历史记叙。记叙的对象可以是真实事件，但也可以是想象事件，后者即为通常所说的'故事'。"[①] 而故事是由情节讲述出来的。李显杰认为："从叙事学的角度讲，情节不妨视为影片本文叙事策略的一个组成部分，它是叙事主体(作者——隐含作者——叙述人)为了表达某种叙事意图，围绕某一或几个叙事主题，试图达到某个叙事目的而建构的话语。"[②]在

---

① 李幼蒸：《当代西方电影美学思想》，中国社会科学出版社1986年版，第151—152页。

② 李显杰：《电影叙事学：理论和实例》，中国电影出版社2005年版，第49页。

这个意义上，情节是对故事的讲述，是叙事本文中讲述故事的具体环节。小说和影视剧都是依靠情节来讲述故事的。在影像阐释中，小说情节需要转化为影视剧情节，编剧和导演必须设计好影视剧的场景，这样才能使故事在直观影像中推进发展。

小说的情节虽然不等同于影视剧的场景，但二者的关系非常密切。影像叙事是以强烈的戏剧性矛盾冲突来结构情节的，这与小说情节的功能是一致的。在忠实原著的影像阐释中，小说情节与影像叙事基本上是相似的。不过，有时候由于小说篇幅的限制，影像叙事会根据自身媒介的特征而适当地调整和改变。李国文的《花园街五号》是一部长篇小说，讲述了一座俄罗斯风格的花园洋房在 50 多年里的变迁，先后换了四个朝代、五位主人。这座房子里发生的一切传奇故事，都与或有政治权力，或有经济财富，或有名声雅望，或有社会背景的几家人在这里相撞击，相较量，相冲突，乃至相厮杀有关。他们或代表着一个时代，或代表着一个阶层，败者不能心甘，胜者不能心安，得者觊觎更多，失者梦想翻天，阴霾晦暗，恶风腥雨，便是翻过去的那一页的全部。一部电影无法展现一部长篇小说的全貌，在影像叙事时，必须对小说情节进行压缩和删减。由姜树森和赵实导演的电影《花园街五号》就砍掉了前四位主人的故事情节，只集中讲述第五位主人市委第一书记、代市长韩涛的故事。这种压缩式的影像叙事既是为了电影篇幅容量的需要，又能使人物精简，矛盾冲突集中，更好地满足观众的审美需求。相反，一部短篇小说由于情节容量太小，拍成电影就会显得单薄无力。导演王心语为了把高晓声的短篇小说《陈奂生上城》改编成电影，就把高晓声的另一部短篇小说《陈奂生转业》融入其中，这样才勉强够一部电影的容量。这种扩充式的影像叙事在影视剧改编中也比较常见，既有利于增加导演的自由度和创造性，又有利于影视剧风格的多元化。

无论是小说的话语叙事，还是影视剧的影像叙事，其中心任务都是写人，都必须通过对人物形象和性格的发展来反映现实生活，并将现实升华到美的艺术境界。高尔基说："一个严肃的作家的人物，是要用具有艺术说服力的形象来编写剧本，努力达到那种能使观众深受感动并能改造观众的'艺术的真实'。"①读者要接受小说中的人物形象，需要形象思维，要靠语言文字的时间积累，要花一定的时间；而观众接受影像人物，靠的是视觉画面的空间表现，不需要任何中介和思考时间，非常直观易懂。毋庸讳言，改革影视剧的发展离不开改革小说的推动，许多优秀的改革影视剧作品都来自于对改革小说的影像阐释。为了真实再现小说的主要人物，导演都不约而同地邀请有经验的表演艺术家来饰演主角。李默然既在电视剧《乔厂长上任记》中饰演主人公乔光朴，又在电影《花园街五号》中饰演市委第一书记韩涛，而庞学勤也在《花园街五号》中饰演改革者刘钊，一时间，李默然、庞学勤的形象再次吸引了观众的目光。由于有老一辈表演艺术家的加盟，改革影视剧的艺术感染力和审美效果得到巨大的提升。

日本电影理论家岩崎昶说："作为文学手段的语言和文字，对我们的心理起一种抽象作用，而电影则直接作用于我们的感官。"②一些青年演员由于准确把握了改革小说中的人物形象，从而使改革影视剧的艺术形象得以真实再现，得到观众和评论家的一致认可。蒋子龙是改革小说的创始人，1981 年，他发表了中篇小说《赤橙黄绿青蓝紫》。小说反映了解净、刘思佳、何顺和叶芳等真实动人的当代青年形象。十年浩劫中，这批人遭受了任何一代青年人都没有经历过的精神崩溃和精神折磨。尤其是刘思佳这个形象给人印象深刻，他是十分聪明的，有智慧的，是厂里 30 万公里无事故的司机，但是由于当时生活环境的影响，他又玩世不恭，处处愤愤不平。刘思佳这个形象让人感到耳目一新，至少比起以往文学作品中的僵化模式，多了一些人间烟火。1982 年，《赤橙黄绿青蓝紫》被改编成同名电视剧。青年演员陈宝国塑造的刘思佳，无疑是符合现代审美趣味的人物，他个性鲜明生动，敢于嘲弄现实，有血有肉，打破了以往国产影视作品中主人公一贯正义凛然的"高大全"形象。有人甚至说，刘思佳是出现在屏幕上的第一个叛逆青年的形象，他的语言和行为可能会让一些持正统观

① ［苏］高尔基：《论文学》，人民文学出版社 1978 年版，第 62 页。
② ［日］岩崎昶：《电影的理论》，中国电影出版社 1982 年版，第 49 页。

念的人皱眉头。陈宝国说："这个小说我是很早以前就看过了。所以他们一找我，我就马上知道对号入座，我知道那里面有一个主人公叫刘思佳，我跟他们应该是同龄人，所以他们的所思、所想，他们的苦恼，他们的快乐，他们的向往，包括一些他们处世的想法，大概都差不多。所以为什么说它会有一定的时代感呢？这部作品是很有时代感的。应该说，我指的是文学，是小说，是蒋子龙的小说，应该是多多少少影响了那一代人。"①80年代初，刘思佳甚至成为一代年轻人的偶像。而刘思佳的扮演者陈宝国一夜成名，还拿到了《大众电视》金鹰奖的优秀男演员奖。陈宝国后来回忆说："反正电视界的奖我都拿到了，当然最激动的是那个时候，因为那个时候奖就少。"②

电视剧《赤橙黄绿青蓝紫》剧照

　　无独有偶，也在1982年，长春电影制片厂把《赤橙黄绿青蓝紫》改编成了同名电影，导演是姜树森，张甲田饰演刘思佳，方舒饰演解净，饰演叶芳的姜黎黎还获得1983年第六届《大众电影》百花奖最佳

---

　　① 王刚主持：《电视往事——中国电视剧二十年纪实》(影像)，中国人民大学音像出版社，第三集。
　　② 同上。

女配角奖。

改革影视剧主要有两种题材：城市和农村。在城市题材改革影视剧中，《乔厂长上任记》中的乔光朴、《花园街五号》中的刘钊、《走向远方》中的周梦远等主人公，不管成功与否，在作家和导演的主观审美视野中，改革者都是被看作当代英雄来塑造的，他们身上体现了一种时代的精神。城市改革影视剧与农村改革影视剧的根本区别在于两个方面：改革主体的差异性和文化对抗的差异性。首先，"城市改革的主体对象是以个人为象征载体的集体，农村改革的主体对象则是剥离了集体的个人。"①乔光朴、刘钊、周梦远虽然作为改革个体出现，但他们的利益是由一个工厂或一个城市来分享的，他们在改革中表现出的英雄气概是服从于集体观念的，他们的个性是集体化了的。而在农村改革影视剧中，《陈奂生上城》中的陈奂生、《乡民》中的王才、《野山》中的禾禾和桂兰等农村改革者形象，都是纯粹个人化的，他们是为自己的利益而参与改革的，是历史的机遇给了他们"自私"的理由。这种"自私"既符合农民的本性，又具有高度概括力，从某种程度上说，农民的"自私"比"大公无私""公而忘私"的城市改革英雄更具有人情味，更符合生活的真实性。其次，城市改革影视剧一个很重要的主题是改革者与制度的对抗，农村改革影视剧是改革者与传统的对抗。在城市的改革中，改革者挑战的是一种"制度文化"，它来自于社会体制，作用于城市人的行为，带有制度的暴力性，既是强制的，又是法定的。改革者与"制度文化"对抗的结果往往是琐碎的、无聊的，甚至是气愤的。农村改革面临的却是一种根深蒂固的传统文化，这种传统文化是家庭伦理与生存方式的结合，是传统观念与现代道德的融汇。正因为如此，农村改革的艰巨性超过了城市改革，农村传统观念的转变往往需要一个相当漫长的过程。

---

① 刘明银：《改编：从文学到影像的审美转换》，中国电影出版社2008年版，第82页。

第二节 《乔厂长上任记》的改革理想与现实矛盾

一 文学改革与时代改革

在新时期改革小说创作中，蒋子龙（1941—　）无疑是开创者和领军人物，他曾经在天津重型机器厂工作多年，这为他后来创作改革小说奠定了重要的现实基础。从 1976 年发表《机电局长的一天》以来，蒋子龙随后发表了《乔厂长上任记》《一个厂长秘书的日记》《开拓者》《赤橙黄绿青蓝紫》《燕赵悲歌》《锅碗瓢盆交响曲》等一系列改革小说，掀起了新时期改革小说的浪潮。同时，蒋子龙许多改革小说很快被改编成影视剧，极大地推动了改革影视剧的发展。陈思和评价说："他坚持现实主义的创作方法，对生活中出现的新的现象有敏感的洞察力和概括力，他的作品有浓郁的生活气息和较强的可读性，特别是前期作品充满'开拓者'的热情，代表 80 年代改革初期的时代主流。"[1]

真正确立蒋子龙改革小说地位的代表作是《乔厂长上任记》，他后来创作的《赤橙黄绿青蓝紫》《锅碗瓢盆交响曲》《燕赵悲歌》等改革小说，其声誉都未达到《乔厂长上任记》的程度，"乔厂长"成了改革者的代名词。

蒋子龙的名字出现并产生全

作家　蒋子龙

（图片来源于蒋子龙－百度百科中的插图，http://baike.so.com/doc/5971040－6183997.html）

---

[1]　陈思和主编：《新时期文学简史》，广西师范大学出版社 2010 年版，第 58 页。

国影响，是在 1976 年，他在《人民文学》复刊号上发表了他的力作
《机电局长的一天》。这篇作品可以看作是蒋子龙改革小说的"雏
形"。那时，"四人帮"还没有倒台，但蒋子龙没有跟"四人帮"唱
同调，而是写了一位大刀阔斧地兴利除害，同"四人帮"破坏生产
的极"左"谬论斗争，为中国工业的现代化而奋发努力的机电局长
霍大道，表达了广大人民的心声，因而受到读者的热烈喝彩。然而，
这篇小说却引起"四人帮"之流的强烈不满，要求蒋子龙按照"四
人帮"规定的"三突出"①之类的框框，再写一篇新作。

　　不久，"四人帮"被粉碎，中共十一届三中全会胜利召开，文
艺界重新迎来了创作的春天，许多老作家、中年作家复出，重新拿
起手中的笔，为读者献出他们的佳作；同时，一批新作家也从四面
八方、东西南北脱颖而出，发表了为文学添彩的佳作。但是，没有
一家刊物敢向蒋子龙约稿，因为《机电局长的一天》这篇小说的性质
还没有最终确定。此时，《人民文学》编辑再次赶到天津，大胆向蒋
子龙约稿。蒋子龙答应不久之后拿出一篇不叫编辑部和读者失望的
新作。果然，没过多久，蒋子龙写出了新作《老厂长的新事》，他把
手稿送给《人民文学》编辑部。小说在复审时改题为《乔厂长上任
记》，定稿后在《人民文学》1979 年 7 月号刊出。小说发表后，再次
引起轰动，因为"四人帮"被粉碎后，拨乱反正、兴利除弊，人们
到处在呼唤有作为的"乔厂长""上任"。这篇作品也真正拉开了
新时期改革小说的序幕。

　　《乔厂长上任记》是一篇寄托着蒋子龙当时对社会改革的希望和
理想的小说。它是继《机电局长的一天》以后，继续以作家所熟悉的
机电工业为典型环境，叙述了电机厂厂长乔光朴受命于危难之际，立
下军令状当厂长后，采取一系列改革措施，大刀阔斧地整顿队伍，建
立奖惩制度，激发职工的工作热情和主人翁精神，使全厂生产局面得
到迅速改观。

---

　　① "三突出"是"文化大革命"期间"四人帮"炮制的文艺理论，是指在所有人物
中突出正面人物，在正面人物中突出英雄人物，在英雄人物中突出主要英雄人物。

　　机电工业局局长霍大道主持党委扩大会议，研究派谁去重型电机厂当厂长，因为该厂已有两年半没有完成生产任务了。电机公司经理乔光朴毛遂自荐要去当厂长，并当众立下了军令状："不完成国家计划请求撤销党内外一切职务！"他同时要求曾并肩战斗、"文化大革命"中被批斗得心灰意懒的石敢担任厂党委书记。妻子已逝世多年的乔光朴回到家中，给深爱他多年的女工程师童贞打电话，要求马上与她结婚。正在此时，电机厂原厂长冀申正在主持召开紧急党委会，讨论两项内容，一项是要副厂长郗望北停职清理，另一项便是生产大会战。冀申想孤注一掷，用大会战在生产回升后借台阶离开电机厂。同时，冀申希望在交权之前把副厂长郗望北拉下去，在乔光朴和郗望北这对"文化大革命"中的冤家对头里埋下一根引线。为了阻止冀申的盲目蛮干，乔光朴给霍大道挂了一个电话，拉着童贞、石敢走进了会议室。霍大道当众宣布了局党委对乔光朴的任命决议，并补充了一项任命：任命童贞为厂副总工程师、党委常委；冀申被降职为副厂长。乔光朴上任后，并没有坐在办公室里，而是整天在全厂明察暗访。乔光朴发现青年工人杜兵采用"鬼怪式操作法"，十分气愤。同时，他对全厂生产和管理的混乱状况有了清楚的了解。半个月后，乔光朴将全厂9000多名职工推上了大评议、大考核的比赛场，把精兵强将留下，把考核不合格的，组成服务大队搞基建和运输。乔光朴也因此树起了一批"仇敌"，不仅有像杜兵这样的工人，而且还有那些"编余"中层干部，他们强烈要求对厂长也进行考核。在"考厂长"时，乔光朴面对各种各样的问题对答如流，而分管生产的副厂长冀申却完全被考垮了。乔光朴只好把冀申调去搞基建，让下车间的郗望北重新当副厂长。为了解决电机厂材料和燃料问题，乔光朴亲自出差去"搞外交"，但他并不通社会上的"关系学"，所以大败而归。而郗望北却显示了处理这类关系的能力。与此同时，冀申通过上层路线调到外贸局上任去了。不久，乔光朴与冀申在剧场相遇，冀申喜形于色，一脸春风得意的神情。随着乔光朴改革的深入，一封封控告乔光朴的信件送到了局长霍大道和党委书记石敢那里。霍大道和石敢在办公室研究控告信时，乔光朴推门进来，发现石敢正急忙收藏起控告信。石敢劝他回局交令。乔光朴看完控告信，怒不可遏。他嚷道："我不怕这一套，我当一天厂长，就得这么干！"霍大道显得情绪特别好，他告诉乔光朴，部长对电机厂的搞法很感兴趣，希望乔光朴把手脚再放开一些，不要有顾虑。乔光朴唱起了他喜爱的京剧：包龙图，打坐在开封府！

作为开改革文学先河的小说，《乔厂长上任记》发表的时候，改革的主旋律在中国大地尚未全面奏响，所以，围绕这部小说还曾产生了不小的纷争。蒋子龙说："当时还没有开这个八届三中全会吧，改革开放这个词还都没有，一切还在拨乱反正，还在清理阶级队伍，社会上还是在那个强烈的'文化大革命'的阴影当中。小说出来之后立刻轰动，对这个小说如何评价？确定对一个小说的态度，确定对改革开放的态度，确定对文学的态度。那时候对文学也有好多争论，到底要不要写这个，所以牵扯到各种'蒋子龙'。"①

《乔厂长上任记》是新时期文学史上比较早的一篇直接面对改革的现实困境，又歌颂新时期的理想主义的小说，"它虽然以工厂车间为主要场景，却有力地突破了以往车间文学的狭小格局，通过车间、工厂中的人事纠葛的展开，将艺术笔力穿透整个社会围绕改革政策的冲突，揭示出当时改革政策所遭遇的极大困难以及有识之士为之背水一战的心理，在一定程度上摆脱了传统工业题材文学狭小的构思框架。"②蒋子龙为上任的乔厂长安排了一个典型的困境：经历了十年动乱后，电机厂生产停顿，人心散乱，成了一个烂摊子，用党委书记石敢的话说："工人思想混乱，很大一部分人失去了过去崇拜的偶像，一下子连信仰也失去了，连民族自尊心、社会主义自豪感都没有了，还有什么比群众在思想上一片散沙更可怕的呢？这些年工人受了欺骗、愚弄和呵斥，从肉体到灵魂都退化了。而且电机厂的干部几乎是三套班子，十年前的一批，'文化大革命'起来的一批，冀申（指'文化大革命'后去的厂长。——引者）到厂后又搞了一套自己的班

---

① 王刚主持：《电视往事——中国电视剧二十年纪实》（影像），中国人民大学音像出版社，第一集。
② 陈思和主编：《新时期文学简史》，广西师范大学出版社2010年版，第58—59页。

子。老人肚里有气，新人肚里也不平静。"①乔厂长不仅要面对全厂的"内忧"，还要挑战更大的"外患"：电力部门并不希望他把产量搞到2000万；燃料、材料、煅料等协作单位并不积极配合。乔厂长虽然最后得到了部长和局长的大力支持，使改革得以继续下去，但读者还是可以感受到他的改革具有一定的悲壮色彩。

蒋子龙第一次在新时期文学史上塑造了个性鲜明的改革者形象——乔光朴。他是一位实干家，是一个有胆有识、敢作敢为的典型人物：他敢于毛遂自荐到重型电机厂再当厂长；敢于慷慨激昂地立下军令状；敢于向领导提要求；敢于向童贞表白要马上结婚的想法；敢于直接批评前厂长冀申搞的生产大会战的错误做法；敢于启用"文化大革命"中把他赶下台、经常批斗他的"造反派"头头郗望北当副厂长；敢于回绝老下属的不合理要求。但是，蒋子龙并没有把乔光朴塑造成一个完美的英雄，他身上也有不少缺点：性格急躁，批评人不留情面，在全厂"树敌"太多，有些"独断专行"，听不进不同意见，对社会上的"关系外交"一窍不通。正因为乔光朴身上既有改革家应具备的优点，又有普通人的弱点，反而显得真实可信，一时间成为新时期文学中有血有肉的当代英雄。

小说塑造的郗望北和冀申两个次要人物同样具有典型意义。在这两个人物身上，实际上隐含着蒋子龙对政治运动与人物命运之间关系的思考，同时也反映了如何正确评价动乱年代中不同人物的问题。在蒋子龙看来，我们对于动乱年代的人物应该采用一分为二的态度进行评价，不能"一棍子打死"。换句话说，"文化大革命"中被打倒的人物是否都是错误的？"文化大革命"后是否都应该被全部重用？同样的道理，"文化大革命"中起来的"造反派"是否在"文化大革命"后都应该被打倒？乔光朴不计前嫌地启用郗望北，不仅说明了乔光朴大度的胸怀，而且也体现了蒋子龙的态度："文化大革命"中有能力的一些"造反派"可以在改革中继续使用。而冀申虽然在"文化大革命"中被打倒，在"文化大革命"后重新走上了领导岗

---

① 《中国当代文学作品选》(上)，人民文学出版社1989年版，第173页。

位，但是，这样的人只会搞政治斗争，没有真才实学。在蒋子龙看来，对冀申这样的人物应该"慎用"。令读者意想不到的是，冀申虽被降为副厂长，在厂里日子"不好过"，但却通过"上层路线"调到了外贸局，从企业领导变为了政府领导。冀申"因祸得福"的命运，在某种程度上反映了现实生活的真实性。

二 改革电视剧的开创价值

1980 年 8 月，中央电视台把《乔厂长上任记》改编成同名电视剧，由李宏林任编剧，由王岚、赖淑君担任导演。王岚和赖淑君是北京电影学院的同学，两人 1962 年毕业后同时被分配到北京电视台（现中央电视台）任导演，共同参与和执导过多部影视剧。王岚曾参与对山西人民话剧团六场话剧《刘胡兰》进行的电视化直播，赖淑君在"文化大革命"期间参与制作过电影《智取威虎山》。两位经验丰富的导演对于接拍《乔厂长上任记》并没有太大难度，不过，由于小说原作此前在社会上产生了广泛影响，并引起了很大争议，这对导演的拍摄无形中增加了压力。为了确保电视剧的拍摄成功，王岚和赖淑君邀请著名表演艺术家李默然饰演男主角乔光朴，邀请陈颖饰演女主角童贞，由此，《乔厂长上任记》开启了中国改革电视剧的先河。

《乔厂长上任记》这部电视剧秉承了小说中那种敢于面对严峻现实的精神，情节、人物、内容基本上与小说保持着一致。电视剧的拍摄离不了场景的生动性和丰富性，一部场景生动足以使观众感叹的电视剧往往会不胫而走。场景是电视剧人物行为与心理过程的联结。"性格若非通过行为而显现就不可见闻于世。"①电视剧场景是显现人物性格的基本手段。甚至可以说，影像叙事的特征就在于以一定的场景显现人物的性格。电视剧场景不是简单的旁白，不是概括的说明，也不是故事的梗概，而是人物的行为、对白过程的具体生动的影像镜头。电视剧《乔厂长上任记》的主要场景来源于小说，而且比小说情

---

① 汪瑰曼：《重评〈乔厂长上任记〉兼论文学反映改革》，《安庆师范学院学报》1985年第 1 期。

节更集中，矛盾冲突更激烈。电视剧一开始，就像一幕雄壮的史诗画卷，当舞台大幕徐徐拉开，便紧锣密鼓，音乐骤起，主角威风凛凛地走上台来。在机电局党委扩大会议上，乔光朴"毛遂自荐"立下军令状，要重新回电机厂当厂长；到夜闯电机厂党委紧急会议，并当场宣布与童贞结婚。从进厂后按照生产流程一道工序一道工序地调查摸底，到全厂职工、干部大考核，以及宣布实行的各项改革措施等一连串的场景。简直势如破竹，雷劈电闪，不给你喘息机会，使你欲罢不能，想一睹其全貌。同时，也使观众体会到，电视剧的每一个场景安排得都是那样合情合理。场景的生动性和丰富性不是意味着离奇、复杂和曲折，而是在有限的篇幅里让人物按照他的性格逻辑充分活动，按生活的逻辑充分展示矛盾的运动发展过程。作为单本电视剧的《乔厂长上任记》，其篇幅并不长，但场景的处理却非常自然和巧妙，这一连串事件，又像发生在你的身边，你的生活里，给你一种亲切感与紧迫感。

　　一切以叙事为特征的文学艺术，如史诗、小说、戏剧等，无不以写人作为艺术创作的焦点。高尔基说，文学是人学这一论断，同样适用于影视艺术。影视剧和文学具有共同的艺术规律，都是以形象来反映生活，然而它们在构成形象的思维形式和表现手段上各不相同。影视剧是用镜头画面构成直观的影像形象，文学用语言文字构成文学形象。从写人的角度看，文学形象和影像人物之间虽然存在着很大的差异，但二者之间也存在着一些相同和可以相通的方面，这是它们能够互相转化的基础。即使小说是用话语构成形象，不具备形象的直观性，但它完全能够通过阐释者的想象改编，在人的内心视像中构成一幅幅生动的画面。

　　在人物塑造方面，影视剧和许多小说相似，它们都要通过人物的肖像、语言和动作去刻画人物性格。乔光朴是改革英雄，是充满豪情壮志的"革命战士"，他敢想、敢干、敢抓、敢管的形象也就成了现代化改革者的化身。小说对乔光朴的相貌特征描写得很细致，"石岸般突出的眉弓，饿虎般深藏的眼睛；颧骨略高的双颊，肌厚肉重的阔脸。这一切简直是力量的化身。"在机电工业局党委扩大会议的紧要关头，在面对无人愿意去收拾电机厂的烂摊子的局面时，乔光朴则表现出"他一双火力十足的眼睛不看别人，只盯住手里的香烟，饱满的嘴唇铁闸一般紧闭着，里面坚硬的牙齿却在不断地咬着牙帮骨，左颊上的肌肉鼓起一道棱子"。小说里描写的乔光朴的形象相当直观生动。但是，谁来饰演乔光朴这样一位钢铁般意志的英雄人物呢？而且演员外形上要尽量与小说人物形象一致。王岚和赖淑君同时想到了李默然。李默然的外形与小说里乔光朴形象相似。更为重要的是，他1960 年在电影《甲午风云》中饰演民族英雄邓世昌，一举成名，他把民族英雄邓世昌的风骨鲜明生动地呈现在银幕上，并永远地留在了观众的心中，成为中国银幕上别具一格的"硬汉"标本。1980 年，李默然刚好53 岁，与56 岁的乔光朴在年龄上非常接近。因此，让曾经饰演民族英雄而家喻户晓的李默然，再次饰演改革英雄乔光朴就是意料之中的事了。在电视剧中，李默然塑造的乔光朴形象，与邓世昌身上所具有的民族英雄气概相似，作为改革家的乔光朴的英雄气质，也恰恰来自于对党性和国家利益的认同和维护。在乔光朴对石敢的动员中，我们看到他正是依据这两点来展开对石敢的劝说："你敢再重复一遍你的话吗？当初你咬下舌头吐掉的时候，难道把党性、生命连同对事业的信心和责任感也一块儿吐掉了？""这真是一种讽刺，'四化'的目标中央已经确立，道路也打开了，现在就需要有人带着队伍冲上去。瞧瞧我们这些区局级、县团级干部都是什么精神状态吧，有的装聋作哑，甚至被点到头上还推三阻四。我真纳闷，在我们这些级别不算低的干部身上，究竟还有没有普通党员的责任感？我不过像个战士一样，听到首长说有任务就要抢着去完成，这本是极平常的事，现在却成了出风头的英雄。"

作为一个四化建设的带头人和闯将，乔光朴有一股勇往直前的英雄豪气，他不瞻前顾后，不给自己留后路，处事果断，无私无畏。他一回厂就走了几步险棋：突然宣布和童贞结婚；实行技术考核，颁发生产奖金，把刷下来的人组成服务大队顶替临时工；把冀申由生产副厂长调去搞基建；又把被冀申撤下去的郗望北提上来当副厂长；重用童贞和李干。面对一连串的严峻挑战，乔光朴毫不退缩，在上级领导

的支持下，他整顿劳动纪律，恢复管理秩序，健全规章制度，安排好
职工的生活，经过一年的大力整顿，终于使这个步履维艰的企业起死
回生。"这部电视剧揭示了现实生活中各种矛盾，改革过程中各种现
象，通过乔光朴这一形象给观众以深刻的人生启示。"①

电视剧《乔厂长上任记》剧照

电视剧《乔厂长上任记》的播出，在当时同样是个"大事件"，播
出之后在内地产生了巨大的反响。这部电视剧当年之所以被社会广泛
认同，在于乔光朴这一形象代表了人民群众的时代呼声，"文化大革
命"以后，全国人民强烈要求冲破旧体制的束缚，尽快走上改革发
展的道路，乔光朴的形象恰好表达了人民的心声。它在中国电视剧发
展史上首次塑造了改革家乔光朴的英雄形象，表现了他的坚毅刚强和
困惑苦恼，反映了他感情世界的波涛起伏和对待爱情的果敢态度，性
格鲜明突出，有棱有角，这正好应和了变革时代的人们渴望雷厉风行
的"英雄"的社会心理，一时间引起了观众和批评家们的盛情赞扬。
这部电视剧通过锐意改革的铁腕人物乔光朴的经历，展现了那个时代

---

① 高鑫、吴秋雅：《20世纪中国电视剧史论》，学苑出版社2002年版，第62页。

对于大刀阔斧地进行改革的铁腕人物的需要，歌颂了一种激流勇进、奋发有为的改革精神。乔光朴也成为中国电视屏幕上最早的改革者形象。该剧因此荣获 1981 年全国第一届"飞天奖"评选二等奖。

三 两个文本的标志性意义

无论是小说《乔厂长上任记》，还是电视剧《乔厂长上任记》，在中国文艺发展历程中都具有标志性意义，小说《乔厂长上任记》开创了中国改革小说的先河，电视剧《乔厂长上任记》首次拉开了中国改革影视剧的帷幕。

小说《乔厂长上任记》的诞生和发表不仅是文学事件，从某种意义上说也是政治事件，因为《乔厂长上任记》的"雏形"是蒋子龙 1976 年发表的《机电局长的一天》，这篇小说也可以成为中国改革小说的"雏形"，那时，比 1978 年中国正式提出改革开放的国策早两年多时间。

可以说，《机电局长的一天》是蒋子龙对邓小平在"文化大革命"后期复出整顿全国经济的一次真实书写。邓小平于 1973 年底复出，担任中央副主席、国务院副总理，他通过抓革命促生产、保障经济建设等方式，恢复了国民生产，一度成为这一时期中国政治的"主旋律"。与此同时，停刊多年的《人民文学》正在筹备复刊。蒋子龙接到《人民文学》编辑部的约稿通知，那时，他正在天津参加一机部系统的"工业学大庆"会议。蒋子龙根据自己对工业领域调整、改革、整顿精神的理解，尤其受到许多工厂领导"抓生产"事迹的深深感染，于是很快创作了《机电局长的一天》。这篇小说在 1976 年《人民文学》复刊号上正式发表。《机电局长的一天》讲述的就是另一个"乔厂长"的故事。这位名叫霍大道的机电局长，面对工厂企业混乱瘫痪、百废待举的局面，在阴云密布的政治气候下，冒着生命危险率领三十多万职工挑起整顿机械工业的重担，把社会主义工业建设当作是一场和平年代的战争来对待，始终保持着战争年代的冲锋精神。"他说话爽利得像大刀，思想敏锐得像大刀，作风又快又狠，也像大刀。"这位霍局长"识变，知变"，"不断同政治上的衰老作斗争"，他知难而进、勇往直前，为中国工业的现代化而奋发努力。

那时，"四人帮"还没有倒台，但蒋子龙没有跟"四人帮"唱同调，而是写了一位为中国工业的现代化而奋发努力的机电局长霍大道，他敢于同"四人帮"破坏生产的极"左"谬论进行斗争，敢于大刀阔斧地兴利除害。这篇小说表达了广大人民的心声，因此受到读者的热烈喝彩。《机电局长的一天》的写作背景暗合了邓小平复出后经济整顿的方针政策，但却背离了"四人帮"倡导的文艺政策。按照蒋子龙的自述："人家的文艺作品里主人公都是'小将'、'新生力量'，《机电局长的一天》的主角是个'老干部'；人家文艺作品里的正面人物都是'魁梧英俊'，《机电局长的一天》里的正面人物却是个'瘦小枯干'的病老头。"①然而，这篇小说与读者见面的时候，中国的政治形势又发生了变化。从1976年年初开始，"反击右倾翻案风"运动席卷全国，其中心目的是批判邓小平。这一运动不仅使邓小平再次遭受政治打击，而且使他主导的改革新政被迫中断，同时也中断了蒋子龙的政治理想。《机电局长的一天》被视为"右倾翻案风"的代表作，被冠以"唯生产力"及"阶级调和论"的罪名。蒋子龙被迫在1976年第4期《人民文学》上做出公开检查，并在同一期刊物上发表了小说《铁锹传》，主题是反映同走资派做斗争的内容，为读者贡献了一个整天拿着一把铁锹抓阶级斗争的"英雄"铁锹嫂，才得以勉强过关。②

从1976年到1979年的三年多时间里，由于政治的原因，蒋子龙停止了写作，也没有杂志社敢于发表他的作品。1979年初夏，《人民文学》编辑才再次到天津向蒋子龙约稿。蒋子龙回忆说："今年四月，我因割痔疮住进了医院，手术后的痛苦期尚未过去，两个编辑顶着雨到医院来看我，使我非常感动。其中《人民文学》的一位编辑还当面向我约稿，而且要求写一篇反映现实题材的小说。我已经两年多没有

---

① 蒋子龙：《道是无情却有情——〈蒋子龙选集〉自序》，《不惑文谈》，上海文艺出版社1984年版，第21页。

② 有关《机电局长的一天》的详细史料，参见吴俊《环绕文学的政治博弈——〈机电局长的一天〉风波始末》，《当代作家评论》2004年第6期。

拿笔，肚子里存了不少东西，都是工厂的现实问题。当时我就向编辑说了几件事，我说，写反映现实生活的题材可以，但很难写出歌舞升平的东西。编辑也表示，你写那种脱离现实、粉饰太平的东西，我们也不用，你就写实实在在的生活及人们在生活中碰到的阻力，要写出怎样克服这种阻力，给人以信心和力量。"①蒋子龙很快写完了初稿，"花了一个星期把稿子抄清，给《人民文学》寄去了"②。"果然，没过多久他送来新作手稿《老厂长的新事》给《人民文学》，这篇手稿复审时我改题为《乔厂长上任记》，我请《机电局长的一天》原来的编辑崔道怡参加对小说稿的文字润饰。定稿后在《人民文学》一九七九年七月号以显著位置刊出。"③

《乔厂长上任记》发表后所引起的轰动和争论是蒋子龙始料未及的。1979 年 9 月 3 日的《人民日报》发表署名"宗杰"的评论文章——《四化需要这样的带头人——评短篇小说〈乔厂长上任记〉》："《乔厂长上任记》正是适应了时代的需要和群众的要求，通过生动的艺术形象的塑造，提出并回答了实现四化斗争中的一个尖锐问题。"④《光明日报》9 月 12 日刊登了马威的评论文章，文章指出："正因为小说挖出了领导干部层中的'病症'，击中了要害，引起了疗救者的注意，表达了人民的愿望，因而它才能激起读者的反响。"⑤ 但在天津方面，天津市委书记刘刚给中央写信，要求对《乔厂长上任记》进行批判。《天津日报》在 1979 年 9、10 月连续发表了不少于 14 篇的对《乔厂长上任记》的批判和否定文章，指责这部小说存在政治倾向上的问题，认为小说对焦点人物乔光朴和"火箭干部"郗望北的处理，

---

① 蒋子龙：《〈乔厂长上任记〉的生活账》，《不惑文谈》，上海文艺出版社 1984 年版，第 51— 52 页。

② 同上书，第 53 页。

③ 涂光群：《五十年文坛亲历记》（上），辽宁教育出版社 2005 年版，第 278—279 页。

④ 宗杰：《四化需要这样的带头人——评短篇小说〈乔厂长上任记〉》，《人民日报》1979 年 9 月 3 日。

⑤ 马威：《为献身四化的干部塑像——短篇小说〈乔厂长上任记〉读后》，《光明日报》1979 年 9 月 12 日。

不利于正在天津展开的"揭批查"运动。①

　　由于天津方面认识不到当时的政治形势和社会变化，中央主流媒体开始大规模为《乔厂长上任记》辩护。1979 年 10 月 6 日，冯牧领导的《文艺报》编辑部召开会议，讨论对《乔厂长上任记》的评价问题；10 月 10 日，陈荒煤领导的《文学评论》编辑部联合《工人日报》召开座谈会，讨论《乔厂长上任记》。② 不久，茅盾、周扬、张光年等老一辈文坛巨匠也对小说作品给予了肯定和赞誉。与此同时，时任中宣部部长的胡耀邦同志及后任王任重同志、副部长朱穆之同志都对《乔厂长上任记》表示了肯定。蒋子龙后来回忆说："对待蒋子龙的态度不算什么，但是这部小说突然引起了全国的关注，最后搞到胡耀邦同志定板。就是胡耀邦同志批示，'这是好小说，尽管可能有这样那样的缺点，但是是一部好小说，我看不出你们说的那些个问题。'"③

　　《乔厂长上任记》发表半年之后，中央电视台就把小说改编成同名电视剧搬上荧屏，让"乔光朴"的形象走入观众的视野。电视剧《乔厂长上任记》播出于中共十一届三中全会召开一年半之后，作为中国首部改革影视剧《乔厂长上任记》正是导演感应时代节拍，起当代之衰，启改革影视剧之先声，在工业题材创作领域里提出了"救救工业"的问题，这不仅体现了党的十一届三中全会的路线、方针和政策，也充分表达了导演的创作意图。这部电视剧不仅为工业题材的影视剧创作开辟了道路，而且发起了至今仍长盛不衰的改革题材影视剧，向观众提出了中国必须进行改革的重大现实问题。李默然塑造的乔光朴，给观众留下了坚毅、铁腕、果敢的改革者形象，在社会上引起的反响远远超过了电视剧本身的影响，无疑对在工业生产领域生活的人们，特别是有志于改革的人们，是一个很大的鼓舞和鞭策。观众"欢迎乔光朴来我厂指导工作""欢迎乔光朴式的厂长"的呼声，

---

　　① 参见徐庆全《〈乔厂长上任记〉风波——从两封未刊信说起》，《南方周末》2007 年 5 月 17 日。

　　② 同上。

　　③ 王刚主持：《电视往事——中国电视剧二十年纪实》（影像），中国人民大学音像出版社，第一集。

就充分证明了李默然对乔光朴形象的塑造是何等成功，也反映了观众对乔光朴式人物的估价与赞扬。从这个意义上说，电视剧《乔厂长上任记》肯定会在中国影视剧史上留下重要的一页，因为它开辟了中国影视剧的新里程。

由于中央领导对小说《乔厂长上任记》的肯定，小说荣获 1979 年全国优秀短篇小说奖，溢美之词，褒扬之声不绝于耳，并逐步升级，蒋子龙因此获得"改革文学之父"的称号，与"大墙文学之父""伤痕文学之父"等一起，成为新时期文学中最有影响力的作家之一。由于受到《乔厂长上任记》的激励，蒋子龙随后又创作了《开拓者》《一个工厂秘书的日记》《赤橙黄绿青蓝紫》《锅碗瓢盆交响曲》《燕赵悲歌》等一系列改革小说。与此同时，"乔厂长"成了改革者的代名词，众多作家加入了改革小说的创作行列，出现了一个与乔厂长有血缘关系的"开拓者家族"的人物系列，比如，张洁创作的《沉重的翅膀》，张锲的《改革者》，焦祖尧的《跋涉者》，水运宪的《祸起萧墙》，柯云路的《三千万》和《新星》等。从此以后，中国工业题材的主人公变成了厂长乔光朴、局长霍大道，变成了《沉重的翅膀》中的郑子云、《开拓者》中的车篷宽、《大厂》中的吕建国、《三千万》中的丁猛、《车间主任》中的段启明、《雪崩》中的向大跃……改革企业家的形象成了中国工业改革的主体，也成了中国社会的真正主人翁。

随着电视剧《乔厂长上任记》的诞生，众多改革影视剧如雨后春笋般出现在观众面前，比如，王心语导演的电影《陈奂生上城》，姜树森和赵实导演的电影《花园街五号》，奚佩兰导演的电视剧《女记者的画外音》，王宏导演的电视剧《走向远方》，姜树森导演的电影《赤橙黄绿青蓝紫》，滕文骥导演的电影《锅碗瓢盆交响曲》，李新导演的电视剧《新星》，颜学恕导演的电影《野山》，等等。一时间，改革影视剧成为时代的主潮，极大地丰富了人们的精神生活，庞学勤在《花园街五号》中饰演的刘钊，陈宝国在《赤橙黄绿青蓝紫》中饰演的刘思佳，孙淳在《锅碗瓢盆交响曲》中饰演的牛宏，周里京在《新星》中饰演的李向南等形象，给当时成千上万的观众留下了深刻印象。

新时期初期，百废待兴，刚刚经历过十年浩劫的中国人民极度渴望丰富的精神生活。与此同时，改革开放的大潮让电视机迅速普及，成为占据人民群众文化生活的重要道具。相应地，电视剧《乔厂长上任记》对于中国正在复苏阶段的电视剧事业起到了重要的推动作用。

第三节 《新星》的锐意进取与守旧势力

一 改革与守旧的政治较量

在新时期改革小说创作之中，柯云路（1946—　）是一位重要的代表作家，他是一位充满政治热情的作家，因改革小说而引起了人们的广泛关注。柯云路先后创作《三千万》《夜与昼》《衰与荣》等改革小说。在众多的改革小说中，他真正意义上的代表作应该是《新星》。

《新星》既是柯云路的第一部长篇，也是中国

作家　柯云路

（图片来源于柯云路－百度百科中的插图，http：//baike. baidu. com/link? url＝lTXj6y_ 2vg_ jAHgXGYSVXxxT1e6qoatEA aiYB8bsUv0vcaFfDraE7gh8wHE0do7UHl－edHJeJNL2rrb81xNByK）

当代文学史上具有突出意义的改革小说，之后的中国同类改革小说在写法上都受到它的影响。《新星》于1984年面世后，立即引起社会舆论的广泛关注，它以细腻的笔触描绘了中国北方的一个山区小县——古陵，在社会变革时代大潮中所经历的风风雨雨，涵盖和浓缩了中国基层小县的概貌，全景式地展现了城乡各界的政治、经济体制改革和社会主义建设的历史画卷。

《新星》从政治关系和权力结构的角度切入现实生活，描写了1982年发生在古陵县的一场改革与守旧之间的政治斗争。青年干部李向南大学毕业后放弃了在省里工作的机会和优越的生活条件，主动要求来到他出生和插过队的古陵县当县委书记。李向南除旧布新、改天换地的热血豪情，使以县委副书记兼县长的顾荣为代表的"守旧派"受到强烈震撼，他们制造矛盾，设置障碍，千方百计阻挠李向南的改革行动。上任伊始，李向南便见到失散多年的故知——陈村青年教师林虹，同时得知林虹揭发以顾荣的儿子为首的一些干部子弟进行走私活动。李向南决心排除阻力，燃起新官上任的第一把火。他接待群众上访，调整领导班子，精简机构，在全县千人大会上严肃处理了走私犯罪的干部子弟。此时，顾荣表面假装病倒，而幕后却施展手段，拉拢关系，制造难题，挑唆对立。身为省委书记的女儿、顾荣的侄女顾小莉，随着对李向南的了解，逐渐对他产生了爱慕之情。为了进一步打开工作局面，李向南带领各级干部下乡调查，实地解决问题。在黄庄水库的实地调查中，李向南重新起用了被顾荣撤职的干部朱泉山。在横岭峪公社，顾荣授意公社代理书记潘苟世制造抢水纠纷，李向南严肃批评了潘苟世的领导能力。面对民办小学的危旧窑洞，潘苟世不听李向南的警告，拒不修缮，终于酿成窑洞垮塌、砸伤师生的惨剧。潘苟世被李向南撤职查办。同时，李向南摒弃前嫌，任用一度反对过自己，但在农业生产上具有远见卓识的胡小光接任横岭峪公社书记职务。为了解决凤凰岭大队滥伐国有森林的严重问题，李向南接受了大队书记高良杰的辞呈，处理了滥砍滥伐者，制止了国有森林的失控之风。李向南在一个月的时间里，便政绩斐然，被老百姓称作"李青天"。但是，这位政界"新星"的大胆举措必然会引来保守势力顾荣的抵触和压制。顾荣为了维护既得利益，处处向李向南发难，并搬出靠山——地委书记郑达理。李向南虽然得到了古陵广大群众和部分干部的支持，但却面临着可能被郑达理调离古陵的尴尬处境。

改革是解放和发展生产力，从而加快社会发展、摆脱贫困落后的革命性变革。《新星》以1982年为时间的切入点。那么1982年有什么特点呢？柯云路对此有过说明："八二年，我国农村经济改革已取得初步成果，城市改革还未全面展开，整个社会处在一种大变革前的骚动中。旧思想、旧道德、旧传统、旧习惯开始受到猛烈的冲击。在浮动于社会表象的疑惑、痛苦、不安和期待中，我们感到了时代前进的脉搏。于是，我选择了八二年作为小说的时间背景。"①在这场关系到我们党和国家命运与前途的变革中，必然会遇到各种艰难险阻，与之相辅相成的是人民群众聪明才智的最大限度发挥。因此，可以说，改革既是我们这个时代最大的政治，也是一场拥有无限丰富内涵的时代变革的活剧。《新星》以恢宏的气势、广阔的画卷，形象地反映了我国人民为了民族富强、国家昌盛而进行的伟大改革，歌颂了意气风发、锐意进取的改革者，鞭挞了阻挠改革、只求利己、不求利民的落后保守人物，充分表达了当代中国人民的共同心愿。

小说《新星》把李向南同顾荣的政治较量，放置于城乡经济体制改革的背景下来展开。李向南深入实际、调查研究、平反冤假错案，召开提意见、提建议大会，带领县委常委下乡现场办公，撤换违法乱纪的干部，以解决问题的凌厉气势来清除古陵的政治垃圾，充分表现出李向南作为一个改革者所具备的政治热情和才干。"改革者除旧布新的奋斗，守旧派抱残守缺的挣扎，平民百姓的哀号与抗争，昏庸的当权者肆意妄为，都得以展现。"②小说以改革者与保守势力的斗争为中心点，展示了政治冲突在不同的政治层和生活面激起的波澜，上至地委、省委、北京，下至生产队和群众；横贯党政、司法、交通、水电、教育各部门，构成了一幅全景式的社会生活画卷。小说提出并回答了经济和政治体制改革、农业生产责任制、党风、法制、落实政策、干部队伍等人们所关心的社会重大问题，具有丰富的信息量。

描写和表现人物是小说最重要的法则。《新星》这部小说涉及人物众多，有名有姓的人物60多个，上至地位书记、省委书记、中央干部，下至大队支部书记和普通群众。不过，小说的中心人物只有两

---

① 柯云路：《现代现实主义——从〈夜与昼〉谈我的艺术追求》，《当代》1986年第4期。
② 张学军：《中国当代小说流派史》，山东大学出版社2000年版，第159页。

个：改革派代表李向南和守旧派代表顾荣。对于顾荣来说，年轻的李向南来到古陵当县委书记，仿佛"从天而降"。其实，李向南对古陵相当熟悉，他之所以主动选择到古陵当县委书记，是因为他出生在古陵，小时候生长在古陵，又到古陵当过知青，他对古陵充满了感情，更忘不了父老乡亲和养育过他的奶妈。他希望能通过自己的才干改变古陵贫穷落后的面貌，以回报曾养育他的这片热土。李向南 30 多岁，而顾荣 50 多岁，两人年龄相差 20 岁左右。从政治经验和社会阅历来看，李向南无法与顾荣相比。他敢于进行大刀阔斧的改革，敢于向顾荣挑战，除了他具有朝气蓬勃的果敢意识和勇往直前的拼搏精神以外，更重要的是，他有省委书记顾恒的支持，他的父亲李海山是中央老干部。正因为李向南有这些"尚方宝剑"，他才没有畏惧思想，敢于打击不正之风和官僚主义。同样的道理，顾荣等守旧派并不是害怕李向南，而是畏惧"尚方宝剑"。从李向南丰富的人生经历和深厚的家庭背景中，读者真切地感受到古陵县政治斗争的复杂性。柯云路不仅表现了李向南敢作敢为的改革硬汉形象，而且也描写了李向南作为普通人的感情生活。30 多岁的李向南一直没有结婚，原因之一是忙于事业，无暇顾及；原因之二是无法忘怀中学时朦胧的初恋对象林虹。当林虹被省委书记的儿子抛弃和遭受众人凌辱时，李向南又担当起林虹的拯救者；当省委书记的女儿顾小莉投来爱慕之意时，李向南又小心谨慎地应付着。如果说李向南对古陵的改革行动是大刀阔斧式的，那么他对两个女人之间的感情处理却是细如发丝的，由此也可以看出李向南的柔情。不过，小说并没有描写海誓山盟的激情场面，而是"发乎情，止乎礼仪"，非常含蓄蕴藉。小说结尾，李向南去看望奶妈孙大娘的情节，不仅表现了他对奶妈养育之恩的母子情感，而且也反映了李向南对古陵人民的深厚情谊。

柯云路塑造的守旧派人物顾荣也非常具有典型性。顾荣在古陵已经苦心经营了 30 多年，政治势力庞大，关系网深厚，他不仅是省委书记顾恒的弟弟，而且市委书记郑达理也是他的靠山，古陵绝大部分干部是他一手提拔起来的。可以说，古陵是顾荣的"王国"。他政治斗争经验丰富，城府很深，手段多样，爪牙遍布古陵每个角落。当李向南雷厉风行地进行改革时，顾荣却假装养病，幕后操控，以静制动，以不变应万变，以上制下。在李向南改革步伐顺利进行时，顾荣在县委扩大会上，施展政治手段，出人意料地搬出市委书记郑达理，让郑达理调走李向南。如果李向南被调走，古陵的改革成果将会毁于一旦。小说结尾虽然没有直接写明李向南是否会被调离，但从发展趋势可以推断他将离开古陵。守旧者胜利、改革者失败的写法，在改革小说中并不多见。顾荣的胜利和李向南的失败在现实生活中具有一定的典型意义，社会主义的改革事业并不都是一帆风顺的，有成功者，也有不少失败者，改革的艰巨性和复杂性在《新星》中得到了充分体现。

二　电视剧改编的审美效果

小说《新星》于 1984 年发表后，立即引起广播电视媒体的极大注意。同年，中央人民广播电台对其进行小说连播，山西人民广播电台将其改编为广播剧。1985 年，太原电视台把《新星》改编为 12 集同名电视连续剧，由朱芷、李新任编剧，李新任导演，由周里京饰演李向南，鲁非饰演顾荣，刘冬饰演林虹，梁彦饰演顾小莉。1986 年春节期间，电视剧《新星》在中央电视台黄金时段播出，由于其强烈的反官僚主义倾向，引起极大轰动，几亿人收看，曾创中国电视连续剧收视率最高纪录。

李新（1936—　），1964 年毕业于北京电影学院导演系，是中国第四代导演，长期在北京电影制片厂从事电影导演工作，此前拍摄过《智取威虎山》（1969）、《山花》（1976）、《木屋》（1982）、《春归何处》（1984）、《飘逝的梦》（1984）等多部影视剧。说起在太原电视台拍摄《新星》，李新还有一段不为人知的机缘。

太原电视台成立于 1984 年，是一个名不见经传的地方台。当时，想要拍摄《新星》的电视台很多。首任台长樊茂洲也想拍摄，为刚成立的电视台提升知名度。为了能够得到拍摄权，樊茂洲首先给柯云路写了一封情真意切的信，然后再登门拜访表达诚意，终于打动了柯云路。柯云路曾回顾自己当时的选择："书出了以后，要拍电视剧的电

视台来找我的很多，少说也
有十几家，但我最终选择了
名不见经传的太原电视台，
理由是我觉得他们电视台来
找我的人深刻地理解了这本
书，他们的台长和编辑来找
我，说起这本书眉飞色舞，
他本人就是在山西农村长大
的，对这本书很有感觉。"①为
了能一炮打响，樊茂洲请来
了原来在北京电影制片厂的
好友李新担任《新星》的剧本
编剧及导演。李新是中国优
秀的影视剧导演，不仅导戏

导演 李新

（图片来源于新浪新闻《图文：〈新星〉导演
李新》中的插图，2008 年 6 月 4 日，http：//
news. sina. com. cn/c/p/2008 - 06 - 04/1542156
81085. shtml）

高产，而且编剧也能高速。一部 40 万字的《新星》，他只用 20 天时
间就完成了剧本，并一次通过。他写分镜头剧本时，4 个助手可同时
抄写。他每 4 集交替分写，4 个助手个个有活干。4 天过去，分镜头
剧本就出来了。电视剧在山西拍了 7 个多月，在平遥、太原等地取
景。拍摄完成之后，很快在太原电视台播了，反响很大。太原电视台
光来信就收了几麻袋，电话简直被打爆了。

小说《新星》中的语言生动精辟又富有哲理，也是小说的重要组成
部分。12 集电视剧《新星》既保留了原小说所有的人物和情节，又保
留了小说的语言，形成了通过对话推动情节、发展性格的特色。除此
之外，旁白式解说贯穿全剧始终，这些解说起到了贯穿情节、点活人
物、论述事理的作用。旁白解说结构是对电视剧艺术，主要对由文学
作品改编的电视剧结构的探索。《新星》的旁白消除了文学形式与电
视艺术间的矛盾，将二者统一起来，很好地传达了作者的原意。它有
时反映观众的心声，有时又表达剧中人的内心独白，更多的时候是分

---

① 范璐：《〈新星〉，那时的万人空巷》，山西晚报网，2009 年 1 月 6 日。

电视剧《新星》剧照

析社会政治，阐述人生哲理。诸如"演讲的艺术有时是沉默的艺术"，多么准确的论断；"天下万物，没有比人更具有易变性的，也没有比人更具有稳定性的了"，多么微妙的辩证法；"嫉妒是在一定的间距内发生的，间距拉开了，嫉妒便消失"，这又是多么细致的心理分析。我们具体比较一下李向南、顾荣、顾小莉在县招待所门前交谈的情节和场景。小说的情节原文如下：

　　"叔叔，这是开什么会啊？"小莉手一指，问道。

　　快进县城了。路边是县招待所，大门口的人进进出出络绎不绝。在他们旁边，一群两脚露湿的农民正围着一个农村干部乱哄哄说道："我们天不亮三十里路赶来，就是为这事。一定把咱们意见带上会去。千万。"招待所门外好几堆这样的人群，都在闹闹嚷嚷说着什么，嘈嘈乱乱地快挤上街来。

　　"那墙上不是写着呢。"顾荣冷冷地一指。在招待所大院门两边的墙上贴着大幅标语："热烈欢迎参加提意见提建议大会的全县各单位代表！"

　　"开了几天啦？"小莉问。

"三天，今天是最后一天。"顾荣答道。

"怎么叫提意见提建议大会啊，有这样的名？"

"这个名不好？"李向南问。

"提什么意见？"

"给县委提意见嘛。"李向南笑着回答。

小莉疑惑地看看顾荣。

"说穿了，是给我提意见。"顾荣冷冷地说。

小莉愣了："这像个整风会。"

"那还用说？"顾荣没好气地说。

"整你？这是新来的县委书记搞的？"小莉说。

这时，一个戴着眼镜的中年人走过来，是县科委主任庄文伊。"小莉回来了？"他看见了小莉。

"回来了。"小莉答道。

"李书记，这是你要的材料。"庄文伊把一卷材料递给李向南。

"好。"李向南点头收下。

小莉惊愣了，看着李向南。

"总结大会准时开吗？"庄文伊问。

"还是准九点开吧？"李向南商量地转头问顾荣。

"可以。"顾荣表情冷冷地答道。

"那我走了，我正参加着小组讨论呢。"庄文伊匆匆走了。

"你就是新调来的县委书记？"小莉看着李向南问道。

"应该是吧。"李向南不失幽默地回答。

一米七八的高个子，黑而清瘦的脸，炯炯有神的眼睛，络腮胡，一身洗得发淡的深灰色的确良衣服，裤腿挽到小腿肚，赤脚穿着一双旧凉鞋。

新来的县委书记沉稳含笑地站在小莉面前。

李向南刚到古陵县当县委书记两周时间，就雷厉风行地为老百姓做了许多实事，在全县引起很大反响。这天清晨，他到火车站附近独自了解民情民意，不想碰到刚从北京回来的顾小莉。通过交谈，李向南知道顾小莉的背景深厚，她是省委书记顾恒的女儿，是县长顾荣的侄女，目前她担任县委宣传部副部长，主要目的是想写反映农村题材的小说。因此，顾小莉非常傲气，有主见，敢于表达自己的不同观点。同时，顾荣亲自来接自己的侄女，说明顾小莉在古陵县也是举足轻重的人物。由于她到北京出差很长一段时间，不知道李向南的到来，更不认识李向南。这是顾荣在小说里第一次出现在读者面前的情节。通过顾小莉的问话和顾荣的回答，读者知道古陵县在李向南的倡导下，正在召开"提意见提建议大会"，已经开了三天，今天是最后一天了。顾荣当着李向南的面回答顾小莉"是给我提意见"，明显是对李向南召开这个会议的不满。县委书记和县长之间的矛盾从小说的开始就展现在读者面前，李向南、顾荣和顾小莉之间复杂而矛盾的关系也在这个情节中得以显露，并且充分吸引着读者阅读下去的兴趣。再看电视剧场景的处理方式：

镜头1：（全景，移）一头直而硬的短发、穿着蓝色中山装的李向南，一头长发、穿着粉色衬衣、手拿咖啡色外套的顾小莉，戴着深蓝色布帽、穿着深蓝色中山装、推着自行车的顾荣。三人并排走在大街上，来到县招待所门前。

走在中间的顾小莉问顾荣："叔叔，这里开什么会啊？"

顾荣回答："那不是写着的吗？"

顾小莉读着会标："提意见提建议——，提意见提建议，这是什么会啊？"

李向南接过话："怎么？这个名字不好吗？"

顾小莉边走边把头转向李向南，"提什么意见？"

李向南回答："就是给咱们县委提意见。"

顾小莉转过头来问顾荣："是吗？"

镜头2：（近景）顾荣阴沉地答道："说穿了，就是给我提意见。"

镜头3：（近景，拉，移）李向南冷静的脸。很快拉成李向南与顾小莉的双人镜头。

顾小莉有些惊讶地问："整你？就是那个新来的县委书记搞的？"

戴着一副眼镜的庄文伊从左进入画面，他向顾小莉打招呼："小莉，刚回来？"边说边把手中的一份材料递给李向南，"李书记，这是你要的材料。"

李向南接过材料说："好！"

镜头4：（近景）顾小莉更加吃惊，一脸疑惑地看着李向南和庄文伊。

庄文伊是县科委主任，他的画外音："李书记……"

镜头5：（全景，推）庄文伊继续问："……总结大会准时开？"

李向南把头转过来，征求顾荣的意见，"还是准九点开吧？"

顾荣答道："还是九点吧。"说完，他又对顾小莉说，"小莉，我先走了。"

顾小莉答道："哎！"

顾荣推着载有顾小莉行李的自行车走了。随即，镜头推成李向南和庄文伊的双人镜头。

庄文伊对李向南说："好，我也走了，我在开小组会呢。"说完，庄文伊也离开了李向南。

镜头6：（近景，拉）顾小莉有些惊异地问："你就是那个新来的县委书记啊？"从顾小莉的单人镜头拉成与李向南在一起的双人镜头。

李向南说："就算是吧。"

此时，一个年轻人从右走入画面，他对李向南说："李书记，这是驻守记者刘茂同志。"镜头继续拉成四人镜头。

随即，一位戴眼镜、穿白衬衣、背着相机的记者过来与李向南握手。

年轻人继续介绍："他来了解咱们县的情况。"

李向南说："好，请吧。"他用手邀请记者进入招待所。同时，对顾小莉说："再见！"

随后，李向南与记者、年轻人一起走了，留下满脸疑云的顾小莉。

（根据电视剧《新星》整理而成）

电视剧《新星》剧照

电视剧场景的内容基本上与小说情节一致，不过，电视剧对白更精炼。小说情节里的顾荣是第一次以正面描写的形式出现在读者面前。而电视剧的内容做了适当调整。电视剧第一集开始的场景是顾荣带领县委委员到火车站迎接李向南，接着，李向南又到顾荣家吃饭，后来又一起召开县委委员会议，两人在会上已经有了分歧。这次顾荣到火车站接顾小莉碰到李向南，观众对剧中的两个主要人物已经有了初步了解。在县招待所门前这个场景之前有一句旁白："看来，他今天结识的这位省委书记的女儿像是整个古陵局势的不可轻视的一个角色。"这句旁白有些像李向南的心理活动，他已经知道了顾小莉的来历和深厚的家庭背景，所以感到在古陵开展工作的艰难。而顾小莉直到最后才知道李向南的真实身份。县招待所门前这个场景不但公开了顾荣与李向南之间的矛盾，而且也展现了李向南高效率的工作作风，短时间内有庄文伊送材料、记者来采访。小说对李向南的形象有精细的描写："黑而清瘦的脸""络腮胡"。电视剧饰演李向南的周里京的身高、外形与小说描写的形象近似，不过周里京没有"络腮胡"。电视剧中顾荣、顾小莉等人物的形象，与小说人物的外貌特征相似。这些演员的表演也给观众留下了很深的印象。

语言是小说创作的基本要素，而画面是构成一部影视剧最基本的因素，也是传达影视剧思想的媒介。影视画面以其真实、生动的形象直接诉诸视觉，通过感知唤起人们的情感和思想。"画面传情，不仅靠演员的表演、摄影角度、运动速度、光线亮度、位置，线条、比例等也是传情的手段。"①电视剧《新星》有很多镜头都有声有色有情。每一集片头的背景是已有几百年历史的释迦牟尼塔，一片朦胧的光透过狭长的云层笼罩着古塔，一轮红日在塔后慢慢升起，整个背景都呈现出一片红色。这组画面色调对比和谐，简洁而有寓意，光线运用恰当。在《新星》第三集中有这样一组画面，在农村战略发展讨论会上，胡小凡向李向南提出了七个为什么后便摔门而出。这时，一个慢摇镜头很好地表现了会场气氛：首先全景镜头照着整个会议桌，接着镜头慢慢前推，直到李向南的脸部特写，观众可以清晰地感知李向南气愤而又克制的目光，之后镜头慢慢地拉回，摇到康乐中景，最后，镜头又拉成为整个会议桌的全景。这个镜头充分运用了推、拉、摇所形成的不同画面，以李向南的特写为轴心，运用了两组对应的景别，表达了紧张凝重的会议气氛，同时也表现了李向南内心感情的起伏变化和顾全大局的涵养。

在对人物的心理刻画上，小说主要运用心理描写的手法来揭示人物细腻的内心世界；影视剧有种"X 光透视法"，主要通过人物动作来刻画人物心理活动。电视剧《新星》第三集中有这样一个镜头：当

---

① 曾毅：《〈新星〉艺术论：从小说到电视》，《延边大学学报》(社会科学版)1986 年第 1 期。

李向南告别林虹时，镜头随着李向南的视线摇到了站在他面前的顾小莉，顾小莉的表情透露出了嫉恨、谴责和怨艾的复杂心理，高干子女的自傲，沉默中透出的温柔，少女特有的羞怯，故意装出来的冷淡，都在这样一个近景镜头中全部流露出来。《新星》第十一集郑达理"蹭烟灰"镜头也蕴含深意，在郑达理看来，蹭烟灰可以显示出平易近人、涵养谦虚的性格，而弹烟灰就是一种浮躁毛病。当李向南无意识地弹了一下烟灰，郑达理便投来不快的一瞥。而郑达理却是在烟灰缸上慢慢地蹭来蹭去，当观众随着电视镜头看到那只保养得很好的手的时候，便对这位高级干部形象有了深刻认识：表面上像菩萨一样和蔼可亲，实际上却主观武断，专横嫉贤。

三 影像传播与时代脉搏

1986 年春节前后，12 集电视剧《新星》在中央电视台播出，引起了整个社会轰动性的注目，不同阶层的人们传说着，评点着，争议着。中央电视台在一个月左右的时间里，收到的观众来信就有一千多封。与此同时，太原电视台收到观众来信两千多封，这是中国自有电视并播出电视连续剧以来收到观众来信的最高纪录。[①] 全国各地大小报刊，纷纷载文或介绍，或评论《新星》。1986 年 3 月初，中央宣传部和国家广播电视部联合在北京召开座谈会，充分肯定了电视剧《新星》是一部深刻反映改革时期社会生活的好作品。

电视剧《新星》全方位地再现了原著中所描写的社会生活、政治斗争和不同人物的生活轨迹，保持了原著锋芒毕露的锐气和气势昂扬的基调。"而连续剧又充分顾及了数以亿计的观众在长期的鉴赏实践中积淀形成的审美心理，艺术结构上做到了脉络清晰，情节集中，起、承、转、合，环环相扣，悬念迭起，引人入胜，因而更强化了全剧的艺术效果。"[②]电视剧以对时代脚步的贴近，赢得了前所未有的反

---

① 王铁：《把民族的热情保持在伟大历史悲剧的高度上——电视剧〈新星〉观众调查报告》，《社会学研究》1987 年第 1 期。

② 仲呈祥、陈友军：《中国电视剧历史教程》，中国传媒大学出版社 2010 年版，第 87 页。

响，它播出时的火爆程度和影响波及力，绝非一个单纯的娱乐事件，甚至成为当年的时政话题。剧中饱满的视频形象，大胆尖锐的矛盾展示和富有活力的对话语言，应和了当时人们要求变革的心理。

电视剧《新星》的成功，首先应该归功于电视这种大众传播媒介对观众的巨大影响。其实，小说《新星》早在《当代》1984 年第 3 期增刊上刊出时，虽然在文艺评论界有少量的评论文章，也引起了一些注意，然而读者毕竟有限，反响并不大。之后，《新星》又以广播剧的形式连续播出，也没有形成全国性的反响。直到《新星》被改编成 12 集电视连续剧，先在全国各地近七十家地方电视台播出，最后又由中央电视台在春节期间向全国播出，这部作品才引起全国性的轰动。显然，电视剧这种艺术形式使《新星》的社会效果得到了最为理想的广泛传播。根据传播学的观点，接受者在条件相同的情况下，一般倾向于选择最省力的途径来满足他们的信息需要。相比较而言，在阅读长篇小说、听小说连续广播、广播剧和电视剧这几种途径中，最集中、最方便、最能满足人们在较短时间内获得较丰富信息的，是电视剧。电视剧的视听形式能够突破文学阅读的条件限制，可以达到老少皆宜的传播范围。如果用选择信息或然率的公式计算：选择的或然率＝报偿的保证÷费力的程度。电视剧《新星》的选择或然率必然高于小说和广播剧。这充分说明电视媒介在传达一定数量、一定题材的信息上，要比单纯的小说媒介或广播媒介更为有利一些。特别是在人类的信息传播中，其中很大一部分的含义是通过非语言传送的。阅读小说和听广播，都是建立在语言文字符号的接受基础上的。而电视剧的场景要求在特定时间内制造悬念，要求演员出神入化的表演，加上音乐的烘托和渲染，使用的传播手段除了语言文字之外，具有"艺术表演代码"的非语言文字符号，这些代码既是由众多艺术家所精心设计的，又能为广大观众所接受和理解，所谓"心有灵犀一点通"。电视剧《新星》充分说明了视听媒介的传播系统与人民的内心期待相一致。中央电视台就收到了不少这样的观众来信："感谢太原电视台拍摄了这样好的电视剧，感谢中央电视台在万家团圆、举国欢庆的佳节里，为人民送来了这样好的精神食粮。"①

其次，电视剧《新星》很好地把握了时代发展的脉搏。在新时期的文化语境中，当改革开放题材电视剧将视角指向中国传统文化反思时，文化意识的自觉和文化思考的深入打开了艺术创作的视野，增强了艺术创作的思想力度和审美力度，极大地推进了现实主义精神的深化。《新星》产生的审美轰动效应无疑说明它对应了一种强大的社会心理。这种社会心理的内涵，要而论之，便是由于生活不尽如人意，现实尚存弊端，尤其是顾荣们的不正之风和官僚主义，严重阻碍了改革开放，因而人民心中有气；李向南在问题成堆的古陵县，大刀阔斧地施政，以锐不可当之势革除弊端，打击不正之风和官僚主义，顺应了民心，伸张了正气，因而引起了呼唤改革开放的人民的普遍共鸣。河北昌黎县糖厂张雷写信说："我认为《新星》不是剧，而是真实的生活。它表现的主题是如此的尖锐而鲜明，涉及到众多事例和各种人物又都让人信服。这剧最大的成功在于真实！无论是县委书记李向南的大刀阔斧，也无论是他与县委一班人及古陵各类人物的关系，特别是那感人肺腑的声声对白和对事业，对理想及对现实问题的严肃交谈，都那么让人心情激奋！我为他那种对党的事业锲而不舍拼搏向上的坚毅精神和鲜明的好恶观所深深感染着。"②电视连续剧《新星》所引起的巨大社会反响，与其说是个全国人民的"艺术事件"，毋宁说是一个人民群众都关心的"政治事件"，它反映了全国人民对艺术表现的"期望值"，描绘了现实社会的政治生活和改革进程的艰难险阻。普通民众非常关注政治生活，因为政治高度地代表着各个阶层的社会利益。在"文化大革命"中，人民群众既狂热地参与政治运动，又对专制特权的政治斗争感到害怕。党的十一届三中全会以后，国家的工作重心转向了经济建设和改革开放，人们看到了国家的发展变化，对新的经济体制和方针政策的兴趣浓厚。《新星》恰好满足了人民群众

---

① 王铁：《把民族的热情保持在伟大历史悲剧的高度上——电视剧〈新星〉观众调查报告》，《社会学研究》1987年第1期。

② 俞悦：《紧扣时代的脉搏 描绘历史的画卷——观众来信评〈新星〉等电视剧》，《中外电视》1986年第4期。

的普遍心理，从政治学意义上说，《新星》极大地满足了人民的政治热情，使其长期被压抑的情绪找到了突破口。

再次，电视剧《新星》真实地展现了现实生活中的种种矛盾。电视剧最先给观众展现的是一个拥有 50 万人口的古陵县的自然环境和社会环境。古陵是体制改革初期，中国基层城乡的一个缩影。"在这片有着千年悠久历史的土地上，有的是贫困和落后的生活，有的是僵化和保守的思想，有改革者的励精图治和奋力拼搏，也有旧势力的昏庸腐败和冥顽不化，有人民群众的改革呼声，也有权势之辈的固步自封。"[①]李向南领导的改革涉及的广度、深度和难度都是空前的，他所遇到的问题和阻力，以及相对应的社会矛盾也是空前的。有权力矛盾：李向南与顾荣之间为争夺权力而多次产生冲突；有观念矛盾：大刀阔斧的改革观念冲击着固步自封的守旧观念；有权与法的矛盾：顾荣想用手中的权力保护犯法的儿子；有上下级的矛盾：地委书记郑达理与县委书记李向南，李向南与下级胡小光、潘苟世等人之间，相互都存在矛盾；还有情感矛盾：李向南与林虹和顾小莉之间纠葛不断。这些矛盾来源于现实生活，是现实生活的艺术再现。许多观众都感觉电视剧很真实，他们都对号入座，看自己身边谁是潘苟世，谁是顾荣，等等。电视剧没有局限于县城街道和机关大院，而是深入广大乡村，把农村生活与县城中心联系起来描写，表现了十分广阔的社会内容。一个县的改革问题涉及面广，包括农民纠纷、走私犯法、乡村教育、渔牧农林等许多方面，电视剧不是肤浅地披露各个领域中的矛盾，而是深入探讨矛盾的起因，把旧机制、旧体制、旧官僚、旧作风的积弊剖露给人看，使人警醒。

最后，电视剧《新星》在人物刻画上也相当成功。周里京饰演的李向南这个形象得到观众的高度赞扬。李向南大胆、干练、果断的工作作风，有如明星初起，光华四射：违法的，抓；失职的，撤；有识的，上；无为的，下。这种干部形象是老百姓渴望已久的。周里京当时饰演李向南时 31 岁，恰好与李向南的年龄相当，加上周

---

① 高鑫、吴秋雅：《20 世纪中国电视剧史论》，学苑出版社 2002 年版，第 68 页。

里京高大、英俊、潇洒的外形，在荧屏上满足了男女观众的审美需求。还有不少女孩子写信对周里京表达爱慕之情，有些女青年非"李向南"式的青年不嫁。反面人物顾荣由鲁非扮演，他很好地把握了这一人物形象的特点。顾荣堪称新时期文艺画廊里又一"新的熟识的陌生人"①。当时《人民日报》有篇杂文就叫《顾荣，我的老朋友》，极有深意。顾荣在现实社会中具有很强的典型性，他经历了几十年的政治斗争，是一位玩弄权术的高手。随着认识的深化，人们进一步领悟了顾荣这个典型人物的历史价值，从反面懂得了改革进程的步履维艰。正是由于现实生活中存在着许多顾荣这样的守旧势力，一些改革不得不中途夭折。此外，剧中的其他人物，如刘冬饰演的林虹、梁彦饰演的顾小莉等，都塑造得相当成功，堪称电视荧屏上新的典型形象。

　　电视剧《新星》赢得了当届飞天奖和金鹰奖，主演周里京也因此走红。周里京后来回忆说："来信来得特别多，说如果我去他们那当县长，可能就怎么样了，当然，我只能说，这是观众对我的一种认可。我真去当县长，可能那个县就有麻烦。"②电视剧《新星》的审美轰动效应远比小说的影响要大，电视剧的热播，带来了小说的畅销，这是柯云路始料未及的。可以说，这部电视剧给一些关心社会改革的人指出了方向，很多观众是从《新星》中开阔了视野，原来县委书记是这样工作的，农村问题是这样解决的，新旧势力的冲突可以这样化解，现实社会矛盾的解决方式可以通过看《新星》获得理解和共鸣。那时候，这部电视剧甚至还被当成了整党教材，教育干部怎么去当好官，当清官。解玺璋说："我觉得在整个八十年代，大家认为电视剧首先不是一个通俗的、娱乐的消费品，而是表达自己对社会、对人生、对政治认识的一个工具，《新星》是最典型的一个，它对整个社

---

①　仲呈祥、陈友军：《中国电视剧历史教程》，中国传媒大学出版社2010年版，第87页。
②　王刚主持：《电视往事——中国电视剧二十年纪实》（影像），中国人民大学音像出版社，第七集。

会的批判，对那种体制的质疑，在我们现在看来都很有力度。"①

第四节 《野山》的乡村变化与观念冲突

一　"换妻"背后的乡村变革

　　贾平凹(1952—　)是我国当代文坛屈指可数的文学奇才，被誉为"鬼才"。他从1973年开始发表作品，先后创作了《商州》《鸡窝洼人家》《天狗》《小月前本》《黑氏》《美穴地》《兵娃》《腊月·正月》《浮躁》《废都》《白夜》《土门》《高老庄》《怀念狼》《病相报告》《我是农民》《秦腔》《高兴》等各类小说，同时，还创作了《月迹》《心迹》《走山东》《商州三录》《说话》《坐佛》《敲门》《做个自在人》《走虫》《一只贝》《我的小桃树》《丑石》《画人记》等大量散文。贾平凹早期的作品主要是以陕西山村的普通人为题材，抒写恬淡的生命旨趣。自"商州系列"起，"从历史的深度展现陕西秦川地区的古老民风，旨在向商洛文化寻根"②。因此，贾平凹成为

作家　贾平凹

（图片来源于贾平凹－百度百科中的插图，http：//baike. baidu. com/link？url＝od3wwgXMYmXDCEbvqsFj2DMebdP90f4PoAaMR3Hl＿GRIgKdL4sNYzX66JFQ4BTlFPUd＿0GwqCzKwVmknbGCD-a）

"文化寻根派"作家的代表之一。商州的风土人情、趣闻轶事、生活片断，在贾平凹笔下皆自然成趣。"这种地域环境的独特性，使贾平

---

① 王刚主持：《电视往事——中国电视剧二十年纪实》（影像），第七集。
② 陈思和主编：《新时期文学简史》，广西师范大学出版社2010年版，第144页。

凹的小说，既有南国的空灵婉约通脱，又有关中的厚重朴拙苍茫，充满了山情野趣，有着浓郁的秦汉风采。"①

20世纪80年代，贾平凹的很多小说如《腊月·正月》《鸡窝洼人家》《天狗》《小月前本》《浮躁》等，属于农村改革题材的作品，主要描写农村社会中现代与传统的冲突，描写农村的商品意识和现代生活方式对古老民俗的冲击，以及改革开放所引起的价值观念的转变。贾平凹由此探索农村变革的阵痛和艰难，写出了普通民众的精神世界。《鸡窝洼人家》是贾平凹创作的一篇比较独特的小说，不仅反映了农村改革的艰巨性，而且描写了大胆冲破传统爱情婚姻观念的"变革"行为。

创作于1983年的中篇小说《鸡窝洼人家》讲述的是一个农村"换妻"的故事。贾平凹创作的高明之处在于，没有停留于"换妻"的猎奇叙事上，而是以"换妻"作为叙事外壳，深刻反映改革开放初期偏远农村的变化和新旧价值观念的冲突。在一个叫鸡窝洼的山旮旯里，禾禾是位复员军人，不安于贫困，想破破祖辈沿袭下来的"庄稼人"模式。但却不遂人愿，禾禾卖过油饼，猎过狐狸，买过压面机，都不成功，弄光了家底。他的妻子麦绒受不了折腾，终于忍无可忍与他离婚了。禾禾只好借住在同村的同学灰灰家。灰灰是禾禾和麦绒的媒人，希望他们夫妻复合。灰灰是勤劳持家的农民，家庭殷实，唯一的缺憾就是妻子烟峰不能生育。禾禾又到白塔镇上卖豆腐，但赚钱有限。禾禾在家自制炸药药丸，炸断了一个指头。伤好后，他又利用战友的拖拉机外出搞运输，托灰灰照看麦绒母子。灰灰不辱使命，帮麦绒干活就像干自己家的活一样。禾禾回来后，烟峰支持他养柞蚕，同村光棍二水也入了伙。丰收在望时，一群乌鸦将柞蚕吃个精光。禾禾不甘心失败，在县委书记的支持下，贷款500元，在荒山种桑树。不久禾禾打猎，打死7头野猪，名声大噪，卖了野猪，收入了一大笔钱。灰灰经常帮麦绒犁地收麦，麦绒让牛牛认了灰灰做干爹。烟峰经常帮助禾禾引来闲言碎语，灰灰和烟峰为此多次吵架，禾禾只

---

① 　张学军：《中国当代小说流派史》，山东大学出版社2000年版，第264页。

好到山上盖了一间木庵子。一次，烟峰跟着禾禾到县城丝绸厂卖茧子，被村民说成"私奔"。回家后，灰灰跟烟峰离婚了。麦绒主动说跟灰灰合户，于是二人结婚，并得到村民赞许。在烟峰的建议下，禾禾建起了一座新房。烟峰想嫁给禾禾，禾禾却躲避，跑到县城跟战友学开拖拉机，参加修电站的工作。几个月后，禾禾开着拖拉机回到村里，用拖拉机犁地，引来村民好奇的眼睛。同时，禾禾和烟峰结婚，还买了收录机。不久，烟峰怀上了孩子，而麦绒却怀不上孩子，灰灰彻底绝望了。村里通了电，禾禾家最先用电；灰灰家距离电线远，价钱贵，灰灰贱卖了许多粮食才用上电。为了挣钱，麦绒和灰灰干起了吊挂面的生意。而禾禾买了磨面机和小型电动机，全村人排队磨面。

与《乔厂长上任记》中的乔光朴、《新星》中的李向南等铁腕式的英雄改革形象不同，《鸡窝洼人家》中的禾禾却是一个普通农民。禾禾是一个有思想、有进取心、有变革意识的农民，然而他在改革道路上却屡屡失败，并导致家庭破裂，成为村民嘲笑的对象。这篇小说的深刻性不在于禾禾最后取得的成功，而恰恰在于贾平凹用了大量的篇幅描写禾禾在探索致富道路上的一次次失败的经历。禾禾的失败经历具有相当的典型性和普遍性，真实地反映了农村变革和农民致富的艰巨性。中国的改革开放是从农村实行包产到户开始的，但是，真正快速富裕起来的不是农村，而是城市。随着改革开放的推进，城乡差距没有缩小，反而在进一步拉大。

农村人欢迎改革，但却害怕失败；农村人渴望致富，但却不敢冒险。从改革的曲折历程来看，禾禾屡败屡战的改革致富精神值得肯定。但是，从普通老百姓的生活经历来看，禾禾的做法并不值得推广和效仿，因为大多数农民家庭经济基础薄弱，经受不住失败的打击，经不起反复的折腾。禾禾是上门女婿，结婚之初家里比较殷实，妻子麦绒开始也支持丈夫改革致富的探索。可是，禾禾最初的改革并不成功，无论是卖油饼，还是买压面机，妻子麦绒只见亏损，没有见到赚钱，好好的家底要快被禾禾弄光了。麦绒没有看到禾禾致富兴家，而是看到禾禾折腾败家，好好的家境越来越差，受到附近村民的指责和嘲笑。麦绒在忍无可忍的情况下，为了保住父母留下的一点家业，只好跟禾禾离婚。试想，如果禾禾开始卖油饼赚了钱，麦绒肯定会继续支持；如果禾禾在压面机经营中发家致富，村民也会对他交口称赞。正因为禾禾的一次次失败经历，村民对他改革致富的做法越来越怀疑，支持者越来越少。禾禾在致富道路上为何总是失败？原因是多方面的，主要是因为在中国改革开放初期，偏远的农村交通不便，信息蔽塞，缺乏指导，政府的支持也不到位，农民的致富探索具有盲目性和冒险性。禾禾最后能够成功，还在于县委书记支持其贷款，栽桑养蚕，找到了致富的门路。这也充分说明，农民要改革致富，如果没有政府的指导和帮助，仅凭个人主义式的冒险蛮干，一般很难成功。农村经济基础脆弱，稍有不慎，改革就会失败，就会导致负债累累、妻离子散的严重后果。因此，大多数农民不敢像禾禾一样一次次失败，再一次次冒险，他们只能像灰灰一样脚踏实地，安分守己，按照农村的传统模式一点一点地积累财富，这才是农村贫困落后的真正根源。

二 小说情节的影像化处理

实事求是地说，《鸡窝洼人家》在新时期小说中是一篇很普通的作品，甚至在贾平凹创作的小说中也算不上代表作。然而，导演颜学恕根据小说改编的电影《野山》，却是电影界的优秀作品。

颜学恕（1940—2001）从小喜欢文艺，新中国成立后进入少年儿童广播剧团，读高中时自编自演话剧《万能钥匙》，获武汉市群众会演创作奖。1958 年考入北京电影学院导演系，毕业分配到西安电影制片厂，任场记及助理导演。"文化大革命"中导演了首部影片《阿勇》。其后导演的影片有《爱情与遗产》《蓝色的海湾》《西安事变》《野山》《丝路花雨》《杀手情》（兼编剧）、《步入辉煌》及电视剧《莽原》《千里难寻》等。而根据《鸡窝洼人家》改编的电影《野山》是颜学恕的扛鼎之作。

颜学恕是中国第四代导演的代表人物之一。他 1984 年看到贾平凹的小说《鸡窝洼人家》之后，便找到贾平凹，要把小说改编成电影。两人共同改编剧本，名称改为《野山》。电影与小说相比，内容和情节基本相同，不过人物姓名做了简单修改。禾禾的老婆麦绒在电影里叫秋绒，灰灰的老婆烟峰在电影中叫桂兰，禾禾的儿子牛牛改名叫栓栓。另外，电影中去掉了小说里的县委书记、林业局局长、媒婆、禾禾战友的哥哥、五毛等次要人物，而增加了二婶这个农村妇女角色。

从 1984 年开始，颜学恕就开始筹拍《野山》，由杜原饰演禾禾，由辛明饰演灰灰，岳红饰演桂兰，徐守莉饰演秋绒，谭希和饰演二水。拍摄地点根据小说的描写，定在陕南山区的镇安县米粮镇。为了把演员变成"真实"的农民，1984 年冬天，颜学恕把杜原、辛明、岳红、徐守莉等几个主要演员送到米粮镇体验生活，女的学纳鞋底、照顾孩子，男的犁地、拉套。一个月后，摄制组来到选景

导演 颜学恕

（图片来源于颜学恕-百度百科中的插图，http://baike.baidu.com/link?url=tkyaXcks1DJzI3EQ62IoLoI793Bun-8fNe2BvZf618I5Rh1MtvJm4eGjHZgd _ QanDL6PP9KdCdPQ55qg2aQGDK）

地，他们几乎认不出几位演员，因为演员的装扮和神态已经跟当地农民一个样了。从 1984 年的冬天一直拍到 1985 年开始下雪，《野山》拍了将近一年，导演颜学恕是非常认真的，因为"十年磨一剑"啊！

电影《野山》虽然在整体内容上与小说原著基本一致，但导演并非逐字逐句地忠实于原著，而是根据电影的特性进行了艺术化的处理和加工。例如，小说里禾禾、灰灰和烟峰三人喝酒的情节与电影里喝酒的场景就有比较大的区别。先看小说对三人喝酒情节的描写：

颜学恕(左)与贾平凹在一起讨论

（图片来源于颜学恕－360 百科中的插图，http：//baike. so. com/doc/
5428874－5667098. html）

　　一头猪，整肉处理完了，唯有那猪头猪尾，四蹄下水，好生
吃喝了几天。禾禾也停了几天烟火，三个人就酒桌上行起酒令：
一声"老虎"，一声"杠子"，老虎吃鸡，鸡吃虫，虫蚀杠子，
杠子打老虎，三人谁也不见输赢，总是禾禾赢烟峰，烟峰赢灰
灰，灰灰又赢禾禾。喝到七八成，灰灰先不行了，伏在桌上突然
呜呜哭起来，禾禾和烟峰都吓了一跳，问为甚这么伤心，灰
灰说：

　　"咱们三个半老的人，这么喝着有何意思。半辈子都过去
了，还没个娃娃，人活的是娃娃啊，我王家到我手里是根绝
了啊！"

　　烟峰当下没了心思，气得也收了酒菜，三人落得好不尴尬。

禾禾也喝得多了，回到西厢屋里，摸黑上炕就睡。

电影中的喝酒场景是一个三分多钟的长镜头①，以对话为主，内容比小说更加丰富。

禾禾和灰灰划拳喝酒，酒桌上摆满了丰盛的菜肴。

门敞开着，两扇门上贴着门神。

门外有一棵大树，树下有一群鸡在啄食。远处有山，太阳正要落山，夕阳透过树枝洒在酒桌上。

桂兰在外面院子里赶鸡回笼。

酒拳上禾禾老输，只能喝酒，灰灰微笑着看禾禾喝酒。

桂兰在院子里的吆喝声很大。禾禾输了又喝酒。

禾禾问："灰灰哥，你说我真是浪荡鬼、败家子吗？"

灰灰笑着安慰道："那倒不是。"

桂兰又在院子里用簸箕扬粮食。

灰灰说："我就不信，我这命里就要永远地败下去。再来！"

桂兰端着刚收回的粮食走进屋里。禾禾和灰灰继续划拳。

桂兰干涉道："你们少喝点。"然后把粮食端进了里屋。

灰灰边吃菜边说："禾禾，你听哥一句，当农民要像个农民的样子，只有你答应往后不再折腾，我包你还是一家滋滋润润的日子。秋绒那边，我也敢保说得通。"

桂兰从里屋出来，坐在门口，看着禾禾和灰灰喝酒。

禾禾拿着烟说："灰灰哥，嫂子，我打算出门了。"

桂兰问："你不是说醉话吧。"

禾禾又放下烟说："一些老战友来信，说他们闹得挺红火，

---

①　长镜头理论是法国电影理论家巴赞根据自己的"摄影影像本体论"提出来的和蒙太奇理论相对立的电影理论。长镜头指的不是实体镜头外观的长短或是焦距，也不是摄影镜头距离拍摄物的远近，而是拍摄之开机点与关机点的时间距，也就是影片片段的长短。长镜头并没有绝对的标准，是相对而言较长的单一镜头，通常用来表达导演的特定构想和审美情趣。

我想去看看，人家是咋弄的？"

灰灰边吃边劝道："禾禾——"

桂兰坐在门口吃零食。

禾禾打断灰灰："灰灰哥，我求你件事，求你帮帮秋绒，她是过于苦了。眼下，我们亲人成了仇人，我搭不上手啊！"

灰灰说："这你就放心吧，啊！"说完端起酒杯喝酒。

屋外有牛叫的画外音。

禾禾也端起酒杯一饮而尽，又说："我这男人活到这一步，也就丢尽脸面了，我禾禾要是干不成一点事来，就不是娘生养的，也不再期望再进秋绒家里。苦巴巴地求着她重做夫妻，一年两年，十年八年，只要她知道我禾禾是什么人就是了。"

灰灰点头说："好。"

禾禾又对桂兰说："嫂子，来两拳。"

桂兰笑着回答："我哪会划拳啊？"

禾禾又说："那就猜宝。"边说边从衣服口袋里掏出一枚硬币。

桂兰劝道："不猜不猜，禾禾。不猜了。禾禾——"她暗示灰灰劝一劝禾禾。

禾禾把左手攥着伸给桂兰："猜！有没有？"

灰灰对桂兰说："猜吧。输了我替你喝。"

桂兰把小板凳移到酒桌前说："有——"

禾禾摊开左手，手里有枚硬币。灰灰和桂兰都笑了。禾禾端起酒杯一饮而尽。灰灰又给禾禾斟满。

禾禾两手捂着摇动硬币，再把左手攥着伸给桂兰。

桂兰说："有——"

禾禾摊开手，没有硬币。灰灰笑着为桂兰喝酒。

禾禾又把左手伸出来。

桂兰还是面无表情地说："有——"

禾禾摊开手，没有硬币。

灰灰又笑着喝酒，喝完责怪说："你老猜有，哪能不输？"

禾禾再把左手伸出来。

桂兰还是面无表情地说："有——"桂兰突然端起灰灰的酒杯一饮而尽，随即呛了酒，咳嗽起来。

禾禾摊开手，里面有硬币，突然大笑起来："我赢了！我赢了！"

桂兰站起来走进里屋。禾禾也跟着笑。

禾禾笑完，低下头，用左手捂着眼睛哭起来。

（根据电影《野山》整理而成）

电影《野山》剧照

从电影与小说的比较中可以看出，这个长镜头内容非常丰富，有划拳喝酒，有人物对话，有桂兰的忙里忙外，有大山、夕阳等远景，有牛叫的画外音；小说的描写比较简单，对话内容少。小说里是三人行酒令，一起喝酒；电影里主要是禾禾和灰灰划酒拳，桂兰在屋里屋外收拾，她不会划拳。小说里是灰灰喝醉酒哭起来，为自己没有娃而伤心；电影里改为禾禾喝酒哭起来，伤心自己一次次失败，被老婆责骂。单从这个电影镜头和小说情节来看，二者差异很大；但从整体内容来看，电影依然比较忠实于原著。因为电影把小说里描写的其他情节综合到这个长镜头里，小说里禾禾多次请求灰灰照顾麦绒，也多次当着灰灰的面哭诉过他的痛苦。电影里禾禾让桂兰猜宝在小说里没有相似的情节，但桂兰一直猜"有——"，预示着她对禾禾的支持，相信他将来一定会成功，这与小说里烟峰顶着各种舆论压力来支持禾禾的改革事业是相通的。电影镜头的喻义比小说更深刻。这个三分多钟的长镜头符合巴赞所倡导的纪实美学特征，属于景深长镜头，巴赞也习惯把长镜头称为"景深镜头"，他说："景深镜头使观众与影像的关系更贴近他们与现实的关系。因此，可以说，无论影像本身内容如何，影像的结构就更具真实性。"①

三 影像挖掘与价值提升

可以说，颜学恕拍摄《野山》也是一种冒险的行为，与主人公禾禾冒险致富一样，因为《野山》毕竟是一部大胆的作品，讲述的是农村青年"换妻"的故事，这就进入了中国传统伦理道德的一个禁区。② 这样的故事，对于习惯于长期生活在超稳定结构中的中国人来说，简直是连想都不敢想的事情。如果拍好了，颜学恕就是影坛的弄潮儿，如果失败了就会招来种种骂名。"颜学恕借助原作《鸡窝洼人家》的智慧，以他出色的组织和编排的能力，把一个并不自然的故事说得自然流畅，把一个有可能是说教生硬的故事，变成从生活中打捞出来的一朵浪花。"③小说里，禾禾养柞蚕失败后，到了县城，在县委

---

① ［法］安德烈·巴赞：《电影是什么》，崔君衍译，文化艺术出版社 2008 年版，第 69 页。

② 1986 年 4 月 17 日，胡耀邦主持中央书记处会议，就第六届中国金鸡奖评委会评出的年度最佳故事片《野山》进行讨论，认为影片与中国民族特性差距较大，与中央的农村政策更不相符。5 月 7 日，中国影协在呈送中央宣传部《关于拟公布第六届"金鸡奖"评奖结果的请示》中，认为《野山》是评委反复思考并认真讨论，郑重投票产生的最佳故事片，不宜改变结果，应如实公布。6 月 11 日，中宣部部长朱厚泽召集电影界负责人，同意按评委的意见公布评奖结果。

③ 陆绍阳：《中国当代电影史——1977 年以来》，北京大学出版社 2004 年版，第 65 页。

书记的支持下，贷款 500 元，在荒山栽桑养蚕；电影中，颜学恕把禾禾栽桑养蚕，改为贷款养飞鼠，因为飞鼠粪便值钱。这种改动不是为了拍摄的方便，而是比小说处理得更顺畅，更符合生活逻辑。因为小说对禾禾栽桑养蚕没有详细描写，如何栽种？如何养蚕？如何经营？根本没有提到。更主要的问题是，禾禾根本不具备养蚕的外在条件。众所周知，养蚕需要比较宽敞的室内空间，而禾禾居住的地方是一间简易的木庵子，根本无法养蚕。这是贾平凹在小说创作时没有考虑周全的地方。如果按照小说的情节来拍摄养蚕，就会有悖于养蚕的科学常识。因此，贾平凹和颜学恕在改编时注意到了这个生活常识的问题，于是改为养飞鼠，木庵子里养飞鼠是可行的，与禾禾居住在山区的特性和他经常打猎的习惯相吻合。为了使电影的内容更集中，故事更流畅，电影中删除了小说里无关紧要的情节，比如禾禾到县城贩卖红薯和麦种、自制打猎炸药受伤、打死七只野猪等内容，都被导演砍掉了。正如安德烈·巴赞在评论电影与小说的关系时所说："我们可以肯定，在语言和风格领域，电影的创造性与对原著的忠实性是成正比的。逐字直译毫无价值，而异常自由的转译似乎也不足取，与此理相通，好的改编应当能够形神兼备再现原著精髓。"①

　　比较结尾的处理，电影比小说更好。小说结尾冗长直白，电影结尾蕴藉含蓄；小说结尾对灰灰的传统生存方式给予完全否定；电影在肯定禾禾成功的同时，没有粗暴地否定灰灰的人生追求。在小说结尾，灰灰一家日子越过越艰难，虽然干起了吊挂面的副业，但几天后因太劳累停歇了；对灰灰更致命的打击是，烟峰怀孕了，他终于知道自己是一个"无能"的男人，想要娃的希望彻底破灭。贾平凹让勤劳朴实的灰灰从生活的失望走向人生理想的绝望，这既不符合农村生活的现实状况，也不符合传统的审美观念。中国农村生活着大量的像灰灰一样的传统农民，他们在土地上精耕细作，虽然不能成为"暴发户"，但生活得殷实富足。同时，中国传统的审美观念是"好人有好报"，而小说结尾的灰灰是"好人没好报"。让"好人"灰灰绝望

---

① ［法］安德烈·巴赞：《电影是什么》，崔君衍译，第 89 页。

地生活着，失去人生动力，这实在有悖于传统伦理道德。电影的结尾砍掉了小说里多余的内容，灰灰没有吊挂面，桂兰也没有怀孩子。禾禾虽然买回磨面机预示着终于致富了，但灰灰也争强好胜地安上电。灰灰的生活没有比原来差，而且还怀着让秋绒生娃的人生追求。电影的结尾没有非此即彼的简单否定，而是留有韵味，让观众去思考禾禾和灰灰今后的人生道路。

《野山》表现的是改革年代的生活，但它没有简单地用镜头去图解改革，而是把改革开放的时代潮流放到后台，作为背景处理。电影选取的地点是僻远山区，表现的对象是质朴而滞沉的农民。没有惊天动地的大事，只有家长里短的小事，小中见大，小处见了精神。因此，《野山》很好地证明了农村改革的艰难和润物细无声的渐变过程。《野山》的直接题材是婚变，而婚变的原因不是人物品格的缺陷，而是改革浪潮对农民产生的巨大影响，他们的生活观念和人生追求发生了裂变。"《野山》的脱颖而出，使我们想到，改革题材影片应该向深一层的领域发展。例如，写改革未必一定要正面攻坚，写改革中的权力之争，方案之争，或改革带来的生产方式的变化。"①《野山》着意于变革时期人们的心态、价值观念、行为方式的改变，着意于生活之河本身的辩证运动中触发的本质与观众的变动。这种变化从表面上看并不激烈，而实质上则波澜深藏，不可违逆。导演带着温厚的态度、思索的目光，深入最普通、最平凡的人的心灵中来看待今天的农村生活，从中预示着农村未来的变化。

电影《野山》让贾平凹写得并不太成功的小说大放异彩，这是导演颜学恕创造性改编小说的大胆实践，既忠实于原著，又不拘泥于原著；既体现了原著的主要精神，又以电影为主，删除多余的情节，使小说内容为电影服务。《野山》为中国新时期的银幕增光添彩，博得了广大观众和评论家的一致赞誉。著名电影评论家钟惦棐称赞《野山》："不仅以严峻的现实主义态度思考了农村，而且把这种思考置

<hr>

① 章柏青：《写改革的路子要宽一点，再宽一点——由〈野山〉谈到改革题材电影创作》，《电影评介》1986 年第 4 期。

于景象追求的更高层次。"①在1986年第六届"金鸡奖"的评选中，《野山》一下包揽了六项大奖：最佳故事片、最佳导演（颜学恕）、最佳女主角（饰桂兰的岳红）、最佳男配角（饰灰灰的辛明）、最佳录音（李岚华）和最佳服装奖项（麻利平）。1986年12月，法国驻华大使贡巴尔向颜学恕颁发了法国南特第八届三大洲国际电影节获奖证书和铜雕大奖，称赞《野山》是反映中国农村变革的好作品。

　　一部成功的影视剧所带来的后续影响往往是难以估量的，它不仅可以给导演、演员等剧组人员带来荣誉和鲜花，而且也可以改变普通人的命运，甚至对拍摄场景地的生活方式也会带来巨大影响。颜学恕凭借《野山》而使自己的艺术水准达到最高峰。岳红已经从事演艺事业30多年，而她真正的代表作还是《野山》。饰演灰灰的辛明此前在不少的电影中饰演过许多的小角色，但都没有多少起色。导演崔嵬鼓励他演农民。当得知颜学恕要拍《野山》，辛明便主动争取演灰灰，而且是在6个候选人中争取到这个来之不易的角色。结果，辛明饰演的灰灰得到大家的一致好评。电影里，在秋绒怀里"吃奶"的孩子，其实是当地农民蒋立政的孩子蒋国宝，当时才两岁，后来因为家贫险些上不起大学，岳红等演员获知消息后，还对他进行过资助，如今已在上海工作。当时的放牛娃白世林因家贫而辍学，《野山》剧组看他聪明伶俐，便介绍他去北京照顾著名剧作家曹禺，从此走上与放牛娃完全不同的人生道路，如今他已在北京娶妻生子。取景场地的镇安县米粮镇，当时是封闭落后的"世外桃源"，自《野山》拍摄之后，人们的观念发生了改变。而今天的米粮已有两万多人口，其中5000人常年在外打工，劳务输出的收入，已经占了米粮人收入的一大部分。《野山》里，禾禾到城市打工被乡亲们视为"不安分"行为，今天却是米粮人最重要的生财之道。一部电影，有时候会在不经意间影响一些个体甚至一些群体的命运，这就是影像传播的巨大力量。

----

① 张阿利、曹小晶主编：《中国电影精品解读》，重庆大学出版社2011年版，第180页。

第三章　知识分子小说与影视
传媒的关系

　　新中国成立后，知识分子成了一个特殊的群众，他们经历过各种政治运动和人生命运的沉浮。新时期初期，不少作家创作了大量反映知识分子命运的小说，比如，王蒙的《杂色》《布礼》《春之声》《海的梦》，张贤亮的《灵与肉》《男人的一半是女人》《浪漫的黑炮》《土牢情话》《绿化树》，张一弓的《犯人李铜钟的故事》，戴厚英的《人啊，人》，谌容的《人到中年》，等等，这些小说引起了人们对知识分子命运的思考和关注。同时，这些小说很快被改编成电影《牧马人》《人到中年》《黑炮事件》等，引起了社会更大的反响。知识分子一方面遭受过政治打击、信任危机和现实处境的困难，另一方面，他们又没有忘记自身的责任，不求回报地向社会和国家奉献着自己的全部热血。一时间，知识分子成为时代话题。

第一节　知识分子的政治命运与时代责任

一　人生道路与社会政治

　　目前，国内学术界一般认为，知识分子是具有较高文化水平的，主要以创造、传播、积累、管理及应用科学文化知识为职业的脑力劳动者，分布在科学研究、工程技术、文化艺术、教育、医疗卫生等领域，是国内通称的"中等收入阶层"的主体。

　　知识分子小说，顾名思义，是指以描写和表现知识分子生活状态为主要内容的小说作品。在新时期文学中，知识分子小说主要表现在两个方面。一方面，向上回溯，从知识分子几十年的痛苦经历展开思考，梳理造成他们悲剧的原因，引出教训。另一方面，又以此为起点，着眼于知识分子的现实处境，抨击妨碍落实党的知识分子政策的各种极"左"的积习、偏见和阻力，颂扬知识分子的献身精神和高尚品质。

知识分子所遭受的厄运首先表现在政治上，其命运的转机也是政治处境的变化。以此为题材的小说很多，如王蒙的《杂色》《布礼》《春之声》《海的梦》，张贤亮的《灵与肉》《男人的一半是女人》《土牢情话》《绿化树》，张一弓的《犯人李铜钟的故事》，戴厚英的《人啊，人》，等等。这些小说在民族灾难和作家个人苦难经验之间就建立了一种普遍的联系，这种联系一方面宣泄了作家个人的情感，表达了作家内心的愿望，另一方面也对时代历史的思考找到了一个切实的途径。但与此同时，"也往往使那些知识分子受难者的形象沾染上一层虚幻色彩，体现了他们企图在民间和庙堂之间构筑知识分子神话的努力，在这些受难英雄的身上，多少显露了这一批知识分子对自身经历的迷恋情绪"①。

中共十一届三中全会以后，中国知识分子的命运发生了转机，摘去了"右派"的帽子，政治上平反昭雪，生活上恢复了待遇，工作上成为主力。然而，"左倾"流毒没有完全消除，知识分子依然受到或多或少的困扰。谌容的中篇小说《人到中年》，张贤亮的《浪漫的黑炮》，叶文玲的《藤椅》，汪浙成、温小钰的《积蓄》等，都不约而同地写出了中年知识分子面临的困境：他们待遇很低，生活、学习和工作条件很差，事业、经济和家务负担很重，一些领导不信任他们。然而，他们却是各自业务岗位上的骨干，担任着顶梁柱的角色。这些作品产生了很大的反响，几乎直接推动了知识分子政策的改变。

王蒙是同时代人中最富于艺术探索精神的作家之一。1979—1980年，王蒙连续创作了《布礼》《春之声》《夜的眼》《海的梦》《杂色》等作

---

① 陈思和主编：《新时期文学简史》，广西师范大学出版社2010年版，第38页。

品，这些作品既是新时期文学中最先描写知识分子生活经历和心灵世界的小说，也是新时期文学中率先引入"意识流"手法的小说。这些小说手法新颖，风格独特，一方面着重心理描写，用意识跳跃使得时空交错；另一方面，王蒙用繁复、夸张、轰炸式的语言叠加来建造"语言的乌托邦"，荒诞、象征、反讽是他较多运用的手法。

《春之声》通过主人公岳之峰在闷罐子车里由见闻引起的丰富联想，让人们聆听到一个新的时代正大步走来的铿锵脚步声。从困难中露出希望，在冷峻中透出暖色，使人对未来充满信心和希望。

《春之声》的情节很简单：刚刚从国外考察归来的工程物理学家岳之峰，在接到摘掉地主帽子的父亲的信后，决定回一趟阔别二十多年的家乡，结果坐上了一辆闷罐子车。在车里，他与一位用"小三洋"录音机播放德文音乐的妇女聊了几句天，下车后看见了闷罐子车的外表及崭新的火车头。小说主要写岳之峰在归乡途中的所见、所闻、所思、所感，令人窒息的闷罐子车，让人们感到拥挤和压抑，然而，车外正在发生前所未有的变化。1956 年，他回过一次家，在家待了四天，"却检讨了二十二年"。他喟叹："难道他生在中华，就是为了作一辈子检讨的么？好在这一切都过去了。"如今已是 80 年代的第一春了，时值党的十一届三中全会刚刚结束。小说将主人公一生的经历压缩在不足三小时的时空之内，此时，改革开放的号角已经吹响，一切都在发生着急剧变化。在新旧交替的时代，痛苦与希望并存。主人公正是在这样的时代背景下，思骋万里，浮想联翩。小说里，有对社会历史嬗变的思索，有对个人生活经历的回顾，也有对国内外现代生活的比照。虽然闷罐子车里的气氛令人窒息，但现实生活已经有了转机。岳之峰从人们那七嘴八舌的交谈中，捕捉到社会生活中的种种信息："自由市场。百货公司。香港电子石英表。豫剧片《卷席筒》。羊肉泡馍。醪糟蛋花。三接头皮鞋。三片瓦帽子。包产到组。收购大葱。中医治癌。差额选举。结婚筵席。"车厢里的一位妇女用录音机专心学着外语，车里那些充满乐观情绪、极富忍耐力的人们使岳之峰意识到：与其怒气冲天而无所事事，莫若忍辱负重去埋头苦干。"闷罐子车也罢，正在快开。何况天上还有三叉戟？""快点开，快点开。"

"赶上，赶上！不管有多么艰难。"岳之峰的情绪变得昂奋起来，充满活力的内燃机车头，在"春之声圆舞曲"中发奋前行。

《海的梦》"去掉了很多叙述语言，没有那么多交代过程的话"①，它显得含蓄而又凝练。概括地说，小说通过主人公一段情绪活动的描写，浓缩了一代人的沧桑体验和惨痛经历，同时又对这代人的理想主义进行了时代反思。《海的梦》的情节线索十分简单，52 岁的缪可言是翻译家和外国文学研究专家，他经历了长期苦难之后，来到了一个海滨疗养地度假。这一次疗养终于实现了他看到大海的愿望。但是仅过了 5 天，他又提前离开了这个迷人的海滨疗养所。王蒙在这个简单的情节线索里，融入了大量的心理描写，剖析了主人公的内心世界和对人生的深沉思考。缪可言出生于内陆，从没有见过大海，由于海明威和杰克·伦敦等外国作家作品的熏染，他少年时代就想与大海的浩瀚神秘意象结合在一起。后来，他被莫名其妙地打成"特嫌"，经历了二十多年的苦难，然而并没有减退他对大海的向往。在获得平反后，大家对他最关心的是两件事：一是尽快恢复身体健康；二是尽快建立一个家庭。缪可言并没有接受大家的好意劝说，他觉得自己错过了爱情的美酒，如果爱情发酵过度，就会变成酸醋。对于大海，他梦想了 50 年，却只待了短短的 5 天，因为那里的"天太大。海太阔。人太老"。在小说最后，缪可言在海滩上看到一对年轻恋人，终于在理性主义的逻辑里找到精神归宿和现实答案，个体的生命应该融入历史的长河，"爱情、青春、自由的波涛，一代又一代的流动着，翻腾着，永远不会老，永远不会淡漠，更永远不会中断"。正如陈思和评价所说："这里包含了一种久经劫难的理想主义与个人身心体验之间的心理矛盾和心理冲突，解决方式也是王蒙这一代人所特有的，尽管对青春和生命在劫难中的白白耗去表示了刻骨铭心的悲叹，但在理智上他仍要用理性主义的历史观说明青春和生命在群体中的延续，从而为一生所信奉的理想主义寻找一个依托。"②

---

① 王蒙：《在探索的道路上》，《漫话小说创作》，上海文艺出版社 1983 年版，第 48 页。

② 陈思和主编：《新时期文学简史》，广西师范大学出版社 2010 年版，第 46 页。

　　在《布礼》《杂色》《夜的眼》等小说中，王蒙既思考了知识分子几十年的人生道路与社会政治的荒诞关系，又呈现了知识分子在现实生活中的尴尬处境。《布礼》以钟亦成人生经历为主线，描写了中国政治运动对知识分子的荒诞迫害。15 岁就入党并爱好诗歌的知识分子干部钟亦成，在 1957 年因发表了一首小诗《冬小麦自述》而被打成了右派。他在解放战争时期就参加革命，入了党，那时候同志之间喜欢用"致以布礼"相互致意，即是"致以布尔什维克的敬礼"的简称。1966 年，钟亦成被批斗，他对革命小将喊了一句"致以布礼！"革命小将们讨论起来："置之不理？他不理谁？他这条癞皮狗敢不理谁？"另一个说："我听他说的是之宜倍勒喜，这大概是日语，是不是接头的暗号？他是不是日本特务？"革命年代经常使用的神圣用语在"文化大革命"中被荒诞滑稽地解构了。在《杂色》中，音乐教员骑着灰杂色马去夏牧场统计一个数据，在一天的路程中王蒙概述了曹千里四十多年的人生历程。曹千里 50 年代毕业于中央音乐学院，先后创作了紧跟时代的"大跃进"歌曲。1960 年自愿申请支援新疆，先后在新疆某市文化馆、小学工作，"文化大革命"初期被作为"老牌牛鬼蛇神"批斗，后下放到公社插队劳动，1973 年就地分配至公社任文书、统计员。与一些"右派"知识分子发配到边疆不同，曹千里是自愿到边疆来、自愿到基层工作的知识分子，然而人们依然要用异样的眼光看待他，在边疆也得不到重用，并且在历次政治运动中同样受到冲击。多么可悲可笑！边疆不是"大道闪金光"，基层也不是"灿烂又辉煌"。王蒙写了灰杂色马的伤痕和曹千里灵魂上的痛苦和伤痕，写马当然是为了写人，曹千里在色彩斑驳的年代里经历了艰难复杂，甚至有点滑稽的阶梯似的人生历程，但是一点杂色人生并没用泯灭他的赤子之心和凌云壮志，正如高行健所说的"诞生于痛苦的经验和成熟了的思考之中升华起来的希望"[1] 注入了作品之中。《夜的眼》通过作家陈杲耳闻目睹的一次经历，批评了改革开放初期社会上出现的不正之风。从边远省份的一个小镇去大城市参加文学座谈会的作家陈杲，受领导重

----

① 曾镇南：《也谈〈杂色〉》，《作品与争鸣》1983 年第 5 期。

托，给大公司领导带封信，解决一辆上海牌小卧车的几个关键性部件。陈呆利用开会休息的晚上找公司领导，领导的儿子却说，现在办什么事，主要靠两条：一条是"你得有东西"，再一条是"就靠招摇撞骗"。20 年的改造让陈呆学会了许多宝贵的东西，但新时代的到来，依然让他茫然不知所措。在政治运动年代，知识分子受到批评和虐待；改革开放后，许多知识分子虽然得以平反昭雪，却依然难以适应新的变化，知识分子的身份在新时代里依旧相当尴尬。

在新时期作家里，张洁是一位擅长描写女性知识分子生存状态的代表作家。1979 年，她创作的《爱，是不能忘记的》引起文坛很大反响。小说叙述了女作家钟雨一生都沉浸在爱情和婚姻的矛盾痛苦之中，小说的中心是一颗被不能忘记的爱煎熬着的女性的心，在爱的追求与不可摆脱的现存道德规范的二者矛盾中痛苦呻吟。作者透过艺术形象的塑造，表达了自己对婚姻与爱的观念，对理想的爱情的追求。1982 年，张洁又创作了中篇小说《方舟》。① 小说中的三个主人公都是知识女性，曹荆华研究马列主义哲学，柳泉是一家进出口公司的翻译，梁倩则是一位导演，她们是中学同学，在走过了坎坷的人生道路之后，又都在离婚后住进了同一套公寓房。于是，这里便成为她们摆脱现实生活的"方舟"。"方舟"的意象既象征着被庇护、被救赎，同时也意味着一种无定所的漂泊感，整篇小说都笼罩着孤独无援的悲剧氛围，正如题记所预示的那样："你将格外地不幸，因为你是女人。""小说带有浓厚的主观色彩，作家以密集的内心独白和议论的方式，表现了作为现代知识女性的主人公在人生道路上追求的焦灼、孤独与悲凉感受。"②

二 影像传播中知识分子形象的多样性

几乎与知识分子小说平行发展，知识分子题材的影视剧也格外引人关注。新时期一些知识分子小说发表后，很快受到导演的青睐，被

---

① 《方舟》初刊于《收获》1982 年第 2 期。
② 陈思和主编：《新时期文学简史》，广西师范大学出版社 2010 年版，第 82 页。

改编成电影或电视剧，在社会上引起强烈反响。无论是第三代导演谢晋、第四代导演吴天明和王启民，还是第五代导演黄建新，都拍摄过知识分子题材的电影。

1982 年，谢晋把张贤亮的短篇小说《灵与肉》改编成电影《牧马人》，这是新时期知识分子题材电影中较早的一部。中学教师许灵均在 1957 年被打成"右派"，下放到敕勒川草原长达 20 多年，在草原牧民的关心下，许灵均娶妻生子，当上了民办教师。1980 年，已成为大资本家的父亲许景由从美国归来，要把许灵均带到美国去。经过反复的思想斗争之后，许灵均拒绝了父亲的要求，重新回到了草原。这是知识分子爱国主义的赞歌，虽历经磨难，但并没用放弃对祖国母亲的赤子之情。

电影《牧马人》剧照

同样是 1982 年，导演王启民和孙羽把谌容的小说《人到中年》改编成同名电影，影片真实地表现了知识分子在现实生活里的处境：在沉重的生活负担下超负荷工作，物质贫困而无怨无悔，条件艰苦而不放弃学术追求。从某种意义上说，这部电影是中年知识分子无私奉献精神的赞歌。

在第五代导演中，黄建新也比较关注知识分子的现实处境问题。1985 年，黄建新把张贤亮的小说《浪漫的黑炮》改编成电影《黑炮事件》。工程师赵信书因丢失一枚棋子而拍电报让朋友寻找，却引起领导和群众的无端猜疑。黄建新在影片中虽然经过了一些艺术上的加工、处理，但还是可以明显看出"触及了大陆较为敏感的制度问题"①，拷问了现实社会对知识分子最起码的尊重和信任问题。

1992 年，黄建新拍摄了《站直啰！别趴下》，这是一个典型的"秀才遇到兵"的故事。作家高文刚搬进新居，看门老头就告诉他邻居张勇武已经打跑了四家人，高文一家是第五家。他被告知，在以后漫长的日子里，他将和凶蛮霸道的个体户张勇武做邻居。随着剧情的逐步推进，电影把人际关系的本质慢慢地剥离了出来。如果说黄建新在《黑炮事件》中对知识分子的不幸遭遇给予了同情，那么在《站直啰！别趴下》中，则对知识分子的丑态和弱点进行了无情的暴露。自视甚高的"作家"高文一方面想仗义执言，另一方面又胆小怕事，趋于猥琐。他瞧不起粗暴无礼的张勇武，却又害怕得罪他，不得不虚与委蛇。当张勇武做起了养龙鱼的生意，高文和刘干部却希望张勇武公司倒闭。张勇武生意越来越好时，他们又分外眼红。看门老头给高文送去 10 元钱作为帮忙看门的报酬时，搞艺术的妻子不但不推辞，反而觉得理所当然。张勇武在发迹之前，知识分子对他加以鄙视嘲笑；在张勇武有钱之后，作家、书法家、记者等文化人却在餐桌上为他吹牛拍马。影片结尾更显喜剧氛围：张勇武想换高文的房子，高文和妻子对又大又漂亮的新房非常满意，却又要拖延几天以显示身份；张勇武用噪音和恐吓的方式，迫使高文第二天不得不匆匆搬走。可以说，高文是当代中国知识分子的缩影：自命不凡却又趋炎附势，独善其身却又随波逐流，牢骚满腹却又胆小如鼠，喜欢钱财却又装腔作

---

① 转引自陆绍阳《中国当代电影史——1977 年以来》，北京大学出版社 2004 年版，第 98 页。

势。这一群不同职业、不同阶层的有趣人物，在诸多的琐细小事中展现出他们观念上和心理上的得志和屈辱、升迁和附落，构成了当前社会芸芸众生的谐谑曲，在笑声中引起人们的思考。

1994 年，黄建新把刘醒龙小说《秋风醉了》改编成电影《背靠背，脸对脸》，影片通过一个基层知识分子陷入权力漩涡中的尴尬处境，揭示和呈现了现代社会中人与人之间复杂微妙的利益关系，是一部现实主义的力作。王双立一直是县文化馆代馆长，虽然他工作能力挺强，但几经努力，却总是去不掉那个"代"字。新来的有些土气的老马成为馆长，但他不大适应这种文化人的圈子。王双立对于没有安排自己当馆长，心里很别扭，对老马也不太支持，并使出点手段，拉拢李会计等人，将老马挤走。老马走后，王双立再次成为代馆长，他努力工作，得到多方肯定，但结果却是阎秘书接替了馆长一职。王双立父亲是修鞋匠，利用小阎修鞋的机会搞了个小动作，弄得小阎在群众和领导中影响极坏，被停职检查。但王双立从广州出差回来后，却发现小阎又官复原职了。王双立一下子被气病，住进了医院。不过这一次王双立倒想开了，不指望向上爬了。他又琢磨在一个女儿的基础上该有个儿子，于是托熟人开假证明弄了个准生证。眼看妻子即将生产，但文化馆因放映黄色影碟被查封，加上小阎与肖乐乐私通被发现，两人私奔。于是，上级领导又派人找王双立谈话。这一次会任命王双立当馆长吗？谁知道呢？"文化馆本该是繁衍文化、寓教于乐、倡导精神文明的所在，却也沦为小衙门、小官场，迎合、钻营、蒙混、倾轧之风成了置身立足的'存亡之道'，本性善良的人也难以逃脱人际关系的复杂网络，这还不足以引起我们深深的思虑吗？"①

同样是 1994 年，导演何群把刘醒龙的另一部中篇小说《凤凰琴》改编成了同名电影，影片极为真实地再现了山区民办教师的艰难处境。张英子第二次高考落榜后，当乡教委主任的舅舅让她到山区界岭

---

① 钱学格：《沉重的叹息——〈背靠背，脸对脸〉的人物塑造》，《电影艺术》1995 年第 1 期。

小学当代课老师。界岭小学已有四名老师：余校长、邓有梅副校长，孙四海教导主任，余校长的爱人明爱芬，他们都是民办老师。明爱芬已经瘫痪在床多年。他们都指望着从民办教师转成正式教师。学校虽然小，但每天早晨师生们都要认真地升国旗、奏国歌。县里扫盲工作检查验收的紧急通知下来了，余校长垫钱备了桌酒菜宴请村长和会计，希望村长支持扫盲工作。村长满口答应支付拖欠了几个月的老师工资，如果获了奖全部奖给学校。张英子发现，上学的学生冒名顶替为不上学的学生做作业。舅舅带着检查团到来时，界岭小学的入学率居然高达96.3%。对如此弄虚作假，张英子感到气愤，她到县上告了状，使界岭小学的先进泡了汤。余校长打算用几千元的先进奖金来维修学校这个计划便落空了。张英子知道内情后非常后悔，她怀着歉疚之情写了篇《大山·小学·国旗》的文章投给省报。省报悄悄派来记者了解情况，拍了不少照片。后来，张英子的文章和记者的照片在省报上发表，引起整个社会的普遍关注。县里特批了3000元专款给界岭小学，还特批了一个转正名额给张英子。张英子决定把这个名额让给其他老师，所有老师都同意把这个名额让给余校长爱人明爱芬老师。明爱芬在盼了多年之后，终于摸到了这张转正表。由于兴奋过度，她带着满足感与世长辞。明老师的死使老师们空前团结，大家一致认为应该把这唯一的名额让给最有前途的张英子。影片通过高考落榜农村青年张英子到界岭小学当代课老师的经历，真实地反映了山区民办教师克服困难、坚持教学的感人事迹，刻画出他们在恶劣环境之下的高大形象，歌颂了乡村民办教师的自我牺牲精神和无私奉献的人格魅力。李保田在影片《凤凰琴》中饰演山区民办教师余校长一角，表演生动感人，催人泪下，在1994年中国政府奖、百花奖、金鸡奖的评选中连中三元，均获得最佳男主角奖。

知识分子形象在新时期影视剧中一直是重要的表现题材和刻画对象，无论是《牧马人》中的许灵均，《人到中年》中的陆文婷，《黑炮事件》中的赵信书，还是《站直啰！别趴下》中的高文，《背靠背，脸对脸》中的王双立、《凤凰琴》中的余校长等人，都给观众留下了深刻印象。这些知识分子生活经历不同，要么工作压力大而生活艰难，要么

电影《凤凰琴》剧照

不被信任，要么故作清高而又趋炎附势，要么陷入权力争斗中不能自拔，他们的经历和心态往往是现实社会知识分子形象的真实反映，因此发人深思和给人启迪。

三 知识分子命运的时代思考

知识分子是一个历史的文化范畴。作为一个社会阶层，知识分子的产生与人类发展的历史阶段和文化条件有关。在不同历史时期和文化条件下，知识分子概念的内涵也各不相同。中国古代的知识分子被称为"士"，大部分"士"是朝廷任命的官员，因此才有"学而优则仕"的说法。现代知识分子的概念主要来源于西方。自 19 世纪末以来，西学东渐，一些学者开始把知识分子与知识阶层区别开来，如称知识分子为"学界分子"，称知识阶层为"知识界"等。1921 年，《中国共产党章程》正式用"知识阶层"和"知识分子"两词。1933年，中央工农民主政府规定知识分子是一个社会阶层，属于"脑力劳动者"。一些西方国家的主流观点是，知识分子应该是掌握专门知识，受过专门训练，以脑力劳动为职业，以知识为谋生手段，具有强烈的社会责任感的群体，国外所谓的"中产阶级"就是知识分子的主体。

历史时期不同，知识分子工作的内容、特点也就不同。党的十一届三中全会以后，我国已经进入了一个新的历史发展时期，新时期知识分子工作的内容、知识分子的结构都发生了很大变化。一是知识分子的数量日益增多，已由新中国成立初期的 200 万增加到 6000 多万，并且广泛地存在于社会的各个行业、各个领域。凡是有人群的地方，都有不同层次的知识分子。知识分子数量的多少是一个国家社会发展的标志。可以这样说，社会愈发展，知识分子的社会作用愈强。二是知识分子是一个社会性群体，他们广泛地存在于社会各个领域。因此，要做好知识分子的工作，不能单靠知识分子自身，而是需要社会各个领域、各方人士的支持和理解。

十年浩劫结束，"四人帮"被粉碎，人们的精神获得了解放，生产力获得了发展，而体验最深的莫过于千百万知识分子。新时期初期的知识分子影视剧都是围绕忠诚和献身来展现知识分子的责任和对社会奉献的，如《蓝屋》《四个四十岁的女人》《穷街》《一个叫许淑娴的女人》《寻找回来的世界》《托着太阳升起的人》《钟声响了》等电视剧和《人到中年》等电影，编导们都不约而同地切入了知识分子的自身品格和责任意识的时代主题。《寻找回来的世界》是一部获得 1985 年度"飞天奖"一等奖的电视剧。该剧真实地反映了一组工读学校教师的形象，从老校长到教务主任再到普通老师，他们是不同年龄、不同性格、不同经历的老师，但都集中体现了知识分子的优秀品质：教书育人，忘我工作，安贫乐道，无私奉献。实际上，在这部写实主义电视剧中，几位老师的形象已具有了某种象征意义。在工读学校这个比较封闭的空间里，老师们竭尽所能地帮助学生洗涤曾经污浊的灵魂，这个过程充满智慧、风险和人情味。同样，在电影《人到中年》的陆文婷身上，我们看到她几十年如一日的奉献精神，在物质贫困、住房紧张、没有职称、无暇照顾孩子等艰难环境下，仍然全身心地投入医学事业中。"这类描写知识分子的影视剧，对端正知识分子形象，洗去极左路线泼在他们身上的污水，讴歌中华的一代文化精英，反拨知识贬值的现状，无疑有着巨大的意义。"①这些知识分子形象以其信仰如磐、超越世俗的精神品格感染着观众，他们的精神和节操永远鼓动着理想的风帆。

当《希波克拉底誓言》《一路风尘》等电视剧和《黑炮事件》等电影，以其独特的风姿呈现于屏幕之上时，观众看到了从内容到形式别具一格的另一类知识分子影视剧。《希波克拉底誓言》中有五个主要人物：全医生、丁医生、王医生、玉医生和那冥冥之中存在的希波克拉底医生，王医生、玉医生和全医生是舞台上的主角，丁医生是个观照者和比较者，苍老的希波克拉底则是个拷问者和对话者。玉医生和王医生是一个磁场的两极，互相排斥，而全医生则是不带电的逍遥派。在观众眼中，他们都活得很累，表面上文质彬彬，暗地里却矛盾重重。他们似乎都陷入一个怪圈之中：王医生既爱惜患者的眼睛，又非常看重自己的声誉，二者有时偏偏要发生矛盾。玉医生的信条是实用主义，他把病人分成有用的和没用的两类，为了技术职称和行政职务，他可谓绞尽脑汁。全医生想要躲避世俗生活里的各种纷争，闭眼不看，可他偏偏有一颗要睁眼的良心，他时而自责着，时而彷徨着。电视剧《一路风尘》则提出了另一个严肃的问题：人才压制人才。俞小易风尘仆仆从大洋彼岸返回故土，却报国无门，他想满腔热忱地工作，却无意中成为他人的"眼中钉、肉中刺"。大家互相钳制着，谁都无法发挥才干，可怕的"内耗"磨尽了多少人的激情和抱负！在电影《黑炮事件》中，赵信书空有一腔报国热情，想积极投身于祖国的"四化"建设，却得不到领导的信任和重用，中国根深蒂固的传统观念和用人机制具有深层的反思意义。

《论语·泰伯》中有段著名的话："士不可以不弘毅，任重而道远。仁以为己任，不亦重乎？死而后已，不亦远乎？"② 这本身就是一个伟大的艺术母题。当人们阅读知识分子题材的小说，观看知识分子影视剧，不禁为当代中国知识分子无私奉献的情怀和社会责任意识所打动。这是一种罕见的牺牲精神，千百万知识分子默默忍

---

① 潘跃：《关于电视剧中的当代知识分子形象》，《中外电视》1988 年第 3 期。

② 刘俊田、林松、禹克坤译注：《四书全译》，贵州人民出版社 1988 年版，第 179 页。

受着贫寒、孤独、误解、冤屈，以及精神的折磨和肉体的痛苦，他们痴心不改，愚志不移，为蹒跚前进的祖国奉献着自己的青春和汗水。

第二节 《人到中年》的现实处境与责任意识

一 任劳任怨的奉献与现实处境的艰难

谌容(1936—)，1957 年毕业于北京俄语学院（现北京外国语大学），任中央人民广播电台音乐编辑和翻译。因多种疾病缠身，又患神经官能症，后调到北京市的中学当俄语教员。一次次在讲台上晕倒之后，她只能回到北京市教育局吃"劳保"。为了寻找一条与身体状况相适应的人生道路，她在苦苦思索之后选择了文学。1964 年开始创作，先后创作三个多幕话剧《万年青》《今儿选队长》和《焦裕禄在兰考》。"文化大革命"期间创作出版第一部长篇小说《万年青》。进入新时期，她创作了《永远是春天》《人到中年》《真真假假》《太子村的秘密》《赞歌》《懒得离婚》《杨月月与萨特之研究》《人到老年》等小说，出版了散文随笔《中年苦短——谌容随笔》等。谌容善于追求小说的诗意美和艺术美，擅长在

作家 谌容

（图片来源于谌容－百度百科中的插图，ht-tp：//baike. baidu. com/view/206572. htm）

日常家庭生活中开掘出重大的社会主题，格调清新明丽、朴实深沉、委婉细腻。

真正让谌容名噪一时的作品是《人到中年》，这部发表在 1980 年《收获》第一期上的中篇小说，不仅是她创作的第一部知识分子题材小说，也是她创作的艺术成就最高的代表作之一。陆文婷是位业务精

湛的眼科大夫，因超负荷工作而突发心肌梗死，差点死亡。与此同时，陆文婷的同学姜亚芬及其丈夫离国出走。陆文婷60年代从大学毕业后，被分配到医院工作，后与从事冶金研究的傅家杰结婚，养育了一儿一女。她热爱自己的工作，喜欢钻研业务，已经成为眼科手术方面的业务骨干。然而，已经40多岁的她仍然没有职称，住房非常狭窄。小说展示了陆文婷狭小的居住空间、繁忙的家务和紧张的工作。但是，不管多么困难，多么疲劳，只要走进医院，面对病人的眼睛，陆文婷就忘记了一切。一天上午，她一连做了三个眼睛手术，终于因为疲劳过度而病倒。在时而清醒、时而昏迷的过程中，陆文婷头脑里闪现出各种幻想和朦胧记忆：孤苦的童年与母亲相依为命，大学生活单调而忙碌，甜蜜的爱情，忠厚的丈夫，懂事的孩子，副部长夫人秦波的眼光，朋友姜亚芬的出国晚宴……她以为自己再也站不起来了。然后，经过在医院一个月的治疗，陆文婷终于死里逃生，在丈夫的搀扶下迎着寒风和朝阳走出了医院。

虽然很多作家不大不小也算个知识分子，但他们要么不写知识分子，要么把知识分子写得比较概念化。谌容以小说的形式触及了当时十分敏感地对知识分子的政策问题，诸如知识分子的生活问题、待遇问题、地位问题等。《人到中年》主要通过描写陆文婷的工作和生活，来反映当时社会上普遍存在的中年知识分子问题。一方面，中年知识分子是各领域的业务骨干，从事社会工作的主要力量；另一方面，他们又超负荷地工作，生活面临诸多困难。谌容说："我个人认为《人到中年》不是伤感小说。十年浩劫，伤痕累累，难道就没有伤感？我的确在小说中提出了中年知识分子的问题，希望引起社会关心。但我同时想通过陆文婷的形象探索生活的意义。陆文婷不是高大形象，她是一个极为平凡的人，我觉得我们的生活正是由这些平凡的人在推动。正是千千万万这样的星星，组成了我们祖国灿烂的夜空。"①在陆文婷的身上，我们可以看到五六十年代在新中国的理想主义氛围中成长起来的中年知识分子的典型性格

① 马立诚：《静悄悄的星——访女作家谌容》，《中国青年报》1980年7月26日。

——孺子牛精神。正如陆文婷好友的丈夫刘学尧在出国前对她说的:"像你这样身居陋室,任劳任怨,不计名位,不计报酬,一心苦干的大夫,真可以说是孺子牛,吃的是草,挤的是奶。"陆文婷工作了将近 20 年,无职无权也无名无位,工作超负荷而待遇低下,一家四口就这样挤在一间 12 平方米的陋室里,家徒四壁。但就是在这样困窘的生存条件下,陆文婷仍沉迷于自己的事业,任劳任怨地辛勤工作,她强烈地渴求专业知识,总是以一种不满足的眼光看待眼科的发展,总是不知疲倦地学习新知识。她有着高尚的职业道德和高度的社会责任感,对待病人,不分贵贱,一视同仁,在弱势者面前她温和慈祥,在权势者面前她不卑不亢。女儿佳佳发烧生病时,陆文婷仍然在手术室坚持做手术。好友姜亚芬关切地询问:"文婷,你小孩的肺炎好了吗?"陆文婷却平静地说:"现在我除了这只眼睛之外,什么也不想。"小说通过陆文婷的行为和言语,深刻地表现了她对待工作一丝不苟的态度、认真严肃的作风,于委婉细腻的心态描写中展示出这一普通、平凡的知识分子的圣洁灵魂。

在这部小说里,谌容以一种真诚的责任感和严肃的现实主义态度对当代知识分子的生存现状进行反思,揭示出一个普遍性的社会问题——中年知识分子问题。不仅仅是陆文婷要面对社会物质条件的限制,他的知识分子的丈夫傅家杰与她的情况一样,既要支持陆文婷的工作,挑起家务的重担,他自己也有科研任务,可是回到家中却连一张写字桌都没有,只好在床铺上写论文。同样是知识分子的刘学尧、姜亚芬夫妇,因为在生活上的现实问题无法解决,事业上才华得不到施展,终于抱恨离开祖国,奔赴异国他乡。可以说,作家谌容的眼光是独到的,她敢于面对现实社会问题,敏锐地揭示出中国当代中年知识分子的生活待遇问题,并向全社会疾呼:只有尊重人才,尊重知识,关爱中年知识分子,国家才能走上繁荣富强的道路。

在《人到中年》里,谌容还成功地塑造了秦波这个"马列主义老太太"的典型形象,与陆文婷形象形成了鲜明的对比。作家用嘲弄的目光打量着秦波的服装、发式、眼神,用讽刺的语调描写她的口头禅:"我的同志哟!"她明明满脑子的封建特权思想和等级观念,却总是用一套革命的词句掩饰自己庸俗的、狭隘的内心世界。她先是居高临下、不屑于陆文婷为她身居高位的丈夫焦副部长做手术，满口"对革命负责，对党负责"的高调，用党史上轻敌的教训，指出成立手术小组研究手术方案的必要性。当陆文婷病倒后，她踏进陆文婷的病房，做出了一系列夸张的动作，滔滔不绝地指责院长对中年医生照顾不力，开口焦部长，闭口时髦套话，俨然是政策的体现者和代言人。对秦波这个人物，作家虽然着墨不多，却活画出一个趾高气扬、目中无人、自我感觉良好、妄自尊大、矫揉造作的官太太形象，"马列主义老太太"这个带着特定年代的历史记忆和话语特征的称谓，成为某一类人物的典型画像。

《人到中年》在艺术上进行了有益的探索和尝试。谌容打乱时间顺序，摆脱了传统的讲故事思路，以病危的陆文婷时而朦胧、时而清醒的意识流动过程为主要线索，跳跃性强，收放自如。在病房之内、两天之间的现实生活中，集中展示了陆文婷在医院工作18年的人生旅程，赞扬了陆文婷为他人操劳半生、积劳成疾的无私奉献精神，强化了陆文婷性格的崇高感和悲剧色彩。小说的叙述视点也是多角度的，除了陆文婷在病危中的回忆、臆想之外，其间还穿插了孙逸民、赵院长和傅家杰等人的叙述视点，多视点的叙述方式有效地避免了结构上的平直和单调，从不同角度和侧面，将陆文婷对待工作、事业和家庭的态度与感情，将她生活经历中最动人的部分，一件件、一桩桩、一幅幅地呈现出来，使读者清晰地看到陆文婷丰富的情感世界。同时，小说以裴多菲的爱情诗贯穿始终，作家又常常直接出面抒发对人物遭遇的感受和慨叹，加之如怨如诉、如泣如歌的诗一般的语言，这些均有力地增强了作品的抒情色彩。

二 知识分子形象的影像化再现

1982年，冒着一些电影厂不敢拍摄的风险，导演王启民和孙羽合作，把小说《人到中年》改编成同名电影，并大获成功。电影《人到中年》比小说产生了更加巨大的震撼力，很快在全国热起来，没有一个省市不放映的。

　　王启民(1921—2006)，新中国成立前就在东北电影公司当演员和摄影师。新中国成立后，在北京电影制片厂和长春电影制片厂任摄影师，拍摄了《烟花女儿翻身记》《陕北牧歌》《丰收棉花》《宇宙锋》《秦香莲》《人往高处走》《扑不灭的火焰》《芦笙恋歌》《党的女儿》《战火中的青春》《甲午风云》《独立大队》《兵临城下》《艳阳天》《豹子湾战斗》《大渡河》等 20 多部影片，1981 年后兼任导演。与王启民一样，孙羽(1934—2014)在新中国成立前就进入东北电影制片厂当演员，先后参演了《钢铁战士》《翠岗红旗》《芦笙恋歌》《我们村里的年轻人》《我们这一代人》等多部影片。1961 年开始改行做导演，执导了《金光大道》《丫丫》《花开花落》等影片。而《人到中年》是孙羽与王启民合作的第一部电影，这部电影将一代中年知识分子的困境与崇高精神表现得入木三分，该影片获得了多方肯定。

导演　王启民

（图片来源于萧雨夜话的博客《著名电影摄影师、电影导演王启民》中的插图，2014 年 12 月 10 日，http://blog.sina.com.cn/s/blog_ 9862f 0550102v6j6.html）

　　电影《人到中年》的拍摄过程可谓一波三折。当时知识分子题材比较敏感，一些电影厂根本不敢拍摄。长春电影制片厂冒险接拍后，作家谌容只要求一点"绝对不许改变这个戏的主题"。然而，1981 年底，上级部门审查长春电影制片厂准备投拍的几部戏的剧本时，《人到中年》(谌容编剧)的剧本差点没有通过审查。

　　由于电影的编剧也是作家谌容，因此，电影的情节结构基本上与小说一致。影片开头先交代的是陆文婷病重的情况。通过病床上陆文婷的回忆展开故事情节叙述。但整个故事的回忆并不是完全按照事件发展的先后顺序展开的。每一个片段的回忆都是以现实为立足点从现实中某一人物或事物引出回忆，最后又回到现实中，所以它是随着意识的流动来进行的。整部影片的结构看上去就像一花朵形，以现实生活为花心，每一个片段就是一个花瓣。意识从花心出发沿着每一个花瓣的边缘流动一周，然后又回到花心上来，接着再开始下一个流动。它是一个由中心向外发散再收回到中心的过程。每一个片段又可自成一个情节，但它们之间又有一种内在的联系，使各段之间显得十分紧凑，并不让人感到孤立。影片根据人的意识流动来安排故事，叙事以抢救陆文婷的场面开始，然后倒叙陆文婷与焦副部长会面，给张大爷与王小嫚诊断、检查和治疗，同时在倒叙过程中不断地插入主人公心理

导演　孙羽

（图片来源于新华悦读《2014 年离别停不住13 位影视名人，10 位病逝，3 位猝死》中的插图，2014 年 2 月 25 日，http://news. xinhua net. com/book/2014 – 02/25/c_126187505_4. htm）

空间的闪回镜头。这种方法与小说相似，"直接披露人物内心世界，将人物内心置于多变的背景中，使观众直接面对主人公的精神世界，了解主人公的酸、甜、苦、辣等诸多感情体验"①。

---

① 张阿利、曹小晶主编：《中国电影精品解读》，重庆大学出版社 2011 年版，第160 页。

无论是小说的情节，还是电影的场景，《人到中年》里都没有尖锐激烈的矛盾冲突。然而，每一个情节都能折射出一个小小的生活侧面，每一个很小的场景都能揭示出一个深刻的社会问题。例如，陆文婷与秦波在病房里对话的情节，小说和电影都很精彩。先看小说的描写：

秦波的目光是严厉的。但是，在焦副部长住进医院的那天上午，她把陆文婷叫去的时候，目光却是亲切的，温和的。

"陆大夫，你来了，快，先坐一会儿！老焦做心电图去了，一会儿就回来。"

当陆文婷跨上一幢十分幽静的小楼，穿过铺着暗红色地毯的过道，来到焦副部长住的高干病房门前时，秦波正坐在靠门的沙发上，她立刻起身，堆满笑容地接待了陆文婷。

秦波把陆文婷让到小沙发上坐下，自己也隔着茶几坐下了。可她立刻又站起来，走向床边，从床头柜里拿出一小筐橘子，放到茶几上说：

"来，吃个橘子！"

陆文婷摆了摆手，连说：

"不客气！"

"尝一个吧！这是老战友从南方带来的，很不错的。"说着，秦波亲自拣了一个递过来。

陆文婷只好把这黄澄澄的橘子接在手里。尽管今天秦波态度和蔼，陆文婷还是觉得背后冷飕飕的。那天初次见面时秦波的眼光好像两支冷箭一样至今还插在她背上。

"陆大夫，白内障到底是怎么一种病啊？我听一些医生说，怎么有的白内障还不能做手术？"秦波竭力用谦逊的声调问，那声音里甚至还含有讨好的成分。

"白内障就是眼睛里的晶体变得混浊了。"陆文婷看着手上的橘子说，"我们把混浊的程度不同分为初期、膨胀期、成熟期、过熟期，一般认为在成熟期做手术比较好……"

"哦,哦,"秦波点着头,又问道,"要是成熟期不做手术,再拖一拖又会怎么样呢?"

"那样不好。"陆文婷解释说,"到了过熟期,晶体缩小,晶体内部的皮质溶化,悬韧带松脆,手术就比较困难了,因为这时候晶体很容易脱位。"

"哦,哦!"秦波答应着,又点着头。

陆文婷感到她并没有听懂,也并不想弄懂。她为什么要问这些她并不懂得,也并不打算真正弄懂的问题呢?消磨时间吗?自己还有那么多事情在等着。刚到病房,病人情况需要了解,好多问题堆在脑子里,她真有点坐不住了。可是,她不能走,焦副部长也是病人,他的眼睛术前应该检查。他怎么还不回来呢?

"听说外国有一种人工晶体,"秦波想着,又说,"做完白内障手术,装上人工晶体,就可以不用配凸透镜了,是吧?"

陆文婷点头答道:

"对,我们也正在试验。"

秦波忙问:

"能不能给焦副部长装一个人工晶体?"

陆文婷微微一笑,说道:

"秦波同志,我才说了,这种手术我们正在试验阶段,给焦副部长装,合适吗?"

"那就算了。"秦波马上同意不在焦副部长身上做试验了。

这个情节通过对话的方式,充分展现了陆文婷和秦波两个人物的性格特征。一方面,陆文婷扎实的医学专业知识通过她解释白内障手术得以体现,另一方面,对人工晶体的回答,又含蓄地刻画了她柔中带刚的性格以及她对秦波厌恶的内心活动。秦波那种"马列主义老太太"形象在这里也得以充分展示:满脸堆笑中暗含着盛气凌人,言谈举止中显示出官太太的优越感,表面谦虚中暗含着对他人的不信任。秦波自称是"半个眼科专家",她问陆文婷关于白内障的问题,并不是她不知道,而是想要侧面考一考陆文婷,因为她对陆文婷的能力表示怀疑，因为陆文婷不是专家，甚至不是主治医师。通过一问一答的对话，秦波的形象便生动地呈现在读者面前。我们再来看电影对这个情节的处理：

　　镜头1：（摇）身穿白大褂、头戴白色医生帽的陆文婷走过红色地毯的过道，走向焦副部长的高干病房。

　　秦波的画外音："是陆大夫吗？"

　　镜头2：（全景）在焦副部长的高干病房，戴着眼镜、留着齐肩短发的秦波手里正拿着一本书，她站在窗前招呼着陆文婷："快进来——。请坐。老焦做心电图去了，他一会儿就回来。坐吧。"

　　陆文婷走进病房，在秦波的招呼下坐到沙发上。秦波把书放到茶几上，同时把眼镜也放到茶几上，然后向右走出了画面。

　　镜头3：（中景，摇）秦波端起一盘红橘走向陆文婷："来，吃个橘子。"

　　陆文婷小声说："不客气。"

　　秦波继续说："老战友从南方带来的，很不错。"她把果盘放到茶几上，满脸堆笑地拿起一个橘子给陆文婷，"尝一个。"

　　陆文婷只好接了橘子，放到手中。

　　秦波坐到另一个单人沙发上，又拿起刚才的书问道："陆大夫，据说，外国有一种人工晶体，做完白内障手术，装上这种人工晶体，就可以不配凸透镜了。"

　　镜头4：（近景，摇）陆文婷面无表情地低着头听着。

　　秦波画外音："是吗？"

　　陆文婷回答："对。我们也正在试验。"

　　秦波的画外音："哦。那——能不能给焦部长也装……"

　　陆文婷抬起头，打断秦波的话，"秦波同志，我才说了，我们正在试验阶段，给焦副部长装，合适吗？"

　　镜头5：（近景）秦波笑着回答："那就算了。"

　　（根据电影《人到中年》整理而成）

电影《人到中年》剧照

　　与小说相比，电影更加简洁，删掉了秦波询问白内障问题以及描写陆文婷心理活动等内容。不过，通过独特的镜头叙事，电影很好地传达了小说的神韵：陆文婷的不卑不亢和秦波的虚情假意形成了鲜明对比，对话之中虽没有明显的矛盾冲突，观众却能感受到秦波那种对医生越俎代庖的指使以及陆文婷对秦波柔中带刚的嘲讽。

三　人物气质与"神似"演员

　　电影与小说毕竟是两种不同的传播媒介。小说给读者留下了很大的想象余地，读者可以借助联想、想象去弥补空白，寻找自己独特的视角去理解它。电影则不同，摄影机将观众引入画面本身，使得观众与剧中人物的视线、感情合二为一。在电影《人到中年》中，整部剧情的发展过程仅仅在两个场景中进行：一个是医院；另一个是陆文婷的家里。选择医院这个公共场景，就使各类人物的出场有了可能性。同时也符合陆文婷的职业，像焦副部长、秦波、孙主任、张大爷等不同身份、不同职业、不同年龄、不同文化程度的人物的出现都集中在医院中，以医院为舞台将各类人物的性格特点、行为活动、思想感情及人物之间的关系展现出来，使事件的矛盾更加集中。电影可以运用独特的视觉语言来表现陆文婷的工作和生活，对于可以转化为视觉形象的细节，就不用话语来重复。在陆文婷家庭的场景里，家庭与工作之间本来就有一定的矛盾，两者的对立又加重了陆文婷的压力，使故事主题思想更为鲜明。

在正式拍摄前，电影演员的挑选也颇费了一番周折。傅家杰最快锁定由达式常饰演，他很细腻、从容，演戏非常有感情，扮演陆文婷丈夫的角色很合适，但是挑选女主角陆文婷却并不顺利。开始，导演选择的是郑振瑶，她的演技无可挑剔，非常有表演功力，很适合演陆文婷这种中年知识分子的角色。但是长影厂领导却认为，演员年龄超越了角色的年龄（郑振瑶当时 46 岁），观众在审美心理上会不太接受。接着，导演准备选择黄梅莹来饰演，她有一种知识分子的脱俗气质，后来也因种种原因没能参加演出。期间，有人向导演推荐潘虹，当时潘虹正在长影厂拍一个戏曲片《杜十娘》。起初，导演并不赞同用潘虹饰演陆文婷，因为潘虹太高、太漂亮，而小说里写的陆文婷是个中年女人，个子不高，相貌普通，在人群里不显眼，潘虹的形象就不符合角色的要求。但是，当导演到摄影棚里看过几次潘虹拍戏，便改变了原来的想法，因为潘虹进入角色特别投入，她忧郁的眼神也与陆文婷有某些相似之处。于是，导演拍板让潘虹饰演陆文婷。

潘虹当时是峨眉电影制片厂的青年演员，名气并不大。为了演好陆文婷这个角色，她向导演提出回到成都体验一下生活。潘虹饰演医生有着得天独厚的条件，因为她的母亲是一名医生，而她丈夫米家山的母亲是医学院的院长。正是由于潘虹有这样的家庭背景，她饰演的陆文婷形象得到广大观众的认可，她的表演非常成功，眼神里的忧郁赋予了陆文婷更多的情感表达。

事实上，如果单从人物外形特征来看，电影中的男女主角与小说里的男女主人公并不一致。小说里的傅家杰"中等身材""有些秃顶""他有点傻气，有点呆气"；傅家杰的扮演者达式常身高 1.83 米，头发浓密而硬直。小说里的陆文婷"长得个子不高，而且很不显眼"；而饰演陆文婷的潘虹身高 1.72 米，在女性中可谓鹤立鸡群了。从年龄来看,当时达式常40多岁,与傅家杰年龄相似;小说里的陆文婷42岁,而当时潘虹才28岁,也没有孩子。正因为潘虹太高、太漂亮、太年轻,导演差点放弃了潘虹。不过,当时电影界普遍追求的是唯美风格,高大英俊的达式常和漂亮修长的潘虹,符合当时观众的接受心理。电影在改编小说时追求的是"神似",而非亦步亦趋的"形似"。

潘虹为了塑造好陆文婷这个角色,主动深入医院,与医生们同工作、同吃住、同下手术室,体验医生的真实生活,收集和观察塑造医生所需要的素材。在演出中,扮演女儿佳佳的演员真的生病了,她就背着跑医院,像真正的"母女"一样,表演出来真实动人。导演王启民要求演员也极为苛刻。有场戏是女儿的关怀深深感动了陆文婷,陆文婷的热泪砰然掉进水杯,热泪溅起杯中水珠,导演需要拍摄特写镜头。演第一遍,王启民不满意,直到经过三次反复拍摄,王启民才终于拍手叫好。正如王启民所评价的:"经过细心观察和对人物的反复分析,潘虹终于找到贯穿角色的色调,用含蓄、深沉、真实而有分寸的表演,把陆文婷外柔内刚、深沉内向的性格准确地表现了出来。"① 潘虹把陆文婷的精神特质总结为"忍":"她需要忍受连续手术带来的体力上的疲乏,她需要忍受社会上的旧习惯和新权势,她需要忍受对丈夫不能尽到一个妻子责任的内疚,她需要忍受物质的贫困和生活的艰辛。"② 这种"忍"是陆文婷人物思想品格的核心,这不是消极的,而是责任感、使命感的凝聚。陆文婷对工作认真负责、兢兢业业,对生活安贫乐道、不趋炎附势,默默承受生活压力,对处境不怨不怒,对同志诚恳热情,对丈夫女儿温柔贤淑,充分展现了中国当代知识分子自强不息、忍辱负重的高尚品格,不愧是新时期知识分子的典型代表。

也许是好事多磨的缘故,1983年初,电影拍摄完后,差点没能

---

① 于雁宾:《国家一级导演王启民谈〈人到中年〉》,http://tieba.baidu.com/f?kz=74077567。

② 张阿利、曹小晶主编:《中国电影精品解读》,重庆大学出版社2011年版,第158页。

通过审查。据说，有人反映这部片子有明显的政治问题，电影没有反映出党对知识分子的关心，会影响共产党的形象。后来邓小平调看了这部影片，看完后，不但没有要求禁映，还特别批示要尽快落实知识分子政策，尽快解决知识分子的待遇问题，还特别指出《人到中年》值得一看。

影片上映后，大获成功，许多观众是擦着眼泪走出电影院的。在1982 年电影评奖中，《人到中年》囊括了第三届金鸡奖的最佳故事片奖、《大众电影》第六届百花奖和文化部优秀影片奖三个大奖。潘虹因成功饰演陆文婷而荣获第三届金鸡奖最佳女主角奖。有评论者说："《人到中年》所以有很强的悲剧力量，就在于作品并不把重心放在描写苦难上，而把重心放在揭示悲剧主角的价值，即一代知识分子优秀的品质和崇高的心灵上。观众固然也为陆文婷的倒下而感到悲伤，但同时也产生了一种应该像陆文婷那样去生活、那样去奋斗的积极力量。"①

第三节 《黑炮事件》的荒诞叙事与信任危机

一 荒诞经历与符号叙事

张贤亮（1936—2014），14 岁开始文学创作，1957 年在"反右运动"中因发表诗歌《大风歌》②而被划为"右派分子"。1957—1979年，经历了劳动、管制、群众专政、关监，长达 22 年，在宁夏农场被剥夺一切社会权利而从事体力劳动。1979 年重新开始文学创作。其代表作有：短篇小说《邢老汉和狗的故事》《灵与肉》《初吻》《肖尔布拉克》等；中篇小说《土牢情话》《河的子孙》《浪漫的黑炮》《龙种》《无法苏醒》《早安朋友》《青春期》《绿化树》《一亿六》等；长篇小说《男人的一半是女人》《男人的风格》《习惯死亡》《我的菩提树》以及长篇文学性政论随笔《小说中国》；散文集有《边缘小品》《飞越欧罗巴》

---

① 于雁宾：《国家一级导演王启民谈〈人到中年〉》，http：//tieba. baidu. com/f? kz = 74077567。

② 《大风歌》发表于《延河》1957 年第 7 期。

《小说编余》《中国文人的另一种思路》《追求智慧》。同时，有《牧马人》《黑炮事件》《异想天开》《我们是世界》《老人与狗》《肖尔布拉克》《龙种》《男人的风格》《河的子孙》九部小说改编的影视剧被搬上银幕或荧屏。陈思和评价说："他的作品一方面取材于自身经历过的苦难生活，表现知识分子在困境中的反应和省思；另一方面从人性的立场出发，大胆描写人的性意识的觉醒与挣扎。"①

作家　张贤亮

（图片来源于北京日报《张贤亮欲把慈善做成文化生态》中的插图，2010 年 3 月 31 日，http://news.163.com/10/0331/03/632RP5QP000146BB.html）

如果说《灵与肉》《绿化树》《男人的一半是女人》和《青春期》等小说，描写的都是"右派"知识分子在动乱年代的痛苦经历，那么张贤亮的短篇小说《浪漫的黑炮》反映的却是党的十一届三中全会以后知识分子在现实生活中的尴尬遭遇。《浪漫的黑炮》创作于 1984 年，小说讲述的是由象棋子黑炮引发的一连串诙谐和荒诞的故事。张贤亮的小说多数是以情动人的，但是在这篇《浪漫的黑炮》里，一方面，他以诙谐机智的谈吐，见缝插针地讲述小说的创作过程；另一方面，他又用一种表面轻松实则沉重的笔调，写出生活中的许多"偶然事件"，使读者在捧腹之余，内心不免感到一丝隐痛。

《浪漫的黑炮》情节比较简单。赵信书是 S 市矿务局机械总厂的工程师，在出差途中，与 C 市同样爱下棋的外贸干部钱如泉一见如故，两人结为棋友。分手后，赵信书发现自己随身携带的象棋里少了

---

① 陈思和主编：《新时期文学简史》，广西师范大学出版社 2010 年版，第 82 页。

一粒黑炮，便拍了一封电报给钱如泉："失黑炮 301 找。"这封电报引起邮电局女营业员孙菊香的警觉，便报告给领导，邮电局领导报告给公安局，公安局要求矿务局机械总厂人保科协助调查。暗地里，S市、C 市展开对赵信书和钱如泉的调查。与此同时，矿务局从西德引进了一套 WC 机器设备，去年运送设备时，由懂德语的赵信书担任西德专家汉斯的翻译。如今，西德专家来厂里安装设备。"黑炮事件"让厂里领导决定放弃使用赵信书，而特意从省社会科学院借来刚毕业的大学生冯良才给汉斯当翻译。冯良才由于不懂技术，翻译错误百出。WC 安装后马上投入使用，刚运转半个月就突然出了机械故障。厂里领导只好找来赵信书，让他对照外文资料查找故障，希望把责任推卸给外方。赵信书通过仔细查找，原来是翻译冯良才把"润滑油"翻译成了"油漆"，造成滑动轴承磨损变形，责任在厂里。这次损失高达几十万元。厂里领导终于知道赵信书找的"黑炮"是一枚棋子，但已经悔之晚矣！

《浪漫的黑炮》的现实视点依然是知识分子，但比张贤亮其他小说里的"右派"知识分子具有更深层的意义：它不仅表现了知识分子在现实社会中的边缘处境，还试图赋予知识分子以独立的人格，即对赵信书形象的塑造。赵信书形象的社会意义不是要让赵信书成为一种社会化的典型人物，而是昭示着他的可悲与无奈，以及由此所造成的个人与社会的闹剧。一枚棋子导致对一个人的极大不信任，造成一个工厂几十万元的损失，牵连出政治的危机感。赵信书的电报惹来了一系列的荒诞事情。如果作为这一系列事件的结果没有造成国家财产的巨大损失，相反，只是因为错误地对赵信书的猜疑而给他带来的一系列不公正的甚至荒谬的论调，并最终平反，那么，小说就停留于为荒诞而荒诞，为滑稽而滑稽的意义上，赵信书的形象也就失去了普遍意义。因为对国家有损失，所以才显示出深层内涵：对知识分子的不信任、不尊重，不仅仅是损害知识分子个人精神人格的问题，而是损害整个国家、整个民族利益的问题。

在张贤亮创作的作品中，《浪漫的黑炮》可以看作是一篇具有后现代主义色彩的实验性文本，是一篇"元小说"，是对小说的某种解构，叙述人"不断跳出事件来叙述小说的做法，这是一种小说的技巧游戏"①，以便使读者与小说故事之间保持一种离间效果。这篇小说有 13 节，第一节完全是讲"作家如何写小说"，与后面的小说情节没有关系。从第二节开始，作者一边讲述故事，一边不断提醒读者"这是在写小说"。比如第二节有段内容就专门提醒读者：

> 请注意，这里的地名、人名我们全部都要改换。当然，我们盯着的这个人并不姓赵，收报人也不姓钱。因为我们在实录真人真事，免得这篇小说发表后引起什么麻烦，这种防范措施还是必要的。人名我们按《百家姓》的顺序来起，地名用英文字母来代替。这是写小说常用的方法。

为了进一步增强小说的虚构性，城市没有名字，用"S 市""C 市""L 市"来代替，机器设备用"WC"来代替。许多人都知道"WC"是英语"厕所"的简称，用"WC"指代进口的机器，目的是增加小说的荒诞感。张贤亮把一个沉重、严肃的主题，以荒诞不经的形式表现出来，目的是让读者在离间的审美阅读中，思考荒诞背后的意义。

按照中国象棋的比赛规则，"炮"可以自由行走，不受距离限制。从理论上说，"炮"具备无限的攻击能力，可以横冲直撞。但在实际博弈过程中，"炮"所能发挥出来的实际威力要受到外在条件的限制，"炮"只具备"隔山吃子"的能力。中国象棋中的"炮"和"车"在行走规则上有相似性，但实际威力却不同。"炮"虽然和"车"一样能够自由前进，但它不能像"车"那样任意吃子，任何一枚棋子都可能阻挡"炮"的前行路线。在小说《浪漫的黑炮》中，虽然李任重厂长全力支持让赵信书担任翻译，但任命赵信书需要通过常委会会议讨论。领导的意见不统一：党委书记吴克功害怕承担政治责

---

① 刘明银：《改编：从文学到影像的审美转换》，中国电影出版社 2008 年版，第 90 页。

任，党委副书记周绍文怀疑赵信书存在政治问题，其他两位常委也不愿公开支持李任重。讨论的结果是：赵信书不能给西德专家汉斯当翻译，而要专门从外单位聘请不懂技术的人员来当翻译。"这与博弈过程中的'围炮'、'逼炮'、'抢炮'情形类似，主人公赵信书就如同'被围'、'被逼'、'被抢'的那枚棋子——孤苦无依而无法发挥自己的能力。"① 在现实生活当中，人们也常用"棋子"来指代那些被利用之人。事实上，赵信书也确实是机械总厂经济建设的"一枚棋子"。这篇小说是暗示：新时期的知识分子虽然已经被"解放"，但依然处于不被信任和不被重用的尴尬境地，他们仍然是经济建设过程中的一枚棋子，不能在国家建设领域发挥作用。

由于党的知识分子政策逐步落实和法制的逐步健全，知识分子不可能遭到明目张胆的打击和迫害。但是，"文化大革命"的流毒没有被完全肃清，怀疑和歧视知识分子的习惯意识仍像幽灵一样，在中国大地的上空飘荡。党委副书记周绍文总是以怀疑的眼光看待所有知识分子，厂长李任重虽然信任赵信书，但在"黑炮"事件中也表现出患得患失的态度，可悲地表现出由畏"左"而导致患"左"的倾向。由于"左"倾的毒害，即使到了新时期，某些知识分子依然受到影响和猜疑，这是对"极左"的严重性的最有力说明。

二　主要情节的影像转换

应该说，《浪漫的黑炮》并不是张贤亮的重要代表作，1985 年，导演黄建新把小说改编成电影《黑炮事件》却大获成功。这部电影不仅使黄建新一夜成名，使他成为中国电影史上第五代导演中的重要一员，而且反过来提升了小说的知名度。

黄建新(1954—　　)，1975 年入西北大学中文系学习，毕业后到西安电影制片厂工作，任编辑、场记、助理导演、副导演。1983 年入北京电影学院导演系进修，一年后回厂任导演。先后导演的电影有

---

①　罗长青：《张贤亮小说〈浪漫的黑炮〉的象征艺术分析》，《扬子江评论》2012 年第 5 期。

"先锋三部曲"《黑炮事件》(1985)、《错位》(1987)、《轮回》(1988)，"城市三部曲"《站直啰！别趴下》(1992)《背靠背，脸对脸》(1994)和《红灯停，绿灯行》(1996)，"心理三部曲"《说出你的秘密》(1999)、《谁说我不在乎》(2000)、《求求你表扬我》(2004)等各类电影。其中，《黑炮事件》是黄建新的成名作，被《亚洲周刊》选入20世纪100强华语电影之列。

导演 黄建新

（图片来源于中国山东网《〈建国大业〉南京首映，黄建新现场大曝拍摄趣闻》中的插图，2011/1/18，http://ent. sdchina. com/show/1529676. html）

《黑炮事件》是黄建新独立执导的第一部电影，因此在对小说《浪漫的黑炮》进行改编时下了不少工夫。为了在人物形象的表现上与小说接近，黄建新在选择演员时尽量符合小说描写的标准。刘子枫饰演赵信书（电影中改名为"赵书信"），高明饰演经理李任重，戈辉饰演党委书记吴克功（电影中叫"武克功"），王漪饰演党委副书记周玉珍，杨亚洲饰演翻译冯良才，赵秀玲饰演赵信书的女朋友陈淑贞。同时，还专门聘请了联邦德国的演员盖尔哈德·奥尔谢夫斯饰演汉斯·施密特。

在场景的选择上，黄建新把故事的发生地点从西北地区改到了大连，故事中很多外景都选择在大连的一个造船厂里，船厂里全是大型的机器，红色的机器。红色体现了当时的社会环境和人民的主观意识形态。不过，在电影主要内容的处理上，黄建新比较尊重小说原著，改动不大。我们来具体比较一下"查找 WC 故障原因"的情节。小说是这样描写的：

电影《黑炮事件》剧照

"唉，这真是，这真是……"李任重气得说不出话，只一个劲儿地摇头叹气。但冯良才上面的译文与这次事故并无直接关系。"啊，在这里了！"赵信书忽然抬起头，呆滞的眼睛放出光彩。周、吴、郑、王赶紧聚在他的身后，尽管他们不懂德文，也一齐盯着桌上的那份说明书。

"是这样的，"赵信书把说明书捧到吴书记眼前，"说明书的注意事项上第 27 条这句话：'Ander MaschinesollenalleLagergeschmier twerden，'正确的译法应该是'机器上所有的轴承都应该涂上润滑油'。可是中文本上却译成：'机器仓库都应涂上油'。这、这，人家已经说得很清楚了……"

"咦！"吴克功惊异地说，"咋会错的码子这么大呢？"

赵信书歪着头想了想，用不太有把握的语气说：

"可能是这样的，'Lager'这个词，在德文里有三个意思，一个是'阵营'——社会主义阵营、资本主义阵营的'阵营'；一个是'仓库'；一个是'轴承'。这位翻译平时大概很少接触机器，就按'阵营'和'仓库'来考虑了。按'阵营'译，显然不像话，按'仓库'译比较妥当。既然是'仓库'，那就不存在要涂'润滑油'的问题，他就把'润滑油'译成了'油'。这、这只是我不成熟的看法，还是请领导考虑。"

"他妈的！"王副厂长气得骂了起来。"幸亏他光说'油'，还没说是什么香油、麻油、棉籽油……"

郑副厂长沉重地一屁股坐在靠墙的沙发上，一言不发。李任重皱着眉头把矿场的记录一把拉到自己面前，一页页地翻了一遍。"是的！"李任重用指关节敲了敲记录。"我们就是在最平常的事情上忽视了。我们以为人家先进，那就样样先进；谁知道WC安的还是滑动轴承，既然注意事项上没有注明要涂润滑油，也就想不起来去给它涂润滑油，因为现在最先进的轴承可以不上润滑油的。你们看这记录，从开机直到停机，从来没有给轴承上过润滑油。一天三班倒，机器不停地转，滑动轴承还有个不磨损的！"

"这么说，"吴书记也无力地坐下了，"责任不在德国人，而在翻译？""什么'在翻译'？！我看在我们！"郑副厂长在他们背后气恼地撂来一句。"我们还是在'背靠背'地解决问题！"

"唉！这一来，连停工带维修，咱们要损失三四十万啦！"管财务的王副厂长马上想到财务损失上去。"哼哼！还刚碰上这企业整顿，讲求经济效益的时候……"

电影在拍摄"查找 WC 故障原因"这个场景时，内容基本上与小说一致，具体镜头如下：

镜头1：（特写）会议室站立式电扇转动着头，呼呼地吹着风。外面有机器巨大的轰鸣声。

镜头2：（全景）赵书信和另一位工程师正在翻看资料，其他领导在会议室沙发上焦急地等待。李任重在会议室里踱步。房间里只有踱步声和机器的轰鸣声。

镜头3：（近景）武克功（小说里叫"吴克功"）坐在沙发上，用纸扇敲着沙发的扶手。

镜头4：（近景）王副厂长坐在沙发上，用手托着脑袋，像是闭目养神。

镜头5：（特写）不停摇头的电扇。

镜头6：（近景）一头短发的周玉珍在屋外阳台上抽烟。

镜头7：（中景）戴着一副眼镜的赵书信在茶几上翻看资料。

镜头8：（近景）另一名工程师在大腿上翻看资料，不时记录着。

镜头9：（特写）不停摇头的电扇。

镜头10：（中景）赵书信在茶几上还在翻看资料，然后慢慢抬起头说："原因找到了。"

镜头11：（近景）周玉珍把头转向会议室。

镜头12：（近景）李任重跑进会议室。

镜头13：（全景）李任重和周玉珍从屋外快步走进会议室，其他人从沙发上起来走向赵书信。李任重问："谁的责任？"

镜头14：（小全景）大家围着赵书信，周玉珍急切地问："怎么样？是不是德方的责任？"

赵书信抬起头说："不是。"

武克功招呼道："大家坐下来。"所有人散开。

镜头15：（全景）大家纷纷地坐回原位。

镜头16：（中景）赵书信用手揉着脖子说："说明书注意事项第27条有句话：Ander Maschinesollenalle Lagerges chmier twerden。正确的译法应该是'机器上所有的轴承都应该涂上润滑油'，现在却译成'所有的支架都应该涂油'。"

镜头17：（近景）武克功问："怎么会出这么大的差错？"

镜头18：（中景）赵书信回答说："看来是翻译上出了问题。不过，WC工程出的故障我们技术部门想办法尽快修好。"

镜头 19：（近景）李任重长叹一声。

镜头 20：（近景）王副厂长往沙发上一靠，"唉——，这小子幸亏只说油，还没有说香油、麻油、花生油呢。唉——"

镜头 21：（近景）武克功问："这么说，是翻译错了?"

镜头 22：（近景）周玉珍问："与德方没有关系?"

镜头 23：（近景）赵书信回答："没有。"

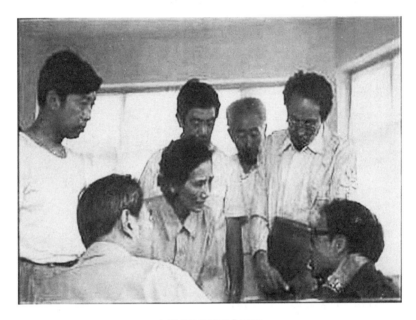

电影《黑炮事件》剧照

镜头 24：（近景）李任重凝重的表情。

镜头 25：（特写）不停摇头的电扇。外面的机器轰鸣声很响。

镜头 26：（摇）慢摇会议室的每个人，大家表情都很沉重。

（根据电影《黑炮事件》整理而成）

从电影与小说对比来看，二者的主要内容基本上是相同的，只是电影在对比方面比小说更简洁，电影在内容表现上更强调镜头的作用，在26个镜头中，有15个镜头没有对白，只有人物的表情或动作或者场景空镜头，伴随的是机器巨大的轰鸣声。

三 电影的艺术加工与审美表现

小说《浪漫的黑炮》是张贤亮的一篇"元小说"，黄建新在改编时并没有拍成一部"元电影"来讲电影的技巧。因此，电影《黑炮事件》在保证主要故事情节与小说原著大体一致的基础上，在细节的处理上进行了许多改动。首先，删除了讲述如何写小说的内容，使故事情节更加自然流畅。其次，增删了一些人物。电影里删除了C市外贸公司的干部钱如泉、邮电局女营业员孙菊香的父母、技术员"小老广"；小说中机械总厂党委副书记周绍文是男的，电影中改成了周玉珍，是女的，厂党委书记吴克功在电影中改名武克功；同时增加了厂保卫处处长、秘书刘玉梅等人物。再次，调整了小说的部分情节。删去了小说中赵信书出差、与钱如泉下棋、丢黑炮的情节。小说中详细描写了邮电局女营业员孙菊香的理想、父母亲的工作、与诗人之间的争吵等内容，电影中只简单交代赵信书发电报、孙菊香向领导报告的情节。小说里赵信书与西德专家汉斯第一次合作很愉快，汉斯第二次来厂里安装机器时两人没有见面；电影中，两人第一次见面便就机器设计问题发生了争吵，赵信书要求汉斯修改设计，汉斯第二次到厂里来时，专门抽空去看望了赵信书。小说里，厂长李任重准备把死了丈夫的会计陈淑珍介绍给赵信书做妻子，但两人并没有进入恋爱阶段；电影中，二人认真谈起恋爱，在歌厅看演出，陈淑贞还经常给赵信书送饭。电影这样改动的目的是突出矛盾，增强幽默感，正如黄建新所说："我们采取了一个与小说手法完全相反的形式，用十分严肃的手法来表现一个近乎荒诞的故事，把悲剧、喜剧、正剧三条界线打乱，利用越界产生重叠，构成一个'离经叛道'的混合体，一部多元结构的影片，追求一种幽默感，一种冷峻的幽默感。"[①]

黄建新对知识分子问题的认识有着明确的态度："通过《黑炮事

---

① 黄建新：《〈黑炮事件〉创作思考》，《〈黑炮事件〉——从小说到电影》，中国电影出版社1988年版，第211页。

件》这部影片，我们在表层写了一位知识分子的命运，写了对知识的态度问题，深层则想表明，我们现在有一种心理状态，一种惯性的思维方式，束缚我们自身，这种心态与政治的关联并不密切，它是传统文化造成的。于是，影片想提出'黑炮事件'这样的事为什么会发生？起因是什么？是不是有一种传统心理，一种形成了定势的心理制约着每一个人？譬如，周玉珍追问赵工为什么花一块多钱的电报费去寻找一颗不值钱的棋子，这是一种什么样的心理状态？武克功一味搞平衡，名曰维护党委班子的团结，又是一种什么心理状态？李任重心如明镜却不再抗争是一种什么样的心理状态？赵信书一忍再忍还回答以后再也不下棋了，这又是一种什么样的心理状态？"① 对人物"心理状态"的逼问正是这部电影展开故事情节的理由。

与小说相比，电影《黑炮事件》对人物形象的塑造更加成功。影片通过赵书信这个典型形象，围绕他在工作和生活中的遭遇，反映在新旧体制交替时期对待知识分子的不同态度，成功地塑造了具有时代特征的"赵书信性格"②。"现在有一种说法：我们国家出现了危机，一个叫信仰危机，一个叫信心危机，一个叫信任危机。"③ 这三种危机在"赵书信事件"上都得以体现。赵书信一贯的信仰是技术和领导，可是他不能再做汉斯的翻译时，他的信仰动摇了。"信心危机"是把赵书信推到前场的原动力，也是赵书信在汉斯面前尴尬的原动力。明明是已经过时的设备，赵书信能够信心百倍地说服汉斯，却无法说服上级领导。"信任危机"是一种可怕的政治权力的单向选择，厂方可以选择对赵书信的信任和不信任，反过来则万万行不通，于是工厂领导对赵书信从怀疑黑炮开始，他的一切行为都成为被怀疑的对象。最后竟发展到连起码的人格尊严都得不到尊重，私人邮件被悄然

---

① 黄建新：《〈黑炮事件〉创作思考》，《〈黑炮事件〉——从小说到电影》，中国电影出版社 1988 年版，第 211 页。

② 仲呈祥：《赵信书性格论——与钟惦棐老师谈〈黑炮事件〉的典型创造》，《〈黑炮事件〉——从小说到电影》，中国电影出版社 1998 年版，第 355 页。

③ 胡耀邦：《在剧本创作座谈会上的讲话》，《中国电影年鉴·1981》，中国电影出版社 1982 年版，第 37 页。

拆开。"它表层上看是一个对知识分子的信任问题，但我觉得可以延伸到一个对智慧的信任问题。"①

导演在《黑炮事件》中非常注重象征手法的运用，同时搭配极具表现主义风格的构图来传达一种意味。会议室的大钟相当夸张，墙有多大，钟就有多大。静态的大钟就是象征时间的客观存在，尤其是在替代了赵书信的冯良才根本不能胜任技术翻译工作的时候，大钟更是象征着一种危机的到来。钟下面是一群领导正在神色严峻的开会研究，研究一件完全子虚乌有的"政治事件"。局部空间的放大处理产生了强烈的视觉冲击，在强调视觉冲击的同时，导演暗示出潜藏的巨大危机和一种群体意识的泛滥。配合着赵书信出现的场景通常都是静态场景或者是镜头稳步移动的动态，而厂里领导场景通常都伴随着无序和嘈杂。有一个景深镜头特别有象征性：赵书信找到机器故障的原因之后，所有人离开会议室，经过一个长长的过道，这群领导面对镜头走来的时候，身体抖动的幅度暗示着他们的速度之快，而观众却丝毫感觉不到他们的前进，唯一看到的只有身体的左右摇摆和极其严肃的表情。忙忙碌碌的领导们表面上在为工程建设操心尽力，而实际上他们是社会发展道路上的阻碍者，有时候甚至会对国家财产造成巨大的损失。

《黑炮事件》拍摄于 1985 年，但公映是一年之后的事情了，根据黄建新导演的描述，这部电影审查时间很长，大约有六七十处进行了改动，其中删掉了保卫处长的一条线索。公映后的《黑炮事件》获得了许多荣誉：广电部优秀故事片奖、香港电影节十大华语片奖，饰演赵书信的刘子枫获得 1986 年金鸡奖最佳男演员奖。更为重要的是，《黑炮事件》开启了中国黑色喜剧电影的先河，第一次以黑色幽默的形式，在中国银幕上对知识分子的文化心态进行了深刻反思。它不但注重外在的社会、政治因素对知识分子命运的影响，还把镜头深入了形成中国知识分子特定性格的内在哲学文化层面，融入了对知识分子命运的哲学思考。

---

① 李陀在《黑炮事件》座谈会上的发言，《当代电影》1986 年第 3 期。

《黑炮事件》并不是一部真正意义上的荒诞电影，但真实的现实生活中却包含着实质上的荒诞性。一枚棋子，却造成了国家几十万损失，听起来荒诞，却在改革开放初期经常发生。赵书信的性格悲剧不仅属于个人而且属于国家和民族，在文化上可以说它是我国两千多年儒家道德思想——明哲保身和中庸之道的贯穿。李陀认为："在整个中国封建文化的历史中，中国知识分子有三重任务：1. 重做官僚预备队'学而仕则优'。2. 做国家机器的支柱。3. 身体力行做道德的楷模。"① 这就使中国的知识分子继承了很多儒家文化心理的东西，用道德的自我完成来要求自己，来做楷模。

第四节 《背靠背，脸对脸》的分裂人格与灰色现实

一 权力漩涡中的知识分子形象

刘醒龙（1956— ），1973 年中学毕业后，先在湖北英山县水利局当施工员，接着到县阀门厂当工人，后调到黄冈地区群艺馆任文学部主任。1994 年调武汉市文联任专职作家。1984 年开始发表作品，著有长篇小说《威风凛凛》《生命是劳动与仁慈》《痛失》《弥天》《圣天门口》等长篇小说。中篇小说《凤凰琴》和《秋风醉了》被改编为电影《凤凰琴》和《背靠背，脸对脸》，获国内外多种大奖。长篇小说《爱到永远》被改编成大型舞剧《山水谣》，获文化部戏曲文华奖。2011 年，长篇小说《天行者》获第八届茅盾文学奖。刘醒龙被称为"新现实主义"的代表作家，他的小说一方面真实而又深刻地反映了社会转型期间的尖锐矛盾和艰难世事；另一方面又强烈地表现出人民大众的时代情绪和知识分子的人文关怀精神。"面对人们生活的窘困和精神的压抑，他用小说这种能够被广大群众所接受的独特的审美方式给人们带来精神的抚慰和希冀，给生活带来暖意和亮色，他也主动承担了表

---

① 李陀：《从小说到电影——谈〈芙蓉镇〉的改编》，《当代电影》1986 年第 3 期。

现民生民态，反映民声民意的民众代言人的责任。"①

刘醒龙是大别山之子，青少年时期是在鄂东大别山区度过的，后来又在那里工作多年。因此，刘醒龙的小说创作具有浓厚的乡土气息，与他的生活经历紧密相连。他创作了《村支书》《挑担茶叶上北京》《黄昏放牛》等乡村小说，《分享艰难》《路上有雪》等乡镇小说。他曾在英山县文化馆工作多年，后来创作了《秋风醉了》《清流醉了》《菩提醉了》《伤心苹果》等文化馆系列小说。刘醒龙在用小说的形式张扬民族精神，寻找他理想的精神家园，并为之不懈地跋涉追求。

作家 刘醒龙

（图片来源于刘醒龙－百度百科中的插图，http：//baike. baidu. com/link? url=00f77qLVmX EAPJdJGrL54SSdgZd-303bpxkjDV3QgkJZWU3Sw NMxbbHiA9J1n8QgWjDg8P4a0JAFFGelZzNk2K）

《秋风醉了》是刘醒龙创作的文化馆系列小说中的一篇，发表于《长江文艺》1992年第11期上。这篇小说反映了基层知识分子在权力漩涡中的奋争与无奈，揭示了中国基层官场的潜规则和知识分子的分裂人格。县文化馆王副馆长代理馆长三年，修建了一座文化馆大楼，为职工办了许多实事，却一直不能提升为馆长。最近，县委宣传部冷部长的女儿冷冰冰想进文化馆工作，王副馆长别出心裁地想以公开招聘的方式把冷部长的女儿招进文化馆。然

---

① 张保良：《刘醒龙：小说是一种奇迹》，http：//www. huaxia. com/zhwh/whrw/rd/2011/08/2564972_ 2. html。

而，冷部长却拒绝女儿应聘。不久，副乡长马金台调到文化馆当馆长，他曾经拍摄的作品《秋风醉了》在文化馆摄影展中获奖。老马上任后，直接把冷冰冰安排进了文化馆文学组。王副馆长联合李会计，千方百计地挤兑老马，迟迟不给老马解决住房，让八建公司故意拖延舞厅建设工期。全县卫生大检查时，他把修建舞厅的垃圾处理问题丢给老马，让冷部长批评老马办事无能。冷部长要下乡抗洪抢险，没有多少摄影经验的老马陪同摄影。为了让冷部长高兴，老马要搞一次抗洪摄影展，选出一些照片征求王副馆长的意见。照片明明有问题，而王副馆长却予以高度称赞，结果，让地委熊部长看了不高兴，因为照片间接反映了冷部长的官僚作风。于是，老马终于被调走，王副馆长又开始代理馆长。在文学组老宋的帮助下，王副馆长向省里要了一笔经费，完成了舞厅的修建，并请冷部长为舞厅取名和参加开业典礼。然而，地区报纸刊登的文化馆舞厅开业的新闻却受到冷部长秘书小阎的批评，因为新闻没有提到宣传部的支持。很快，小阎到文化馆当馆长，独揽一切管理大权。老宋看不惯小阎架空王副馆长，伺机帮忙出气。老宋看到宣传栏的文章否定了以前的文化工作，便跑到干休所找老领导告状。冷部长于是把小阎批评了一通。小阎找王副馆长的父亲为冷部长补一双很贵的新皮鞋，王父不小心把皮鞋弄烂了。小阎生气地要王父赔钱。王父到医院准备为一个烧伤病人卖皮筹钱，被老宋看到制止了。老宋写了一篇新闻《老鞋匠失手本该赔偿，年轻人可恶逼他卖皮》在省报内参上发表。此事在全县引起巨大反响，小阎被撤职，下放到中学教书。王副馆长又接着当代馆长，并想搞镭射电影，冷部长却不同意。他还是带着冷冰冰去深圳购买机器和影碟，等出差回来，部队转业的小林当了馆长。王副馆长大病一场，对仕途心灰意冷。为满足父亲续香火的心愿，他找医院主任开假证明：女儿有先天性心脏病；找计生委开可以生第二胎的准生证。从此，他把所有心思都用在照顾妻子身上。妻子如愿生了儿子，全家其乐融融。王副馆长正沉浸在天伦之乐中时，组织部突然把他提升为馆长，原来小林与冷冰冰私奔到深圳了。正所谓：机关算尽无觅处，得来全不费工夫。

按常理，一个县的文化馆，应该是全县各类知识分子的汇聚之地，是为基层老百姓创作文艺作品和输送精神食粮的高雅之所。然而，刘醒龙笔下的文化馆却是权力角逐之场、藏污纳垢之地，在这里，真正的知识分子受到排挤和打压，而无知识、无能力的人却受到重用和提升。在中国的基层官僚体系中，根本没有知识和人才的位置，一切都要为权力和利益服务。文化馆不过是冠冕堂皇的遮羞布，知识分子并不重要，文化是否繁荣也不重要，重要的是能否被官员控制，能否从中获得既得利益。按道理，文化馆馆长应该是知识分子出身。可是，大学毕业、具有真才实学的王副馆长却总是得不到提升，没有多少文化、只会拍马奉迎的副乡长老马却来当馆长。秘书出身的小阎当馆长一身官气，只会抓权力，不会文化建设。军人出身的小林有多少文化知识，我们不知道，却知道他让冷冰冰做了两次人流，这成了他在文化馆的重要"杰作"。文学组的老宋有很强的创作才能，经常发表散文、诗歌和小说等文学作品，然而却被排挤到经营部，被逼得停薪留职。没有什么才华的老罗因是县委书记的同学便调到文化馆，他的最大本事是搞大女人的肚子。官员们为了自己的利益，把文化馆变成为亲属谋福祉的场所。冷冰冰和肖乐乐仅仅中学毕业，没有真才实学，仅仅因为一个是冷部长的女儿，一个是行署文卫科肖科长的妹妹，两人就被堂而皇之地安排进了文化馆。从某种程度上说，《秋风醉了》这部中篇小说反映了中国基层文化馆存在的真实状态，知识分子和非知识分子混杂相处，权力角逐、利益交易和风流韵事成了言说的主题。

《秋风醉了》中的王副馆长是一个复杂而多面的人物，他既想保持知识分子的独立人格，但又为现实的生活欲望而不停地追逐权力，既有知识分子的高傲，又有小人的整人伎俩。据刘醒龙讲，王副馆长在现实生活中有真实原型。鄂西北有座城市的机关里发生过这样一件事：一位年轻人为这座城市创办了电视台，工作极为出色，深受同事们好评。可上级领导调个平庸的正职压着他，而不把他扶正。苦熬了近十年之后，他终于心灰意冷，对什么都无所谓，开始玩生活。突然，上级将他升为正职。刘醒龙根据这个真实的故事写成了中篇小说《秋风醉了》，很多人看后都赞扬小说的深刻性，其实，这完全是现实生活的真实写照。因为生活的深刻是编不出来的，它在于作家对生活的亲历和体验。刘醒龙认为："真正的深刻只能蕴藏在生活里，蕴藏在普通的实际人生里。"① 现实生活中的中国知识分子性格是非常复杂的，特别是中国基层的知识分子，不可能出淤泥而不染，由于生活所迫而难免存在一些陋习。《秋风醉了》中的王副馆长精明强干，建大楼，盖舞厅，搞镭射电影，还想搞健身房，工作可谓出色，政绩也可谓显赫，也深得下属拥护，然而，领导却一直不愿把他扶正。老马、小阎、小林与王副馆长本身没有矛盾，但是，他们来当馆长后，就自然成了王副馆长的敌人，他要想尽办法把他们赶走。可是，他们真正离开文化馆后，王副馆长又主动与他们搞好关系。老马调走后，两人反而成了好朋友，王副馆长还主动让老马带领文化馆职工去北戴河旅游。小阎被贬到乡下教书、无钱看病时，他又不计前嫌地帮小阎支付医药费。从这些表现可以看出，王副馆长具有知识分子的善良情愫和宽广胸怀。然而，知识分子的理想人格与官场哲学是矛盾的。王副馆长之所以迟迟不能扶正，就是因为能力太强，太高傲，太激进，太知识分子化。中国的官场哲学是"能者下，庸者上"，知识分子只有在官场中去掉了棱角，消磨了个性，泯灭了雄心，到了可以任人摆布、调弄的地步，才能成为"听话"工具，成为"合格"的官员。这种由生柿子到熟柿子再到软柿子的生成过程，正是现实官场"培训"官员的过程，也是知识分子向官员蜕变的过程。

二　导演的选择与场景的独特

1994 年，导演黄建新把《秋风醉了》改编成电影《背靠背，脸对脸》。这次改编有某种偶然因素。1993 年，黄建新拍完《五魁》后正在寻找新的小说，他的助手杨亚洲先给他推荐了尤凤伟的小说《生命通道》，这篇小说故事性强，容易改编，然而黄建新兴趣不大。后来，杨亚洲推荐了刘醒龙的《秋风醉了》，黄建新对这篇小说兴趣浓厚。可是，这篇小说叙述的视觉性不强，改编成电影的难度大。黄建新却

---

① 《关于当前现实主义冲击波的讨论纪要》，《芳草》1997 年第 2 期。

舍不得放下："它写了所有中国人在传统意义上与政治的关系。其中最吸引我的就是，人在被权力欲望控制的时候，会变成一个非人。"①

电影的编剧是黄欣和孙毅安，电影中的人物基本上与小说保持一致，影片中有戏、有台的人物 18 个。根据黄建新的意见，电影把原来小说中的第三任馆长小林删掉了，增加了临时工猴子来"串"所有的人，这样影片对现实生活的"辐射面"就变得大了。黄建新说："它就像一张网，或是说一个帐篷，周围钉满了木桩，这一件、那一件，观众一旦明白了这些事件之间的关系，实际上就等于被扣在里面了。"② 小说里的王副馆长在电影中取名王双立。为了适当增加电影的幽默与诙谐，黄建新邀请具有喜剧表演才华的牛振华饰演王双立，让小品演员句号饰演李会计，让雷恪生饰演老马，李强饰演小阎，王劲松饰演猴子，戈治均饰演冷局长。这些人物像一张蜘蛛网一样，都以王双立为中心，结成了一张复杂的人际关系网，这张网络因为政治关系又暗含着尖锐的矛盾冲突。

小说要转换成电影，光靠单纯讲一个故事是不够的。小说是语言叙事的线性艺术，而电影是视觉化很强的空间艺术。刘醒龙在《秋风醉了》中并没有着力描写人物活动的环境，而导演就必须认真选择人物活动的场景，通过场景来表现人物性格，传达导演的独特观念。对于文化馆场景的选择，黄建新颇费了一番周折。如果在普通的县城文化馆拍摄，就难以找到电影的支点，为此，黄建新一度想放弃拍摄计划。后来，黄建新找到了河南社旗县社旗镇的山陕会馆，才终于觉得影片的感觉完成了。"这个房子的顶端是看不到人的，全是屋檐！实际上商会和庙宇的性质就是把权力神化了。"③ 比如，小说里在老马上任的欢迎会这个情节中根本没有环境描写，只有人物的对话。而电影必须用镜头反映人物活动的特定场景，电影的这个场景就在山陕会

---

① 刘海铃：《我的电影是我对中国的理解——关于黄建新电影改编的访谈》，《电影评介》2007 年第 1 期。

② 贾磊磊：《用影像镌刻民族的心灵史——与黄建新对话》，《当代电影》2011 年第 4 期。

③ 同上。

馆里拍摄。小说情节原文如下：

> 王副馆长走进会议室，一坐下就对老马说："开始吧！"也不等老马示意，就提高嗓门说："今天这个会没别的议程，专门欢迎老马来馆里当馆长，请大家鼓掌欢迎。"大家都鼓了掌。他继续说："老马以前专和农民打交道，抓火葬、抓计划生育、抓积肥很有办法。现在他要和各位文化人打交道，初来时可能会力不从心，希望大家多支持。下面请老马发表就职演说！"

> 老马一开始就说他那张获奖的摄影作品。他说："我与文化馆是有缘分的，那年借人家一部旧照相机，随手拍了一张《秋风醉了》，就被王馆长慧眼看中，给了我很高的荣誉。"说着，老马从公文包里拿出那张照片让大家看。

> 大家从手上传了一遍，都不说什么，只有老罗连声说好。传到王副馆长手上，他看到照片上，一位老农民正在旷野里张望着，一阵秋风吹过来，将老农民头上的草帽吹下来，正好落在蹲在他脚边的一只小狗头上，小狗抬起前爪，活像一个人。

> 老马又说了一通客套话，然后是大家发言表态。先是老罗说，老罗说他感到新馆长到任后，各方面有耳目一新的味道，他本人争取在新馆长的领导下，创作出好的音乐作品，评上省政府颁发的"屈原文艺奖"。老罗刚说完，搞文学创作的老宋说，新馆长能让老罗获此殊荣，那也一定能让我拿回诺贝尔文学奖。大家都大笑起来。

> 李会计最后说："老马看中了我那套房子，是看得起我，过两天我就腾出来。也算是以实际行动迎接新馆长吧。"

> 王副馆长及时插嘴："说不定什么时候，上面给我们调来一个副馆长或副书记，希望在县城内有私房的同志向李会计学习，届时积极给予配合。"

> 接下来老马将正副馆长的分工宣布了。然后就散会。

这个情节主要是对话描写，通过人物的对话可以让读者感知王副馆长对老马的挤兑，除了音乐干部老罗真心欢迎老马到来之外，绝大部分的文化馆职工都站在王副馆长一边，不欢迎老马的到来。特别是王副馆长讲话含沙射影，看不起老马，"现在他要与文化人打交道"，隐含的意思是老马从没有接触过文化人，说明他根本没有什么文化。没有文化的老马来当馆长，当然让王副馆长等人瞧不起。我们再看电影对这个场景的处理方式：

　　镜头1：（全景，摇）古旧的文化馆会议室，方形的石板砖铺成的地面，巨大的圆形木柱竖立在会议室的四周。文化馆职工陆续走进会议室找座位坐下，摄影师猴子最后一个进来。整个会议室光线暗淡，只有门口射进的阳光特别明亮。

　　王副馆长坐在主席台上对全体职工讲话："同志们，今天的会没别的议程，专门欢迎马福生同志来我馆当馆长。大家鼓掌欢迎。"一阵掌声。由于光线太暗，只闻声音，不见其人。

　　镜头2：（中景）职工们鼓掌，戴着眼镜、留着长发的老罗鼓掌最热烈、最持久。

　　镜头3：（中景）戴着深蓝色帽子的老马坐在主席台上也笑着鼓掌。他的前面放着一个青花瓷茶杯，背后是玻璃窗，窗外是热闹的街市。

　　镜头4：（中景）一位女职工漠不关心地织毛衣，一位男职工在低头看报纸。

　　镜头5：（中景）会议室旁边的一个角落是李会计的办公场地，漆黑破旧的墙壁上挂着账本和日历。戴着眼镜的李会计坐在办公桌旁翻看报纸。

　　镜头6：（中景）文学组的老宋冷峻地注视着主席台。

　　王副馆长的画外音："嗯——，老马同志……"

　　镜头7：（中景，直摇）穿着灰色夹克、一头短发的王副馆长站着讲话："……过去专门跟农民大哥打交道，抓火葬、妇女结扎很有办法……"王副馆长边讲边坐下来，随手端着青花瓷茶杯。他的斜上方是斑驳不堪的巨大屋梁，屋梁下的墙壁上贴着一张奖状。

镜头8：（全景）职工们忍不住笑了起来。

王副馆长的画外音："……抓积肥、交公粮也有办法。以后呢……"

镜头9：（中景）王副馆长："……就要跟各位文化人打交道了，我相信也会有办法。好！下面请老马同志发表就职演说。"他笑着把头转向老马，示意老马讲话。

镜头10：（中景，直摇）老马笑着站起来，并用右手示意大家安静，然后把帽子取下来放在主席台上。他穿着一件深灰色的西装，里面是一件浅蓝色的衬衣，但没有打领带，胸前插着一支钢笔。他不紧不慢地说："其实啊，我和文化还真有点缘分。去年咱们市举行那个《金色秋天》的摄影展，我呀借了个旧相机，随便拍张照片，起名叫《秋风醉了》，没想到文化馆选上了，还得了个奖。"

镜头11：（中景）戴着蓝色帽子、穿着摄影夹克服的猴子，坐在斑驳古旧的木柱旁，他从一沓照片中拿出一张问老马："是不是这张？马馆长。"

镜头12：（中景）老马高兴地用手指着说："对对对，就是那个。"

镜头13：（中景）猴子说："我是搞技术的，我不懂艺术。可这张照片从技术上就不合格，这曝光不足两档。你没调光圈吧。"

镜头14：（近景，直摇）老马有些尴尬地说："我是业余的，瞎拍，各位都是我的老师。"边说边坐了下来。

镜头15：（中景）猴子继续说："你看看——"随后把照片递给一个文化馆男职工。

镜头16：（中景）男职工也穿着摄影夹克服，他拿着猴子递给的照片看了看。

镜头17：（中景）老罗把照片从男职工手中抢过来看，不住地称赞："好！真好！"边说边给旁边的女职工看。

镜头18：（近景）王副馆长露出一丝冷笑。

镜头19：（中景）猴子看着主席台上的老马，不屑地撇了撇嘴。

王副馆长的画外音："可能时间长了，变旧了。大家发言吧。"

镜头20：（中景）看报的李会计把报纸放到办公桌上，站起来，低着头走出狭小的会计室，笑着对大家说："老马看中了我那套房子，是瞧得起我。怎么说呢？是领导对群众的关怀？过两天我就把房子给你腾出来，算以实际行动迎接新领导吧。"他的头挨着巨大而斑驳的屋梁。

镜头21：（中景）老罗表态说："我觉得新领导刚一来，各方面都有了耳目一新的感觉。我们音乐组觉得在新领导的带领之下，创作出好的音乐作品，争取拿上省上的太白文化奖。"

镜头22：（中景）坐在一旁的老宋马上说："如果新领导能让老罗得上太白文化奖，那我们文学组争取拿诺贝尔文学奖。"大家一阵哄堂大笑。

电影《背靠背，脸对脸》剧照

镜头 23：（近景）王副馆长问："还有要说的吗?"

镜头 24：（中景）老宋接着说："我只想提醒新领导一句话，现在全国经商，人人都想当老板，希望领导能注意精神文明建设的重要性，抓好有教育意义的好节目，完了。"

镜头 25：（中景）老马站起来准备讲话，"刚才……"

王副馆长立即打断："散会!"老马尴尬地收住笑脸，转过头看了看王副馆长。

镜头 26：（全景）大家起身纷纷离开会议室。

（根据电影《背靠背，脸对脸》整理而成）

与小说原作相比，电影不仅增设了猴子这个摄影师，而且增加了他的对白内容。小说里，王副馆长对老马来当馆长虽然心怀不满，但两人的矛盾并没有直接浮出水面。电影中，两人的矛盾表现得比较尖锐，特别是猴子当着众人的面指出老马的摄影作品《秋风醉了》"曝光不足两档"，明显是给老马难堪。会议结束前，老马站起来还想讲话，而王副馆长却生硬地宣布"散会"，这明显是给老马一个下马威：你虽然是馆长，但大家还是听我的。电影的独特之处还在于场景的设置。黄建新有意把会议室安排在山陕会馆里拍摄，从场面调度中可以看到，会馆的建筑相当古老：漆黑的墙壁，巨大而斑驳的木柱和屋梁，加之室内光线的昏暗不足，给人一种压抑沉闷之感。

黄建新把文化馆的场景放在山陕会馆里拍摄，目的是增强电影的表意功能。影片对山陕会馆进行了浓墨重彩的描绘，着重表现的是那所古庙式会馆的陈旧与斑驳。"在各个段落之间，会馆的空镜头重复出现：由下到上、由外到里、由局部到整体，配以渐重渐强的音乐，不断强化着它的封闭与威严。"① 影片最后用远景俯瞰山陕会馆，在高大的古建筑衬托下，主人公显得十分渺小，从而完成影片的整体象征，揭示了环境对人的异化作用。山陕会馆古老的历史感和沧桑感，

---

① 王晓凌：《收敛与开放——〈背靠背，脸对脸〉与〈秋菊打官司〉之比较》，《当代电影》1994 年第 5 期。

象征了中国官僚制度的长期留存与根深蒂固。中国社会虽然已经进入了改革开放时代，人们的衣着打扮已经很现代化，但是，大家头脑中依旧保存着几千年来封建社会的等级制度和权力观念，像山陕会馆一样没有改变其形状与样式。馆长与副馆长之间的职位争夺，相互间的挤兑与打压，像会馆一样，留下的只是斑驳印迹与累累伤痕。

三　电影对小说的超越与传播

实事求是地说，刘醒龙的《秋风醉了》是一篇极为普通的小说，而电影改编则相当成功，超越了原著，这与黄建新的创造性改编密不可分，"小说转换成电影的过程是要进行体系转换的。你转换了体系，那你完成的是自己独特的电影世界"①。

刘醒龙的小说标题"秋风醉了"比较有诗意，但主题并不明确，需要读者发挥想象。而黄建新的片名"背靠背，脸对脸"就主题鲜明，容易让人理解，"听来是句俗而不雅的大白话，细细品味，却有一番深意"②。"背靠背，脸对脸"的直接理解就是"当面一套，背后一套""面和心不合"。可是往深里想想，这六个字倒是概括了世上人与人之间相处的基本状态。黄建新说："人的生活都是由两面组成的，特别是在某种情况下，有时他要你这样，有时又要你那样……"③ 他想在影片里着力表现的就是人的两面性，甚至多面性，让电影的主题更明确而集中，观众也容易理解。

"学而优则仕"是中国知识分子的人生目标，这也使大多数知识分子身上具有人格的"阴阳"两面性，这在王双立身上表现得特别明显。当王双立和老马"脸对脸"时，是一副诚恳中透着善意的笑脸。当老马要安置冷冰冰、肖乐乐的工作时，在与老马单独在一起

---

① 刘海铃：《我的电影是我对中国的理解——关于黄建新电影改编的访谈》，《电影评价》2007 年第 1 期。

② 钱学格：《沉重的叹息——〈背靠背，脸对脸〉的人物塑造》，《电影艺术》1995 年第 1 期。

③ 贾磊磊：《用影像镌刻民族的心灵史——与黄建新对话》，《当代电影》2011 年第 4 期。

时，王双立常常是面带善意的微笑，甚至说着非常亲切友好的话："咱们俩谁跟谁呀！"但是转过脸来，两人"背靠背"时，王双立又实施了一整套"阴谋诡计"，时时刻刻想赶走老马。他主动提出把李会计的房子拨给老马，转过身来却对李会计说"姓马的看中了你的房子，要你腾出来"，既是对李会计不给他通风报信的报复，又使李会计对新上任的老马恨得咬牙切齿。为了安抚李会计的情绪，王双立又施舍给李会计一些建筑公司的回扣，做李会计私房的装修费，既让李会计感恩戴德，又让李会计心甘情愿地充当攻击老马的头号"杀手"。老马要安排冷冰冰的工作，问计于王。王双立出主意让冷冰冰进文学组，抽调老宋去经营部，挑起老宋对老马的不满。王双立有意让猴子选出老马有问题的照片参加展览，当面却对老马说这些照片"很好"。结果，这些照片让冷部长颜面扫地，老马也终于被调离文化馆。

《背靠背，脸对脸》不仅表现了王双立的两面性，而且其他人身上也具有"当面一套，背后一套"的性格特征。小说里，无论是谁来当馆长，李会计始终站在王副馆长一边；小阎对冷部长也是忠心耿耿；冷部长和徐副部长并没有矛盾冲突。电影中，李会计开始站在王双立一边，后来小阎当馆长后，转而投靠小阎，帮助小阎来羞辱王双立。小阎开始时是冷部长的秘书，当上馆长后，暗地里投靠了徐副部长，迫使冷部长退居二线，徐副部长当上部长。黄建新对小说次要人物的言行改动并不大，但却极大地增强了电影的表现力和感染力。在中国现实社会的官僚体系中，几乎每个人都具有两面性，或争名夺利，或趋炎附势，或落井下石，或背信弃义。许多人在自身利益面前，根本没有伦理道德和忠信仁义的观念，人性的冷漠和人格的复杂在电影中得到充分反映。

小说《秋风醉了》叙事情节比较平淡，矛盾冲突不强，特别是小林当馆长后，他与王副馆长之间几乎没有冲突。电影《背靠背，脸对脸》中几乎每一组矛盾都得到了强化、发展，直至达到白热化的程度。"文化馆及周围各色人等，围绕着杯子、桌子、藤椅、照片、油烟水、皮鞋、黄色影碟、孩子、房子、工资、工程、辞职、卖血等等，掀起了一场又一场大大小小的冲突。"① 小说里，舞厅和镭射电影一直经营不错，没有受到公安局的查处；电影中，由于增加了猴子这个人物，他为了整倒小阎，故意引进了黄色影片，在播放时，专门给公安局打电话，受到公安局查处。小说里，小阎帮冷部长补一双刚买的新鞋，王父不小心弄坏了新鞋，小阎要求赔偿是合理的。为了让冷部长穿鞋，小阎不得不自己掏钱买了新鞋。王父为了赔偿而去医院卖皮，被老宋看见，写新闻报道登载省报，小阎因此被下放到乡里教书。从某种程度上说，小阎是受害者，比较冤枉。电影却强化了小阎的阴险毒辣。小阎故意拿双破鞋让王父补，并要求赔偿一双新鞋。他故意找茬，通过王父来羞辱王双立。两人的矛盾冲突公开化，首回合小阎占了上风。王父去医院卖血，老宋写文章在省报上发表，小阎因此停职检查，第二回合争斗王双立获胜。不过，小阎很快官复原职，并且从王双立工资中扣了140元，以赔偿那双鞋，小阎又占了上风，两人的矛盾冲突进一步激化。小说里，王副馆长一直处于强势地位，他亲自赶走了老马，下属老宋帮他整倒了小阎，小林当馆长后，处处满足王副馆长的要求。电影改变了小说后半部分的情节。导演在影片前半部分，让王双立充分施展两面手段，把老马赶走了；而在后半部分则以其人之道，还治其人之身，让他受尽小阎的整治。小阎的整人手段比王双立强硬而狠毒，不仅拉拢李会计，帮着整治和羞辱王双立，而且还把他的老上级冷部长整倒了，整人手段可谓更胜一筹。正是因为影片充满了各种各样的矛盾冲突，才使这部描写知识分子分裂人格和官场无聊琐事的影片，变得观赏性十足了。

　　大概是刘醒龙疏于对小说的仔细推敲，小说的个别情节前后矛盾，有违常理。小说取名"秋风醉了"，因为老马拍摄了一幅作品叫《秋风醉了》，同时还因为新建的舞厅取名"秋风醉"。也就是说，小说的前半部分内容与小说标题相关，后半部分内容与标题几乎没有联系。更有悖常理的情节是，冷冰冰突然与小林发生婚外情，并且毫无

---

① 王晓凌：《收敛与开放——〈背靠背，脸对脸〉与〈秋菊打官司〉之比较》，《当代电影》1994 年第 5 期。

缘由地私奔了。从小说前半部分描写中可以看出，冷部长之女冷冰冰是一个知书达理的姑娘，一直支持王副馆长，希望父亲提拔他当馆长，她与王副馆长之间保持着纯洁的上下级关系。小林当馆长之后，短时间内与冷冰冰发生性关系和婚外情，直至最后私奔。一个纯洁正派的未婚姑娘，一夜之间变得水性杨花，风流成性，这种前后矛盾的人物性格实在让读者难以理解。黄建新在改编小说时，把不合常理的情节进行了调整和改动。电影的标题与电影的情节内容十分吻合。电影中的婚外情变成了小阎与肖乐乐。这种简单的人物变动不仅化解了小说情节的前后矛盾，而且让冷冰冰纯洁正派的形象一直保持不变，同时，她与水性杨花的肖乐乐之间形成了鲜明的对比。

在结尾方式的处理上，小说与电影有很大的不同。小说采用的是圆形的封闭式结尾：王副馆长的妻子终于如愿地给他生了儿子；小林和冷冰冰私奔到深圳后，上级领导终于任命他为馆长；同时家里请了保姆。真可谓天遂人愿，双喜临门，王副馆长成了笑到最后的胜利者。电影采用的是扇形的开放式结尾：妻子仿兰还在怀孕中，老宋通知王双立，小阎和肖乐乐私奔了，徐部长和其他领导来到文化馆，要找他谈话。王双立走过薄雾朦胧的古老庙宇式样的庭院，心情格外沉重，等待他的不知道是提升还是继续代理？电影就此结束，妻子是否能生儿子？王双立是否能当上馆长？并没有明确交代，让观众去想。从王双立宽厚的背影里，观众似乎感受到了他的沉重叹息——太累了！一个耐人寻味、活生生的人物形象在银幕上完成了。

小说《秋风醉了》于1992年发表后，并没有在读者和评论界引起多大反响。然而，黄建新改编的电影《背靠背，脸对脸》在1994年拍摄完成后，《当代电影》《电影艺术》等杂志社在同年就组织了一批电影理论家对这部电影进行了热烈讨论，理论家们纷纷撰文肯定了电影的现实内容和艺术风格。随后，《背靠背，脸对脸》捧得各种奖杯，先后获得金鸡奖最佳合拍片奖、第14届香港电影金像奖十大华语片奖、大学生电影节最佳故事片、珠海电影节最佳故事片奖等各种奖项，黄建新获得第15届金鸡奖最佳导演奖。这部电影也成就了饰演王双立的牛振华，他因娴熟的演技和对王双立性格的准确把握而获得大学生电影节最佳男主角奖、东京国际电影节最佳男主角奖等奖项。
正如钱学格评价的："王双立这个角色经由牛振华扮演才被赋予了真
实的生命、真实的躯体和真实的感情。"①

　　一部成功的改编电影对普通小说的提升和传播作用是不言而喻
的。在刘醒龙众多的小说创作中，《秋风醉了》是一部极为普通的中
篇小说；在刘醒龙获奖的许多小说中，也根本没有《秋风醉了》的名
字。然而，随着电影《背靠背，脸对脸》的成功，《秋风醉了》的影响
力和知名度也逐渐扩大。1994 年，《背靠背，脸对脸》刚刚拍摄完成，
长江文艺出版社借助电影改编，在同年就出版了《秋风醉了——跨世
纪文丛》小说集。2006 年，文汇出版社出版了《秋风醉了——文学中
坚丛书》小说集。在刘醒龙出版的其他小说选或小说集中，《秋风醉
了》一般都是必选篇目。如果你在"百度百科"中查找"刘醒龙"，
其介绍的内容必然提到《秋风醉了》和改编的电影《背靠背，脸对脸》
以及电影的获奖情况。也就是说，刘醒龙还借助这篇小说和电影提高
了知名度。

　　黄建新像大多数第五代导演一样，自 1985 年拍摄《黑炮事件》以
来，总是与中国当代文学，特别是新时期以来的小说结下了不解之
缘。他的电影几乎都改编自小说，他对一些看似平淡无奇的小说进行
挖掘和提升，使其在电影界一次又一次获得成功。电影的成功又反过
来扩大了小说文本和小说作者的影响力。《背靠背，脸对脸》就是其
中的典型事例之一。"《背靠背，脸对脸》既有对《秋风醉了》的同构，
也有文化理解上的深化，更通过改写，在写实之中蕴含了黄建新一以
贯之的'荒诞'色彩。"②

————————————

　　① 钱学格：《沉重的叹息——〈背靠背，脸对脸〉的人物塑造》，《电影艺术》1995 年
第 1 期。
　　② 刘海玲：《电影〈背靠背，脸对脸〉与小说原著的互文性研究》，《开封教育学院学
报》2013 年第 7 期。

第四章　知青小说与影视传媒的关系

　　知青一代人被历史裹挟着走上了一条与个人愿望完全背离的生活道路。进入新时期以来，一批出身知青的作家以写知青生活步入文坛，或描写知青生活的苦难，或凭吊流逝的青春岁月，或歌颂奉献青春和热血的英雄主义行为。其代表作品有叶辛的《蹉跎岁月》《孽债》，梁晓声的《今夜有暴风雪》《这是一片神奇的土地》《雪城》，阿城的《棋王》《孩子王》，张承志的《黑骏马》《北方的河》，老鬼的《血色黄昏》，等等。这些知青小说因关注知青的命运和生活，探讨时代变迁与人生价值，从而成为新时期小说中最凝重、最奇特的组成部分。与此同时，知青小说得到影视剧导演的青睐，根据小说改编的《蹉跎岁月》《孽债》《今夜有暴风雪》《雪城》《黑骏马》等知青影视剧，曾风靡一时，受到许多观众的热捧和好评。与影视剧的热潮相比，文学界对知青小说的研究相对滞后。从某种程度上说，持续不断的知青影视剧的热播和上映，促进了文学界对知青小说的研究和重视。

第一节　知青的时代记忆与艺术的现实表达

一　知青由来与特殊年代

　　知青是知识青年的简称，在中国是一个特定历史时期的称谓，指从 20 世纪 50 年代开始一直到 20 世纪 70 年代末期为止自愿或被迫从城市下放到农村做农民的年轻人，这些人中的大多数实际上只接受了初中或高中教育。中华人民共和国成立后，为了解决城市中的就业问题，从 50 年代开始就组织将城市中的年轻人移居到农村，尤其是边远的农村地区建立农场。

早在 1953 年《人民日报》就发表社论《组织高小毕业生参加农业生产劳动》。1955 年，河南省郏县大李庄乡有一批高中毕业生参加农业合作化运动，报纸对他们的事迹进行了宣传报道，新闻标题是《在一个乡里进行合作化规划的经验》。毛泽东看了这篇新闻很兴奋，亲笔写了按语："一切可以到农村中去工作的这样的知识分子，应当高兴的到那里去。农村是一个广阔的天地，在那里是可以大有作为的。"[1] 1955 年 8 月 9 日，杨华、李秉衡等青年人在北京组建了第一支青年志愿垦荒队，他们奔赴北大荒萝北县，建立了北大荒"北京庄"。1955 年 10 月 15 日，上海 98 名热血青年组成了"上海市志愿垦荒队"，其中有 25 名女孩子，最小的 15 岁。他们来到了江西省德安县九仙岭，住简易草棚，吃稀饭萝卜干，比普通农民的生活还艰苦。

之后，共青团中央在全国许多省市都组织了远征垦荒队，号召城市青年奔赴农村。一些先进典型、知青的榜样比如董加耕、邢燕子、侯俊等人，就是被《中国青年》《中国青年报》等全国报刊大势宣传报道出名的。1958 年，美术家朱宣咸创作的作品《知识青年出工去》，就非常典型生动地记录了在那个特定年代知识青年上山下乡的画面。

"知青"在中国成为正式称呼是在 1963 年至 1964 年提出来的。1962 年，开始有人提出要将"上山下乡运动"全国化地组织起来。1964 年初，党中央、国务院发布了《关于动员和组织城市知识青年参加农村社会主义建设的决定(草案)》。这是党中央、国务院指导知青下乡的第一份纲领性文件。与此同时，中央成立了"知识青年下乡指导小组"和安置办，各地区也相应成立了办事机构，专门负责安置下乡知青。

1966 年，因"文化大革命"爆发，全国统一性的高考被迫停止，许多中学毕业生既无法被安排工作，又无法进入大学。与此同时，

---

① 安佑忠、墨宝：《曾经的知识青年》，《中国人力资源社会保障》2014 年第 1 期。

"文化大革命"的动乱使得中央领导人意识到，必须尽快寻找一个办法将这批城市年轻人安置下来，以免情况失去控制。1968 年 12 月 22 日，《人民日报》发表了题为《我们也有两只手，不在城里吃闲饭》的文章，其中引用了毛泽东"知识青年到农村去，接受贫下中农再教育，很有必要"① 的指示。由此，全国掀起了知识青年上山下乡运动的热潮。

1969 年是上山下乡运动最为波澜壮阔的一年，全国各地的城市、学校、街道、家庭都身不由己地被卷入了这股"知青下乡"的大潮。全国八个主要城市北京、上海、杭州、南京、武汉、天津、成都、重庆的许多知青被下放到了边远省区，如云南、新疆、黑龙江、内蒙古等省区。不过，全国大多数知青被安排在本省农村插队。据统计，1969 年全国就有 267 万多知青投身其中。

1975 年 12 月 23 日新华社报道：在毛泽东主席 1968 年发出"知识青年到农村去"的伟大号召鼓舞下，全国知青积极响应上山下乡运动，一批又一批知青扎根农村。到 1975 年年底为止，全国上山下乡的知青人数已达到 1200 万。

知识青年

（图片来源于知识青年 – 百度百科中的插图，http://baike.baidu.com/link？url＝1_aFIK Ra – M0UunE0TH9W4qtlTYOqbw7mtpK7RkildZNY75Y 4vRFALYW4wECjH0B1OKFTadMJwCpXIE6qFeh sMK）

----

① 新华社：《我们也有两只手，不在城里吃闲饭》，《人民日报》1968 年 12 月 22 日。

从 1971 年开始，知青在农村的许多问题开始不断暴露出来，同时中央开始在城市中将部分工作分配给下放的知青。不过，这样回到城市中的知青大多数是通过关系得到回城机会的。到 1976 年，连毛泽东也感觉到知青问题的严重性并决定对这个问题加以重新考虑。但到此时为止每年依然有上百万知识青年被分配上山下乡。

1976 年 2 月，毛泽东在一份反映知青问题的信上批示："知青问题，宜专题研究，先作准备，然后开一次会，给予解决。"可是，直到他逝世，也未能真正"解决"。1977 年高考被恢复，一些在农村的知青通过高考等途径离开了农村，想方设法要回到故乡去。但是，仍然有许多知青滞留在农村，无法回到城里。

1978 年 9 月，云南景洪农场的上海知青丁惠民等人写了一封公开联名信，专门寄给当时的国务院副总理邓小平，信中历数了广大知青的烦恼、困惑以及对生活的绝望，希望能回到自己的家乡。当年 11 月 16 日，丁惠民等人又给中央写了第二封公开联名信，上万名知青在信上签名。其后，云南省七个农场的知青联合起来罢工，有三万多知青参加，从而导致生产停顿，工作瘫痪，在全国造成了很大的影响。

1979 年 1 月 23 日，国务院召开紧急会议，专门研究知青的安置问题。1980 年 5 月 8 日，时任中共中央总书记的胡耀邦提出不再搞"上山下乡"，当年 10 月 1 日，中央决定过去下乡的知识青年可以回故乡城市。自此，中国 20 世纪最大的一次人口迁徙运动宣告结束。

二 知青经历的文学表达

知青小说，顾名思义是指描写知青生活的小说作品，这些小说或描写知青生活的苦难，凭吊流逝的青春岁月，揭露"文化大革命"非常历史岁月的真实面目；或表达"青春无悔"的理想情怀等。知青小说并没有固定统一的主题，正如评论家雷达所说："究竟是青春无悔，还是青春埋没；究竟应该着力控诉极左路线，还是张扬逆境中的英雄主义；究竟应该重在写非人的环境对人的压抑，还是重在写人对土地、对乡情的眷恋；究竟应该赞赏和认同'知青情结'，还是应该实行自我批判；如此等等。"① 创作知青小说的作家大多有知青生活的经历和人生体验，他们对知青生活的缅怀、对农民问题的独到探讨、对人生真谛的求索，使知青小说成为新时期小说中凝重而奇特的组成部分。

新时期知青小说的发展大致可以分为三个阶段：伤痕知青小说阶段、回归知青小说阶段和反思知青小说阶段。

第一阶段是伤痕知青小说阶段，时间从70年代后期至80年代初期，与新时期伤痕小说的发展阶段基本同步，作品以描写知青生活的苦难历程以及血泪的控诉为特征，代表作品有叶辛的《蹉跎岁月》、竹林的《生活的路》、礼平的《晚霞消失的时候》等。《蹉跎岁月》是一部通过对知识青年生活和爱情的描写，竭力鞭挞反动血统论的小说，作品描写了一群上海知青在"文化大革命"期间插队落户到贵州偏远山区的酸甜苦辣，描述了知青们用汗水和眼泪、苦涩和艰辛、希望和憧憬，在蹉跎岁月里书写的青春。与同期的其他知青小说不同，中篇小说《晚霞消失的时候》是20世纪80年代极具争议的作品。少年时代的李淮平与南珊在春暖花开的时候相识，并且彼此萌生爱意。然而，在"文化大革命"中，出身国民党家庭的南珊受到批斗，而坐在批斗台上的正是李淮平。内心情感与社会角色的强烈冲突致使他们形同陌路，各奔东西。20年后，作为海军军官的李淮平在泰山山顶再次遇到南珊。这时候，南珊已经从当年单纯的少女成长为一名成熟的翻译官。这时，李淮平向南珊表达了多年来内心的情爱与悔恨，然而为时已晚。作品以其浓重的思辨色彩与对人生价值的探索性，在当时引起强烈争论。不管它是否如有人所说，只是给"深刻的问题"以一个"肤浅的答案"，需要承认，在当时的社会环境下能够对爱情与人生进行这样的反思，已属难能可贵。

第二阶段是回归知青小说阶段，时间从80年代初期到80年代中期，作品反映了知青生活的激情岁月和理想主义，以对知青生活正面价值的肯定为特征，代表作品有史铁生的《我的遥远的清平湾》，梁

---

① 雷达：《文学活着》，人民文学出版社1995年版，第248—249页。

晓声的《这是一片神奇的土地》《今夜有暴风雪》，王安忆的《本次列车
终点》等。《我的遥远的清平湾》是一篇短篇小说，作者用平实而浪漫
的笔法描绘了一幅令人憧憬的知青插队生活的画卷，并从清平湾这片
古老而贫瘠的土地中，发掘出整个民族生存的底蕴。梁晓声的知青小
说被称为"北大荒小说"，他的《这是一片神奇的土地》《今夜有暴风
雪》等小说，描写了北大荒的知青生活，真实动人地展示了知青们的
理想与求索、快乐与痛苦，深情地礼赞了他们的美好心灵，歌颂了他
们在逆境中表现出来的奉献精神，为一代知识青年树立起英勇悲壮的
纪念碑。王安忆的短篇小说《本次列车终点》，不是讲述知青在农村
生活的辛酸和艰苦，而是反映知青们回到城里后的困惑与无奈。陈信
18 岁下乡到偏远农村当知青，直到 28 岁才好不容易回到上海。上海
虽好但家里贫穷，6 口人挤住在狭小的房间里，陈信和没能考上大学
的弟弟睡在"违章建筑"里，已经有了孩子的哥哥嫂嫂害怕陈信争
抢那半间房。陈信不喜欢给他介绍的对象，因为女方有房，一家人便
怂恿他与女方恋爱。其他回城的上海知青境况也好不到哪里去。与陈
信插队落户在同一个地方的袁小昕好不容易调回上海，可是成了三十
多岁的老姑娘。这篇小说真实地反映了回城知青所面临的各种人生新
问题：工作条件差，没有住房，没有对象，被城里人鄙视，这些问题
具有普遍性，是当时返城知青共同的困惑与问题。

　　第三阶段是反思知青小说阶段，时间从 80 年代中期到 90 年代初
期，作品反映了知青生活与社会政治的关系，探索了生命价值、人性
扭曲、民族文化等哲理性问题，以对社会的深入思考为特征，代表作
品有朱晓平的《桑树坪纪事》、张抗抗的《隐形伴侣》、陆天明的《桑那
高地的太阳》、老鬼的《血色黄昏》、李锐的《合坟》等。朱晓平的《桑
树坪纪事》从知青角度着手，却远远不同于以往的知青小说，通过西
部黄土高原一个封闭、苍凉的小村桑树坪，及其生活在那里的人们严
峻、困苦、愚昧的生存和生活现状，一群生活在愚昧落后村子里的各
具特色的人物，揭示了现实生活的凝重和对民族历史命运的反思。中
国是农民的国度，小说以此为背景对中国人乡土情结进行反省，不管
我们多么地大物博，我们的"根"是植在一块狭小保守的小土地上

的。我们要让民族进步昌盛，应从农村问题的解决入手。张抗抗的长篇小说《隐形伴侣》描写了一群知青在北大荒的悲欢离合。小说中的社会——半截河农场第七分场，是一个无视人的生命存在、无视人的内在价值、无视人的独立人格、无视人的正当权利的社会，是一个封闭的、僵化的、畸形的生存空间。在这样的环境里更容易培植出专制的权力者、卑劣的说谎者、邪恶的叛逆者。"文化大革命"仿佛像一场"日全蚀"，在中国的土地上造成了一个反常的、病态的、霉变的社会环境。北大荒半截河农场也不例外。在这样的社会环境中，人的生命活动被扭曲、被蛀蚀、被污染、被毒化，小说中描绘的一系列人物形象，如陈旭、肖潇、郭春莓、邹思竹、扁木陀、苏芳、大康以及李书记、刘老狠、鲇鱼头、小女工等，就是这样的一些生命。这部长篇在写法上很有特点，那就是人物的行动和人物的意识流动相互交叉的叙述方式，即在叙述人物现在进行时态的行为的同时，大面积地插入人物的联想、回忆、梦幻等，实中有虚，虚中有实。陆天明的《桑那高地的太阳》讲述一个知青在西北边陲顽强生存的故事。一个朝气蓬勃、不谙任何世俗利害关系的热血青年来到艰苦的西北边疆，对那片土地竭尽全力奉献赤诚，却一次又一次地被他所依赖所热爱的人们打翻在地，踩进泥泞中。这个激昂领袖般的人物站起来，摔倒，再站起来，再摔倒，一次比一次摔得更惨，最后被送到一个最边远最穷的地方，骆驼圈子，如牛马一样地生存着。老鬼的《血色黄昏》是一部自叙传性质的小说，是老鬼根据自己 8 年草原生活的经历创作的，是一个北京知青在内蒙古的真实经历，出版的时候它被称作"一部探索性的新新闻主义长篇小说"。作者以主人公的经历为主线，向读者展现了当年内蒙古兵团战士的生活和心理状态。在狂风暴雨中，60多条棉被盖上了种子库房顶；熊熊烈火里，69 个青春的生命瞬间化为黑炭；送战友上大学的路上，50 多名女知青集体悲号。最可悲的是成千上万知识青年的狂热劳动，夜以继日地开垦，换来的却是美丽大草原被一片片沙化。这是一篇由血和泪凝成的文字，是一部用青春和生命记下的历史。

知青小说的创作高峰出现在 20 世纪 80 年代。进入 90 年代，由于社会的转型，小说创作向大众化、世俗化、通俗化方向发展，代之而起的写改革、反贪、性爱、婚外情的作品吸引了读者和评论界的注意。但是，知青小说并未中断，反而有更多长篇知青小说问世。比如赵维夷的《老插春秋》，郭小东的《中国知青部落》，芒克的《野事》，米琴的《芳草天涯》，韩乃寅的《远离太阳的地方》，刘军的《噩恋》，李晶和李盈的《沉血》等，这些小说作品从不同层面展现了以前知青作品中未出现过的社会生活内容和知青感情体验。还有一些极具独特视角的、反映知青生活的短篇小说，比如王小波的《黄金时代》解剖了知青所处的政治环境，刘醒龙的《大树还小》从老乡的角度写知青，李锐的《黑白》表现了知青理想主义的虚幻成分。90 年代的知青小说内容丰富，题材多样，可惜没有引起评论界的特别注意。

三　知青影视剧的传播与影响

应该说，知青小说是中国特有的。背负着"上山下乡"的城市青年走进乡村，开创了一个特殊的生活领域，开拓了一段特殊的人生经历，给新时期的中国文学提供了无穷的故事。知青小说的勃兴和在读者中产生的持续影响，一个很重要的原因是知青影视剧起到了推波助澜的传播作用。影视评论界没有形成一个"知青影视剧"的学术概念，但知青题材的影视剧却一直风靡至今。本著认为，知青影视剧是指以知青生活为题材内容的电影和电视剧的统称，主要围绕青春无悔、蹉跎岁月、劫后辉煌等主题展开故事情节，表现知青在非常历史岁月的真实生活以及改革开放后的奋斗历程。

第一部知青电影是 1983 年谢飞导演的电影《我们的田野》，由周里京、张静、雷汉、吕晓刚、林芳兵等人主演，影片表现了当年北大荒的知青生活。"文化大革命"期间，一批年轻人来到北大荒，他们中有希南、七月、曲林、肖弟弟和凝玉。他们出身不同，性格各异，但面对北大荒迷人的秋景，他们忘怀了一切，对未来生活充满了希望。冬天来了，北大荒一片冰雪世界，生活也日趋严酷。各种问题接踵而来：七月的父母被打成反革命，理想信念受到了考验；华侨子弟肖弟弟盼着海外亲人的来信，去信一封封被退回；曲林偷打了老乡的狗为肖弟弟增加营养，由此引起了一场风波。早春，凝玉终于忍受不了恶劣的生活条件，决定用结婚的办法离开北大荒。夏天到了，这些年轻人开始认真对待生活，思考今后的生活道路。肖弟弟病重住进了医院；曲林申请病退回北京；希南思考着是否会被社会抛弃的问题。只有七月在同命运的搏斗中保持了旺盛的斗志，为了理想，她毫不动摇。不久，发生了一场大火，七月为救火而牺牲，永远长眠在北大荒的土地之中。几年过去了，希南大学毕业回到北京，见到了曲林和凝玉。在母校的校庆会上，希南听着《我们的田野》的歌声，思绪回到了北大荒，他想起肖弟弟重回北大荒后给他的信中的话："很少有我们这一代的青年遭受这么大的摧残。但我们的理想信念不会毁灭，不会消亡。就像一场大火过后，无论留下多么厚的灰烬，在大地母亲的哺育下，从那黑色焦土中生长出来的新芽，只会更加青翠，更加苗壮。"希南下定决心，要回到曾经流过血汗，埋葬着战友的地方——北大荒去。

北大荒既是知青作家梁晓声书写的源泉，又是众多导演反复拍摄的场景，从某种意义上说，北大荒已经成为知青的代名词。1984年，梁晓声的两部表现北大荒知青生活的小说同时被搬上银幕，一时间，梁晓声随着"北大荒"而家喻户晓。他的中篇小说《今夜有暴风雪》由导演孙羽改编成同名电影，另一部中篇小说《这是一片神奇的土地》由导演高天红改编成电影《神奇的土地》。两部影片都以昂扬的精神为基点，塑造了一群具有牺牲精神和高尚美德的垦荒者形象。影片将人与自然的矛盾、爱情矛盾、社会矛盾表现得色彩缤纷，十分深沉，写出了生活的多层次，形成了主题的立体感。

无论是作家还是导演，在表现知青题材时，主要集中在两个生活环境上：第一是东北的北大荒；第二是西南的云贵高原。1985年，导演张暖忻把张曼菱的小说《有一个美丽的地方》改编成电影《青春祭》，由李凤绪、冯远征、郭建国、玉妲、松涛等人主演，影片描写了一位女知青在云南傣族山寨的经历。"文化大革命"期间，青年女学生李纯来到祖国的大西南傣乡插队落户。初到傣寨，这里的风俗习惯使她感到新奇、陌生而又害怕。她不善于安排生活，客居异乡，备尝生活的艰辛。然而，忠厚善良的傣家人对李纯并不见外，房东大爹对她关怀备至。岁月流逝，李纯逐渐适应了傣家人的生活习惯。她戴起了耳环，穿上用床单改做的筒裙，成了一个漂亮的傣族姑娘。在一次赶集时，李纯与邻寨知识青年任佳相识。任佳的爽直、博学使李纯为之倾心，他俩成了最亲密的朋友。全寨欢庆丰收的夜晚，村民们围着篝火载歌载舞，李纯和任佳也穿梭在人群之中。房东家的大哥喝醉了酒和任佳打了起来，李纯这才明白，大哥深深地爱着自己。她无法接受憨厚的大哥这种直露、粗暴的求爱，思考再三，李纯离开寨子，到另一个山区小学去当教师。大哥家的老奶奶因思念她而突然去世，李纯闻讯赶去参加葬礼。几年过去了，李纯考上了大学。依依惜别之际，大哥真诚地请她和任佳去他家做客，以示歉意。然而任佳再也不能来了，他被一次突发的泥石流吞没，永远留在了边疆。李纯告别傣寨，告别傣家乡亲，她永远不会忘记她为之献出了青春的土地。该影片获香港国际电影节 1985 年十大华语片奖和法国赛特国际电影节评委特别奖，并成为新时期电影中重要的探索影片代表作之一。

电影《青春祭》剧照

绝大多数知青是从城市到农村的知识青年，笔者称他们为城市知青。然而，在中国广大农村也有土生土长的知识青年，笔者称他们为农村知青。路遥，可以称得上是描写农村知青的"圣手"，他创作的《人生》《平凡的世界》等小说，就充分表现了农村知识青年在社会变革中的人生追求和现实苦闷。1984 年，导演吴天明把路遥的《人生》改编成同名电影。从表面上看，《人生》是一部"始乱终弃"的农村题材的爱情电影。实际上，导演真正关注的是农村知识青年的出路问题。高中毕业生高加林、高三星、刘巧玲都没有能够考上大学，没有逃出"农民"身份，但他们又不安于传统的农村生活，希望到更广阔的天地里去发展，实现自己的人生理想。然而，农民的"身份证"和现实的种种限制，使他们的人生梦想一次次破灭，这才是农村知青的真正悲剧。

进入 90 年代，知青电影的影响逐渐减弱，不过，陈冲于 1998 年导演的一部具有西藏民族特色的知青电影《天浴》却让人耳目一新。影片改编自严歌苓的同名小说，讲述一个女知青在藏区的遭遇，由李小璐、洛桑群培、钱正等人主演。文秀是"文化大革命"晚期的知青，她被选中跟随藏民老金学习牧马，老金在一场藏民的打斗中被割掉生殖器，并无一般男人的性欲妄念，文秀对他很快便从小心提防变成全然信赖。老金对这个十几岁的纯真小姑娘也疼爱有加。然而，场部过了约定的半年时间仍然不来接走文秀，令她逐渐产生焦急不安的心理，脾气变得暴躁，一腔怨恨全向老金身上发泄。文秀渴望回家，便在供销员的甜蜜利诱下对他献上贞操。老金虽然明知文秀被玩弄，却有口难言。不久，文秀变成场部那些有办法的男人轮流玩弄的物件，并且完全无视老金的存在，对他颐指气使。老金忍无可忍，痛斥文秀出卖肉体，文秀竟反唇相讥："卖也没有你的份！"文秀的牺牲并没有换到回城的机会，反而搞大了肚子，还不知道孩子是谁的。老金带着文秀怒气冲冲地大闹场部，最后在绝望之下射杀了文秀，再自杀与她殉葬。影片没有通常"文化大革命"片中所表现的"红色海洋""冲天口号"或是"造反抄家"之类的典型场景，恰恰只是通过一个女知青在"文化大革命"中的遭遇，揭示人性中的种种罪恶和肮脏的欲望，这种天性中的邪恶欲望在当时同样可怕的社会中更是表露无遗，产生了强烈的窒息感。这部电影也赢得了无数的荣誉，先后获得蒙斯国际爱情电影节最佳电影奖、巴黎国际电影节最佳女演员奖（李小璐）、第48届德国柏林国际电影节金熊奖。在第35届台湾电影金马奖评选中，《天浴》几乎囊括了所有奖项，获得了最佳剧情片奖、最佳男主角奖（洛桑群培）、最佳女主角奖（李小璐）、最佳导演奖（陈冲）、最佳改编剧本奖（陈冲、严歌苓）和最佳原创电影歌曲奖（《欲水》）。

电影《天浴》剧照

第一部知青电视剧是1982年蔡晓晴导演的4集电视连续剧《蹉跎岁月》，是根据叶辛同名长篇小说改编的。该电视剧反映了一群上海知青在1970年至1976年间，在贵州偏远山区潮起潮落的人生经历。密密的树林、连绵的雨季、偏远山村的乡愁和日复一日的繁重农活，给了知青们意志、理想、良知、道德的熏陶，让知青们理解了政治的复杂和生活的艰辛，让他们有一颗正直善良的心和别致的底蕴。1984年，导演孙周把梁晓声的小说《今夜有暴风雪》改编成4集同名电视剧，该剧反映了北大荒知青十年间的人生历程，"真实地再现了东北建设兵团40万青年的欢乐与痛苦、追求和失望、奋斗与徘徊、光荣和梦想"①。

随着《蹉跎岁月》和《今夜有暴风雪》在电视荧屏上的成功,叶辛和梁晓声的小说也一直成为电视剧导演的宠儿,他们以后的小说基本上都被改编成了电视剧,成为知青小说和知青影视剧的代表作家。1987 年,导演蔡晓晴把叶辛的中篇小说《家教》及其续篇《家庭奏鸣曲》改编成 9 集电视连续剧《家教》。该剧反映了一个家庭成员们各自婚姻的矛盾纠葛、父母封建家长式的要求、儿女知青生活的经历、爱情婚姻的痛苦,构成了当代城市家庭的生活缩影。同年,导演李文岐把梁晓声的小说《雪城》改编成 16 集同名电视剧。这是一部描写返城后的知识青年在逆境中奋斗、抗争的电视剧,以醒目的色彩再现了历史瞬间,展现了 1979 年 20 万知识青年大返城后的生活、失落奋斗与痛苦,在生活洪流中各自不同的命运。

电视剧《雪城》剧照

1994 年,导演黄蜀芹把叶辛的小说《孽债》改编成 20 集同名电视剧,该剧讲述了当年知青们留在偏远农村的孩子,长大后结伴去城市寻找父母的辛酸故事。也在同一年,梁晓声的长篇小说《年轮》被改

---

① 高鑫、吴秋雅:《20 世纪中国电视剧史论》,学苑出版社 2002 年版,第 34 页。

编成 45 集同名电视剧，该剧讲述了几个知青聚散离合的故事，时间跨度 20 年左右，从 60 年代末到 80 年代末，反映了知青们从青年到中年的辛酸历程和情感纠葛。这部电视剧一播出，立即在社会上引起了强烈反响，许多已经返城的知青成群结队前往生产建设兵团或原先下放的农村，探询自己成长的旧梦。

无论是知青小说还是知青影视剧，都处在城市与乡村两种价值的选择中。在这两种价值选择中，作家和导演们都表现出一种理性思考的倾向，即一种对人之存在为何的思考。他们的作品在城市和乡村的往返过程中，完成的是一个设定家园又模糊家园的过程，关注更多的是对青春、生命、存在的哲理探寻，充分表现了血与泪、嘶喊与沉默的特殊年代的激情岁月。

第二节 《蹉跎岁月》的政治身份与命运沉浮

一 "血统论"与知青命运

叶辛（1949— ），原名叶承熹，于 1969 年去贵州山乡插队，一待就是 10 年。1979 年调入贵州作家协会从事专业创作。1977 年处女作《高高的苗岭》问世。不久，该小说还被翻译成了盲文、朝鲜文，被改编成了连环画，后被改编成电影剧本，由谢飞导演拍成了电影《火娃》。此后，创作了《蹉跎岁月》《爱的变奏》《在醒来的土地上》《风凛冽》《我们这一代年轻人》《家教》《恐怖的飓风》《孽债》等多部知青小说，成为新时期知青小说重要的代表作家。

叶辛虽然在"文化大革命"期间就开始文学创作，但真正让他登上新时期文学舞台的作品应该是 1980 年创作的长篇小说《蹉跎岁月》。该小说发表后，在社会上引起了很大反响。这也是叶辛继《我们这一代年轻人》《风凛冽》之后完成的第三部长篇小说，在众多的知青文学中，"以其鲜明的美学理想和现实主义品格赢得了广泛的好评"①。

---

① 仲呈祥、陈友军：《中国电视剧历史教程》，中国传媒大学出版社 2010 年版，第 70 页。

作家　叶辛

（图片来源于叶辛－百度百科中的插图，http：//baike.baidu.com/link？url＝
Ci7RYeJ-lX2JGlpCJ0D58Vc2ScbhBEKd1qLQOJ8Lqv9hD_SGKKtMUh7HzD07AbFRZ
vcCWsxzSJMqw38AnEanW－uiWa61nzdOYryozhX6jee）

《蹉跎岁月》描写"文化大革命"中，一群上海知青到贵州山
区农村插队落户的故事。故事发生在 1970 年到 1976 年期间。1970
年，镜子山大队的女知青杜见春到暗流大队湖边寨生产队的集体户
避雨，结识了同是上海知青的柯碧舟。一次赶集，柯碧舟制止同室
知青肖永川偷钱包，却引来一群流氓围攻。自幼习武的杜见春及时
赶到，打跑了流氓，救了柯碧舟。随着两人交往的加深，柯碧舟对
杜见春产生了朦胧的恋情，杜见春对出身不好的柯碧舟给予了同情
和安慰。一次，杜见春去湖边寨看望柯碧舟，同寝室的高干子弟苏
道诚有意向杜见春透露，柯碧舟的父亲是"历史反革命"。杜见春
是军人干部家庭出身，根正苗红，闻知此事大惊失色，从此便疏远
了柯碧舟。而已有女朋友的苏道诚却又暗中追求杜见春。真是祸不
单行，先是肖永川带来流氓把柯碧舟毒打一顿，并抢走了准备用作
一年开销的 45 元钱。接着，柯碧舟在暴雨中舍身救耕牛从山崖上
摔了下来，大腿严重骨折，在贫协主席邵大山家中，在他女儿邵玉

蓉的精心照料下，柯碧舟恢复了健康。邵玉蓉的大伯邵思语在县气象局工作，他语重心长地开导柯碧舟，抚平了柯碧舟精神上的伤口。1971年，柯碧舟提出卖八月竹建小水电站，得到乡亲们的支持。同时，邵玉蓉在与柯碧舟的交往中渐渐产生了恋情。由于柯碧舟出身不好，邵大山阻止女儿与柯碧舟恋爱，而邵玉蓉却坚决要与柯碧舟恋爱，公开宣布她的心已经交给了柯碧舟。天有不测风云，杜见春的父亲一夜之间被打成"走资派"，她上大学的名额因此被取消，县里的群众专政队还突击搜查了她的宿舍，她还被专政队队长白麻皮用铁棍击昏在地。而追求过杜见春的苏道诚也抛弃了她。杜见春给县里写材料状告白麻皮，白麻皮再次带人准备毒打杜见春。邵玉蓉得知消息，提前告诉了杜见春，不料，路遇扑空的白麻皮。邵玉蓉为保护杜见春，毫无惧色地与白麻皮据理力争，恼羞成怒的白麻皮用铁棍猛击其头部，邵玉蓉惨死于非命。柯碧舟痛不欲生，心灵再遭重创。到了1973年，城市开始招工，许多知青都已返回城里，公社决定将镜子山大队和暗流大队的知青集体户合并为一。心怀鬼胎的革委会主任左定法没有让杜见春住进知青集体户，而是别有用心地把她安排在一间早已弃之不用的粉坊里。在一个暴风骤雨的夜晚，左定法突然闯进粉坊，想要强暴杜见春。奋力反抗的杜见春把这个道貌岸然的淫棍打跑了，可是，瓢泼大雨引发了山洪，淹没了整个粉坊。杜见春万念俱灰，准备悬梁自尽。及时赶来的柯碧舟把杜见春从死神手中救下，并把杜见春带到知青集体户住下。百感交集的杜见春开始重新审视柯碧舟，对于她伤害过的救命恩人心生愧疚，不久，她发现自己不知不觉地爱上了柯碧舟。而柯碧舟却害怕再次陷入感情的罗网。1976年底，杜见春父亲的冤案果然得以平反昭雪，而杜见春与柯碧舟的恋情却引来父母和哥哥的反对。事隔不久，杜见春与柯碧舟结伴回上海探亲。杜见春的哥哥杜见胜警告柯碧舟不要迈入杜家门槛。数天后，柯碧舟独自一人踏上了返回贵州的列车。火车即将启动的一瞬间，快速赶来的杜见春飞身冲上站台，跳上火车。杜见春非常坚决地与柯碧舟一起回到贵州乡村，她不想再次失去自己心爱的人。

《蹉跎岁月》深刻揭露和批判了"血统论"① 思想对中国社会尤其是对青年一代的戕害。在"文化大革命"时期，"血统论"在人们头脑中根深蒂固，家庭出身成为评判一个人道德的标准。在"血统论"的标尺下，"红五类"② 子女就高人一等，在生活中享受着特权和各种优惠条件；而"黑五类"③ 子女就低人一等，处处受人歧视，被人另眼看待，甚至连生活的权利也被剥夺。柯碧舟的父亲是所谓的"历史反革命"，他自己也被列为"内控知青"，是"黑五类"子女。而苏道诚和最初的杜见春却是"红五类"出身，就是王连发也一度因为父亲的问题没查清，而差点被划成"黑五类"。集体户里只有柯碧舟是典型的"黑五类"子女，没有人看得起他，没有人相信他，他一度意志消沉，饱受精神的折磨。柯碧舟曾大胆向杜见春表白感情，却因为他的出身而遭到拒绝。邵大山反对女儿邵玉蓉与柯碧舟恋爱，也是害怕他的出身问题。苏道诚虽然浑身毛病，却因为是"红五类"子女，就可以既与华雯雯恋爱，又暗中追求着杜见春。在所有人中，只有山寨姑娘邵玉蓉对柯碧舟没有"黑五类"思想，她不顾父亲的反对，义无反顾地爱着柯碧舟，显示出她性格的坚毅和勇敢。正是由于有邵玉蓉爱情的温暖和生活的鼓励，柯碧舟才重新树立了生活的信心，为筹建小水电站而四处奔波，并公开发表了散文《青青的八月竹》。

命运总是捉摸不定的，杜见春父亲一夜之间被打成"走资派"，

---

① "血统论"是一种封建思想，主张祖先长辈的血统决定个人的前途命运和发展方向。这种思想在各个国家的封建社会时期都存在过，从封建制度下的官员贵族世袭制即可看出。在中国"文化大革命"的年代里，血统论这一思想被发扬到了极致，社会上充满了等级制和阶级斗争思想。

② "红五类"是1949年新中国成立，在经过农村土改，划分农村阶级成分，以及在城市工商业公私合营，划分城市阶级成分以后，才逐渐出现的一种称呼。先是指履历表上出身填写为革命军人、革命干部、工人、贫农(雇农、佃农)、下中农等的一大批人。后来也泛化到指称他们的子女出生家庭成分为红五类。"红五类"在"文化大革命"中逐渐被普遍使用，"红五类"子女比其他阶级、阶层出身的子女处于更优越的社会主流地位。

③ "文化大革命"期间，"黑五类"常指黑五类子女，也就是地、富、反、坏、右(即地主、富农、反革命分子、坏分子、右派分子)的子女。在"血统论"观念的影响下，"黑五类"子女在入团入党、毕业分配、招工、参军、提干、恋爱和婚姻等方面都受到歧视。

杜见春也自然从"红五类"变成了"黑五类",从此生活发生了巨大改变,被取消了上大学的资格,干最重的农活,遭人毒打,追求她的苏道诚离她而去,还差点被人强奸。在遭受一系列打击之后,杜见春才真正理解了"黑五类"子女的痛苦。她对柯碧舟的爱恋从过去的偏见转化为由衷的敬佩和依恋。粉碎"四人帮"后,杜见春又变成了"红五类"子女。当全家人都反对她与柯碧舟的恋爱时,杜见春毅然地与柯碧舟一起回到贵州乡下,因为人生经历让她懂得了爱情的真正内涵——不是出身,而是品质。叶辛通过邵玉蓉和杜见春这两个形象的塑造,尤其是她们对柯碧舟大胆的爱情宣言,有力地批评和鞭挞了"血统论"思想。正如邵玉蓉所控诉的:"我看中的不是他(柯碧舟)的家庭出身,而是他本人。重要的是他本人。他不是生在新社会,长在红旗下吗?莫非我们这个社会对他的影响,还不如他那死去的父亲对他影响大吗?"

"蹉跎岁月"四个字,已成为人们对那个特定年代知青们遭遇的代名词。青年人的路总要自己去探索,青年男女的爱情必须能经受冰雪的考验。究竟应确立什么样的爱情标准?究竟青年人应该走什么样的人生之路?《蹉跎岁月》这部小说通过知青生活的主线,充分展示了不同出身青年、不同类型的恋爱和生活态度,从而刻画了这些青年的不同追求和人生理想,活画出动乱年代起伏不定的政治风俗画。知青岁月是一代人的阵痛,总有人在反思人生时掉下热泪,总有人怀着复杂的心情回忆那些逝去的青春。那么,逝去的年代总还有值得珍惜的东西。

二　忠实原著与压缩情节

叶辛的小说《蹉跎岁月》再次引起轰动,从读者走向普通大众,是在1982年改编的4集同名电视剧播映之后,为此,导演蔡晓晴功不可没。

蔡晓晴(1942—　)1961年至1966年就读于北京电影学院导演系。"文化大革命"期间在部队下放锻炼。从1973年开始到现在,一直担任中央电视台文艺部编导。先后执导了《有一个青年》(1979)、

《微笑》(1980)、《大地的深情》(1981)、《蹉跎岁月》(1982)、《红叶，在山那边》(1983)、《中国姑娘》(1985)、《公共汽车咏叹调》(1986)、《大角逐序曲》(1987)、《家教》(1988)、《三国演义》(1994)、《黑脸汉子》(1996)、《文成公主》(2000)、《羊城风暴》(2002)、《红旗渠的儿女们》(2004)等多部电视剧，并且多次获奖，被称为电视剧的"获奖专业户"。而她执导的《蹉跎岁月》是新时期第一部知青题材的电视连续剧。

1982 年，蔡晓晴已是中央电视台有名的导演，她让叶辛改编自己的小说，完成 4 集电视剧《蹉跎岁月》的剧本，同时邀请郭旭新饰演柯碧舟，肖雄饰演杜见春，并大胆启用还是高中生的赵越饰演女二号邵玉蓉。叶辛的《蹉跎岁月》是一部 30 多万字的长篇小说，若要将其改编成电视剧，必须把握原著的情节脉络，忠实于原著的灵魂和风格。由于《蹉跎岁月》是第一部根据新时期长篇小说改编的电视连续剧，编剧和导演都十分谨慎。为了准确反映知识青年在"文化大革命"中的人生遭遇和思想历程，改编者突出了知青一代思想经历的三次大跌宕："文化大革命"之初，从极"左"思潮煽起青年人的狂热到面对严酷现实的消沉；"九一三"事件前后，经历情感和政治风波的启示而由消沉转向思考；粉碎"四人帮"后，由思考转向奋进。"这种精神上的演进，心灵的变化成了

导演　蔡晓晴

（图片来源于蔡晓晴－百度百科中的插图，http：//baike. baidu. com/link？url＝tNjob4ql－RD ItDzaQ_ 5flIbs91OxyTgZ7PtTJt9DDhHMDmk7VDmD7jj4Gw9SiXNFzMxFqYurx3hhvE2xYWBziE7mIEMM PhQKPphSxOe8KEe）

贯穿全剧的重要线索，剧作正是通过对这一主线的展示，向观众阐述着'岁月蹉跎，人非蹉跎'的主题内涵，激励人们勇于进取。"①

对于电视剧《蹉跎岁月》来说，导演注重把小说原著的思想投射到荧屏形象中，并努力使之更加光彩照人。这主要体现在对上海知青杜见春、柯碧舟和农村姑娘邵玉蓉形象的塑造上。这三个人物家庭背景不同，人生道路相异，性格差异较大，尽管历史浩劫和"十年动乱"分别给予他们或多或少的灾难，但他们都经受住了考验，最终坚持奋进不止、直面现实的人生态度。"正是这种在奋进青年身上洋溢着的对生活充满希望，对未来抱有胜利的坚定信念的理想情操，激励着荧屏前的观众在反思和回顾知识青年上山下乡这段历史生活时能获取开拓奋进的精神力量。"② 导演在剧中还注重让电视荧屏形象能充分体现小说原著的现实主义品格。首先，通过调动电视声画结合的语言手段，充分展示小说作品中所描绘的社会氛围和生活环境，使小说原著浓郁的乡村生活气息在电视剧中得以呈现。比如，多次出现的鲢鱼湖、进出山寨的小渔船等镜头，就真实地反映了知青生活的乡村环境。其次，保留了原著中的各种矛盾冲突，比如，杜见春侠肝义胆斗流氓，柯碧舟向杜见春表白爱情遭拒绝，流氓暴打柯碧舟，邵玉蓉流泪吐爱意，白麻皮打伤杜见春，邵玉蓉惨死流氓手，左定法意欲强奸杜见春，暴雨夜杜见春上吊寻短见，等等。这些原著中的矛盾冲突在电视剧中依然得到了充分展示，柯碧舟、杜见春和邵玉蓉的性格特征、心理活动和人生追求，都在社会矛盾和情感矛盾漩涡里得以展现。最后，坚持既直面现实，又开拓未来，借鉴原著的总体精神，充分把握"文化大革命"那段特殊历史，使全剧保持了激人向上、促人深思的基本格调。

导演蔡晓晴自称拍摄原委是"最感兴趣的，是小说中描写的七、八个青年的形象"，他们像是她的弟妹，又像是邻家的侄孙，

---

① 高鑫、吴秋雅：《20世纪中国电视剧史论》，学苑出版社2002年版，第30页。

② 仲呈祥、陈友军：《中国电视剧历史教程》，中国传媒大学出版社2010年版，第70页。

"一个个都带着时代的烙印而又闪烁着性格的色彩"①。蔡晓晴所感兴趣的是一个逆境中的英雄。柯碧舟因出身不好而不断遭受打击，然而却从不气馁消沉，并且在他所在的农村完成了两大功业：发表散文《青青的八月竹》；帮助农民建起电站。对于一个在"文化大革命"中遭受打击的知青来说，这样两大壮举的确算得上是可歌可泣的典范。导演蔡晓晴正是看中了主人公在逆境中的奋斗和追求："岁月蹉跎，志犹存。"杜见春是一个最富悲剧性的人物，在知青群体中也具有典型性。她开始家庭条件好，理想高远，然而现实的变故使她遭受了惨痛的打击，并逐渐变得成熟起来。她与柯碧舟的爱情纠葛，从好感、躲避、对立到理解、钟情，是一个起伏变化的过程。电视剧要着力表现的不是杜见春父亲的突然蒙冤，而是让她经历与柯碧舟相似的人生变故之后，她才有可能理解柯碧舟的内心痛苦和现实困境。在家庭优越、一帆风顺之时，杜见春是不可能真正理解柯碧舟的。她与柯碧舟是在深刻的自我反思之后，情爱之花才得以自然绽放的。

从整体内容来看，电视剧《蹉跎岁月》基本上与小说原作一致。不过，在一些细节上，电视剧和小说还是存在差异的。在情节处理上，电视剧删掉了柯碧舟去镜子山大队看望杜见春、邵玉蓉伯母滕芸琴到集体户调查流氓团伙案件、杜见春与柯碧舟雨夜亲吻等情节内容。在人物关系处理上，电视剧删掉了阮廷奎和缺牙巴大婶夫妇以及他们的女儿四姑娘等人物。在人物形象设计上，电视剧唯美化倾向较重，小说里的杜见春会打拳，身体壮实，颧骨较高，嘴唇较厚，电视剧中没有交代杜见春会打拳，饰演杜见春的肖雄是瓜子型脸，薄嘴唇，比小说原型更漂亮；小说里的邵玉蓉身材不高，而饰演邵玉蓉的赵越身高 1.68 米，身材苗条；小说里王连发显得矮胖，电视剧中的王连发一点也不胖。在场景布置上，电视剧中有些场景显得不太真实，比如，邵玉蓉的卧室很"新潮"，邵玉蓉的坟过了

---

① 彭家瑾：《从〈蹉跎岁月〉到〈家教〉——谈蔡晓晴的审美意识》，《当代电视》1989年第 6 期。

一两年依然像新坟，背牛粪的杜见春脸上没有一点污迹。当然，瑕不掩瑜，这些瑕疵对于新时期初期的电视剧来说是在所难免的，我们不能求全责备。

三 矛盾冲突与场景再现

在小说中，柯碧舟和杜见春是作家重点塑造的两个人物形象，"他们由渐生情愫到断然分开又到最终结合的恋爱过程正是伴随着政治风波中两人对生活和命运的认识的转变而完成的。"[1] 两人都经历了由"消沉"到"振作"，再到"奋进"的精神历程。电视剧与小说情节基本一致，很好地展现了两人的命运沉浮和情感变化。在当时反动"血统论"的影响下，柯碧舟受到了一些人的歧视和打击，内心感到压抑和苦闷，在邵玉蓉和邵大山等人的鼓励下，重新树立起生活的信心，坚持用功学习和写作，在蹉跎岁月中没有虚度时光。而杜见春开始因为出身好，精神振奋，干劲十足，但遭遇父亲被打成"走资派"的变故后，人生发生180°的大转弯，精神消沉，差点轻生，后在柯碧舟的鼓励下，才重新振作起来。在具体拍摄中，导演将"消沉"部分适当压缩，强调了"振作"部分的内容，避免了格调过于沉重。我们具体比较一下柯碧舟阻止杜见春轻生的情节。小说情节描写如下：

> 离皂角树很近了，柯碧舟一眼看清杜见春想干啥的时候，慌得忘记了喊叫，"刷"地一下扯去斗笠，扔在地上，任它随风滚去，他像矫健的野鹿一般，扑了上去，紧紧地抱住了杜见春刚刚悬空垂吊着的双腿。
>
> 杜见春锐呼一声，脑壳一昂，整个身子垂倒在柯碧舟身上。鞭阵一般的疾雨在两人身上浇洒流淌。
>
> 柯碧舟神经极度紧张，没料到她整个儿压下来，脚下一滑，跌倒在皂角树脚的泥地上。

---

[1] 高峰主编：《中国电视剧名剧鉴赏辞典》，武汉出版社2010年版，第28页。

贴身衣衫湿透，浑身水光油亮、披头散发的杜见春跌坐在地，看清楚倒在身旁的柯碧舟，她气恼地撒野道：

"你，你来干啥？"

柯碧舟吓了一跳，怔了一怔，抹了把脸上的雨水，讷讷地反问：

"你……你在这里……干、干什么？"

"我不要活了！"杜见春眼睛失神地一瞪，"哇"的一声，放开喉咙大哭着，"我活不成了！你、你不要管我！"

说着，她摇摇晃晃地站起身子，撒开腿就无目的地跑去，柯碧舟悍然不顾地跳起身来，使劲追到她身旁，一把抱住她，拉开嗓门吼着：

"不！不成，你不许走！你不能这么做！"

杜见春在柯碧舟的臂膀里挣扎着，跺着脚，扭着身子，但想不出其他办法的柯碧舟只好紧紧抱住她，她怎么也挣不过他，最后只得认输地垂下了头，精疲力竭地倒在他的肩膀上哭嚎着：

"你叫我怎么活下去啊？"

"总有办法的。"柯碧舟镇定些了。他生怕杜见春再撒腿乱跑，又找不到可抓住她的地方，只得紧紧抓着她的双臂，沉着脸回答，"杜见春，你冷静些，冷静些！"

他往四面看了看，瞅到了离皂角树不远的三角小窝棚，便一手紧抓住杜见春的手腕，一手推着她的背脊，费劲地把她推推搡搡拉进了小窝棚。

这个情节矛盾冲突激烈，有暴雨，有闪电，有上吊，有解救，有奔跑，有劝说，有挣扎，有哭声，有吼叫，作者描写得相当精彩。同时，两人也是在"消沉"与"振作"的矛盾中抗争着。最终，柯碧舟的"振作"精神战胜了杜见春的"消沉"意识。我们再看电视剧对这个情节的场景处理。

镜头1：（中景）黑夜中，电闪雷鸣，瓢泼大雨，闪电中一颗

"Y"形大树,同时伴随着恐怖的背景音乐。

镜头2:(近景)雨中的杜见春穿着红色短袖衫,绝望地望着头上的树。

镜头3:(近景)雨中的树,闪电划过夜空。

镜头4:(近景)杜见春望着树干。

镜头5:(近景)树枝间的蜘蛛网。

镜头6:(近景)杜见春望着树干。

镜头7:(近景)雨中的树,闪电划过夜空。

镜头8:(特写—中景,快拉)杜见春撕烂衣服做绳子。她把衣服绳子甩到树枝上。

镜头9:(近景)树枝上的衣服绳子。

镜头10:(中景—特写,快推)杜见春双手拽着衣服绳子准备上吊,镜头快推到她的双眼。

镜头11:(近景)树枝间的蜘蛛网。

镜头12:(特写)杜见春眼睛的特写。

镜头13:(特写)闪回左定法阴险的脸。

镜头14:(特写)杜见春眼睛的特写。

镜头15:(特写)闪回黄金秀愤怒的脸。

镜头16:(特写)杜见春眼睛的特写。

镜头17:(特写)闪回白麻皮暴虐的脸。

镜头18:(特写)杜见春眼睛的特写。

镜头19:(近景)杜见春拽着衣服绳子上吊。

镜头20:(特写)暴雨中的闪电。

镜头21:(特写)杜见春离开地面的双脚在雨中摇摆。柯碧舟突然跑过来抱住杜见春的双脚。

镜头22:(中景,摇)柯碧舟把杜见春从上吊绳上抱下来,并大声喊道:"杜见春!杜见春!"两人摔倒在地上。

杜见春撒野道:"你来干什么?"

柯碧舟继续喊道:"你干什么!"

杜见春爬起来准备跑,边跑边哭喊道:"我不想活了!"

柯碧舟迅速站起来拉住杜见春，制止道："站住！站住！"

杜见春想要挣开："你不要管我！"

柯碧舟拉住杜见春："不行！"边说边把蓑衣从自己身上解下来，披到杜见春身上。

杜见春继续挣扎："你放开我！"

柯碧舟喊道："不行！"

杜见春继续挣扎："我不想活了！"说完哭了起来。

柯碧舟大声劝道："你不能这样！不能这样！"

杜见春停止了挣扎，大声哭起来，并倒进柯碧舟怀里说："叫我怎么活啊？"

柯碧舟搂着杜见春的肩说："你怎么能这样？总会有办法的嘛！"说着，把斗笠给杜见春戴上。然后，扶着她走出了画面。

镜头 23：（近景）雨中的大树。电闪雷鸣。

（根据电视剧《蹉跎岁月》整理而成）

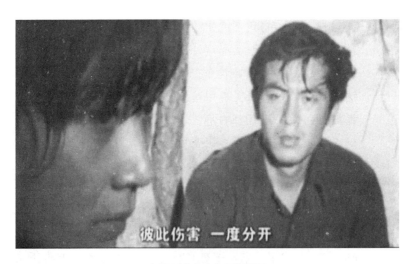

彼此伤害 一度分开

电视剧《蹉跎岁月》剧照

这个场景所表达的内容与小说内容基本一致。不过，电视剧是声画结合的综合艺术，在场景处理上充分发挥了镜头叙事的独特魅力。

杜见春上吊自杀的短镜头，增加了命悬一线的紧张气氛，而左定法、黄金秀、白麻皮的闪回镜头，坚定了杜见春自杀的决心。柯碧舟及时解救杜见春的摇动镜头，很好地反映了杜见春挣扎的场面，两人的对比和激烈的动作使紧张气氛持续不断。直到杜见春停止挣扎，摇动的镜头也固定下来，紧张气氛才得以缓解。饰演杜见春的肖雄说："真的觉得很苦，包括那个后来半夜里上吊啊，再加上那消防龙头，那个水很冲、很急的啊，打在身上很疼的，所以一下子就会憋过去那种感觉。你看我们那个男主演（郭旭新），一个晚上拍下来就住院去，打点滴去了。"① 从这个场景的处理可以看出，导演想要传达"振作"战胜"消沉"的主题思想，契合了"岁月蹉跎志犹存"的主题歌词，保证了这部电视剧高昂向上的格调。电视剧主题曲《一支难忘的歌》也暗合着一代知青的思想变化过程：由"汗水和眼泪凝成的歌"，变化到"蹉跎岁月里追求的歌"，再变到"高亢的旋律谱成的歌"，这种处理有效地深化了主题。

1982 年 10 月，中央电视台开始播出电视连续剧《蹉跎岁月》，它一经推出，就轰动了全国，剧中的主题曲《一支难忘的歌》，由关牧村演唱，一时间也唱红了大江南北。该剧播出之后，曾在全国引发了一场对知青生活的回顾热潮。在本剧中，扮演柯碧舟的郭旭新，扮演杜见春的肖雄，以及扮演邵玉蓉的赵越，无疑都给当年的观众留下了深刻的印象。在 1983 年第三届中国电视剧飞天奖评选中，《蹉跎岁月》获连续剧一等奖，蔡晓晴获优秀导演奖，肖雄获优秀女主角奖，赵越获优秀女配角奖。在 1983 年第一届大众电视金鹰奖的评选中，《蹉跎岁月》一举包揽了优秀电视剧奖、优秀男主角奖（郭旭新）、优秀女主角奖（肖雄）。无论是小说还是电视剧，《蹉跎岁月》在知青题材中都具有开创性意义，小说和电视剧的合作共赢，为后来中国影视剧的发展起到了典范作用。正如仲呈祥所评价的："从某种意义上可以说，《蹉跎岁月》为发展中的中国电视连续剧，第一次较为全面地提供了汲取文学情节结构的叙事方式营养的

---

① 王刚主持：《电视往事——中国电视剧二十年纪实》（影像），第三集。

成功经验。"①

第三节 《今夜有暴风雪》的英雄主义主题

一 时代风暴与悲壮奉献

梁晓声(1949— ），原名梁绍生。1968 年成为知青，被分配到黑龙江省生产建设兵团，先后当过农工、班长、排长、小学教师、报导员。1974 年，复旦大学负责招生的一位姓陈的老师偶然在兵团的《战士报》上读到了梁晓声的作品，发现了他的文学才华，推荐他走进了复旦大学中文系。1977 年毕业后分配至北京电影制片厂。1979 年开始大量发表作品。先后创作发表了《这是一片神奇的土地》《父亲》《今夜有暴风雨》《雪城》《年轮》《知青》等大量反映知青生活的小说，成为知青小说的代表作家之一。梁晓声的创作与他在北大荒六年多的知青生活有紧密的关系，他的小说因此被称为"北大荒小说"，表现在那场荒谬的历史运动中，一代知识青年所显示出的人格精神和理想追求，热情地讴歌了兵团战士在艰苦环境中的英雄主义精神。

作家 梁晓声

（图片来源于梁晓声－百度百科中的插图，http://baike.baidu.com/link? url =pmOAFwxg_LjeJFb4ktFq0UNDd_ FWosgjumMe-9uzA9Inz0NUyfjrSynh3ciB8XgWdlTNlAWhr4J_ xAUfhIpSQK）

在梁晓声创作的众多知青小说中，中篇小说《今夜有暴风雪》被视为知青小说里程碑式的作品。该作品创作于 1983 年，并获得 1984 年全国最佳中篇小说奖。小说以浓重的悲剧色彩，以一种

---

① 仲呈祥、陈友军：《中国电视剧历史教程》，第 70 页。

刚健雄浑之风，表现了艰苦岁月与动乱年代中知识青年们的英雄主义主题。《今夜有暴风雪》以北大荒生产建设兵团几十万知青的垦荒生活为背景，以三团工程连曹铁强、郑亚茹、刘迈克、裴晓芸、小瓦匠等知青的生活为主线，反映了一代知青在北大荒十年中的酸甜苦辣和奋斗历程。

曹铁强和郑亚茹是中学同学，两人同时来到北大荒，在工程连分别担任连长和指导员。曹铁强是烈士之后，加上同学和工作关系，两人相爱了。不过，郑亚茹个性强，势利心重，通过郑亚茹父母的关系，她为曹铁强争取到上哈尔滨医科大学的名额。因为卫生员匡富春找到曹铁强，说上大学的机会是他争取的，却被人顶替了，于是，曹铁强把上大学的机会给了匡富春。郑亚茹很生气，并断绝了恋情，为了赌气，主动给匡富春写信，每月寄 10 元钱帮助他，后来，她与匡富春恋爱。曹铁强曾与警卫排排长刘迈克发生斗殴事件，后来，刘迈克也加入了工程连，两人关系和好。在一次放炮事件中，刘迈克救了小瓦匠，两人由过去的仇人变成了好朋友。郑亚茹处处压制上海女知青裴晓芸，而曹铁强却处处给她关爱，因为裴晓芸也失去了父母。在一次拉练中，裴晓芸冻坏了脚，曹铁强背着她回宿舍，用雪搓脚。在一个纯洁的晚上，曹铁强帮助裴晓芸实现了七年来第一次洗上热水澡的愿望。随着两人交往的加深，曹铁强与裴晓芸确立了恋爱关系。1979 年春节后，北大荒发生了暴风雪，夜里气温达零下 30 多度。许多知青准备办理返城手续。在暴风雪之夜，三团团长马崇汉为了自己的私心，召开干部会，扣押兵团党委的紧急通知，准备停止办理知青返城手续，以便能够继续当兵团团长。这个消息激怒了众多知青，大家齐聚团部，到处打砸抢，有些知青点燃了弹药库房。曹铁强带领工程连投入救火行动之中。政委孙国泰及时平息了知青暴动，纠正了团长的错误行为，当晚给知青办理返城手续。刘迈克为了保护储蓄所的钱款不受损失，被歹徒刺伤而死。裴晓芸第一次站岗，由于郑亚茹出于报复没有派人替换，被冻死了。郑亚茹希望能与恋人匡富春一起回城。然而，曹铁强和匡富春等 39 名知青主动要求留在北大荒。29 岁的郑亚茹很失望地踏上回城之路，她连半盅雪都无法从北大荒带走。

知识青年走过的生活道路是复杂的，这是当时那个动乱的时代复杂的社会造成的。在《今夜有暴风雪》里，梁晓声以一种冷峻的眼光看待这种复杂的生活，他不回避在极"左"时代中的矛盾和苦难，不是简单的非爱即恨，不是单纯的否定和肯定。而是辩证地、历史地评价和分析一代知识青年屯垦戍边的历史功过。梁晓声特别表现了艰苦环境与动乱年代中知识青年的英雄主义：为抵制团长马崇汉那种极"左"式的蛮干，刘迈克向兵团总部如实反映，饿着肚子的知识青年从事繁重的体力劳动；暴风雪之夜，曹铁强组织了扑灭烈火的战斗，阻止了砸军务股档案的行动；为保护国家财产不受损失，刘迈克英勇地献出了宝贵的生命；裴晓芸终于领到了枪，以无比自豪的心情去站岗放哨，却在暴风雪之夜不幸以身殉职。同时，作者没有回避知识青年在肉体上和心灵上所受到的蹂躏和摧残：在小镰刀取代机械化的蛮干中，小瓦匠忍受不了这种惩罚式的劳动，发狂地用镰刀自戕身体；因父母的莫须有罪名，裴晓芸写血书要求成为战备分队的战士，却没有得到批准。郑亚茹这个形象具有一定的典型性，她曾想坚决地留在北大荒，把热血和青春献给北大荒，但她的这种留下和奋斗是为了实现个人仕途的梦想，她希望自己能够一步步升迁，成为兵团的团政委、师政委，甚至部长级、大军区级的兵团总部领导。从某种程度上说，郑亚茹是混乱而疯狂年代的畸形混合体，她的利己主义行为让人憎恨，但她同样是时代的牺牲品。在这里人们看到，北大荒留给知识青年的绝不仅仅是失落和痛苦，知青们恰恰是在与大自然的搏斗中锻炼了自己，在社会环境的斗争中成熟起来，磨炼出了一种惊人的毅力。

这篇小说的结构非常独特：知青们十年的北大荒生活经历却高度压缩在一个晚上进行叙述。从表面上看，梁晓声只写了一个暴风雨之夜，三团知青因返城通知被扣押而聚众闹事的一场动乱。实际上，梁晓声通过插叙和回忆等叙述方式，片段式地展现了知青们十年的生活历程，通过这些年轻人各自不同经历、不同心理、不同命运的描绘，刻画了他们对待事业、爱情、人生的态度和思想发展，深刻地揭示了他们在历经磨难后日趋成熟这一主题。小说不仅真实地描写了北大荒特有的自然环境——暴风雪，而且也准确、真实地再现了特殊历史时期的社会环境——"左倾"运动狂飙式的席卷全国。自然界的暴风雪与马崇汉"左倾"思想人为制造的社会暴风雪达到了有机统一。小说尽力渲染了大自然中暴风雪的神秘色彩，暴风雪给人带来灾难，令人恐怖畏惧。但是，梁晓声通过叙写知青们与暴风雪的奋斗，闪现了生活的壮美，赞美了知青们战严寒、斗冰雪的意志品质，从而产生了震撼人心的力量。正是由于自然环境和社会环境的严酷，才映衬出知识青年奋斗的光芒。小说中自然环境和社会环境达到了艺术的统一，形成一种无比崇高的悲剧环境。一代知识青年就是在这样窘迫的环境中苦斗和牺牲，并逐渐成长起来的。

二 电影与电视剧的共同争辉

有人说，1984 年是"梁晓声年"，不仅是指他创作的小说在全国获奖，更重要的原因是他的几篇小说在这一年同时被改编成电影或电视剧。《这是一片神奇的土地》被导演高天红改编成电影《神奇的土地》。中篇小说《今夜有暴风雪》既被导演孙羽改编成同名电影，又被导演孙周改编成同名 4 集电视连续剧。一篇小说同时被改编成同名电影和同名电视剧，无论是在文学界还是在影视界，都是绝无仅有的。

孙周(1954—)，1969 年参军，1977 年转业后被分配到山东农业电影社担任摄影。1981 年调入山东电视台。先后拍摄了《武松》(1981)、《高山下的花环》(1982)、《今夜有暴风雪》(1984)等多部电视剧。同时，独立执导了《给咖啡加点糖》(1987)、《滴血黄昏》(1989)、《心香》(1991)、《漂亮妈妈》(2000)、《周渔的火车》(2002)、《秋喜》(2009)、《我愿意 IDO》(2011)等电影，从而成为中国第五代导演的代表人物之一。

4 集电视连续剧《今夜有暴风雪》是孙周独立执导的第一部电视剧。当时山东电视台看到梁晓声的小说后，马上决定拍摄，并由孙周担任编剧兼导演。剧组邀请王咏歌饰演曹铁强，任梦饰演裴晓芸，傅丽莉(孙淳妻子)饰演郑亚茹，吕毅饰演刘迈克，王振荣饰演孙国泰，周宗印饰演马崇汉，孙敏饰演小瓦匠，孙淳（孙周弟弟）饰演匡富春。为了拍好这部电视剧，孙周带领剧组在东北的冰天雪地里吃尽了苦头。饰演匡富春的孙淳说："《今夜有暴风雪》，你想想，雪，暴风，那你肯定用吹风机来吹，这么冷的天气下，往鼓风机里扬雪，吹，有一个演员在底下爬，因为剧情需要，那手冻得都换不过来了，那眼泪像断了线一样。"① 摄影师出身的孙周处处要起到带头作用，不仅要负责剧组的所有事务，而且经常亲自在风雪中拍摄，并且不能停机，在雪地里一工作就是十几个小时。孙周后来回忆说："非常非常冷，冷到最后现场都熬不住的时候，我不能说大家，因为它是一个超负荷的工作，他们已经超负荷了，我怎

导演 孙周

（图片来源于孙周－百度百科中的插图，http://baike.baidu.com/link?url＝OCvAqVh2JPDQMpUDe0EByPsS_nw2HALjB8LXWE9hNj2S1TOHzrtPGiL8er LWCoSkuRZg－r6IJlBHjLnS4heDZa）

么批评大家。哪怕睡觉的人我都觉得他很优秀，哪怕他躲到屋里去，我都觉得他很优秀。"② 孙周有一次在雪地里开始呕吐，剧组人员赶紧把他扛到屋里，摁到火墙上，过了很久才缓过来。后来医生说，这已经很危险了，因为在冻死之前的第一反应是呕吐。

　　孙羽导演的电影版《今夜有暴风雪》也完成于1984年，由陈道明饰演曹铁强，于莉饰演裴晓芸，韩广萍饰演郑亚茹，谈维虹饰演刘迈克，安瑞云饰演马崇汉，白德彰饰演孙国泰，刘昌伟饰演小瓦匠。影片中人物个性特征鲜明，代表了不同类型的知青形象，反映了十年

---

① 王刚主持：《电视往事——中国电视剧二十年纪实》（影像），第五集。
② 同上。

"文化大革命"中知识青年的莽撞和单纯，表现了知青的理想追求和现实失意。同时，影片展现了北方雪原的辽阔风光，展示出北大荒的特色和诗意，观众犹如身临其境，完全融入当时的环境中，体会暴风雪环境中人物的心理变化。

电视剧《今夜有暴风雪》是继《蹉跎岁月》之后反映知青生活的又一部力作。十年动乱中，中国有40万知青开赴北大荒。这段历史已成为一代人挥之不去的刻骨铭心的记忆。"历史的荒唐、时代的荒唐、政治的荒唐，以及那场上山下乡运动，与一代年轻人的创业精神、在艰难中成长的人生历程形成一种历史与人生的悖论，是这部小说和电视剧反思历史的深刻之处。"① 电视剧以暴风雪之夜800名知青大返城的一场骚乱开始，回溯了十年知青的生活经历。该剧以威严壮阔的北大荒为背景，以暴风雪之夜的骚乱为线索，以暴风雪的严酷环境为主题，将镜头伸向知青们整整十年的生活领域，利用多视角的表现手法，通过对知青生活、命运、成长、斗争的具体描绘，彻底否定和批判了"文化大革命"中在知青问题上的极"左"路线。同时，该剧再现了知青们垦荒戍边、建设边疆的生活战斗风貌以及崇高的献身精神，塑造了曹铁强、刘迈克、裴晓芸、小瓦匠、孙国泰等英雄主义形象。电视剧反思的主题定格在"不管历史经历了多么复杂的过程，北大荒的知青还是值得自豪的。尽管他们在那里经受了艰苦的磨难和不公正的待遇，他们的身边甚至充满了荒唐和谬误，但他们毕竟成长、成熟了。他们奉献给北大荒的青春年华，他们豪迈的英雄主义，他们曾经对时代肩负的责任，总之，他们那段历史中一切宝贵的东西，是不应该被社会也不应该被他们自己忘记的"②。

电影版的《今夜有暴风雪》在叙事情节上与小说基本一致，结构方式也相同，既讲述知青返城之夜的骚动，又通过闪回镜头回顾了知青们在北大荒的英雄壮举和艰苦历程。不过，电影的重心偏向于知青

---

① 仲呈祥、陈友军：《中国电视剧历史教程》，中国传媒大学出版社2010年版，第71页。

② 张为工：《深沉、壮美的"暴风雪"》，《当代电视剧名片赏析》，海峡文艺出版社1987年版，第372页。

返城前暴风雪之夜的突发危机事件。因团长想扣押返城知青的文件，而引发800名知青举着火把汇集到团部，愤怒地等待着团部的答复。突然，对峙的场面失去控制，仓库失火，连长曹铁强带领知青扑向火灾现场。这场意外使大家忘记了裴晓芸正在风雪中站岗。黑豹将裴晓芸的手套叼到刘迈克的妻子秀梅家，秀梅意识到情况危急，不顾即将临产上山去救裴晓芸，但裴晓芸年轻的生命已被暴风雪吞噬。刘迈克在与抢银行歹徒的搏斗中牺牲，同时，医院传来了刘迈克儿子降生的啼哭声。清晨，暴风雪和骚乱都停息下来，曹铁强悔恨交加，将准迁证撕碎，撒向天空。

与小说相比，电视剧《今夜有暴风雪》也比较忠实于原著。在情节结构上，叙事时间发生在一个暴风雪之夜，同时又不断以镜头闪回的方式讲述了北大荒知青的十年生活历程。在具体事件的处理上，电视剧基本保持了小说的原貌，比如，曹铁强带领的工程排与刘迈克带领的警卫排发生的斗殴事件；曹铁强主动邀请刘迈克加入工程排；曹铁强给裴晓芸搓脚暖脚；曹铁强与郑亚茹一起回家过春节；放炮事件中刘迈克救下小瓦匠；曹铁强把上大学的机会让给匡富春而与郑亚茹的争吵；在割麦比赛中小瓦匠发疯自戕；曹铁强帮助裴晓芸完成洗澡夙愿；曹铁强带领工程连救火；刘迈克保护储蓄所钱款而牺牲；政委孙国泰对知青们的激情演讲，等等。这些故事情节在电视剧中同样得到了充分展现。

三 尊重原著的场景处理

四集电视剧《今夜有暴风雪》始终以曹铁强与郑亚茹和裴晓芸之间的情感纠葛为线索，既反映了知青们献身北大荒的英雄豪情，又展示了他们的爱恨情仇和酸甜苦辣。无论是小说还是电视剧，曹铁强与裴晓芸之间的爱情都有一个发生发展的过程，从开始曹铁强对裴晓芸的关心，逐渐转变为裴晓芸对曹铁强的爱恋，裴晓芸的情感由被动到主动的转变是在不知不觉中发生的。比如，裴晓芸以为石头要落下来而扑倒曹铁强的情节，小说的描写和电视剧的场面调度都很精彩。先看小说的描写：

那一次她是多么……神经过敏啊!

当他拄着锤柄,撩起肮脏的衣襟擦汗时,她放下了钢钎,抬头望着他。一块巨石就悬在他头顶上,瞬间就要塌落下来,她尖叫一声,朝他猛扑过去,一下子将他扑倒了,搂抱住他,在刚刚铺好石头的路面上滚出十几米远。大家都被她这一迅猛的举动惊得目瞪口呆!当她和他从地上爬起,巨石并没有塌落下来。这时她才看清,巨石是不会塌落下来的,它连着半面山壁,除非用十公升以上的炸药炸,险情不过是她的幻觉。人们哄然大笑,她尴尬极了,狼狈极了。

他哭笑不得地对她说了一句:"神经过敏!"

"我……"在周围的哄然大笑中,她觉得自己象是一只耍了什么可笑把戏的猴子。她一扭身跑开了,一直盲目地跑到山背后,蹲下身,双手捂着脸,哭了。

她觉得自己心底里对他的最隐秘的情感,滑稽地暴露给众人了。

而这正是她最不愿被人所知的呵!

他竟也不能够理解她!

大家的哄笑对她是多么不公平呵!

姑娘的心受到了多么严重的羞辱啊!

虽然大家的笑声里并没有恶意,也没有嘲弄的成分,不过是劳动休息时一种驱除疲累的无谓的大笑而已……

这个情节内容并不多,但却充分展现了裴晓芸对曹铁强的爱恋之情。在工程连,指导员郑亚茹始终对裴晓芸存有偏见,处处表现出对她的冷漠和歧视。而连长曹铁强则处处给予她关心照顾,无论是给她搓脚和暖脚,还是送给她小狗,春节期间给她买香皂。裴晓芸由对曹铁强的感激逐渐转化为爱恋。然而,她的爱恋之情从没有表现出来,曹铁强并不知道。这次巨石落下的幻觉,使裴晓芸对曹铁强的爱恋情感无意识地暴露出来。这虽然是一次让大家嘲笑的可笑举动,但是也充分表现了裴晓芸在爱情上的勇敢和大胆，她也希望能够用自己的身躯保护心爱的恋人。我们再看电视剧对这个情节的处理。

镜头 1：（摇）在工地上，一块巨石滚落下来。

镜头 2：（近景）裴晓芸吃惊地看着巨石的滚落。

镜头 3：（中景）曹铁强正埋头用钢钎撬石头。

镜头 4：（摇）巨石继续滚落。

镜头 5：（中景）裴晓芸"啊"的一声惊叫。

镜头 6：（中景，摇）裴晓芸扑倒正在工作的曹铁强，用自己的身体护着曹铁强，伴随着巨石滚落的画外音。

镜头 7：（近景）曹铁强慢慢抬起头，向上看。

镜头 8：（近景）一块巨石悬挂在头顶，不过连着山体。

镜头 9：（近景）曹铁强转过头来看裴晓芸。

镜头 10：（全景）男知青们顿时哈哈大笑。

镜头 11：（中景）女知青们也跟着大笑。

镜头 12：（近景）曹铁强和裴晓芸回头看大笑的知青们。知青们边笑边议论的画外音："这块石头根本掉不下来。"曹铁强不好意思地用双手搓搓脸。

镜头 13：（近景）小瓦匠大笑的镜头。

镜头 14：（中景）曹铁强和裴晓芸站起来，两人都显得有些尴尬。知青们边笑边议论的画外音。曹铁强边用手拍着身上的泥土边说："你真是个孩子！"裴晓芸在大家的笑声中跑走了。

镜头 15：（全景）知青们依然大笑。郑亚茹制止道："有什么好笑的，都干活儿去啊！"大家又开始干活。

一个男知青喊道："连长——，连长——，团长让你汇报一下施工的进度。"

镜头 16：（全景）裴晓芸独自一人站在雪地里抹眼泪。曹铁强走过来，准备去团部，看到裴晓芸哭泣，便停下来，走到裴晓芸身边。

镜头 17：（近景）曹铁强安慰道："晓芸，别哭了，刚才是我不好。"

　　镜头18：（近景）裴晓芸说："我不是孩子了。"说完走开了。

　　镜头19：（全景）曹铁强看着裴晓芸离去。

　　（根据电视剧《今夜有暴风雪》整理而成）

电视剧《今夜有暴风雪》剧照

　　电视剧表达的内容与小说是一致的，但处理方式不同。小说重在裴晓芸动作和内心活动的描写，而电视剧不好用镜头来表现人物的心理活动，于是通过运动镜头、知青的笑声和人物对话等镜头语言，表现裴晓芸对曹铁强的关爱。电视剧比小说内容更丰富：把曹铁强的"神经过敏"改为"你真是个孩子"；曹铁强对裴晓芸的安慰，说明他对裴晓芸的关心；裴晓芸对曹铁强说"我不是孩子了"，表明她对曹铁强传达的爱意，希望曹铁强能以恋人的方式爱她，而不是以"孩子"的方式爱她。

　　当然，电视剧《今夜有暴风雪》并没有对小说情节简单照搬，而是根据电视艺术的特性，通过摄影、音响、音乐等手段，表现出电视剧的独特魅力。狂放恣肆的暴风雪镜头贯穿整部电视剧，既与主题相吻合，又表现了北大荒严酷的生活环境，同时也预示着社会环境中的暴风雪。与小说相比，电视剧做了局部修改。首先，电视剧删减了一些人物，比如马崇汉妻子、副司令员、哈尔滨军事工程学院副院长等次要人物没有出现在电视剧中。其次，变动了人物的主次关系，小说里的女主人公是郑亚茹，而电视剧的女主角是裴晓芸，并且把裴晓芸站岗的过程贯穿全剧，通过裴晓芸站岗时的内心独白来反映她与曹铁强十年的感情经历。再次，电视剧对小说情节进行了调整和删减。小说里的小狗黑豹一直陪伴着曹铁强和裴晓芸，在裴晓芸站岗之夜，黑豹一直陪着；当裴晓芸被冻僵时，黑豹找到怀孕的秀梅；当秀梅骑马赶到裴晓芸身边时，裴晓芸已冻死，同时造成秀梅流产。电视剧中，黑豹很早就被车轧死了，裴晓芸被冻死的情节是曹铁强发现的；电视剧删除了曹铁强与郑亚茹一起回哈尔滨过春节、曹铁强讲述他与哈尔滨军事工程学院副院长的深情厚谊等情节；小说里，多处描写了曹铁强与郑亚茹、裴晓芸之间恋爱亲吻的情节，电视剧当时不允许有亲吻镜头，因此也删除了亲吻的情节。

电视剧《今夜有暴风雪》在主题定位、素材处理和矛盾冲突方面同小说是一致的，正如一些论者所说："这部电视剧在矛盾冲突的处理上，敢于正视鲜血、直面人生，并不回避尖锐的社会矛盾，对那场政治运动带给知识青年的伤害，作了充分而真实的表现。"①

虽然电影版的《今夜有暴风雪》和电视剧版的《今夜有暴风雪》都拍摄于1984年，也几乎同时上映和播出，但是，电视剧的社会反响超过了电影。电视剧播出后，赞誉如潮，特别是引起了与剧中人物有类似经历的观众的强烈共鸣。值得一提的是，这部电视剧也引起了邓小平同志的关注。据邓小平的大女儿邓琳回忆：邓小平"也看这个电视连续剧，看完了以后就回忆当年，说我们真的花了很大的精力来考虑，这一批下乡的知识青年，怎么解决他们的问题，怎么样让他们回来，包括高考，学校招生，中学、大学一系列的教育制度的恢复和

① 高鑫、吴秋雅：《20世纪中国电视剧史论》，学苑出版社2002年版，第37页。

改革"①。一部电视剧能够引发如此震撼，说明它的确切中了当时一些社会现实的要害。该剧所表现的一切，让人们禁不住从新的角度去思索那段已经逝去的历史。

作为独立执导的处女作，电视剧《今夜有暴风雪》给孙周带来了无数的荣誉，该剧先后获得全国优秀电视剧"飞天奖"一等奖，孙周获得优秀导演奖，饰演小瓦匠的孙敏获得最佳男配角奖，刘允良获优秀摄影奖，唐敬睿和杨青青获优秀音响奖，王云之获优秀音乐奖；在"大众电视金鹰奖"评选中，该剧获得优秀连续剧奖，饰演裴晓芸的任梦获最佳女主角奖，饰演刘迈克的吕毅获最佳男配角奖。无论是小说，还是电影和电视剧，《今夜有暴风雪》毫无疑问已经成为知青文学和知青影视剧的经典作品，这几部作品所试图唤起的不仅仅是对那场时代悲剧的激愤，更重要的是以青春血汗在谬误年代里创造英雄业绩的豪情和对人生价值的深层思索。

第四节 《人生》的命运挑战与生活追求

一 农村知识青年的命运书写

路遥（1949—1992），原名王卫国，出生于陕北一个世代农民家庭。1966 年中学毕业后回乡村教书，后又调到县文工团搞编剧。1970 年，在延川县文化馆的油印刊物《革命文化》上发表了《塞上柳》《车过南京桥》两首诗歌，并开始使用"路遥"的笔名。同时，和好朋友创办了文学小报《山花》。1973 年进入延安大学中文系学习，并在《陕西文艺》上发表了许多诗歌、散文和小说。1976 年毕业分配到陕西省文学创作研究室，后任《陕西文艺》（现恢复原名《延河》）编辑。路遥先后创作了《惊心动魄的一幕》《在困难的日子里》《人生》《姐姐的爱情》等中短篇小说。1988 年完成三卷本的长篇巨著《平凡的世界》，获得第三届茅盾文学奖。正如陈思和对路遥的评价："他的作品多描写农村和城市的'交叉地带'的生活，善于刻画社会变革

---

① 王刚主持：《电视往事——中国电视剧二十年纪实》（影像），第五集。

中各种人物形象和人物的矛盾心理。朴素凝练、贴近生活的语言风格，深沉厚重的社会人生主题都容易引发读者的共鸣。"①

路遥的成功与追求，他的矛盾与忧思，都同他的心理结构有着密切的关系。作为农民的儿子，路遥被称为"土著"作家，主要受到的是农民文化的影响，接受和承袭了传统文化，以农民生活作为他取之不尽的源泉。路遥的许多作品都把陕北的农村青年作为书写的主人公，描写农村青年的爱情、农村青年的理想、农村青年的艰辛和农村青年的奋斗。准确地说，路遥笔下的农村青年应该是农村知识青年，因为

作家 路遥

（图片来源于路遥－百度百科中的插图，ht-tp：//baike.baidu.com/link？url＝tzoLdfJ0MKU8HEf4dHcHb74bG9yeqf0c4OfU＿P3ZMucOfXiUxi5qYiIDomafNU6WEw0OzqDi8UhTLQsS1B08e0KD4q8cOTkK4R264xJm2＿q）

他们不同于中国传统的农民，他们有知识、有文化、有理想、有抱负，但是农民的身份又限制了他们的发展，理想和现实的矛盾造成了很大的困惑，甚至是生活的悲剧。

真正奠定路遥创作基础的小说作品是《人生》。路遥最为熟悉的生活就是"城乡交叉地带"，在年轻时，为了外出求学，他经常不停地奔波在乡村与城市之间，城市生活充满生气和机遇，对于像路遥那样生活在贫困农村的知识青年来说，就构成了一种双重的刺激。中篇小说《人生》发表于 1982 年《收获》第 3 期上，小说"在一个爱情故事

---

① 陈思和主编：《新时期文学简史》，广西师范大学出版社 2010 年版，第 65 页。

的框架里，凝集了丰富的人生内容和社会生活变动的信息"①。农村青年高加林高中毕业回到村里后当上了民办小学的教师。三年后，有权有势的大队书记高明楼的儿子高三星高中毕业，高明楼利用职权让儿子顶替了高加林。高加林只好回家当农民。在他失意绝望之时，一直暗恋着他的本村姑娘刘巧珍大胆向高加林表白了爱情。刘巧珍美丽善良，质朴纯真，她用炽烈的爱情使高加林重新振作。不久，高加林的伯父高玉智转业到地区当劳动局长。县劳动局副局长马占胜为巴结高玉智，悄悄把高加林安排到县委通讯组当通讯干事。高中同学黄亚萍爱好文学，与高加林志趣相投，又在县广播站工作。黄亚萍既开朗活泼，又任性专横，她放弃男朋友张克南，主动追求高加林。高加林抵挡不住黄亚萍的追求和城市生活的诱惑，断绝了与刘巧珍的恋爱关系。绝望的刘巧珍只好匆忙嫁给马拴。张克南母亲为了给儿子出气，告发了高加林进城工作的不正当途径。于是，高加林重新回到农村，后悔地扑倒在黄土地上。

高加林是路遥着力塑造的一个农村知识青年形象。他身上既体现了农村知识青年自信坚毅的品质，不断向命运挑战的精神，又同时具有朴实、辛勤的传统美德。高加林心性极高，热爱生活，积极进取，有着远大的抱负和理想。他爱好打篮球，爱好写作，关心国际问题，能力和才能不输于城市青年。他不像他的父亲那样安守本分、忍气吞声，不希望像父辈那样在农村生活一辈子，而是有着更高的精神追求。但是，他心中的理想与现实总是相差极远，正是这种理想和现实的反差构成了他复杂的性格特征。高加林爱好文学，喜欢运动，向往城市生活，然而，高考的失败阻挡了他的梦想。不过，农村民办教师的职业还是让他获得了一定程度的满足感。当他失去教师职业，只能像父辈一样在黄土地上当农民时，他的梦想彻底破碎了。当他有机会再次进入城市工作时，高加林的人生理想再次爆发，并在工作中投入了极大的热情，并希望人生的道路越走越宽。然而，残酷的现实再一次浇灭了他的梦想，他不得不重新回到他憎恨的土地上。高加林是一

---

① 陈思和主编：《新时期文学简史》，广西师范大学出版社 2010 年版，第 65 页。

个颇具新意和深度的人物形象，他那由社会和性格的综合作用而形成的命运际遇，折射了丰富斑驳的社会生活内容。借助这一形象，小说触及了城乡交叉地带社会的、道德的、心理的各种矛盾，实现了作者"力求真实和本质地反映出作品所涉及的那部分生活内容"① 的目的。

从某种程度上说，刘巧珍的悲剧与高加林的悲剧有很多相似之处，即梦想和现实之间的不可调和。两人都有不切实际的梦想：高加林想逃离农村，刘巧珍想找一个"文化人"。刘巧珍是美丽而大胆的农村姑娘，她没有文化，经常埋怨父亲没能让她上学，她羡慕有文化的人，希望能找一个"文化人"生活一辈子。实际上，她与高加林的爱从一开始就是不平等的，高加林是刘巧珍心中朝思暮想的完美对象，而她在高加林心目中并没有什么分量，只是高加林失意时找到的精神慰藉。最终，刘巧珍不得不认命，与同样是文盲的、她并不爱的马拴结婚。正如高加林也不得不认命一样，还是无法逃离农村的土地。两人的悲剧带有某种程度的宿命色彩。

从更深层次的角度来看，路遥在《人生》里提出了农村知识青年的出路到底在哪里这样具有普遍性的社会问题。中国城乡差距由来已久，农村青年和城市青年的不平等现象在 20 世纪七八十年代表现得异常突出。对于当时的农村知识青年而言，要脱离农村的唯一出路是通过读书考上中专或者大学。但是，当时的升学率极低，大部分城市青年都考不上大学，更不必说农村青年了。一些偏远地区的中学多年都考不上一个大学生。《人生》中的黄亚萍、张克南、高加林、高三星、刘巧玲都是高中毕业生，都没有考上大学。同样是高中生，城市青年黄亚萍、张克南就可以安排很好的城市工作职位，城市青年有很多招工招干的机会，而农村青年只有回家务农。即使高加林读书成绩比城市青年好，但人生出路却比城市青年差得多。高加林能当上民办教师已经是农村知识青年的最好出路了。然而，民办教师的名额毕竟有限，这才造成了高明楼让自己的儿子顶替高加林，给高加林造成了人生的痛苦和悲剧。试想，如果农村知识青年也有招工招干的机会，

---

① 陈思和主编：《新时期文学简史》，广西师范大学出版社 2010 年版，第 65 页。

有更多的人生出路，有与城市青年同等竞争的机会，哪会造成几个高中生去抢夺一个民办教师的名额呢？路遥在小说里只是提出了农村知识青年的人生道路问题，却没有给予合理的答案，只能让读者自己去思考。

二　小说人物与演员形象

1984 年，西安电影制片厂的导演吴天明把《人生》改编成同名电影，并大获成功。电影的成功不仅让导演吴天明名噪一时，而且也提升了西安电影制片厂的知名度，同时还使影片中的演员在演艺道路上达到了一次高峰。

吴天明（1939—2014）是中国第四代导演的代表人之一。1960 年考入西安电影制片厂演员培训班，并在影片《巴山红浪》里扮演一个农村青年。1974 年参加了《红雨》的拍摄工作，在著名导演崔嵬的关怀指导下，学到许多导演艺术知识。1976 年入北京电影学院导演进修班。1979 年与滕文骥联合执导《生活的颤音》而崛起于影坛。1983 年独立执导了故事片《没有航标的河流》。此后执导《人生》（1984）、《老井》（1987）、《变脸》（1994）、《非常爱情》（1999）《首席执行官》（2002）等多部电影。在他的作品中，既融注了中国传统文化的营养，又充溢着

导演　吴天明

（图片来源于大河网－河南商报《导演吴天明提的议》中的插图，2009 年 12 月 1 日，ht-tp：//news. 163. com/09/1201/05/5PE3C7C700 0120GR. html）

新的艺术方法，并透视出他对社会、对历史、对人生的深沉思考。

吴天明和路遥都是陕西人，他们对陕西的农村生活比较熟悉。当路遥小说《人生》发表后引起全国轰动时，在西安电影制片厂工作的吴天明想尽快把小说搬上银幕。由于"近水楼台"之便，吴天明找到路遥，要求改编小说，两人一拍即合。

1984 年，路遥写出了《人生》的改编剧本，吴天明却在费力寻找演员。小说中有名有姓的人物有 20 多个，电影中的演员角色至少也需要 10 多个。首先要确定男女主演。吴天明首先找到北京电影学院青年教师兼演员周里京饰演男主角高加林。周里京因饰演电视剧《高山下的花环》中的赵梦生而红遍全国，他饰演高加林没有任何问题。然而，女主角刘巧珍却让吴天明犯难了，他找了很多演员都不太满意，要么年龄不合适，要么不像陕北的农村姑娘。正在吴天明山重水复之时，他突然发现了青年演员吴玉芳的形象正符合小说里刘巧珍的形象，便决定让吴玉芳来饰演刘巧珍。应该说，吴天明大胆选用吴玉芳具有某种冒险性，当时吴玉芳刚满 20 岁，虽然年龄上与刘巧珍相当，但是吴玉芳当时没有什么名气，又是上海姑娘，对陕北农村并不熟悉。不过，吴天明看中了吴玉芳的形象和气质。从后来吴玉芳表演的效果来看，吴天明的选择是正确的。

其实，当时想饰演刘巧珍的女演员还很多，天津广播电视剧团的演员李小力就很想饰演刘巧珍。李小力当时在国内已有很高的知名度，已先后在电影《海霞》《孔雀公主》《子夜》《明天回答你》和电视剧《有一个青年》《敌营十八年》等多部影视剧中饰演不同的角色。可惜她不知道西安电影制片厂正在拍摄《人生》，女主角已经确定。不过，吴天明知道李小力对《人生》的喜欢后，便让她饰演黄亚萍这个女二号角色。

由于电影的编剧和小说的作者都是路遥，因此，吴天明在拍摄电影时基本上保持了原著的风貌。电影的表层结构依然限定在"痴心女子负心汉"的故事框架下，围绕高加林这样一个当代农村知识青年的命运，反映了农村与城市之间的各种复杂矛盾，展现了各种社会思潮对农村青年的深刻影响。影片同时表现了黄土高原特有的民风民俗，并将当地人的精神风貌与西北农村生活状况融合在一起，体现出丰富的思想内涵和复杂的人物性格。

相对于《人到中年》《黑炮事件》等电影中的知识分子形象，电影《人生》的主人公高加林可谓是一个颇具新意和深度的人物。在他的身上，集中体现了改革开放初期农村知识青年的追求与困惑。高加林是一位有知识文化的农村青年，不甘心像自己的父辈那样生活，而是想依靠自己闯出一片新的天地。出于对城市文明的强烈追求和向往，他借用了叔父的关系达到进城的目的。城市的新生活使高加林逐渐疏远了没有共同语言的刘巧珍，他的爱情天平逐渐倾向于城市姑娘黄亚萍。在城乡长期对峙的二元社会结构中，高加林的奋斗史是农村知识青年改变自身命运进程的缩影。可以说，高加林渴望城市、逃离土地，本质上是源于城乡文明的巨大落差。影片的结尾，城市文明狠狠地抛弃了高加林，他不得不重新回到自己厌恶的黄土地上。在80年代初期，无论是作家路遥，还是导演吴天明，都无法解决城乡对峙的现实矛盾，无法给农村知识青年指出一条光明的道路。路遥和吴天明并没有简单地否定高加林的人生追求，而且以饱含深情的笔墨和镜头赞美了黄土地的宽广胸怀。不过，由于小说原作者路遥和导演吴天明的传统审美观念和当时社会体制的局限，影片不自觉地强化了道德层面上的批判。

无论是小说还是电影，《人生》中高加林和刘巧珍的爱情悲剧都给我们无限深思。当年电影上映时，上海《文汇报》专门开辟专栏，发表各种不同见解。从作家、导演到普通观众，有一种倾向是赞美刘巧珍，批评高加林，认为刘巧珍是中国传统女性美德的完美体现。而高加林就是当代的"陈世美"，正如德顺爷批评他的："可你把一块金子丢了！巧珍，那可是一块金子啊！"如果我们冷静下来思考这个问题：高加林和刘巧珍结婚会幸福吗？答案应该是否定的，因为两人的志趣相去甚远。刘巧珍对高加林的爱是一厢情愿的，她虽然漂亮、善良、勤劳，但并没有真正吸引高加林。高加林在村里教了三年书，两家相距很近，如果高加林真的喜欢刘巧珍，他追求刘巧珍可以说易如反掌。高加林希望找一个有文化、有共同兴趣的姑娘为伴，刘巧珍并不是他中意的对象。如果高加林没有去县城上班，两人顺利结婚，婚后的生活也不一定幸福，因为凭着高加林的才能和改革开放的形势，他必定还会到外面的世界去实现自己的理想，那时，他与刘巧珍的距离会越来越大，矛盾也会加深。

高加林和刘巧珍无论结婚与否，结果都是悲剧的。正如托尔斯泰所说："幸福的家庭个个相似，不幸的家庭却各不相同。"爱情是人类的永恒主题，美满幸福的婚姻是每个人的梦想，然而，现实生活中的美满婚姻又有多少呢？《人生》的真正意义在于，人们从高加林和刘巧珍的个别悲剧中，看到了家庭婚姻的普遍问题：现实生活中有许多高加林和刘巧珍结婚了，却很痛苦，并且痛苦地生活了一辈子。

三　电影场景的丰富性

从电影的整体故事情节来看，电影和小说基本上是一致的，是一种忠实于原著的改编。但忠实性改编并不是亦步亦趋，没有创造性。正如安德烈·巴赞所说："小说有其独有的表现手法，它的原材料是语言，而不是影像，它仿佛是对离群独处的读者喁喁私语，这种感染力不同于影片对漆黑放映厅中的一群观众产生的感染力。但是，正由于这种审美结构的差异，如果导演希望做到两者近同的话，探索对等表现形式就更加棘手，它要求编导具有更丰富的独创性与想象力。"[1]因此，电影《人生》在忠实于原著的前提下，也有自己的独创性，电影镜头和小说语言有着本质的区别。例如，刘巧珍送高加林去县城上班的情节，电影和小说基本上是一致的，但表现形式却不同。先看小说的描写：

> 村里人对这类事已经麻木了，因此谁也没有大惊小怪。高加林教师下了当农民，大家不奇怪，因为高明楼的儿子高中毕业了。高加林突然又在县上参加了工作，大家也不奇怪，因为他的

---

[1]　［法］安德烈·巴赞：《电影是什么？》，崔君衍译，文化艺术出版社 2008 年版，第 89 页。

叔父现在当了地区的劳动局长。他们有时也在山里骂现在社会上的一些不正之风，但他们的厚道使他们仅限于骂骂而已。还能怎样呢？高加林离开村子的时候，他父亲正病着。母亲要伺候他父亲，也没来送他。只有一往情深的刘巧珍伴着他出了村，一直把他送到河湾里的分路口上。铺盖和箱子在前几天已运走了，他只带个提包。巧珍像城里姑娘一样，大方地和他一边扯一根提包系子。他们在河湾的分路口上站住后，默默地相对而立。这里，他曾亲过她。但现在是白天，他不能亲她了。

"加林哥，你常想着我……"巧珍牙咬着嘴唇，泪水在脸上扑簌簌地淌了下来。加林对她点点头。 "你就和我一个人好……"巧珍抬起泪水斑斑的脸，望着他的脸。加林又对她点点头，怔怔地望了她一眼，就慢慢转过了身。他上了公路，回过头来，见巧珍还站在河湾里望着他。泪水一下子模糊了高加林的眼睛。

他久久地站着，望着巧珍白杨树一般可爱的身姿；望着高家村参差不齐的村舍；望着绿色笼罩了的大马河川道；心里一下子涌起了一股无限依恋的感情。尽管他渴望离开这里，到更广阔的天地去生活，但他觉得对这生他养他的故乡田地，内心里仍然是深深热爱着的！

他用手指头抹去眼角泪水，坚决地转过身，向县城走去了。

小说不仅描写了刘巧珍依依不舍地送别高加林的经过，而且交代了高加林父母不能送儿子的缘由，同时还有作者的主观性评论：村里人对某人的升迁已经见惯不惊了。小说的文字不多，但内容极为丰富。我们再来看电影对这个情节的处理：

镜头1：（远景，摇）高加林和刘巧珍在路上慢慢走着，走向河边小桥。高加林手里提着一个小挎包，刘巧珍把一个大包用双手捧在胸前。两人慢慢走到了桥上。走到桥的尽头，两人站住。高加林把小包挎到肩上，再转身面对沉默的刘巧珍。河水哗哗地流着。巧珍低下头，把包放到了桥边的铁栏杆上。镜头慢慢推近。巧珍忧郁地抬起头，看着即将离去的加林。

镜头2：（中景，推）镜头从中景推到近景。巧珍含情脉脉地看着加林，再把头转向了河边，眼泪悄悄地流了出来。

镜头3：（近景）高加林默默地看着刘巧珍。

镜头4：（近景）巧珍慢慢抬起了含泪的双眼，又羞怯地低下头说："加林哥，你常想着我，啊——"她又慢慢抬起头看着加林，"你就和我一个人好。"

镜头5：（近景）高加林看着刘巧珍答应："嗯。"并不住地点头。

镜头6：（近景，摇）镜头往下摇到刘巧珍手里拿着的包上。高加林去拿包裹，刘巧珍很不情愿地放开了包。

镜头7：（中景，推）高加林提着包转身走出了画面，刘巧珍独自一个人站在桥头。背景音乐响起。镜头推近，她眼泪不住地流着。

镜头8：（远景）高加林越走越远。站住。又慢慢转过身来看刘巧珍。

镜头9：（全景）桥头的刘巧珍看着远去的高加林。

镜头10：（近景）高加林看刘巧珍的镜头。

镜头11：（全景，推）刘巧珍的镜头。音乐响起，女声唱歌："上河里的鸭子下河里的鹅。"

镜头12：（近景，拉）高加林转身走路。歌声："一对对毛眼眼找哥哥。煮了那个钱钱下了那个米。"

镜头13：（远景，拉）刘巧珍的镜头。歌声："大路上搂柴嚓一嚓你。清水水玻璃隔着窗子照，满口口白牙对着哥哥笑。"

镜头14：（全景，推）高加林回头看刘巧珍，再转身在路上走着。歌声："双扇扇的门来哟单扇扇的开，叫一声哥哥哟你快回来。"

镜头15：（全景，跟）大路的空镜头。歌声："叫一声哥哥哟你快回来。你快回来。"

（根据电影《人生》整理而成）

电影《人生》剧照

　　电影叙事的基本手段是镜头，声画结合的视听感知是最重要的特征。与小说相比，这个场景没有交代高加林父母不来送他的缘故，也不适合作者的主观评论。但是，电影由于镜头的直观性，在抒情性方面比小说更强。尤其是增加了小说里没有的歌曲，刘巧珍对高加林依依不舍的离情别绪以及她内心希望高加林早日归来看她的情感，都表现得相当充分，让观众也有荡气回肠之感。

　　电影《人生》在整体结构和情节安排上与小说基本保持一致，但在细节的处理上还是有些差别。小说里，路遥花了很重的篇幅来描写高加林与刘巧珍谈恋爱的过程，两人拥抱亲吻的热恋细节比较多。然而，20 世纪 80 年代初期的电影，亲吻的镜头还是禁区。电影《人生》里没有亲吻的镜头，只有一些简单的拥抱。两人恋爱发生在夜晚，电影借助黑夜掩盖了一些不适合表现的热恋镜头。与此同时，电影省略了刘巧珍"刷牙风波"；删掉了高加林与粪霸打架的情节；黄亚萍父母也没有直接出现在电影里。小说里有些描写比较简单，而在电影里却是浓墨重彩的场景。比如，刘巧珍的结婚情节，小说里只交代了刘巧珍要求按照父母的婚礼形式举办。电影中的结婚场面相当壮观，刘巧珍披盖头，马拴戴红花，刘巧珍骑毛驴，唢呐的不同吹法，主人用板凳拦住唢呐队，唢呐头尽情表演后拿到红钱和香烟，村民围观气派的结婚场面，等等，构成了电影的重头戏。观众也在这场戏中看到了陕北农村传统的结婚典礼和浓厚的民风民俗。

　　电影《人生》上映之后，引起了强烈的反响，一时间社会上兴起了一股看《人生》，说《人生》的热潮。尤其在广大青年观众中，高加林和刘巧珍的形象评价成了热门话题，仁者见仁，智者见智。影片"独特的艺术风格，浓郁的地方特色和丰富的思想内涵，令人耳目一新，它向观众展示了一幅富于民族特色和乡土气息的西北风土人情的长卷，真实地反映了生活的多种色彩"①。著名电影评论家钟惦棐看过此片后给予高度评价，并由这部影片提出了对"中国西部电影"的理论构想，他不无远见地预言："太阳有可能从西部升起。"② 因此，电影《人生》先后获得百花奖最佳故事片奖和最佳女主角奖（吴玉芳），以及金鸡奖最佳故事片奖和最佳作曲奖。1985 年，电影《人生》还代表中国参加了美国第 57 届奥斯卡最佳外语片的评选，这也是我国影片第一次参选奥斯卡奖。

---

　　① 牟钟秀、雪鸥：《众说纷纭的〈人生〉》，《中国电影年鉴》(1985 年)，中国电影出版社 1987 年版，第 260 页。
　　② 张阿利、曹小晶主编：《中国电影精品解读》，重庆大学出版社 2011 年版，第 172 页。

第五章　文化寻根小说与影视传媒的关系

　　1985 年前后，中国文化领域掀起了一股规模不小的文化寻根热潮。中国改革开放以来，西方各种现代文化思潮涌入国内，这股思潮是文化界现代意识觉醒的产物。"当一部分知识分子在实际生活中研究如何建设现代化的命题时，就不能不注意到，对现实的改造必须利用好自己的文化传统，于是，重新研究、认识、评价中国传统文化成为一种既是客观的需要，也是主观上的要求，到了 1985 年前后，文化领域兴起了一股规模不小的文化热。"① 在这样的社会背景下，文学界的一批中青年作家无意识和有意识地创作了许多文化寻根小说，比如，汪曾祺的《受戒》《大淖记事》，邓友梅的《那五》《烟壶》，冯骥才的《神鞭》《三寸金莲》《炮打双灯》，陆文夫的《美食家》《井》，阿城的《棋王》《孩子王》《树王》，韩少功的《爸爸爸》，张承志的《黑骏马》《北方的河》，郑义的《远村》《老井》，王安忆的《小鲍庄》，等等。与此同时，文化寻根思潮在影视剧方面也产生了强烈的共鸣，一些中青年导演自觉或不自觉地拍摄了大量文化寻根影视剧，比如，谢飞的《湘女萧萧》《黑骏马》，黄健中的《良家妇女》，王进的《寡妇村》，黄蜀芹的《人·鬼·情》，陈凯歌的《黄土地》《孩子王》《边走边唱》，吴天明的《老井》，张子恩的《神鞭》，滕文骥的《棋王》，谢添的《那五》，李亚林的《井》，何平的《炮打双灯》，等等。这些影视剧绝大多

---

　　① 　陈思和主编：《中国当代文学史教程》，复旦大学出版社 2000 年版，第 277 页。

数都改编自文化寻根小说，导演的内心感受和精神活动与作家的创作动机不谋而合。"他们的寻根动机似乎都不是单纯地来自艺术创作形式的需求，更多的是因为创作者自身经历所造成的心灵世界与世俗外界强烈冲突之下，主体需要平衡这种冲突和宣泄压抑情感而引发的，因此作品观照心灵的真实感受远甚于传统民间自身文化的真实性。"①

第一节　小说与影视剧的文化寻根共识

一　文化寻根小说的理论倡导与创作概况

新时期文化寻根思潮的出现，是在改革开放和国际文化涌入的大背景下进行的，有其重塑与复兴民族文化的深刻动因。

随着中国大门的打开和思想解放的深入，80 年代初期，存在主义、精神分析学、生命哲学等西方现代派哲学渐次成为热点，系统论、信息论、控制论等自然科学方法逐渐进入人文科学领域，神话学、民俗学、文化人类学、结构主义等文化哲学理论具有广泛影响。与此同时，国内学者也开始重新认识和提倡中国传统文化。1981 年，李泽厚出版了他的《美的历程》，对中国古老的文化传统作了一次美的匆匆巡礼。梁漱溟、冯友兰等一批对民族传统文化有着浓厚兴趣的老学者，于 1984 年成立了"中国文化书院"，并从 1985 年开始举办了数期"中国传统文化讲习所"。于是，一股汹涌澎湃的文化热潮便在全国范围内形成。

文学界的文化寻根意识来自于外国文学的刺激。1976 年，美国黑人作家哈利的小说《根——一个美国家族的历史》问世，震惊了美国黑人的灵魂，并唤起了他们强烈的寻根意识。1982 年，哥伦比亚作家加西亚·马尔克斯《百年孤独》获得诺贝尔文学奖。这部小说以魔幻现实主义的写作手法，既寻找到了玛雅文化、拉美印加文化之根，又将神话传说、传统文化与社会现实生活融合在一起，取得了巨大的成功。"这一成功的范例，对中国当代的作家来说是一个强烈的

---

① 冯果：《寻根文学与五代电影人的叙事电影》，《求索》2010 年第 12 期。

刺激，拉美文学所走的道路，迎合了他们在文学创作中追求新的艺术形式的心理，同时也契合了在时代大的文化背景下反思现实，发掘、弘扬民族文化传统的愿望。"①

1985 年，一些作家正式打出了"文化寻根"的旗帜。韩少功发表了《文学的根》②，郑万隆发表了《我的根》③，阿城发表了《文化制约着人类》④，李杭育发表了《理一理我们的根》⑤。正如有的论者指出："他们在相对集中的一段时间里先后亮出了各自的理论宣言，不仅思路与观点趋同，甚至选用的字眼也如此一致（'根'），这在当时的文坛上给人留下了深刻的印象，也造成了一定的轰动效应。"⑥

根据作家的创作实践和提出的理论主张，陈思和把文化寻根小说的定义总结为三个方面："一、在文学美学意义上对民族文化资料的重新认识与阐释，发掘其积极向上的文化内核（如阿城的《棋王》等）；二、以现代人对世界的感受方式去领略古代文化遗风，寻找激发生命能量的源泉（如张承志的《北方的河》）；三、对当代社会生活中所存在的丑陋的文化因素的继续批判，如对民族文化心理的深层结构的深入挖掘。"⑦ 就此，不少寻根小说作家从民间理念的技术层面上获得了进入民间生存图景的灵感。这促使他们在进行对民间的审美观照时，有意识地避开了简单化的视角方式，尽可能全面地发掘民间历史文化形态中充满复杂性的人性形态和生命形态。

在韩少功、阿城等人竖起文化寻根的理论大旗之前，一些作家已经创作出了具有文化寻根倾向的小说作品，比如，汪曾祺的《受戒》《大淖记事》，张承志的《黑骏马》《北方的河》，阿城的《棋王》，乌热尔图的《琥珀色的篝火》，邓友梅的《那五》《烟壶》，冯骥才的《神

---

① 石万鹏：《剖析传统民族文化底蕴，构建现代审美艺术精神——论寻根小说在主题内容与美学品格上对新时期文学的贡献》，《济南教育学院学报》2003 年第 3 期。
② 韩少功：《文学的根》，《作家》1985 年第 2 期。
③ 郑万隆：《我的根》，《上海文学》1985 年第 3 期。
④ 阿城：《文化制约着人类》，《文艺报》1985 年 7 月 13 日。
⑤ 李杭育：《理一理我们的根》，《作家》1985 年第 5 期。
⑥ 王铁仙等：《新时期文学二十年》，上海教育出版社 2001 年版，第 71 页。
⑦ 陈思和主编：《新时期文学简史》，广西师范大学出版社 2010 年版，第 133 页。

鞭》，陆文夫的《美食家》。这些小说陆续问世之后，并以各自的醒目特色受到相当的关注与好评。随着文化寻根理论宣言的正式提出，一些作家从创作上的不自觉走向自觉，以理论推动创作实践的发展，取得了积极的效应。在文化寻根理论浪潮之下，韩少功创作了《爸爸爸》《女女女》，阿城创作了《孩子王》《树王》，郑万隆创作了《异乡异文》系列小说，郑义创作了《老井》，冯骥才创作了《三寸金莲》《阴阳八卦》《炮打双灯》，陆文夫创作了《井》，李杭育创作了《最后一个渔佬儿》《葛川江上人家》《船长》。这些创作实绩与理论探讨的齐头并进，是文化寻根小说走向成熟的标准，并且形成了新时期文学的一个重要创作流派。

地域文化和风俗文化是文化寻根小说描写的重要内容。汪曾祺抒写江苏高邮水乡的民俗风情，邓友梅绘制出"京味"的风俗画卷，冯骥才刻画天津卫的世情传奇，陆文夫表现苏州小巷的世俗生活，李杭育发掘吴越民间文化的深沉积淀，乌热尔图固守着鄂温克族人原始的生存方式。汪曾祺的《受戒》表面上的主人公是明海和小英子，实际上的主人公却是"桃花源"式的自然纯朴的生活理想。那明丽如画的水乡风光，自然欢快的生活情趣，少年男女纯真朦胧的爱情，构成了一幅恬淡和谐的水墨画，清新宜人。汪曾祺的另一篇小说《大淖记事》以更接近自然人性的古朴民风与"子曰诗云"相对照，褒前贬后的色彩溢于言表。邓友梅的《烟壶》展示了破落的八旗子弟的人生图景。八旗子弟乌世保出身于武官世家，虽游手好闲却不失善良和爱国心。他被恶奴徐焕章所害，陷于牢中，结识身怀绝技的聂小轩，因此学会了烟壶的内画技法与"古月轩"瓷器的烧制技法。出狱后，聂小轩收乌世保入赘为婿。一个有权势的贵族九爷为了向日本人讨好，逼聂小轩烧制八国联军攻打北京的烟壶，聂小轩毅然断手自戕，以示反抗。后来，乌世保与聂氏父女逃离北京城。小说以生动简练的笔锋刻画民俗风情，赋予历史的感悟，透露出浓浓的"京味"。陆文夫的小说创作一直是以苏州小巷为背景，写下了生活其间的各种小人物的平凡人生。《美食家》写了一个"奥勃洛莫夫"式的人物。朱自冶是一个资本家的少爷，新中国成立前是一个吃遍苏州的食客，在新时期却成为一个"美食家"。小说以温和的讽刺，展示出我国人民几十年的生活史，从美食被寄生虫的吃客朱自冶之流所垄断，到千百年来我们民族所创造的美食文化，都浓缩到作品中。

一些作家对地域文化的原始性特征进行了讴歌和赞美，他们在作品中流露出崇古慕俗、返璞归真的情绪倾向。乌热尔图的《老人和鹿》《七岔犄角的公鹿》《琥珀色的篝火》等小说，在大兴安岭的森林中，发现了鄂温克人的狩猎文化和民族精神。那积雪的山峰，大雾弥漫的森林，坠着露珠的清晨，燃起琥珀色篝火的黑夜，有着原始静穆的境界。李杭育在《土地与神》《最后一个渔佬儿》《船长》等作品中，展现了葛川江流域的风土人情，从中揭示出生活在这里的人民缓慢而又强劲地向前迈进的足迹。"作家不仅讲述了葛川江畔村镇的历史渊源，传说掌故，民风民俗，描绘出那桃红柳绿的屋墙，优美悦耳的葛川腔小调，而且对南方的孤独和幽默进行了深入的表现，深得吴越文化的情韵。"①

如何认识和对待传统民族文化？不同的作家有不同的态度。阿城认为："'五四'运动在社会变革中有着不容否定的进步意义，但它较全面地对民族文化的虚无主义态度，加上中国社会一直动荡不安，使民族文化断裂，延续至今。'文化大革命'更彻底，把民族文化判给阶级文化，横扫一遍，我们差点连遮羞布也没有了。"② 阿城对中国传统民族文化持积极肯定的态度，他创作的《棋王》《孩子王》《树王》等小说就充盈着浓厚的道家思想。《棋王》表现了传统文化的价值及其传续的必要性。"中华棋道，毕竟不颓"，棋道其实是中国传统文化及其基本思想道、禅、儒的象征，捡烂纸老头与棋王老头向"棋呆子"王一生传授棋道则是认同传统的隐喻。《孩子王》中的"我"，对临到自己头上的别人都很羡慕的教书工作，并没有欣喜万分，当被辞退重新回到生产队后，也没有苦恼悲伤，这就充分表现了道家清净无为的性情，安常处顺的态度。

---

① 张学军：《中国当代小说流派史》，山东大学出版社 2000 年版，第 262 页。
② 阿城：《文化制约着人类》，《文艺报》1985 年 7 月 13 日。

　　而另一些作家对中国传统文化的糟粕进行了深刻批判和坚决否定，其中以韩少功的《爸爸爸》为典型代表。小说着力描写的丙崽是一个侏儒兼白痴的小孩，他只会嘟哝"爸爸爸"和"╳妈妈"这两句话，丙崽的存在无疑象征了人类生存中的顽固、丑恶和浑浑噩噩的一面。在鸡头寨村民的眼里，最初丙崽只是一个供大家取乐的对象。当村民准备拿他的头去祭祀谷神时，天空炸雷，大家害怕起来。后来，村民认为丙崽是神灵，受到全村人的顶礼膜拜，尊称其为"丙大爷"。全寨的老弱病残在喝了仲裁缝提供的"雀芋"毒汁后死亡，唯独丙崽没死，又成为奇迹。陈思和说："丙崽作为一个象征性的形象，显然还意味着传统与当代现实之间的某种联系，丙崽死不了，也就表明了那些古老文化的丑陋之处是难以根除掉的。"①

　　还有一些文化寻根作家，对于中国传统民族文化有着理性而矛盾的认识，既不是完全肯定，又不是完全批判。"他们的创作往往表现出一种矛盾心态和复杂主题。既深感现代化的必要而摒弃与之不相容的传统心态(半原始心态)，又因与传统切不断的情感联系而流露出留恋和赞赏。"② 郑义的《老井》刻画了贫穷闭塞的山区旱村中传统意识与现代意识的历史性对比和交锋。女主人公巧英的现代性格和观念是作品的光源和希望，但同时作者又对男主人公孙旺泉身上较多的传统气息表现出难以割舍的同情和美化。郑义在小说里既体现出对愚昧野蛮的否定，又情不自禁地对勇武气质和自我牺牲精神等原始情操的肯定，这无意中映射出作者理智与情感的矛盾。张承志的《黑骏马》也是这样。主人公白音宝力格因不能容忍草原的愚昧落后而走向城市，后又由于痛恨城市喧嚣的气浪、无休止的会议、数不清的人际摩擦而回到草原。主人公热爱草原自由辽阔的生活，但在学习过程中又接受了汉民族文化思想，他真心爱恋索米娅，但当索米娅失身怀孕后，又无法用蒙古人的宽容来原谅索米娅。他尽管在情感上与草原有着深厚的情谊，但在文化修养上已经不可逆转的是个城里人。他的寻

---

　　① 陈思和主编：《新时期文学简史》，广西师范大学出版社2010年版，第142页。

　　② 王铁仙等：《新时期文学二十年》，上海教育出版社2001年版，第112页。

根行为，以文明的自我厌恶文明的社会，从而追寻原始，想要在传统与现代两种文明的冲突中寻找某种平衡。

二 文化寻根影视剧的价值取向

文化寻根思潮是新时期文化艺术创作的共同主题，不仅出现在文学界，而且也同时出现在电影界和电视剧界，特别是一批文化寻根小说先后被改编成电影或电视剧，从而使影视剧界的文化寻根思潮在新时期一直持续不断。

一些作家在 1985 年竖起文化寻根的大旗之时，电影界的导演也先后拍摄了反响强烈的文化寻根电影，朱大可于 1988 年把这些电影称为"寻根电影""寻根主义电影"①，也有论者称呼"文化寻根派电影"②。由此可见，这些电影与文化寻根思潮和文化寻根小说的深切关联。正如有论者指出："的确，寻根电影，是新时期最为突出的电影创作现象，注重从文化角度来探究社会人生，用艺术审美来把握和呈现深层民族文化心理结构，追寻民族文化之根和生命之根，反映传统性文化与现代性文化冲突与共融的历史进程，透露出强烈的断根、续根和归根文化价值取向，又称之为文化寻根电影。"③

与文学界相似，在 1985 年之前，电影界拍摄了一批有文化寻根意识的电影，比如，岑范的《阿 Q 正传》(1981)，胡柄榴的《乡情》(1981)和《乡音》(1983)，凌子风的《边城》(1984)，等等，这些电影应被视为当之无愧的寻根作品，呈现出十分清晰的文化寻根的审美风格。

---

① 朱大可在一篇电影评论中把1983—1987 年第五代探索影片称为"寻根电影"："它（指《红高粱》。——引者注）结束了从陈凯歌开始的寻根主义的光荣梦想。""那些始终在寻根电影的视界里徘徊的高原与废墟是丑陋的，它们寸草不生，充满死亡的气息。""那么至此，寻根主义电影就在它的古老影像博物馆里，投放了一个最优美的符号空间，它完整地表达了对种族之根的信仰与勇气，对血缘意识的颂扬，对世俗动乱背后的永恒价值的辨认，以及对垂死的种族意志所寄予的理想主义希望。"见朱大可《在反叛与皈依之间——我看〈红高粱〉》，《文汇电影时报》1988 年 3 月 5 日。

② 张闳：《莫言小说的基本主题与文体特征》，《当代作家评论》1999 年第 5 期。

③ 金昌庆：《寻根：新时期电影思潮的主流》，《南京艺术学院学报》2006 年第 3 期。

在十年"文化大革命"中,传统文化的优根遭受重创,而传统文化的糟粕部分却渗透在民族文化的深层结构之中,深深地植入了国民性的肌理之中。"文化大革命"之后,对优秀传统文化、美好人性的呼唤,是时代的必然。由岑范导演、严顺开主演的《阿Q正传》是根据鲁迅先生同名小说改编,影片以辛亥革命后的浙江农村为背景,塑造了一个贫苦、落后、愚昧的农民形象阿Q。通过这个典型人物,既揭示了封建地主阶级对贫苦百姓在思想上的奴役,又批判了中国传统文化中根深蒂固的民族劣根性。王一民编剧、胡柄榴导演的影片《乡情》从城乡二元结构中呈现出优美的江南水乡,塑造了一个忍辱负重、富有传统美德,又充满爱心、有胆有识的农村妇女田秋月,被当时评论界称为体现民族风格的一部影片。之后,二人编导的影片《乡音》则在现代意识与传统文化的冲突中塑造一个代表传统人格、充满传统意识的妇女形象陶春,这部影片的创作契合了当时观众的期待视野。凌子风导演的《边城》是根据沈从文同名中篇小说改编,以撑渡老人的外孙女翠翠与船总的儿子天保、傩送之间的爱情纠葛为主线,用浪漫主义手法展示出民国初年湘西小山村的风土人情和美丽的自然风光,挖掘了中华民族传统的人情伦理,具有一种田园牧歌般的情调。

1985年之后,文化寻根小说热给影视界带来一股寻根热。"电影创作主体在改编过程中对寻根小说的改动、添加、过滤、遮蔽,于是形成了小说和电影密切的互动关系。"① 文化寻根小说描写具有地域色彩的民风民俗,反映出民族深层文化心理,极大地影响和启发了影视剧的主体创作人员,掀起文化寻根影视剧创作的热潮。在电影创作方面有黄健中的《良家妇女》(1985),张子恩的《神鞭》(1986),陈凯歌的《孩子王》(1987),吴天明的《老井》(1987),滕文骥的《棋王》(1988),李亚林的《井》(1988),黄蜀芹的《人·鬼·情》(1988),王进的《寡妇村》(1989),等等。在电视剧创作方面,主要有谢添的五集电视剧《那五》(1989),2001年,导演周友朝拍摄了30集电视剧

---

① 金昌庆:《寻根:新时期电影思潮的主流》,《南京艺术学院学报》2006年第3期。

《神鞭》。这些影视剧文本表现出浓烈的文化批判精神，反映了民族传统文化的深层内涵，灌注着浓厚的文化寻根意识。

对妇女命运的关注一直是文化寻根电影表现的共同主题。黄健中导演的《良家妇女》，以新中国成立前夕的黔北山区为背景，塑造一位敢于挣脱旧式婚姻、大胆寻找爱情的农村姑娘杏仙。18 岁的余杏仙嫁到易家寨，而她的小丈夫易少伟只有六岁，她们姐弟相称，十分融洽。然而，她在与同龄人开炳的交往过程中产生了真正的恋情。春天，易家寨迎来了解放。经过激烈的思想斗争，杏仙提出与少伟离婚，走向自己追求的人生道路。影片反映了世代流行的大媳妇、小丈夫的畸形婚配习俗，批评了封建婚姻对妇女情感的摧残与禁锢。黄蜀芹执导的《人·鬼·情》，以著名女艺术家裴艳玲为生活原型，塑造了秋芸在艺术道路、情感道路和生活道路上的辛酸历程。从小喜欢戏曲的秋芸在父亲指导下学男角，演钟馗，很快成名，然而，别人的嫉妒、讽刺、流言、诽谤总伴随着她，使她深感苦恼。"文化大革命"中，因无戏可演，秋芸结婚成家，生了两个孩子。粉碎"四人帮"后，秋芸焕发了青春，重返舞台。但丈夫对她的事业不支持，离家而去。生活的种种波折，使她深感人情寡淡，决心一辈子嫁给舞台。影片围绕戏曲女演员秋芸的从艺生涯，反映了她的坎坷经历，体现出她的最大痛苦是无法得到一个女人应得到的东西，事业的成功与内心的孤寂形成强烈对比，表现出人物的压抑心理和矛盾痛苦的心态。王进导演的《寡妇村》，围绕一个闽南渔村奇特的婚俗和三对性格各异、情况不同的年轻夫妻的命运，反映了这种愚昧落后、具有强烈封建意识的婚俗所造成的悲剧。影片以对三位女性的心理刻画为重点，反映了封建意识对人尤其是女性的生命意识和性心理、性需求的压制。

与此同时，一批刚发表的文化寻根小说很快被改编成电影或者电视剧，形成了文化寻根影视剧与文化寻根小说的唱和之势。导演张子恩把冯骥才的《神鞭》改编成同名电影，影片以清末天津的市井生活为背景，塑造了一位以辫子为武器的憨实汉子傻二。他相继斗败了一群以玻璃花为首的地痞流氓，一时名声大震，被尊称为"神鞭"。八国联军入侵时，傻二加入了义和团，甩动"神鞭"英勇杀敌，可洋枪却打断了傻二的"神鞭"。到民国初年，玻璃花混了一身军皮回到天津拿着枪向傻二寻机挑衅。几年后，傻二又突然出现在玻璃花面前。傻二手持双枪，发发命中，令玻璃花叹为观止。傻二说："鞭没了，神留着。"这是一部准武侠电影，影片对傻二辫子的渲染虽然有夸张的成分，但傻二父亲对他的临终忠告以及他随时代而变革"神鞭"精神的思想，却体现出中国文化思想的精华。

电影《神鞭》海报

（图片来源于《神鞭》－百度百科中的插图，http://baike.baidu.com/link? ur l = 6fu19q2tEvVl3c3uCaIUkXKE1jOY7o _ s8zpe346rkDBc4HLGWIDsQyl6G9CoK2N8iEfvkgJ1krobd93RJdhDpP99uk8NRVq7vKKFn SyBoV3）

1987 年，导演吴天明把郑义的中篇小说《老井》改编成同名电影，并由张艺谋饰演男主角孙旺泉。孙旺泉和巧英都是高中毕业生，他们热恋着，共同向往外面的世界。但是，为了给旺泉的弟弟换钱娶亲，万水爷硬要他"倒插门"做年轻寡妇喜凤的丈夫。为此，旺泉和巧英决定离家出走。不料，脾气倔强的万水爷硬是将二人拦住留下。正在这时，旺泉爹在井下被炸死。旺泉迫于家庭压力和现实困境，只好答应做倒插门女婿。为了让家乡人喝上水，旺泉参加了县办水文地质学习班。旺泉学成归来后，与旺才、巧英等年轻人终日颠簸，风餐露宿，在群山之中寻找水源。全村人日夜奋战的关键时刻，突然出现了塌方事故，旺才被砸死。旺泉和巧英被土石封在井下，两个不能结婚

的恋人在生命绝望之时，终于做了一次夫妻。不久，两人被救了出来。旺泉出院后又继续坚持打井事业。没有了资金，万水爷带头捐献财物。巧英捐献了自己准备结婚的全部嫁妆，独自离开了令她伤心的村庄，去外面寻找新的生活。井，终于出水了。村民们集资刻了石

碑，上面镌刻着《老井村打井史碑记》和"千古流芳"四个大字。影片是在旱魔肆虐的自然环境中，弹奏出一曲太行山儿女坚忍顽强的壮丽乐章，充分体现出在严酷的自然环境中老井人那内在的强大的性格力量。

电影《老井》剧照

　　当时，文化寻根小说的代表作家阿城的作品很受导演青睐。1987年，陈凯歌把阿城的中篇小说《孩子王》改编成同名电影，影片讲述一个知青在云南偏远乡村当教师的短暂经历。陈凯歌在谈《孩子王》创作初衷时说："我写《孩子王》这个人物，是想通过他表现中国正直的知识分子的心路历程。……我虽然不是一个社会学者，不是哲人，无力为社会提出改革的最佳方案。但注入我思想深处的忧患意识和社会责任感，使我的内心常常是忧愤深广的。因此，我的影片总是在关心着整个社会，关心着国家和民族的大事，关心着老百姓以及自己身边的人。"① 1988年，导演滕文骥把阿城的另一部中篇小说《棋王》改编成同名电影，影片讲述了一个叫王一生的北京知青在云南嗜棋如命

_____

① 罗雪莹：《背负着民族的十字架——陈凯歌访谈录》，《敞开你的心扉——影坛名人访谈录》，知识出版社1993年版，第112页。

的传奇经历。影片通过人物形象力图阐释的并非人与棋的关系，而是一种平凡而实在的人生态度，表现老庄哲学中的淡泊宁静、无为而为的超脱境界和精神气韵。1991年，香港导演严浩和徐克也把《棋王》改编成同名电影，不过，这部电影把阿城的小说《棋王》与台湾作家张系国的小说《棋王》融合在一起，虽然主人公还叫王一生，但情节与小说相比，发生了改变。电影描述一位香港广告人赴台湾协助友人搞好电视节目《神童世界》，但却看到能预知未来的神童被人摆弄成棋子的遭遇，这令他想起自己童年时曾随表哥在大陆经历了"文化大革命"的传奇一页，目睹了棋痴王一生以一敌九的壮观场面。影片把互不相干的两部小说，通过时空转换的方式，把大陆、台湾、香港有机地联系在一起，增加了影片的厚重感和现实性。

严浩和徐克导演的电影《棋王》剧照

1989年，谢添把邓友梅的中篇小说《那五》改编成五集同名电视连续剧，该剧展现了那五这个八旗子弟几十年坎坷生涯中许多荒唐、可笑又可悲的故事。剧中人物地道的北京对话，古旧的北京胡同等场景，都让整部剧京味儿十足。

进入90年代，文化寻根小说已经降温，而文化寻根影视剧却绵延不断。比如孙周的《心香》（1991），吴贻弓的《阙里人家》（1992），何平的《炮打双灯》(1993)，谢飞的《黑骏马》(1995)，霍建起的《那山，那人，那狗》(1998)，李保田的《烟壶》(1999)，张扬的《洗澡》(1999)，等等。这些影视剧依然保持着文化寻根的主题内核，充分体现了创作人员对中国传统文化深层结构的审视。《心香》《阙里人家》《洗澡》等电影，反映的是中国传统文化面临现代转型社会的尴尬处境，京剧、家规、旧式澡堂等优良的民族传统文化，如何在现代社会传承和保留下来，已经成为编剧和导演共同思考的问题。

到了90年代，依然有不少导演热衷于改编文化寻根小说。何平导演的电影《炮打双灯》改编自冯骥才的同名小说。影片通过青年画匠牛宝与大户人家的小姐春枝的爱情故事，表达了对一直支配着中国人命脉和扼杀人权的传统教条和家族约束的严加抗议。谢飞导演的电影《黑骏马》改编自张承志的同名小说。影片以辽阔壮美的大草原为背景，以一首古老的民歌《黑骏马》为主线，反映了蒙古族青年白音宝力格的成长历程以及他和索米娅的爱情悲剧，再现了草原民族的风俗人情，歌颂了草原人民善良、朴质、勤劳的美德。霍建起的电影《那山，那人，那狗》是根据彭见明的同名小说改编的，影片讲述了一个父亲让儿子接替乡邮递员的朴素感人故事。该片风景秀丽，人情味浓，艺术性极强，情节简单，节奏缓慢，所表现出的父子间的脉脉温情，人与自然的和谐相处，都令观众深受感动。李保田执导的20集古装电视剧《烟壶》改编自邓友梅的同名小说。电视剧以清末皇家贵族子弟的生活为背景，讲述了八旗子弟乌世保学习鼻烟壶内画技法的传奇人生，充分展现了中国传统瓷器古月轩烧制、绘画的独特技法。

与文化寻根小说的短暂热潮不同，文化寻根影视剧一直贯穿着整个新时期，从未间断。无论是电影还是电视剧，寻中国传统文化之根一直是影视剧创作人员矢志不渝的艺术追求，寻根精神一直弥漫于影视艺术创作之中。同时，文化寻根影视剧也受到广大受众、知识分子和主流意识形态的接纳和肯定，在新时期影视艺术史上占据着重要的地位。

三 文化寻根的再审视

无论是文化寻根小说，还是文化寻根影视剧，它们的共同主题是重新感知和再审视中国传统民族文化。但需要说明的是，这些作家和导演并非是生活在传统民风民俗中的土著，正相反，他们大多数是积极接受西方现代派文艺思潮的一族，"文化寻根不是向传统复归，而是为西方现代文化寻找一个较为有利的接受场"①。虽然文化寻根小说和文化寻根影视剧作品大多写的是传统民间故事，但是这些作家和导演并不是真正来自民间。"生在城市、长在城市的他们即使被放逐在乡郊野外与当地农民同吃同住多年，也无法改变他们从现代城市人的眼光看民间乡下的视点，因此他们笔下对民间传统的寻根，想象多于实际，主观多于客观。"② 作家和导演在精神活动、内心感受、创作动机方面有许多相似性，他们的作品借历史的外壳，冲破政治意识形态的压迫，借古人的嘴吐露自己的心声，因此，无论是小说还是影视剧作品，都共同观照心灵的真实感受。

许多文化寻根作家都显现出对现代性的批判和质疑，他们对民族传统危机感到十分焦虑，对于当今时代一路高歌猛进的现代性，他们时刻保持着警惕。正是基于对现代性祛魅的破坏后果的思考，文化寻根作家特别是少数民族作家的小说，借重于本民族古老自然神话的复现，刻意引入有关本民族的传说和神话内容，通过密集的神话元素来讲述故事，来呈示神秘的大自然，对自然进行复魅，将古老神话中的禁忌、观念神圣化、合理化，从而促使人们遵守古老的生态习俗，尊重自然规律，以克服现代性祛魅的弊端，挽救生态环境的危机，拯救人类的未来。许多少数民族在他们的传说中，往往将自己民族的兴起、起源与一些神秘的野兽联系起来，体现出远古祖先的原始图腾。如拓跋鲜卑族的神兽是驯鹿，是所谓的"鲜卑郭落"；党项族的神兽则是马与黑牛；鹿是鄂温克族的图腾。鄂温克族作家乌热尔图的一些

① 陈思和主编：《中国当代文学史教程》，中国传媒大学出版社 2010 年版，第277 页。
② 冯果：《寻根文学与五代电影人的叙事电影》，《求索》2010 年第 12 期。

文化寻根小说如《七岔犄角的公鹿》，通过叙述"我"去打猎、公鹿抗狼、解救母鹿等一系列事件，融入了鄂温克人古老的神话世界观，反映了鄂温克人对鹿的依靠、敬仰和崇拜。蒙古族作家满都麦的《四耳狼与猎人》，郭雪波的《沙狼》《狼孩》亦融入了蒙古族有关狼的神话传说。李传锋是土家族作家，他在《红豺》中融入了红豺的神话传说，对土家人来说，红豺被视为"密林的灵兽""土地爷养的神狗"。红豺虽然身材娇小，但长于智慧，富于灵性。它们是人类的朋友，是野猪的天敌，是维护生态平衡的有功之士。每当野猪肆虐地糟蹋土家人的玉米时，红豺家族与山寨的猎人组成统一战线，共同对敌，使疯狂作乱的野猪无处藏身。少数民族作家集体性地继承了本民族的神话、传说这些文化遗产，有意识地复活远古神话的瑰丽色彩，展示自然本性的神秘魔力。

电影《霸王别姬》剧照

毋庸置疑，新时期文化寻根浪潮是在中国打开国门、迈向现代化的大环境之下发生的。面对西方强势群体的现代性文化浪潮，无论是作家还是其他文艺工作者，都不得不思考中国文化如何立足于世界舞台。他们不约而同地感觉到，中国文化的独特魅力恰好是几千年形成的民族传统。于是，一股文化寻根热从文化界蔓延到文学界，再蔓延到电影界、电视界等其他艺术领域，为中国文化融入世界的大家庭而做出共同的努力。

影视剧的文化寻根热是在文学界的推动下形成的，因为导演和文化寻根作家有着相似的城市生活背景,共同的农村生活经验,在艺术追求和文化价值取向上也有许多契合点。因此,许多导演热衷于对文学寻根小说的改编,作家和导演在文化寻根纽带的连接下,步入他们与众不同的艺术世界,为小说和影视艺术的发展开创了一片新世界。然而,一些文化寻根电影导演对文学的倚重有自己独特的观念,他们不需要完整的情节和吸引人的故事,他们需要的是小说的风格,希望通过小说故事得到启发,把导演自身感悟融入作品之中。同时,由于他们对电影视听手段的开掘和对空间表意的重视,使得他们充分认识到电影与小说创作手法的差异。陈凯歌是这样谈论电影与小说的关系的:"我一直认为最好的小说是没办法变成电影的。像鲁迅的小说无疑有极强的艺术性,但你没有办法将它变成电影。至少需要将它改头换面,必须彻底改换形式,才能变成好的电影作品。拿我的《霸王别姬》和《风月》来说。《霸王别姬》的原著作者李碧华是一个很聪明的作家。她给你提供的东西第一不是思想,第二不是情节,第三不是故事。最重要的一点是她提供了一种人物关系。所有的东西都是从人物关系里升华出来的。在她所提供的人物关系之间有很多的潜力可挖。《霸王别姬》最后保留原著小说中的就是这种人物关系。换句话说,我现在拍成的电影中没有一个是根据现成的小说拍摄。一个都没有。而且我不认为存在这样的小说。我必须按照我自己的想法去结构一个故事。我自己现有一个想法、现有一种感动,而且这种想法与文学的创作正好契合。但要拿文学作品拍电影,这方面没有现成饭可以吃。"①

由于现代性与民族传统的矛盾,导演对文化寻根小说改编视野的独特性,新时期文化寻根电影往往呈现出传统与现代互渗、愚昧与文明并存的文化空间,如《孩子王》《良家妇女》《湘女萧萧》《人·鬼·情》《井》《欢乐英雄》《寡妇村》《女人花》《贞贞》等。有的文化寻根电影初衷在于找寻民族文化的"优根",而文本所呈现出来的却是坚决

---

① 李尔葳:《直面陈凯歌》,经济日报出版社2002年版,第147页。

的批判。《湘女萧萧》的改编
说明了改编者鲜明的"断
根"① 取向，沈从文原作旨在
赞美边远山村纯朴的人性，
而这种人性又是传统民风所
赐予的，传统文化是沈从文
所极力褒扬和肯定的。改编
者背离了这一取向，转向了
对传统的批判，而肯定了现
代性的改变。黄蜀芹的《人·
鬼·情》与此类似，通过一个
京剧女演员的艺术追求和人
生遭遇，表达了主创者的文
化"断根"取向："如果能深
入人的内心世界，挖掘出民
族特有的文化心理将是很有
意思的。其中有极灿烂的部
分：艺术精粹、浓郁人情；
也有极糟糕的部分：妒忌、
窥私癖、扼杀人的创造力等
等。也许这就是那看不见、
捉不着的'鬼'。"②

电影《湘女萧萧》海报

（图片来源于湘女萧萧－百度百科中的插图，
http：//baike. baidu. com/link? url＝hZP5LfYo3o6
4eNI888m＿ yjnutdN6SMyauD0NOqB81WBEl7YiW
v8x55NIf＿NQSp6PJVHmzGptYt6ntDx0＿SOKq）

在新时期文化寻根影视剧创作中，"还存在一种类型，不可以用

---

① 金昌庆认为："传统文化一度被认为造成了中国现代性进程的延宕，有批判剔除的
必要，这就是断根电影所要着力表现的。这一类电影描绘生存环境的落后与闭塞，以及处
于其间的人们的愚昧和麻木，或者揭露传统社会秩序对生命个体的压制、戕害，表现出对
传统文化的否定性评价。"（见金昌庆《论寻根电影的文化价值取向》，《南京师范大学文学
院学报》2006年第4期）

② 黄蜀芹：《〈人·鬼·情〉的思考与探索》，《中国电影年鉴（1988）》，中国电影出
版社1989年版，第2页。

某种鲜明的价值选择进行概括，从而表现出文化选择的困惑"①。这类影视剧的创作者既认同现代意识，又接受传统文化中的精髓。如果我们以对传统文化的观念来辨认文化寻根的取向的话，续根是对现代文明和传统文明的双重认同，断根是对传统文明的否定，而归根则是对传统的完全认同。而徘徊于传统与现代之间的观念，则体现出文化价值取向上的犹豫不决，既认可传统文化的美好质素，又肯定现代文明的正向价值；既深切体认到传统文化劣根的危害性，又对现代文明的负价值加以否定。

黄健中导演的电影《良家妇女》表现了女主人公突破传统婚嫁习俗的束缚，走向现代婚姻制度的艰难过程，呼唤新文明的到来，否定旧文化的束缚，在叙事空间里呈现出传统文化，展示了传统文化对人的束缚与压抑。在影片中，虽然文明战胜了愚昧，现代婚姻观战胜了传统婚嫁陋俗，但我们看到女主人公对传统文化仍有一定程度的依恋。胡柄榴导演的电影《乡音》则重在表现传统与现代的二元对立，在现代化进程中，传统落后意识迟迟不肯退出现实社会，依然顽固地存在于乡间。影片把镜头对准封建文化遗存较多的边远乡村，深入传统文化的根部，细致地呈现了一位恪守传统的农村妇女陶春的日常生活，表现了女主人公的人生悲剧。显然，导演认同了现代性文化观念，批判了传统文化对女性的束缚，但导演对陶春这一形象又流露出赞美之情，在情感上表现出对传统文化的深情眷恋。导演谢添导演的电视剧《那五》也表现了传统文化两面性的特征。一方面，八旗子弟那五因酷爱京剧、古玩字画、单弦而变成一个不学无术、好吃懒做的公子哥，传统文化因此培育了许多"寄生虫"；另一方面，主创人员又对京剧、古月轩瓷器、单弦等传统文化表现出欣赏和赞美之情。

传统文化的多样性、复杂性和厚重性特征，造就了文化寻根影视剧在整个新时期发展过程中的长盛不衰。新时期初期的反思影视剧思潮，只辉煌了短短几年。改革影视剧思潮虽然一度兴盛，但因为受到

---

① 金昌庆：《论寻根电影的文化价值取向》，《南京师范大学文学院学报》2006年第4期。

现实生活的种种限制，缺乏远距离的审美观照，所以有影响的力作不多。新写实影视剧思潮关注当下，关注下层社会群体的生活，抚慰被现代性灼伤的底层心灵，产生了一定的社会影响，但它到 90 年代中后期才出现。而文化寻根影视剧思潮贯穿于整个新时期。80 年代前期的文化寻根影视剧重在深挖封建文化的劣根，80 年代中后期一度对民族传统文化采取全面批判和扬弃的态度。到了 90 年代，影视编导开始重新重视文化寻根，形成绵延不断的文化寻根风景。因此，无论从影响大小，还是从时间持续长短来看，文化寻根影视剧思潮几乎贯穿新时期始终，其他影视创作思潮都无法与之相比。

文化寻根影视剧虽然大多数改编自小说，然而，文化寻根影视剧特别是文化寻根电影的社会影响力，远远超过了文化寻根小说。文化寻根电影在新时期的电影界、文化界以及整个社会、国际上产生了巨大的影响，引发了 "《乡情》热" "《乡音》热" "《老井》热" 等。文化寻根电影是国际获奖专业户，从新时期影片获得国际奖项来看，文化寻根电影产生的国际文化影响最大。新时期（1977—2000 年）共拍摄故事片 2724 部，其中 133 部故事片在国际上共获奖 268 项，35 部文化寻根电影获得国际奖项，共获奖 97 项，约占 36.2%，每部影片平均获奖约 2.74 项[①]，比如《良家妇女》《老井》《香魂女》《霸王别姬》等电影，在国际上获得了多项大奖。《香魂女》获第 43 届柏林国际电影节金熊奖，《霸王别姬》获第 46 届戛纳国际电影节金棕榈奖。可以说，西方国家对中国文化的认识和了解，绝大部分是通过文化寻根电影传播的。

在社会转型和现代化快速发展的今天，如何正确看待和认识中国传统文化？如何传承和发扬传统文化？这已经成为文学界和影视界共同思考的问题。对于极具正面价值维度的传统，是否都可以因应现代性，赋之以保守、落后的质地而彻底删削、修剪乃至毁弃呢？答案当然是否定的。笔者认为，背弃了传统的现代化是殖民地或半殖民地化，而背向现代化的传统则是自取灭亡的传统。适应现代世界发展趋

---

① 金昌庆：《寻根：新时期电影思潮的主流》，《南京艺术学院学报》2006 年第 3 期。

势而不断革新，是现代化的本质，但成功的现代化运动不但善于克服传统因素对革新的阻力，而尤其善于利用传统因素作为革新的助力。

第二节 《那五》的民俗文化与京味风格

一 八旗子弟的悲喜人生

邓友梅（1931— ），1942 年在山东参加八路军，做小交通员。1943 年，因部队精简，赴天津务工，在被某工厂招收之后，被强行押送至日本山口县的一个化工厂做苦工。1944 年返回中国，重新参加八路军，做通讯员。1946 年开始发表作品。1955 年在中央文学讲习所学习结业后，从事专业创作。1956 年发表引起轰动的小说《在悬崖上》。1957 年被错划为右派分子。1962 年摘帽后调到鞍山，先后在鞍山话剧团、鞍山市文联任创作员。"文化大革命"中受严重迫害，被送盘锦等地改造。1976 年，调北京市文联任专业作家。先后任北京市文联书记处书记、中国作协副主席、全国政协委员等职。新时期初期，创作了大量的中短篇小说。《我们的军长》（1980）、《话说陶然亭》（1981）先后获得全国优秀短篇小说奖， 《追赶队伍的女兵们》（1982）、《那五》（1983）、《烟壶》（1984）先后获得全国优秀中篇小说奖。另外，著有《邓友梅短篇小说选》《京城内外》等短篇集和《樱花、孔雀、葡萄》《一分钟小说一百篇》

作家 邓友梅

（图片来源于邓友梅–百度百科中的插图，http：//baike. baidu. com/link？ url =JuDcaWRWMccb-Qx38FGRpsT4CYDbkdi4Px2Ge-yCmLkAyK8QKu22bhrx2f9QvjKXTWu-FhBD7-PNqBC73mQ 5M_ ）

等散文集。陈思和评价道:"邓友梅的小说以描写市井生活和市民文化见长,对文物书画又非常熟悉,以生动简练的笔锋刻画民俗风情,赋予历史的感悟,透露出浓浓的'京味'。"①

邓友梅虽然不是北京人,但进北京很早。新中国成立初期,他进北京做的一件工作——落实安排一些旧中国有地位家族人的生活,其中很大一部分是八旗子弟。邓友梅说:"在我们眼里,旗人又爱吃,又爱讲究,又爱吹,但没本事。(可是)我发现旗人的文化艺术修养比我们汉族人高得多,再进一步细致了解,在字画,音乐,美食文化等方面,他们这个民族的底蕴是很深的。"② 这段时间的工作经历为他后来创作《那五》《烟壶》等反映八旗子弟的真实生活奠定了坚实的基础。

中篇小说《那五》发表于 1982 年《北京文学》第 4 期上,小说成功地塑造了"不光办好事没能耐,做坏事本事也不到家"的没落八旗子弟那五的形象。那五是八旗子弟的后裔,祖父是内务府堂官,父亲福大爷 7 岁就受封为"乾清宫五品挎刀侍卫"。辛亥革命后,清朝覆灭,家道败落,福大爷折腾光了家产,一命归西,"留下那五成了舍哥儿"。那五自幼养尊处优,游手好闲,斗鸡走狗,听戏看花,还比福大爷更胜一筹。长大成人后,那五虽然一贫如洗,却好逸恶劳。他与索七贩卖古月轩失败后,被祖父的小妾云奶奶好心收留,又过起了贵族公子的生活。那五耐不住寂寞,当上了小报记者,到处坑蒙拐骗。买了"醉寝斋主"的小说稿《鲤鱼镖》在报上连载,却得罪了老拳师武存忠。报社因此辞退了那五,他只好又回到云奶奶那里。不久,又受贾凤楼的利用,假装阔佬,捧艺人贾凤魁,骗阔少的钱。但乐极生悲,那五真被当成阔佬遭到车夫抢劫,把衣服扒得只剩下一条裤衩。琴师胡大头劝那五学一门正经职业,那五却要跟着胡大头学戏。出师后,经人介绍,去茶馆唱清音,又去电台播音,勉强混口饭吃。新中国成立前夕,那五给国民党官兵教戏,不想遇到解放军进

---

① 陈思和主编:《新时期文学简史》,广西师范大学出版社 2010 年版,第 116 页。
② 苏迎雪:《论邓友梅小说创作体现的生存智慧》,《北京广播电视大学学报》2009 年第 4 期。

城，吓得辞职回家，又遇到逃出来的贾凤魁在云奶奶家租房。新中国成立后，无一技之长的那五又鬼使神差地被分到一个通俗文艺单位工作。那五作为一个不可多得的艺术典型，概括了相当深广的历史生活和社会内容。"倒驴不倒架"的那种腐败无能而又妄自尊大的八旗子弟，那种坐吃山空、好逸恶劳、玩世混世的寄生性害了那五，也是由盛而衰的清朝贵族阶级的致命伤，这也成为清王朝覆灭的根本原因。

清代八旗子弟作为一个特殊的社会群体，从八旗创立以来，在中国历史的大舞台上活跃了三百多年。清兵入关以前，努尔哈赤把满洲军队分成了四旗，每一旗，起初是7500人。后来因为人数一天天增加，又由四旗扩充为八旗。八旗旗色分别是正黄旗、正红旗、正白旗、正蓝旗、镶黄旗、镶红旗、镶白旗、镶蓝旗。这些八旗的编制是集军政、民政于一体的。清兵入关后，八旗官兵大多受到了优待，地位崇隆，当了王公大臣；地位小的，当了参领佐领。由于他们参与"开国"有功，地位特殊，世世代代食禄，于是，他们的后代形成了特殊群体，被人们称为"八旗子弟"。这些八旗子弟凭祖宗的福荫，好些人世代有个官衔，领月钱过活，于是，他们成了游手好闲、好逸恶劳、恶习满身、腐化沉沦的群体。有的人名义上还是参领佐领，但实际上并不带兵，有的人名义上还是骁骑校，但是已经不会骑马。拉弓射箭的手臂变成了提着鸟笼的柔肢，气吞山河的气概变成了烦琐的礼节，建功立业之态变成了听曲儿赏画儿之趣。

邓友梅的《那五》便是对八旗子弟生活的真实写照，福大爷、那五、索七等人就是八旗子弟的典型代表。那五的父亲福大爷7岁就被封为"乾清宫五品挎刀侍卫"，可福大爷连杀鸡都不敢看。不会"挎刀"的福大爷，却会玩鸽子走马、捅台球糊风筝、唱京戏拍昆曲。那五在父辈的熏染下，吃喝玩乐更胜一筹，学会些摩登的新奇玩意，溜冰、跳舞，在王府井大街卖呆看女人，上"今来雨轩"坐茶座泡招待。那五的玩伴索七也是一个会玩的主儿，一会儿把家里的古董古月轩偷出来卖，一会儿又去捧角儿，从不干正经事。他们自始至终不认为人活着得诚实劳作，干正事走正道，那些最朴素的人生真理与他的意识毫不沾边，而投机取巧、损人利己、自私怯懦、好逸恶劳、要面子讲排场却成了他们无论遭遇到什么世道变故都改变不了的人生底色，成了他们人性中最顽固的部分。

邓友梅笔下的那五是一个复杂的人物，既有八旗子弟的共性，又有独特的个性。他自尊而又自贱，可悲而又可笑，他是"倒驴不倒架儿，穷了仍然有穷的讲究"。当他生活无着、穷困潦倒之际，好心的云奶奶收养了他，而他反倒拿出了少爷主子的架势，"又恢复了一天三换装的排场"。那五一方面在社会上鬼混，在《紫罗兰画报》到处坑蒙诈骗，显出了八旗子弟的可恶性格；另一方面，当他得罪了老拳师武存忠时，又吓得屁滚尿流，服软认错，又显示了他可笑的一面。当贾凤楼利用他假装阔佬骗取阎大爷的钱包时，他尝到了"捉弄人的美劲"；然而，当他被人抢劫、扒光衣服时，也尝到了被人捉弄的可怜滋味。老中医过大夫劝那五跟自己学点医术，走上自食其力的道路。但是，那五"一看《汤头歌》《药性赋》脑壳仁就疼"，他想学点简便的打胎"偏方"，谁家闺门小姐有了私情怕出丑，"打一回不给个百儿八十的"，气得过大夫"差点儿背过气去"。武存忠有意劝那五放下架子，跟自己学点打草鞋的谋生之道，但是那五却认为这是"太不把武大郎当神仙了"，有损自己"金枝玉叶"的体面。"邓友梅入木三分地揭示了那五身上反映出来的没落贵族的心理状态，并使它与那五的妄自尊大、好逸恶劳、苟且偷生的个性特征搓揉交织，天衣无缝。"①

那五这个艺术形象不仅是破落的清朝八旗子弟的典型代表，而且具有广阔的社会历史内容和深刻的现实意义。邓友梅描写的那五主要生活在抗日战争时期的北京城，那时候，包括北京在内的大半个中国被日本人占领，老百姓生活在日本侵略者的铁蹄和皮鞭之下。一些软骨头的中国人卖国求荣，当了汉奸，成为日本人的爪牙。小说里，武存忠有一段教育那五的话："家业败了可也甩了那些腐败的门风排场，断了四体不勤五谷不分的命脉，从此洗心革面，咱们还能重新做

---

① 邴璐：《〈那五〉创作艺术谈》，《北京师范学院学报》（社会科学版）1983 年第 2 期。

个有用的人。乍一改变过日子的路数，为点难是难免的，再难可也别往坑蒙拐骗的泥坑里跳。尤其是别往日本人裤裆下钻。宣统在东北当了儿皇帝，听说北京有的贵胄皇族又往那儿凑。你可拿准主意。多少万有血性的中国人还在抗日打仗。他们的天下能长久吗？千万给自己留下后路！"与溥仪那些卖国卖家的八旗子弟相比，那五仅仅是"哀其不幸，怒其不争"的八旗子弟而已，绝不是"不肖子孙"。那五的家业是被他父亲败光的，他穷困潦倒之际，最多干了一点坑蒙拐骗的事，却从来没有跟日本人混在一起。正如那五自己所说："政界的边我是一点也不敢沾。我没那个胆量！"那五虽无一技之长，有时候穷得寄人篱下，却依然不忘祖宗的脸面，讲究八旗子弟的礼数。而以溥仪为首的八旗子弟，早就把祖宗的脸丢光了，成为八旗子弟和整个中华民族的叛徒。正因为如此，新社会让溥仪进了监狱，而挽救了那五这样的八旗子弟，让他走上了自食其力的道路。

在谈到艺术追求时，邓友梅说过："我向往一种《清明上河图》式的小说作品。"① 在新时期初期，这是一种新的审美姿态。所谓《清明上河图》式的小说，是指那种包罗万象，看似平淡无奇，实际上多姿多彩的社会风俗画式的创作。作品极力描摹人情世态，审美趣味由高雅转向世俗，从中表现出社会现实的民风民俗。所谓民俗，是一种集体性的文化传承现象，一旦形成，"就成为规范人们的行为、语言和心理的一种基本力量，同时也是民众习得、传承和积累文化创造成果的一种重要方式。"②

《那五》这篇小说给人一种稀有和新奇之感，邓友梅独到地制作了一幅老北京的风俗画，向读者展示了一个光怪陆离、无奇不有的市井社会。这里有博古堂掌柜马齐蒙骗德国佬的假瓷器"古月轩"；《紫罗兰画报》专登后台新闻、坤伶动态、喝艺人血养活的主笔；为诈取牛角坑房主和丰泽园老板的酬金，"记者"编造"牛角坑空房闹鬼，丰泽园菜中有蛆"的新闻；为了立即成名，可以花钱买别人的

---

① 邓友梅：《寻访"画儿韩"篇外缀语》，《小说月报》1982 年第 2 期。

② 钟敬文：《民俗学概论》，上海文艺出版社 1998 年版，第 1—2 页。

稿子；有钱人拿臭钱捧角儿，角儿也可以设计赚有钱人的腰包；天桥上的警察与强盗串通一气，黑夜劫财，共同分赃。一些人品卑劣的人混在市井之中：专门炮制和买卖低级黄色小说的醉寝斋主，极其庸俗无耻；剥削、倒卖女伶的贾凤楼，相当贪婪卑鄙。他们唯利是图，毫无品行，败坏社会风气。他们的存在是北京市民社会的一面镜子，照出了那五们的可笑、可鄙、荒唐、无用。"作家俯瞰老北京市民风情，用明亮的色彩勾勒出了风俗美的一面，用灰暗的色彩皴染了风俗中丑的一面，通篇则散发着浓郁的风俗美。"①

二 电视剧的幽默情调与悲剧现实

1989 年，著名导演谢添把小说《那五》改编成五集同名电视连续剧，剧中人物地道的北京对话，古旧的北京胡同等场景，都让整部剧京味儿十足。

谢添（1914—2003）早年就读于天津英文商务专修中学。1933 年在天津开始业余话剧演出。1935 年来到上海参加业余剧人协会。1936 年初登银幕，在明星影片公司拍摄了《夜会》《清明时节》《生死同心》等影片。抗战爆发，随剧团赴四川，参加拍摄了影片《风雪太行山》，并演出《卢沟桥》《重庆二十四小时》《金玉满堂》《结婚进行曲》等话剧。新中国成立后进入北京电影制片厂任演员，先后在《新儿女英雄传》《六号门》《无穷的潜力》等影片中饰演了地主恶霸、封建地头和老工人等性格迥异的形象。1958 年在影片《林家铺子》中成功地塑造了林老板这个艺术形象。之后入北京电影学院专修班学习，电影工作从演员逐渐转向了导演，先后导演了《水上春秋》(1959)、《洪湖赤卫队》(1961)、《花儿朵朵》(1962)、《小铃铛》(1964)、《甜蜜的事业》(1979)、《七品芝麻官》(1979)、《丹心谱》(1980)、《茶馆》(1982)等影片和《那五》(1989)等电视剧，并多次获百花奖和金鸡奖。同时，还参加《老人与狗》(1992)、《红娘》(1998)等影片的演出。他

---

① 陈立萍：《论邓友梅中篇小说〈那五〉的创作特色》，《长春大学学报》2003 年第2 期。

做演员，被称为"银幕上的千面人"；他做导演，被誉为"中国的卓别林"。谢添在中国电影表演长河中，处在演员和导演两种创作之间，承上启下，演、导兼能，对新一代从事电影表演、导演创作人才的培养做出了贡献。

《那五》既是谢添导演的唯一一部电视连续剧，也是他导演的最后一部影视剧。在执导《那五》时，谢添已75岁高龄。为了拍好这部电视剧，他邀请邓友梅和魏铮任编剧，邀请杜民和罗国良做副导演。由于小说原作具有喜剧风格，于是，他邀请相声演员冯巩饰演那五，牛群饰演贾凤楼，邀请喜剧演员牛振华饰演索七，李丁饰演醉寝斋主，同时邀请张帆饰演云奶奶，倪萍饰演贾凤魁。相声演员和喜剧演员的加盟，增强了电视剧的喜剧性和幽默感。

邓友梅在被打成"右派"下放当工人之后，空闲时经常到天桥听评书，发现说书

导演 谢添

（图片来源于谢添 – 百度百科中的插图，ht-tp：//baike. baidu. com/link？ url = a0KaX44 – R y0g4pxxfgAvLRZcbAB7Oj8XYDVkFEPP1-qbCktJJ 7z5ObJrHgffkfb5SoWb3Un4Udx2AIOu9cCu1Ksw_ YjwsHkMX9MPFCn0o2i）

人要用幽默诙谐的语言抓住听众。于是，邓友梅将说评书的表现技巧，运用到《那五》的创作上，使这篇小说充满了幽默感。而谢添也是一个幽默风趣的人，喜欢笑对人生各种苦难。他既在《新儿女英雄传》《六号门》等电影中饰演过反面的喜剧角色，又导演过《甜蜜的事业》《七品芝麻官》等喜剧电影。因此，要把小说《那五》幽默的喜剧风格呈现在电视荧屏上，对谢添来说已驾轻就熟。电视剧《那五》不仅

保持了小说的幽默感，而且通过人物对白和演员表演，进一步增强了视觉化的喜剧效果。比如，小说中过大夫劝那五学医的情节，在电视剧中就充分展现了视觉化的喜剧风格和幽默情调。小说情节原文如下：

　　过大夫仍住在南屋。那五来后，他尽量的少见他少理他。
　　可他还是忍不住气。有天就借着说闲话儿的空儿对那五说："少爷，我们是土埋半截的人了，怎么凑合都行，可您还年轻哪，总得想个谋生之路。铁杆庄稼那是倒定了，扶不起来了。总不能等着天上掉馅饼不是？别看医者小技，总还能换口棒子面吃。您要肯放下架子，就跟我学医吧。平常过日子，也就别那么讲究了。"那五说："我一看《汤头歌》《药性赋》脑壳仁就疼！有没有简便点儿的？比如偏方啊，念咒啊！要有这个我倒可以学学。"过先生说："念咒我不会。偏方倒有一些，您想学治哪一类病的呢？"那五说："我想学打胎！有的大宅门小姐，有了私情怕出丑，打一回不给个百儿八十的！"过先生一听，差点儿背过气去！从此不再理他——那年头不兴计划生育、人工流产，医生把打胎看作有损阴德的犯罪行为！

　　那五是个自尊又自贱的人。当他与索七卖古董失败后，摇尾乞怜地找云奶奶收留，给云奶奶和过大夫又是请安，又是问好，显出可怜样。可是云奶奶把他当少爷捧着时，那五又摆起了主子的身份，衣服一天三换，窝头大了不吃。过大夫看不下去，才厚着脸劝那五学医，可他不知好歹，要学打胎，气得过大夫说不出话来。这段描写不仅形象地揭示了人物的神态、心理和性格，而且给人一种幽默感，使人发笑，促人沉思。我们再看电视剧对这个情节的处理。

　　镜头1：（中景，摇）早晨，穿着白绸衫的那五洗漱后，在院子里吃早饭。他端着稀饭碗边走边吃，忽然看见南屋门外的一块匾，写着"过儒臣大夫寓所"。

那五嘲笑道："可真能凑合啊！一块匾就能开一所医院了。哈哈！"

练完太极拳的过大夫从那五身边走过，那五主动打招呼："过老伯，早上好。"

镜头2：（近景）正要进屋的过大夫回过头来，虎着脸说："你吃完了，到我屋里来一趟，我有话跟你说！"

那五的画外音："哎！"

过大夫掀起门帘进屋。

镜头3：（中景，推）穿着深蓝色长衫的过大夫在屋里用毛巾擦手，那五从门外小心翼翼地走进来，有些胆怯地问："过老伯，您找我有事啊？"

过大夫说："啊，坐吧。"

那五小心地应着，"哎！"满脸狐疑地坐下。镜头推向那五。

过大夫画外音："少爷——"

那五谨慎地应着，"哎！"

镜头4：（近景）过大夫语重心长地继续说："我和你云奶奶都是土埋半截的人啊，怎么都能凑合。可是，你还年轻啊，总得找个谋生之路啊！"

镜头5：（近景）那五认真地听着。

过大夫画外音："铁杆儿庄稼算是倒定了，扶不起来了。可总不能等着天上掉馅儿饼不是？"那五有些惭愧地低下头。

镜头6：（近景）过大夫继续说："虽说我这门医者小技，总还能换口棒子面吃。你要是能放下架子，就跟我学医吧。平常过日子也别太讲究了！"

镜头7：（近景）那五有些不自然地笑着说："我一看那些《汤头歌》《药性赋》这些医书什么的，我的脑壳仁就疼。"他逐渐放松下来，"哎，有没有省事一点的？"

过大夫的画外音："怎么个省事法？"

那五边想边说："像什么看相啊，念咒啊，偏方啊，这些我倒是……"越说越喜形于色。

镜头8：（近景，摇，拉，推）过大夫站起来，有些失望地边走边说："嗯！看相有巫婆，念咒有道士。我是个大夫，偏方倒有几个，你想学哪一科啊？是外科、儿科、伤寒还是风皮啊？"镜头拉成全景，后又推成近景。

镜头9：（近景，摇）那五不知如何回答，"学什么？"

过大夫画外音："啊！"

那五站起来也边走边想。

突然，他像发现新大陆似的，狡黠地问："我想学打胎，好不好？"

镜头10：（近景）过大夫一脸惊愕的表情，"啊？什么？"

镜头11：（近景，拉）那五笑着说："我看有些大宅门的小姐，有了私情怕出丑，打回胎就给个百八十的，学这个来钱快。"他越说越兴奋。镜头拉成中景。

镜头12：（近景）过大夫气得说不出话来，"你……你……你胡说！"

镜头13：（中景，移）那五反而以教训的口吻，用手指着过大夫说："我说你怎么发不了大财！"

过大夫越来越气，"这……这……孺子不可教也！"

镜头14：（特写）那五哈哈大笑的脸。

过大夫生气的画外音："真是……你混账！"

看到过大夫真的很生气，那五又收住了笑脸。

（根据电视剧《那五》整理而成）

电视剧的场景不仅保持了小说情节的原貌，而且通过演员表情的变化和不同镜头的转换，增强了可视化的喜剧性和幽默感。饰演那五的相声演员冯巩略带夸张的表演给观众留下了很深的印象。开始，他看到过大夫门口的招牌匾，便不屑一顾地嘲笑；接着，过大夫虎着脸要他进屋说事，他又有些害怕，担心可能得罪了过大夫，所以战战兢兢地去见过大夫。当得知过大夫想让他学医时，那五悬着的心放了下来，表情也由紧张转向放松，说话的语气变得自然起来。当那五想学

电视剧《那五》剧照

打胎而过大夫生气时,那五又以八旗子弟的身份来嘲笑过大夫"发不了大财",并且肆无忌惮地哈哈大笑起来。这个笑声说明了那五对医生职业的鄙视。那五的表情和前后心态的变化,充分显示了他既妄自尊大又胆小怕事的性格,让观众看了忍俊不禁。与此同时,过大夫的表情与那五的表情形成了鲜明对比,开始时,过大夫的严肃表情与那五紧张的表情形成对比;接着,过大夫语重心长的表情与那五逐渐放松的表情形成对比;最后,过大夫生气的表情与那五哈哈大笑的表情形成对比。在这些表情对比中,戏剧性和幽默化的审美效果自然而然地呈现于观众眼前。

电视剧《那五》由表及里,由始至终,闪现着导演谢添对那五和产生那五的社会文化的深刻认识和浓重情感,同时也体现出他对小说原作准确的总体把握。不过,谢添并没有拘泥于小说,采用亦步亦趋的改编方式,而是在电视剧中贯穿了自己独特的艺术理解和审美追求。正如苏叔阳对电视剧的评价:"《那五》的原著虽是声名赫赫之作,我以为改编时,也不必亦步亦趋。只要大格上不变,小处的更动只要有助于全篇风貌的体现，也是允许的。此次的电视剧，删去了解放后的一大段，我以为就不错。"①

小说《那五》的时代背景是从抗日战争到新中国成立初；而电视剧删除了小说结尾部分的内容，让那五的生活时代停留于新中国成立前。电视剧对人物时代背景的删减，也带来了叙事风格的转变。小说原作一直采用诙谐幽默的笔调来叙写那五人生经历中的各种趣事；而电视剧采用了先喜后悲的叙事风格，增强了那五在现实社会里的悲剧性。

电视剧《那五》第五集为了突出那五在黑暗的旧社会所遭遇的悲剧性生活经历，导演谢添对小说的结尾部分进行了很大的改动。小说结尾，那五的经历具有一定的喜剧色彩。那五到南苑机场去给国民党官兵教京剧，刚教一个月，解放军进城，那五要了两袋面就往家走。可路途不通，接着又感冒和拉痢疾，两袋面用来吃和抵住店房钱。好不容易回到云奶奶家，碰上贾凤魁租住在家。北京很快解放，那五闹了不少笑话才被安排到通俗文艺单位工作。电视剧最后一集与小说不同。贾凤魁通过那五得知云奶奶就是她的同乡，早就认识。于是，贾凤魁从贾凤楼那里逃出来投奔到云奶奶家。云奶奶便撮合那五与贾凤魁结婚。婚后，那五改邪归正，勤劳持家。可是，闫少爷和贾凤楼买通警察局，把那五抓进监狱，逼迫他交出贾凤魁。贾凤魁为了救出那五，主动回贾凤楼那里去了。那五从监狱里放出来，兴冲冲地赶回家，却见云奶奶病逝，街坊邻居正在悼念。那五在云奶奶棺材前痛哭流涕。电视剧以那五一个特写镜头结束：当得知贾凤魁为救他又去了贾凤楼家，蓬头垢面、泪水满脸的那五惊讶地"啊"了一声。没有云奶奶的照顾，又失去了贾凤魁的劝导，那五今后的生活会怎么样呢？留给观众去想象吧。

电视剧接受的群体主要是普通大众，矛盾冲突是吸引观众的重要法宝。因此，那五的生活由喜转悲，突出悲剧色彩，既可以增加情节的矛盾冲突，又符合旧社会的现实悲剧性。谢添对小说结尾的这一改

---

① 苏叔阳：《我看〈那五〉所想到的》，《当代电视》1989 年第 3 期。

动是值得肯定的。

三 京都文化与京味风格

所谓"京都文化",是指北京城内在历史的长河中形成的、具有中国传统特色的民俗文化,这种文化既有老旧古雅的气息,又有随着社会的变化而表现出的现代气息。"北京有记载的文明史便达四千余年,其间,汉之蓟城、元之大都、明清之北京,悠悠岁月多少历史之悲喜剧,点点滴滴无不浸润着这片土地,使之人文荟萃,文化厚积。"① 建都八百余载,民族的交融、政权的更迭、科学技术的集中、域外文明的汇入等因素,造就了京都文化的形成和演变。

邓友梅的《烟壶》《那五》等小说就集中描写和展现了京都文化的风采。他笔下的京都文化大致分为文化景观和文化风俗两类。② 文化景观,包括城市地标和文物遗产。关于城市地标,《烟壶》中写了城西钓鱼台、东直门外的小店、哈德门外的花市、宣武门外的义顺茶馆等,《那五》中写了清音茶社、先农坛、南苑机场等。关于文物遗产,《烟壶》中写了内画技法、古月轩等,《那五》中写了京剧、单弦等传统艺术。文化习俗包括节庆仪式和习俗行为。关于节庆仪式,《烟壶》写到了鬼市、盂兰节、中秋节。关于习俗行为,《烟壶》写到了带地旗奴的发迹、满族姑娘的骄纵、库兵盗银术和押会,《那五》写到了八旗子弟的讲究、富家子弟的捧角和京剧票友的等级。清代满人入主中原,表现出满族人在战争征服上步步进逼的趋势。然而,战争征服之后则是汉族人对满族人的文化征服。这必然引起满族人的向往和学习,便逐渐融入汉族文化,从而在北京形成了以汉文化为核心,包括多种外来文化在内的京都文化。可以说,邓友梅描写的京都文化透视了汉族文化与满族文化的双向交融史,以及以汉民族为核心、多民族结合的中华民俗文化的形成史。

京都文化与八旗子弟有着紧密的关切。由于八旗子弟是天潢贵

---

① 黎荔:《邓友梅小说语言的民俗学研究》,《民族论坛》2008 年第 2 期。
② 参见崔志远的《论邓友梅的京味小说》,《中国现代文学研究丛刊》2011 年第 10 期。

胄，有权，有钱，有闲工夫，他们游走在京城的大街小巷，无所事事，便当票友，捧角，玩字画，坐茶馆，从而带来了京剧、字画、瓷器、美食等京都文化的繁盛。可以说，如果没有八旗子弟就不会有京剧，没有八旗子弟就不会有古玩市场。《那五》开篇一句"房新画不古，必是内务府"，便精妙地概括了那五祖父的家业大、字画多。福大爷"最上心的是唱京戏，拍昆曲"。那五的玩伴索七家也是古玩成堆，因此才有索七偷家里的古月轩去卖的事。正是由于这些八旗子弟收藏古玩字画，才会形成古玩市场；正是因为八旗子弟喜欢京剧昆曲，才会有名旦名角的出现。其实，具有传统民族特色的京都文化是把双刃剑，一方面是八旗子弟的追捧造就了京都文化的繁荣；另一方面，京都文化最终也吞噬了八旗子弟，最终导致清王朝的覆灭。

在电视剧《那五》中，京都文化更是得以形象直观地呈现在观众面前：博古堂的古玩，路边的小吃，清音茶社的单弦，索七唱京剧，那五拉京胡，这些民俗文化通过摄像机镜头表现出来，让观众在视听感知中得以体验。如何辨别古月轩瓷器的真伪？小说里写得比较简略，而电视剧通过马齐之口讲得非常详细："真正的古月轩我见过，那真是薄如纸，润如玉，明如镜，声如磬，自古以来就没几套，早就失传了。"马齐对古月轩的描述，让观众增长了文物鉴赏的知识。再如，小说对天桥的描写采用的是粗线条方式，而电视剧对天桥场景的呈现非常直观，动感十足：西洋镜，独轮车，耍大刀，看摔跤，炸油饼，卖小吃，双枪刺喉，乞丐行乞。这些生动形象的镜头，让没有去过北京的观众，都对具有民俗文化特色的天桥有了身临其境之感。

有学者所指出的，老舍是中国现代文学史上第一位"京味"作家，而老舍之后继承京味语言风格的，首推邓友梅。邓友梅之所以成为有代表性的京味小说作家，与他笔下劲道十足、本色本味的京味语言密切相关。京味小说最为醒目的标记是文字风格，文学语言趣味是京味风格的重要表征。正如学者赵园指出："京味小说作者强调本色，'原汁原味'，力求平实浅易，也决不以'本色'等同于'原色'。较之一般创作，毋宁说更致力于文字的艺术化，追求平实浅易中的语言功力。那种'本色'也因而离语言的自然形态更远。"①

邓友梅小说的京味，主要来源于他对文物书画、风俗习尚、八旗子弟的生活情趣相当熟悉。《那五》中写戏园子，《烟壶》中写匪夷所思、名目繁多的行当，写老北京澡堂子，以及各行各业千奇百怪的行为方式，这些特具人文景观的展示、北京特有的风物，以及展示中注入的趣味，都使邓友梅小说散发着世情丰富的醇郁京味。如《那五》对"清音茶社"外面场景的一段描写就京味十足：

> 直到西头，才看见秫秸墙抹灰，挂着一溜红色小木牌幌子的"清音茶社"。门口挂着半截门帘，一位戴着草帽、白布衫敞着怀的人，手里托个柳条编的小笸箩，一面掂得里面硬币哗哗响，一面大声喊："唉，还有不怕甜的没有？还有不怕甜的没有？"那五心想："怎么，这里改了卖吃食了？"可那人又接着喊了："听听贾凤魁的小嗓子吧？蹦瓷不叫蹦瓷，品品那小味吧！旱香瓜、喝了蜜，良乡栗子也比不上、冰糖疙瘩似的甜喽！"灰墙上贴满了大红纸写的人名，什么"一斗珠""白茉莉"，有几个人名是用金箔剪了贴上的，其中有贾凤魁。

这段描写有全景的鸟瞰式的"俯拍"，又有近景的"特写"，有北京人的口语，又有三教九流的行话，作风刚健、明朗、醇郁，具有独特的审美韵味。"小说里面的民国风貌像一幅巨大的风情画卷，让读者一下子进入了时间的涡流，大宅门、老戏园、窄窄的街道、高声的吆喝、市集两边的五行八作、并列杂陈，那是一种经过几千年文化的积淀留下来的老北京的味儿。"②

作为一个追求民俗风味的小说家，语言对邓友梅来说更有特殊的

---

① 黎荔：《邓友梅小说语言的民俗学研究》，《民族论坛》2008 年第 2 期。
② 同上。

意义。邓友梅说："小说的画卷是用语言作颜料绘成的。最富有北京地方特色从而也就最有民族特色的'文学颜料'莫过于北京方言。"[1]正是由于对小说语言的重视，才使邓友梅的小说体现出独特的京味风格。

首先，重视北京方言的使用，在小说中大量使用独特的尊称"您"和"爷"。在《那五》中的对话："是您哪！我爸爸死得早，没人教训我，多谢您教训我。"表现了那五对武存忠的尊敬。那五的父亲被称为"福大爷"，那五被称为"那五爷""五爷"，武存忠被称为"武大爷"。这也充分体现了对尊贵者的称呼。"您"和"爷"的称谓体现着北京人的"好礼"。

其次，化俗为雅，将北京方言升华为小说艺术语言，并大量使用比喻、博喻、对偶等修辞手法。写那五穷了以后仍要维持体面的做派，"他是倒驴不倒架儿，穷了仍然有穷的讲究。窝头个儿大了不吃，咸菜切粗了难咽。"写过大夫不会过日子，"这人鹰嘴鸭子爪，能吃不能拿，除去会看病，连钉个纽扣也钉不上"。这是比喻和对偶的使用。又如，"三贝子、二额驸、索中堂的少爷、袁宝宫的嫡孙。年纪相仿，门户相当。你夸我家的厨子好，我称你府上的裁缝强。斗鸡走狗，听戏看花。"这一段叙述是将多组对偶相连，形成排偶式铺陈，其节奏、旋律既规范严整，又富丽多彩，极具音乐美。

最后，语言的幽默感。《那五》写电台在播出戏剧时插进广告："三人唱《二进宫》，各说各的广告。杨波唱完'怕只怕，辜负了，十年寒窗，九载遨游，八进科场，七篇文章，没有下场'，徐延昭赶快接着说：'妇女月经病，要贴一品膏，血亏血寒症，一贴就好。'徐延昭唱完'老夫包你满门无伤'，杨波也倒气似地说：'小孩没有奶吃最可怜的了，寿星牌生乳灵专治缺奶。'"杨波的人生回忆里竟然有"妇女月经病"的广告语，"一品膏"和"血亏血寒症"堂而皇

---

① 邓友梅：《我在民俗小说中的方言运用》，《邓友梅自选集·散文杂拌》，作家出版社 1995 年版，第 450 页。

之进入京剧段落；徐延昭的铮铮誓言后竟是"寿星牌生乳灵""小孩没奶吃"滑稽兜售。语言变得杂义丛生，逻辑混乱，自然就产生强烈的幽默感。

电视剧《那五》不但保持了小说的京味风格，而且给观众直观的视听体验。电视剧的片头曲《东单西四鼓楼前》由著名满族歌唱家胡松华演唱，其音乐旋律采用的是单弦形式。而每集电视剧开始的旁白近似评书的风格。在场景的选择上，颐和园、北京胡同、天桥、澡堂、古董店等地标多次出现在电视剧中，这些地标为北京所独有。而古月轩瓷器、京剧、单弦为北京独有的文物和传统曲艺。马齐对古月轩瓷器的介绍，索七的京剧演唱，贾凤魁的单弦表演，让观众享受了一道道京味文化的视听盛宴。加之，扮演那五的冯巩和扮演贾凤楼的牛群都是相声演员，他们的对白语言处处体现出幽默的风格。比如，贾凤楼请那五扮阔少捧贾凤魁，以骗取真阔佬的钱，两人在酒楼的对话就处处充满了幽默。

> 贾凤楼："我送多少你赏多少，别留体己，别让茶房抽头就成。活儿完了，咱们二友居楼雅座上见，夜宵是我的。亲兄弟，明算账，到时候谢贶我保证是面呈不误啊！"
>
> 那五："行！您就请好吧！"
>
> 贾凤楼："来，接着吃。不过——，你得换换叶子了。"
>
> 那五："什么叫叶子？"
>
> 贾凤楼："就是衣裳。"
>
> （根据电视剧《那五》整理而成）

从他们的对话里可以看出京味语言风格的特点，"体己""抽头"是北京方言，"谢贶""面呈不误"又非常文雅，而"叶子"又是江湖行话。贾凤楼时而方言，时而文雅，时而行话，听得那五云遮雾绕，观众不由得暗自发笑。

著名剧作家苏叔阳对小说和电视剧《那五》都给予了充分肯定："邓友梅的小说《那五》写得好，电视剧本改得也精彩，头回出手，活儿就地道，不能不夸人家聪明、能干、有厚底。"① 对于邓友梅来说，《那五》是他第一部"触电"② 的小说；对于谢添来说，《那五》是他导演的第一部电视连续剧。小说《那五》获得全国优秀中篇小说奖，电视剧《那五》在飞天奖评选中获得荣誉提名奖，扮演那五的冯巩获得最佳男主角奖提名。无论是小说还是电视剧，都闪现着作家和导演对那五和产生那五的社会文化的深刻认识，他们不但建立了一整套关于北京人、旧北京、满族人生活的知识，而且在传统文化结构上深化了一种纯粹的民俗情感。正是在文化认同的基础上，才有了城市与市民的融合无间：市民的文化气质与城市的文化性格吻合一致。由此，属于北京的特定的气质、风格、神韵、意态、语调、味道等，得到了本色而纯正的表达。

第三节 《黑骏马》的民族之根与生命礼赞

一 草原文明的生命意识

张承志（1948— ），1967 年从清华附中毕业，到内蒙古插队。1972 年，考入北京大学历史系，1975 年毕业后分配到中国历史博物馆从事考古工作。1978 年考入中国社会科学院研究生院民族系，1981 年毕业，获得历史学硕士学位，并被分配到中国社会科学院民族研究所工作，任助理研究员，精通英语、日语、西班牙语、阿拉伯语、俄语，并熟练掌握蒙、满、哈萨克三种少数民族语言。他 1978 年发表处女作《骑手为什么歌唱母亲》。1982 年发表中篇小说《黑骏马》，获得第二届全国优秀中篇小说奖。1984 年，发表中篇小说《北方的河》，获得第三届全国优秀中篇小说奖。1986 年，首次尝试以日文创作。1987 年，发表第一部长篇小说《金牧场》。1989 年成为自由作家，并创作油画。1991 年，发表穆斯林宗教题材小说《心灵史》，引起文坛的广泛争议。90 年代之后，以散文写作为主，先后发表了

---

① 苏叔阳：《我看〈那五〉所想到的》，《当代电视》1989 年第 3 期。

② "触电"是指作家的文学作品被改编成电影或电视剧。

《清洁的精神》《牧人笔记》《一册山河》等散文随笔，同时在日本出版了以日文创作的《红卫兵的时代》等三本书。早年的作品带有浪漫主义色彩，语言充满诗意，洋溢着青春热情的理想主义气息。"不仅描绘了祖国北方的草原、戈壁、雪峰、江河等独特的自然地理环境，而且也展现了那草原上的古歌，大坡上的古道，湟水之滨的彩陶碎片，清真寺的月牙，埋在沙漠里的宫殿，苍茫蜿蜒的长城等等，这些与自然地理环境密切相联的文物古迹，都连接着民族的历史和祖先的业绩。"①

作家　张承志

（图片来源于张承志－百度百科中的插图，http：//baike. baidu. com/link？url＝rGbwgocUJekYrO9bnM－JrQTZbMkJJT5ELS9yIm＿HLCRxB4LLdeDNMDeBvOEj＿KaomIdRELHXgQks2tdsYIUHC＿fZrtxt＿SIJ4q8ovno＿MzS）

1982 年，张承志在《十月》上发表了代表作《黑骏马》，这部带有浪漫主义色彩的小说一出版，就以独特的艺术魅力感染了读者。

① 张学军：《中国当代小说流派史》，山东大学出版社 2000 年版，第266 页。

张承志曾在内蒙古插队四年，并担任小学教师，多次到牧民的毡房听蒙古民歌，一边听一边在小本子上记录歌词和简谱。1969 年冬，他第一次听到了《钢嘎·哈拉》这个歌名，并用激动的心情记录下这首神奇的古歌。十年里，张承志一直把全部精力投入蒙古文化的研究中。"后来，因为一两篇稚嫩习作的发表带来的文学创作契机的出现，使我决心写小说了——我当时就对朋友们说：我将来要写一篇小说，它的内容不管是什么，题目都叫《黑骏马》。"① 1981 年，张承志准备动手写这篇小说。"我曾费神构思了不知多少次，但总是编不出来。时间一天天溜掉。我把歌子译出来抄好，整天对着它发呆。后来，我突然想到了结构——如果民歌在时间考验后证明是生活的精华的话，那么，这民歌描述的生活及民歌的结构，难道不应当就是作品的内容和这内容的结构么？"② 很快，小说《黑骏马》便在张承志的笔下诞生了。

小说《黑骏马》以壮美辽阔的大草原为背景，以一首蒙古族古老的民歌《黑骏马》为主线，描写了蒙古族青年白音宝力格和索米娅的爱情悲剧。白音宝力格幼年丧母，父亲无暇养育他，便把他托付给草原上的老额吉（母亲的意思）抚养；老额吉抚养的少女索米娅（春天的新芽的意思）也是个孤儿。两个孩子同龄，一起渐渐长大，额吉想让他们结为终身伴侣，但心怀抱负的白音宝力格一心想到外面读书，将来做一名兽医。白音宝力格接到通知，要他到旗里参加兽医培训班。索米娅送他去培训班，搭乘一辆运羊毛的货车，在朝霞的见证下，两人立下誓言，约定培训班结束后就回家结婚。半年后，白音宝力格学成回到伯勒根草原，发现索米娅已经怀上了黄毛希拉的孩子。在巨大的打击下，他离开了奶奶和索米娅，去大城市继续读大学。索米娅生下了黄毛希拉的孩子，给她取名其其格（美丽的小花的意思）。奶奶去世后，索米娅在车夫达瓦仓的帮助下安葬了奶奶，并且嫁给了达瓦仓，来到达瓦仓的家乡，为他生了三个

---

① 张承志：《〈黑骏马〉写作之外》，《民族文学》1983 年第 3 期。
② 同上。

儿子。其其格是个异常瘦弱的小姑娘，继父对她不怎么好，索米娅谎称其其格的父亲是白音宝力格。九年后，白音宝力格大学毕业，成了自治区畜牧厅的一名技术员。因为做草原牧业调查，27 岁的白音宝力格又回到了家乡伯勒根草原。他决定去寻找他的索米娅，而此时，索米娅已经远嫁到诺盖淖尔湖畔的异乡。当白音宝力格终于见到索米娅时，索米娅已经变成了粗壮而有些苍老的中年妇女。其其格对他产生了依恋，他也默认了索米娅善意的谎言。当白音宝力格离开时，索米娅请求他将来有了孩子能够送回来让她帮助抚养。小说以优美的笔法，舒缓的节奏，歌颂了草原人民的善良朴质，再现了草原民族的风俗人情。张承志不是为了单纯地讲述一个草原上的爱情故事，而是想探寻草原民族凝重的文化积淀，使小说作品具有了深刻的现实感和深厚的历史感。

草原对张承志来说具有特殊的意义，他说："草原是我全部文学生涯的诱因和温床。甚至该说，草原是养育了我一切特征的一种母亲。"① "我把熟识的几个草原女性的生活故事编织了一下，写成了中篇小说《黑骏马》。它不是爱情题材小说——我希望它描写的是在北国，在底层，一些伟大的女性的人生。"② 在内蒙古草原恶劣的生存环境中，大自然培育出蒙古民族坚韧、强悍的民族精神和尊重生命、热爱生命、崇拜生命的原始朴素的生命意识。而这一生命意识主要通过两位女性老奶奶额吉和索米娅体现出来。

额吉是一位慈爱、伟大的女性，她对所有生命都抱有无限的仁慈，在她慈善宽厚的母爱中，包含着强烈的生命意识。当暴风雪过后的清晨，一匹漆黑的小马驹站在她的蒙古包前时，"奶奶连腰带都顾不上系了，她颤巍巍地搂住马驹，用自己的被子揩干它的身体。然后把袍子解开，紧紧地把小马驹搂在怀里。"这里，小马驹变成了一个孩子或者说老奶奶变成了一匹老母马。在游牧民族心中，维系民族繁衍的有效保障就是牲畜，所以，草原人民爱护动

---

① 张承志：《美丽瞬间·自序》，北京师范大学出版社 1993 年版。
② 张承志：《〈黑骏马〉写作之外》，《民族文学》1983 年第 3 期。

物，尊重生命。对牲畜的爱既是如此，那么对人的生命的热爱就更为强烈。黄毛希拉诱奸了索米娅，当白音宝力格要去报仇时，奶奶用充满奇怪的口吻说，"怎么，孩子，难道为了这件事也值得去杀人么？""不，孩子。佛爷和牧人们都会反对你。希拉那狗东西……也没什么太大的罪过。"当索米娅生下小得出奇的其其格时，附近的牧人劝老奶奶把孩子扔掉，老额吉愤怒地说："住嘴！愚蠢的东西！这是一条命呀！命！我活了七十多岁，从来没有把一条活着的命扔到野草滩上。不管是牛羊还是猫狗……把有命的扔掉，亏你们说得出嘴！"在这儿老奶奶表现出延续种族生存的责任感和强烈的生命意识，具有无比宽容的精神和宽阔的胸怀，她平静地接受现实，宽恕了黄毛希拉。她是草原生命的守护者，是一个最能体现蒙古民族精神复杂性的母亲形象。

索米娅是老奶奶生命的拓展和延续，具有一个草原母亲的全部禀性。索米娅被奸污怀孕的消息使白音宝力格勃然大怒，他抓住索米娅的衣领，希望索米娅给他一个忏悔性的解释。可是，索米娅忽然锐声尖叫起来，"孩子！我的孩子！你——松开！松开——""突然，她一低头，狠狠地在我僵硬的手上咬了一口！"这是一位母亲为保护自己体内小生命的争斗与呐喊，对索米娅来说，这时的母爱超过了浪漫的爱情，也体现出草原女性把生命、种族延续看得高于一切。"她没有把肚子里的孩子视为耻辱、肮脏的东西，而是视它为一个可爱的、神圣的小生命，给她倾注无限的爱，为她的降生做好一切的准备。奶奶身上的生命意识在索米娅的内心延续并生根发芽。"① 当老奶奶死后，索米娅想到了死，正是小其其格给予了她活下去的勇气。在远嫁白音乌拉之后，索米娅把对生命的热爱推及周围的生命。她热爱所有的学生，像母亲一样爱抚学校里的孩子，就像女老师所说："只要索米娅在，住宿生就不会想家啦。"索米娅像所有草原母亲一样，热爱生命，热爱孩子，为自己能生育和养育孩子而感到自豪。在白音宝力

---

① 姚俊平：《母亲，草原文明的守护者——〈黑骏马〉母亲形象浅议》，《漯河职业技术学院学报》2010 年第 4 期。

格就要离去时，索米娅真诚地请求他将来要是有了孩子送来给她抚养，"你知道，我已经不能再生孩子啦。可是，我受不了！我得有个婴儿抱着！我总觉得，要是没有那种吃奶的孩子，我就没法活下去……"这是质朴的生命激情的高扬。至此，索米娅变得越来越像老奶奶，已经由一个纯洁美丽的少女成长为一个伟大的母亲。正如张承志在小说里所写到的："我的沙娜，我的朝霞般的姑娘。像草原上所有的姑娘一样，你也走完了那条蜿蜒在草丛里的小路，经历了她们都经历过的快乐、艰难、忍受和侮辱。你已一去不返，草原上又成熟了一个新的女人。"

小说里的"黑骏马"具有多重隐喻和象征意义。蒙古族是一个爱马的民族，马是蒙古族自由奔放的生命象征。在风雪之夜，母马产下小马驹就死了，象征着草原上恶劣的生存环境，生命成长非常艰难。小马驹又象征着白音宝力格，因为他们都很早就失去了母亲。没有母亲，他们都不可能健康地成长；只有在母亲的哺育和呵护下，他们才能茁壮而幸福地长大。白音宝力格在失去母亲后，几乎变成了一个坏孩子，"他住在公社镇子里已经越学越坏了。最近，居然偷武装部的枪玩，把天花板打了一个大洞。"自从他跟随老奶奶后，一切都变得好了起来，因为老奶奶代替了母亲的角色。同样，小马驹在奶奶的精心照料下，长成了一匹漂亮的黑骏马。如果说马是蒙古族的象征，那么，母马象征着蒙古族的女性，公马象征着蒙古族的男性。公马只关心交配和自己种的延续，却从不负责养育小马驹。而母马关心的是小马驹的诞生和成长，却不重视小马驹的父亲是谁。白音宝力格得知索米娅怀上了希拉的孩子而勃然大怒，达瓦仓不喜欢其其格，因为他们像公马一样，只关心是不是自己生命的延续。老奶奶认为希拉没有什么错，"女人——世世代代还不就是这样吗？嗯，知道索米娅能生养，也是件让人放心的事呀。"索米娅要拼命保护腹中的孩子，因为草原上的生命不易，连马都难以生存，何况是人？在生命面前，爱情、贞操、骨血的纯洁都显得微不足道。"生命的存在就是希望，自然地将无转换成了有，荒凉酷烈的自然之中生长着顽强不息的生命。生命就是希望，希望支撑着生命，这就是人为什么能在绝境中生存的原因。"①

《黑骏马》这篇小说还充分反映了蒙古族草原文明与汉族中原文明之间的严重冲突，张承志极力赞扬了充满生命的草原文明，而对约束人性的中原文明则进行了批判。白音宝力格就是草原文明与中原文明交织的矛盾体，他与索米娅的爱情悲剧，反映了草原文明与中原文明之间的矛盾冲突。随着白音宝力格接受汉族的文化教育，他越来越远离草原文明，无意识中接受和遵从了中原文明的伦理规范。真正的蒙古族青年性格豪放不羁，敢爱敢于表达，敢于大胆追求自己喜欢的姑娘，不达目的不停止，像黄毛希拉一样。而白音宝力格明明喜欢索米娅却不敢表白，不敢追求。奶奶有意撮合他与索米娅的爱情，让他俩睡在一起，而白音宝力格不敢接受。在索米娅送他去旗里培训的车上，主动放弃姑娘的羞涩，投入他的怀抱，而白音宝力格依然克制了自己的欲望。汉族文明的明媒正娶和约束人性的清规戒律，已经把白音宝力格"异化"了，所以奶奶说希拉没有什么错，错的是他自己；所以索米娅后来才对他有些怨恨："为什么你不是其其格的父亲呢？为什么？如果是你该多好啊……哪怕你远走高飞，哪怕你今天也不来看我！"从表面上看，白音宝力格未能与索米娅结合是一种爱情悲剧。实际上，如果两人真的结婚了反而会成为悲剧，因为他们已经是两个文明世界的陌生人，达瓦仓才是索米娅需要的、具有蒙古族性格的好丈夫。然而，让张承志担忧的是，蒙古族草原文明正在逐渐被汉族中原文明所吞噬和淹没。喜欢生育孩子和养育孩子的索米娅，却被抓去做了结扎手术，"没听说么，公社卫生院正到处抓女人，连割带阉。哼，妈的！索米娅——你妹妹，去年就给他们——咦！"对蒙古族女性实施结扎手术，象征着对蒙古族生命之根和草原文明的阉割。作者希望草原民族独有的强悍奔放和崇拜生命的民族精神能够长久地保存下去，而严酷的现实却是草原文明逐渐从我们的视野里慢慢消失。

小说《黑骏马》的结构模式非常独特，由叙述结构、情节结构和

---

① 何清、张承志：《残月下的孤独》，山东文艺出版社 1997 年版，第 103 页。

抒情结构三方面组成。① 小说的叙述结构采取了近景和远景交替更迭的手法，把现实的感触和往事的回忆结合起来，把今日所见之景之人和昔日亲历之事之情结合起来，层层推进，产生了一种蒙太奇式空幻深邃的艺术效果。小说的情节结构是由两条时间线构成的：第一条线是白音宝力格骑马寻找索米娅，第二条线是白音宝力格在老奶奶家的成长历程。这两条线不是平行发展的，而是各有自己的出发点，然后汇集到一起。小说的结构是以古歌《钢嘎·哈拉》为抒情线索，分别用间接冷峻的哲理思辨和直接热烈的感情抒发来表达复杂而沉郁的情思，读后让人久久沉浸在浓烈的情感气氛之中。

二 散文化电影的主题倾向与艺术追求

早在 1984 年，小说《黑骏马》便被改编成了电影文学剧本，导演谢飞当时就想把《黑骏马》搬上银幕，但是由于种种原因，一直未能如愿。直到 1995 年，谢飞遇到一个台湾投资商，愿意出资 300 万人民币拍摄这部文艺片，电影《黑骏马》才最终与观众见面。

谢飞(1942—)，1965 年毕业于北京电影学院导演系。后留校任教，先后任导演系主任，副院长。1978 年，与人合作导演了故事片《火娃》。1979 年，与人合作导演的影片《向导》获文化部优秀影片奖。1983 年，独立执导了影片《我们的田野》。1986 年导演的《湘女萧萧》获法国第四届蒙彼利埃国际电影节金熊猫奖和西班牙圣赛巴斯蒂安国

导演　谢飞

（图片来源于谢飞 – 互动百科中的插图，http://www.baike.com/wiki/谢飞）

---

① 韩可弟：《〈黑骏马〉的结构艺术》，《中南民族学院学报》（哲学社会科学版）1997 年第 4 期。

际电影节堂吉诃德奖。1989 年导演的《本命年》获百花奖最佳故事片奖和柏林国际电影节银熊奖。1993 年导演的《香魂女》夺得柏林国际电影节金熊奖。1995 年导演的《黑骏马》获得加拿大蒙特利尔国际电影节最佳导演奖。此外，他还导演了《益西卓玛》(2000) 等电影。谢飞是一位理想主义的坚守者，始终坚持用影像来呈现现实社会的人性美，诠释人类社会复杂的心灵世界，让观众在影片中得到某种启迪和思考。

第四代导演的共性是在改编小说时都比较尊重原著，谢飞也不例外。他特意邀请张承志担任电影《黑骏马》的编剧，所有的演员都是蒙古族。白音宝力格由青年音乐家腾格尔饰演，索米娅由娜仁花饰演。还有许多演员来自蒙古国，童年的白音宝力格、童年的索米娅、其其格、父亲、希拉、达瓦仓、女教师等角色都是由来自蒙古国的演员饰演。特别值得一提的是，饰演老奶奶的道格尔苏荣是位 77 岁蒙古国的功勋演员，谢飞称这位受过斯坦尼表演体系严格训练的老人为国宝。为了在电影中真实地再现草原风光和蒙古族的风土人情，谢飞把拍摄的外景地选在蒙古国乌兰巴托郊区的草原上，对白和旁白也全部使用蒙语。

为了忠实于小说原著，谢飞把《黑骏马》拍摄成了一部散文化电影。散文化电影是与戏剧化电影相对立的一种电影类型，"一般来说就是指在影片中排除一切一般电影注重的戏剧情节和矛盾冲突的传统叙述手法，而是采用一种淡化情节、弱化冲突，甚至是生活化流程的细微记录来作为电影拍摄的主要手法。"① 比如，《城南旧事》《边城》《乡音》《乡情》《黄土地》《心香》《那山那人那狗》等电影，就是典型的散文化电影。电影《黑骏马》的叙事手法与这些散文化电影类似，戏剧冲突不明显，不激烈，作为对立面的所谓反派角色基本上没有确立起来。谢飞说："从整体结构方面，没有打算用戏剧性的东西，还抹平了一些小说中的戏剧性冲突。"②

---

① 艾红：《散文化电影的主题倾向》，《电影文学》2013 年第 5 期。
② 谢飞、胡克：《〈黑骏马〉及电影文化》，《当代电影》1995 年第 6 期。

由于小说原作以抒情为主，真实地再现了蒙古族人民自然的生活流程，没有太大的情节冲突。因此，谢飞在改编时，就采用了散文化电影的拍摄方式，以保留原作的立意和风格。通常来说，散文化电影的主题倾向主要表现在四个方面：展现人性的真善美；淡化人生的残酷与人性悲凉；抒写回忆与忧伤；重在抒情写意和创造意境的审美情趣。① 电影《黑骏马》的主题倾向都符合这四个方面的标准。不过，与小说原作相比，电影仍然有导演自己的艺术追求。我们具体比较一下白音宝力格培训结束回家的情节和场景。小说情节原文如下：

　　那次的牧业技术训练班延长了两个月。等我回到伯勒根草原时，已经是五月初，草皮泛青的季节了。

　　我学得很好，在小畜改良和兽医这两门课程上，我都得到教师的赞扬。结业式上，我得到了一张奖状和一套奖品——一个装满兽医用的器械的皮药箱。

　　旗畜牧局李局长说。内蒙古农牧学院畜牧系和兽医系今年都在我们这里招收新生，根据我的学习成绩，如果我愿意的话，旗畜牧局愿意推荐我去其中任何一个系上学深造。我看了那份表格。又还给了李局长，我说，这实在太诱人啦，但是我不愿离开草原。李局长劝我再考虑考虑。他说："你应当懂得什么叫机会。并不是每一个草原青年都能遇上它的。"而我却在第二天一早，就跨上一匹借来的马，朝伯勒根河湾飞驰而去。

　　走近家门口时，远远看见奶奶和索米娅都站在门口。风儿正掀得她们的袍角上下翻飞。

　　呵，这才是千金难买的机会！和心爱的姑娘一起，劳动、生活，迎接一个个红霞燃烧的早晨，做一个真正的男子汉。这样的前景是怎样地吸引着我啊！

　　奶奶依然饶舌地问这问那，索米娅给我搬出了那么多好吃的东西。我整理着带回来的一大包书籍，心里很快活。我把这些书

① 艾红：《散文化电影的主题倾向》，《电影文学》2013年第5期。

齐齐地码在箱盖上，觉得我们的家已经焕然一新。一切都要开始啦，我们郑重地、仔细地商量了我和索米娅结婚的事。我们想等到秋天，等到忙完了接羔、剪毛和畜群检疫以后，而且那时父亲也许能有空闲。奶奶准备在夏天给他烧一大桶奶子酒，让他来这儿尽情地喝个痛快。

小说以概述和白描的手法，简单勾勒了"我"在旗里为期八个月的兽医培训经历，不但拿到了结业证，而且有机会去上大学。但是，"我"放弃了上大学的机会，带着很多书赶紧回家，准备与索米娅结婚。为什么"我"放弃上大学的机会而要回家呢？因为在培训前"我"对索米娅承诺过"半年结婚"，所以"这才是千金难买的机会"。张承志虽然在小说里只是轻描淡写的一笔，却刻画出蒙古族人一诺千金的性格特征，蒙古族人不会因为荣华富贵和地位的升迁而违背自己的诺言，这是多么宝贵的品质啊！我们再看谢飞在电影中对这个场景的处理。

镜头1：（远景）一辆分离式拖拉机在草原上疾驰，并慢慢停了下来。穿着绿色蒙古长袍、戴着帽子的白音宝力格从拖拉机上下来，车上的其他人把行李递给他。拖拉机又开走了。

同时伴随白音宝力格的独白："那时候本想八个月的训练班一结束，我就回来。可是，一位音乐老师的推荐留住了我，让我在艺术学校学习。"

镜头2：（远景）白音宝力格提着行李从草坡上走来，他边走边喊："奶奶——，奶奶——"

镜头3：（中景）穿着灰色长袍的白发苍苍的奶奶从毡房的门走出来张望，"谁啊？"

镜头4：（中景）白音宝力格提着行李小跑着，边跑边喊："奶奶——"

镜头5：（中景）奶奶循声张望，穿着紫色长袍的索米娅也从毡房的门口出来张望。

索米娅惊喜地说:"白音宝力格!"

奶奶吃惊道:"啊?"后来终于看清楚了,"哦——,我的孩子回来了!"边说边向右走出画面。

奶奶高兴的画外音:"哈哈哈,连孙子都认不出来了!"

索米娅也高兴地向右跑出画面。

镜头6:(全景,摇)白音宝力格边跑边叫"奶奶——",他跑到奶奶跟前,放下行李,拥抱奶奶。

奶奶高兴地亲吻他的脸颊,"白音宝力格,我的孩子!"

白音宝力格拥抱着奶奶说:"奶奶,我回来了。"

索米娅高兴而羞涩地站在奶奶身后看着白音宝力格。

奶奶欢迎道:"回来了,太好了。快!快进包里坐。"

白音宝力格提着行李,跟随奶奶和索米娅向蒙古包走去。

奶奶边走边喊:"索米娅,快沏茶。"

索米娅高兴地答应:"哎!"并很快跑进了包里。

奶奶继续说:"你可回来了!"

镜头7:(全景,摇)欢快的蒙古族背景音乐响起。

索米娅高兴地走进了蒙古包,接着,白音宝力格和奶奶也走了进来。

奶奶边走边说:"白音宝力格,我真想你啊!哈哈哈,里边坐。我的孩子长大了,长高了。我看看,都长成一个大小伙子了!漂亮了!"

白音宝力格把行李放下,在毡房里坐下,并把帽子取下来放在脚边。他面前有一张橙色的方桌。索米娅把两个碗放在桌上,准备着倒奶茶。

奶奶拍着白音宝力格的肩问:"说走八个月,怎么这么长时间啊?"

白音宝力格说:"训练班结束后,我又上了艺术学校,学拉琴。"边说边比画拉琴的动作。

奶奶继续问:"学拉琴就要学三年?这么长的时间啊!"

索米娅把奶茶递给白音宝力格。

白音宝力格端着茶碗说："奶奶，这才是中等专科学校。"

奶奶吃惊道："啊？中等学校还要学三年的时间啊？"索米娅递给奶奶一碗奶茶。

白音宝力格说："奶奶，我给你带来很多好东西。"说着打开行李包。

奶奶说："还带什么东西啊，人回来了就行了。"边说边喝奶茶。

白音宝力格拿出一包点心给奶奶，"这是点心。"

奶奶高兴地接过点心，"太谢谢了！这孩子带了这么多东西。"并把点心放到桌上。

索米娅走出了画面。

白音宝力格拿出砖茶给奶奶，"茶！"

奶奶接过来，"哦，真正的砖茶。"边说边举起砖茶做出敬神的动作，随后把砖茶放到桌上。

索米娅又端来一盘点心放到桌上。

白音宝力格拿出一包水果糖给奶奶，"还有糖。"

奶奶接过来说："嗯！买这么多东西！要花多少钱啊？"

白音宝力格又拿出一个望远镜，"奶奶，望远镜。"

奶奶高兴地接过望远镜，"哦——，奶奶早就想有个望远镜了。太好了，谢谢我的孩子。"边说边举着望远镜看。

白音宝力格拿出一包新衣服放在桌上，"索米娅，这是给你的。"

索米娅双手抚摸着新衣服。

白音宝力格又拿出一条花头巾，并且展开给索米娅看。

奶奶在一旁赞叹道："花头巾，真漂亮！太好看了！"

白音宝力格递给索米娅，"戴上。"

索米娅拿着头巾翻看着，折叠着。

白音宝力格对奶奶说："奶奶，我的老师还推荐我去上大学，我爸爸也同意。可我说不行，我要回来结婚。我要跟索米娅结婚，我父亲也同意。"

索米娅羞涩地拿着头巾走开了。

白音宝力格继续说："我爸爸说，索米娅是个好姑娘。"

镜头8：（中景）索米娅羞涩而幸福地跑出了毡房，倚在门口听着两人的谈话。

奶奶高兴的画外音："好！好！我的白音宝力格要成家了。太好了！我的孩子长成了大小伙子了。"

奶奶和白音宝力格欢笑的画外音。

（根据电影《黑骏马》整理而成）

电影《黑骏马》剧照

与小说情节的简略相比，电影场景要丰富得多。小说里几乎没有什么对话，而电影场景主要依靠人物对白推动叙事，白音宝力格和奶奶的对白贯穿整个场景。根据导演的要求和演员的特点，在不违背原作整体框架的原则下，电影对小说进行了局部改动：小说里的培训只有八个月，电影中改为三年；小说里白音宝力格是骑马回家，电影中改为坐拖拉机回家；小说培训的内容是畜牧和兽医，由于扮演白音宝力格的腾格尔是音乐家，电影改为培训学拉琴；小说里白音宝力格带回了许多专业书籍，电影中带回的是许多礼物。谢飞为了在这个场景中表现散文化电影音画相谐的形式追求，人物衣服和环境的颜色各不相同，奶奶的是灰色长袍，白音宝力格的是绿色，索米娅的是紫色，行李包是红色，桌子是橙色。白音宝力格的独白既是对培训经历的简单交代，又揭示了他的矛盾心理：既想多学文化，又想早点回家。镜头7是典型的长镜头，充分展现了蒙古包内真实的生活场景，通过人物对白，让观众感受到影片的抒情风格和舒缓的节奏，起到了人景结合、情景交融的艺术效果。

为了把《黑骏马》拍摄成散文化电影的风格，谢飞有意淡化戏剧性，减少矛盾冲突。小说里的希拉是一个胡作非为的坏人，在草原上与许多姑娘发生两性关系。电影弱化了希拉丑恶的本性，"因此对希拉没有过多丑化，只表现他是一个漂亮、风流的男青年，对女主人公是一种生理的吸引，削弱了善恶冲突，这更符合生活以及影片所要表现的主题。"① 谢飞又在影片中增强其抒情性和感染力。小说的蒙古古歌《钢嘎·哈拉》只有歌词，没有歌曲。电影中以这首《钢嘎·哈拉》古歌歌曲贯穿始终，同时在有些场景还以蒙古族音乐作为背景，影片结尾还增加了白音宝力格教学生唱《蒙古人》这首歌曲。蒙古族音乐给影片带来了浓烈的抒情意蕴。影片前半部对白不多，主要用优美的画面和蒙古族长调音乐来表情达意。特别是美丽的草原风光，万马奔腾的气势，少年白音宝力格牧马的欢快画面，都给观众留下了深刻的印象。不过，追求完美的谢飞对有些马戏并不满意，"在实际拍摄时，在蒙古，当地的马不听使唤，一些人与马交流感情的戏无法实现，只好舍弃。当然如果把马的部分拍得漂亮一些，浪漫一些，会给影片增色。"②

三　小说与电影接受的差异性思考

小说《黑骏马》自1982年发表后，就好评如潮，得到文学艺术界

---

① 谢飞、胡克：《〈黑骏马〉及电影文化》，《当代电影》1995年第6期。
② 同上。

的充分肯定。笔者通过中国知网进行统计，从 1982 年到 2014 年，以"黑骏马"为标题关键词的学术文章和硕士论文共计 183 篇，几乎每年都有人撰写《黑骏马》的评论文章，前后持续了 30 多年。

以 1983 年为例，小说发表不到一年的时间里，《上海文学》《读书》《民族文学》等杂志就刊发了许多评论《黑骏马》的文章。著名评论家曾镇南说："《黑骏马》是写得很美的、象叙事诗一样的小说。贯穿全篇的，是草原古歌《黑骏马》的优美、悲怆、激越的旋律。它的艺术结构是和这古歌的展开、低昂、收束相应和的，这使小说本身具有强烈的音乐感。"① 学者谢永旺评论道："中篇小说《黑骏马》是一部意境深沉的作品，耐得住反复咀嚼和体味。每次读它，都会感到有一种强劲的内在韵律和力量，牵引着我们的心飞向那茂密的草原深处，飞向白发苍苍的老额吉、健壮的男子汉和朝霞一般可爱的姑娘身边，和他们一起经历艰难的岁月，体验辛苦的人生。"② 学者向义光这样评价道："《黑骏马》这首古歌似乎可以看作一个总体象征，象征着追求者在人生中的基本命运。白音宝力格，作为一个'追求者'的形象，既是具体，也是抽象。因此，他超越了作品本身具体、特定的时空限制。他所走过的一个追求者的道路，便蕴含着深刻的哲理性。一种交融着历史感和现实感的人生哲理。"③ 从这些最初的评论中可以看出，学者们对小说《黑骏马》进行了充分肯定和高度赞扬。

1986 年，上海戏剧学院的罗剑凡把小说《黑骏马》改编成同名话剧，由导演陈明正组织上海戏剧学院内蒙古班的演员排演。这部话剧分别在上海、北京、呼和浩特等城市上演，引起话剧界的热评。话剧《黑骏马》更呈现了对生命自在状态的渴求，直接引发了对生命赖以存在的自然环境的崇拜。

经过 13 年的等待和准备，谢飞终于把广受读者好评的小说《黑骏马》改编成同名电影，搬上银幕与观众见面。应该说，谢飞对这部

---

① 曾镇南：《〈黑骏马〉及其他》，《读书》1983 年第 2 期。

② 谢永旺：《用滋润的心迎接明天——读张承志的中篇小说〈黑骏马〉》，《民族文学》1983 年第 3 期。

③ 向义光：《〈黑骏马〉的人生》，《上海文学》1983 年第 5 期。

电影倾注了大量心血，此前他导演的《湘女萧萧》《本命年》《香魂女》等影片已大获成功，为《黑骏马》的拍摄积累了大量的经验。从邀请张承志当编剧，到演员的严格挑选；从蒙古族音乐和蒙古语对白的使用，到去蒙古国选择外景拍摄场地，都可以看出谢飞严谨认真的工作作风和力求完美的艺术风格。然而，当影片《黑骏马》制作完成后，谢飞首先在北京电影学院试放了一场。在放映过程中，场内呵欠连天，一度嘘声不断，谢飞为此也几乎对这部电影失去了信心。

为何一部精心制作的影片连电影学院的学生都看得哈欠连天呢？原因很多。其中最主要的原因是《黑骏马》是部散文化电影。正如有学者指出的："一个世纪来，散文化电影总在戏剧化电影的夹缝中顽强发展。"① 换句话说，从数量和影响来看，戏剧化电影的统治地位不容动摇，而散文化电影比较边缘化，属于"叫好不叫座"的纯艺术电影，非常小众化。文学是用来阅读的，可以让读者慢慢品味。散文化小说《黑骏马》如蒙古族马奶酒一般醇厚浓烈，芳香四溢。电影是用来观看的，属于大众化的艺术。谢飞把《黑骏马》拍摄成散文化电影，虽然保持了小说的风格，但这种艺术风格并不太适合观众的大众化口味。谢飞自己也承认，这部电影不太适合年轻人观看，"中、老年观众比较爱看。社会的欣赏品位由于文化、年龄等因素影响，差别比较大，不太可能都满足。"② 电影的观众群体主要是青少年，如果把观众限定在中老年人，那当然只能是小众化群体了。

不可否认，谢飞在演员的挑选上也花了不少工夫，比如，饰演奶奶的蒙古国功勋艺术家道格尔苏荣，其精湛的表演给观众留下了深刻印象。但是，影片男女主角的表演比较平淡。饰演白音宝力格的腾格尔毕业于天津音乐学院作曲系，当时是中央民族歌舞团著名的蒙古族歌手。谢飞本来是邀请腾格尔来为影片作曲的，交谈中发现腾格尔有一定的表演天赋，便临时决定用他来饰演白音宝力格。同时，让小说里当兽医的白音宝力格改为影片中的歌手，一方面是导演想让角色与

① 魏一峰：《论当代散文化电影的叙事结构》，《电影文学》2012 年第 2 期。
② 谢飞、胡克：《〈黑骏马〉及电影文化》，《当代电影》1995 年第 6 期。

演员的自身特点靠近，另一方面是想突出蒙古族音乐在电影中的表现力，"我在蒙古民族的生活中感受到民族歌曲和音乐是这个民族特别突出的文化表现。蒙古族在生活中人人会唱歌，用歌曲表达感情。于是就把主人公改为歌手，想用听觉手段丰富电影内容。"① 可是，腾格尔毕竟没有受过电影表演训练，所以他在影片中的表演显得比较单薄。本来，斯琴高娃一直想饰演索米娅，她的形象和气质与索米娅这个角色非常接近。由于男女主人公童年、青少年、中年三个时期由不同的人饰演，衔接起来比较困难。谢飞原来打算中年索米娅由斯琴高娃饰演，可是要招募像她的青年来演她的青年时代不容易，所以不得不放弃斯琴高娃，改由娜仁花担任主演。娜仁花虽然是蒙古族演员，之前在谢飞导演的《湘女萧萧》中饰演女主角取得了成功，但是，娜仁花的形象气质与蒙古族妇女形象相去甚远，与小说原作索米娅形象也不符合，加之她之前在影片里也从来没有饰演过蒙古族女性角色。可以说，娜仁花饰演的索米娅并不成功。小说里索米娅形象前后变化很大，让白音宝力格都感到有些吃惊："她比以前粗壮多了，棱角分明，声音喑哑，说话带着一点大嫂子和老太婆那样的、急匆匆的口气和随和的尾音。她穿着一件磨烂了肘部的破蓝布袍子，袍襟上沾满黑污的煤迹和油腻。她毫不在意地抱起沉重的大煤块，贴着胸口把它们搬开，我注意到她的手指又红又粗糙。"娜仁花的气质偏于文弱，她饰演的索米娅前后变化不大，反而在影片中显得比较唯美。唯美化的索米娅形象既不符合小说原作的艺术形象，也不可能给观众留下强烈的感染力。笔者认为，如果让斯琴高娃来饰演索米娅，也许艺术效果会更好。

中国观众绝大部分是汉族人，他们对蒙古草原文化并不了解，对蒙古族的生活方式、伦理观念、宗教信仰更不熟悉，因此，观众对影片《黑骏马》中生命至上的观念无法理解和接受。影片中，索米娅怀了希拉的孩子，奶奶居然说"希拉没有什么错"。索米娅不但不感到耻辱，反而要拼命保护孩子。汉族观众对电影中的这个场景是难以理

---

① 谢飞、胡克：《〈黑骏马〉及电影文化》，《当代电影》1995 年第 6 期。

解的，因为汉族文化有着强烈的贞操守节观念和浓厚的男权意识，"饿死事小，失节事大"的思想已经根深蒂固。作为游牧民族的蒙古族人生育成活率低下，地广人稀，两性关系比较自由，贞洁观念非常淡薄。这些思想和观念对汉族观众来说是难以接受和认同的。小说由于有比较细致的描写和背景交代，读者对小说的内容能够理解；可是电影难以用镜头来表现深厚的文化内涵，这对于普通观众来说就有了理解的难度。小说结尾，索米娅要替白音宝力格养孩子的情节，可谓是浓墨重彩的高潮部分，读来令人感觉荡气回肠，催人泪下。可是观众对这个场景不能理解，连电影学院的学生对影片也"不太喜欢，也不感动，说假"[①]。对少数民族文化和民族心理都不能理解，观众怎么可能理解和接受少数民族风格的电影呢？

1995 年 8 月，谢飞怀着忐忑不安的心情把影片《黑骏马》带到加拿大蒙特利尔国际电影节上。让谢飞没有想到的是，电影节期间，《黑骏马》共安排放映了三场，场场爆满。尽管语言不通，但人类的心灵和情感是相通的。人们被影片中男女主人公真挚的东方情感所感动，谢飞在激动之余不禁感慨万千地说："我在中国没有找到的观众，却在蒙特利尔找到了。"[②] 因此，该影片在蒙特利尔捧得了最佳导演和最佳音乐两项大奖。

当获了奖的《黑骏马》再次在北京电影学院放映时，观众是掌声雷动，与之前的反应形成了天壤之别。这其中留给人们的思考是相当深刻的。中国电影经常是"墙内开花墙外香"，《黑骏马》也是一个例证。我们的一些电影在国内反应平淡，在国际上却能获奖，这在一定程度上说明了中西方观众接受电影的差异性，特别是一些纯艺术电影，对国内大多数观众来说还是存在着接受难度的问题。客观地说，《黑骏马》这部电影在国际上获奖对于提升国内的传播效果和增加票房有一定的推动作用，但是，它依然是小众化的艺术电影。也许是无心插柳的缘故，腾格尔创作的主题歌《蒙古人》却被普通观众接受了，

① 谢飞、胡克：《〈黑骏马〉及电影文化》，《当代电影》1995 年第 6 期。
② 雅文山：《〈黑骏马〉期待着中国观众》，《中国电影周报》1996 年 4 月 11 日。

一度成为流行歌曲，唱遍了大江南北。

一部优秀的小说作品不一定能被改编成优秀的电影，这主要是传播学中的首因效应造成的。首因效应也叫首次效应、优先效应或第一印象效应，它是指当人们第一次与某物或某人接触时会留下深刻的印象，个体在社会认知过程中，通过"第一印象"最先输入的信息会对客体以后的认知产生影响作用。而文化寻根小说因深厚的文化内涵而进一步增加了电影的改编难度。小说《黑骏马》已经在众多读者心中留下了良好的第一印象，许多导演因此知难而退，而谢飞却等待和坚持了十多年，冒着很大的失败风险去改编，最终在国外专家和观众那里得到了肯定，这种知难而进的改编精神非常值得肯定。

第四节 《孩子王》的教育制度与儒道思想

一 文盲时代的教育问题

阿城（1949— ），原名钟阿城。1968 年下放山西插队，并开始学画。为到草原写生，又到内蒙古插队，后去云南建设兵团农场落户。知青生活结束后回到北京，仔细研读了黑格尔的《美学》，马克思的《资本论》，中国的《易经》、道家、禅宗、儒学等，为其此后创作风格的形成进一步奠定了基础。1984 年开始创作，《棋王》《树王》《孩子王》等小说相继问世。1985 年发表了关于"寻根"的理论文章《文化制约着人类》，使他成为当时揭示民族文化心理的"寻根文学"[①] 的代表人物。陈思和认为："他的小说作品长于以白描淡彩的手法渲染民俗文化的氛围，透露出浓厚隽永的人生逸趣，寄寓了关于宇宙、生命、自然和人的哲学玄思，关心人类的生存方式，表现传统文化的现实积淀。"[②]

[①] 寻根文学是以"文化寻根"为主题的文学形式。20 世纪 80 年代中期，中国文坛上兴起了一股"文化寻根"的热潮，作家们开始致力于对传统意识、民族文化心理的挖掘，他们的创作被称为"寻根文学"，代表作家有阿城、韩少功、郑义、贾平凹、王安忆、张承志等。

[②] 陈思和主编：《新时期文学简史》，广西师范大学出版社 2010 年版，第 139 页。

1985 年，阿城在《人民文学》第 2 期上发表了中篇小说《孩子王》。小说通过一位知青到村里当"孩子王"的故事，理性地思考了文化、教育的缺失问题。十年动乱时期，群山环抱的小山丘有一所简陋的不能再简陋的学校，师资奇缺。一天，大队支书把一个在这里插队七年的知青"老杆儿"叫去当教师，派他去学校做"孩子王"。知青们得知消息后，热热闹闹地为他送行。老杆儿高中只读了一年，学校却分配他教初三，令他吃惊不小。令老杆儿苦恼的事真不少。学校的政治学习材料堆得像小山，可学生手里却没有一本教材，连小学课本上的生字都不认得。于是，他只能

作家　阿城

（图片来源于阿城－百度百科中的插图，ht-tp：//baike. baidu. com/link？ url ＝ － kpo1sCB FD6AvChPr3cLU－j8＿ w7fvBm＿ NdiAVVgeWZ-VUr0hYfBVjBGRd6FXDq1EN＿ LGhIrUd3DS2g4C 9y－yYKKFZ＿ G46bVcPlu99w1qygvu）

把课文写到黑板上让学生抄，并从认字教起。放假了，老杆儿回队上看望大家，大家玩得很开心，他却提不起精神。临走时，喜欢音乐并暗恋老杆儿的女知青来娣特意把他送了很远，并且送给他一本字典。不久，老杆儿和学生们相互熟悉起来，在教写作时，要求学生不要抄报纸，要写真实的生活。家境贫寒的王福喜欢学习，认字很多，很想得到老杆儿手中的字典。在一次布置作文时，老杆儿以字典做赌注，王福说今天就能写出记叙明天劳动的作文。傍晚，他和父亲进山砍竹子，前半夜就把作文写好了。老杆儿告诉他"要写一件事，永远在事后"的道理。王福没有得到字典，便决心把字典全部抄下来。一

次放电影，知青们顺便到学校看望老杆儿。老杆儿写了一首歌词，来娣当场作曲，并当场教知青唱这首歌。王福抄字典的行为感动了来娣，她决定把字典送给王福。老杆儿对教材内容不满，便不按教材上课。他独特的教学方法激起了学生们学习的兴趣，但却违反了教学内容。他终于被退回队里。临走，他把唯一的字典留给王福。

阿城想借《孩子王》来表达对教育制度和教育方法的看法。阿城对"文盲"有自己独特的解释，借老杆儿的口说："不识字，大约是文字盲，读不懂，大约是文化盲。"根据这个解释，阿城认为，大部分知识青年也是"文盲"，他们是"文化盲"，因为他们读不懂书报杂志。"文化大革命"的教育其实就是"文盲"教育。老杆儿不按课本教，不让学生抄报纸，让学生写真实生活，不与学生保持距离，反而与学生打赌。这可以算是对一种"混账"教育制度的抗议。他希望学生学到一点对他们生活有用的东西，真正扫除"文盲"，而不是要赶上级规定的进度，不是去迎合一种不合理的制度。

在《孩子王》里，老杆儿的想法是极朴素的，当老师是吃公家饭，心里很高兴，大家也羡慕。后来发现，语文课教学要求用一套机械的、固定的模式，教授学生阶级斗争和阶级意识方面的东西，这样教学的结果是，初三的学生还写不出一段连贯的、完整的话。老杆儿深感忧虑，决定改变过去的教学方法。一次上课，他要求学生一要把字写正确，写清楚；二要自己写作文，不要抄报纸。他对学生讲，就是写流水账也不要抄社论里那些没用的。阿城写道："我一气说了许多，竟有些冒汗，却畅快许多，像出了一口闷气。"老杆儿的心理和想法都是极朴素而实用的。在老杆儿看来，在"文化大革命"的时代，孩子们将来只要会记工分，会记账，就不白上一回学。老杆儿于是抛弃了课本，抛弃了阶级斗争的教学模式，用自己实用的办法，认真地教孩子们识字、作文。他没有什么大道理，没有强烈的阶级斗争意识，他只是简单地希望，不要浪费孩子们在学校的美好时光，上完学后能够写清楚事情。因而，在老杆儿看来，教就教有用的，学就学有用的。

阿城对那段不寻常岁月的回忆，表面上是轻描淡写的，实际上包含了作者的忧虑、痛苦和无奈。老杆儿表面上玩世不恭，嘻嘻哈哈，但对教育孩子却认真负责。他敢于反抗当时荒谬的教育形式和教学内容，按照"有用"的内容进行教学改革，深受学生欢迎。然而，荒谬的时代剥夺了他继续教学的权利。其结果是，孩子们只能无奈地回到过去"无用"的教育体制之中。

在"老杆儿"身上寄托着阿城对理想人格的追求，即儒道思想的统一。"老杆儿"对临到自己头上的别人都很羡慕的教书工作，并没有欣喜万分，而是淡然处之。当被辞退重新回到生产队时，也没有苦恼悲伤，而是安时处顺，泰然从容。这是典型的安贫乐道的道家思想的体现。正如老子所说："祸莫大于不知足，咎莫大于欲得。故知足之足，常足也。"[①] 这样，对于现实的一切都感到满足，万物也就无足以撄其心者，"安时而处顺，哀乐不能入也"[②]，心灵也就归于平静。但要指出的是，阿城小说中的理想人格，并不等同于庄子的齐生死、泯物我、超利害、同是非的"至人""真人"，而是包含着儒家的进取意识。"老杆儿"当上孩子王后，并没有失去责任心，他从实际出发，改变了以往讲解课文的惯例，从教识字开始，"识字过三千，毕业能读书"，正是出于对学生负责的态度。这种责任感正是儒家人格精神的一种体现。曹文轩曾这样评价阿城的小说："阿城从沉重如磐的情感中超脱出来，用了一颗平常心，很有分寸，很有节制地回忆了那一段的生活。""阿城向他的人物也向我们表现出一种叙述的耐心，这份耐心标志着中国当代文学开始透露着成熟的气息。"[③]

二 戏谑性情节与影像化隐喻

1987 年，著名导演陈凯歌把《孩子王》改编成同名电影，这部电影体现了陈凯歌独特的电影艺术思想，但却是一部典型的"叫好不叫座"影片。

陈凯歌（1952— ），"文化大革命"期间插队到云南省西双版

---

① 《道德经·四十六章》。
② 《庄子·大宗师》。
③ 曹文轩：《20 世纪末中国文学现象研究》，北京大学出版社 2002 年版，第 255 页。

纳农垦局当工人。1970 年参军，1974 年复员转业。1978 年考入北京电影学院导演系，1982 年毕业分配到北京儿童电影制片厂。先后执导拍摄了《黄土地》(1984)、《大阅兵》(1986)、《孩子王》(1987)、《边走边唱》(1991)、《霸王别姬》(1993)、《风月》(1996)、《荆轲刺秦王》(1999)、《和你在一起》(2002)、《致命温柔》(2002)、《无极》(2005)、《梅兰芳》(2008)、《赵氏孤儿》(2010)、《搜索》(2012)等不同风格的电影，成为中国第五代导演的领军人物。

导演　陈凯歌

（图片来源于陈凯歌－百度百科中的插图，http：//baike. baidu. com/link？url＝Osz-kA1Q－i09JTBW0T4OX－fRUlOJ9hn ooTpMK-TMsQxcjVcx0OFP3H18Op7Obyah1XU1yRt－3GkKoFDfx－oc－BXK)

陈凯歌真正想拍的第一部电影其实是《孩子王》，只是当时广西电影制片厂并没采纳他的拍片计划，于是他改拍了厂方认定的题材《黄土地》。但陈凯歌想把阿城的小说《孩子王》搬上银幕的念头一直没断。《黄土地》给陈凯歌带来了巨大反响，他终于可以实现拍《孩子王》的愿望了。1986 年 7 月，西安电影制片厂决定投资拍摄《孩子王》，当时吴天明刚担任西安电影制片厂厂长不久。于是，陈凯歌有条件招兵买马，聘请谢园饰演老杆儿，杨学文饰演王福，张彩梅饰演来娣，徐国庆饰演老黑，谭讬饰演队长，陈绍华饰演陈校长，顾长卫饰演吴干事，吴霞饰演班长，刘海臣饰演王七桶，勒刚饰演牛童。拍摄的外景地选在云南省勐腊县。经过长达半年的拍摄和剪辑，电影《孩子王》于1987年初制作完成。

从故事情节和角色安排上来看，电影《孩子王》基本上忠实于小说原著。无论是知青们庆祝老杆儿当"孩子王"、老杆儿上第一堂课、老杆儿教学生写作文、老杆儿回知青宿舍看大家等场景，还是来娣赠送字典给老杆儿、老杆儿与王福打赌、老杆儿教学生唱歌、老杆儿被辞退等场景，都与小说情节保持一致。我们具体比较一下老杆儿给知青们上课的情节，小说是这样描写的：

> 老黑他们果然来了，在前面空场便大叫，我急忙过去，见大家都换了新的衣衫，裤线是笔挺的。来娣更是鲜艳，衣裤裁得极俏，将男人没有的部位绷紧。我笑着说："来娣，队上的伙食也叫你偷吃得够了，有了钱，不要再吃，买些布来做件富余的衣衫。看你这一身，穷紧得戳眼。"来娣用手扶一扶头发，说："少跟老娘来这一套。男人眼穷，你怎么也学得贼公鸡一样？今天你们看吧，各队都穿出好衣衫，暗中比试呢。你们要还是老娘的儿，都替老娘凑凑威风。"老黑将头朝后仰起，又将腰大大一弓，头几乎冲到地下，狠狠地"呸"了一下。来娣笑着，说："老杆儿，看看你每天上课的地方。"我领了大家，进到初三班的教室。大家四下看了，都说像狗窝，又一个个挤到桌子后面坐好。老黑说："老杆儿，来，给咱们上一课。"我说："谁喊起立呢？"来娣说："我来。"我就迈出门外，重新进来，来娣大喝一声"起立"，老黑几个就挤着站起来，将桌子顶倒。大家一齐笑起来，扶好桌子坐下。我清一清嗓子，说："好，上课。今天的这课，极重要，大家要用心听。我先把课文读一遍。"来娣扶一扶头发，看看其他的人，眼睛放出光来，定定地望着我。我一边在黑板前慢慢走动，一边竖起一个手指，说："听好。从前，有座山，山里有座庙，庙里有个和尚，讲故事。讲的什么呢？从前，有座山，山里有座庙，庙里有个和尚讲——"老黑他们明白过来，极严肃地一起吼道："故事。讲的什么呢？从前有座

山，山里有座庙，庙里有个和尚讲故事。讲的什么呢？从前有座山，山里有座庙……"大家一齐吼着这个循环故事，极有节奏，并且声音越来越大，有如在山上扛极重的木料，大家随口编些号子调整步伐，又故意喊得一条山沟嗡嗡响。

小说的这个情节具有一定的戏谑性和幽默感。老黑、来娣等知青借看电影之机来看老杆儿，并希望重新坐到教室，让老杆儿给他们上课。而老杆儿以表面严肃的态度给大家开了一个玩笑——和尚讲故事。大家没有发怒，反而齐声跟着老杆儿"讲故事"。从表面来看，老杆儿想捉弄大家，以这种戏谑的方式让大家高兴。然而，老杆儿这种轻松幽默的上课方式，实际上是对"文化大革命"时期刻板僵化的教育制度的嘲讽和消解，许多老师上课像"和尚讲故事"一样千篇一律，循环往复，没有新意。从文化学的角度来看，"和尚讲故事"本身包含着一定的隐喻性质。所谓的"知识青年"，实际上大部分只有初中文化程度，他们只认识几个字，依然还只是"文化盲"，想继续读书而没有机会。还是"文化盲"的知青却当起了老师来教学生，教出的学生当然是"文化盲"甚至是"文字盲"。从"文化盲"到"文化盲"，难道不是像"和尚讲故事"一样，周而复始，没有进步。这种教育制度长此以往，必定会造成民族的灾难，这才是阿城忧虑的问题所在。我们来看电影的处理方式。

镜头1：（大全景）一群知青跑到操场，边跑边喊"老杆儿"。老杆儿站在操场边高兴地迎接大家的到来。有的知青喊道："人民的教师啊！"男知青们与老杆儿高兴地拥抱。

镜头2：（全景）知青们走进空荡荡的教室，东瞧瞧，西望望，然后找座位坐下。一位知青说："哎，老杆儿，站着干吗，来给哥们儿上堂课。"大家逐渐安静下来。

老杆儿站在门口问："谁喊起立？"

坐在第一排的来娣说："我来。起立！"大家站起来。

老杆儿慢慢走到黑板前，平举双手，突然一挥手，让大家坐下。

大家在一阵哄笑声中坐下。

老杆儿很严肃地说："不要闹！"教室里顿时安静下来。

老杆儿说："大家把手都背到后面去。"教室又一片哗然，"闹是没有好下场的。"于是，大家听话地背起手。

老杆儿严肃地说："现在开始上课。今天的课很重要，大家一定要注意听。我先把课文给大家念一遍。"

老杆儿停顿了一会儿说："从前，有座山，山里有座庙，庙里有个老和尚讲故事。讲的什么呢？从前有座山，山里有座庙，庙里有个老和尚讲故事。讲的什么呢？"

有知青跟着老杆儿说："从前有座山，山里有座庙，庙里有个老和尚讲故事。"

大家都齐声念："讲的什么呢？从前有座山，山里有座庙，庙里有个老和尚讲故事。讲的什么呢？"

老杆儿随着大家的声音，有节奏地在前面比画着："从前有座山，山里有座庙，庙里有个老和尚讲故事。讲的什么呢？从前有座山，山里有座庙，庙里有个老和尚讲故事。"老杆儿的比画变成了"忠字舞"。

镜头3：（全景）学生站在教室外看教室里上课。知青们依然齐声念："讲的什么呢？从前有座山，山里有座庙，庙里有个老和尚讲故事。"大家一边念一边有节奏地敲着桌子，节奏逐渐加快。

"讲的什么呢？从前有座山，山里有座庙，庙里有个老和尚讲故事。"

大家突然安静下来。顷刻，哈哈大笑。

教室外的一个女生念起来："从前有座山，山里有座庙，庙里有个老和尚讲故事。"其他学生也跟着念起来。知青们扭头往外看，学生边念边跑开了。

镜头4：（中景）老杆儿木然的表情。学生的画外音："讲的什么呢？从前有座山，山里有座庙，庙里有个老和尚讲故事。"

学生的声音越来越远。"讲的什么呢?"

镜头5:(远景)学生一边念,一边在夕阳的余晖里走着:"从前有座山,山里有座庙,庙里有个老和尚讲故事。从前有座山,山里有座庙,庙里有个老和尚讲故事。"学生走进山沟里,只有一个石碾静静地躺在路边。山野笼罩在夕阳下。

镜头6:(全景)老黑独自一人坐在教室里沉默着。

来娣的画外音:"老黑,走了。"

老黑慢慢站起来说:"走。"随即走出了教室。一个课桌上留下了一个完整的柚子皮。

(根据电影《孩子王》整理而成)

电影《孩子王》剧照

电影表达的内容基本与小说相同。不过,小说里的上课情节是晚上,电影里改在白天。同时,增加了老杆儿跟随大家的节奏在教室里表演"忠字舞"的滑稽场面,学生偷学"和尚讲故事"的情节,还有老黑不太情愿地离开教室的镜头。晚上的情节改到白天,是为了增加学生偷学的镜头,丰富了电影表达的主题思想。知青和学生一样,像"和尚讲故事"周而复始,原地踏步,这是动乱年代中国教育制度的悲哀隐喻。知青想学习却失去了上学的机会,学生想学习却没有

好老师，学校名存实亡。无论知青还是学生，都在文化缺失的年代里
白白地浪费着青春和生命。

三　文化电影的接受难度

与其说陈凯歌的电影是艺术电影，不如说他的电影是文化电影。
陈凯歌许多电影都贯穿着对中国文化的反思。他的反思是全面的，对
中国文化的审视具有批判性。陈凯歌自己指出了《孩子王》的主旨：
"我可以说，《孩子王》是一个有关中国文化的故事。""初看起来，这
部影片是讲教育的事。其实，教育的后面是文化，因为教育是保证一
种文化继续行其道的手段。说到文化，似乎很大。可是，我要讲的文
化，就是影响着我们生活一切方面的那些社会准则。文化从人那里
来，为人而设，有时又害人不浅。所以，文化的事，就是人事，文化
的背后是人。"①

与《黄土地》一样，《孩子王》的基调是对大地的感恩，怀抱着使
命感对民族生存状态进行深思。香港著名导演李翰祥认为："论戏剧
的效果和说故事的本事，《孩子王》不能算是尽善尽美，但在气质和
品位上，它还是中国电影中数一数二的。"② 电影《孩子王》还充满了
思辨色彩，影片展示了特定历史时期的延续性和变革性，在传统的故
事层面上加强了隐喻和象征，在一个更为广阔的文化背景上理解人
生，认识社会。这部影片对民族生存方式的思索，对现实社会的审
视，已经跃入了较高的哲理层次。陈凯歌也有知青的经历，他非常理
解文化对于知青和农村孩子的意义，他的导演态度也是预先设定好
的：冷静。冷静地面对一切文化劫难，冷静地面对生活中存在的真
实，所以他让老杆儿带领知青在学生教室里大声念那首偈语一样的故
事："从前有座山，山里有座庙，庙里有个老和尚讲故事，讲的什么
呢？从前有座山……"让老杆儿在离开学校前夕带领学生一遍又一
遍地唱他自己作词、来娣作曲的那首歌《一二三四五》："一二三四

---

① 陈凯歌：《我拍〈孩子王〉》，《南方文坛》1997 年第 1 期。
② 陆绍阳：《中国当代电影史——1977 年以来》，北京大学出版社 2004 年版，第
86 页。

五，初三班真苦，识字过三千，毕业能读书。五四三二一，初三班争气，脑袋扛在肩膀上，文章靠自己。"电影中这两个场景都表明了一个事实："知青与乡民的孩子同是文化的落难者，他们谁也无法拯救谁，只能在逍遥中去欣赏烧荒的野火，在山雾与牛群中回忆'牛'和'尿'的笑话。"①

从艺术上说，电影《孩子王》应该拍得比较成功，因为影片在国内外电影理论界获得了好评。该片获 1988 年第八届中国电影金鸡奖导演特别奖、最佳摄影奖(顾长卫)、最佳美术奖(陈绍华)。在 1988 年第 41 届戛纳国际电影节上，《孩子王》因对教育问题的批判思考而获教育贡献奖，同时，该片还获得联合国教科文组织国际影视委员会特别奖、比利时探索影片奖等奖项。

然而，电影《孩子王》依旧延续了《黄土地》的"轨迹"——"叫好不叫座"，仅仅卖出了 6 个拷贝。② 陈凯歌作为第五代导演的代表人物，完全是在没有票房压力的状况下进行创作的，他是计划经济时代最后的受惠者。当时任何一部影片，不管有没有观众，即使放完一场就被收进片库，中国电影发行放映公司也会以统一的收购价 70 万元"通吃"。正因为如此，陈凯歌在短短的四年内先后拍出了《黄土地》《大阅兵》《孩子王》等影片，全都"叫好不叫座"，却没有任何后顾之忧。

从普通受众的角度来看，电影《孩子王》并不成功。从接受美学的角度分析，笔者以为，电影《孩子王》不被观众接受的原因有三：第一，故事情节平淡无奇。小说《孩子王》本来没有激烈的矛盾冲突，电影在忠实小说的基础上进一步淡化情节，基本上没有吸引观众眼球的视觉化场景。普通观众喜欢情节跌宕起伏的电影，视听感官强烈的镜头更受青睐。电影《孩子王》无论是情节还是镜头，都无法满足观众的期待视野。"思想大于形象"是电影《孩子王》的最大弊端，小说

---

① 刘明银：《改编：从文学到影像的审美转换》，中国电影出版社 2008 年版，第 75 页。

② 陆绍阳：《中国当代电影史——1977 年以来》，北京大学出版社 2004 年版，第 72 页。

里冷静客观、简单朴素的孩子王老杆儿到电影里就变成了一位深刻的哲人。很多观众看过《孩子王》之后都觉得很沉闷，故事情节不流畅，晦涩难懂。比如，因为学生都没有书，老杆儿开始在黑板上给学生们抄书，接下来的镜头分别是傍晚的外景，老杆儿举着蜡烛看书，学生点蜡烛抄书，烛光下几个学生迷茫的脸，老杆儿面对空荡荡的教室发呆，然后镜头又回到了课堂上。这一系列不连贯的镜头组合，观众看到的只是零散的碎片，明显地剥离了故事情节。导演想要通过这些零散的镜头来表达画外之意，但适得其反，观众会对这些镜头感到乏味甚至莫名其妙。著名导演李翰祥对电影《孩子王》的点评可谓一语中的："导演和摄影刻意求工，每个镜头都想使观众永远不忘，但观众们太注意画面就会把戏忘得一干二净。其实好的电影观众不会再有镜头感，就像一幅画使人看不出笔触是一样的，如果使人看出某一笔是神来之笔，那一笔反而跳出画外，脱离观众，成了全幅画的败笔。"①

　　第二，主旨前后矛盾。小说中的老杆儿是一位认真负责的老师，他希望让孩子们能够认识更多的字，能够真正地学习文化。电影里的老杆儿却有些"神经质"。他点燃一支蜡烛，在自己漆黑的屋子里，慢慢地走到了一块中间带有裂缝的镜子跟前，他默默地凝视了一会儿，只见镜子里头有两个目光呆滞的自己，然后狠狠地对着镜子啐了一口。有时候，老杆儿面对学生无缘无故地傻笑。老杆儿这些怪异的行为，让观众感觉他有些"精神不正常"。普通观众不可能理解镜头背后隐藏的文化内涵。同时，电影的主旨也在学文化与反文化之间游移不定。电影中增加了牧童，一方面，老杆儿劝牧童上学，另一方面，老杆儿又劝王福"不要抄字典"。正如有些学者批评的："在影片中表达文化时，应该把握一个具体的度。《孩子王》取消了原作中对待文化的具体角度和具体态度，采取了一种彻底、激进的观点。影片提出'字典也不要抄了'，似乎是说连学文化的第一步——识字也不必要了。"② 这种主旨的前后矛盾既影响了观众对电影的理解，也

---

① 李翰祥：《我看〈孩子王〉》，《天涯》1997 年第 2 期。
② 《中国电影年鉴·1988》，中国电影出版社 1989 年版，第 23 页。

不符合人们渴求文化的社会心理。

第三，一些镜头过分晦涩难懂。电影基本上以长镜头为主，既呆板单调，又显得晦涩。比如，队长通知老杆儿当老师的场景是一个长镜头，只见队长抽烟，却看不到老杆儿，对话也很少，让人感到莫名其妙。电影中还有许多意境镜头，即只有自然景物而没有人物的空镜头，这些镜头与电影主要情节的关系不大。比如，空旷的山野，没有树枝的枯树，一动不动的石碾，漫山遍野的山火，等等。这些意境镜头虽然蕴含着隐喻意义，但普通观众却感到不知所云。老杆儿时而木然，时而在旷野里独自大笑，给观众一种精神失常的感觉，不像一个好老师。另外，影片的背景音乐阴森恐怖，让人毛骨悚然。这些镜头不但影响了电影的叙事进程和情节的流畅性，而且增加了观众理解的难度。

在80年代中期，以陈凯歌、吴子牛、田壮壮为首的第五代导演拍出了一批"叫好不叫座"的探索片，他们在没有经济压力的情况下"拍卖不出去的电影"成了一种时髦行为。"电影人在没有市场压力的状况下，可以更充分地表达自己的艺术理想。但这也是一把双刃剑，它造成了电影人完全不顾市场的极端行为，他们并没有意识到电影除是一门艺术外，也是一门工业，一门商业。"① 第五代导演最初没有用主动、积极的态度去培育电影市场，使中国电影市场严重萎缩，为20世纪90年代中后期中国电影市场的大滑坡埋下了隐患。

---

① 陆绍阳：《中国当代电影史——1977年以来》，北京大学出版社2004年版，第72页。

第六章　先锋小说与影视传媒的关系

　　新时期先锋小说和探索电影几乎同时出现，平行发展。先锋小说诞生于 1985 年，很快，马原、达西扎娃、莫言、残雪、孙甘露、洪峰、苏童、格非、余华、北村等一批青年作家，以先锋的姿态和实验性文本进行了大量创作，形成了先锋小说的巨大浪潮。而在 1984 年，张军钊导演了《一个和八个》，陈凯歌导演了《黄土地》，标志着探索片的开端。此后，田壮壮导演了《猎场扎撒》，吴子牛导演了《晚钟》等电影，这些探索片催生了中国第五代导演的诞生。其实，探索片就是先锋电影，无论是内容还是形式，都令人耳目一新。对先锋小说的偏爱无疑应首推张艺谋，他先后把莫言的《红高粱》改编为同名电影，把苏童的《妻妾成群》改编成电影《大红灯笼高高挂》，把余华的小说《活着》改编成同名电影。这些电影不仅给张艺谋赢得了无数的桂冠和荣誉，而且也使曲高和寡的先锋小说走进普通大众的视野，从而形成了先锋小说与先锋电影互惠共赢的可喜局面。

第一节　小说与电影的先锋精神

一　先锋小说的叙事革命

　　"先锋"这个术语的历史始于法国大革命，法语是 avant-garde，原义来自法国著名的《拉鲁斯词典》——所谓"先锋"是指一支武装力量的先头部队，其任务是为这支武装力量进入行动做准备。19 世纪，"先锋"一词由军事术语转为文化和文学艺术术语。无论是政治先锋还是军事先锋，抑或是文化先锋，都有一个共同的特点：起源于救世主式的狂热和乌托邦式的浪漫主义，它们所遵循的发展路线本质上类似于"现代性"概念。

文学领域的"先锋派"出现于20世纪，主要包括未来主义、象征主义、达达主义、超现实主义、意象主义、意识流派、抽象派、荒诞派等各种西方现代主义文学。先锋小说是指吸纳了西方现代主义以及后现代主义的观念和技巧的小说，反映现代社会中人与人、个人与社会、个人与自我、个人与自然之间畸形的异化关系，以及由此产生的变态心理、精神创伤、虚无意识和悲观情绪。

中国当代文学中先锋精神的源头可以追溯到"文化大革命"，一些青年人"以潜在写作"① 的方式进行文学创作，他们创作的诗歌和小说具有明显的先锋性。但是，直到20世纪80年代中叶，文学领域的先锋实验才形成了强大的声势和阵容。"所谓先锋精神，意味着以前卫的姿态探索存在的可能性以及与之相关的艺术的可能性，它以不避极端的态度对文学的共鸣状态形成强烈的冲击。"② 事实上，一些后来被称为"先锋派"的小说家如马原、达西扎娃、莫言、残雪等在1985年已经崭露头角。更为重要的是，这一年的创作姿态与理论动向形成了富有生长性与推动力的文学氛围，是培植新一代先锋小说的温床。因此，1985年可以看作后来被称为先锋小说这一流派的起点。③ 这一开端在叙事革命、语言实验、生存状态三个层面同时进行。1986年和1987年是先锋小说的收获年。"先锋小说"一词，是由评论家命名的。1987年1月，青年批评家吴亮较早使用了先锋小说的概念，他是从叙事方式上确指这类小说的先锋意识的，他说："在我的印象里，写小说的马原似乎一直在乐此不疲地寻找他的叙

---

① 陈思和在他主编的《中国当代文学史教程》中这样解释"潜在写作"：有许多被剥夺了正常写作权利的作家在哑声的时代里，依然保持着对文学的挚爱和创作的热情，他们写作了许多在当时客观环境下不能公开发表的文学作品。

② 陈思和主编：《中国当代文学史教程》，复旦大学出版社1999年版，第291页。

③ 王铁仙等：《新时期文学二十年》，上海教育出版社2001年版，第187页。

述，或者说一直在乐此不疲地寻找他的讲故事方式。"① 另一个推崇马原语言意识先锋性的青年批评家李劼，他在《论中国当代新潮小说的语言结构》一文中指出，马原小说叙事性结构的特征在于，"它全然立足于语言的真实。它可以不关注情感和辞藻，而致力于真实的谎言编造。"② 在 80 年代前半期，文化界的人道主义和启蒙主义思潮，虽然无法形成像"五四"一样绝对的强势话语，但已颇有上升为"准共鸣"的趋势。先锋文学的出现，在某种程度上是对人道主义和启蒙主义的怀疑，传统的文学规范被打破了，极端个人化的写作成为可能。

马原是叙事革命的代表人物，并因之被某些评论家称为"形式主义者"③。在他创作的顶峰时期，他写下了许多在当时让人耳目一新的小说，如《拉萨河女神》《冈底斯的诱惑》《西海的无帆船》《虚构》《涂满古怪图案的墙壁》等作品。马原小说的一个非常突出的叙事方式，叫作"元小说"或者叫"元叙事"。"meta" 的前缀，就是小说加上这

作家 马原

（图片来源于马原 – 互动百科中的插图，http://www.baike.com/wiki/马原）

样一个前缀，就是在小说中讨论小说创作的小说，简言之就是"关于小说的小说"。也有一种翻译的方法，叫"后设叙事"。马原在写小说的时候，会突然跳出来说，我写不下去了，我怎么写到这里了，我下面应该怎么写呢？他把他的写作过程写到了小说作品里面，他跟

---

① 吴亮：《马原的叙述圈套》，《当代作家评论》1987 年第 3 期。作者的写作日期是 1987 年 1 月。

② 李劼：《论中国当代新潮小说的语言结构》，《文学评论》1988 年第 5 期。

③ 形式主义：通常的理解指热衷于玩弄写作技巧而缺乏经验与观念支撑的文学倾向。

读者讨论怎么写更好。马原这样做是对神圣写作的解构，创作过程的神秘感、作家的神秘感被打破了，作家本身就是他创作的素材，作家不再是高于作品的控制者了。马原叙事的内容包括他自己的状态、自己的创作过程。这样一来，作品中的人物、事件和作家自己的创作状态处在一个同等层次上。"我就是那个写小说的马原，我就是那个汉人马原。"这是典型的马原小说，这个方式后来被许多人模仿。可以说，马原是有意识这样做的，他影响了一批人，带来了对小说的重新认识，开创了当代小说的叙事革命。

这一时期，达西扎娃的重要作品有《西藏，隐秘岁月》《西藏：系在皮绳扣上的魂》等。《西藏：系在皮绳扣上的魂》发表于《西藏文学》1985 年第 1 期，小说以魔幻现实主义的手法，叙述了桑杰达普活佛讲述的两个年轻人寻找人间净土、和"我"虚构的一篇小说中的人物从盛小说的纸袋里走出寻找新世界的故事，以此来象征藏族人民从封闭的迷宫，走向开放的现代文明的艰难过程。"叙述角度的不断变换，时间感的中断和种种象征，营造出扑朔迷离的神秘氛围。"[①] 与达西扎娃相比，莫言的成就是多方面的，"他的小说形成了个人化的神话世界与语象世界，并由于其感觉方式的独特性而对现代汉语进行了引人注目的扭曲与违反，形成了一种独特的个人文体"[②]。这种文体富于感觉性与主观性，在一定意义上尝试着把诗语引入小说创作。这在他的中篇小说《球状闪电》《筑路》《红高粱》《白狗秋千架》《爆炸》等小说中表现得尤为明显。残雪是致力于开拓人的感觉形式并具有鲜明创作个性的另一位作家。她的代表作品《山上的小屋》《苍老的浮云》《黄泥街》等侧重表现人性扭曲下非常态与非人性的心理，以及种种敏感细腻、夸张放大、虚幻变形的感觉特征。王晓明曾这样表述他对残雪小说的惊异与印象："每个人的感觉器官都有自己的特点，都会对某些事物特别敏感，像这种对阴湿和密集的秽物的厌恶心情，也绝不会只为残雪所独有，但是，我还从未看到有谁像她这样热衷于渲

---

① 张学军：《中国当代小说流派史》，山东大学出版社 2000 年版，第 198 页。
② 陈思和主编：《中国当代文学史教程》，复旦大学出版社 1999 年版，第 292 页。

染自己的感官特点。"① 残雪小说的独特正在于她以敏细的体验对人物内心隐秘一角与变异一面感觉化的披露。《山上的小屋》中，母亲浮现的总是"虚伪的笑容"，父亲是"熟悉的狼眼"，而小妹在"我"身上刺出的是红疹的"直勾勾"的目光。在《旷野里》，一座空寂的大寓所中的夫妇，像两个鬼魂互相躲避着，又互相折磨着。《苍老的浮云》中，更善无和妻子穆兰、虚汝华与丈夫老况，以及他们的亲属、邻人、同事等，都陷入一个可怕的泥潭之中，互相残杀，互相虐待。残雪的感觉是痛苦的，那就是人与人之间的冷漠、虚伪、残忍，这正是对"文化大革命"惨痛记忆中感觉世界的描摹。

格非、孙甘露、苏童、余华等人的先锋小说，最大的特征就是对传统"时间流"的颠覆，他们的作品不再是传统的起、承、转、合，即开端——发展——高潮——结束。格非小说也致力于叙事迷宫的构建，但与马原不同。格非的小说主要以无序性的人物意识来构筑线圈式的迷宫——其中有冲撞，有缠绕，有弥散，有短路。如在《褐色的鸟群》中，"我"与女人"棋"的三次相遇如梦似真，"棋"似乎有几个，她们存在于一个共时的世界里。但是，在小说进行的历时性叙述中，每一个"棋"又解构着前一个"棋"。在这篇小说中，格非着重描写人与物的相互脱离，"在这样'错位'式的情景中，人物仿佛已变成了若有若无的鬼魂，身历的事件则比传闻还要虚渺，人就是处在这样的从未证实过而又永远也走不出'相似'的陷阱的一种假定状态中。"② 《青黄》是一个寓言式的文本，不同的人与不同的记载，各种各样的叙述与迥然不同的解释，而叙述者根本无法判断谁是谁非，这种判断与叙述的不确定，使得小说世界变得恍惚起来。《迷舟》则讲述了一个曲折而神秘的故事，北伐战争期间，旅长萧在一次偶然事件中丧生，从而导致战争局势的转变。在整个故事中，弥漫着扑朔迷离、神秘莫测的氛围，毫不相干的事竟然引起意想不到的结局，从而展示了现实与历史的无序状态。在先锋小说家中，孙甘露独

---

① 王晓明：《疲惫的心灵——从张辛欣、刘索拉和残雪的小说谈起》，《上海文学》1988 年第 5 期。

② 张清华：《中国当代先锋文学思潮论》，江苏文艺出版社 1997 年版，第 25 页。

特的反叛性与创造性无疑引人注目，这在《信使之函》《访问梦境》《请女人猜谜》《我是少年酒坛子》等作品中表现得比较突出。《访问梦境》是一篇"杂语体"小说，它是小说、诗歌、散文、神话、寓言、哲学论文、谜语、预言、语言游戏的混合，体现了无中心无规范的后现代特征。《请女人猜谜》也是一个实验文本。小说从叙述者谈论《猜谜》的虚构内容以及关于这一虚构的虚构过程开始，接着叙述者声称："在写作《请女人猜谜》的同时，我在写另一部小说：《眺望时间消逝》。"接下来就是关于《眺望》的内容以及虚构过程。这究竟是一篇小说还是两篇不同的小说，作者故意混淆这一点。孙甘露试图表明小说与现实"镜像关系"之外的各种关系的可能性，尤其是想象与真实界限模糊、二元背反的可能性，或者说，小说被建构为"迷宫"的可能性。

　余华发展了残雪对人的存在的探索，他对死亡、血腥与暴力的描写，比残雪更为冷静，也更为紧张、尖锐。在《河边的错误》《现实一种》《四月三日事件》和《在劫难逃》中，余华细致、逼真地描写人们之间不忍卒读的残杀行为，"命运""偶然"就像高悬在他们头上的利剑，迫使他们陷入无休止和无意识的争斗之中。不论善恶，余华都以一种超然的态度进行理解和观照，并由之产生一种悲悯心，这也导致了他在进入 90 年代之后创作风格的转变：其典型代表作品就是《活着》和《许三观卖血记》。"这些小说在描写底层生活的血泪时仍然保持了冷静的笔触，但更为明显的是加入了悲天悯人的因素。"① 苏童虽被列为先锋小说作家，但较受人们注意的还是描写清末民初"家族兴衰史"，或表现人生无常的作品，例如《妻妾成群》《1934 年的逃亡》《红粉》《妇女的乐园》和长篇小说《我的帝王生涯》《米》和《城北地带》等。他说："1989 年开始，我尝试了以老式方法叙述一些老式的故事，"作者试图"拾起传统的旧衣裳，将其盖在人物身上，或者说是试图让一个传统的故事一个似曾相识的人物获得再生"②。《妻妾成

---

①　陈思和主编：《中国当代文学史教程》，复旦大学出版社 1999 年版，第 293 页。
②　苏童：《怎么回事》，《红粉·代跋》，长江文艺出版社 1992 年版。

群》以细致老到的笔触，展现了一个大家庭内部妻妾之间近于琐碎和残忍的钩心斗角和这一过程中人性的挣扎和自虐的悲剧。《红粉》写的虽是风尘女子的改造生活，其中透出的却是光阴倒错、人生乖戾的刻骨感受。《1934 年的逃亡》讲述枫杨树乡陈氏大家族中富、穷两家在 1934 年遭遇的种种事件。"这些沿着张爱玲的创作路线，以苏州旧式人物和故事串联、敷衍而成的小说，显示出他与其他先锋作家不同的人生态度和艺术旨趣。"①

另外，先锋小说的其他作家，北村的《施洗的河》《卓玛的爱情》等小说从神学生存的角度来考察人在缺少了神性的一维之后的生存状态。洪峰的《奔丧》《瀚海》《极地之侧》，叶兆言的《枣树的故事》《追月楼》《半边营》，吕新的《南方旧梦》《沙子》等，也都值得注意。

二 先锋电影与第五代导演

20 世纪的"先锋派"在西方社会是一种整体的文化运动思潮，不仅出现在文学领域，也出现在哲学、电影、绘画、音乐等人文社会学科领域。

由于"先锋派"在西方社会是以整体姿态出现的文化思潮，因此，先锋电影与先锋文学几乎是同步发展、互相借鉴的。世界电影史上的先锋电影是指 20 世纪 20 年代以后，主要在德国和法国兴起的一种电影运动。它的重要特点是强调纯视觉性，反对传统的叙事结构。先锋电影并不是一个统一的创作流派，它包括"纯电影""达达主义电影""超现实主义电影""表现主义电影"等相互关联又相互区别的创作流派。

在 20 世纪 20 年代，先锋电影主要以法国和德国为策源地，影响遍及整个欧洲，时间从 1917 年至 1928 年，大约延续了十余年之久。由于它与当时风靡欧洲的各种现代艺术思潮有着明显的对应关系，加之一位艺术家可能同时接纳多种思潮的影响，所以先锋派电影流派纷

---

① 孟繁华、程光炜：《中国当代文学发展史》(修订版)，北京大学出版社 2011 年版，第 313 页。

呈，成员交错，既有导演，也有画家和诗人。抽象派画家 H. 里希特以一系列黑、白、灰三色正方形和长方形的变化和跳跃为内容拍摄了《节奏21》（1921）、《节奏23》（1923）和《节奏25》（1925）。立体派画家 F. 莱谢尔拍摄了短片《机械舞蹈》（1924）。1928 年，导演 G. 杜拉克拍摄了短片《贝壳与僧侣》，L. 布努艾尔拍摄了《一条安达鲁狗》，他们的影片都受超现实主义文学的影响，主要表现人的梦境、幻觉等潜意识，因此，这种电影往往又被称作超现实主义电影。

先锋电影的主旨是企图从电影的运动性和形象性出发，去挖掘和扩大电影的多种可能性，最终使电影能够成为一门独立的新艺术。作为一次探索性的艺术运动，许多实验性影片在镜头技巧、表演手法等方面都进行了大胆探索，对推动电影艺术的发展起了不可低估的作用。但是，先锋电影由于不以叙事为目的，追求纯视觉性，因此成为阳春白雪，曲高和寡，不能为普通大众所接受，很难产生巨大的社会效果。

中国的先锋电影主要出现于新时期，由第五代导演在 80 年代拍摄的影片，电影理论界习惯上把他们执导的影片称为探索电影。可以这样说，中国先锋电影的主将是第五代，第五代创造了先锋电影。第五代是指以 1982 年北京电影学院毕业生为主体的一代导演，他们从 1984 年开始，很快成为中国电影大军中最重要的一支队伍，比如张艺谋、陈凯歌、田壮壮、张军钊、吴子牛、黄建新、李少红、何平、霍建起、孙周等人，他们在中国影坛上呼风唤雨，并深刻地影响着中国电影的创作走向。从总体上来看，第五代导演不仅仅是一个时间上的概念，更重要的是他们导演风格的相近特点。

中国的第五代导演基本上都经过了红卫兵、"文化大革命"、知识青年上山下乡和恢复高考的几个人生阶段，他们是在文化浩劫和信仰危机的精神地平线上崛起的，因此，他们没有传统电影的沉重负荷。改革开放之后，他们突然从文化空白的状态进入文化开放的空间，对西方电影文化没有接受的阻抗力。他们以一种全新的姿态出现在电影界，以群体的力量影响着观众，以高质量的作品占据了世界电影舞台。新时期第一批先锋电影的问世便令国人瞠目结舌，其代表作是张军钊的《一个和八个》、陈凯歌的《黄土地》，这些电影一经问世就得到世界的认同，"第五代"的名称由此开始。随后，田壮壮的《猎场扎撒》、张艺谋的《红高粱》、吴子牛的《晚钟》等虽是他们初次执导的处女作，却有着强烈的极度个性化色彩，都强调重新审视现实和开掘文化底蕴，给了中国电影界一次难以忘却的震撼，从而开创了属于他们的艺术阵地。

新时期出现的先锋电影，无论是形式和内容，都体现出迥异于中国传统电影的风格，令人耳目一新。其强烈的视觉冲击力和情感冲击力，引起了中国电影界一次地震性的反应。艺术的变革具有双重性：一是表现形态和思维方式的更新；二是情感和思想的更新。先锋电影是在80年代中期"西风东渐"和社会变革的时代背景下，探索对电影艺术的形式和内容的双重突破。中国先锋电影的创作原则就是标新立异，张艺谋曾说："我们并没有清晰的美学追求，出发点就是有别于现存的中国电影，你这样拍，我偏不这样拍。拍与别人不一样的电影！"[①] 内容和形式上的反传统倾向，是先锋电影创作的必然要求，它体现在电影的艺术形态与思想内涵两个方面。在艺术形态上，先锋电影一直强调探索性和实验性，在艺术道路上不断求新求变。从真实美学、时空美学到影像本体的电影语言，从再现到表现，新时期先锋电影都作了新的开拓。在思想内涵上，先锋电影超越了《天云山传奇》《巴山夜雨》等前代作品的人道主义温情，在银幕上展现人的主体精神和原始激情，在前所未有的文化层面上探究民族的基本生存方式。

随着第五代导演在中国掀起先锋电影的浪潮，第五代导演与新时期先锋小说的结缘便是自然而然的事。最先把先锋小说搬上银幕的是张艺谋。1987年，张艺谋把莫言的《红高粱》和《高粱酒》两篇小说改编成电影《红高粱》。电影《红高粱》不但在先锋电影中具有标志性意义，而且在中国电影史上也举足轻重。以前的《一个和八个》《黄土

---

① 覃海明：《探索电影回顾》，http：//group. mtime. com/ABetterTomorrow/discus-sion/906718。

地》《猎场扎撒》《盗马贼》等先锋电影，是名副其实的"票房毒药"，只"叫好不叫座"。电影《红高粱》不但在国内外获得各种大奖，而且赢得普通观众的热烈追捧，是典型的"既叫好又叫座"的影片。《红高粱》投入的资金很低，但有足够的震撼力，在中国电影史上有不可磨灭的地位。自此，中国先锋电影开始考虑中国广大观众的欣赏趣味和习惯，电影导演不得不思考自己的艺术探索怎样和观众的需求很好地结合起来。

自《红高粱》之后，张艺谋与新时期先锋小说结下了不解之缘。1990 年，张艺谋把刘恒的先锋小说《伏羲伏羲》改编成电影《菊豆》，张艺谋并没有重复《红高粱》的主题，《菊豆》是在说："我们不超脱，就会走向我们的反面。"① 张艺谋回到了中国人的常态，表现了中国人在传统伦理道德束缚下的性格扭曲。1992 年，张艺谋把苏童的小说《妻妾成群》改编成电影《大红灯笼高高挂》，影片探讨了"一夫多妻"制生成的封建家庭内部互相倾轧的人生景象及相应的生成原则。1994 年，张艺谋又把余华的小说《活着》改编成同名电影。影片虽未能在国内公开上映，却在国外获得各种大奖，并受到海外华人的叫好，"因为他们第一次看到了中国导演对悲剧内容的巧妙消解，《活着》使'活着'之不易具有了几分幽默中的感慨。"② 2000 年，张艺谋又把莫言的小说《师傅越来越幽默》改编成电影《幸福时光》，这虽然是一部贺岁片，但却具有"黑色幽默"的味道，片中善良可爱的人们统统因为温情而变得"温情"，因为善良，所以"善良"，小人物的生活在现实中无可奈何的"温情"和"善良"让人深思。

除了张艺谋外，李少红、霍建起、孙周等其他第五代导演也改编过先锋小说。1994 年，李少红把苏童的小说《红粉》改编成同名电影；2002 年，霍建起把莫言的《白狗秋千架》改编成电影《暖》；同样是2002 年，孙周把北村的小说《周渔的喊叫》改编成电影《周渔的火

---

① 张会军、谢小晶、陈沪主编：《银幕追求——与中国当代电影导演对话》，中国电影出版社 2002 年版，第 172 页。

② 陆绍阳：《中国当代电影史——1977 年以来》，北京大学出版社 2004 年版，第 80 页。

车》。总之，第五代导演恰逢国门和影窗开放之时，因而其探索的勇气和步伐远远超过以前。他们的先锋电影一方面吸取了纪实美学中强调电影影像高度写真的合理性，另一方面则在先锋小说的启发下表现自己的主体意识，从而跨过蒙太奇美学和纪实美学的二元分立，走向客观纪实与主体表现的新的融合。

电影《暖》剧照

三 先锋艺术的开创性与传播性

就新时期文学来说，肇始于 1985 年前后的先锋小说的意义是深远的。它把人类对自己的形而上思考提升到一个新的高度，逼近黑格尔所说的"高远的旨趣"。先锋小说对历史随意性与偶然性的大胆揭示为我们打开了一扇迥异的奇幻之门。先锋小说家的历史从经院哲学中解放出来，还原为他们自己书写的所谓原初状态。历史是被书写出来的，先锋小说家认为，没有人能看见真正的历史，就如同没有人能看见小草似的生长一样。先锋小说的前期代表作家有马原、达西扎娃、莫言、残雪等人，稍晚一些的作家有格非、孙甘露、苏童、余华、洪峰、北村等人。

应当承认，新时期先锋小说在短时间内得以勃兴并不断发展繁荣，引起评论界的广泛关注和评说，这的确是当代文坛中一件十分了不起的事情。

在大量的先锋小说中，对自由的渴望已成为作家创作的主要倾向。十年“文化大革命”的深重灾难给中国人的内心留下了巨大的阴影。先锋作家都经历过十年浩劫，他们认为，在罪恶的压力下人性的弱点必然张扬，失去人类尊严的不光彩心理，面对新的生活所感知的困惑，并由此产生了失去信念的苦恼和深刻的背叛，这就是他们所经历的现实，他们的历史重负和现实困扰在小说里以“变异”的方式书写出来。“先锋小说家们没有逃避这一切，他们面对了历史和现实，他们描述了反叛和失去信念后的巨大苦痛，他们在积极找寻着生存的意义。”① 人类在发展的不同地域不同阶段中，有时会产生心灵的同步。一个奇怪的现象是，人类在承受了巨大罪恶和巨大灾难后，中国的马原、莫言、残雪、达西扎娃、余华、苏童等青年作家正在不同程度地重新经历着卡夫卡、福克纳、塞林格、萨特或者索尔·贝娄、海勒的心灵历程。

也许是某种巧合，发端于1984年的中国当代先锋电影，与中国当代文学一直存在着割舍不断的联系。张军钊于1984年导演的影片《一个和八个》是根据著名诗人郭小川的同名叙事长诗改编而成的。《一个和八个》是新时期电影中第一部以诠释战争中的人性为主题的电影，涉及了人性的复杂，从一个极端到另一个极端的可能性。在人的复杂性上的深度开掘，也使影片多了一股内在的力量。电影讲述抗日战争时期，共产党员王金蒙冤被捕，和八个土匪、逃兵一起押往别处。尽管在途中历尽艰险，王金仍然保持着对共产党的赤胆忠心。同时，王金的执着也感化了那些人渣，在生死关头，这些人终于站在一起，表现出一股可歌可泣的民族气节。受摄影师张艺谋、肖风和美术师何群的影响，影片的造型成了《一个和八个》中非常重要的环节，

① 赵玫：《先锋小说的自足与浮泛——对近年来先锋实验小说的再认识》，《文学评论》1989年第1期。

影片是用画面讲故事，叙事和表演反倒退居其次，电影中大量看似随意的不完整构图，使主体突破边界具有向外延伸的视觉张力。

陈凯歌是一个电影哲人和电影诗人，他的电影是"崇高"和"优美"兼有的艺术精品，这与他对文学文本的选择和影像阐释的特点直接相关。1984 年，陈凯歌拍出了他的处女作，一部对中国电影产生深刻影响的作品——《黄土地》。《黄土地》取材于柯蓝的散文《深谷回声》，陈凯歌把这篇很普通的文学作品，通过影像化的艺术提炼，使之成为中国电影中具有里程碑意义的作品。这部电影通过讲述一个叫翠巧的陕北女子想投奔八路军所引发的悲剧，进而表现近乎凝固的生活状态中人的挣扎与渴望。影片的主人公顾青是一个八路军战士，准确地说，他是一个文艺兵。他来到陕北的目的不是打土豪、分田地，更不是建立什么敌后抗日根据地，而仅仅是为了搜集无关紧要的陕北民歌，以便重新编曲后在部队传唱，鼓舞队伍士气。顾青教会了憨憨唱改编过的新民歌，但没能拯救翠巧的命运，甚至可以说，翠巧的死和他有直接的关系。顾青不过是为了摄影机进入陕北地理空间提供某种合法的理由或者一个契机。他直面了生命中一些无奈的事实，他同摄影机一样，只是作为一个见证人，目睹了一切，但又改变不了什么。在导演的阐述中，陈凯歌引用老子的话"大方无隅，大器晚成，大音希声，大象无形"来表达自己的使命感和责任感。"当民族振兴的时代开始到来的时候，我们希望一切从头开始，希望从受伤的地方生长出足以振奋整个民族精神的思想来。"① 电影把陈凯歌的传统美学趣味和现代艺术精神完美地结合在一起，影片的画面构图，无论是色彩、线条、光线、运动，都注意到一定的传统技法和现代精神。电影中有许多这样的画面：广阔的黄土地上，一个红点点或一个黑点点，远远地走去了。影片的摄影是张艺谋，他说："之所以大量采用这样的构图，一方面是由于受传统美学思想的影响。'万绿丛中一点红'就是中国传统的美学思想，国画和古典诗词中，也经

---

① 陈凯歌：《关于〈黄土地〉》，《北京晚报》1985 年 10 月 5 日。

常提到以白衬黑，以黑衬白。我们希望影片中的画面带有一定的装饰性。"① 而腰鼓和求雨这两场重头戏，都借鉴了中国画的写意手法。腰鼓的画面构图是以土地为主要背景，地平线比较高，或者背景全部是土地；到了求雨这场戏，许多镜头的地平线比较低，让天空占了画面的大部分空间。正如张艺谋所言："如果说，腰鼓这场戏表现的是地之沉重，那么，求雨这场戏表现的则是天之广漠。"② 在《黄土地》里，我们清晰地感受到陈凯歌和张艺谋等人的艺术抱负：丰富而深厚的电影表达，画面空间的处理方法，非叙事的结构样式，都充分地体现在影片之中。《黄土地》的诞生代表着一种电影思维方式的转变，它为中国电影人继续前行敞开了空间。

然而，我们又不得不面对这样的事实：几乎大多数先锋艺术都是阳春白雪，曲高和寡，一方面，评论家高度赞扬，另一方面，普通大众却敬而远之。许多先锋小说有意打破传统小说的写作技法，没有生动的情节和流畅的叙述，因此，就失去了小说本身的可读性和鉴赏性。小说毕竟不是哲学的、文化学的、心理学的教科书，小说毕竟是小说，必须具备小说本体的纯粹性。当一些先锋小说家们越来越强烈地感受到孤独，感受到没有读解者没有知音的时候，读者们也越来越为阅读这一类小说而感到困惑、疲劳和厌烦。

无论是中国还是西方，先锋电影都是非常小众化的艺术。据美国报刊报道，美国的各博物馆、大学电影系虽有为数不少的小型先锋派电影厅放映先锋派长短片，可每场只有数十人或十几个人观看。若回顾实验电影、先锋电影的历史，从20年代的德国表现主义、达达主义到80年代的后现代朋克电影、新有声电影，先锋派始终香火不断，然而一直与广大观众无缘。中国许多先锋电影也是"墙内开花墙外香"，在海内外评论界受到赞誉，但拷贝发行数却寥寥无几：《黄土地》发行了27个拷贝，《盗马贼》7个拷贝，《猎场扎撒》1个拷贝，《棋王》6个拷贝，《晚钟》获奖前只发行了一个拷贝，获奖后发行了

---

① 张明主编：《与张艺谋对话》，中国电影出版社2004年版，第16页。
② 同上书，第18页。

19 个拷贝。①

　　真正改变先锋电影传播困境的是张艺谋，他导演的处女作《红高粱》不仅在柏林捧得"金熊奖"，而且在全国掀起《红高粱》热潮，许多城市的电影院经常爆满。随后，张艺谋又把刘恒的《伏羲伏羲》改编成电影《菊豆》，把苏童的《妻妾成群》改编成电影《大红灯笼高高挂》，把余华的小说《活着》改编成同名电影。这些先锋电影既受到学术界的肯定，也得到普通观众的好评，是"既叫好又叫座"的电影。

　　更为重要的是，张艺谋的电影也捧红了许多先锋作家，使先锋小说从曲高和寡走向普通读者。《红高粱》被改编成电影时莫言才31岁，《伏羲伏羲》被搬上银幕时刘恒35岁，发表《妻妾成群》时苏童才29岁；《活着》被拍成电影时余华也才刚过30岁。这些先锋作家之前的知名度并不高，至少普通读者知之甚少。当这些小说被改编成电影后，他们很快成为文坛的红人，他们的作品成为文学界分析的焦点。由于张艺谋的功劳，莫言、刘恒、苏童、余华很快被文学界认可，并且为普通读者所熟悉，《红高粱》《伏羲伏羲》《妻妾成群》《活着》也成为他们各自非常重要的代表作，这些小说被一次次再版，并被翻译成多国文字。

　　张艺谋为中国先锋电影的发展所做的贡献是有目共睹的，同样，他为新时期先锋小说的传播所付出的心血同样不可低估。当文学界为诺贝尔奖苦苦挣扎时，当大家声讨西方人对中国文学的不公正心态时，令作家们意想不到的是，这样一个在文学上难圆的"走向世界"的光荣和梦想，却不经意间在西柏林、在张艺谋的电影上实现了。张艺谋的成功，也许可以给中国文学的发展带来一些启示。

第二节　《红高粱》的生命意志与形式追求

一　民间力量与酒神文化

莫言（1956—　　），原名管谟业，山东高密人。小学五年级时因

————————

① 张卫：《探索片的导演机制与观众》，《当代电影》1993 年第 1 期。

"文化大革命"爆发而辍学，在农村劳动长达 10 年。1976 年当兵入伍。1984 年考入解放军艺术学院文学系。1988 年进入鲁迅文学院硕士研究生班学习，并于 1991 年获得文艺学硕士学位。1997 年脱离军界，转业到《检察日报》社工作。1981 年发表处女作《春夜雨霏霏》，随后发表了《售棉大道》《民间音乐》《丑兵》《断手》《弃婴》《复仇者》《爆炸》《罪过》等小说。1985—1987 年间，发表了《透明的红萝卜》《球状闪电》《金发婴儿》《白狗秋千架》《红高粱家族》等小说，引起了文坛的关注。长篇小说《丰乳肥臀》曾在社会上引起轰动效应。莫言是高产作家，

作家 莫言

（图片来源于莫言－百度百科中的插图，
http: //baike. baidu. com/link? url = EYF6iW
gKY9XzGumiFDwInts _ 6e80vvgBBHZy04Yai17t
HYMda2FSo4MMeA4wHGikLFAxcEhMiBXHSR
NTVFKLZexnxb5qZDs28s5AIiXZo2u）

创作了《天堂蒜薹之歌》《十三步》《酒国》《食草家族》《红树林》《四十一炮》《檀香刑》《生死疲劳》等多部长篇小说。2011 年，长篇小说《蛙》获第八届茅盾文学奖。2012 年 10 月，莫言获诺贝尔文学奖，获奖理由是："用理想、魔幻的现实主义，将民间故事、历史与现实融合起来的人。他创作中的世界令人联想起威廉·福克纳和加夫列尔·加西亚·马尔克斯作品的融合，同时又在中国传统文学和口头文学中寻找到一个出发点。"①

莫言引起普通读者关注的作品是他创作的第一部长篇小说《红高粱家族》。1986 年，莫言在《人民文学》上发表中篇小说《红高粱》后，又在《十月》等刊物上相继发表了《狗道》《高粱酒》《高粱殡》《奇死》四

① 戴慧菁：《诺贝尔文学奖评委会：莫言用魔幻现实主义融合了民间故事、历史和现实》，新民网，2012 年 10 月 12 日。

个中篇。1987 年 5 月，莫言把五个中篇集结在一起形成一部长篇小说，取名《红高粱家族》，由解放军文艺出版社出版发行。

《红高粱家族》是一部以抗战时期为背景，描写战争题材的长篇小说。作品中的五章是由五个中篇小说集结而成的，它们之间既有内在联系，又可以独立成篇，各篇的内容在书写上存在着一定的区别。

《红高粱》讲述"我爷爷"余占鳌带领土匪兄弟在高粱地里伏击日本人汽车队的经过，时间是 1939 年，地点是高密东北乡。在战斗前，罗汉大爷被日本人"剥人皮"，"我奶奶"在送饭途中被日本人用机枪射死。小说中插叙了不少其他故事，比如，"我奶奶"出嫁，嫁给麻风病人单扁郎，路上颠轿、遇劫匪，"我爷爷"杀死单家父子，与"我奶奶"在高粱地里野合；比如，"我爷爷"枪毙了强奸姑娘的亲叔父余大牙；再比如，日本人强迫老百姓修筑公路，等等。这些插叙的故事虽然没有按逻辑顺序进行叙述，但是，读者能够感悟到"我爷爷"他们要打日本人的真正原因：日本人惨无人道的罪恶行径，逼迫老百姓不得不自发地进行反抗。

《高粱酒》是对《红高粱》的补充，悲壮的战斗结束后，除了"我爷爷"余占鳌和"我父亲"豆官活着外，其他人都尸横遍野；几天后，"我爷爷"又组织人马与日本人激战一场，数百名男女死在了高粱地里。不过，战斗故事不是小说叙述的主要内容。《高粱酒》的叙述重点是描写"我爷爷"和"我奶奶"在十多年前的传奇故事。"我爷爷"无意中闯入土匪头子花脖子开的酒店，受到一番奚落，借着怨气和酒气，"我爷爷"便杀了单廷秀、单扁郎父子，并把两人的尸体抛在水塘里。县长曹梦九亲临现场破案，"我奶奶"当场拜县长为"干爹"，曹梦九误把单五猴子当成杀人凶手。不久，"我爷爷"到"我奶奶"的烧酒锅上当伙计，既与"我奶奶"一起睡觉，又往新酿的高粱酒里撒尿，并酿成了远近闻名的好酒。"我奶奶"被土匪花脖子绑架，"我爷爷"翻箱倒柜凑钱把"我奶奶"赎了出来。后来，"我爷爷"加入了花脖子的队伍，借机杀死了花脖子，自己当上了土匪头子。小说讲述了"我爷爷"从一个轿夫到土匪头子的传奇经历。

《狗道》的故事时间是在《高粱酒》之后，叙述方式上以顺叙为主。

"我爷爷"经历两次抗日战斗的失败后，并没有气馁，又重新组织了一支队伍，继续与日本人战斗。小说除了描写"我爷爷"继续抗日的事件外，还分叙了"我母亲"和"我父亲"的故事。为了躲避鬼子的搜捕，"我母亲"情儿那时15岁，带着3岁的小舅舅在一口枯井里，又冷又饿地躲藏了几天。几百条群狗在洼地里争抢尸体，"我父亲"与群狗展开了残酷的战斗，并被群狗咬成重伤。在"我母亲"的精心照料下，"我父亲"才渐渐康复起来。

《高粱殡》讲述"我爷爷"重新为"我奶奶"出大殡的故事，时间是1941年。经过多次与日本人的惨烈战斗后，"我爷爷"的队伍伤亡惨重，只好加入黑眼的铁板会，"我爷爷"当上了副会长，武装力量又逐渐增强。为了了却心愿，"我爷爷"带领铁板会队员，把"我奶奶"的尸骨挖出来重新进行安葬，并且举行了盛况空前的出大殡仪式，九庄十八疃的百姓都来观看。浓重的出殡仪式，引来了共产党胶高大队的偷袭。"我爷爷"与胶高大队战斗得筋疲力尽之时，国民党的冷支队带着人马半路杀来，抓住了"我爷爷"和共产党的江大队长。冷支队长正准备枪毙两人时，鬼子又来了，共产党、国民党和土匪队伍一起对付前来的鬼子。小说同样追叙了"我爷爷"以前的往事。"我爷爷"杀了花脖子以后把土匪队伍带入了黄金时代。"我爷爷"与"我奶奶"的侍女恋儿发生了一场惊心动魄的爱情故事。为了报仇，"我爷爷"绑架了县长曹梦九的独生子，曹梦九也抓住了"我奶奶"，在进行人质交换时，"我爷爷"的队伍中了曹梦九的埋伏，使土匪队伍遭受了灭顶之灾。为了报复"我爷爷"的爱情背叛，"我奶奶"加入了黑眼的铁板会。为了抢回"我奶奶"，"我爷爷"与黑眼进行了一场比试，输给了黑眼，只好离开"我奶奶"，而"我奶奶"却向"我爷爷"追去……

《奇死》的故事时间发生在《红高粱》之前，即1938年，叙述"二奶奶"恋儿和小姑姑香官惨死的经过。自从土匪队伍被曹梦九镇压、"我爷爷"又输给黑眼后，他便中断土匪生涯，与"我奶奶"经营烧酒，当起了富贵农民。为了避免"奶奶"和"二奶奶"争风吃醋，"我爷爷"把"二奶奶"安置在村子的另一处。"我爷爷"在两家之间各住十天，依次轮换。1938 年，日本人占领了高密县，洗劫各村庄，所到之处，烧杀奸淫，无恶不作。"二奶奶"的家也未能幸免。日本人用刺刀挑死了五岁的小姑姑香官，六个日本兵轮奸了"二奶奶"。"我爷爷"赶到时，"二奶奶"已奄奄一息了。"二奶奶"死后阴魂不散，骂声不绝，尸身抖动，后请来驱邪的高人才镇压下去。"二奶奶"和小姑姑的惨死，促使"我爷爷"重新当起土匪司令，到处招兵买马，拉开了抗日复仇的序幕。

笔者花了很大的篇幅来描述《红高粱家族》中五个中篇的主要故事内容，目的是想理清小说叙述内容和叙述方式之间的复杂关系，找出"我爷爷"等人从土匪到英雄的转变轨迹。莫言的这部小说很难阅读，主要是由叙述方式的灵活多变造成的。莫言几乎运用了所有的叙述方式，顺叙、倒叙、插叙、补叙、追叙、分叙、后叙等手法交织使用，穿插在小说情节中，时而是抗日故事，时而是土匪生涯，时而是男欢女爱的野合，时而是悲惨壮观的死亡场面。要看懂小说的故事内容，必须先弄清楚莫言使用的叙述手法和叙述主线。小说的叙述主线是"我爷爷"带领队伍于1939—1941 年进行抗日的英雄事迹，另一条副线是讲述"我爷爷"在 20 年代当土匪的经历，包括与"我奶奶""二奶奶"之间的爱情故事。这两条线索交叉并置，叙述内容几乎各占一半。

从《红高粱家族》中，我们可以看到莫言对于酒神精神的渴望，对齐鲁民间文化的赞美。实际上，莫言所追寻的酒神精神与齐鲁文化有着内在相通之处。齐鲁大地提倡入世精神，鼓励积极进取和奋发有为的人生态度，这与尼采的酒神精神和强力意志说有相似之处。尼采的强力意志说倡导的就是奋发有为的人生态度，要成为强者、最优秀者，不求生活的安适，只求活得有力度，勇于争斗，敢于进取。尼采倡导的酒神境界是个体解体而同作为世界本体的生命意志合为一体的神秘的陶醉境界，这与中国传统的"天人合一"思想几乎是不谋而合的，即个体生命与自然、宇宙的沟通、交汇、融合。齐鲁民间存在"霸道"文化和"替天行道"的侠义精神，这都构成了民间文化形态中富有特质的酒神精神。这种在儒家文化统治下貌似平和宁静下面深藏着的狂风巨浪般的酒神精神，在齐鲁人的血液中奔流不息，并以其特有的面貌呈现在世人面前。

在《红高粱家族》中，齐鲁文化的酒神精神蕴藏于民间，以隐形的状态存在，但是一旦爆发便会以一种不可遏止的力量发展。在小说中有一个鲜明的意象就是——红高粱，它洋溢着生命力度，显示出充满狂欢色彩的酒神精神，是生命强力的象征。小说开篇这样写道："高密东北乡无疑是地球上最美丽最丑陋、最超脱最世俗、最圣洁最龌龊、最英雄好汉最王八蛋、最能喝酒最能爱的地方。生存在这块土地上的我的父老乡亲们，喜食高粱，每年都大量种植。八月深秋，无边无际的高粱红成汪洋的血海。高粱高密辉煌，高粱凄婉可人，高粱爱情激荡。秋风苍凉，阳光很旺，瓦蓝的天上游荡着一朵朵丰满的白云，高粱上滑动着一朵朵丰满白云的紫红色影子。一队队暗红色的人在高粱棵子里穿梭拉网，几十年如一日。他们杀人越货，精忠报国，他们演出过一幕幕英勇悲壮的舞剧，使我们这些活着的不肖子孙相形见绌，在进步的同时，我真切地感到种的退化。"莫言对祖先那种原始粗犷的生存状态给予了高度的赞美，先辈的豪放、英勇、生机勃勃，为生存而奋斗，为爱而奋斗，无拘无束，潇洒自在，你不得不对他们产生敬意。读者能够感觉到叙述本身的力量，生命的跃动和人生的激情充分体现在叙述之中，从而将一种向外舒张的经验生机勃勃地呈现于面前。

二　影像场景的感官化

《红高粱家族》之所以有名，是因为导演张艺谋把其中的两个中篇《红高粱》和《高粱酒》改编成了电影《红高粱》。电影在柏林电影节上获得金熊奖后，反过来提升了《红高粱家族》的知名度，莫言一夜之间也变得家喻户晓。

张艺谋(1950—　)，1968年到陕西乾县农村插队劳动。1971年在陕西咸阳国棉八厂当工人。1978年进入北京电影学院摄影系学习，1982年分配到广西电影制片厂担任摄影师。1984年，担任《一个和八个》和《黄土地》两部电影的摄影师。1986年在《老井》中饰演男主角。1987 年开始，独立执导了《红高粱》(1987)、《代号"美洲豹"》(1988)、《菊豆》(1990)、《大红灯笼高高挂》(1991)、《秋菊打官司》(1992)、《活着》(1994)、《摇啊摇，摇到外婆桥》(1995)、《有话好好说》(1996)、《一个都不能少》(1998)、《我的父亲母亲》(1999)、《幸福时光》(2000)等各种影片，并多次获得国内外艺术大奖。进入新世纪后，张艺谋转向商业电影的拍摄，先后拍摄了《英雄》(2002)、《十面埋伏》(2004)、《满城尽带黄金甲》

导演 张艺谋

（图片来源于中国网《张艺谋、顾长卫携手搞怪》中的插图，2012 年 2 月 9 日，http://www.china.com.cn/v/ent/2012-02/09/content_24594346.htm）

(2006)、《三枪拍案惊奇》(2009)、《金陵十三钗》(2011)等商业片，并多次夺得年度票房冠军。张艺谋的电影风格勇于创新，且涉及题材广泛，每次上映都能引起国内舆论的高度关注。张艺谋从拍摄文艺片转向商业片之后，便备受争议。但无论如何，张艺谋都是"第五代"电影人中的顶尖人物，是中国电影界的骄傲，也是中国电影史上的一个里程碑。

在张艺谋众多的电影中，他执导的处女作《红高粱》无疑举足轻重，这部影片不仅给他带来了无数的光环，而且也拉开了张艺谋电影与文学结缘的序幕。

莫言的中篇小说《红高粱》发表在《人民文学》1986 年第 3 期上，当时还没有引起更多的人关注。恰巧，张艺谋的朋友读到了这篇小说，并很快把小说推荐给张艺谋看。张艺谋一口气把小说读完，深深地为小说的生命冲动所震撼，那高粱地里如火如荼的爱情，那无边无际红高粱的勃然生机，都强烈地吸引着他。张艺谋说："我这个人一向喜欢具有粗犷浓郁的风格和灌注着强烈生命意识的作品。《红高粱》小说的气质正与我的喜好相投。"① 由于按捺不住的冲动，张艺谋决定把小说搬上银幕。1986 年 8 月，他在解放军艺术学院找到莫言，详细洽谈改编小说的事宜。在具体改编过程中，张艺谋又把莫言的另一个中篇《高粱酒》也融入其中，互为补充。

为了拍摄电影《红高粱》，张艺谋找到已小有名气的姜文饰演"我爷爷"，由滕汝骏饰演罗汉大爷，而"我奶奶"的扮演者巩俐当时还是中央戏剧学院二年级学生。电影的主要场景是在高粱地拍摄完成的。张艺谋找到了莫言，找到了山东高密县，却怎么也找不到百十亩高粱。于是，只好亲自当农民，亲自种高粱。同时，为了寻找那"富有传奇色彩"的烧酒作坊，张艺谋踏遍了西北广漠的大地，一直搜索到宁夏空旷戈壁滩上的一座古堡遗址。小说中的高粱地和烧酒作坊之间，相隔不过几十里，而电影中的两处场景，相距达到几千里！为了让演员体验生活，《红高粱》正式开拍时，张艺谋带领演职人员钻进高粱地，忘记了疲劳，忘记了酷热，将自己完全融入那辉煌、神圣的艺术境界之中。正是由于大家不怕吃苦、不怕受累，电影才淋漓尽致地表现出爱的热烈和生命的辉煌，演职人员才完全融入小说中所描写的那群男人和那个女人在高粱地里发生的传奇故事里。

张艺谋喜欢莫言的小说，但却有自己的选择，他有很强的主体意识，知道电影必须电影化，而不能成为小说的脚注，不能亦步亦趋地跟随小说。我们具体比较一下小说和电影中"野合"的情节。莫言小说中的"野合"情节充溢着浓烈的主观情致，叙述语言富有浪漫主义的韵味，描写了"我爷爷"和"我奶奶"在高粱地里粗犷的爱情过程，两颗蔑视人间法规的不羁心灵在瞬间爆发出原始的激情。小说这样写道：

① 张艺谋：《赞颂生命 崇尚创造——张艺谋谈〈红高粱〉创作体会》，张明主编：《与张艺谋对话》，中国电影出版社 2004 年版，第 45 页。

余占鳌把大蓑衣脱下来，用脚踩断了数十棵高粱，在高粱的尸体上铺上了大蓑衣。他把我奶奶抱到蓑衣上。奶奶神魂出舍，望着他脱裸的胸膛，仿佛看到强劲剽悍的血液在他黝黑的皮肤下川流不息。高粱梢头，薄气袅袅，四面八方响着高粱生长的声音。风平，浪静，一道道炽目的潮湿阳光，在高粱缝隙里交叉扫射。奶奶心头撞鹿，潜藏了十六年的情欲，迸然炸裂。奶奶在蓑衣上扭动着。余占鳌一截截地矮，双膝啪嗒落下，他跪在奶奶身边，奶奶浑身发抖，一团黄色的、浓香的火苗，在她面上毕毕剥剥地燃烧。余占鳌粗鲁地撕开我奶奶的胸衣，让直泄下来的光束照耀着奶奶寒冷紧张、密密麻麻起了一层小白疙瘩的双乳。在他的刚劲动作下，尖刻锐利的痛楚和幸福磨砺着奶奶的神经，奶奶低沉喑哑地叫了声："天哪……"就晕了过去。

从叙述语言中可以看出，小说是通过环境烘托、"我爷爷"粗鲁的动作、"我奶奶"痛楚而幸福的心理感受相杂糅的方式，来展现两人"野合"的过程。

"野合"这段情节在小说中所占篇幅不大，而张艺谋在电影中将它发展成为分量很重、作用很强的一个场景。张艺谋用高粱来表现"野合"，又用"野合"来表现高粱。

镜头1：（全景）我奶奶骑驴走过青杀口。
镜头2：（全景，摇）她骑驴走过三岔路口。
镜头3：（近景，摇）我奶奶抬头四望。
镜头4：（中景）高粱被风吹得东倒西歪。
镜头5：（近景，摇）我奶奶似有所感。
镜头6：（中景）一蒙面人从高粱地冲出。
镜头7：（近景）我奶奶一声惊叫。
镜头8：（半景—近景，摇）那汉子迅速用一只有力的胳膊将我奶奶挟离驴背。
镜头9：（近景，甩摇）高粱在我奶奶眼前一闪。

镜头10：（全景）稠密的高粱被撞开，又迅速合拢，人看不见了。

镜头11：（中景—全景，升摇，俯拍）高粱被撞倒，汉子挟持着我奶奶朝高粱深处走去。（出画）

镜头12：（中景，摇）汉子挟持我奶奶大步前行。

镜头13：（中景，摇）我奶奶又踢又打。

镜头14：（中景，仰移）高粱左摇右晃。

镜头15：（中景，摇）我奶奶拼命挣扎。

镜头16：（中景，摇）汉子一声不吭，大步奔走。

镜头17：（中景，跟移）突然，那汉子摔倒了。我奶奶挣脱开来，拔腿狂奔。

镜头18：（中景，快摇）狂奔的我奶奶。

镜头19：（中景，快摇）追赶的汉子。

镜头20：（半景，快摇）狂奔的我奶奶。

镜头21：（半景，快摇）追赶的汉子。

镜头22：（中景，快摇）狂奔的我奶奶。

镜头23：（中景—半景，摇）我奶奶踉踉跄跄。

镜头24：（半景）我奶奶忽然站定。

镜头25：（近景）那汉子摘掉布袋——是我爷爷。

镜头26：（特写）我奶奶心中暗呼"苍天"。

镜头27：（特写）我爷爷热血喷涌，双目灼人。

镜头28：（特写）我奶奶热泪盈眶。

镜头29：（中景，仰摇）我爷爷发疯般踩倒高粱。

镜头30：（近景，仰摇）我爷爷用身子压，用脚踩高粱。

镜头31：（全景，俯拍）高粱绿海中，夷出一块平地。

镜头32：（近景，仰摇）我爷爷在踩高粱。

镜头33：（近景，仰摇）我爷爷踩高粱。

镜头34：（中景—全景，摇）我爷爷走上前，再次用有力的胳膊稳稳地夹抱起我奶奶，朝高粱深处走去，我奶奶不再挣扎，任凭他抱去。

镜头35：（特写）我奶奶泪水满面，仰天缓缓倒下。

镜头36：（全景，俯拍）绿海中，被踩倒的高粱秆形成一个圆形圣坛。仰面躺着的我奶奶一动不动，我爷爷在一旁双膝跪下。

镜头37：（中景，叠化）狂舞的高粱。

镜头38：（近景，叠化）狂舞的高粱。

镜头39：（中景，叠化）狂舞的高粱。

镜头40：（全景，叠化，高速）狂舞的高粱。

（根据电影《红高粱》整理而成）

电影《红高粱》剧照

在电影中，张艺谋并没有很写实地去拍"我爷爷"和"我奶奶"如何在高粱地里男欢女爱，而是用了很多快节奏镜头去拍"野合"的前奏。"我奶奶"突然被一个蒙面汉子，从驴背上倒栽身拦腰抱起就跑。汉子在高粱地里迅速地跑，"我奶奶"挣扎着又踢又打，镜头紧紧跟随着他们，仓皇晃动的高粱在镜头前急速闪过。观众看到的是一片快速滑过镜头画面的红色、绿色和黑色的光斑，造成一种情绪上强烈的激荡感。"我爷爷"向仰面躺在高粱所铺成的地铺上的"我奶奶"顶礼膜拜之后，银幕上出现一片热烈、兴奋、疯狂地摆动着的高粱。再一个镜头，还是高粱，在一片殷红似血的阳光下，摆动得更

加疯狂的高粱。这两个镜头之后，出现了一个俯瞰的大全景，仍然是
在狂风中几乎摆动得弯腰倒地的高粱。突然，拔地而起一声高亢的唢
呐声……这简直是神来之笔。张艺谋说："这场戏的第一表现层次是
音乐——心跳似的鼓声和呐喊似的唢呐声拔地而起；第二表现层次是
在风中狂舞的高粱叠化画面。音画的结合，烘托出爱的热烈和生命的
辉煌。"①

三 变通取意的影像魅力

在电影《红高粱》中，张艺谋并没有受制于小说，没有成为小说
的简单脚注，不求对原作的"形似"，只求对原作的"神似"。因此，
张艺谋在对莫言的小说进行改编时，采取了以电影为主的方式，对小
说进行了大刀阔斧的简化处理。第一，主题的简单化。《红高粱家
族》的主题是赞扬民间抗日的英雄壮举，打日本人的描写贯穿小说的
始终。张艺谋进行了大胆取舍："平心而论，小说最引起我兴趣的，
是抗日之前的那部分内容。我们不想把《红高粱》拍成战争片，也无
力去开拓战争题材的'深层结构'。"② 因此，张艺谋在电影中只保留
了1/3的篇幅来表现战争的内容，并尽量把战争往简单里写，以便腾
出更多的篇幅去关注人物性格和命运。第二，情节的简单化。小说的
故事情节纷繁复杂，涉及的内容很多，除了抗日斗争外，还不断闪回
十几年前的许多事情。电影情节化繁为简，只保留了出嫁、颠轿、野
合、撒野、酿酒、制酒、闯土匪窝、剥人皮、抗日等一些简单的情
节，几乎删除了小说情节的一半内容。第三，叙述方式的简单化。小
说采用了多种多样的叙述方式，除了顺叙外，还有倒叙、插叙、补
叙、追叙、分叙、后叙等手法，各种叙述穿插在小说情节中，使小说
情节显得跌宕起伏、绚丽多姿。电影的叙述方式简化为单一的顺叙，
从出嫁、颠轿、遇劫匪、野合、酿酒、遭绑架，到后面的剥人皮和抗
日，完全依照时间的先后顺序安排情节。第四，人物姓名的简单化。

---

① 张艺谋：《赞颂生命 崇尚创造——张艺谋谈〈红高粱〉创作体会》，张明主编：《与
张艺谋对话》，中国电影出版社2004年版，第59页。

② 同上书，第52页。

小说中人物众多，有名有姓的人物有十几个。而电影中的人物简化到只有几个，真正有名有姓的人物只有一个刘罗汉，其他人都是小名或者荤名。"我爷爷"没有了姓名，"我奶奶"只有小名九儿，"我父亲"小名豆官。单家父子在电影中合二为一，改名李大头，但从未在镜头上出现过；花脖子改名秃三炮；酒坊伙计知其小名的只有大壮、二壮。第五，人物性格的简单化。小说中的两个主要人物——"我爷爷"和"我奶奶"，他们性格鲜明，敢爱敢恨，杀人越货，无所不为。"我爷爷"当了土匪，杀人无数，"我奶奶"也有几个情人。在电影中，"我爷爷"只杀了李大头，没有去当土匪，且真的与"我奶奶"成了"恩爱夫妻"。第六，场景的简单化。小说中的场景很多：高粱地、墨水河、蛤蟆坑、烧酒作坊、抛尸水塘、土匪酒馆、县府衙门、剥人皮现场、修筑公路的场景等，每个场景都描绘得相当精细。电影的场景主要集中在两处：高粱地和烧酒铺，许多故事都尽量在这两个场景中来完成。

莫言在小说中把烧酒作坊的事写得有板有眼，好像跟真的似的。张艺谋跑去问莫言，烧酒作坊该怎么布置场景？高粱酒该怎么酿出来？莫言也答不上来。莫言也只是在书上看了点东西，具体情节全凭想象写出来的。他笑着对张艺谋说："你就按自己想象的拍吧，只要能让人觉得那是造酒，不是造酱油，目的就达到了。"①于是，张艺谋在小说描写的基础上，进行了大胆的艺术创造。小说里这样写道："当时，我家烧酒作坊院子里，摆着十几口大瓮，瓮里装满优质白酒，酒香飘遍全村。"对道具的设计，张艺谋的理念是：不拘泥于再现的真实，而是在现实基础上进行放大。盛烧酒用的缸是摄制组自己设计的，由当地土窑烧出的最大的缸，每个里面能塞进四五个人，几个小伙子都抬不动；喝酒用的粗瓷大碗，跟小盆那么大，每个几斤重，比普通碗大了许多，厚了许多，又极有分量，举在手里，观众又认它还是个碗；白酒变成了暗红色，像血一样，极具视觉冲击性。这样的美术设计就充分体现出了神奇化的效

---

① 转引自张明主编《与张艺谋对话》，中国电影出版社2004年版，第59页。

果。酿酒的造型处理，就充分发挥了电影的媒介材料及各种语素的表现能量。水汽天光，火色汗水，男人的肌块，夸张放大的酿酒器具和陶器，共同营造了一种团块式的有力效果。而祭酒时的整齐结构和单纯的人体造型，产生出一种群雕式的体量感。这些都是文学语言难以表现出来的。同时，通过烟雾、蒸汽、火光、来回走动的人，营造出一种造新酒的热气腾腾的气氛。小说只写了伙计们做新酒和"我爷爷"出甑，电影增加了唱酒歌、敬酒神的场面。歌词编得充满豪爽之气，演员们放开嗓门唱，没有任何乐器伴奏，强烈而直白地表现出生命的快乐。

为了使电影的每个镜头都能达到神奇化的效果，张艺谋对小说的情节进行了重新设计和大胆改造。小说中，"我爷爷"独闯土匪窝的地点是狗肉铺，张艺谋把它变成了牛肉铺：摄制组买了2700多元的牛肉，加上十几条剥了皮的狗，把狗皮挂满墙，并找来两个从事摔跤和柔道运动的彪形大汉做秃三炮的保镖，把吃狗头改成吃牛头，营造出一种类似美国西部片那样的神奇环境。小说写"我爷爷"用连环七枪杀死了花脖子（即电影中的秃三炮），张艺谋不愿让他沾上舞刀弄枪的土匪味，就尽量把他的复仇方法表现得原始和鲁莽。"我爷爷"一头将三炮撞倒，抓起案上的菜刀架在三炮的脖子上；但三炮的三枪，又把他吓得一塌糊涂。之后，秃三炮死在抗日斗争的壮举中。莫言在小说中还对剥人皮的情节写得特别详细，电影当然不可能按照小说的描写进行原生态的拍摄。于是，张艺谋增加了剥牛皮的镜头，并把剥下的血淋淋的牛皮铺在了日本人的汽车上；对剥人皮的镜头进行了简单的虚化处理。剥牛皮不但具有象征性，而且具有极强的视觉冲击效果，给现场的群众和电影院的观众同时造成内心的强烈震撼，增加了人们对日本人的愤怒之情。小说中没有《颠轿曲》和《敬酒歌》，电影按照秦腔、豫剧、吕剧的格律和韵脚进行杂糅编写，前者快乐诙谐，是生命的舞蹈曲；后者豪爽粗犷，透溢着生命的舒展酣畅。姜文在高粱地里唱的那段《妹妹你大胆地往前走》在小说中有歌词，电影中只是改动了两句，姜文嘶哑粗野的喊唱，体现出北方农民那种刚烈昂扬和直抒胸臆的精神气质。

　　电影《红高粱》给张艺谋带来了无数的荣誉，先后获得金鸡奖最佳故事片奖、百花奖最佳故事片奖和柏林国际电影节最佳故事片金熊奖，在当年金鸡奖评选中，《红高粱》还获得最佳摄影奖（顾长卫）、最佳音乐奖（赵季平）和最佳美术奖（顾长宁）。1988 年，当《红高粱》在柏林捧得"金熊奖"的消息传到国内之时，张艺谋连带刚刚出道的巩俐立即变成了家喻户晓的名字。一时间，观众争看《红高粱》，许多城市出现万人空巷的局面。资料表明，《红高粱》当年上映的时候，北京、山东等地经常是 100% 的上座率，出现不少炒黄牛票的，原本 3 毛钱的票炒到 15 块钱。① 一时间，大街上经常可以听到青年人吼叫"妹妹你大胆地往前走啊"，那支雄壮的《酒神曲》一夜之间吼遍了全国，它酣畅淋漓地表达出人们"见了皇帝不磕头"的自豪和激动！张艺谋一下子被看成是一个文化英雄、一个天王巨星般的人物，他的名字和体育健将一样被纳入为国争光之列。

　　电影《红高粱》的成功又反过来扩大了小说文本的影响，莫言的知名度也相应地得以提升，文学界对莫言小说的评论急剧增多。由于电影《红高粱》一时间成为争论的热点，莫言的小说当然成为一个很重要的参照物，《文学评论》《电影艺术》《当代电影》《人民日报》《光明日报》等报刊上，经常可以看到讨论莫言小说的文章。可以这样说，以 1988 年为例，"莫言"和"红高粱"在报纸和期刊上出现至少千次以上。电影《红高粱》的成功给莫言和他创作的小说带来的声誉并不是短暂的一两年，而是长时期的影响。莫言是一位多产作家，他创作的不少小说都先后翻译成了多种外文在海外出版，翻译面最广的仍然是《红高粱家族》，先后被翻译成了英文、法文、德文、意大利文、日文、西班牙文、希伯来文、瑞典文、挪威文、荷兰文、韩文 11 国语言。② 莫言能够得到文学界的肯定和赞誉主要在于他创作出了形式多样的小说作品，但是，电影《红高粱》对他作品的传播和提升，同样是不可低估的。

---

　　①　周静然整理：《潮平两岸近——焦雄屏与张艺谋谈〈红高粱〉》，张明主编：《与张艺谋对话》，中国电影出版社 2004 年版，第 44 页。

　　②　参见莫言《红高粱家族》，当代世界出版社 2004 年版，第 307—310 页。

第三节 《大红灯笼高高挂》的艺术创造
与主体风格

一 传统故事的先锋表达

苏童(1963—)，原名童忠贵。1980 年考入北京师范大学中文系，1984 年毕业分配到南京艺术学院当辅导员，后来调到《钟山》杂志社当编辑，并成为专业作家。1983 年开始发表作品，《星星》发表了他的诗作，《青春》发表了他的小说《第八个是铜像》，从此，发表的作品源源不断。先后发表了《1934 年的逃亡》《已婚男人》《离婚指南》《罂粟之家》《伤心的舞蹈》等先锋小说。《妻妾成群》《红粉》《米》《妇女生活》等小说被改编成电影。出版了《我的帝王生涯》《武则天》《城北地带》《碧奴》《河岸》《蛇为什么会飞》等长篇小说。苏童的叙事优雅从容，纯净如水，着笔清雅而富有江南情调，平实写来却意蕴横生，这应归结于苏童把抒情与叙事结合得恰到好处。

在苏童创作的众多小说中，社会影响最大的应该是《妻妾成群》，这篇小说除了自身的魅力外，更主要的原因是导演把它多次改编成影视剧，极大地提升了它的知名度。

《妻妾成群》最初发表于 1989 年《收获》第 6 期上，苏童借旧中国特有的封建家庭模式做小说的框架，讲述一个男人与四个妻妾之间的故事。但苏童关心的不是一个男人如何控制四个女人，如何与她们周旋，而是关心四个女人如何相互绞杀，她们像濒临枯萎的藤蔓，一齐拴在一个男人的脖子上，在稀薄的空气中争取那一点点空气。

19 岁的颂莲虽然还是在校读书的大学生，然而，父亲突然自杀，家道中落，自愿嫁到富裕的封建大家庭给陈佐千当四太太。陈佐千年近 50，因纵欲过度而显得干瘦。大太太毓如育有一子一女，如今每天念经，不愿争风吃醋；二太太卓云育有两个女儿，面善心恶；三太太梅珊是唱京剧的戏子出身，育有一子，人很漂亮，但个性强，私下与医生偷情。颂莲与陈佐千的新婚之夜，三太太丫环敲门，说三太太病了，陈佐千只好到三太太梅珊处过夜。陈家有口死人井，死过上代的三个女人。重阳节，大少爷飞浦回家，与颂莲见面，二人有共同的爱好。颂莲的丫环雁儿一心想当姨太太，颂莲的到来打破了她的梦想，于是憎恨颂莲。颂莲的箫不见了，到雁儿房间搜查，查出了雁儿用草人诅咒颂莲，字是卓云写的。原来，陈佐千害怕颂莲与大少爷产生情愫，偷偷烧了颂莲的箫。颂莲渐渐失宠，于是学会了抽烟，飞浦经常安慰颂莲，并请顾家三少爷教颂莲学箫。不久，飞浦去云南做烟草生意。因雁儿再次在房间用巫术诅咒颂莲，被颂莲发现，颂莲逼迫

作家　苏童

（图片来源于苏童－百度百科中的插图，http：//baike. baidu. com/link?url = bpgglZqEODDBDbHzfD2571KR4xT1n9yADsNb4tgb2g-YHbGQodoq-wbOVyTXAoNa2452eGnHFk3FDEMgYKSQwzRi23MmeyOu4uHQ8jUrbUy）

雁儿吃厕所里的手纸。雁儿生病，不久在医院死去。飞浦做生意亏了，在颂莲 20 岁生日那天回家，两人醉眼蒙眬，互生爱慕。但飞浦对颂莲说，他害怕女人，与顾家三少爷是同性恋。于是，失望的颂莲喝得大醉，并大闹陈家大院。卓云的两个女儿在学校被一个男孩打了，原来是梅珊指使的。不久，卓云带着家丁，在旅馆捉住了幽会情人的梅珊。半夜里，颂莲看见家丁把梅珊投进死人井。于是，颂莲疯了。第二年春天，陈佐千娶了五太太文竹。

《妻妾成群》依然是一部渗透传统因素的先锋派作品，但不再像《1934 年的逃亡》那样迷恋于心灵的虚像，以意象的营造来抒发浓郁的诗情。而是在客观冷静的叙述语调中，显示出一种写实的气度。正如张学军评论所说："在这篇小说中，人物形象得以强化，故事情节完整，以浓郁的古典韵味叙述了旧时代一个腐败的封建家庭妻妾之间

的争斗。"① 小说主人公颂莲在陈家生活过程中充满了迷惘与曲折，自我的潜在意识充满了颂莲的成长过程：追求、命运、死亡萦绕在她的意识中，由此建构了颂莲成长过程中的一条人生道路。在这条路上，颂莲目睹和体验了多种生活意象——花园、井、紫藤、菊花、深宅大院、秋雨、箫、烟、酒、灯笼，一同陪伴主人公的成长。小说以颂莲的视角来观察陈家内部的钩心斗角，争风吃醋，争斗的结果是梅珊被害，颂莲发疯，雁儿病死，五姨太文竹的到来粉碎了二姨太卓云专宠的美梦。花园里那阴森可怖的古井，连绵不绝的秋雨，造成了一种神秘的氛围。

《妻妾成群》的先锋性不仅表现在小说形式的建构上，而且也体现在小说叙述的内容上。首先，这篇小说描写了同性恋。大少爷飞浦和顾家三少爷是一对同性恋人。飞浦虽然与颂莲有许多共同爱好，他教颂莲吹箫，生活上也关心颂莲。但是，当颂莲对他表白爱慕之情时，飞浦却退缩了，向颂莲吐露了真实的性取向：害怕女人，与顾家三少爷有同性恋情。这无疑给情感饥渴的颂莲当头一棒，同时也把颂莲刚刚盛开的爱情之花掐断了，使颂莲的爱情梦想彻底破灭。众所周知，同性恋在中外文学作品中都是创作的禁区。在现实生活中，有着几千年封建伦理传统的中国人，绝对不能接受同性恋观念，更对同性恋讳莫如深。在 20 世纪 80 年代，中国也刚刚改革开放不久，中国人的传统观念还根深蒂固，苏童敢于在小说中描写同性恋，已经是非常大胆的行为，在当时的中国文坛应该属于非常前卫的书写。

其次，小说侧面描写了口交。对于性生活的描写，在中国古典小说《金瓶梅》《肉蒲团》《灯草和尚》等作品中已经屡见不鲜。但是，口交行为在中国古代作品中很少描写，因为口交观念主要来源于西方。《妻妾成群》里有两处写到了口交。第一处是陈佐千与颂莲性生活失败的对话：

---

① 张学军：《中国当代小说流派史》，山东大学出版社 2000 年版，第 223 页。

　　她摸了下陈佐千的脸说，你是太累了，先睡一会儿吧。陈佐千摇着头说，不是不是，我不相信。颂莲说，那怎么办呢？陈佐千犹豫了一会，说，有个办法可能行，就是不知道你肯不肯？颂莲说，只要你高兴，我没有不肯的道理，陈佐千的脸贴过去，咬着颂莲的耳朵，他先说了一句话，颂莲没听懂，他又说一遍，颂莲这回听懂了，她无言以对，脸羞得极红。她翻了个身，看着黑暗中的某个地方，忽然说了一句，那我不成了一条狗了吗？陈佐千说，我不强迫你，你要是不愿意就算了，颂莲还是不语，她的身体像猫一样卷起来，然后陈佐千就听见了一阵低低的啜泣，陈佐千说，不愿意就不愿意，也用不到哭呀。没想到颂莲的啜泣越来越响，她蒙住脸放声哭起来，陈佐千听了一会，说，你再哭我走了。颂莲依然哭泣，陈佐千就掀了被子跳下床，他一边穿衣服一边说，没见过你这种女人，做了婊子还立什么贞节牌坊？

　　这段内容没有"口交"二字，陈佐千让颂莲在床上做什么也没有描写出来。但是，后来颂莲醉酒大闹，说出了陈佐千的床第之欢的要求：

　　毓如听说颂莲醉酒就赶来了。毓如在门口念了几句阿弥陀佛，然后上来把颂莲和陈佐千拉开。她问陈佐千，给她灌药？陈佐千点点头，毓如想摁着颂莲往她嘴里塞药，被颂莲推了个趔趄。毓如就喊，你们都动手呀，给这个疯货点厉害。陈佐千和宋妈也上来架着颂莲，毓如刚把药灌下去，颂莲就啐出来，啐了毓如一脸。毓如说，老爷你怎么不管她，这疯货要翻天了。陈佐千拦腰抱住颂莲，颂莲却一下软瘫在他身上，嘴里说，老爷别走，今天你想干什么都行，舔也行，摸也行，干什么都依你，只要你别走。陈佐千气恼得说不出话，毓如听不下去，冲过来打了颂莲一记耳光，无耻的东西，老爷你把她宠成什么样子了！

从颂莲的醉话中可知，陈佐千希望颂莲能与他口交。小说也多次暗示，二太太卓云之所以能够讨得陈佐千的欢心，原因在于她愿意口交，颂莲因不愿意而失宠。这种口交的性行为虽然并没有在小说里正面描写，但在 20 世纪 80 年代，这种比较西化的性行为方式，在新时期文学作品中也算是非常罕见的。

二　视听语言的创新形式

1991 年，张艺谋把《妻妾成群》改编成电影《大红灯笼高高挂》，蜚声海内外，并且参与了奥斯卡金像奖的角逐，虽然结果未尽如人意，但这次参赛给中国电影界和文学界都带来了很大的震动。许多中国人由电影《大红灯笼高高挂》而知道小说《妻妾成群》，最后迷恋上这位年轻作家苏童。而苏童则从《妻妾成群》出发，走上了自己独特的文学之路。

从《红高粱》开始，巩俐便是张艺谋电影的女一号。《大红灯笼高高挂》也不例外，巩俐饰演四太太颂莲。三太太梅珊由何赛飞饰演，二太太由曹翠芬饰演，大太太由金淑媛饰演，丫环雁儿由孔琳饰演，陈佐千由马精武饰演，飞浦由初晓饰演，管家由周琦饰演。此外，电影里增加了点灯人和捶足师曹二婶等角色。小说里，陈家大院在江南水乡。电影里的拍摄场景改在山西祁县的乔家大院。

电影的主要内容与小说的情节基本一致，但在结构形式上更加独特。电影通过字幕"夏""秋""冬""第二年夏"的形式，点明时间的转换和事件的推移。四个段落既可独立成章，又有内在的连贯性，在一年之中，由四太太颂莲被娶进陈家，到五太太进入陈家，一年的轮回，暗示着女人一生命运的轮回。对一个女人来说，由喜到悲的经历在一年内完成。对女人一生来说，青春在陈家大院被慢慢吞没，悲苦的命运在妻妾的内斗中一年年延续着。小说里，陈佐千是主要人物；电影中，陈佐千的正面镜头很少，经常背对镜头，多数是全景镜头，没有单独的中景和近景，看不清他的脸，他的画外音多。然而，他却是陈府里看不见的统治者。看不见陈佐千，但处处被陈佐千统治着、控制着，每个妻妾的命运都掌握在他的手中。

张艺谋是一个形式主义大师。张艺谋的每一次创作都伴随着形式上的一次突破，从中可以看出他的创造力。张艺谋的许多电影都改编自新时期的小说作品，但每一次改编都不是对自己的重复，而是不断地创新和超越。《大红灯笼高高挂》与小说《妻妾成群》相比，张艺谋只追求与小说的"神似"，而不拘泥于"形似"。我们具体来分析颂莲与梅珊打麻将的情节。小说是这样写的：

> 另外两个人已经坐在桌前等候了，一个是管家陈佐文，另一个不认识，梅珊介绍说是医生。那人戴着金丝边眼镜，皮肤黑黑的，嘴唇却像女性一样红润而柔情，颂莲以前见他出入过梅珊的屋子，她不知怎么就不相信他是医生。
>
> 颂莲坐在牌桌上心不在焉，她是真的不太会打，糊里糊涂就听见他们喊和了，自摸了。她只是掏钱，慢慢地她就心疼起来，她说，我头疼，想歇一歇了。梅珊说，上桌就得打八圈，这是规矩。你恐怕是输得心疼吧，陈佐文在一边说，没关系的，破点小财消灾灭祸。梅珊又说，你今天就算给卓云做好事吧，这一阵她闷死了，把老头儿借她一夜，你输的钱让她掏给你。桌上的两个男人都笑起来。颂莲也笑，梅珊你可真能逗乐，心里却像吞了只苍蝇。
>
> 颂莲冷眼观察着梅珊和医生间的眉目传情，她想什么事情都是逃不过她的直觉的。当洗牌时掉下一张牌以后，颂莲弯腰去捡，一下就发现了他们的四条腿的形态，藏在桌下的那四条腿原来紧缠在一起，分开时很快很自然，但颂莲是确确实实看见了。
>
> 颂莲不动声色。她再也不去看梅珊和医生的脸了。颂莲这时的心情很复杂，有点惶惑，有点紧张，还有一点幸灾乐祸，她心里说梅珊你活得也太自在了也太张狂了。

颂莲不会打麻将，也不喜欢打麻将，是被梅珊死拉硬拽拉上牌桌的。颂莲边打边输，而梅珊兴致很高，一边当着两个男人的面，开颂莲的玩笑，讲床第之欢的事；一边又暗地与情人医生勾勾搭搭。再看电影《大红灯笼高高挂》对打麻将情节的展示：

镜头1：（全景）梅珊把颂莲带到她的房间打麻将，两个男人从麻将桌上站起来迎接。梅珊穿一身红色的旗袍，而颂莲穿着白色的旗袍。梅珊屋子里挂满了脸谱。

梅珊对颂莲介绍道："这位是高医生，常来的，府上的人病了，都请他来看。"梅珊继续介绍另一个打麻将的男人："王先生是高医生的朋友。"她又对两个男人介绍说："这是我们四太太，刚来没几天。四妹，坐。"

高医生说："请坐，四太太。"大家坐到麻将桌上。

梅珊边打牌边说话："来吧。我们四太太是念过大学的，不像我是个戏子。人家今天是来赌输赢的，你们二位可要留点神。"

高医生笑着说："哪里，哪里，随便玩玩。"

镜头2：（中景）颂莲边码牌边看四周，然后说："三姐到底是唱戏的，屋子里收拾得像个戏台子似的。"

镜头3：（中景）高医生梳着中分头，戴着眼镜，穿着灰白色的绸衫，笑着说："人嘛，都忘不了过去。"

镜头4：（全景，俯拍）阳光下的陈家大院。

管家说："老爷回来啦，怎么不叫人通报一声？"

陈佐千说："哦，我也是刚刚进屋。"

管家说："老爷辛苦！"

陈佐千问："人呢？"

管家回答："四太太被三太太叫去打牌，我去叫她。"

陈佐千说："不必了。不老老实实待在屋里，乱跑什么？点二院的灯。"

镜头5：（全景）梅珊屋里打麻将的场景，两个男人边抽烟边打麻将。捶脚的声音由小到大。

一个女佣悄悄走进屋子，来到颂莲跟前说："老爷回来了，不见四太太，就到二太太院里去了。"说完，女佣又悄悄走出了房间。

镜头6：（中景）梅珊一边打麻将，一边安慰颂莲："嗨，管他回不回来，玩咱们的。"颂莲显得有些不高兴，梅珊继续笑着安慰道："四妹，你今晚算是给卓云做件好事吧，这阵子她也闷死啦，把老头子借给她一夜，你今晚输的钱叫她掏，两清。"

镜头7：（中景）两个打麻将的男人也笑起来。

镜头8：（近景）颂莲依然显得不太高兴。

镜头9：（中景）两个男人还在笑。

高医生问颂莲："听说四太太大学没念完，为什么？"

镜头10：（近景）颂莲答道："念书有什么用？还不是老爷身上的一件衣裳，想穿就穿，想脱就脱呗。"

镜头11：（全景）二太太卓云的房间，四周挂满了红灯笼。卓云正在给陈佐千按摩。

镜头12：（中景）卓云边按摩边说："老爷，我还想再给你生个儿子。"

镜头13：（全景）梅珊屋里。高医生离开麻将桌去放唱片。

镜头14：（近景）转动的唱片机，唱戏的女声响起。

镜头15：（全景）高医生走回麻将桌。

镜头16：（中景）高医生说："这可是梅珊当年红遍全城的时候，场场叫彩的压轴戏啊！"

梅珊叹气道："再不是当年啦！"

镜头17：（全景）一颗麻将掉到地上，颂莲弯腰去捡。

镜头18：（近景）颂莲在桌下捡麻将，无意中看到两双脚。

镜头19：（近景）梅珊脱掉绣花鞋，用脚去蹭高医生的脚。

镜头20：（中景）颂莲捡起了麻将，看了看梅珊。

镜头21：（近景）梅珊不动声色地打着麻将。唱片声音渐强。

镜头22：（近景）高医生也不动声色地打着麻将。

镜头23：（中景）颂莲却有些心慌意乱。

镜头24：（近景）转动的唱片机。

镜头25：（中景，淡出）颂莲心神不定地打着麻将。锣鼓声响起。

（根据电影《大红灯笼高高挂》整理而成）

电影《大红灯笼高高挂》剧照

电影的内容与小说基本一致，但在形式上却与小说不同。第一，在人物关系上，小说里打麻将的是管家陈佐文，电影中变成了高医生的朋友王先生。第二，在语言表达上，小说内容比较简单，电影增加了对白。第三，在镜头处理上，电影增加了陈家大院的全景和二太太的房间镜头，与梅珊房间打麻将的场景之间形成了交叉蒙太奇，从而丰富了电影的表现力。第四，在细节的设置上，电影增加了高医生放唱片的镜头，既符合梅珊唱戏的身份，又使打麻将的场景更加活泼生动，麻将声、唱片声、人物对白有机融合在一起，使这个场景所传达的信息更加丰富多彩。

三 小说的"魂"与影像的"魂"

张艺谋说："每个改编文学作品的导演都面临着这个问题：其实每部优秀的文学作品都有它们的'魂'。导演在改编时就得抓住作品中的'魂'，然后就按照那个'魂'拍，把它强调、放大。当然，不同的导演可能会拿不同的'魂'。"① 因此，张艺谋的电影并没有受制于小说，没有成为小说的简单脚注，而是只抓住小说原作中的那个"魂"为影像中的"魂"服务。巴拉兹早就认为："一个真正名副其实的影片制作者在着手改编一部小说时，就会把原著仅仅当成未经加工的素材，从自己的艺术形式的特殊角度来对这段未经加工的现实生活进行观察，而根本不注意素材已具有的形式。"② 张艺谋打破了受原作约束的框架，实际上已经不再把小说原作当成一个完整的整体，而往往抽取其中自己最感兴趣的一块进行加工。以致"随着张艺谋的名气越来越大，他的改编的主动权、随意性也越来越大，越来越被人认可，变成了一种约定俗成的规矩：把小说交给张艺谋，就得随他去改。"③

张艺谋把电影取名为"大红灯笼高高挂"是来源于小说里陈佐千过五十岁生日挂灯笼的描写："十二月初七陈府门口挂起了灯笼，这天陈佐千过五十大寿。""即使站在一边的女仆也目睹了发生在寿宴上的风波，他们敏感地意识到这将是颂莲在陈府生活的一大转折。到了夜里，两个女仆去门口摘走寿日灯笼，一个说，你猜老爷今天夜里去谁那儿？另一个想了会儿说，猜不出来，这种事还不是凭他的兴致来，谁能猜得到？"仅仅是寿宴灯笼的描写，便在电影中演变成一套挂灯、点灯、吹灯、封灯的仪式，这些仪式原作中根本没有。为什么要增加那么多灯笼呢？张艺谋说："《妻妾成群》根本不是按传统的角度写的，它不是一个现实主义的作品。如果你用现实主义方法去考证，它肯定不合辙。所以根本不能那样去考证。《大红灯笼高高挂》继承了原作的风格，也根本不是一个严格写实的作品，它从构思到整个影像都是意象的、象征的、符号性的。观众们的欣赏趣味是各种各样的，但一部电影只能用一种方法拍。而且可能只有这一种方法才是最合适的，你不可能把自己所有的东西都堆到一部影片里去，你只能

① 李尔葳：《张艺谋说》，春风文艺出版社1998年版，第73页。
② ［匈］贝拉·巴拉兹：《电影美学》，中国电影出版社1982年版，第280页。
③ 陈墨：《张艺谋电影论》，中国电影出版社1995年版，第36—37页。

用一种方法，抓住一个东西。"①

　　对照小说《妻妾成群》，电影《大红灯笼高高挂》改动的地方很多。第一，改变了人物的生活场景，小说里的江南水乡改到北方的山西。第二，增删了部分内容，增加了挂灯、点灯、封灯、捶脚、点菜等仪式化的内容，还增加了颂莲以假怀孕来争宠的情节，删除了小说里陈佐千过生日、飞浦同性恋、颂莲抽烟等情节。第三，调整了人物的主次关系，小说里的陈佐千是主要人物，而电影里成为不重要的次要角色。第四，改动了一些物化对象，小说里的死人井在电影中变成了死人屋，颂莲的箫变成了笛子。我们看到了类似《红高粱》的叙事策略：以影像为中心来取舍小说的素材。

　　张艺谋在颜色使用上很注意色彩的对比效果，尽量让色彩的所指承载多种可能性。《大红灯笼高高挂》中，张艺谋选择了视觉膨胀性的红色和收缩性的灰色进行搭配，正是这两种色彩的对比，才营造了一种独特的艺术氛围，形成了一种压抑与抗争、焦虑与期待的大背景。与此同时，张艺谋也很注重对听觉元素的使用，尤其是他采用的音乐往往都带有相当浓厚的地方色彩和民族风味。《大红灯笼高高挂》中的锣鼓声和三姨太的京剧演唱，都具有极度强化的民乐风格。

　　正如潘源所评价的："秉承《红高粱》《菊豆》以来张艺谋所惯用的色彩蒙太奇手法，《大红灯笼高高挂》运用冷暖两极对立的红、蓝色彩作为全片色彩基调。"② 红色基调贯穿影片始终，红灯笼高挂的胜景，颂莲洞房夜的布置，雁儿自杀前自己设计的婚礼屋，梅珊屋里的"闹鬼"，娶五太太的婚典场面，这些场景既从正向表现炽热的情绪、如火的青春、复仇的怒火、涌动的欲望，又从反面表现陈府所潜隐的恐怖和杀机。有些场景以蓝色基调出现在银幕中，比如，口字形庭院的夜间显现，长跪于雪地的雁儿，雪中宅院，杀害梅珊的死人屋，失去宠爱的颂莲，等等，这些场景的冷色调则令人心生畏惧，不寒

---

① 李尔葳：《张艺谋说》，春风文艺出版社1998年版，第26页。
② 潘源：《"织锦裁编写意深"——重读电影〈大红灯笼高高挂〉》，《当代电影》2006年第4期。

而栗。

影片以色彩喻人，用色彩表达象征和隐喻。嫁进陈府的颂莲，开始身穿白色衣裤，象征其洁白如玉和青春似火，与三太太梅珊的大红旗袍和大红戏衣相对照；点"菠菜豆腐"时，颂莲身穿藕荷色花旗袍，象征其入污泥而渐染；颂莲倾听飞浦幽怨的笛声时，一身暗红花衣裙的装束，透露出心底的寂寞与热情；颂莲剪卓云耳朵时，她身穿红裙子和黑地绣花上衣，兼容了她复仇的火和人性的恶；假怀孕期间，她又穿暗花红上衣和黄裤子，象征着颂莲暗淡的挣扎和无望的诉求；被长久封灯后，她只能穿蓝色暗花旁襟缎袄，隐喻颂莲未来人生的黯淡和火红青春的日渐萎谢。被捉奸押回的梅珊一身素衣，交融着漫天飞舞的雪花，营造出一派风雪肃杀的恐怖气氛，令人心惊胆战，点染出妻妾成群的封建大家庭杀人的残酷与血腥。

实践证明，《大红灯笼高高挂》既传达了小说的神韵，又在影像上具有独立的风格，并且获得极大的成功。这部电影先后获得威尼斯电影节银狮奖、奥斯卡最佳外语片提名、大众电影百花奖最佳故事片奖等多个国内外奖项，饰演颂莲的巩俐获得百花奖最佳女演员奖。随着电影的获奖，小说《妻妾成群》和苏童的知名度也随即提升。

让苏童没有想到的是，他的《妻妾成群》不但在理论界反复被评说，而且这部小说还持续被众多导演追捧。1992 年，台湾导演蒲腾晋和郑健荣拍摄了 46 集电视剧《大红灯笼高高挂》。2001 年，张艺谋又执导了芭蕾舞剧《大红灯笼高高挂》，将中国国粹艺术"京剧"与现代芭蕾进行了完美的结合。2003 年，导演白宏拍摄了 20 集电视剧《妻妾成群》。2011 年，大陆导演林健龙又拍摄了大陆版的 40 集电视剧《大红灯笼高高挂》，由刘晓庆等影星主演。这些影视剧虽然与原作有很大的区别，但基本的主线还是来源于小说。从 1989 年小说《妻妾成群》问世，到 2012 年的 20 多年间，这篇小说先后被改编了 5 次。在新时期文学中，一篇小说被连续改编 5 次，可以说是创造了空前绝后的奇迹。

第四节 《活着》的人生态度与哲学追问

一 极端的死亡叙事

余华(1960—)，生于浙江杭州，后来随当医生的父亲华自治、母亲余佩文迁居浙江海盐县，父母的姓是余华名字的来源。1977 年中学毕业，在一家镇上的医院当了 5 年牙医。后弃医从文，先后进海盐县文化馆和嘉兴县文联工作。后就读于鲁迅文学院、北京师范大学联合招收的研究生班。1983 年开始文学创作，主要作品有中短篇小说《十八岁出门远行》《一九八六年》《四月三日事件》《河边的错误》《世事如烟》《现实的一种》《鲜血梅花》《在劫难逃》《黄昏里的男孩》《古典爱情》，长篇小说《在细雨中呼喊》《活着》《许三观卖血记》等，此外还出版了随笔集《音乐影响了我的写作》，散文集《十个词汇里的中国》等。1998 年获意大利格林扎纳·卡佛文学奖，2004 年获法国文学与艺术骑士勋章。2005 年创作的长篇小说《兄弟》在文坛上引起强烈争论，该作品被瑞士《时报》评选为 2000—2010 年全球最重要的 15 部小说。余华是中国先锋派小说的代表人。早年的小说带有很强的实验性，笔调极其冷酷，擅长揭示人性阴暗丑

作家 余华

（图片来源于余华－百度百科中的插图，http：//baike. baidu. com/link？url = YCNwdyNPMTMISboJNROvLyxpD8rNwTy3T 12QgHB4lzN3qMVteBoZh-4Evofkxvoorn2i-c9ch809BBXvd5Ut3Mixp ZYZo0XQ9kD9VBpG3kO）

陋的一面，罪恶、死亡、暴力是他执着于描写的对象。"他的小说处处透着怪异奇特的气息，但又有非凡的想象力，冷漠的叙述语言和跌宕恐怖的情节形成鲜明的对比。"① 20 世纪 90 年代后，余华的创作风格发生了转变，与 80 年代中后期的小说作品有很大的不同。长篇小说《活着》和《许三观卖血记》逼近生活真实，呈现出一种民间姿态的淡泊和平实，提供了历史的另一种叙述方法。

余华真正影响深远、广受好评、深受读者喜欢的作品，应该是他1992 年创作的长篇小说《活着》。② 《活着》是一篇读起来让人感到沉重的小说，以一种渗透的表现手法完成了一次对生命意义的哲学追问。小说讲述了生命的无常与活着的艰难，讲述了人是为了活着本身而活着，讲述了绝望的不存在，讲述了死亡与活着的辩证关系。地主少爷徐福贵嗜赌成性，终于赌光了家业，一贫如洗。福贵父亲生了一场病，很平静地把房产、土地卖了，换成两大筐铜钱，让福贵挑着到城里还龙二的赌债。不久，父亲病逝。龙二用福贵的钱买下了他家的房屋和土地。而福贵一家只能住茅屋，租龙二的 5 亩地生活，在村里变成了一个真正的农民。因为母亲生病，福贵前去求医，没想到半路上被国民党部队抓了壮丁，并在部队结识了春生。后来，福贵被解放军俘虏，遣送回家，而春生当了解放军。福贵这时才知道母亲已经去世，含辛茹苦的妻子带大了一双儿女，可是，女儿在一次生病之后变成了聋哑人。新中国成立初期划成分，福贵是贫农，而地主龙二因暴力抗法而被枪毙。1958 年"大跃进"时，家珍得了软骨病。不久，女校长难产大出血，儿子有庆为其输血过多而死。女校长是县长老婆，县长是春生，春生给福贵赔罪。队长给福贵女儿凤霞介绍了对象——县城搬运工万二喜，不过万二喜也是一个有偏头痛病的残疾人。"文化大革命"爆发，春生被打成反革命，自杀而死。凤霞结婚后怀孕，因年龄大，难产而死，只留下了儿子苦根。久病不起的家珍死在了福贵的怀里。后来，女婿万二喜被水泥板压死。苦根 7 岁时，

---

① 陈思和主编：《新时期文学简史》，广西师范大学出版社 2010 年版，第 165 页。
② 发表于《收获》1992 年第 6 期。

因吃豆子太多，撑死了。第二年，福贵买了一头牛，孤苦伶仃地独自活着。《活着》用一种很缓慢的、很平静的方式，将人们的阅读期待视野一个又一个地打碎，可能存在的美好逐个幻灭，福贵的命运昭示着生命的本质意义和人类存在的终极目的。

《活着》以平实的手法，冷静的笔调，描写了福贵苦难的一生。他经历了父亲、母亲、儿子、妻子、女儿、女婿、外孙众多亲人的相继死去，饱尝着生活的打击和亲人逝去的痛苦，最终孤身一人，与老牛为伴。但是，福贵却乐观豁达，以坚韧的人生态度面对世间的一切苦难。《活着》标题名为"活着"，实际上是一篇关于死亡叙事的小说。不过，余华对死亡的解读是多方面的。首先，小说阐释了祸福相倚的人生哲理。任何事物都具有两面性，好与坏，喜与忧，生与死，都是相互伴随和相互转化的。福贵嗜赌成性，输光家产，气死父亲，是众人眼里的败家子。然而，他成为贫农后，新中国成立初期躲过了被枪毙的厄运。龙二用尽心机，玩弄手段，得到了福贵的家产，没过多久的好日子却被枪毙。福贵成为解放军的俘虏，包括春生在内的许多国民党士兵参加了解放军，追求进步。而福贵想要回家，好像"不求上进"。追求进步的春生当了县长，令人羡慕；"文化大革命"期间却被打成反革命，被逼自杀。福与祸，生与死，谁能说得清楚？

其次，小说叙述了死亡的多样性。福贵父亲是被气死的，母亲是病死的，儿子有庆是给县长夫人输血死的，妻子家珍是得软骨病死的，女儿凤霞是难产死的，女婿万二喜是被水泥板压死的，外孙苦根是吃豆子撑死的。尽管《活着》这篇小说仍像余华前期的作品一样，写出了许多死亡类型，但往昔神秘的、梦幻的感觉已经消退，阴暗恐怖的氛围不复存在，叙述方式从虚幻的天空回落到现实大地。"完整的故事，清晰的情节线索，达观乐生的人生态度与冷静平实的写作手法，已经说明余华这位先锋派的闯将已回归到现实主义传统。"①

最后，小说展示了艰难与幸福的辩证关系。生活的艰难与内心的

---

① 张学军：《中国当代小说流派史》，山东大学出版社2000年版，第226页。

幸福往往是一对矛盾体，艰难是社会的反映和表象，而幸福是个体内在的一种体验。当福贵是富家少爷时，穿的是绫罗绸缎，吃的是美味佳肴，然而，全家人都不幸福，因为他嗜赌成性。当福贵输光家产，一夜之间从富家子弟变成穷光蛋，全家人的生活变得十分艰难。但是，平淡而艰难的生活却增强了家人的幸福感。家珍放弃娘家富裕的生活，心甘情愿地回到一贫如洗的家里。尤其是家珍得了软骨病后，福贵对她关心照顾了十多年，家珍感到特别幸福，最后死在福贵的怀里。女儿凤霞成了聋哑人后，经常受人欺侮，但父母和弟弟有庆对她的保护使她感到了幸福。特别是收获了万二喜的爱情，建立了幸福的家庭，她真正感受到了为人妻子的人生幸福。从某种意义上说，福贵是中国农民的缩影，他的人生经历是中国底层人民生活的真实写照。在近半个世纪的社会变迁中，中国农民只是希望得到家庭的温暖和幸福，然而，动荡不安的现实粉碎了他们一次次梦想：生活越来越艰难，幸福越来越遥远，但却需要豁达地"活着"。

《活着》采用的是第一人称叙事方式，小说里的"我"是事件的亲历者和历史的见证者，给读者以真实之感。小说里的叙述者就是主人公福贵自己，通过他的讲述，读者看到他经受的一次又一次磨难与打击，看到了他近半个世纪的人生旅程。从叙事学角度来看，第一人称叙述者的叙事动机植根于他的情感需要和现实经验，叙述者的切身体验必然是十分强烈的。叙述者福贵的叙述动机就是当自身成熟之后，回首和寻找过去生活的意义，重新审视自己过去的错误和迷惘，因此，他的自我经验与叙述行为是紧密联系的，可以说是自我经验的总结和完成，他的叙述行为的完成实现了本身的生命意义。在这种意义上，叙述者、叙述行为共同参与了作品意义的创造。第一人称叙事与叙述者有一种生命本体上的联系，因此，这种叙述具有性格化的意义，超越了叙事本身提供的内容。在《活着》里，主人公福贵的现在是通过作者讲述的，而福贵的过去是主人公以第一叙事人称方式告诉读者的。这两种叙事方式交叉使用，让我们看到了主人公完整的人生命运和生活历程。

二　幽默场景的喜剧表演

1994 年，导演张艺谋把小说《活着》改编成同名电影，由葛优饰演徐福贵，巩俐饰演陈家珍，郭涛饰演春生，倪大红饰演龙二，黄宗洛饰演福贵爹，牛犇饰演镇长，刘天池饰演凤霞，姜武饰演万二喜。张艺谋之所以要改编《活着》，不是看中小说的先锋性，而是看中了小说的现实性。正如张艺谋所说："《活着》最打动我的地方，在于它写出了中国人身上那种默默承受的韧性和顽强求生存的精神。其实这也是人类共同具有的品质。想想人类在地球上生存了几千几万年，不知经历了多少风风雨雨，承受过多少大起大落的变动，却仍然顽强地生存、繁衍和发展。就像一颗普通的树，它可能经历了无数的春秋，连身上的树枝都断裂了，看起来并不美，可它仍然无声地活着，每年花开花落……赞扬生命和人的生存精神，这是《活着》的本质。"①

电影《活着》是台湾制片商邱复生投资的作品。从 1993 年开始，海外资金进入大陆制片领域，在此之前，绝大部分的大陆电影由制片厂自己全额投资。大陆、台湾、香港的电影制作人在一部影片中合作，这是一个重要的开端，为中国电影尝试新的制作模式提供了崭新的思路，也为中国电影在国际市场上更具竞争力提供了一条思路。由于海外资金的投入，电影《活着》的商业性和大众性相对较强，正如台湾影评人焦雄屏所评价的："《活着》是第五代导演拍摄的第一部通俗剧。"②《活着》是以一颗普通人的心去展示小人物的心态，张艺谋这次是把自己放下来，和摄影机一起站在人群中拍电影，他是真正站到了幕后。"过去我们开始没有能力把故事、人物弄扎实，永远被镜头后方所迷惑，是电影出来后人家把我们伟大了，其实我们深知我们没有这么完美，是我们没有能力去完成扎实的人物和故事；玩电影语言仅仅是一条腿走路，我们现在就不能这么拍了，要两条腿走路，既

---

① 李尔葳：《张艺谋说》，春风文艺出版社 1998 年版，第 93—94 页。
② 陆绍阳：《中国当代电影史——1977 年以来》，北京大学出版社 2004 年版，第 80 页。

有好故事好人物，又有好镜头，表现性的。"① 相对于张艺谋其他作品而言，电影《活着》是"人味"很浓的，这就是一种进步。

把小说改成电影的做法很普遍，可少有电影超过原著的。电影《活着》是一部改编得比较成功的作品，既符合原著精神，又加入导演自己的理解。无论是叙事结构，还是整体风格，电影基本上与小说原著保持着一致。小说的叙事风格是"以笑的方式哭"，在亲人生离死别面前还要"乐观"地活着。这种"黑色幽默"风格在电影中得以充分体现。

小说的幽默主要表现在福贵和队长身上。福贵当少爷时，他与私塾先生的对话、对妻子家珍的蔑视、对父亲的不敬、对岳父的侮辱，都是用幽默的方式表现出来的。队长的幽默主要表现在 1958 年"大跃进"时期，具体来看所谓"钢铁"炼出来后队长的喜剧表演。小说原文如下：

> 这时村里传来了锣鼓声，队长带着一对人从村口走出来，队长看到我们后高兴地挥着手喊道：
>
> "福贵，你们家立大功啦。"
>
> 我是丈二和尚摸不着头脑，不知道立了什么大功，等他们走近了，我看到两个村里的年轻人抬着一块乱七八糟的铁，上面还翘着半个铁的形状，和几片耷出来的铁片，一块红布挂在上面。队长指着这块铁说：
>
> "你家把钢铁煮出来啦，赶上这国庆节的好时候，我们上县里去报喜。"
>
> 一听这话我傻了，我还担心着桶煮烂了怎么去向队长汇报，谁想到钢铁竟然煮出来了。队长拍拍我的肩膀说：
>
> "这钢铁能造三颗炮弹，全部打到台湾去，一颗打在蒋介石的床上，一颗打在蒋介石吃饭的桌上，一颗打在蒋介石家的茅坑里。"

---

① 王斌：《张艺谋这个人》，团结出版社 1998 年版，第 225 页。

　　说完队长手一挥，十来个敲锣打鼓的人使劲的敲打起来，他们走过去，队长在锣鼓声里回过头来喊道：

　　"福贵，今天食堂吃包子，每个包子都包进了一头羊，全是肉。"

　　他们走远后，我问家珍：

　　"这钢铁真的煮成了？"

　　家珍摇摇头，她也不知道是怎么煮成的。我想着肯定是桶底煮烂时，钢铁煮成的，要不是有庆出了个馊主意，往桶里放水，这钢铁早就煮成了。等我回到家时，有庆站在屋里哭得肩膀一抖一抖，他说：

　　"他们把我的羊宰了，两头羊全宰了。"

　　在全民大炼钢铁时，福贵和家珍负责看管煮钢铁的油桶，由于烧得太久，一声巨响，桶底爆裂了。福贵和家珍以为闯了大祸，诚惶诚恐，不知如何向队长报告。第二天，队长敲锣打鼓，说福贵立功了，"钢铁"煮成了。这不是让人啼笑皆非的幽默吗？队长讲用炮弹打蒋介石和包子里包进一头羊的语言，赋予了生活之乐的轻喜剧色彩，同时形象地勾画了队长的性格：既乐观幽默，又愚昧忠诚。电影对这个场景的处理同样充满了喜剧味道。

　　镜头1：（全景）一天早晨，一阵锣鼓声在镇上街道由远而近地传来，镇上的人纷纷走出家门观看。原来是镇长带着一群人走在街道上，大家笑逐颜开。几个人抬着刚炼出的一块钢铁，钢铁上搭着一条红绸带，人群后面抬着一块很高的"双喜"宣传板。队长手中拿着一本红色的喜报，向镇上的人高兴地挥舞着。

　　镜头2：（大全景）疲倦的劳动人民睡在炼钢炉旁。炼钢炉冒着青烟，上方挂着红色的标语："只要铁水流得多，不怕汗水流成河。"远处是镇长带来的敲锣打鼓的人群。锣鼓声把大家从睡梦中敲醒，他们纷纷爬起来，想知道又有什么喜事？

　　镜头3：（全景）镇长挥手让锣鼓声停止，抬着钢铁的人群也停住了脚步，他们把载着钢铁的方桌放在街道中央。街上的人都拥过来观看。戴着帽子的福贵、家珍和凤霞也挤在人群中。

镇长高兴地对大家说："咱们的钢铁炼出来了！咱们的钢铁卫星上天了！咱们到县上报喜去。"

大家鼓掌称"好"。

镇长继续说："大家都立功了。福贵、家珍，你们又唱戏又送水，也立功了。"

镜头4：（中景）镇长继续在人群中说："今天食堂里头吃饺子，每个饺子里头都包了一头猪。"大家一阵哈哈大笑。

镜头5：（全景）镇长在笑声中说："大家要放开吃，敞开吃，吃饱了接着干。十五年赶上英国，超过美国，不在话下！"大家又是一阵欢快的掌声，镇长也随大家一起鼓掌。

家珍和福贵用手去摸了摸刚炼出来的铁。

镜头6：（近景）福贵低下身子，边摸边看那块钢铁。

镇长的画外音说："咱们炼的钢铁啊，能造三颗大炮弹。"

电影《活着》剧照

镜头7：（全景）凤霞和一些群众都来争着摸那块钢铁。镇长继续说："都他娘的打到台湾去！"大家一阵哄堂大笑。

镇长接着说："一炮打在蒋介石的床上，一炮打在蒋介石的饭桌上，一炮打在蒋介石的茅坑里。"又是一阵笑声。

镇长提高嗓门："让他睡不成觉，吃不成饭，还拉不成屎！咱们就能解放台湾了！"大家笑得前仰后合，随即一阵更大的掌声。锣鼓声随着掌声又敲了起来。

（根据电影《活着》整理而成）

与小说相比，除了电影的场景从农村变到了小镇上，"吃包子"改成了"吃饺子"，其他内容基本上与小说一致。在电影中，张艺谋让福贵变成了一个演皮影戏的艺人，家珍给大家送开水，并没有直接参加劳动炼钢，所以，那块钢铁并不是福贵和家珍炼出来的。不过，这并不影响故事的发展脉络，电影和小说的喜剧幽默感也是完全吻合的。

三　原著精神与导演风格

电影《活着》在叙事风格、故事情节上与小说原著基本保持一致的前提下，张艺谋从电影的美学特征和自己独特理解的角度，对小说进行局部调整和改动。第一，人物活动场景不同。小说主人公的生活地域在江南一带的农村，福贵输光家产后，一家人生活在农村，完全是一个地地道道的农民。电影的拍摄地点是山东淄博市周村大街，福贵一家生活在镇上，他靠演皮影戏为生，生活环境没有小说里艰苦。第二，对人物的身份特征进行了调整。小说里的福贵和家珍新中国成立后都是农民，家珍后来得了软骨病，由福贵和凤霞照顾了十多年；电影里的福贵是演皮影戏的艺人，家珍在镇上给人送水，身体一直很健康。小说里的春生后来改名刘解放，当了县长，妻子是中学校长；电影里的春生是区长，没有提到他妻子。小说里的万二喜是个患偏头痛病的残疾人，电影里的万二喜是个瘸子。第三，人物的死亡方式不同。小说里，福贵的爹死在地头的粪池里；电影中是在老宅里猝死的。小说里，有庆死于给女校长输血；电影中则死于区长春生的车祸。小说里，凤霞在家中难产而死；电影中是在医院产后大出血而死。第四，结尾的处理方式不同。小说里，福贵父母、龙二、有庆、春生、家珍、凤霞、万二喜、苦根都死了，最后只剩下福贵和一头老牛，时间延续到 80 年代；电影中，家珍、万二喜、馒头（小说里的苦根）都活着，电影故事时间结束于"文化大革命"后期。这种改变，张艺谋自有道理："从小说的形态上说，它是一部一悲到底的悲剧。一家老小全都死光了，最后只剩下福贵和一头老牛对话，这是很异态的。生活中有这样的悲剧故事，但不常见，所以说《活着》的原著故事表现的是一种异态的生活，而且偶然性、戏剧性比较强。它所描写的这种故事，也许一万个家庭中会有一个。这就不大众化。而我要的是大众化的，生活中经常发生的故事。我不想让《活着》走极端，如果在一部电影中死那么多人，观众会本能地排斥。另外，在一部电影中重复地渲染死人的情节，这也是拍电影之大忌。"①

张艺谋在电影《活着》中还加入了一些自己偏爱的元素。首先是皮影戏。福贵把家产输光后不是小说中的种田人，而是一个民间皮影戏人。皮影戏不仅成为福贵维持生计的本钱，还成为串联剧情的一个重要道具：福贵被国民党抓壮丁时带着它，被共产党俘虏后用它给共产党表演，"大跃进"时用它为大炼钢铁助威。破"四旧"时，皮影道具被烧了，但皮影箱子还留着，直到最后成为外孙馒头的鸡窝。张艺谋解释说："我在《活着》中引进皮影戏，是想把这个关于普通人的故事拍得好看一点，热闹一点。同时，也能让福贵从那苍茫高亢的唱腔中释放出他内心被压抑的情感。"②

其次是"文化大革命"元素。小说原著中并没有过分突出"文化大革命"色彩，而电影中的"文化大革命"元素却比较突出。万二喜和凤霞在"文化大革命"中结婚，二人穿的是绿色军装，铜管乐队演奏《大海航行靠舵手》，亲朋好友送了很多《毛泽东选集》，群

---

① 李尔葳：《张艺谋说》，春风文艺出版社 1998 年版，第 100 页。
② 同上书，第 104 页。

众一起唱《天大地大不如毛主席恩情大》。万二喜把难产的凤霞送到医院，而医院里的医生只是一些护士学校毕业的年轻学生。万二喜赶紧把产科大夫王教授从牛棚里找出来带到医院，可王教授三天没吃饭。福贵给他买了七个馒头，他全吃了。凤霞产后大出血，年轻护士束手无策，而王教授因吃得太多而说不出话，没有发挥作用，凤霞还是死了。电影中增加王教授这个角色很好，反映了"文化大革命"中知识分子被打倒后给社会带来的悲剧氛围。不过，电影的情节设置不太符合逻辑，医学常识丰富的王教授怎么可能吃撑着呢？这与医学教授的身份不符。笔者以为，如果把吃馒头的情节改为王教授来晚了，故事情节就比较符合逻辑。

张艺谋拍摄的《活着》可谓命运多舛，有些像福贵一样大起大落，落得个"墙内开花墙外香"的处境。电影没有获得在国内公开上映的机会，国内文化界的批评之声多于赞誉。有人直接指责张艺谋变成了谢晋，认为电影《活着》是早已过时的家庭情节剧。1994年，电影《活着》在海外获得了上映机会，先后在法国、荷兰、德国、西班牙、瑞典、美国、日本等国放映，广受海外观众好评，"因为他们第一次看到了中国导演对悲剧内容的巧妙消解，《活着》使'活着'之不易具有了几分幽默中的感慨。"[1] 该片因此获得1994年第47届戛纳国际电影节评委会大奖和首位华人获得的戛纳国际电影节最佳男演员奖（葛优），以及还荣获英国电影学院奖最佳外语片等奖项。

无论是小说还是电影，《活着》在国内相当长一段时期内没有得到好评。文学界对《活着》给予了尖锐的批判，认为作者将主人公福贵最终的活着类比为一种类似牲畜一般的生存，并予以唾弃。电影《活着》由于没有在国内公映，因此也没能促进小说的销售。其实，《活着》早在1993年11月已由长江文艺出版社第一次出版，但1993—1998年该书发行量还不到一万册。随着时间的推移，海外市场对《活着》给予高度的评价，小说先后获得了意大利文学大奖——

---

① 陆绍阳：《中国当代电影史——1977年以来》，北京大学出版社2004年版，第80页。

格林扎纳·卡佛奖、《中国时报》十本好书奖。在海外市场的推动下，国内文学界才重新认可了《活着》的价值，认为《活着》是繁华落尽一片萧瑟中对生命意义的终极关怀。1998 年 5 月，南海出版公司重新出版《活着》，在不到一年的时间里，已得到约 20 万读者的广泛"接受"①。

进入 21 世纪以后，《活着》在国内外市场不断掀起热潮。小说先后被翻译成法文、英文、日文、韩文等多种文字在海外发行，余华因这部小说于 2004 年 3 月荣获法兰西文学和艺术骑士勋章。2006 年，导演朱正把小说《活着》又改编成 33 集电视连续剧《福贵》，由陈创饰演徐福贵，刘敏涛饰演陈家珍，李丁饰演徐老爷，温玉娟饰演徐太太。电视剧除了增加了一些细节外，整体上与小说原著保持一致。编剧谢丽虹说："我改编的时候就想到，既然是电视剧，要考虑到大众的接受能力，给大众一种希望，所以最后的结尾留下了小外孙苦根，而且把联产承包这一段也放大了。与小说相比，电视剧还增加了福贵的女儿凤霞初恋的一条线索。"② 2012 年，中国国家话剧院著名先锋戏剧导演孟京辉把小说《活着》改编成了同名话剧，由黄渤、袁泉领衔主演，在国家大剧院演出。话剧《活着》以一种沉静平和的表达方式诉说人的尊严以及对生命的尊重，深刻地展现了世事弄人的时代与悲欢离合的命运。

《活着》从小说到电影，再到电视剧和话剧的命运沉浮，实际上说明了这部作品的多样性与丰富性，也正契合了"一千个读者就有一千个哈姆雷特"的接受理论。一部作品的价值需要接受时代的考验，不同的时代，不同的读者，对同一部作品会有各种解读，这正是《活着》的魅力和价值所在。

---

① 王蕾：《〈活着〉遭遇两种市场命运》，《中华读书报》1999 年 9 月 1 日。
② 任嫣：《电视版〈活着〉比小说温情，已经通过审批》，《北京娱乐信报》2005 年 8 月 22 日。

第七章　婚恋小说与影视传媒的关系

　　爱情婚姻是文学创作永恒的主题。新时期文学虽然并没有形成婚恋小说流派，但是，男女两性作家都创作了大量的婚恋小说，在读者中产生了广泛影响。比如，张弦的《被爱情遗忘的角落》，张洁的《爱，是不能忘记的》，遇罗锦的《春天的童话》，张辛欣的《我们这个年纪的梦》，王安忆的《荒山之恋》《小城之恋》《锦绣谷之恋》《岗上的世纪》《长恨歌》，王朔的《空中小姐》《一半是火焰，一半是海水》，铁凝的《麦秸垛》《棉花垛》《青草垛》，等等。无论是男性作家还是女性作家，都着眼于爱情与婚姻的关系，表现自己对爱情和婚姻的伦理道德思考。与此同时，新时期婚恋影视剧也精彩纷呈，种类多样，深受观众喜爱。黄祖模导演的电影《庐山恋》，张一导演的电影《枫》，张其和李亚林导演的电影《被爱情遗忘的角落》，夏钢导演的电影《一半是火焰，一半是海水》，鱼晓威导演的电视剧《渴望》，赵宝刚导演的电视剧《过把瘾》，郑晓龙和冯小刚导演的电视剧《北京人在纽约》，杨阳导演的电视剧《牵手》，张一白导演的电视剧《将爱情进行到底》，等等，这些婚恋影视剧曾让无数观众为之痴迷。无论是婚恋小说，还是婚恋影视剧，都集中反映了婚姻与爱情的矛盾、夫妻的感情危机、婚外恋、两性关系的不和谐等情感问题，在读者和观众中引起了较大的社会反响，也给大家留下了各种各样的反思。

第一节　永恒的婚恋主题与无穷的艺术表达

一　写不尽的爱情故事

在新时期小说中，并没有婚恋小说的类型，婚恋小说也没有成为新时期小说的发展思潮。但是，随着社会形态的转型、西方社会思潮的涌入和文学形式的发展，在多元的新时期小说潮流中，婚恋小说占据着重要位置，并且呈现出一种前所未有的态势。

何谓婚恋小说？顾名思义，就是以爱情婚姻故事为主体的小说，以讲述男女之间相爱为中心，通过完整的故事情节和具体的环境描写来反映爱情婚姻的心理、状态、事物等社会生活的一种文学体裁。古今中外不少经典小说作品都可以划归为婚恋小说的类型。

婚姻爱情是文学创作永恒的主题，历代文人墨客都创作了不少经典作品来歌颂咏叹爱情和婚姻。在中国文学史上，婚恋描写绵延不绝，留下无数经典佳作，并在不同的历史阶段折射出各异的美学意蕴和时代内涵。春秋时代的《诗经》开启了中国婚恋文学的先河，汉代的《孔雀东南飞》成为中国婚恋文学的经典。中国最早的婚恋小说出现在汉代，刘向《列仙传》里的《江妃二女传》和《萧史传》是中国婚恋小说的雏形，"这类被我们称为人神（或仙）恋爱的故事其实并非表现爱情，而是传达仙凡相通及超世度人的神仙观念。"① 魏晋南北朝时期，婚恋小说大量出现，《世说新语》和《搜神记》里记录了大量的人与神相恋、人与鬼相恋、人与人相恋的故事。中国小说成熟的标志是唐代的传奇，其代表作《莺莺传》《李娃传》《霍小玉传》等都是婚恋小说。到了明清之际，中国古代婚恋小说创作达到了高峰，比如《金瓶梅》、"三言二拍"、《红楼梦》等。20世纪上半期，作家们"争写着恋爱的悲欢"②，文学中的婚恋主题又扛起了启蒙的大旗。鲁迅、茅盾、巴金、老舍、沈从文、张爱玲等现代文学作家都创作了许多婚恋

① 李剑国：《唐前志怪小说史》（修订本），天津教育出版社2005年版，第151页。
② 鲁迅：《中国新文学大系上集·导言》，上海文艺出版社1994年版，第16页。

小说，并且还出现了专写婚恋故事的鸳鸯蝴蝶派。"十七年文学"中，婚恋与战争、婚恋与政治、婚恋与革命等成为小说中常见的矛盾冲突模式。

新时期文学已经不同于以往任何一个历史时期，尤其是男女作家的婚恋小说开始呈现出鲜明的性别差异，"这种差异体现在两性作家大相径庭的话语模式、性别立场和性别伦理标准上，喻示着两性作家性别观念在新的历史条件下的碰撞，其中包含着丰富而深远的文化意蕴。"① 在"文化大革命"刚刚结束的新时期初期，那场历史劫难对许多人来说感触颇多，无论哪种文学创作主题，几乎都会在内容上触及政治运动和极"左"思潮，婚恋题材创作也不例外。思想情感的长期禁锢和压抑，使这一时期的婚恋主题的文学作品焕发出青春期般蓬勃的生命力。

在新时期婚恋小说创作中，无论是男性作家还是女性作家，都着眼于婚姻与爱情的关系，通过描写无爱情的婚姻和无婚姻的爱情，表现作家们对爱情婚姻和伦理道德关系的思考，表明他们的道德立场。这是婚恋小说创作的一个重要侧面。张洁发表于 1979 年 11 月的《爱，是不能忘记的》，其主题集中简单：对无爱婚姻的批判。小说讲述了女作家钟雨对爱情的执着追求和面对现实伦理道德的无奈。在"强大的精神力量吸引下"，钟雨找到了自己的真爱，但意中人已有妻室，她没有泛滥爱的洪流，而是将它化为一种精神上的默契和心灵的交流。一对深爱了二十多年的男女主人公，他们炽热的爱情与众不同：只有思念，没有行动；只有牵挂，没有表白；只有翻卷在内心深处爱的浪潮；只有深刻而独自的内心体验。当时就有人敏锐地指出："《爱，是不能忘记的》所写的是爱情与婚姻的矛盾。……作品中男女主人公都曾有过婚姻，但并无爱情；他们之间虽然有爱情却不能结合。这种厄运是一种既有历史延续性，又有现实普遍性的不正常社会现象。张洁以饱蘸愤怒之火而又蕴蓄哀伤之情的深沉笔触，通过具体

① 张赟：《作家性别与新时期婚恋小说文化意蕴的关系》，《沈阳师范大学学报》（社会科学版）2010 年第 1 期。

的、活生生的、典型化的艺术形象，否定和批判了这种社会现象。"①

与此同时，张弦发表于1980年的短篇小说《被爱情遗忘的角落》也是一篇新时期初期很有影响的婚恋小说。小说以荒妹对于爱情的认识为主线，用现实主义的手法展现了在"文化大革命"时期，一个贫穷落后的乡村围绕爱情引发的悲剧。

新时期初期，不少作家对"爱情"进行了当代思考和反复诘问，写出了婚恋对当下社会的反叛。这些小说试图展示没有爱情的痛苦与现实婚姻的错位，如遇罗锦的《春天的童话》，张辛欣的《我们这个年纪的梦》，陆星儿的《美的结构》等。这类作品从个体的角度，以现身说法和个人经历来表现婚姻悲剧，呼吁爱情位置。在《春天的童话》里，"我"袒露了自己对纯洁爱情的追求和渴望，因为自己不断追求爱情，不断更新观念，从而造成了婚姻变故，"我"的这种行为在家人中、在社会上引起了纷纷议论，为此"我"内心感到苦恼和压力。小说已不仅仅是简单的对爱情的呼唤，而是渗入了更多的对人性、人生、社会的沉重思考。在《美的结构》中，郑涛声和林楠是两个热爱建筑事业的年轻人，他们萍水相逢，却一见如故，他们成功地设计出一种经济实惠且内部结构新颖的新型住宅，两人在共同的设计中相爱了。他们能设计完美的建筑结构，却无法设计他们自己的"爱情结构"，因为郑涛声是有妇之夫。这篇小说探索了婚姻与爱情关系上的一种"美的结构"，寻找建立人与人之间谅解、信任和互助的感情途径。科学技术上的"美的结构"容易设计，而婚姻爱情中的"美的结构"却难以设计。林楠得知郑涛声已有爱人之后，奔赴"三线"建设工地，掩埋掉自己的感情。林楠今后能否在爱情生活中设计出自己的"美的结构"？答案是不确定的。

20世纪80年代中期，改革开放带来了社会经济的变化，思想运动的解放，以及大量西方文化的涌入，社会进入了自我与个人觉醒的时代。置身于自我解放与民众觉醒的现实情境中，作家开始敏锐地意识到"统治进入色情是现代为创造一个自由平等的社会而进行的斗

---

① 李贵仁：《她捧出的是两颗纯洁的心》，《北京文艺》1980年第8期。

争中的主要障碍"①。随同时代主潮的变化，新时期文学也举起了声讨禁欲主义的大旗。具体来说，婚恋小说在这个时期表现出新的特点：婚恋题材冲破了禁区，性爱描写大胆地呈现在读者面前，婚外恋从欲说还休到理解赞同。

1985 年，张贤亮发表的《男人的一半是女人》被认为是"新时期文学由'情'到'欲'的一道分水岭"②。接着，王安忆的《荒山之恋》《小城之恋》《锦绣谷之恋》《岗上的世纪》，铁凝的《麦秸垛》《棉花垛》《青草垛》等也不甘示弱，"相继推出众多性叙事文本"③。如果说新时期初期的婚恋小说更多的是对无爱婚姻的反叛的话，这一时期的婚恋小说开始思考婚姻与爱情的本质，开始了对人性问题的反思，不再单纯地弘扬爱情的纯真。

王安忆的《荒山之恋》《小城之恋》和《锦绣谷之恋》，从不同层次写出了男女性爱的种种心态与欲求，写出了性与爱的迷茫、困惑、畸变的内心世界，真实地反映了人向自我靠近的痛苦。铁凝先后问世的中篇小说《麦秸垛》和《棉花垛》，其独特之处在于揭示了性意识和性的心理异己现象，基于母性的本能与性爱的本能对女性进行了解剖。铁凝写了性，但并不是纯粹为了描写"性"，而是为了揭示性意识背后的社会意义，剖析社会对女性的性本能的压抑。麦秸垛和棉花垛见证了女性的悲剧命运，同时也是女性的生命本相与生存状态的象征。

20 世纪 80 年代后期，文学从神圣殿堂开始走向民间，从阳春白雪开始走向普通大众。这一时期，婚恋小说也从讴歌、弘扬走向冷静、消解，爱情和婚姻的分裂表现得尤为突出，其中，王朔创作的系列作品便是典型代表。在王朔创作的《空中小姐》《顽主》《一半是火焰，一半是海水》《橡皮人》《大喘气》等小说中，爱情所担负的伟大使

---

① ［美］理安·艾斯勒：《神圣的欢爱》，黄觉、黄棣光译，社会科学文献出版社 2004 年版，第 233 页。

② 何西来、杜书瀛主编：《新时期文学与道德》，山东教育出版社 1981 年版，第 152 页。

③ 李素梅：《婚恋观的重构与消解——20 世纪 80 年代婚恋小说研究》，《名作欣赏》2012 年第 12 期。

命与价值已然被抛弃，婚姻不再受制于道德，日渐变成了某种游戏规则，而道德在婚姻面前也失去了其自身的神圣外衣与言说能力，显得苍白无力，王朔在消解掉爱情和婚姻真实性的同时，并没有完全否定感情的重要性，只是怀疑感情经历的结果。

到了 20 世纪 90 年代，中国社会发生了转型，人们的头脑中开始萌生市场经济的观念，"人们固有的道德观念和生活原则经受着前所未有的考验，在市场魔力的驱使下，金钱吞噬着理性和良知，过分的世俗化骚扰着典雅、端庄的素朴，高涨的物欲奸污着神圣的爱情。"[1] 婚恋小说呈现出新的特点，从爱情主题上讲，爱情迷失在各种欲望之中，以游戏代替爱情；从婚姻主题上讲，婚姻生活从庸常平凡走向低俗，出现大量婚外恋题材和关注单身女性婚恋生活的作品。

二　大众痴迷的婚恋影视剧

婚恋小说虽然在新时期文学中并没有形成一种思潮或者一种流派，但是，与之相对应的婚恋影视剧却一直伴随着新时期发展的整个过程，并且为广大观众所接受。

在电影界，婚恋电影不但受到观众的喜欢，而且带来了新时期电影的繁荣。1979 年，由滕文骥编剧、滕文骥和吴天明合作导演的《生活的颤音》是新时期第一部婚恋电影。影片以 1976 年"四五"事件为背景，围绕徐珊珊、郑长河与"四人帮"爪牙做斗争的主线，表现全国人民对总理的无限怀念，同时穿插两人纯洁美好的爱情，渴望正义之声的到来。1976 年清明前夕，郑长河到天安门追悼周总理，文化部某处副处长、"四人帮"的爪牙韦立四处追捕他，徐珊珊将郑长河救下，他曾经在天安门广场帮徐珊珊抄录诗词。郑长河无惧"四人帮"的淫威，为悼念周总理，大胆创作了提琴曲《一月的哀思》，并自己深情演奏着。他的举动使珊珊敬佩不已，两人情意相投地相爱了。当时，韦立正在追求徐珊珊，便向其父母反映郑长河的

---

① 刘月香：《从近年都市婚恋小说看婚恋观嬗变》，《宁夏师范学院学报》（社会科学版）2007 年第 5 期。

"反革命罪行"。为了躲避政治问题，徐珊珊的母亲不允许郑长河与女儿来往，徐父却同情并理解两人的爱情。徐珊珊痛斥无耻的韦立，态度鲜明地要与郑长河在一起。在民众的呐喊声中，郑长河把《一月的哀思》改编成小提琴协奏曲。清明时分，为了悼念总理，声讨"四人帮"，徐家举行了一场小型音乐会。韦立带领党羽赶到徐家，想要置郑长河于死地。不久，"四人帮"被粉碎，郑长河终于站在舞台上，演奏怀念总理的小提琴协奏曲，铿锵的旋律回荡在每个观众的心中。

1980 年，号称中国第一部吻戏的《庐山恋》让众多青年男女为之痴迷。该片由毕必成编剧，黄祖模导演。其主要剧情为："文化大革命"后期，侨居美国的周筠回国，在游览庐山时，与耿桦相遇，那时耿桦正在山上潜心读书，随着交往的加深，两人彼此产生爱慕之情。耿桦父亲正遭到"四人帮"审查，他陪母亲来庐山养病，由于与周筠接触频繁，他受到相关部门的传讯。几年后，周筠旧地重游，再次来庐山，触景生情，更加思念耿桦。此时，耿桦已是清华大学的研究生，他也来到庐山听学术报告。

电影《庐山恋》剧照

两人再次重逢，欣喜若狂，于是约定结婚。当耿桦征求父亲耿烽的意见时，耿烽认出周筠的父亲，他们曾是黄埔军校的同学。经过一番波折，两位老同学相会在庐山，怀着对祖国统一的渴望，冤家变为亲家，有情人终成眷属。《庐山恋》不仅完美地呈现出庐山的景色，而且由郭凯敏和张瑜饰演的男女主角也成为当时观众心中的"梦中情人"。饰演周筠的张瑜同时获得中国电影金鸡奖最佳女主角奖和百花奖最佳女演员奖。

　　新时期初期的电影和小说的关系十分紧密，婚恋小说也不例外。许多婚恋小说一经发表，很快被导演改编成电影搬上银幕。1979年，郑义发表了处女作《枫》，这是一部以红卫兵运动中武斗为背景的婚恋小说。1980年，导演张一把小说改编成同名电影。影片围绕一对情侣在"文化大革命"武斗中的悲剧，揭示了那场史无前例的浩劫对青年人的毁灭性打击。1966年，青年学生卢丹枫和李红钢热血沸腾地投入"文化大革命"中。二人本来是热恋中的情侣，却受极

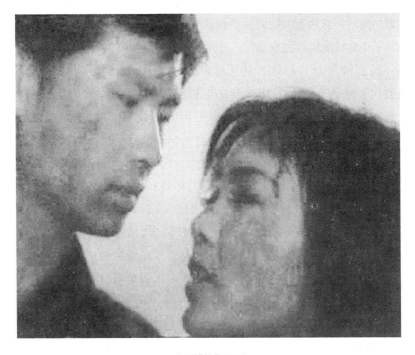

电影《枫》剧照

"左"路线的影响，各自参加了势不两立的"红旗"派和"井冈山"派，在变幻莫测的"大革命"中变成了敌人。革命与爱情的不能两

全，深深折磨着两个青年人。在一次残酷的武斗中，战友们的鲜血令卢丹枫失去理智，向李红钢开枪。李红钢受了重伤却仍率众攻占了"井冈山"高楼上的据点，并在尸体堆中找到了昏迷的卢丹枫。血战结束后，两人重逢，都劝对方投降，但谁也没能说服谁。卢丹枫在绝望中高举"井冈山"的战旗，跳楼自杀。卢丹枫的死令李红钢万念俱灰，他退出了组织。但两年后，"井冈山"掌了权。李红钢被判为逼死卢丹枫的反革命凶手，处以枪决。电影真实地反映了青年恋人在革命与爱情之间的矛盾心理，用电影这一手段形象地控诉了那场悲剧，具有深度的反思精神。

1981 年，导演张其和李亚林把张弦的小说《被爱情遗忘的角落》改编成同名电影。电影通过偏僻山村中一家三个女性在不同历史时期的爱情遭遇，揭示了封建意识如何凭借物质生活、精神生活的贫困及政治生活中的不正常状况仍然恣意肆行，对爱情婚姻形成了巨大的障碍。

到了 80 年代中后期，越来越多的婚恋小说受到导演的青睐，其典型代表便是王朔。在 1988 年的电影创作中，刚满 30 岁的王朔突然受到电影导演的追逐。一年之中，王朔创作不久的四部中篇小说同时被四位导演搬上了银幕。它们是：西安电影制片厂出品、黄建新导演的《轮回》，根据小说《浮出海面》改编；峨眉电影制片厂出品、米家山导演的《顽主》，来源于王朔的同名小说；深圳影业公司出品、叶大鹰导演的《大喘气》，来自小说《橡皮人》；北京电影制片厂出品、夏钢导演的《一半是火焰，一半是海水》，取材于王朔的同名小说。一个青年作家的四部作品同年被搬上银幕，实属罕见，在文学界和电影界都创造了空前的全国纪录。于是，电影界便称 1988 年为"王朔电影年"，"王朔热"也由此开始。

90 年代，"留学生文学"成为大众喜欢的畅销作品，其中影响最大的是曹桂林的《北京人在纽约》，真实地反映了中国人在纽约的婚姻和爱情生活的巨变。1994 年，导演郑晓龙、冯小刚把《北京人在纽约》改编成 21 集同名电视剧，一下子火爆全国。美国——对大多数中国人来讲，是一个遥远而陌生的国度。这是一个经典的、关于北京人在纽约奋斗与挣扎的生存故事。来自大洋彼岸的消息也不相同，有人说那里是天堂，有人说那里是地狱。大提琴家王起明和妻子郭燕从肯尼迪机场下机伊始就陷入了一种可怕的幻灭感中，为了谋生，王起明进餐馆打工，郭燕去工厂干活。在严酷的现实面前，他们放弃了同甘共苦的初衷，走上了一条充满竞争、心酸、冷漠的人生之路。妻子郭燕成为外国商人大卫的妻子。王起明在聪慧美貌的红颜知己阿春的帮助和鼓励下，变成了一个富翁。但是矛盾并不能得以很好地解决，女儿宁宁的到来，又在几个人的生活中掀起轩然大波。宁宁不能理解父亲王起明与母亲郭燕，更不能接受阿春。处身于美国的社会环境里，她变得任性和反叛，以放纵自己的方式表达对父母的怨恨。在新的生活波折中，王起明大起大落一贫如洗，郭燕被逐出家门流落街头，他们的女儿也要离家出走。自由女神依然冷傲地注视着来自世界各地的人们，又有一批中国人走出肯尼迪机场，望着他们兴奋的面孔，王起明百感交集。该部电视剧同时荣获飞天奖和金鹰奖，饰演王起明的姜文和饰演阿春的王姬当年都获得金鹰奖最佳男女主角奖。

在现代社会里，破坏家庭的最大杀手是婚外恋，离婚率稳步上升的主要原因也是婚外情。在新时期小说和新时期影视剧中，婚外恋题

电视剧《北京人在纽约》剧照

材也受到人们的普遍关注。1998 年，导演杨阳把王海鸰创作的《牵手》改编成 18 集电视连续剧。该剧以现代都市生活为背景，反映了一对夫妇的婚姻危机，描写了当今众多人物的情感经历和他们的生存状态。才华横溢的钟锐是一家电脑公司的软件工程师，由于一心投入工作而忽略了妻子和家庭。妻子夏晓雪本来是一位知识女性，婚后为丈夫而放弃了事业，把全部精力放在了儿子丁丁和整个家庭上，她希望自己的付出能得到丈夫更多的体贴和关爱。由于缺少沟通，钟锐认为妻子越来越俗气，两人的矛盾引发了婚姻危机。与此同时，在公司的发展方向上，钟锐与公司方经理产生了重大分歧，难以忍受经理的卑鄙，愤然辞职。妻子的不理解，方经理的刁难，使钟锐情绪十分低落。这时，年轻漂亮的王纯正在爱着钟锐，处于感情和事业低谷期的钟锐接受了这份爱情。两人的爱情在钟锐家引起轩然大波。家庭矛盾不断，钟锐疲惫不堪，儿子丁丁离家走失，险些被坏人拐卖。当王纯知道她极大地伤害了无辜的夏晓雪，加重了钟锐的家庭矛盾后，王纯经过一番痛苦的抉择，最终理智地选择了主动退出。经过几番痛苦的感情经历后，钟锐和夏晓雪最终守住了婚姻。《牵手》曾被誉为"中国荧屏的《克莱默夫妇》"，一度引起极大争议，但在开创同类婚恋题材的电视剧中，它深刻而不故弄玄虚，温情而不滥情，对当代中国婚恋的"雷区"进行了探索，并作出了客观的回答，这一点还是值得充分肯定的。

　　综上所述，可以较清楚地看到，新时期开始以后，在触目惊心的社会问题中，家庭的不和谐、夫妻的感情危机、婚外恋、两性关系的"混乱"等问题较为突出。这些婚恋问题直接粘连着社会的伦理道德观念，并且在婚恋小说和婚恋影视剧的创作中得到了反映，这些作品在读者和观众中引起了较大反响，同时也给大家留下了各种各样的反思。

三　大众文化中的婚恋艺术

　　关于大众文化(Mass Culture)，西方许多学者都进行了各种各样的研究，相互之间的观点各不相同，甚至分歧很大。对大众文化研究最早、最集中、最有影响的论述来自法兰克福学派的理论家。阿多诺、霍克海默等人对大众文化采取了一种完全否定的态度。20 世纪 40 年代，法兰克福学派的社会研究所转移到美国后，发现在美国这样一个高度垄断的资本主义国家里，却存在着一种既非法西斯，又对社会具有极大操纵力的大众文化网络，它是由资本主义大众文化工业生产出来的，这种大众文化工业是一个凭借现代科技手段大规模地复制、传播文化产品的娱乐工业体系。它以大众传播和宣传媒体，如电影、电视、广告、无线电、报刊等，操纵了非自发性的、虚假的、物化的文化，成为通过娱乐方式欺骗大众、束缚意识的工具。阿多诺等人认为，大众文化具有商品化、标准化、单面性、控制性的特征，压抑了人的主体意识，压抑了人的创造性和想象力的自由发挥。[①]

与法兰克福学派的批判立场不同，英国文化研究在对待大众文化问题上就采取了积极肯定的态度。霍加特对 30 年代工人阶级通俗文化的描述，威廉斯早期对大众传媒的研究，都表现出对大众文化的积极关注。这种传统为以菲斯克为代表的新一代学者所继承，提出了一种新的大众文化理论。菲斯克认为："大众文化由各种组合的居于从属地位或被剥夺了权力的人群所创造，他们丧失了推理的和物质的资源——这由剥夺了其权力的社会体系所提供。因而这与其内核相矛盾、相抵触。这些资源——电视、唱片、服装、电子游戏、语言——承载着在经济上和意识形态上处于支配地位的人的利益，其中蕴含着他们的力量架构——这是霸权式的，并支撑着现状。""大众文化是从内部和底层创造出来的，而不是像大众文化理论家所认为的那样是从外部和上层强加的。在社会控制之外始终存在着大众文化的某种因素，它避开了或对抗着霸权力量。"[②]

20 世纪 90 年代，随着大众文化在中国的兴起和市场经济的推动，这一时期的新时期文学出现了满足和迎合普通大众需求的"大

---

① 参见罗钢、刘象愚主编《文化研究读本》，中国社会科学出版社 2000 年版，第 31—32 页。

② ［美］约翰·菲斯克：《解读大众文化》，杨全权译，南京大学出版社 2001 年版，第 2 页。

众文学"①。市场经济对文学的冲击，不仅造成了精英文学"人文精神的失落"，文化的分流也造成了知识分子群体的进一步分化。1993年6月，两部长篇小说——贾平凹的《废都》、陈忠实的《白鹿原》的同时问世，标志着婚恋小说从高雅的审美层面发展到了赤裸裸的"性泛滥"描写。正像贾平凹在其"1993年声明"中所预感的："情节全然虚构，请勿对号入座；唯有心灵真实，任人笑骂评说。"② 人们之所以指责《废都》"堕落""颓废""色情"，是因为小说模拟《金瓶梅》的手法，描写了书生庄之蝶在市场经济的大潮中极其荒唐、放纵的个人生活。该小说也由于它的"泛性化"而成为当时最受争议，也最为畅销的作品之一。

20世纪90年代中晚期，新生代小说崭露头角，以邱华栋、朱文、东西、述平、刁斗等为代表的一批年轻作家，对于婚恋主题采取了更为轻松和平淡的态度。与此同时，另一批以卫慧、棉棉、安妮宝贝等为代表的女作家，则采取了更为极端的"身体写作"方式，描写女性的私生活感受，引起很大的争论。婚恋在他们笔下更多地成了物质文明的注脚，成了人生娱乐的对象，婚恋价值也从世俗中走出又走回到世俗中去，彻底消解了其崇高的意义。

提及中国的大众文化，王朔是无法绕开的重要人物，他不但是大众文化的始作俑者，而且为大众文化的发展起到了推波助澜的重要作用。王朔说："我是有些生意眼光和商业头脑的，改革开放初，我是第一批跑到广东沿海倒卖东西的'倒爷'中的一个，知道流通领域在整个商品生产环节中的重要性，就是我们说的'卖'。好东西生产出来，不会卖，什么也不是。"③

如果说，王朔在1988年以前的小说里描写大众文化还是无意识的自发行为，那么1988年以后的小说和影视剧制作出的大众文化就

---

① "大众文学"的概念是在孟繁华和程光炜著的《中国当代文学发展史》(修订版)中提出来的，是对20世纪90年代在上海兴起的"新市民小说"的另一种称谓，不过，"大众文学"的概念比"新市民小说"更加宽泛。

② 见贾平凹小说《废都》(北京出版社1993年版)扉页上的文字。

③ 王朔：《无知者无畏》，春风文艺出版社2000年版，第15页。

是有意识的自觉行为。1988 年以后，王朔开始了影视剧的创作，他用右手写小说，用左手写剧本。他与影视界的导演编剧成了莫逆之交，比如郑晓龙、李晓明、鲁晓威、冯小刚、张艺谋、李少红、叶大鹰、姜文、米家山、夏钢、黄建新、赵宝刚、英达、谢圆等人，王朔与他们都相当熟悉，经常聚在一起侃剧本，想情节，设计人物，撰写对白。1989 年，王朔参与了郑晓龙、李晓明策划的 50 集大型婚恋电视剧《渴望》的编剧工作，为剧中的人物身份、角色设置、人物关系、故事线索出主意。"那个过程像做数学题，求等式，有一个好人，就要设置一个不那么好的人；一个住胡同的，一个住楼的；一个热烈的，一个默默的；这个人要是太好了，那一定要在天平另一头把所有倒霉事扣她头上，才能让

电视剧《渴望》海报

她一直好下去。所有角色的性格特征都是预先分配好的，像一盘棋上的车马炮，你只能直行，你只能斜着走，她必须隔一个打一个，这样才能把一盘棋下好下完，我们叫类型化，各司其职。"①《渴望》播出后引起的轰动效应是王朔等人没有想到的，王朔也"初次领教了大众文化的可怕煽动性和对其他艺术审美的吞噬性"②。同时，王朔把电视剧的部分情节改写成婚恋小说《刘惠芳》发表出来。感受到大众

---

① 王朔：《无知者无畏》，春风文艺出版社 2000 年版，第 10 页。
② 同上书，第 16 页。

文化的巨大威力后，王朔便热血沸腾地投入电视剧的制作中，先后参与制作了《过把瘾》《海马歌舞厅》《爱你没商量》等多部婚恋电视剧。这些电视剧既给观众带来了享受，也为王朔赚足了名声。

90 年代后期，大学校园的婚恋影视剧开始引起人们的注意。1998 年，由霍昕创作、张一白导演的 20 集电视剧《将爱情进行到底》，成为中国大陆第一部青春偶像剧，也是最有影响力的一部，为我们描绘出一幅 90 年代都市青年立志、爱情的长卷。剧中有梦想、有爱情、有浪漫、有流行，而同时也有现实中的困惑与无奈。来自偏远小城市的杨铮到上海读大学，在学校里，他认识了很多不同系、不同专业的朋友。文慧和杨铮在路上巧遇以后一见钟情，成为恋人。杨

电视剧《将爱情进行到底》剧照

铮毕业时，不愿意文慧帮助他找工作而和她分手去了南方。伤心的文慧开始和一直暗恋她的雨森交往，但雨森后来发现，文慧爱的不是自己。一个雨夜，雨森向文慧表白分手以后，不幸死于车祸。一年以后，杨铮从南方回到上海，他希望与文慧重新开始，可是，这时候文慧却要到美国留学了。杨铮在伤心之余做起了倒卖手机的活动，不幸

被若彤在新闻采访中发现，杨铮被判刑一年。出狱后的杨铮在若彤的帮助下进了一家叫"跑"的速递公司，并且住进了若彤家里。随着交往的深入，若彤爱上了杨铮。但这时候文慧回来了，勾起了杨铮两年前的感情。为此，若彤伤心难过，她决定嫁给原来的男朋友。后来，杨铮终于明白了文慧回来的目的是跟他人结婚。此时，他发觉自己爱的人是若彤，但若彤已经准备结婚了。在若彤的婚礼上，她听见了自己录音钥匙说出的"杨铮，我喜欢你"，便突然离开了婚礼现场，回到了杨铮的身边。作为一部偶像剧，其片名"将爱情进行到底"现已成为一代年轻人的爱情宣言。这部电视剧也是明星制造机，制造出了很多优秀的演员、导演、音乐人。李亚鹏、徐静蕾、王学兵、廖凡、王渝文等众多演员通过此部电视剧为观众所熟知；陈明、谢雨欣、小柯等人亦因为这部电视剧而开创了自己的音乐事业，导演张一白亦通过该剧把导演事业推向了一个高潮。

无论是婚恋小说，还是婚恋影视剧，都是大众文化表现的形态。凄美动人的爱情故事，美满幸福的婚姻家庭，总会吸引无数的读者和观众。对于婚恋故事，作家和导演都不约而同地成为创作者和制造者，当婚恋小说被改编成婚恋影视剧时，其传播形式从平面的印刷媒介转换成立体的声像媒介，受众面从小众化走向大众化，在社会群体中产生广泛而深远的影响。可以说，婚恋故事既是作家和导演艺术创作的基本元素，又是推动我国大众文化发展的重要法宝，为新时期小说和影视剧的自由互动架设了桥梁。

第二节 《被爱情遗忘的角落》的婚恋
悲剧与时代变化

一 乡村爱情的追求与代价

张弦（1934—1997），原名张新华。1951 年考入华北大学工学院，1953 年被分配到鞍钢设计院当技术员。1956 年调到北京黑色冶金设计总院工作。同年，创作了第一个电影文学剧本《锦绣年华》。在《人民文学》上发表了小说《甲方代表》，这篇小说后来由他自己改编为电影文学剧本《上海姑娘》，导演成荫于 1959 年将其拍成故事片。1957 年因一篇未发表的小说《苦恼的青春》，被错划为"右派分子"。1961 年，被摘掉"右派"帽子后，与人合写了戏曲剧本《莫愁》。1972—1975 年被下放到安徽农村劳动。在"四人帮"刚被粉碎的 1976 年，张弦怀着无比激动的心情又创作了一个揭露"四人帮"一伙迫害知识分子的电影文学剧本《心在跳动》，长春电影制片厂于 1979 年摄制完成，影片改名为《苦难的心》。1978 年以后，张弦相继创作了短篇小说《记忆》《舞台》《被爱情遗忘的角落》《未亡人》《挣不断的红丝线》等。由于张弦多年的生活积累，在思想上、艺术上刻苦锤炼，在不长的篇幅中，往往包含较广阔、较丰富的内容。

作家　张弦

（图片来源于中广网《〈红颜无尽——赛金花传奇〉历经十年隆重出版》中的插图，2004 年 9 月 16 日，http://www.cnr.cn/library/wxjlb/200409160355.html）

　　张弦自 20 世纪 50 年代登上文坛就有着双重身份，既是文学作家，又是电影剧作家。当电视剧走进中国千家万户之时，张弦又涉足电视剧创作。这多重身份的创作伴随着张弦一生，他在小说、电影、电视剧等不同艺术形式之间自由行走，既创作了大量的小说，又把许多小说作品改编成影视剧，给读者和观众留下了许多经典之作。

　　张弦以塑造女性形象著称，以雅俗共赏为其特色，而婚恋小说是张弦创作的重要题材。在众多的婚恋小说中，影响最大、评价最高的是《被爱情遗忘的角落》，该小说发表于《上海文学》1980 年第 1 期，是新时期初期婚恋小说的代表作。

　　《被爱情遗忘的角落》有许多情节来源于张弦的亲身经历。

1972—1975 年，张弦被下放到安徽农村劳动。那几年，在"四人帮"一伙极"左"政策的流毒下，一些农民劳累一年却分不到钱，有的还倒欠生产队的；有些家庭打条子借五块钱过年还要向队长苦苦哀求；青年姑娘连买双袜子的钱都没有。生活的贫困，又使一些农村精神文化生活相当落后。跑几十里路看场电影，即便是看过多次的老片子也像过节样欢喜；扑克牌缺了十几张，还是个宝；山歌早被禁止，"样板戏"唱走调了要挨批。

爱情和婚姻上封建落后的思想和习俗，不仅远未消除，某些地方甚至还有恶性的发展。张弦所在的农村从来没有恋爱自由的事，青年人的婚姻都是家长和有地位的亲戚做主，根本没有选择的权利。张弦看见过邻村的一个姑娘，面黄肌瘦，郁郁寡欢；见了人有一种惶恐的神色。后来得知，她在前几年和一个小伙子在仓库干活，打闹着玩，抑制不住激情地偷吃了禁果，被人发现。小伙子被判了刑。这个姑娘没有寻死，但活得很不轻松：舆论的压力，前途的无望和自我的罪责，使她心灵变了形。

中共十一届三中全会的召开激发了张弦的创作欲望，"要为那些因蒙昧的冲动而付出生命的姑娘们，为那些顺从地任命运安排的姑娘们呐喊几声，也要为那些迫于生计不得不'把女儿当东西卖'的父母说几句公道话"①。

《被爱情遗忘的角落》虽然取材的是农村的爱情、婚姻关系，但却被置于广阔的历史背景和深刻的时代变化之中，以小见大，以一家三个女性的不同命运揭示了农村的风貌和新的变化。在天堂公社天堂大队，沈山旺的大女儿存妮长成了 19 岁的美丽姑娘。在一次劳动间歇，存妮和同村的小豹子一起打闹嬉戏，无意中引发了带有原始本能色彩的爱情，悄悄偷吃了禁果。这种自作主张的爱情，在这个封建意识极浓的偏远山村是决不允许的。两人的爱情悲剧不可避免地发生了。一天夜里，他俩幽会时被捉，存妮含冤自杀，小豹子被捕入狱，

---

① 张弦：《惨淡经营——谈我的两个短篇的创作》，《新时期作家谈创作》，人民文学出版社 1983 年版。

罪名是"强奸致死人命"。存妮投河自尽给妹妹荒妹的心灵留下了无法摆脱的耻辱和恐惧，造成了她孤僻的性格，对所有的男青年都产生了"戒心"。当荒妹长到姐姐的年龄时，童年时代的伙伴许荣树从部队复员回来了。许荣树是个有理想、有见识的青年，他决心与旧习惯势力斗争，争取早日改变家乡的落后面貌。他的热情、见识、朝气给荒妹带来了心理上的转变，激起了荒妹心灵的波澜，荒妹由此萌发了对许荣树朦胧的爱情。但姐姐的死在荒妹心中留下了挥之不去的阴影，这使荒妹的心情十分矛盾。不久，二舅妈给荒妹介绍了一个家庭很富裕的对象，定亲后，既可以送来 16 套衣服，还要送来 500 元彩礼。荒妹极力反对，气愤地责备母亲把女儿当东西出卖。母亲菱花被震醒了。原来，当年菱花曾大胆追求自由恋爱，反抗"父母之命，媒妁之言"的封建婚姻，公然与长工、土改积极分子沈山旺热烈相爱，挣脱了封建买卖婚姻的枷锁。菱花茫然地仰望天空，问道："日子怎么又回头了呢？"这件事使荒妹终于成熟了，她勇敢地走向许荣树，要倾诉郁结胸中的心事。

存妮和小豹子的爱情悲剧是如何造成的呢？其原因主要有三个方面。首先，极"左"时代戕害了青年男女的爱情。在十年"文化大革命"的极"左"时代，人们的言行受到高度的限制和约束，每个人的权利都被限制，没有爱情自由和生存自由。存妮与小豹子的私自恋爱，偷吃禁果，本属伦理道德的范畴。然而，在极"左"时代却被上纲上线，认为是违法乱纪的案件，两人被民兵抓起来凌辱和非法关押，因此存妮羞愧自杀。沈山旺并没有状告小豹子，而公安局却以所谓的"强奸致死"把小豹子判刑劳教。其次，贫困落后的现实剥夺了青年男女自由恋爱的权利。新中国成立以来，偏远的天堂大队一直是一个经济落后的山村，不但青年男女没有谈情说爱的物质基础，而且父母考虑儿女的婚事主要着眼于家庭的经济条件，而不是男女双方的感情。存妮投河自尽时都不忘把母亲给她穿的毛线衣脱下挂在树上，留给了妹妹，这充分说明一个年轻的生命还没有毛线衣值钱。菱花当年虽然通过政府做主，与沈山旺自由恋爱成功，但是，二十多年的贫困生活使她有些后悔当初的"自由恋爱"。她要给荒妹找一个经济条件好的对象，也主要因为家庭贫困所带来的生活焦虑，希望女儿不要受贫穷之苦。换句话说，没有经济基础做支撑，自由恋爱只能是空中楼阁和海市蜃楼般的幻境。再次，贫乏的文化生活断送了青年男女的爱情。在天堂大队，人们几乎没有文化娱乐活动，许多人都是文盲，连电影中恋人的亲吻都被认为是下流和淫秽的事情。小豹子四肢发达，头脑却十分简单，甚至认为："识字有什么用？只要认得'男女'两个字，上城不走错厕所就行！"正是由于没有文化活动，男女之间不能正常交往，才导致了小豹子和存妮在谷仓里因原始本能的冲动而偷吃了禁果，酿成了后来的爱情悲剧。

作家通过菱花、存妮、荒妹母女三人的情爱经历，提示了人们对严峻的社会生活的深入思索。小说没有人为地减轻历史的重负，而是真实地把长期"左"的反复折腾，尤其是十年动乱，在经济、生活、精神上给一个偏僻的山村所带来的严重灾难，尖锐地展现在我们面前。经济上的极端贫困，造成了这个偏远山村的"精神的贫困"。这种"精神的贫困"必然带来"爱情的贫困"和"贫困的爱情"。小说通过对农村青年爱情悲剧的描写，认真剖析了爱情悲剧产生的根源，表现了中国农村在"左倾"年代所走的曲折道路。

《被爱情遗忘的角落》这篇小说的叙事结构很有特色，菱花、存妮、荒妹三人二十多年的人生经历，通过荒妹的叙述视角，被压缩在一天内完成。也就是说，小说在叙述方式上，把顺叙和插叙完美地结合起来。小说的叙事主线是荒妹在1979年某一天的活动。上午，荒妹到天堂公社礼堂参加"反对买办婚姻"的大会，于是，勾起了她对姐姐存妮与小豹子之间爱情悲剧的回忆。小说开始插叙存妮和荒妹的出生年代，以及存妮与小豹子之间发生的故事。散会了，荒妹碰到团支书许荣树，两人一起往回走。小说插入荒妹与许荣树儿时的交往，许荣树参军、复员后任团支书，存妮对他的朦胧而矛盾的爱情等内容。在回家的路上，许荣树向荒妹谈起了改变家乡面貌的宏伟蓝图，荒妹对他投去了敬佩之情。天黑时，荒妹回到家，母亲菱花说，二舅妈给荒妹介绍了一个家庭富裕的对象。荒妹生气地说："你把女儿当东西卖!"此时,插叙菱花与沈山旺自由恋爱的过程。之后,小说又转入顺叙,荒妹安慰完哭泣的母亲,再走出家门,去找许荣树诉说心事。从小说的叙述视点来看,始终以荒妹的视点为主线,中间插叙存妮与小豹子的恋爱事件、荒妹与许荣树之间的交往过程,以及菱花与沈山旺的婚恋故事。顺叙与插叙巧妙结合,既使结构紧凑,又蕴含着历史的纵深感。

二 恋爱情节与影像场景

《被爱情遗忘的角落》不仅在文学界取得了成功,而且很快在电影界也获得了好评。1981年,峨眉电影制片厂让张弦把小说改编成同名电影,由导演张其和李亚林共同拍摄完成,实现了从小说到电影的艺术转换。

张其(1921—),原名张文齐。1938年,带一个弟弟投奔延安参加革命。1940年加入中国共产党,在部队从事文艺工作。1947年随西北电影团行军到东北,先后在

导演 张其

(图片来源于搜库 http://www.soku.
com/search_video/q 张其)

《光芒万丈》《无形的战线》《光荣人家》《刘胡兰》等几部故事片中担任主要演员。1952年创建科教片厂后调任导演。1955年到北京电影学院学习,毕业后,在《洞箫横吹》《英雄儿女》《金玉姬》《达吉和她的父亲》等影片中任副导演和导演。"文化大革命"期间,全家被下放到东北山区插队落户,与农民兄弟建立了深厚感情。"文化大革命"结束后,先后导演了《被爱情遗忘的角落》《家庭琐事录》两部农村片,真实地表现了广大农村青年男女的生动形象,受到电影界的一致好评。

李亚林(1931—1988),1951年考入北京电影学校(北京电影学院前身)演员班,1955年调到长春电影制片厂,在《如此多情》《芦笙恋

歌》《母女教师》《患难之交》《水库上的人们》等影片中扮演反派人物或中间人物。1958 年开始，在《我们村里的年轻人》《冰上姐妹》等影片中担任男主角，成功地塑造了许多正面的人物形象。"文化大革命"期间，参加了《钢铁巨人》《车轮滚滚》等影片的拍摄，并担任重要角色。"文化大革命"结束后，在《孔雀飞来阿佤山》《柳暗花明》等影片中担任主角。1980 年转入导演工作，先后执导了《被爱情遗忘的角落》《井》等电影。李亚林是一位从演员到导演的艺术家，他主演的二十多部影片，深受观众喜爱，导演的电影也得到评论界的好评。

导演　李亚林

（图片来源于李亚林－互动百科中的插图，http：//www. baike. com/wiki/李亚林）

　　1981 年，张其和李亚林因都是峨眉电影制片厂的同事而开始共同执导《被爱情遗忘的角落》。对张其而言，他此前已经导演过多部电影；对李亚林来说，这是他从演员到导演身份之后的第一部影片。不过，他俩都曾经下放到农村劳动，对农村题材有着强烈的创作欲望。为了拍好这部电影，他们倾注了大量心血，邀请沈丹萍饰演沈荒妹，杨海莲饰演沈存妮，张世会饰演许荣树，张潮饰演小豹子，李国华饰演沈山旺，李亚林妻子贺小书饰演菱花，古发堂饰演许长斌，杨秋复饰演英娣，夏峰饰演二槐。人物设置基本上忠实于张弦的电影剧本；拍摄时，很注意真实性，手法朴素顺畅，十分适合农村观众的欣赏要求。

　　电影与小说相比，在整体内容、主题思想上与小说保持着一致，但在外在形式上做了简单调整。小说是以荒妹的叙述视角和她一天的活动贯穿始终；电影则以荒妹与复员回村的许荣树之间一年左右的交往为主线，并以解说人的旁白来进行情节过渡和故事转换。由于外在形式的调整，因此，电影的场景设置与小说情节之间也稍微有些不同。具体来看荒妹与许荣树在山路上谈心的情节，小说里是这样描写的：

　　忽然，荣树站住了脚，放眼四顾，用浑厚的嗓音唱起歌来：

　　我爱这蓝色的海洋，

　　祖国的海疆多么宽广！……

　　荒妹吓了一跳。但听着听着，热情奔放的歌声感染了她。不由自主回过头，露出赞许的微笑。

　　"看着山上的这片松林，我想起了大海啦！想起了在军舰上的日子！……"他自语似的微笑着说，"看着海，心里就会觉得宽阔起来，要是乡亲们都能看看海，该多好呵！"

　　荒妹微笑地听着。她的警惕在悄悄地丧失。

　　"荒妹，你去前街了吗？集上卖鸡蛋、卖蔬菜的，没人撵了！知道吗？农村政策要改啦！山坡地一定得退田还山，种梨树。山旺大叔这位好把式又要发挥作用啦！先在你家自留地上栽起树苗来！……"他说得很凌乱，也很兴奋，"山旺婶身体不好，可以砍些荆条在家编篮子，换点零花钱。你大妹妹明年可以出工了吧！两个小妹妹可以放几只羊！……我有个战友在公社当干事，他告诉我，很快就要传达中央的文件，要让农民富裕起来！……你不信？"

　　他两眼闪着乐观的光芒，声音象淙淙溪水，亲切感人。荒妹没有相信这些话。对于富裕起来，她从没有抱过希望，甚至根本没有想过。从她懂事以来，富裕之类的话总是同资本主义联系在一起遭受批判的。使她激动的是荣树这样清楚地知道她的家庭，并且这样关心。他就是用这个来回答她的冷淡、戒备和怀恨的！她愧疚了，觉得脸上在发烧。……

这部分情节是荒妹和许荣树在公社礼堂参加完"反对买办婚

姻"的大会之后，两人一同回家。在回家的山路上，许荣树很兴奋，很激动，对家乡未来的发展信心百倍。然而，荒妹一直对许荣树存在着戒备心理，因为姐姐存妮的自杀对她影响很大，她不愿意跟男人接触，更不愿主动跟男人说话。因此，一路上，只有许荣树的自言自语，而荒妹只有心理活动。我们再来看电影中对这个情节的处理。

镜头1：(远景)许荣树斜背着绿色的帆布包在长满小松树的山路上高兴地走着，同时伴随着欢快的背景音乐。

镜头2：(远景)荒妹正在山坡上砍柴。欢快的背景音乐持续着。

镜头3：(远景)许荣树停住脚步，他看见了荒妹，然后跑起来喊："荒妹——"

镜头4：(全景，移)正在砍柴的荒妹转过身来，循声而看，发现是许荣树，马上停止砍柴，背起捆着柴火的背架往回走，想要躲避许荣树。

镜头5：(远景)背着柴火的荒妹急忙在树林中往回走。许荣树从后面追了上来，边走边擦汗说："荒妹！荒妹!"荒妹快步走着，根本不搭理许荣树。当许荣树停下来时，荒妹也停下来回头看。当许荣树跟上来，她又走开了。背景音乐一直响着。

镜头6：(中景)背着柴火的荒妹又停下来回头看许荣树，接着又走起来。

镜头7：(远景)荒妹背着柴火在山路上走着，许荣树跟在后面不停地喊："荒妹，我有话要跟你说。"荒妹还是没有停下来。许荣树继续跟着说："荒妹!"他突然提高嗓音，"沈荒妹同志!"

镜头8：(中景)背着柴火的荒妹终于停住了脚步，慢慢转过身来。背景音乐停止。

镜头9：(中景)许荣树擦着汗，然后坐到石头上，有些生气地说："你不理我，我也没想巴结你。"

镜头10：(中景)荒妹放下了背架，慢慢走近许荣树。许荣树画外音："你心里有事儿，我知道。可是……"

镜头 11：（中景，拉）许荣树继续说："我去县里开会回来，实在有……"他看到荒妹走过来，便从石头上站起来，对荒妹说，"实在有好多话要跟你说啊！"镜头拉成双人。"荒妹，中央有文件了。"说着，许荣树从帆布包里拿出文件给荒妹看。

镜头 12：（中景）许荣树激动地说："让我们农民尽快地富起来。"

荒妹看着许荣树和他手中的文件，有些疑惑地说："富？富起来？"

许荣树说："对！"

镜头 13：（中景，移）许荣树继续说："社会主义本来就该富嘛！"他边说边把文件收起来，把它装进裤子包里，"现在，什么都要讲究实事求是。咱们队的果园马上就要恢复，山旺叔也不用放牛了。"许荣树走出了画面，荒妹的目光跟着他，许荣树的画外音，"请他来领导。"传来许荣树砍柴的声音，荒妹慢慢走到许荣树身边，镜头变成双人。许荣树边砍柴边说，"他栽的树苗队里按价收购。"荒妹帮着把新砍的柴捆入背架。许荣树继续说，"你们家再也不会像现在这样了。种向日葵，种黄花菜，编箩筐，栽桑养蚕……"

镜头 14：（近景）荒妹逐渐高兴的脸庞。许荣树的画外音，"挖草药。对了，三妹还可以放几只羊。我算了算，你们家的欠款一年就能还清啊！"

镜头 15：（全景，推）许荣树把砍下的柴扔给荒妹，荒妹不停地把柴捆上背架。镜头从双人推成许荣树单人。许荣树想起来又说："山旺叔过去的问题，我偷偷递了份申诉，县里同志说……"

镜头 16：（近景，拉，移）荒妹的单人镜头。许荣树的画外音，"……很快就要解决了。"荒妹情不自禁地站起来，慢慢走到许荣树跟前。镜头跟着移动变成双人，背景音乐响起。荒妹拽着许荣树的帆布包，激动地哭着说："荣树哥……"

镜头 17：（特写，拉）荒妹拽着帆布包的双手，逐渐拉成双人近景镜头，荒妹哭着说："我不理你，躲着你。荣树哥，我……你……不怨我？"

电影《被爱情遗忘的角落》剧照

许荣树安慰道："看你说的，我……"
镜头 18：（近景）许荣树的单人镜头。
镜头 19：（近景）荒妹深情的单人镜头。
镜头 20：（中景）两人都害羞地低下了头。
（根据电影《被爱情遗忘的角落》整理而成）

与小说相比，电影中的许荣树从县里开会回来，在山上碰到砍柴的荒妹，而荒妹开始一直躲着他。两人走在山路上的缘由不同，不过，谈话的内容大致相同。电影的场景设置比小说更丰富，并且增加了许荣树为沈山旺递交申诉材料，让沈山旺重新当领导，如何还清债务等内容。小说里只有荒妹对许荣树态度转变的心理活动，没有对白语言。电影不适合用镜头表现人物心理活动，于是，把荒妹的心理活动通过愧疚式的对白表现出来，让观众容易理解。电影拍摄的镜头值得肯定，推、拉、摇、移等镜头交替使用，远景、全景、中景、近景、特写几乎全部用上，背景音乐在烘托人物情感方面也起到很重要的渲染效果。

三　增添内容的影像阐释

由于小说作者和电影编剧都是张弦本人，因此电影《被爱情遗忘的角落》比较忠实于原著，无论是情节结构还是故事内容基本上与小说一致。最初，小说和电影都曾引起某些争议，认为张弦把中国农村描写得"过于贫困落后""不符合实际"。其实，张弦通过《被爱情遗忘的角落》，对中国一些偏僻农村之所以长期落后的根由做了相当逼真的描写。从电影的整体和构思来看，作者并不是"为暴露而暴露"，更不是为了"丑化新中国农村的现实"。他怀有一颗火热的心，要让人们从十年动乱的极"左"路线对农村所造成的重大破坏中受到启示，意在总结教训，奋步前进。影片情节对比强烈，具有浓郁的民族特色，片中演员表演真实、自然，富有戏剧性，充分体现出角色所蕴涵的历史性、悲剧性和现实意义。

《被爱情遗忘的角落》只是一篇篇幅不长的短篇小说，要拍摄成90分钟的电影，其内容的信息量是远远不够的。张弦深知，必须扩充小说的信息量，才能完成电影拍摄。因此，张弦在把小说改编成电影剧本时，从电影本身出发，在忠实于原著的基础上，增加了人物和内容，矛盾冲突和情节的跌宕起伏比小说更明显。第一，电影增加了人物。小说中有名有姓的人物只有10个；电影增加了许长斌、英娣、二槐、三妹等人物，总人数达到18个。第二，增加了情节内容。电影新增了英娣与二槐的自由恋爱，但以失败结束；增加了沈山旺在大炼钢铁的年代因反对砍果树而被撤职，被开除党籍，多次上访失败，在自家偷偷嫁接果树苗；增加了中共十一届三中全会后，沈山旺平了反，恢复了党籍，重新当上大队书记等内容；增加了许长斌与沈山旺之间的矛盾冲突；增加了荒妹上街卖鸡蛋，与村里青年一起跑几十里路看火车，与复员回村的许荣树的交往，去天堂镇与介绍的对象照相等情节。第三，增加了对比手法。小说里，菱花、存妮、荒妹母女三人的爱情历程既有相似性，又有不同点，有比较，却没有很强的对比性。电影中，人物性格的对比贯穿始终。例如，年轻时的菱花是一个敢于自己选择所嫁对象、反抗父母之命的姑娘，但20年过后，她却重蹈父母的覆辙，要把女儿当东西出卖；荒妹过去和村里男青年一起玩耍，一起翻山越岭去外地看火车，现在却和他们保持着三尺距离；英娣曾经与同村的二槐恋爱，本该有幸福的归宿，但在父母的压力下离开恋人，去忍受无爱的婚姻。同样是贫困人家的女儿，存妮与荒妹的命运形成了对比；同样是偏僻农村的青年，小豹子含冤下狱，许荣树却有改革开放的致富意识；同样是大队书记，沈山旺提倡改革致富，而许长斌守旧古板。这些对比必然会激起观众对生活、对历史的反思。

电影与小说毕竟是两种不同的艺术形式，导演在《被爱情遗忘的角落》中所运用的镜头语言，同样颇见功力，不仅推、拉、摇、移等镜头被广泛使用，而且远景、全景、中景、近景、特写等景别镜头也运用得出神入化。以存妮自杀前后为例：披头散发的存妮冲进家门，六个不同角度的近景和特写，交切于存妮的主观镜头之中；嘈杂的人声，变幻的光影，高节奏的蒙太奇处理，淋漓尽致地撞击着存妮的心灵。尔后，存妮跳塘自尽，菱花号啕大哭，一组短促的快切画面显示了事件的紧迫，摄影机悄悄地追循着谷仓，那里曾是存妮和小豹子恋爱的场所，昔日嬉戏的踪迹，镜头从楼下摇升到楼上，万籁无声，人去楼空。镜头的无声画面与低节奏运动，与前面的嘈杂紧张形成了强烈的对比，给人以震撼。

电影《被爱情遗忘的角落》不仅在艺术上值得称道，而且在突破电影禁区方面也有开创性意义。如果说，1980年的《庐山恋》创造了新中国电影史上的第一个接吻镜头，那么，1981年拍摄的《被爱情遗忘的角落》更被冠以第一部大胆表现情欲的爱情片，号称"新中国电影史上的第一次露点裸戏"。所谓"裸戏"，其实就是"谷仓"里的一场戏，电影把小说里的情节直接转化成了镜头。小豹子对存妮说，许瞎子看过的外国电影里"有男人女人抱在一起亲嘴儿"。于是，两人互相扬土粒儿（电影中是玉米粒）打闹起来。后来，两人脱外衣抖

掉身上的土粒儿,小豹子无意中看到存妮脱毛衣。小说这样写道:
"原来姑娘脱毛衣时掀起了衬衫,竟露出半截白皙的、丰美而有弹性
的乳房。"其实,电影中只是一个似裸非裸的镜头,观众只能恍惚看
见馒头大小的一团白色,非常短暂。即便如此,这个镜头给当年的中
国观众所造成的视觉冲击和心灵震撼,绝不逊色于今天的《色戒》或
《苹果》中的大段床戏。小说还描写了小豹子搂抱亲吻存妮的内容;
电影中只有小豹子扑倒存妮的瞬间,没有亲吻的镜头。小说里并没有
描写两人做爱后的反应;电影中却拍摄了不少镜头。做爱后,存妮用
双手不停地打小豹子,小豹子也十分悔恨;存妮住手了,小豹子却痛
苦地用双手扇自己的耳光;存妮抓住小豹子的双手;小豹子悔恨地站
起来准备离开,存妮却在背后抱住了他的双脚;两人又哭着搂抱在一
起。这些镜头处理得既有艺术性,又充分反映了两人的矛盾心理;既
描述了小豹子最初的鲁莽、冲动,继而羞愧、震惊的心理过程,又表
现了存妮对小豹子怨恨、爱恋、怜悯的复杂心态。

　　电影《被爱情遗忘的角落》虽然曾引起争议,但最终还是得到艺
术界的充分肯定。电影获得 1981 年文化部优秀影片奖,在 1982 年中
国电影金鸡奖评选中,张弦获得最佳编剧奖,扮演菱花的贺小书获得
最佳女配角奖。女主角荒妹的扮演者沈丹萍虽然未能获奖,但却登上
了《大众电影》的封面,很快被全国观众熟知。沈丹萍后来回忆说:
"这是中国电影中第一次将男女之间的爱情讲述得如此直白,包括爱
恋,亲吻,还有捉奸的剧情,都被这部描述农村青年的爱情片进行了
比较大胆的表现。"[①] 此外,由朱明瑛演唱的主题歌也很快在大江南
北传唱,一度成为流行歌曲。

第三节　《一半是火焰,一半是海水》的爱情颠覆

一　魔鬼与天使的爱情

　　王朔(1958—　　),1976 年高中毕业,到山东参军,在海军北海

---

　　① 李晓蕾:《沈丹萍宋佳忆裸戏:激情戏来劲》,深圳新闻网,2008 年 10 月 28 日,
http://www. sznews. com/photo/content/2008 - 10/28/content_ 3335451_ 5. htm。

舰队服役。1980 年从部队复员，进入北京医药公司工作。1983 年从医药公司辞职，尝试经商。此后，成为自由作家。王朔在部队参军时开始文学创作。真正步入文坛应该从 1984 年算起，1984 年第 2 期《当代》发表了他的中篇小说《空中小姐》。在随后几年里，他创作了《浮出海面》《一半是火焰，一半是海水》《橡皮人》《顽主》《一点正经没有》《玩的就是心跳》《你不是一个俗人》《永失我爱》《千万别把我当人》《我是你爸爸》《许爷》《动物凶猛》《过把瘾就死》等小说。90 年代初，参与策划的《渴望》《编辑部的故事》《过把瘾》等电视剧曾造成万人空巷的轰动效应。1999 年创作长篇小说《看上去很美》。进入新世纪，出版了杂文集《无知者无畏》和新小说《我的千岁寒》。王蒙这样评价王朔："他撕破了一些伪崇高的假面。而且他的语言鲜活上口，绝对地大

作家　王朔

（图片来源于王朔百度百科中的插图，http://baike.baidu.com/link?url＝Poq1KRjtSyitK36AgEMt6uXxPx2MO17PV3iYfM4NpyVCq_vTvjOaW_N0EkJla30j-sMJMpQFVGXcy2_AhoHWb1EZ1PHXM9PCVUvGJ1FsOF7）

白话，绝对地没有洋八股党八股与书生气。""他和他的伙伴们的'玩文学'恰恰是对横眉立目、高踞人上的救世文学的一种反动。"①

从 80 年代后期到 90 年代初期，王朔创作的小说都是以婚恋题材为主，真实展现经济浪潮中都市青年人的情感意识和冒险行为。在王朔众多的婚恋小说中，《一半是火焰，一半是海水》是比较独特的作品，它既是王朔的成名作，又是他一篇重要的代表作。这个中篇小说发表在 1986 年第 2 期《啄木鸟》上，自此，王朔开始真正引起了文坛

---

①　王蒙：《躲避崇高》，《读书》1993 年第 1 期。

的注意，同时，它也成为王朔作品中"被阅读最多的小说"①。

《一半是火焰，一半是海水》讲述的是魔鬼与天使的爱情故事。小说描写了一群活生生的"流氓""诈骗犯"在商业社会的生存状态。张明、方方、亚红等人是一群无业青年，靠敲诈勒索为生，他们常常乘着黑夜，扮作民警，闯进大饭店，专门敲诈外商或港商的钱财。他们结伙作案，巧设圈套，里应外合，屡屡得手。一日，张明邂逅女大学生吴迪，并引诱她坠入情网而不能自拔。吴迪试图挽救张明但失败了，遂以自甘堕落进行报复。张明只是玩弄吴迪而已，依旧作案如故，终于案发被捕。吴迪因爱情绝望而自杀。数年后，张明出狱保外就医，到南方海滨胜地疗养，又遇大学生胡昳。胡昳像吴迪一样大胆而纯洁，并主动爱上了已经变得深沉而忧郁的张明，张明却理智地拒绝了胡昳。当胡昳被两个冒充作家的骗子诱奸后痛不欲生，在张明的开导和帮助下，胡昳踏上了回校的旅程。

在普通人看来，张明、方方、亚红等人是一群魔鬼，是商业浪潮里泛起的沉渣，他们的行为已经完全脱出了正常的生活轨道，超越了社会法纪和道德准则。张明供认不讳："我贪财、好色、道德沦丧，每天晚上化装成警察去敲诈港商和外国人，是个漏网的刑事犯罪分子。"这些人在急剧变革的时代不可能胜任那种高层次、高科技职业，成了"无业游民"，但他们又不甘心诚实劳动，不愿意走正统之路，于是，便将自卑感变成了一种对社会的嘲弄和反叛。他们蔑视那些老老实实、兢兢业业、规规矩矩在法纪准绳和社会道德里诚实劳动的普通人，又嘲笑那些有人生奋斗目标、有事业追求的青年为"傻逼"。他们满不在乎，无所顾忌，尽情地抛洒精力，挥霍青春，三教九流，无所不为："活着嘛，干吗不活得自在点。开开心，受受罪，哭一哭，笑一笑，随心所欲一点。""拼命吃拼命玩拼命乐，活着总要什么都尝尝。"他们放弃了对社会的责任，对他人的责任，甚至放弃了对自己的责任，一切都在调侃和嘲弄之中，从恶作剧的破坏和玷污中获得快意。他们不顾国家法纪，铤而走险，以女色为诱饵，对腰

---

① 王朔：《无知者无畏》，春风文艺出版社 2000 年版，第 49 页。

缠万贯者进行敲诈勒索，劫他人之富济自己之贫。钱财到手便花天酒地，醉生梦死，在大街上侮辱、调戏妇女，以玩弄女性为乐事。他们只想满足本能的欲望，伦理道德和社会责任在他们眼里都一文不值。女大学生吴迪就被毁在张明这伙人手里。

这部婚恋小说用第一人称讲述了"我"张明在两个不同的生活阶段中的情感经历。如果说张明等人是令人憎恨的魔鬼，那么，吴迪和胡昳就是纯洁可爱的天使。她们都是大学生，既单纯又任性，涉世尚浅又过分自信，对五光十色的大千世界充满好奇，又盲目地羡慕自由自在的生活。她们经受不住外面世界的诱惑，对纷繁复杂的生活缺少防备心理，很容易上当受骗，很容易误入歧途而不能自拔。吴迪就是这样被毁灭的。她被张明的污言秽语所刺激，被张明言不由衷的调侃所引诱，被他的"自在""潇洒"所吸引。吴迪对张明是一片真情，她把爱情看得像天使一样美丽纯洁，并希望张明也能专心致志。但张明的内心早已没有了神圣的爱情，他已经变成了玩世不恭的魔鬼："我不爱她，不爱任何人，'爱'这个字眼在我看来太可笑了，尽管我也常把它挂在嘴边，那不过是象说'屁'一样顺口。"张明接二连三地对吴迪感情的残酷伤害，使吴迪彻底绝望而难以自拔，她以自甘堕落来报复张明："谁想和她睡觉她都笑吟吟地躺到人家怀里，放荡淫乱比亚红她们有过之无不及。"她的这种行为并没有唤回张明的爱怜，正如张明所说："你这样报复不了谁，只会毁了自己。"吴迪放浪之后发现自己对张明的爱一如既往，甚至更加强烈，但张明对她依然没有真情，渴望爱情而不可得，想跳出泥潭而无人施救，最终无路可走，只好以身殉情得到解脱。吴迪以生命的代价，成就了自己的天使形象。

其实，张明并不是一个彻头彻尾的魔鬼，他身上依然残存着人性的善良，偶尔也表露出一点点美好的品质。张明还记得尊老爱幼的古训，把座位让给抱小孩的妇女。他虽然敲诈钱财，但还没有见钱如命，还能够把自己不用的音乐会门票送给一对青年伴侣，坚决不要他们加倍的票款。当他挨了韩劲的拳头，一起被抓进派出所时，他竟主动承担罪责，掩护韩劲及其他同学，他这时又颇具民间的侠义精神。

他自甘堕落，过着肮脏污秽的生活，但一旦发现吴迪也学着亚红勾引外商出卖肉体时，竟咆哮起来，不顾一切地殴打外商，并怒火冲天地质问方方："谁把她卷进这种肮脏的勾当？"在他眼里，吴迪是天使，不应该受到污染，他希望能够在肮脏的世界里保留一片净土。吴迪的自杀对张明内心震撼很大，加上在监狱里的改造，张明身上的魔鬼性情在自责和愧疚中慢慢消退，而残存的人性亮光慢慢升起。为了摆脱过去魔鬼般的生活，张明到南方海滨胜地疗养，又结识了另一位天使胡昳。她像吴迪一样，向往外面世界的无拘无束，厌倦了校园生活和家庭管束："爸爸妈妈哥哥，老师团干部里弄积极分子，谁都管我。这些人有没有自己的事？怎么就像专为别人才活着似的。我才不管那一套呢，不让我一人出来，偏一人出来！哼，想怎么着就怎么着！"涉世不深的胡昳像一只神气活现的小鸟，而张明这时倒像一位兄长，处处关照、护卫着这位素昧平生的纯洁天使。他不再用花言巧语的调侃来引诱胡昳，反而对胡昳保持着一定的距离。当胡昳被张明深沉忧郁的气质所吸引，并大胆向张明表白爱情时，张明却理智地加以拒绝，他不想让胡昳重蹈吴迪的覆辙，不想再次毁灭一位可爱的天使。当胡昳不听劝告，被两个骗子诱奸之后，张明又伸出上帝之手，带领胡昳走出危险的泥潭，使她重新回到正常的人生旅途。

王朔对小说后半部分有关张明与胡昳的故事并不满意，他说："后半部分是十足的败笔，如果你不知道什么叫画蛇添足，看那个小说就知道了。"① 也有论者指出："作家描写'我'与胡昳萍水相逢又结伴而行，有几分真实生动的情趣，而最后将'我'推向见义勇为的'英雄'地步，大有冷面热肠的侠客风气，似乎是为了给故事一个结局，也是为了完成'一半是火焰，一半是海水'的双重内容的命题，但戏剧性太强而有些失真，尤其是最后几近续貂。"② 小说后半部分和结局虽然存在着一些缺憾，但是，两个骗子的设置给读者留下了许多思考：张明从魔鬼转化为正常人，可是，现实生活中的魔

---

① 王朔：《无知者无畏》，春风文艺出版社 2000 年版，第 49 页。
② 张德祥、金惠敏：《王朔批判》，中国社会科学出版社 1993 年版，第 15 页。

鬼并没有就此消失，装警察的骗子被装作家的骗子所取代，一些天使还会遭到新出现的魔鬼的欺骗与引诱。从这一点来说，这篇小说具有的认识价值和现实意义不可低估。

二　玩世不恭的恋爱场景

王朔绝大部分小说都被改编成了影视剧，但改编次数最多，甚至外国导演也进行过改编的小说，莫过于《一半是火焰，一半是海水》。1988 年，青年导演夏钢把《一半是火焰，一半是海水》改编成同名电影，使这部作品从读者领域走入观众视线。

夏钢（1953—　），著名话剧艺术家夏淳之子。1978 年考入北京电影学院导演系，毕业后分配到潇湘电影制片厂工作，曾任影片《包氏父子》《双雄会》的副导演。1988 年调入北京电影制片厂。先后执导了《一半是火焰，一半是海水》（1988）、《遭遇激情》（1990）、《大撒把》（1992）、《无人喝彩》

导演　夏钢

（图片来源于夏钢百度百科中的插图，http:/baike. baidu. com/link? url = KStn3o_ -o_ YFhqyXdTXuqOMa6lBD-Kt-nwgiutc3xITFeew0pRyrjV _ 317a7tNVaHji JEt4Ea6rk0VNBbLrSvMoS3DVUmmy9uLH Vy2unDSRxfxtb8dZAUWROkrpUA1zGkdo xxS5iGhJFQtiNFWydSanqu6_4oGs – 3h-7 WfG7VDe）

（1993）、《与往事干杯》（1994）、《伴你到黎明》（1996）、《生命如歌》（1997）、《谁来倾听》（2001）、《荀慧生》（2007）、《一个女人的史诗》（2008）等影片，此外，还执导了 26 集电视连续剧《亲情树》（2003）。夏钢的作品主要以都市生活为题材，作品风格清新、流畅，意味隽永，在对生活的细微观察中融入一种幽默感。

1988 年，夏钢刚从潇湘电影制片厂调到北京电影制片厂，便执导了《一半是火焰，一半是海水》。由于这是他独立导演的处女作，因此废寝忘食地全力以赴。夏钢当时三十多岁，朝气蓬勃，聘请的青年演员都有一股奉献精神。影片中，罗钢饰演张明，纪玲饰演吴迪，解蕾饰演胡昳，陈继东饰演方方，吉虹饰演亚红，张建新饰演卫宁，姜若瑜饰演陈伟玲，陈刚饰演韩劲，张万昆饰演片警。这些演员当时名气并不大，但对小说中人物性格的把握还是比较准确的。

与小说对比可以看出，夏钢导演的《一半是火焰，一半是海水》，无论是结构方式还是场景设置，几乎与小说完全一致。小说采用张明为第一人称的限制性叙述视角，小说中的每一件事情都是"我"的所见、所闻、所感，线索单一，情节集中。电影为了表现出第一人称叙述视角，使用了三处张明的简单独白：开头张明晨起的独白；中间张明从监狱出来时的独白；结尾张明送走胡昳后的独白。这三处独白不但起到了贯穿情节线索的作用，而且能够反映出张明在不同时期的心态变化。另外，小说里人物活动的地点与电影中的场景也是一致的，比如张明家、公园、冷饮店、校园、豪华酒店、足球场、大街、轮船上、海滩等场景，小说里都交代得清清楚楚。

在《一半是火焰，一半是海水》的小说里，许多情节就像电影剧本的场景写法。以张明与吴迪第一次在公园相遇的情节为例，具体来看小说与电影之间的异同。小说是这样写的：

　　暮春时节，树木草地都绿遍了，花丛怒放。我走进一个举办晚间音乐会的公园，在音乐亭前等退票。一个老人送了我一张，我又转送给一对只有一张票的青年伴侣，坚决不要他们加倍的票款。在高大、油漆剥落的廊柱间，我看到一个美丽少女在汉白玉石台上看书，悬在空中的两条长腿互相勾着脚，一翘一翘。她一手捧书，一手从放在身旁的一个袋袋中抓瓜子嗑，吐出的皮儿拢成一堆，嘴里哼着歌，间或翻一页书，悠闲自在，楚楚动人。我悄悄走到她身后，踮脚看那本使她入迷的书。是一本很深奥的文艺理论著作，我一目十行地看了一会儿，索然无味，正要转身走开，忽听女孩说：

　　"看不懂吧。"她仰起脸，笑吟吟地望着我。

我脸红了，感到不知所措，因为我还会脸红。片刻，我镇静下来，说："就是学生，这会儿在公园看书也有点装模作样。"

她快速地把看过的页数捻了一遍，我捏捏那厚厚的一叠，联想到书的内容，怀疑地问："你看这么快？"

"我也看不懂呗，就看得快。"

我们都笑了。

"不看了。"女孩把书撂到一旁，"你有事吗？"她问我。

"没有。"我说："没人约我。"

"聊聊？"

"聊聊。"我在她旁边坐下，她把瓜子袋推给我。我不太会嗑瓜子，嗑得皮瓤唾液一塌糊涂。

"瞧我。"女孩示范性地嗑了一个瓜子，洁白的贝齿一闪，我下意识地闭紧自己被烟熏得黑黄的牙齿。女孩倒没注意，晃悠着腿四处张望。

"你是哪个学校的？"我注意到她里面毛衣上别着一枚校徽。

女孩呲齿咬着瓜子看着我笑起来。

"这就叫'套磁'吧。"女孩说，"下边你该说自己是哪个学校的，我们两校挨得如何近，没准天天都能碰见……"

"你看我像学生吗？"我说，"我是劳改释放犯，现在还靠敲诈勒索为生。"

"我才不管你是什么呢。"女孩笑着瞅着自己的脚尖，似乎那儿有什么好玩可笑的，"你是什么我都无所谓。"

我半天没说话，女孩也没说话，只是美滋滋地看着天边夕阳消逝后迅即黯淡下来，却又不失瑰丽的色彩："那块云像马克思，那块像海盗，像吗，你说像吗？"

"你多大了？"

女孩倏地转过头看我，仔仔细细打量了我一遍："你，过去没怎么跟女孩子接触过吧。"

"没有。"我面不改色心不跳地骗她。

"我早看出了，小男孩！刚才我看书时就看见你远远地，想过来搭讪又胆怯，怕我臊你一顿是不是?"

"我和一百多个女的睡过觉。"

女孩放声笑起来，笑得那么肆无忌惮，那么开心。

"你笑起来，"我说:"跟个傻丫头似的。"

女孩一下不笑了，悻悻的白了我一眼:"我不说你，你也别说我了。实话告诉你，我已经谈了一年多恋爱了。"女孩又笑了，有几分得意。

"是你的傻帽同学吧。"

"他才不傻呢，是学生会干部。"

"那还不傻? 傻得已经没法练了。"

"哼，你这种只被爸爸妈妈吻过的小毛头也配说他。"

"我要是他，就敢和你睡觉。"我微笑着说，"他敢吗?"

尽管天色已经很暗了，我也察觉得出女孩的脸绯红了:"他很尊重我。"

我哧笑:"喊，尊重，别说了，你也别装傻了。"

女孩闷了半天没吭声。我吹起口哨，叼起一支烟，把烟盒递给她，她摇摇头。

"又完了不是?"我取笑她:"敢在光天化日之下看书，不会抽烟，时髦半截。"

"你别来劲。"女孩不服地说，"给我一支!"

我把嘴上的烟给她，她抽了一口，"呼"地全吹了出去。我伸胳膊搭在她肩上，她哆嗦了一下，并没拒绝。我把她搂过来，她近在咫尺地看着我，拨拉掉我的胳膊，强笑着说:

"我有点儿信你和一百多个女人睡过觉了。"

"干吗有点儿信，就应该信。知道我外号叫什么吗? 老枪!"

我听到窸窸窣窣收拾书的声音，恶意地笑着说:"我叫你害怕了。"

"才没有呢。"女孩站起来，"我只是该走了。"

"敢告诉我你叫什么，住哪儿吗?"

女孩跳下石台，亮晶晶的眼睛在黑暗中闪烁，笑着说:"啊哈！我还以为你能始终不同凡响，闹了半天，也落了俗套。"

"好，我俗。你走吧。哎，"我叫住她，"咱们要是再见了，就得算朋友了吧?"

"算朋友。"女孩笑着走了。

我笑眯眯地在石台上坐了一会儿，也跳下石台走了。

这是张明在公园初次遇到吴迪的情节。当时，吴迪是在校大学生，对外面的世界充满好奇，而且有一点冒险探索意识。而张明是一个靠诈骗为生的青年，长相英俊，颇能讨女青年欢心。张明因为是晚上与同伙去诈骗港商，白天无所事事，便以勾引女青年为消遣。这部分情节描写以对话为主，通过人物对话，我们可以知道两人的生活背景：吴迪已有一个当学生会干部的男朋友，两人关系很纯洁；张明承认自己"靠敲诈勒索为生"，并"和一百多个女的睡过觉"。吴迪虽然对张明的话半信半疑，但还是为张明玩世不恭、潇洒反叛的个性所吸引。再看电影中两人公园里相遇的场景：

镜头1：（中景）公园湖面。夕阳斜射下来，光线柔和宜人。夕阳在湖面上反射出粼粼波光，波光中有一条静止不动的单人划小游船。张明慢慢仰着躺在游船里。

镜头2：（中景）张明慢慢从游船里坐起来。他穿着红白相间的T恤衫。

镜头3：（全景）张明忽然看到吴迪坐在湖边的石台上正全神贯注地看书。吴迪扎着马尾巴发型，身穿短袖衬衫和裙子，两条腿互相勾着脚，悠闲地荡着。她一边看书，一边漫不经心地嗑瓜子。

镜头4：（全景）张明用双桨逆向倒划着游船，游船划出右边画面。

镜头5：（中景）吴迪一边看书，一边嗑瓜子。

镜头6：（中景，横摇）张明的游船紧靠岸边逆行，从左划入画面。游船慢慢靠近吴迪，镜头跟着张明右摇。吴迪发现了游船里的张明，抬起头来看了他一眼。

镜头 7：（近景）张明坐在游船里对石台上的吴迪说："没事，我看看你看的什么书？"

吴迪微笑着合上书，把书的封面展示给张明，轻蔑地说："看不懂吧。"

镜头 8：（近景）张明笑着回答："我看你也看不懂。"

吴迪有些吃惊："我？"

镜头 9：（近景）吴迪翻着书页说："你看我一下午，我看了多少。"

镜头 10：（近景）张明问："你看得这么快？"

吴迪说："看不懂才看得快。"两人哈哈大笑。

过了一会儿，吴迪问："没事儿？"

张明："没事儿。"

吴迪合上书对张明说："聊聊？"

张明："聊聊。"张明从船上走到岸边，与吴迪并排坐着，并随口说："好——，聊聊。"

张明很随便地拿着吴迪的瓜子嗑起来，同时转过头来问："你是哪个学校的？"

吴迪："这就叫'套瓷'吧。……"

镜头 11：（特写）吴迪的单人镜头。吴迪："……下边你就该说自己是哪个学校的，两个学校挨得如何近，没准天天都能碰见。"

镜头 12：（近景）张明："你看我像学生吗？我是个落网刑事犯，靠敲诈勒索为生。"

吴迪停顿了一下，懒懒地说："我才不管你是什么呢。你是什么我都无所谓。"

吴迪转过头去看湖面，张明也跟着转过头去看。

镜头 13：（中景）湖面很平静，夕阳正在湖面上慢慢消逝。

镜头 14：（近景）吴迪的单人镜头，她把头从湖面方向转回来问道："哎，你过去没怎么和女孩子接触过吧。"

镜头15：（中景）张明面不改色心不跳地骗吴迪，"没有。"

吴迪轻蔑地一笑："小男孩儿，我早就看出来了。"

张明："我和一百多个女人睡过觉。"

吴迪放声笑起来，笑得肆无忌惮，前仰后合。

张明："你笑起来像个傻丫头似的。"

吴迪止住了笑，悻悻的白了张明一眼："实话告诉你吧，我谈恋爱都一年多了。"

镜头16：（近景）张明："是你的傻帽同学吧。"

镜头17：（中景）吴迪："他才不傻呢。你这小男孩儿也配说他？"

镜头18：（中景）张明："我要是他呀，就敢跟你睡觉。"他抽出一支烟递给吴迪。

吴迪拒绝道："不要。"

张明自己把烟叼在嘴上抽起来。吴迪主动从张明嘴上拿过烟来，大胆地吸了一口，把烟雾吐了出去。

镜头19：（近景）张明伸出胳膊搭在吴迪肩上，吴迪哆嗦了一下，并没有拒绝。张明很老套地把香烟从吴迪手中拿走，自己抽起来。

吴迪慢慢转过头来看着张明："我现在已经相信了……"

张明："什么？"

吴迪用手推开张明的胳膊，"你和一百多个女人睡过觉。"

镜头20：（半景——中景，直摇）镜头从湖面慢慢上摇，摇到张明和吴迪的半景时停下。张明穿着时髦的旅游鞋，吴迪穿着普通的女士凉鞋。再摇到双人镜头。

张明："干吗就有点儿，就应该相信。"

镜头21：（近景）张明："怎么？害怕了？"

镜头22：（中景）两人的背部镜头。湖对岸垂柳依依，公园外高楼林立。

吴迪："才没有呢，只是我该走了。"她站起身离去，向右走出画面。

　　张明突然一声："哎——"

　　镜头23：（全景）吴迪沿着公园的路向远处走去。张明的叫声使她停住脚步，转过身来，"又是留地址那一套吧，不要搞得那么庸俗好不好？"

　　镜头24：（近景）张明："得，我俗。咱们下次见面可就是朋友了吧？"

　　吴迪的画外音："行啊！算朋友。"

　　（根据电影《一半是火焰，一半是海水》整理而成）

电影《一半是火焰，一半是海水》剧照

　　从以上小说情节与电影场景对比来看，二者之间的差别很小。在内容上，小说叙述得更加详细一些，语言更加丰富一点；电影中的对白几乎全是小说内容的直接搬用，只是省略了一些无关紧要的对话，使电影的叙事节奏更加紧凑。稍微有点不同的是：小说中两人交谈的具体地点在公园的汉白玉石台上；电影中谈话的地点在公园的湖边。不过，这种小改动是为了镜头的需要，渲染一种浪漫的情调，这对叙述内容没有什么影响。

三　婚恋禁区与裸露镜头

人类肯定是喜欢在电影里观看自己的性行为的，这显然不仅仅是一种禁果的美味，还有着一些更为复杂的原因。学者们通常将人们喜欢观看性行为的倾向称为"观淫癖"。电影使人的性生活公开了，它通过影像化的方式拆掉了把性生活封闭起来的墙壁。观众通过对男女两性之间情爱和性爱的逼真观看，使他们被压抑的性欲本能在幻想中得到释放和宣泄，这是娱乐片吸引观众的一个重要策略。

在新时期婚恋小说中，描写接吻、裸体、性爱情节的作品不在少数，但是，要在电影中直接表现接吻、裸体和性爱，却在很长一段时间里是禁区。1980 年的《庐山恋》号称新时期第一部吻戏，但亲吻镜头处理得比较艺术化，也不太多。1981 年拍摄的《被爱情遗忘的角落》号称新中国第一部"裸戏"，因为有一个瞬间的半露乳房的镜头。而到了《一半是火焰，一半是海水》，无论是小说描写，还是电影拍摄，都大大地突破了以前的"禁区"。

在《一半是火焰，一半是海水》中，小说的主题就是表现魔鬼与天使的爱情，电影通过视听语言的影像化，使爱情过程和性爱细节得以直观地再现，电影里出现了许多接吻镜头、裸体镜头、半裸体和性行为场景。在小说里，张明与吴迪初次做爱的过程写得比较详细；在电影里，两人做爱的过程表现得比较艺术化，而做爱前的拥抱接吻镜头比较直观清晰，做爱后，吴迪晨起的床上场景比较具体。随着情节的发展，两人接吻的镜头在电影中还多次出现。电影里的半裸体镜头很多，既有男性的，比如，港商在宾馆内仅穿内裤的镜头，张明穿黄内裤和方方穿黑内裤的镜头；又有女性的，比如，妓女在宾馆里只穿贴身吊带内衣和吴迪当妓女后穿吊带内衣等镜头。吴迪与张明最后一次做爱的场景在电影中刻画得很细致，既有裸体和半裸体镜头，也有拥抱接吻的镜头。吴迪穿着透明睡衣走进张明的床前，缓缓脱掉睡衣，慢慢俯下身子去亲吻张明，电影在光影的交替中出现了吴迪小腿特写、面部特写、裸背特写，等等。这些镜头虽然经过了艺术化的处理，但裸露地做爱镜头仍然比较直观，给观众比较强烈的视觉冲击。

如果说张明与吴迪在一起的裸体镜头还比较模糊和艺术化，那么，张明与胡昳在海滩的半裸体镜头就相当直观清晰。电影里，扮演张明的演员罗钢不但穿着性感的游泳裤，而且扮演胡昳的演员解蕾大胆地穿起了比基尼。电影多次拍摄了张明和胡昳在海里游泳、在海滩上玩耍的场景。两人在海滩玩埋沙游戏的场景多数是近景和特写镜头。电影中的这个场景对观众而言具有很强的性诱惑力和感官刺激，尤其是胡昳穿比基尼的镜头对 20 世纪 80 年代的人来说是非常大胆的行为。

比基尼从诞生至今才半个多世纪。比基尼是南太平洋上的一个珊瑚岛，自 1945 年美国人在那里实验了原子弹之后，便成为"爆炸"的代名词。1946 年，另一颗原子弹在时装界爆炸，这就是由法国机械工程师路易·瑞德(Louis Reard)设计的分离式泳装，这种泳装由上下两个部分组成，上装比一般的胸罩要小，下装则是一条勉强遮体的三角裤。瑞德认为，这款泳装一定会像原子弹那样引起轰动，所以就起了个名字叫"比基尼"。几乎与此同时，另一个叫杰克·海姆(Jacques Heim)的设计师也推出了类似的泳装，不过他的名字更直接，就叫"原子"。两个男人不约而同地想到了"爆炸"，足见这种分离式泳衣在当时的处境。

对于刚刚改革开放的中国大地来说，比基尼同样具有原子弹"爆炸"的震撼力，冲击着传统伦理道德和审美习惯。80 年代的中国人对比基尼知之甚少，更谈不上接受这种新式泳装了。我们在拍摄海滩的场面调度中可以发现，除了扮演胡昳的演员解蕾一人穿比基尼外，其他在海边游泳的女性都穿着保守而严实的泳装，有些年轻女性甚至还穿着连衣裙在海边戏水。可见，普通人视比基尼如洪水猛兽一样可怕。演员大胆地穿比基尼出现在银幕上，一方面首次突破了传统电影衣着保守的装束，对中国演员的服饰改变具有革命性的意义；另一方面，对普通观众来说则满足了他们窥淫心理和被压抑的性欲望。

夏钢导演的《一半是火焰，一半是海水》不但在许多城市久映不衰，而且王朔的这部小说的影响力也越来越大，从国内走向了国外。

2001 年，德国独立导演 Peter Sehr（彼得·泽尔）把王朔的小说《一半是火焰，一半是海水》改编成电影 Love the Hard Way（《爱得太辛苦》），由 Adrien Brody（安德里·布洛迪）、Jon Seda（乔恩·赛达）、Charlotte Ayanna（夏洛特·阿亚纳）、Pam Grier（帕姆·格瑞尔）等人主演。与原著最大的不同是，故事发生在纽约，导演对原著中当代人的精神层面进行了深刻的揭露和分析，并在影片中加大了对人性的探讨。电影中的女主人公（小说中的吴迪）最后被抢救过来，并有了新的人生。

电影 *Love the Hard Way* 剧照

　　2008 年，导演刘奋斗又把王朔的小说《一半是火焰，一半是海水》改编成电影《一半海水，一半火焰》，由廖凡、任达华、莫小奇、许绍雄、林雪等人主演。与原著相比，电影中的人物和故事情节改动比较大。电影故事发生在香港，张明改名为王耀，吴迪变成了女侍应丽川。两人在互相折磨中渐渐迷失了自我。他失去了自由，而她失去了生命。电影对当代青年人的情感生活和人性的善恶进行了深度剖析。

　　在新时期作家中，王朔创造了三个之最：他的小说拥有的读者最多；他的小说被导演搬上银幕和荧屏的次数最多；他是媒体追逐最多的作家。然而，文学界对他的评论分歧很大，这使他成为八九十年代之交的中国文坛和影视界制造的"王朔现象"①。在很长一段时间里，许多书摊上和书店里都摆着王朔的作品，为了招揽顾客，引人注目，

电影《一半海水，一半火焰》剧照

书刊的摊贩经常把写有王朔名字的招贴悬挂起来。走过大街小巷的书摊，王朔的彩印广告不由自主地跃入你的眼帘；在家看电视，吸引你的电视连续剧没准就是王朔小说改编的，或者王朔参与了编撰。无论从哪个角度看，王朔的小说和影视剧都不可低估，它们在推动我国大众文化发展、满足普通大众的精神文化需求方面，具有开创性的意义。

第四节 《长恨歌》的城市记忆与爱情叙事

一 城市特性与女人命运

王安忆（1954—   ），母亲是作家茹志鹃，父亲是作家兼导演王啸平。1955年随父母移居上海。1970年赴安徽五河县头铺公社大刘庄大队插队，多次被选为县、地区和省级积极分子。1972年考入江苏省徐州地区文工团，在乐队拉大提琴，并参加一些创作活动。1978

---

① 最早提出"王朔现象"的是雷达，他发表了《论王朔现象》（《作家》1989年第3期）一文。

年调上海中国福利会《儿童时代》杂志社任编辑。1987 年调上海作家
协会创作室从事专业创作。1976 年开始创作，先后发表《小鲍庄》《荒
山之恋》《小城之恋》《锦绣谷之恋》《岗上的世纪》《叔叔的故事》《海上
繁花梦》《神圣祭坛》《乌托邦诗篇》《69 届初中生》《纪实与虚构》《流
水十三章》《上种红菱下种藕》《天香》《富萍》《启蒙时代》《遍地枭雄》
等各类小说。长篇小说《长恨歌》获 2000 年第五届茅盾文学奖。王安
忆的小说多以平凡的小人物为主人公，反映不平凡的经历与情感，挖
掘生活，在艺术表现上，她的早期小说多抒发感情，90 年代以后的
创作则趋于冷静和细致。作品中时刻有女性的温柔体现，连同谨慎内
省多思的品格，使她作为文坛一个特立独行的异数存在着。

　　王安忆的婚恋题材小说在她的文学创作中，甚至在整个新时期文
学中都占据着重要位置。其婚恋小说的真正代表作是创作于 1995 年的
长篇小说《长恨歌》。这部 30 万字的
小说讲述了一个历经繁华的上海女
子王琦瑶 40 年的情与爱，被一支细
腻而绚烂的笔写得哀婉动人，其中
交织着上海这所大都市从 40 年代到
80 年代沧海桑田的变迁，被誉为
"现代上海史诗"。40 年代末，王琦
瑶与蒋丽莉是中学同学，两人结识
了在电影公司当摄影师的程先生。
程先生为漂亮的王琦瑶拍照，并推
荐她参加"上海小姐"的评选，获
得第三名，从此被称作"三小姐"。
程先生爱恋着王琦瑶，蒋丽莉又暗
恋着程先生。然而，王琦瑶很快投
入大人物李主任的怀抱，住进了华
丽的"爱丽丝"公寓。但好景不长，
新中国成立前夕，李主任因飞机失
事遇难，王琦瑶的繁华梦从此破碎。

作家　王安忆

（图片来源于王安忆百度百科中的插
图，http://baike.baidu.com/link? url = 3
w_kSOParVCLK6lQel5a_ cn20cg0OLf SYr-
LXMUdLexlVZ6yXctRfjvH49kk99_ yScwze
Gku_ AzIhhex_9LgpSjpY4NBLwN084D _ C
h9K8NhK）

新中国成立后，她在平安里弄堂靠当护士打针维持生计。程先生离开了她，杳无音信。50 年代末，王琦瑶又结识了富家子弟康明逊，两人发生关系并怀孕。康明逊父母反对他与王琦瑶交往。王琦瑶想打掉孩子，便央求混血儿萨沙帮忙。阴差阳错，孩子没有打掉，此时，王琦瑶又遇到 12 年未见面的程先生。在程先生的帮助下，王琦瑶生下女儿薇薇，而康明逊则跟着父母去了香港。程先生一直未结婚，还爱着王琦瑶。但王琦瑶并不想嫁给他。蒋丽莉在新中国成立后参加了革命，嫁给了军人，但一直恋着程先生，60 年代死于癌症。"文化大革命"爆发，程先生响应号召支援边疆，后病逝于边疆。80 年代，王琦瑶的女儿薇薇长大成人，结婚后，随丈夫出国。王琦瑶又结识了女儿的同学张永红及她的男朋友长脚，还结识了年轻的体育老师老克腊。随着交往的深入，王琦瑶与比她年轻近三十岁的老克腊发生了畸恋。长脚为了偷窃王琦瑶的金条被发现，失手掐死了王琦瑶，故事就此结束。

据说，一个街头传闻促使王安忆创作了《长恨歌》：一个不明来历的青年谋杀了一位昔日的上海小姐，当然，最大的动机可能是因为钱。这类谋财害命的新闻往往在晚报不起眼的角落刊登，是人们茶余饭后最有趣的谈资，成为单调乏味的城市生活的一个点缀。这本是一个香艳和诡秘的侦破小说的素材。可王安忆偏偏相中了这个故事，用它写了一部关于城市婚恋的长篇小说。

从小说的故事情节来看，《长恨歌》是对中国古典戏曲故事"痴心女子负心汉"叙述模式的反叛，即"负心女子痴心汉"。小说女主人公王琦瑶是一位多情的女子，先后与程先生、李主任、康明逊、萨沙、老克腊等男人发生情感纠葛。从某种意义上说，王安忆塑造的王琦瑶是对中国传统女性那种贤淑、忠贞、痴情、勤劳形象的颠覆，她笔下的女性大多具有现代反叛意识，这在"三恋"① 和《岗上的世纪》等小说中已初见端倪。不过，王琦瑶比以前的女性形象更大胆，

---

① "三恋"是指王安忆 1986 年创作的三个中篇：《荒山之恋》《小城之恋》和《锦绣谷之恋》。这三篇小说对两性身体、生命的原始欲望和冲破伦理道德的性爱行为进行了大胆书写，在当代文坛引起了很大反响。

现代意识更浓烈。其实，王安忆不是一个通俗小说家，她也没有为了追求猎奇和轰动效应而有意夸大王琦瑶的情感纠葛和风流韵事。王安忆很严肃地说，《长恨歌》"是一部非常非常写实的东西。在那里面我写了一个女人的命运，但事实上这个女人只不过是城市的代言人"①。她进一步强调说："要写上海，最好的代表是女性，不管有多么大的委屈。上海也给了她们好舞台，让她们伸展身手……要说上海的故事也有英雄，她们才是。"②

王琦瑶是上海一家平常弄堂的市民的女儿，凭借自己的美貌，一心想要改变命运，追求高雅享乐的上层人生活，摆脱平庸的下层社会。她对玩伴的挑选就可以看出，选择蒋丽莉而舍弃吴佩珍，只是因为蒋丽莉出生于上流社会的家庭，她才有机会借此逃离弄堂里的生活环境。她放弃程先生而投入李主任的怀抱，同样是因为李主任可以让她过上富足高雅的生活，而程先生没有这样的能力。当李主任对她的命运做出安排时，她甚至有点急不可待："她问，什么时候能住过去呢？李主任倒有些意外，本以为她还需再缠绵一番，不料竟是干脆的。他迟疑说，任何时候。王琦瑶就说，明天呢？这一来李主任就被动了，因那房子只是说说的，并未真的租好，只能说还得等几天，这才缓住了王琦瑶。"王琦瑶住进"爱丽丝"公寓不但没有引起旁人的嘲笑，反而连父母也赞许和支持。在当时的上海，女人成为有钱有势人物的情人或小妾并不是丢人的事，反而能够"光宗耀祖"。蒋丽莉的父亲是资本家，长期在重庆与小妾生活在一起，母亲在家守活寡，但并不影响他们上层人的生活品位。这种追求权势和物质享受的生活方式，是当时上海中下层女性的共同梦想。无论时局如何变化，王琦瑶的生活理想并没有改变，宁缺毋滥，不能简单将就。她在新中国成立后的很长一段时间里没有结婚的原因就在于此。她之所以愿意与康明逊交往并发生性关系，也是因为康明逊是富家子弟，有能力满足她所需要的上层社会的品位。即使康明逊去了香港，她生了小孩，程先

① 齐红、林舟：《王安忆访谈》，《作家》1995 年第 10 期。
② 王安忆：《上海的女性》，《海上文坛》1995 年第 9 期。

生又希望与她结婚，然而王琦瑶还是不想降低标准，因为与程先生结婚，势必只能过平庸的中下层生活。

王琦瑶与老克腊的畸形恋爱，实际上是她生活梦想的变态延续。岁月不饶人，她不可能再找到像李主任和康明逊那样有钱有势的男人，让她过上层人的生活了。此时，程先生已经死了，王琦瑶当然也不愿意嫁一个比程先生还差的男人。老克腊的出现让王琦瑶逐渐衰老的身体重新燃起了激情，希望用金钱留住青春，重温过去美好的梦想。然而，这种梦想不过是昙花一现，最终还是破灭了。

如果说王琦瑶是"负心女子"，那么男主人公程先生就是现代版的"痴心汉"了。其实，程先生和王琦瑶都在做梦，不过梦的内容并不一致。程先生追求的是纯洁无瑕的爱情梦，而王琦瑶追求的是富丽堂皇的享乐梦。两人的梦不一样，因此，从开始交往就注定了程先生的悲剧。程先生的不幸是由于他自身的性格造成的，他追求王琦瑶，其实是他自己编织的一个美丽的爱情梦幻，现实生活中的王琦瑶实际上并不符合他纯洁的爱情理想。他差点与爱着他的蒋丽莉结婚，但因为蒋丽莉的任性淘气而退却了。说到底，他还是不敢面对现实，只愿生活在虚幻的梦境里。这个梦一直到他客死边疆也没有醒来。可以说，程先生和王琦瑶的生活轨迹是两条平行线，都爱做各自的梦，但却永远不能相交，所以上演的都是悲剧人生。

被众多评论家称道的是《长恨歌》独特的叙述形式，正如王安忆自己所说："我是在直接写城市的故事，但这个女人是这个城市的影子。所以你们在看这部小说时可能会感到奇怪：我那么不厌其烦地描写这个城市，写城市的街道，城市的气氛，城市的思想和精神，不是通过女人去写，而是直接表现。"① 换句话说，王琦瑶与几个男人的情感纠葛仅仅是小说的外壳，而真正的血肉是上海这座城市的生活特性。因此，王安忆花了很多篇幅来写上海的"弄堂""流言""闺阁""片厂""开麦拉""照片""下午茶""舞会"等城市个性与风格。小说采用的是散文化书写手法，没有明显的情节冲突。不是柳敬

---

① 齐红、林舟:《王安忆访谈》,《作家》1995 年第 10 期。

亭说书式的"纵横撼动,声摇屋瓦",而是苏州评弹唏晰呀呢哦类的儿女琐事。小说虽然从20世纪40年代写到80年代,但王安忆却是"背对历史写作",把国家大事和政治事件悬置起来。专绘闺阁弄堂,不画大道通衢;专录蜚语流言,不修官书正史;专描女儿小姐,不写大人先生。具体来说,小说的时间概念模糊,没有宏大叙事,解放上海、公司合营、"大跃进"、三年自然灾害、"文化大革命"、改革开放等重要的政治事件都没有描写,甚至这些事件也没有影响到小说人物的生活,读者根本无法看到这些事件对上海人生活的直接影响。小说分为三部分,但时间并不是连贯的。第一部分是40年代末,第二部分是50年代末60年代初,第三部分是80年代。每部分之间有10到20年的空档,王安忆略去不写。即便是书写的三个时间段,实际上也是政治事件多发的关键时刻,并被许多作家经常书写。但王安忆却将其悬置不管,只顾儿女情长,风流韵事。这种有意远离时代特征的书写方式,应该是这部小说叙述风格的独特表现,也是这部小说获得茅盾文学奖的重要原因之一。

二 影像场景的取舍

10年后的2005年,香港导演关锦鹏把《长恨歌》改编成同名电影。对于一部原著已被广泛和充分阅读并已收获大批赞赏目光的作品的改编,其实会带来很多难度。在二者的比较中,电影《长恨歌》可谓毁誉参半。

关锦鹏(1957—),1976年入香港无线电视台艺员培训班修读一年,又兼助导一年。1979年任余允抗助导,其后又为翁维铨、于仁泰、许鞍华、谭家明、严浩、梁普智、区丁平等担任助导。1985年独立执导处女作《女人心》。此后执导《地下情》(1986)、《胭脂扣》(1988)、《人在纽约》(1989)、《阮玲玉》(1991)、《两个女人,一个靓一个唔靓》(1992)、《红玫瑰、白玫瑰》(1994)、《男生女相》(1996,纪录片)、《愈快乐愈堕落》(1998)、《有时跳舞》(1999)、《蓝宇》(2001)、《长恨歌》(2005)、《用心跳》(2009)、《他的国》(2011)、《牡丹亭》(2012)、《放浪记》(2012)等影片。关锦鹏创作认真，风格婉约细腻，多以女性或同性恋者为关注对象，带有浓郁的女性主义倾向。

导演 关锦鹏

（图片来源于关锦鹏－百度百科中的插图，http://baike.baidu.com/link? url = kmsX3WdlbPILLkTKMcqHqN6moyjx _ d3HPWFGEeKiELNiyrZmf0NcZ4NztfcwRCth9ZlnDZohFJhOX7yRqbrnt_ ）

关锦鹏对《长恨歌》的改编和拍摄可谓花了一番工夫，他邀请了许多香港和内地的大牌明星加盟演出。杨智深担任编剧，郑秀文饰演王琦瑶，梁家辉饰演程先生，胡军饰演李主任，苏岩饰演蒋丽莉，吴彦祖饰演康明逊，黄觉饰演老克腊，黄奕饰演薇薇。众多明星的参演吸引了众多媒体的宣传报道，电影的拍摄过程成为当年娱乐新闻的热门话题。

一般而言，一部中篇或短篇小说的故事容量比较适合改编成一部电影；一部长篇小说的内容需要一部电视连续剧才能容纳。如果要把一部长篇小说改编成一部电影，必然要压缩许多内容和情节。电影《长恨歌》在改编小说原著时，不仅形式上做了改动，而且压缩了许多内容。我们具体来比较王琦瑶参加竞选"上海小姐"的情节。在小说里，王安忆花了很大的篇幅来描写王琦瑶竞选"上海小姐"的详细过程，即小说第一部的四个小节："上海小姐""三小姐""程先生""李主任"。其间夹杂着王琦瑶与李主任的认识过程。这四节内容共41页的篇幅，大约3.4万字，占整部小说的1/10。比如，王琦瑶参加竞选的服装问题，在小说里就描写得很详细。

王琦瑶和蒋丽莉母女，再加上程先生，四人着重商量的，是这三次出场的服装问题。程先生认为把结婚礼服放在压轴的位置，是有真见识的。因为结婚礼服总是大同小异，照相橱窗里摆着的新娘照片，都像是同一个人似的，是个大俗，而结婚礼服又是最圣洁高贵，是服装之最，是个大雅，就看谁能一领结婚礼服的精髓，这次出场是带有些烈火真金的意思了。她们三人听程先生说话都听出了神，这女人的衣服穿在她们身上，心倒好像长在程先生体内，他全懂得。程先生接着说，对这结婚礼服，虽是有些无从着手，却也并非一无所措，可做的至少有两点：第一，就是利用对比，让第一次和第二次出场给第三次开辟道路，做一个烘托。结婚礼服不是白的吗？就先给个姹紫嫣红；结婚礼服不是纯吗？就先给个五彩缤纷；结婚礼服不是天上仙境吗？就先给个人间冷暖，把前边的文章做足，轰轰烈烈，然后却是个空谷回声——这也就是第二点，王琦瑶要穿最简单的结婚礼服，最常见的，照相馆橱窗里的新娘的那种，是退到底的意思，其间的距离越拉开，效果就越强烈，难的是前两套服装是个什么繁荣热闹法，这就要听你们女士的意思了。这时候，她们三个哪敢有什么意见，心里只有惭愧，做女人的要领全叫一个男人得去了，很失职的。倒是王琦瑶还剩几分主见，就是受程先生启发，她决定穿一身红和一身翠，好去领出那身白。程先生一听便知她已明白自己的意思，只是在红和翠的具体颜色上有一些分歧。他说，红和翠自然是颜色的顶了，可是却要看在什么地方，王琦瑶好看是不露声色的美，要静心仔细地去品的，而红和翠却是果敢的颜色，容不得人细想，人的目光反是仓促行事的；它们的浓烈也会误事，把王琦瑶的淡盖住了不说，还叫这淡化解了的，浓烈也浓烈不到极处了。倘若退一步的颜色，有些谦让的，能同王琦瑶互相照顾，你呼我应，携起手来，齐心协力的，兴许倒可达到浓烈的效果。所以，他建议红是粉红，和王琦瑶的妩媚，做成一个娇嫩的艳；绿是苹果绿，虽然有些乡气，可如是西洋的式样，也盖过了，苹果绿和王琦瑶的清新，可成就一个活泼的艳。说到此处，她们三人便只有听的份儿，再开不得口了。三次出场和装束就这样定了下来。

王琦瑶参加"上海小姐"的竞选最先是程先生提议的，随后蒋丽莉也极力支持。为了王琦瑶选美的事，程先生和蒋丽莉忙前忙后，付出了全部心血，反倒是王琦瑶成了任他们摆设的"木偶"。摄影师出身的程先生对女性美有深刻的研究，这从他对王琦瑶三次出场的服装打扮要求中可以看出，程先生希望通过对王琦瑶精美的打扮来实现他的艺术梦想。从某种程度上说，程先生潜意识里没有把王琦瑶看成一个女人，而是他精心设计的一件艺术品，这也是他后来无法与王琦瑶结合的深层次原因。我们再看电影对这个场景的处理。

镜头1：（全景）在程先生的摄影室里，身穿浅色旗袍、外穿白色薄毛衣的蒋丽莉正在给王琦瑶对着一面大镜子化妆。王琦瑶身穿深褐色竖条纹毛衣。两人都是齐肩的短发。王琦瑶母亲身穿黑白条纹的旗袍，外穿一件黑色毛衣，她也坐在旁边观看王琦瑶的化妆。程先生在摆弄照相机。

蒋丽莉一边给王琦瑶化妆，一边说："现在已经不流行又细又小的眉毛了，黑黑粗粗的才显得健康。"

镜头2：（近景）镜子里照出了王琦瑶和蒋丽莉的脸。

王琦瑶对着镜子说："是不是有点太粗了?"

镜头3：（中景）蒋丽莉直起身来，走出画面，露出了王琦瑶母亲的镜头。

王琦瑶母亲说："这件事情只好玩玩儿……"

镜头4：（中景）程先生走到照相机跟前，准备给王琦瑶拍照。他穿一件白色长袖衬衣，外穿一件浅褐色羊毛背心。

王琦瑶母亲的画外音："……弄不好啊，亲朋好友都会笑话的。"

镜头5：（中景）程先生摆弄照相机的侧面镜头。

程先生说："王伯母，你说话怎么那么客气?"

镜头6：（全景）蒋丽莉继续给王琦瑶化妆，程先生准备着拍照。

程先生继续说："一家子的人，谁要看见，喜欢都来不及……"

镜头7：（中景）程先生摆弄照相机的正面镜头。

程先生继续说："……哪里会有什么闲话？"

镜头8：（中景）程先生摆弄照相机的侧面镜头。王琦瑶和蒋丽莉从程先生身边走过，两人走进换衣房。

镜头9：（中景）王琦瑶母亲的正面镜头。

镜头10：（中景）蒋丽莉关上门，看着王琦瑶，偷偷笑了起来。

镜头11：（近景）关闭的门被王琦瑶轻轻推开，她换上一身白色的婚礼服。

镜头12：（中景）王琦瑶和蒋丽莉重新走进摄影室。

镜头13：（中景，反打）程先生惊讶地看着王琦瑶。

王琦瑶母亲的画外音："哎呀！才多大的女孩儿……"

镜头14：（中景）程先生看王琦瑶的正面镜头。

王琦瑶母亲的画外音继续："……就穿这么一身婚纱！"

镜头15：（中景）蒋丽莉的正面镜头。

镜头16：（全景）王琦瑶对着镜子看，蒋丽莉走到王琦瑶母亲身边说："伯母，你不知道的……"

镜头17：（近景）王琦瑶看着镜子里的自己。

蒋丽莉画外音继续："……人家参加选美，需要换好几套衣服的。"

镜头18：（中景）程先生看着镜中的王琦瑶。

镜头19：（中景）王琦瑶母亲问蒋丽莉："那人家也穿婚纱吗？"

镜头20：（中景）程先生抢过来回答："是这样，选美会的内幕我是知道的，这最后一身衣服……"

镜头21：（中景）王琦瑶母亲和蒋丽莉的正面镜头。

程先生的画外音继续："……大家都想穿红的、穿绿的，很少出风头。我就让琦瑶穿一身白的……"

镜头22：（中景）程先生和王琦瑶的正面镜头。

电影《长恨歌》剧照

程先生继续说："……让评委一看，也特别醒目。"

镜头23：（近景）王琦瑶从镜前回头看程先生。

镜头24：（中景）王琦瑶摆好姿势准备让程先生拍照。她突然问："丽莉，这样好看吗？"

镜头25：（近景）站在程先生身后的蒋丽莉笑着说："好看！"

（根据电影《长恨歌》整理而成）

从对比中可以看出，电影对小说情节改动很大。在人物关系上，小说里蒋丽莉母亲被改为王琦瑶母亲。在情节处理上，小说以程先生为主，大部分语言都是程先生讲述王琦瑶三次出场如何着装，而蒋丽莉和她母亲没有对话语言；电影中，程先生、蒋丽莉、王琦瑶和王琦瑶母亲都有对白，并且加入了蒋丽莉给王琦瑶化妆的情节。电影是镜头的艺术，人物对白是推动叙事进程的主要方式。如果完全忠实于原

著进行改编，电影就会显得比较枯燥呆板。关锦鹏是依照电影的特性
进行艺术化改编的，镜头切换快，人物对白丰富，这是值得肯定的。
不过，由于电影播放时间的限制，电影对小说情节不得不大量压缩。
王琦瑶参加"上海小姐"竞选的情节，小说里占据的篇幅很多，前
因后果描写得很详尽；而电影压缩成两个场景，除了这个场景，下一
个场景就直接是王琦瑶参加选美的现场。这种压缩给观众以突兀之
感，缺少了情绪转换的纽带。特别是程先生对王琦瑶有爱恋情感，王
琦瑶却突然与李主任有肌肤之亲。接着，程先生与蒋丽莉在爱丽丝公
寓见到王琦瑶时，也相当自然，有说有笑，好像什么事情都没有发
生。对观众而言，这种处理方式有些莫名其妙，让人难以理解和接
受。小说里把程先生与王琦瑶和蒋丽莉之间的这段情感纠葛描写得相
当细腻，可惜电影没有拍摄出来。

三 小说价值与大众口味

与小说原著相比，电影改动比较大。关锦鹏在北京首映答记者问
时坦言："现在的电影《长恨歌》其实是对小说的一种完全不同的解读
方式。"① 第一，电影增删了许多人物。小说中有名有姓的人物并不
多，只有十多个；而电影中的人物达到30多个。电影中增添了舅妈、
表弟、王琦瑶母亲、管家、夜总会经理、评弹艺人、警备司令、邱少
帅、副官、王琦瑶有名无实的丈夫、夫弟、程先生太太、康明逊父亲
等人物。同时，又删除了王琦瑶的同学吴佩珍、邬桥的阿二、上海平
安里的牌友萨沙、张永红男朋友长脚等人物。第二，改变了人物的命
运。小说里的程先生一直没有结婚，在"文化大革命"中客死边疆；
电影中叫程仕路，新中国成立后结了婚，一直活到2001年，病逝于
香港。小说里的李主任在新中国成立前因飞机事故而遇难；电影中叫
李忠德，通过字幕交代"李忠德一九八一年死于巴西"。小说里的蒋
丽莉参加了革命，嫁给了军人，60年代病逝；电影中蒋丽莉和吴佩

① 刘嘉琦：《关锦鹏不挑〈长恨歌〉毛病，借王琦瑶与上海谈恋爱》，《东方早报》2005
年9月25日。

珍合二为一，嫁到香港，生了儿子。80 年代，她儿子从香港到上海看王琦瑶，字幕交代"蒋丽莉六十一岁终于台北"。小说里，王琦瑶是被张永红男朋友长脚杀死的；电影中，长脚和老克腊合二为一，张永红男朋友成了老克腊，既与王琦瑶有性关系，又做非法生意被警察发现，后来他误杀了王琦瑶，被判无期徒刑。第三，叙述的侧重点不同。王安忆的小说是借女人来写城市，叙述的重点是上海的弄堂、闺阁、淑媛、有品位的生活方式，而不是人物故事；关锦鹏的电影却是把男女情爱故事作为叙述重点，上海的城市特征并不明显。正因为电影与小说有这样多的区别，所以，电影《长恨歌》中没有太多的城市文化流脉，只有小说里提供的上海、片场、选美、一女多男、情杀等素材，导演对这些素材进行了重新改造和加工。

电影《长恨歌》由于众多明星加盟，上映前宣传颇多，观众期望颇大。但是上映后效果不佳。尽管在威尼斯电影节获得安慰性的艺术交流奖，也在意大利、美国、加拿大、韩国、日本、新加坡等国上映，但最终票房很差。众多媒体主要批评的是，郑秀文饰演的女主人公王琦瑶在外形上难以服众，从十几岁演到五十多岁，外形上却没有太大变化。苏岩饰演的蒋丽莉(小说里相貌平平)与郑秀文美貌相当，没有形成对比，观众在视觉审美上不会偏向于郑秀文。

其实，电影《长恨歌》的失败，还在于关锦鹏没有充分认识到读者与观众的差异性。乔治·布鲁斯特早就说过："小说和电影在内容上的差别，并不能完全用它们在素材上的差别来解释。因为两种手段是各自依存于一群特定的(虽然本身成分混杂而两者又互有交叉)观众(读者)的；这群观众(读者)的要求决定着艺术内容，并且影响着它的形式。"① 一般来说，小说的读者是小众化群体，作家的创作自由度大，读者可以选择性阅读，作品对社会的影响力较小。王安忆创作的《长恨歌》是借女人来写城市，重点不在故事本身，因此读者接受的也不是故事，而是赞赏的糟鸭掌和扬州干丝、白色滚白边的旗

---

① 乔治·布鲁斯特：《从小说到电影》，高骏千译，中国电影出版社 1981 年版，第 33 页。

袍、隔壁的留声机哼唱着四季调等散发出浓郁气息的城市生活细节。电影却是大众化的东西，观众多，对社会影响大，观众所看到的也主要是故事内容。

一个好的故事是电影成功与否的重要因素之一。导演在选择故事、在改编小说时，必须考虑观众的接受度。在这方面，张艺谋的改编经验值得借鉴。张艺谋在改编莫言的小说《红高粱》时，对人物关系进行了很大的改动。小说里的"我奶奶"是一个反叛传统、大胆风流的女子，与"我爷爷"、黑眼、刘罗汉等男人都发生过肉体关系。有人认为这种处理，使"我奶奶"显得质朴有余而野性不足。张艺谋却说："影片没有强调'我奶奶'、'我爷爷'和罗汉之间的三角关系，一是因为怕给这三个人物造成损失。这些人都活得挺自在，对待男女间的事情，也是豁达、大度的。如果写他们纠缠于这种关系之中，可能会给人一种小布尔乔亚的感觉。第二，从我个人来讲，更喜欢比较纯洁的女性形象。对于'我奶奶'和'我爷爷'那种真挚、热烈的爱，我是极其赞美的。如果再写'我奶奶'和罗汉的三角关系，她和'我爷爷'的感情就显得脏了，不那么崇高了。第三，在小说长达十几年的时间跨度里，'我奶奶'和长工罗汉有染是可能的。但影片改为，'我奶奶'和'我爷爷'从高粱地相爱到正式过在一起，前后只有三四天，这段时间内，罗汉和'我爷爷'同在烧酒锅干活。作为男人，'我爷爷'显然强过罗汉。如果发展'我奶奶'和罗汉的关系，不符合女人仰慕强者的心理逻辑。第四，由于长期封建社会的束缚，中国女人毕竟不像外国人那样开放。如果把'我奶奶'写得过于野性，人物就会显得不真实。"[1] 张艺谋的这种改动就是充分考虑了观众的接受心理，事实证明，这种改编方式获得了成功。我们再看关锦鹏的《长恨歌》，不但没有取舍原著中王琦瑶与四个男人的关系，反而进一步强化、增加了王琦瑶的结婚、程先生的结婚与离婚等内容，使关系更加复杂化。电影中，对这些复杂混乱的男女关系根本没有做出详细交代，往往是一带而过，观众看得莫名其

---

① 张明主编：《与张艺谋对话》，中国电影出版社 2004 年版，第 49—50 页。

妙。大多数观众接受的是传统伦理道德，赞美的是忠贞不渝的爱情，同情的是遭受苦难不幸的人群。电影《长恨歌》里的人物，谁值得赞美？谁值得同情？如果要批评王琦瑶，到底要批评她什么？观众既无法认同电影中的人物，也产生不了批评的激愤，当然也就无法获得观众的肯定。

电视剧《长恨歌》剧照

2006年，小说《长恨歌》又被改编成35集同名电视连续剧，在电影中饰演薇薇的黄奕，成为电视剧王琦瑶年轻时候的扮演者，老年王琦瑶由张可颐饰演，程先生由谢君豪饰演，康明逊由徐峥饰演，李主任由吴兴国饰演，蒋丽莉由陈莉娜饰演。电视剧的改编方式与电影有些类似，不但没有缩减小说原著中王琦瑶与多个男人的情感纠葛，反而增加了王琦瑶女儿与多个男人的情感故事，即薇薇与严小弟、老克腊等男人的恋爱故事。电视剧比电影更大众化，这种复杂多变的情感故事当然也超越了普通观众的接受限度，因此，电视剧的播出反应平平。

　　小说是用来读的，电影是用来看的，这的确是两种不同的艺术形式。不过，二者有一点是相通的，即都需要受众的理解和接受。小说《长恨歌》已经获得了许多读者的认可。电影《长恨歌》尽管突出了离奇曲折的情爱纠葛，营造了唯美的画面空间，但却剥离了小说原著中的城市性格、人物的生活环境、文化背景，这就使影片无论是思想性还是人物塑造的典型性都缺少了深度，使其在商业价值和艺术价值方面都受到不同程度的损伤，这是值得深思的问题。

第八章 新写实小说与影视传媒的关系

发端于80年代后期的新写实小说是一种新的文学创作思潮，其创作方法是以写实为主要特征的，特别注重真诚，直面现实，注重现实生活原生态的还原，直面人生。新写实小说与商品经济浪潮中所涌现的大众文化有着紧密的联系，作家在创作时，都比较重视小说的故事性、完整性和可读性，因此，小说作品很受读者青睐。新写实小说自诞生以来，创作群体不断壮大，佳作不断，其代表作有刘恒的《狗日的粮食》《贫嘴张大民的幸福生活》，方方的《风景》，池莉的《烦恼人生》《太阳出世》《来来往往》《生活秀》，刘震云的《塔铺》《新兵连》《一地鸡毛》，等等。无独有偶，新写实小说也是影视导演追逐的对象，大量的小说作品被改编成影视剧，比如，冯小刚导演的电视剧《一地鸡毛》，沈好放导演的电视剧《贫嘴张大民的幸福生活》，田迪导演的电视剧《来来往往》，霍建起导演的电影《生活秀》。这些影视剧在社会上产生了广泛影响。由于影视传媒的推动作用和传播效果，新写实小说作品一直是各大书店的"宠儿"，热销不断。一些新写实作家也纷纷"触电"影视圈，形成了当代文坛和影视界的独特风景。

第一节 世俗人生与大众需求

一 直面现实的原生态叙事

在社会转型时期，和"先锋小说"同时或稍后出现的是"新写实小说"。改革开放以来，社会文化逐渐转型，传统的价值观面临严峻的挑战，一部分作家亲身感觉到社会的变化，观念的转变，便希望通过小说作品反映这种转变。进入新时期以后，文学风尚摆脱了意识形态控制，一方面，作家们依然保留了对现实社会和生存状况的关注，写作中采用了写实主义的手法；另一方面，他们放弃了宏大叙述，拒绝强烈的意识形态的创作原则，他们的写作也就不可能完全回到传统现实主义的位置。陈思和评价说："正如'先锋小说'把'意义'规定在小说的叙事形式，新写实小说则把'意义'规定在描写现实生活本身即生存过程之中。"①

从总体情况看，新写实小说早期的代表性文本，如刘恒的《狗日的粮食》(1986)，方方的《风景》(1987)，池莉的《烦恼人生》(1987)，刘震云的《塔铺》(1987)等的发表时间都略迟于先锋小说，而作为一种文学现象，这些作品很快受到评论界的重视并引发热烈讨论。"新写实"现象最早受到评论界比较集中的关注，是1988年秋在无锡举行的"现实主义与先锋派"研讨会上。一些批评家把这种创作倾向称为"后现代主义""现代现实主义""新小说派"，等等。

"新写实小说"的正式命名，则始于《钟山》杂志1989年第3期上开辟的"新写实小说大联展"。在"卷首语"中，编者对什么是新写实小说做了比较正式的说明："所谓新写实小说，简单地说，就是不同于历史上已有的现实主义，也不同于现代主义'先锋派文学，而是近几年小说创作低谷中出现的一种新的文学倾向。这些新写实小说的创作方法仍以写实为主要特征，但特别注重现实生活原生形态的还原，真诚直面现实，直面人生。虽然从总体的文学精神来看，新写实小说仍划归为现实主义的大范畴，但无疑具有了一种新的开放性和包容性，善于吸收、借鉴现代主义各种流派在艺术上的长处。"同年10月，《钟山》又和《文学自由谈》联合召开了"新写实小说"讨论会。此后，文学界逐渐接受了"新写实小说"这一称谓。被归入新写实小说名下的作家非常广泛，包括刘震云、池莉、方方、刘恒、范小青、叶兆言、杨争光、赵本夫、李锐、李晓、周梅森、迟子建、朱

---

① 陈思和主编：《中国当代文学史教程》，复旦大学出版社1999年版，第306页。

苏进，等等。不过，比较一致被认定"新写实小说家"身份的至少包括方方、池莉、刘震云和刘恒。

　　对生活在我们身边的芸芸众生的生存状态、生命状态、精神状态的关注与描写，使新写实小说读来真实而亲切、生动而感人。刘恒的《狗日的粮食》以极为生动的笔触描述了物质匮乏年代的生存状态。为了娶老婆，洪水峪的杨天宽以200斤新谷换回来一个叫曹杏花的丑女人。曹杏花不仅脖子上长了个瘿袋，而且已经被卖了六次。这个健壮的丑女人泼辣勤快，一连给杨天宽生了六个孩子。为了生存，六个孩子都以粮食作物命名，粮食成了他们生活中最重要的东西。生存是一家大小八口人最紧要的事，民以食为天，曹杏花四处借粮，千方百计弄粮食，实在没有办法，她就偷生产队田里的谷穗子、嫩棒子、梨子、李子，偷别人家菜园里的葫芦、南瓜，甚至从骡粪里淘碎玉米粒儿，再混合着杏叶儿煮着吃。曹杏花不小心丢失了购买返销粮的购粮证，生存面临极大的威胁，承受不住生存压力的她以吃苦杏仁儿的方式自杀了。小说淋漓尽致地写出了处于窘困生存状态中的人们所经受的生存的挣扎与磨难。

　　刘恒的新写实小说比较重视普通小人物的人生历程，如《黑的雪》《白涡》《伏羲伏羲》《力气》《两块心》《四条汉子》《贫嘴张大民的幸福生活》等作品，都是叙写社会庸常人生，客观再现现实人生的。几乎没有金戈铁马的浩然之气，几乎没有生离死别的惊心动魄，有的只是司空见惯的日常琐事。

　　池莉的《烦恼人生》与《不谈爱情》《太阳出世》一起构成"人生三部曲"，这也奠定了她的新写实小说家的地位。《烦恼人生》描述了武汉的一名普通工人印家厚一天的烦琐的生活。小说开头用了一个非常简单的句子，"早晨是从深夜开始的。"以后就以流水账的一般形式叙述印家厚一天的繁杂琐事：早晨上厕所，挤公共汽车，吃早点，发奖金，接待日本人参观，给自己父亲和老丈人买生日礼物，支付昂贵的菜金，这些都是日常生活小事，但主人公不得不每天面对。《不谈爱情》描述了两个年轻人从爱情的甜蜜到婚姻的琐碎的人生过程，是"婚姻是爱情的坟墓"的现实脚注。《太阳出世》写一对夫妻生育孩子的辛苦经历，反映了"为人父母"的艰难与不易。"人生三部曲"中的主人公都逃不脱生活之网的限制和束缚，都从青年的梦幻踏上了漫长而又沉重的生活长旅。此后，池莉一直坚持着新写实小说的创作道路，先后创作了《你是一条河》《预谋杀人》《凝眸》《冷也好热也好活着就好》《来来往往》《小姐你早》《生活秀》等作品，大多描写引车卖浆者之流的生活，注重对本色生活的摹写，展现原汁原味的生活状态。

刘震云的小说同样关注凡庸卑琐的小人物的生存状态，展示了芸芸众生的灰色人生。《塔铺》和《新兵连》描写了一批农村青年为了改变自己的生存境况而做出的种种努力。《单位》中的小林为了能够换得好一点的房子，就要提高自己的地位，为此就要争取进步。他讨好领导，给党小组长送礼，低三下四、谨小慎微地在领导、同事之间搞平衡。《一地鸡毛》中，一斤馊豆腐引起了小林夫妇的争吵。小保姆的偷懒，老婆的工作调动，老家来人，孩子的入托，等等，一连串的家务琐事困扰着他。《官人》中的局长们，虽然有宽敞的住房，有高级轿车，有优厚的生活条件，但同样还是烦恼缠身。

方方也是一位非常重要的新写实小说家，她 1987 年发表的中篇小说《风景》堪称是"新写实"的奠基之作。小说以平静的写实笔法勾勒出一幅底层老百姓穷困生活的"风景"。小说以一个死魂灵的眼光，家中早夭的"老八"独特的视角，来审视这个大家庭，从一个全知的角度客观地描绘家庭中的每一个成员。父亲是码头工人，母亲是搬运工人，他们生养了七个儿子和两个女儿，一家 11 口人住在靠近铁路的板壁房子里，房屋面积仅 13 平方米。大哥每天上夜班，为了白天可以在家睡觉，七哥只能睡在潮湿阴冷的床底下。为了生存，大哥 15 岁就进厂做工，小小年纪的二哥、三哥很早就去爬火车偷煤，四哥又聋又哑，14 岁就去打零工，七哥 5 岁就开始拾菜叶、捡破烂。父亲粗俗凶悍，经常殴打妻子儿女。母亲风骚无比，喜欢在男人面前挑逗卖弄。邻居的妻子与大哥通奸，四哥因失恋而自尽，五哥、六哥带一女孩回家轮奸，七哥与一个不能生育且比他大八岁的女子结婚，目的只是为了升迁。兄弟姐妹之间相互欺诈，没有手足之情。姐姐们为了争得父母的宠爱，不惜搬弄是非，多次诬陷七哥。当七哥发达起来之后，两个姐姐又纷纷换上笑脸，争着要把自己的儿子过继给新贵七哥。"作者以冷峻而又沉重的笔触，写出了家族的生存史，这儿没有生活的诗意，没有其乐融融的家庭氛围，有的却是生活的沉重和残酷。"①

1990 年，方方又创作了长篇小说《落日》，她以冷峻的笔触挑开了笼罩在家庭关系上那层温情脉脉的面纱，展示出令人触目惊心的残酷和丑恶。寡居 50 年的母亲最宠爱老二丁如龙。为了让丁如龙上学，大哥丁如虎中断学业当小工。丁如龙高中毕业后，参军提干，后转业，如今是某公司副经理，有了宽敞的住房，但他内心阴暗，为有一个老娘而感到羞耻。为了让大哥安心侍奉母亲，阻止鳏居多年的大哥续弦；为使母亲不来家住，他精心设计了三个苛刻的、侮辱性的条件，以激怒母亲。当得知母亲服毒自尽的消息，他匆忙赶到医院之后，不愿承担医疗费用，拒绝了王加英大夫让母亲住进病房的好意，又劝大哥给母亲停药，中止抢救。他不愿把母亲接回家中，竟想出把一息尚存的母亲送往火葬场的主意。并对王加英大夫谎称母亲已死，骗取死亡证明。丁老太在经历了一番"死去活来"的折腾之后，终于毙命。当事情败露，检察机关追查时，丁如龙又嫁祸于人，企图指控王加英大夫。这篇小说突破了以往那种对人的善恶——好人一切都好，坏人一切都坏的机械划分的局限，写出了善与恶、被害与害人相对立又统一的复杂人性。

方方的小说大多关注普通人的生活，她用下沉的视点去观察社会，观察作品人物的一举一动。既有描写知识分子经济窘困的《行云流水》，又有表现拆迁户生活烦恼的《黑洞》；既有描写年轻人婚恋生活酸甜苦辣的《结婚年》，又有反映普通工人爱情悲剧的《桃花灿烂》。对人的生存关注和对人的精神描写，使得方方的小说洋溢着人道精神，充满着人本色彩。

新写实小说家不再努力去反映能展示生活必然趋向的历史真实，

---

① 张学军：《中国当代小说流派史》，山东大学出版社 2000 年版，第 307 页。

而是立足于个体的生存体验，试图用生活的"庸常性""平常性""平凡性"来呈现生活的原生状态，展示当代人的本真存在状态。为此，他们放弃了传统的现实主义创作方法，不再追求宏大叙事，不以塑造典型人物为目标。在他们笔下，生活正在让众多庸常人物演出一幕幕人生的戏剧。在不同的生存环境中，在不同的人际关系里，人物扮演着不同的角色，他们成了环境和生活的奴仆，已经被环境、被生活彻底物化，主体性已经完全消失在繁杂琐碎的生活中。所以，反典型、反英雄成为新写实小说真实观的重要表现。

二　写实风格的影视剧

应该说，新写实小说不仅受到文学评论家的关注，而且从它诞生之日起就受到众多影视导演的青睐，许多小说刚刚发表就被导演改编成影视剧。其中，刘恒、刘震云、池莉等人的小说最受影视导演的追捧。与此同时，刘恒、刘震云还直接加盟了影视圈，与张艺谋、冯小刚等著名导演合作，拍摄了多部有影响的影视剧。刘恒一度还自己担任导演，拍摄影视剧。可以说，刘恒、刘震云不仅仅是作家的身份，还有影视编剧、影视策划人等其他身份，他们为中国影视剧的繁荣做出了独特的贡献。

在新写实小说家中，刘恒创作的中篇小说《伏羲伏羲》最先被改编成电影。这篇小说的基本情节是一个通奸故事，其中主人公杨天青的生存价值只有通过生殖才能得到肯定。陈思和说："所谓'食色'的根本其实就是生命的繁殖与维持，这里不存在任何超出生存本身的意义。"[①] 刘恒在这篇小说里直接写出了人类生存的基础，由此描写出一个原始纯粹的本能世界。1990 年，导演张艺谋把《伏羲伏羲》改编成电影《菊豆》。电影对小说原著改动很大。小说的叙事时间从 20 世纪 40 年代到 80 年代，跨度很长；电影叙事时间一直限定在新中国成立前，从 20 年代到 40 年代。小说里的杨天青在"文化大革命"中溺水而死，王菊豆悄悄生下其遗腹子杨天白，后来，长大成人的杨

---

① 陈思和主编：《中国当代文学史教程》，复旦大学出版社 1999 年版，第 308 页。

天黄乱搞男女关系；电影中，杨天白杀死了自己亲身父亲杨天青，绝望的菊豆点燃了染坊，包括自己，全部化为灰烬。电影带有张艺谋很强的主体色彩，突出了封建伦理道德观念对普通人的禁锢与戕害，反映了畸形社会里畸形婚恋的人生悲剧。

　　1990 年，导演谢飞又把刘恒的长篇小说《黑的雪》改编成电影《本命年》。该影片可以称得上是中国写实电影的一个高峰，对于导演谢飞来说也是一次突破，它驻留了一个时代生存状态的集体记忆。经过劳动改造，犯人李慧泉刑满释放，他回到了从小生长的胡同。老街坊

电影《本命年》海报

（图片来源于《本命年》－百度百科中的插图，http://baike.baidu.com/subview/23685/9686152.htm#viewPageContent）

邻居罗大妈十分照顾这个父母亡故、孤苦伶仃的小伙子。李慧泉在民警小刘的帮助下，选择了练摊谋生，期间遭遇了三教九流，令他尝遍人间冷暖。在歌厅里，李慧泉认识了驻唱的歌手赵雅秋，此后他成为她的护花使者。然而，随着时光的推移，赵雅秋的名声渐起，崇拜者、追随者愈来愈多。李慧泉万念俱灰，路过餐馆时，他进去痛饮了一番。喝得大醉的李慧泉路遇两个少年抢劫，经过一番打斗，一少年把刀捅进了他的腹部。24 岁的李慧泉在本命年死去了。影片承袭了小说原著的写实手法，具有强烈的穿透力，于平实的生活场景中，揭示出当代都市生活背面的阴影地带。

　　刘恒被改编次数最多的作品是中篇小说《贫嘴张大民的幸福生

活》。1998 年，导演杨亚洲把《贫嘴张大民的幸福生活》改编成电影《没事偷着乐》，具有浓郁的天津生活气息，人物对白全部是天津话。也在 1998 年，导演沈好放把《贫嘴张大民的幸福生活》改编成 20 集同名电视连续剧，故事拍摄地点搬到了北京大杂院。电视剧比较忠实于小说原著，不仅真实地反映了普通市民在现实生活中所遭遇的种种尴尬与困境，而且充分体现了"京味儿"的幽默与"贫嘴"。2001年，导演安战军又拍摄了贺岁片《贫嘴张大民的幸福生活之美丽的家》，这是《贫嘴张大民的幸福生活》的续集，讲述的是拆迁进了楼房后的种种琐事。影片围绕着房屋装修和张大民儿子上中学问题展开，他们遭遇的生活烦恼依然层出不穷，张大民依然只能以自我解嘲的"幽默"苦涩地面对着各种琐事。

刘震云于 1990 年创作了中篇小说《一地鸡毛》，小说一发表就引起轰动，被称为新写实小说的代表作，描写了主人公小林在单位在家庭的种种遭遇和心灵轨迹的演变。1995 年，导演冯小刚把《一地鸡毛》和刘震云另一篇新写实小说《单位》融合在一起，改编成 10 集电视连续剧《一地鸡毛》。电视剧承袭了小说的写实风格，菜篮子、妻子、孩子、豆腐、保姆，单位中的恩恩怨怨和是是非非，鸡毛蒜皮的小事，机关人际关系的混杂，通过镜头和对白得以真实呈现，从而反映了大多数中国人在 20 世纪八九十年代的日常生活和生存状态。

1993 年，刘震云创作了一部调查体的纪实小说《温故一九四二》，讲述了一个不为大多数人所知的、关于饥饿的故事。河南在 1942 年遭遇大旱，灾民 3000 万，出现了母亲煮食自己婴儿的惨剧。关于饥饿，有美国《时代周刊》记者白修德的考察，有"我花生二舅""我姥娘"的记忆，他们共同记录了这次惨不忍睹的民族灾难。导演冯小刚经过近 20 年的筹划和准备，于 2012 年把小说改编成电影《一九四二》，该片由华谊兄弟公司出品，投资 2 亿元，并有众多中外大牌明星加盟主演。影片尝试从国际记者、国民政府、普通灾民和宗教人士四个不同的视角诠释这场灾难：国民政府方面，彬彬有礼的高层发表的是冰冷虚伪的外交辞，国军军官道出真话："国家贫弱，只有甩包袄，才能顾全大局。"宗教人士和国际记者从人道主义出发，试图想方设法解救灾民，只可惜他们力量薄弱，力不从心。民众方面，无论是中小地主还是贫苦百姓，他们在这场灾难中都无力保护自己的财产，甚至连自己的生命也无法保住。

在新写实小说家中，池莉的作品最为畅销，被改编的影视剧也最多。《太阳出世》被导演梁天改编成 10 集同名电视连续剧。《你以为你是谁》被导演刘苗苗改编为电影《家事》。《来来往往》被导演田迪改编成 18 集同名电视连续剧。《小姐你早》被导演王瑞改编成 22 集电视连续剧《超越情感》。《生活秀》被导演霍建起改编成同名电影，同时也被导演傅靖生改编成 25 集同名电视连续剧。《口红》被改编成 20 集同名电视剧。《沧桑花楼街》被改编成 22 集同名电视剧。《水与火的缠绵》被导演李自人改编成 20 集同名电视剧。《有了快感你就喊》被导演温成林改编成 22 集电视剧《幸福来了你就喊》。池莉始终把握着读者的脉搏，尽量在作品里反映流行化、时尚化的生活样态，紧跟时代发展步伐，这既是池莉新写实小说的重要特征，也是其作品吸引影视剧导演的重要原因。

范小青创作的不少小说也具有新写实主义风格。1994 年，她亲自参与编写了一部 22 集的电视连续剧《费家有女》，这部电视剧具有明显的新写实主义特征。一座并不豪华却宽阔明亮的四合院老宅子里，居住着费文轩王桂花夫妇和他们的五个人见人爱如花似玉的女儿。一连串突如其来的变化，搅得费家天翻地覆。他们终于发现，所有这一切，均源于 30 多年前一桩凄惨而离奇的往事。伴着母亲长大的曹克难，从小尝尽了幼小年龄不该尝到的苦难，历经苦难的他终于成为南方一个集团的总裁。就在他对费家的复仇即将大功告成之际，他忽然发现自己陷入了历史的嘲弄之中，他逐渐醒悟到：最大的惩罚，莫过于不可改变的历史对心灵永久的折磨！唯有对人性弱点的理解和宽容，才是人性永恒的意义。故事就是这样在历史与现实的交织中，在爱与恨的纠葛中，让人们反思历史，关注现实，体味人性的真善美。

三 影视传媒引领小说创作

在社会转型和文化变迁的大背景下，20世纪90年代的影视剧创作也更多地显露出其作为大众艺术样式的品性，摆脱了80年代以前受政治影响过大、宣教痕迹过重的误区，遵循影视剧市场特定规律，向大众的、通俗的艺术定位逐步回归。不少作家的创作也表现出受影视剧的影响，小说创作的影像化特征越来越明显。

池莉很早就迷上了电影："我喜欢欧洲的文艺片和有一部分先锋派的探索片，我喜欢拉美的有些片子，我喜欢美国的好莱坞的动作片、枪战片、言情片、传记片，还有动画片，我还喜欢苏联的片子。我喜欢一切的优秀影片。"[1] 受电影的影响，池莉在小说创作时，有意无意之间借鉴了电影的表现手法，增强了小说的情节性、故事性和画面感，这些小说可读性强，因此受到读者的欢迎，同时也得到影视剧编导的青睐。

情节是影视剧的生命线，影视剧主要是依靠人物的语言和行动来推动情节和故事的发展，所以影视剧总是呈现出动态的叙事语言，至于表现人物沉思的脸部的特写镜头和刻画环境的空镜头是要求在有限的范围内合理使用的。影视剧的这些特征对新写实作家产生了很大影响，他们有意借鉴影视剧的创作方式，让小说的情节和语言更符合影视剧的要求。刘恒创作的《狗日的粮食》《伏羲伏羲》《黑的雪》等小说，受影视剧的影响较小。而后来创作的《贫嘴张大民的幸福生活》，就有很强的影视性，小说内容以对话为主，很少有环境描写和人物的心理活动。同样，池莉在创作《烦恼人生》《太阳出世》《不谈爱情》等小说时，其影像化的特征很少。到了90年代中后期，创作的《来来往往》《小姐你早》《生活秀》等小说，就明显地受到了影视剧的影响。她很少让书中的主人公有长篇的心灵沉思，也很少借由人物之口表达作者的价值观，少见对场景作静态细致的描写。池莉通常采用在人物语言和动作中刻画人物性格的方法，所以在她的作品中，我们可以发

---

① 池莉：《信笔游走》，《当代电影》1997年第4期。

现叙述以压倒的优势战胜描写，对人物语言的叙述、对人物动作的叙述都具有行动性。池莉小说的这一特点，再加上她对人物对话的重视（很多时候基本上是人物的对话成为推动故事前进的动力），这使她后期的小说被改编成影视剧具有非常大的可行性。

影视剧是大众化艺术，重视情节的曲折和人物情感的起伏变化。受影视传媒的影响，新写实作家的创作也非常重视小说的大众性和故事的曲折性。他们擅长于反映世态人情，表现市民家庭生活，描写下层人民的精神心理和生活压力；反映各具特色的当代都市男女在时代大潮中的恩怨往来；用细腻平实的语言，舒缓有度的结构，有起有伏的情节，记录发生在我们身边的人生故事。他们的小说里没有"普通人"和"英雄"的对立，没有超凡脱俗的精神意志和神圣原则。脱离普通人的命运便丧失了现实的普遍意义，离开了世俗生活就再没有真正的"现实感"，他们的人生历程、基本需求、欲望困惑都与现实生活紧密相关。池莉对于市民文化、市民生活予以充分的理解，理解中的同情及同情中的表现，从下层市民的生存实际出发，尊重他们的生活乐趣和生活态度，其中也包含着质朴的情感和人性健康的活力。《来来往往》讲述了当代社会成功人士的发迹机遇，白领丽人的多姿生活，交织于情场、商场的三角恋情……这林林总总无疑成为一大卖点；人物命运的起伏，情感的变迁是通俗小说的主旋律。《口红》自然也不例外，尤其是强调了女性意识的萌动和觉醒以及现代女性逐步从狭窄走向开放、从落后走向进步、从软弱走向坚强的心路历程；《小姐你早》里三个不同年龄的女性为报复男性而走到一起，并精心策划了毁灭行动。池莉的这些小说作品总是能抓住现实中的问题，紧跟时代节拍，描写大众感兴趣的婚姻家庭问题，以平等的叙述视角客观地展现给读者。这些小说故事生动形象，贴近现实生活，情节起伏变幻，可读性强，读者非常喜欢。正因为如此，影视编导也看中了池莉小说的这一点。

影视剧是视听综合艺术，其可视性特征对观众产生着强烈的视觉冲击。新写实作家大胆借鉴影视剧的可视性特征，增强语言的画面感和色彩的多样性，给读者形成强烈的画面感和视觉感。池莉拒绝对人物的心理状态作细致的静态描写，但她细腻的笔触却又通过其他的方式体现了出来："通过对生活细致入微的观察，在作品中再现生动的生活细节。她的作品中不少的地方都能表现出池莉的色彩感觉和构图的意识，这对形成电视画面裨益良多。"① 比如，《小姐你早》中戚润物与王自力在街上对骂时对王自力的描写："王自力两手抄在裤子口袋里，黑西服两边分掖在屁股上，微腆的肚皮突出着白色的衬衣和深色的领带。在戚润物面前无奈晃动的王自力像一只委屈的企鹅。"小说中这些对人和景的细致描摹，在改编成的电视剧中基本上是"原样重视"。这样对环境有细致入微的刻画、对时尚有准确地把握的文本首先能受到编剧的欢迎，其次也能得到造型师、服装师和道具师的欢迎，按图索骥总是比在白纸上绘图要容易吧。

新写实小说之"新"，在于更新了传统的"写实"观念，背离了传统现实主义的真实观，改变了小说创作中对于"现实"的认识及反映方式。传统的现实主义认为，世界是一个有机的整体，而人们接触到的只是一个现象的世界。在这个现象世界的后面，有一个本质的结构控制着这个世界，而这一现象世界中的这事物和他事物之间，也有着某种本质的、因果的联系。因此，现实主义创作的经典性表述是：除了细节的真实之外，还要真实地再现典型环境中的典型性格。新写实小说家放弃了传统现实主义再现典型环境、塑造典型人物的努力目标。在他们笔下，环境总是灰色的，读者感受不到时代的色彩或社会的特点，人物总是渺小的，读者找不到对社会、对历史做过贡献的人。新写实小说反映了当下生活的原生态，与普通大众更贴近，其大众化特色非常明显。而影视剧最大的特征就是大众化。正是由于二者都追求大众化目标，所以，影视剧与新写实的联姻也就是非常自然的事情。从某种意义上说，无论是作家追求更大的读者效应，还是影视剧提高人文艺术水平，都实现了双赢的目标。

---

① 胡玲莉：《论池莉小说的影视改编》，《电影艺术》2004 年第 2 期。

第二节 《一地鸡毛》的庸常生活与世俗叙事

一 日常琐事的真实呈现

刘震云（1958— ），1973 年参加中国人民解放军。1978 年以河南省文科状元考入北京大学中文系。1982 年毕业到《农民日报》工作。

1988—1991 年在北京师范大学、鲁迅文学院读研究生。1982 年开始文学创作。1987 年在《人民文学》上发表《塔铺》，该小说获 1987—1988 年全国优秀短篇小说奖。很快又连续发表了《新兵连》《单位》《头人》《官场》《官人》《一地鸡毛》等描写干部生活的"官场系列"和城市社会的"单位系列"，引起强烈反响，被称为新写实小说的主力军。90 年代创作了《故乡天下黄花》《故乡到处流传》《故乡面和花朵》三部"故乡系列"长篇小说。进入新世纪后，创作了《一腔废话》《手机》《我叫刘跃进》等长篇小说。2009 年创作的长篇小说《一句顶一万句》荣获第八届茅盾文学奖。陈思和这样评价刘震云的早期小说创作："他的作品一以贯之的精神是对小人物或底层人的生存境遇和生活态度的刻画，对人情世故有超越人的洞察

作家 刘震云

（图片来源于凤凰网资讯文章《作家当教授大学会"文学"起来吗？》中的插图，2012 年 3 月 22 日，ht-tp:/news. ifeng. com/gundong/detail_2012_03/22/13385772_0. shtml）

力，用冷静客观的叙事笔调书写无聊乏味的日常生活来反讽权力。"①

---

① 陈思和主编：《新时期文学简史》，广西师范大学出版社 2010 年版，第 180 页。

作为新写实作家的刘震云，将目光集中于民生和权力问题，确立了创作中的平民立场，但又不失于直接简洁的白描手法，《单位》和《一地鸡毛》便是典型代表作品。这两部中篇小说是紧密相连的姊妹篇，他以鲁迅式的白描一针见血地写人，写官场中的人，写权力纠缠下的人。《单位》刻画了权力网络对人们行为方式的支配作用，而《一地鸡毛》则反映了权力网络向家庭的延伸。读者自然也会理解：每个人的生活都无法离开社会现实，大家都必须面对一大堆琐碎的实际问题，遵守现实关系的各种规则。刘震云更关心某种"返回平民"或"返回真实"的意识，将一切实在的真实转化为写在文本中的真实。

1989 年，刘震云发表了中篇小说《单位》①，给读者展示的是一幅苍凉的人生百态风景画。大学毕业生小林被分配到一个大机关工作，他工作的处里有老张、老孙、老何、女老乔、女小彭，虽然人员不多，大家都各怀鬼胎，明争暗斗。小林工作之初"学生气不轻，跟个孩子似的，对什么都不在乎"，然而入党、提干、分房子等现实利益的相继失落，一步一步地把他置于十分尴尬的境地。老张、老孙、老何都是一同进单位的，后来老张从处长升成副局长，老孙当了副处长，老何仍是科员。老张住上了四居室的大房子，老孙住上了三居室的套房，而老何九口人仍挤在 15 平方米的房子里，遇到阴雨，便是"床头屋漏无干处"。这就是生活的教科书，它使小林终于明白了"混上去"的意义。三年后，小林开始"成熟"了，"工作积极，政治上也要求进步"，他逐渐开始明白："世界说起来很大，中国人说起来很多，但每个人迫切要处理和对付的，其实就身边周围那么几个人，可以琢磨的也就那么几个人。"此时的小林完全鄙弃了以前那个天真清高的自己，生活使他老于世故，也开始对生活有了再认识。为了入党他上下周旋，甚至能够挨着有"狐臭"的老乔谈心，为提升的老张搬家、洗便池、倒手纸。小林结婚生子后，不得不为住房考虑。领导搬迁腾出一间杂院平房，别人都不愿意去，分给了小林，小林喜不自禁，妻子小李也高兴地说"应该买烧鸡"庆贺。女小彭与

---

① 发表于《北京文学》1989 年第 2 期。

女老乔争吵后，女老乔不上班，在领导的劝说下重新上班。女老乔找老张解决副处级调研员的事，哭着投入老张的怀里，被人发现，状告两人有作风问题。老乔只好提前退休。老孙等人则乘机"整材料"，要整倒老张。结果，老张只是记过处分，官复原职。老孙为升处长而拉老何联合行动，结果是老何升了副处长，老孙的目的却没有达到。

这个群体本能地互相排斥，又互相吸附；谁也离不开谁，可谁也不能绝对依靠谁；虽然有的为官，有的为民，有的得意，有的落魄，但大家生活得都很累。刘震云这篇小说的写实风格更多地体现出一种平民精神，他机警地描绘官场中人生百态、单位中的众生相，把各种锈蚀的人格精神、各种污染的灵魂放在艺术的祭坛上进行剖析、检验，让人们看到原色的生活和本真的人物。

创作于1990年的中篇小说《一地鸡毛》①是《单位》的姊妹篇，这部作品以略带讽刺而又非常冷峻的笔触，叙写出了当代日常生活的平庸琐碎。"小林家一斤豆腐变馊了。"这是小说开篇的第一句话，也是小说情节的起始所在。因为小林忘记把豆腐放到冰箱里，妻子小李回家跟他吵了一架。

这篇小说可以看作是一篇中国式的"黑色幽默小说"，小林和小李当年都是大学生，也有过一番雄心壮志，然而，生活对意志的磨损、腐蚀，使他们变成了患得患失的小市民。小保姆经常威胁要离开，还不吃剩菜；单位要经常考勤；小李因偷水而被收水费老头查。这些事让小林疲于应付。小李单位远，想调工作到前三门单位，小林通过张副局长找了关系，小李也找了关系，结果得罪了双方的关系，没办成。小林小学的杜老师跟儿子到北京看肺气肿，老婆又跟他吵架，老师没有因为遭到冷遇而心生怨恨，反而留下了两桶香油。女儿发高烧，送其到医院看病，发现药很贵，小李不愿买药，因为家里有大人的感冒药。小李不需要调工作了，她单位要在九月份新增一趟班车，可节约两个小时，结果发现是领导的小姨子搬到了小林的社区，为方便小姨子而新增的班车。女儿要入幼儿园，想进外单位的好幼儿

---

① 发表于《小说家》1991年第1期。

园，却没有关系。正在一筹莫展时，隔壁胖邻居主动帮忙，可以让女儿进外单位幼儿园，夫妻很感激。后来发现，自己的孩子是给胖邻居的孩子当陪读。秋天，白菜便宜，单位提倡买"爱国菜"，可报销500公斤，小林又排队去买，不花钱啊。小林碰到大学时的同学"小李白"，过去喜欢写诗，如今干个体卖板鸭。他请小林帮着照看10天摊位，下班为他收两个小时的费，每天给20元劳务费。小林答应了，结果被领导发现，差点挨领导的批评。小林想半夜看世界杯，妻子不许，却叫他第二天请假拉蜂窝煤。女儿不愿上幼儿园，因为元旦节忘了给女儿幼儿园阿姨送礼。收水费的瘸老头找小林办事，其家乡的一个批文需要在他的机关里办理，他送来了一个七八百元的微波炉，小林觉得礼物太重，小李却坦然收下了。第二天，小林找同事女小彭给办理了批文。小学杜老师儿子来信说，老师回家三个月后过世了。小林深感愧疚，杜老师过去很照顾他，他却不能给老师找一家好医院。现实生活就是如此无情地碾碎了一个个青春的梦幻，就是如此残酷地扼杀了创造的激情，剩下的只是对现实生活无奈的苦笑和消极应对。

　　"一地鸡毛"的象征意义在小说结尾处表述出来，小林做了一个梦：他"梦见自己睡觉，上边盖着一堆鸡毛，下边铺着许多人掉下的皮屑，柔软舒服，度日如年。又梦见黑压压的人群一齐向前涌动，又变成一对对祈雨的蚂蚁"。"这显然不是那种追求深刻性的象征，而是以十分表浅的意义述说揭示出作者所理解的生存本相：生活就是种种无聊小事的任意集合，它以无休无止的纠缠使每个现实中人都挣脱不得，并以巨大的销蚀性磨损掉他们个性中的一切棱角，使他们在昏昏若睡的状态中丧失了精神上的自觉。"① 为一斤豆腐变馊而夫妻争吵，小保姆的贪吃偷懒，老婆的工作调动，老师来京看病，孩子入托，给幼儿园阿姨送礼，等等，一连串的家务琐事困扰着他，纠缠着他，使他不得安宁，不得喘息。小林有生活中的艰辛，有知识分子的清高，同时也有阿Q的精神胜利法。当懂得了人情世故后，变得成

---

① 陈思和主编：《新时期文学简史》，广西师范大学出版社2010年版，第181页。

熟了，却又圆滑了，变成了送礼人和收礼人。生活的改变，也改变了人的性格。

刘震云在叙述小林遭遇的林林总总时，始终采用冷静的笔调和平静的口吻，按照日常经验逻辑，依据现实生活本身，依次呈现出各种琐碎事件，把创作主体的感受与判断几乎完全排挤干净。正如刘震云所说："生活是严峻的，那严峻不是要你去上刀山下火海，上刀山下火海并不严峻。严峻的是那个日复一日、年复一年的日常生活琐事。"① 刘震云完全依据现实经验来叙述生活中的事件，80 年代末 90 年代初正是中国社会的转型时期，小林经历的正是中国社会生活中最为普遍、每个家庭都遇到过的一些烦心琐事。这样，刘震云真正写出了普通人感到无奈而又必须认同的生存环境。

二   影像场景的写实性

1995 年，导演冯小刚把小说《单位》和《一地鸡毛》改编成 10 集电视连续剧《一地鸡毛》，这既是刘震云小说第一次被改编成影视剧，也是冯小刚导演的处女电视剧。

冯小刚（1958—   ），自幼喜爱文学和美术，高中毕业后进入北京军区文工团，担任舞美设计。1978 年入伍。1984 年转业后被分配到北京城市建设开发总公司。1985 年调入北京电视艺术中心担任美工师，先后在《大林莽》《便衣警察》《凯旋在子夜》《好男好女》等电视剧中担任美术设计。1990 年与郑晓龙联合编导了第一部作品《遭遇激情》，由导演夏刚拍成电影。此后在电视系列剧《编辑部的故事》、电影《大撒把》中担任编剧。1994 年导演了处女作电影《永失我爱》。1995 年导演了处女作电视剧《一地鸡毛》。1997 年导演了第一部贺岁片《甲方乙方》。此后，导演了《不见不散》（1998）、《没完没了》（1999）、《一声叹息》（2000）、《大腕》（2001）、《手机》（2003）、《天下无贼》（2004）、《夜宴》（2006）、《非诚勿扰》（2009）、《非诚勿扰2》（2010）等贺岁片，成为中国名副其实的"贺岁片之父"。导演的

---

① 刘震云：《磨损与丧失》，《中篇小说选刊》1991 年第 2 期。

《集结号》(2006)、《唐山大地震》(2010)、《一九四二》(2012)等商业大片,既赢得了很高的票房,又获得电影理论界的好评。冯小刚具有强烈的平民意识,他始终把目光投向市井平民的精神状态和喧闹的现代都市生活。他拍摄了众多平民视角的电影,最大限度地表现市民理想,满足市民阶层的消费要求和心理欲望。也正是因为这样,他的电影才赢得广大人民群众的喝彩和喜爱。

冯小刚虽然很早就在影视圈工作,但独立导演影视剧是从1994年开始的,而1995年执导的《一地鸡毛》是他导演的第一部电视剧。为了使这部电视剧内容更加丰富,冯小刚要求编剧刘震云把他自己的两篇小说《单位》和《一地鸡毛》融合在一起。为了忠实于原著,冯小刚邀请各种新老演员加盟,使小说里出现的人物都能在电视剧中有相对应的角色饰演。冯小刚邀请当时已经红遍全国的知名演员陈道明饰演男主角小林,让徐帆(冯小刚现任妻子)饰演女主角李靖,修宗迪饰演老张,张瞳饰演老孙,周国治饰演老何,徐秀林饰演老乔,钟萍饰演小彭,朱媛媛饰演小保姆。难能可贵的是,一些老艺术家也饰演了剧中的次要角色,葛存壮饰演了熊局长,沙玉华饰演了小林妈。剧中各种角色共有20多个。

导演　冯小刚

(图片来源于冯小刚-百度百科中的插图,http://baike.baidu.com/link?url=1Atk0xvvdRzygLyj_dVOhTHGf1O7MR6np76caf3IOsj5TcbxPL3vOhiKCWdDdQGRv5d3_2FvBmYpD1p7——GTK)

与小说相比,电视剧《一地鸡毛》比较忠实于原著。不过,两篇小说在电视剧中所占的比重并不相同。电视剧第一集到第六集主要反映的是《单位》的内容,占了整部电视剧大约60%的比重;第七集到第十集主要反映的是小说《一地鸡毛》的内容，占了电视剧大约40%的比重。我们具体比较一下小林夫妇因豆腐变馊而吵架的情节和场景。小说的描写如下：

> 豆腐变馊了，老婆又先于他下班回家，这就使问题复杂化了。老婆一开始是责备看孩子的保姆，怪她不打开塑料袋，把豆腐放到冰箱里。谁知保姆一点不买账。保姆因嫌小林家工资低，家里饭菜差，早就闹着罢工，要换人家，还是小林和小林老婆好哄歹哄，才把人家留下；现在保姆看着馊豆腐，一点不心疼，还一股脑把责任推给了小林，说小林早上上班走时，根本没有交代要放豆腐。小林下班回来，老婆就把怒气对准了小林，说你不买豆腐也就罢了，买回来怎么还让它在塑料袋里变馊？你这存的是什么心？小林今天在单位很不愉快，他以为今天买豆腐晚点上班没什么，谁知道新来的大学生很认真，看他八点没到，就自作主张给他划了一个"迟到"。虽然小林气鼓鼓上去自己又改成"准时"，但一天心里很不愉快，还不知明天大学生会不会汇报他。现在下班回家，见豆腐馊了，他也很丧气，一方面怪保姆太斤斤计较，走时没给你交代，就不能往冰箱里放一放？放几块豆腐能把你累死？一方面怪老婆小题大做，一斤豆腐，馊了也就馊了，谁也不是故意的，何必说个没完，大家一天上班都很累，接着还要做饭弄孩子，这不是有意制造疲劳空气？于是说：
> "算了算了，怪我不对，一斤豆腐，大不了今天晚上不吃，以后买东西注意就是了！"
> 如果话到此为止，事情也就过去了，可惜小林憋不住气，又补充了一句：
> "一斤豆腐就上纲上线个没完了，一斤豆腐才值几个钱？上次你失手打碎一个暖水壶，七八块钱，谁又责备你了？"
> 老婆一听暖水壶，马上又来了火，说："动不动就提暖水壶，上次暖水壶怪我吗？本来那暖水壶就没放好，谁碰到都会碎！咱们别说暖水壶，说花瓶吧！上个月花瓶是怎么回事？花瓶

可是好端端地在大立柜上边放着，你抹灰尘给抹碎了，你倒有资格说我了！"

接着就戗到了小林跟前，眼里噙着泪，胸部一挺一挺的，脸变得没有血色。根据小林的经验，老婆的脸一无血色，就证明她今天在单位也很不顺。老婆所在的单位，和小林的单位差不多，让人愉快的时候不多。可你在单位不愉快，把这不愉快带回来发泄就道德了？小林就又气鼓鼓地想跟她理论花瓶。照此理论下去，一定又会盘盘碟碟牵扯个没完，陷入恶性循环，最后老婆会把那包馊豆腐摔到小林头上。保姆看到小林和小林老婆吵架，已经习惯了，就像没看见一样，在旁边若无其事地剪指甲。这更激起了两个人的愤怒。小林已做好破碗破摔的准备，幸好这时有人敲门，大家便都不吱声了。老婆赶紧去抹脸上的眼泪，小林也压抑住自己的怒气，保姆把门打开，原来是查水表的老头来了。

这是小说《一地鸡毛》开篇的情节，由于豆腐变馊，夫妻俩大吵了一架。这当然是一件看起来平常不过、微不足道的日常琐事，但对于机关小职员的小林来说，他的全部生活内容就是由这些鸡毛蒜皮的日常琐事组成的。对于普通百姓而言，开门七件事：柴米油盐酱醋茶。每一件都是生活小事，但每天都离不开，都要去面对。这些小事影响着他们的生活，影响着他们的工作，影响着他们的情绪，影响着夫妻感情。豆腐变馊是鸡毛蒜皮的小事，可是牵扯到小林的生活与工作：因买豆腐而迟到，上班心情不愉快，回家与妻子吵架，妻子上班也不顺，为暖水壶和花瓶打破而使吵架升级。小事往往会变成大事，普通百姓没有小事。小说所叙述的这些小事都在现实生活中真实存在着，但所有这些小事都没有太多的价值，人生的沉重正是由这些无价值本身构成的。我们再看电视剧对这个场景的处理：

镜头1：（中景）小林家中，小李边在厨房切菜，边向保姆抱怨："这豆腐放在塑料袋里捂了一天了，也不拿出来放在冰箱里。别说是豆腐，就是人捂上一天也该捂馊了。"小李走出画面在一旁洗菜的保姆用山东话辩解道："俺人家保姆看孩子，也不是来放豆腐。再说大哥走的时候也没交代俺。"

走过来继续切菜的小李生气地说："不给你说你就不放了？"

镜头2：（全景）小林的女儿正在盆里玩水，旁边摆着孩子的玩具。小林从楼下走上来。女儿看见了，便说："爸爸，蝈蝈死了。"

小林放下公文包问："什么？"

女儿哭着重复："蝈蝈死了。"

小林安慰说："蝈蝈死了？哦，没关系，回来啊，明天爸爸下班，再给你买一只。"

女儿慢慢走到小林跟前说："不，我想现在要。"

小林说："哦，现在可不行啊，宝贝。现在啊，蝈蝈，还有农民伯伯，都回家睡觉觉了。"说着，抱起了女儿走进房间。

镜头3：（中景）小李从厨房伸出头来，生气地命令小林："哎，你过来！"

镜头4：（中景）小林抱着女儿走进厨房。

镜头5：（中景）小李边拿起豆腐边生气地说："你不买豆腐还好，这豆腐买回来你闻闻，不放进冰箱里，都馊成这样了！"说完，生气地把豆腐扔到菜板上，并解下了身上的围腰。

小林提起豆腐闻了闻说："是有味儿。"小李从小林手中接过孩子，小林问保姆："小雯，你没把豆腐搁冰箱里？"

小李马上说："她说你没有告诉她。"说完把孩子抱出了厨房。

小林说："啊，是，是我错。不过，只是一斤豆腐，今天晚上咱们不吃了。"小林轻声对保姆说："以后像这种东西搁冰箱里。"

小李的画外音："你说得倒轻巧！"

镜头6：（中景）小李在卧室生气地说："你不吃？这孩子也不吃啊！她本来就不爱吃青菜。上次到医院检查的时候，大夫说她缺钙。你看看她那头发，黄得——，脑袋上尽是包！"

镜头7：（中景）小林在厨房沉默着。小李的画外音："我说你那脑子里成天想着什么呀？稀里糊涂的。你这是存的什么心？"

小林苦笑说："这是一斤豆腐，能值几个钱？发这么大的火！你说，上回，当然你也是不小心啦，把暖水瓶打破了，你说，我说你什么啦？"

镜头8：（中景）小李在卧室更生气了，"哎，你少拿暖水瓶的事说事。你还说这个呢，你要不放好，我能弄碎啊！咱别说这个行不行。上个月，花瓶，搁在柜子上，搁得好好的，你说你掸掸土，掸掸土不就给打碎了。还有资格说我呢！"

镜头9：（中景）小林在厨房叹气道："好好好，我没资格，其实啊，我也知道，你在外边可能遇到什么不痛快的事了，把这不痛快的事带到家里来了。你说，你一天上班多累，回家还得做饭，弄孩子，都不容易。算了，咱们今天什么都不说，事情到此为止，不允许把不愉快带到家里来。"

镜头10：（中景）卧室里的小李还没消气，"我有什么不痛快啊？我没有什么不痛快！我挺好，我特别愉快！我就是回家看见你，我不痛快！"

镜头11：（中景）已经消气的小林听了小李这样说，马上沉下脸。

镜头12：（中景）保姆在一旁默默地择菜。

镜头13：（中景）小林压住心头之火，"看我不痛快，我看你也不痛快！如果都不痛快，分开！"

镜头14：（中景）小李听小林这么说，有些诧异："你说真的？那分开好啊，我来看看你怎么分开？"突然传来敲门声，小李马上闭口不言。

镜头15：（中景）厨房的小林示意保姆去开门。

（根据电视剧《一地鸡毛》整理而成）

这个场景出现在电视剧第七集中。小说的情节在这个场景中都得

电视剧《一地鸡毛》剧照

以充分展现，而且，电视剧的场景内容比小说更加丰富，增加了小林与女儿的对话，以及小林夫妇吵架要离婚分开的内容。在这个场景中，通过镜头和对白可以看出小林的压抑与忧愁，既有对女儿体贴入微的爱意，又有对妻子的隐忍，还有对保姆的宽容。无论是单位的不愉快，还是妻子的生气，保姆的抱怨，小林都得独自扛着，默默地承受着。正如扮演小林的陈道明说："我觉得他（小林）代表了一层人，代表了一层这样的男人。这层男人，我觉得他有历史性，过去有，今天有，明天还有。为什么契诃夫的小说里头，好些小人物。18世纪有，19世纪有，20世纪还有，这就是他的不朽之处。"①

三 写实电视剧的实践与接受

电视剧《一地鸡毛》从剧名到细节，都充满了具有写实风格的琐屑，表面上拍摄的是凡人小事，反映的内容却是凡人大事。这些不起眼的小事放在个人身上，就变成了大事。刘震云说："《一地鸡毛》的片头处理得特别独特，它是一个报纸，报纸上泼了好多的酱油，然后上面叠加的镜头，是中国的特色，人多，从地铁里出来那么多的人。

---

① 王刚主持：《电视往事——中国电视剧二十年纪实》（影像），中国人民大学音像出版社，第十八集。

但是下一个镜头，就是伊拉克的战争。这就是说小和大之间的关系。包括它的音乐，音乐上又叠加了一个东西，就是老张在办公室讲话，说同志们静一静，我要来说些事情。我觉得整个的这个画面、声音，包括不同的这种环境的结合，我觉得本身就好像是一个艺术品。"[1]涨工资评职称的问题，孩子的入托问题，分房子的问题，包括"八部七局六处"里的琐琐碎碎的事情，在这个世界上都是小事。但对身处其中的个体而言，这些小事就变成了他们的大事。所以大和小是相对的，不同的角度有不同的看法。

由于小说作者和电视剧编剧都是刘震云，因此他对两篇小说的改编可谓得心应手。10集电视剧《一地鸡毛》围绕小林的生活轨迹展开，从小林大学毕业分配到单位，到结婚生女，搬迁房屋，结束于女儿上幼儿园，历时大约四五年时间。小林大学毕业被分配到八部七局六处时，一副玩世不恭的样子，上班经常迟到早退。他与另外两个室友住集体宿舍，睡上铺。小林与同是大学生的小李正在恋爱，偷吃禁果，小李意外怀孕，不得不赶紧结婚。为了分到一间房，小林改变工作态度，包揽了办公室的各种杂事。好不容易分得一间房，但厨房和厕所与人共用，邻里关系矛盾重重。小李生了女儿，小林母亲过来照顾，但婆媳关系不好。小林又搬家了，不必共用厨房和厕所，但小保姆好吃懒做。小李离单位远想要换工作，依然烦心事不少。小林老家来人，小学老师来京看病，小李想让女儿上好幼儿园，小保姆吵着离开，都让小林无计可施。最后，小李单位通了班车，邻居帮忙让女儿上了好幼儿园，但夫妻俩也高兴不起来。老张、老孙、老何三人一起进单位，老张已是处长，老孙是副处长，两人明争暗斗，老何却还是科员。后来，老张升了副局长，老孙想升处长，拉着老何搞关系。可是，等了两年多时间，老何升成副处长，老孙却没能提升，气的得了癌症，住进医院。女老乔与小彭因蝈蝈的事而吵架，不上班，在老张和老孙的劝说下才勉强上班。为了解决副处级调研员的问题，女老乔找到老张哭诉，不经意倒入老张怀里被人发现。老乔只好提前退休，

---

① 王刚主持：《电视往事——中国电视剧二十年纪实》(影像)，第十八集。

老张停职检查。局里很多人想整倒老张，在熊局长的保护下，老张官复原职。小彭是局里退休领导的女儿，与小林关系要好，对小林比较关心，暗中爱着小林，可小林已有妻女，不敢有婚外恋的想法。处里调来了老冯当处长，分来了大学生小马。小马又像当年的小林。

《一地鸡毛》叙述的是家长里短，单位风波，展现的是一种灵魂的卑琐和生活本相的苍白，这也是中国电视剧领域很少涉及的一个层面，但它确实又是存在于单位、家庭、芸芸众生之中的"现实一种"。刘震云说："我觉得要搞清楚小和大之间的概念，因为人类历史发展到今天，大家有一个共同的概念。一个集体它比个人要大，社会又比生活大，政治又比社会大，人类的历史就是这么演变的。但是具体到每一个人，每天一开门，一块豆腐馊不馊，对他是非常非常重要的。他的衣食住行，他个人的存在，是要大于生活的，这个生活又是大于社会的，社会又是大于政治宗教的，整个大和小的概念是颠倒的。"[①]

电视剧《一地鸡毛》并非亦步亦趋地忠实于小说，而是根据电视剧的拍摄要求，进行了局部调整和改动。第一，美化了主人公形象。小说《一地鸡毛》对女主人公小李的形象有详细描写："小林的老婆叫小李，没结婚之前，是一个文静的、眉目清秀的姑娘。别看个头小，小显得小巧玲珑，眼小显得聚光，让人见了从心里怜爱。""哪里想到几年之后，这位安静的富有诗意的姑娘，会变成一个爱唠叨、不梳头，还学会夜里滴水偷水的家庭妇女呢？"从这些描写可以看出，小李个子矮，不漂亮，婚后不注意梳洗打扮。而电视剧中饰演小李的徐帆身高1.71米，视觉上跟饰演小林的陈道明个子相当，婚后也并不邋遢。电视剧美化女主人公形象是为了满足观众的审美需要，如果完全按照小说描写去选择角色，恐怕没有多少人愿意看这部电视剧了。第二，增加了小林与小彭的情感关系。小说里对小彭的描写不多，小林与小彭之间也仅限于同事关系。电视剧从第一集到最后一集，始终贯穿着小林与小彭的关系。在办公室，小林与小彭年龄相当，某些志

---

① 王刚主持：《电视往事——中国电视剧二十年纪实》（影像），第十八集。

趣相投，共同语言多，特别是小彭对小林处处关心，无论是涨工资、定级别，还是申请住房，她对小林帮助不少。小彭对小林有暗恋倾向，一直没有男朋友。可是小林很早就有女朋友，结婚也早，婚后夫妻感情说不上有多好，但生活的压力已经让小林浪漫不起。小彭曾经试探着邀请小林一起看电影，但小林还是放弃了。两人并没有发展到婚外情，而是"发乎情，止乎礼"。第三，删除了一些情节。电视剧删除了小林排队买白菜、给幼儿园阿姨送炭火等情节，原因在于这些情节与整部电视剧的拍摄时间相冲突。这部电视剧以室内场景为主，拍摄时间是夏天，根本没有秋季和冬季的场景。而买白菜是在秋季，送炭火是在冬季。一部10集的电视剧拍摄时间只有两三个月，不可能为了两三个场景而把拍摄时间延长。为了节约投资成本，秋冬季节的场景只能取消。

　　一般说来，一部刚拍摄完成的电视剧在播出之前，各类媒体总会报道一些拍摄花絮或明星的花边新闻，以便制造"轰动效应"，引起观众的注意。然而，没有经传媒的任何宣传，电视剧《一地鸡毛》就悄然播出，没想到却收到了良好的收视效应，成为人们热切议论的话题。没有曲折复杂的情节，没有俊男靓女的演员，没有气势磅礴的场面，《一地鸡毛》何以能吸引无数观众的目光？

　　首先，小人物的真实生活场景吸引了观众的注意。电视剧《一地鸡毛》真实地反映了城市普通人的日常生活，呈现了普通小人物生活过程中的喜怒哀乐，展示了现实生活中无法回避的琐碎小事：求人送孩子入托，上班打水扫地擦桌子，找人给老婆调动工作，帮朋友"练摊"挣外快，等等。"这种不做任何夸张的'原汤原味'式的生活实录，一下子将观众置身于他们日常经历着的现实境地，让他们切实感受到剧中的人和事就是他们真实生活中的人和事，剧中人物的心态感受和变化也就是他们的感受和变化。"[①]

　　其次，揭示了机关单位的弊端和人性的扭曲。刚出校门、走向社

① 阎实：《生活不该是这样——电视剧〈一地鸡毛〉启示录》，《理论与实践》1996年第3期。

会的大学生小林，意气风发，个性十足。可在琐碎的日常生活中却四处碰壁、烦恼丛生。为了给领导好印象，不得不改变自己的个性；为了评职称，不得不争取入党；为了换大一点的房间，不得不卖力地给领导老张搬家。老张、老孙、老何一同进入单位，可是，老张升了副局长，老孙当了副处长，而老何还是科员，工资待遇，住房条件，相差万里。老孙在老张面前说好话，背地里却骂老张"不是东西"；一方面想巴结老张，另一方面，当老张出了"作风问题"，又不遗余力地整揭发材料。女老乔是党小组长，利用这个"权力"不让小林入党。同处一室，却钩心斗角，互相挤压，真实地反映了机关单位的弊端和同事之间的紧张关系。

最后，小林的"蜕变"让人深思。有理想有热情的大学生小林，陷入琐碎的日常生活中后，变得患得患失，斤斤计较，卑微而平庸。在严峻的现实生活面前，小林不得不收敛起自己大学生的清高和自尊，放弃以往的理想和追求，逐渐"成熟"起来，悟出了做人的"诀窍"。他开始懂得如何在领导面前表现自己，开始"安安分分"地思谋着"混出"好生活，开始变得在接受礼品时毫无愧色，开始一本正经地教训新来的大学生。小林的"蜕变"表现了一个潜藏着的深刻的人生悲剧：在残酷的现实面前，你不得不收敛自己的个性，要想过上舒适生活就得付出降低做人等级的代价。远胜于说教式模式化的表现，毫无人为痕迹的"实录"，赢得众多观众的青睐自然也就不足为怪了。

第三节 《贫嘴张大民的幸福生活》的反讽叙事

一 市民生活的辛酸与话语狂欢的沉重

刘恒（1954— ），1969年入伍，在海军部队服役6年。退伍后在北京汽车制造厂当装配钳工。1979年调北京市文联，任《北京文学》编辑。1977年发表短篇小说《小石磨》。1986年发表小说《狗日的粮食》开始引人注目。此后，发表《伏羲伏羲》《力气》《狼窝》《白涡》《黑的雪》《虚证》《逍遥颂》《四条汉子》《教育诗》《东南西北风》《苍河白日梦》《连环套》《贫嘴张大民的幸福生活》等中长篇小说。同时，刘恒还踏入了影视圈，创作了《西楚霸王》《漂亮妈妈》《天知地知》《老卫种树》等多部电影剧本和电视剧本。先后担任《秋菊打官司》《张思德》《云水谣》《集结号》《金陵十三钗》《铁人》等电影的编剧。刘恒的小说偏重写实，对中国农村情况与农民生活有深刻的了解，对城市平民生活也相当熟悉，关注现实生活，注重庸常人生，成为他小说创作的重要特色。

从大众接受度来看，刘恒影响力最大的作品应该是 1997 年创作的中篇小说《贫嘴张大民的幸福生活》①，小说讲述了北京市一个普通市民家庭生活的酸甜苦辣，堪称新写实小说的经典之作。凭着一张既可乐又可气的"贫嘴"，张大民带领着两个妹妹、两个弟弟，还有一个老母亲过着所谓的"幸福生活"。一家六口人挤住在两间狭窄的小平房里，兄弟两人为了能够结婚，张大民挖空心思地想出一个又一个"妙招"，在苦涩的幽默中，一家人艰难地生活着。

作家 刘恒

（图片来源于刘恒 – 百度百科中的插图，http://baike.baidu.com/subview/74980/5037838.htm # viewPageContent）

体型很胖、身高 1.61 米的张大民在保温瓶厂工作，父亲因公早逝，一家六口人挤住在两间小平房里。身高 1.68 米的李云芳在毛巾厂工作，与张大民既是同学又是邻居。张大民暗恋着李云芳，而李云芳却爱着厂里的技术员。后来，技术员去了美国，李云芳寻死觅活，张大民用贫嘴救活了李云芳，并且

① 发表于《北京文学》1997 年第 10 期。

最终赢得了她的心。为了婚房，张大民通过重新布置，他与李云芳占了一间房，四个弟妹和母亲以上下铺的方式挤在一间外屋里。张五民考上了西北农大，发誓不再回来。从事邮差工作的张三民要与毛小莎结婚，婚房又是新问题。张大民只好与张三民同住一屋，床紧挨着，中间用三合板隔断。可是，张三民夫妇做爱声音太大。张大民通过与邻居亮子打架的方式，把过道改成一间房，房中间一颗石榴树，夫妻俩在这间新屋过起了"幸福"生活。李云芳生了张树却没有奶，买很贵的王八下奶。为了多挣钱，张大民主动调到工资高的喷漆车间工作。在肉联厂当工人的大妹张二民，与厂里临时工李木勺恋爱，全家人反对，因为李木勺是山西人。倔强的张二民还是与山西人结婚，先去了山西，后到顺义开猪场。二妹张四民护校毕业后，被分配到医院妇产科做助产士，工作积极，年年先进，在家里却有洁癖，不爱说话。张三民利用毛小莎的关系搬了家，可是好景不长，毛小莎经常跟其他男人鬼混。张五民毕业被分到农业部工作，住进单身宿舍。母亲得了老年痴呆症，经常走失，找不到回家的路。张二民与李木勺养猪发财了，却因没有孩子而打架。张大民带着李木勺看医生治好病，两人有了孩子，对张大民感激涕零。然而，从没有谈过恋爱的张四民突然得了白血病，医治无效死亡。张大民被通知下岗，不得不走街串巷卖暖水瓶。而李云芳的初恋情人技术员回国请客，使张大民的内心更加酸楚。张树问活着的意义，张大民说，没人枪毙你，你就活着，好好活着。

作为新写实作家的刘恒，在《贫嘴张大民的幸福生活》中，真实地反映了城市下层市民的艰难生活状态。张大民一家六口人，挤住在两间小平房里，没有半点夸张的笔墨，完全是中国改革开放初期城市下层市民真实生活的写照。在国家经济还不发达的年代，张大民每天都为两件事发愁：一是钱；二是房子。工资低，吃饭的人多，不得不精打细算。特别是住房问题，使全家人都生活在压抑的气氛中。张大民和李云芳结婚，张三民和毛小莎结婚，不得不床挨在一起，夫妻正常的性生活都大受影响。更艰难的是，其他兄弟姐妹以上下铺的方式挤在一间房里，没有一点私密性，母亲只能睡在箱子上。大学的集体宿舍都比家里好，所以张五民大学四年从未回家。每个人都有梦想，都希望逃离拥挤而压抑的住房，过上真正幸福的生活。然而，现实并非总能如愿，有时甚至需要付出巨大的代价。张二民为了逃离，不得不以嫁给外地临时工为代价。张三民虽然通过妻子的关系逃离成功，可妻子却变成了婊子。追求完美的张四民，工作积极上进，也一直梦想着逃离不如意的家庭环境，可是，从未谈过恋爱就患白血病而死，令人叹息不已。张大民是一家之主，还有年迈痴呆的母亲要照顾，无处可逃，只能以贫嘴的方式苦苦地撑着。只有张五民通过上大学的方式逃离成功，不过，他已经成为另一个阶层的人了。刘恒无意于宏大叙事，也不想在小说里为主流意识形态唱赞歌，但却真实地描写了时代的进步，经济的发展。小说其实透露了这样的信息：没有国家的整体强盛，普通人的梦想只是不切实际的空想。张大民一家住房的真正改善是依靠政府的拆迁改建。到了 90 年代中后期，国富民强，全国人民生活水平整体提高，住房条件也随之改善。虽然张大民还处于下岗状态，但前景却一片光明。

这篇小说最大的特色是叙事语言，充满了浓厚的北京味，生活化和口语化的语言让读者有身临其境之感。从小说标题可知，张大民是小说的主人公，"贫嘴"是张大民的性格特点，也是构建小说的叙述方式。张大民的"贫嘴"贯穿了小说始终，也全方位地展现了张大民的生活态度和处世方式。张大民通过"贫嘴"让失恋的李云芳投入他的怀抱；通过"贫嘴"劝说张三民与弟媳晚上做爱时声音小点；通过"贫嘴"赚得了一间由过道改成的住房；通过"贫嘴"与张二民吵架，气得张二民大哭不止；通过"贫嘴"来责怪张五民不该吃烧茄子，造成母亲走丢了；通过"贫嘴"处理李木勺与张二民打架的问题；通过"贫嘴"把妻子初恋情人赠送的美元还了回去。"贫嘴"是张大民的生活方式，也是他对抗生活压力的武器。"贫嘴"中有智慧，有幽默，但也有辛酸，有屈辱，是一种含泪的笑，是阿Q式的精神胜利法，是弱者的生存哲学。为了能够把过道改成一间住房，张大民有意通过"贫嘴"来激怒邻居亮子，挨了打反而高兴，因为增加住房的愿望实现了，这种"贫嘴"就含有某种自残的味道。妻子的初恋情人又请客，又送钱，本来心里就充满了酸楚的张大民以"贫嘴"的方式归还了美元，这种自虐的味道，好比阿Q挨了打，还自称"儿子打老子"。张大民经常面临着生活上纷繁复杂的压力，而"贫嘴"是他缓解压力的最好方式，也是他能够"幸福"生活的动力。

小说《贫嘴张大民的幸福生活》围绕张大民一家的喜怒哀乐，反映了普通民众的生活与情感，写透了小人物现实生活中的酸甜苦辣。不仅真实地反映了普通市民在现实生活中所遭遇的种种尴尬与困境，而且充分体现了"京味儿"的幽默与"贫嘴"。张大民面临一家人生活上纷繁复杂的压力，始终微笑着面对，以玩世不恭的"贫嘴"方式对抗现实中的生活压力。虽然看起来诙谐轻松，却充满着讽刺与黑色幽默，将普通百姓的无奈刻画得淋漓尽致。

二 "贫嘴"情节与电视剧场景

1998年，导演沈好放把《贫嘴张大民的幸福生活》改编成20集同名电视连续剧，并在全国各省市电视台陆续播出，一时间好评如潮，刘恒这部小说的知名度也随即提升。

沈好放（1953— ），父亲是八一电影制片厂的著名导演沈剡，母亲是日本人。"文化大革命"期间"上山下乡"的潮流让他到了内蒙古生产建设兵团。后来，有幸成为当时中央戏剧学院院长金山的助理，在艺术道路上打下了坚实的基础。1982年留学日本。1987年毕业于东京写真专门学校电视艺术系。在校期间，曾为佐藤纯弥导演的《敦煌》担任副导演。1987年拍摄了第一部电视剧《樱花梦》。此后，导演了《小墩子》（1993）、《小楼风景》（1994）、《东周列国·春秋篇》（1995）、《二马》（1997）、《贫嘴张大民的幸福生活》（1998）、《九九归一》（1999）、《孙中山》（2000）、《天下第一丑》（2001）、《血玲珑》（2002）、《天高地厚》（2003）、《张治中》（2005）、《盐亭》（2005）、《任长霞》（2005）、《戈壁母亲》（2006）、《市委书记日记》（2007）、《迷失洛杉矶》（2008）、《下南洋》（2009）、《夏妍的秋天》（2010）等各类题材的电视剧。其中，不少电视剧都大受好评，创下很高的收视率，多次获得"飞天奖"和"金鹰奖"。

在拍摄《贫嘴张大民的幸福生活》之前，沈好放已经拍摄过多部大型电视连续剧,对于题材的驾驭和演员的选择已经积累了很多经验。由于电视剧《贫嘴张大民的幸福生活》是根据小说改编的,沈好放在选择演员时特别注重演员形象一定要与小说原著的人物形象一致。因此,身材比较胖的梁冠华饰演张大民,外形靓丽、身材高挑的朱媛媛饰演李云芳,赵倩饰演张大雨(小说里的张二民),鲍大志饰演张大军(小说里的张三民),霍思燕饰演张大雪(小说里的张四民),王同辉饰演张大国(小说里的张五民),徐秀林饰演张大妈,岳秀清饰演毛莎莎(小说里的

导游 沈好放

(图片来源于沈好放 – 互动百科中的图片,http://www.baike.com/wiki/沈好放)

毛小莎),潘粤明饰演赵炳文,韩悦饰演贺小同,修宗迪饰演刘大爷,刘桦饰演古三(小说里叫亮子)。这些演员当时名气都不大,但外在形象和内在气质上与小说人物相似,很好地传达了人物的神韵,也得到观众的认可。

无论是小说还是电视剧,张大民的"贫嘴"都得以充分表现,并贯穿作品始终,让人忍俊不禁。电视剧的人物对白基本上保持了小说的原貌,因为小说本身就是以对话的方式结构全篇的,非常适于电视剧的改编。我们具体比较小说和电视剧中,张大民关于李云芳一家穿大裤衩的"贫嘴"情节。小说原文如下:

"大民,你说点儿别的吧。"

"夏天到了,你爸爸都穿上大裤衩儿了,你妈也穿上大裤衩

了，你……"

李云芳心想，他怎么这么啰唆呀！又想他爸爸烫死以后，他们家的生活确实困难多了，连一碗馄饨都要数着吃了，太惨了。她的目光一软，他的嘴皮子就受了刺激，硬邦邦的越说越来劲了。

"你爸爸的大裤衩用绿毛巾缝的，是吧？你妈的裤衩是粉毛巾缝的，对不对？你两个弟弟的裤衩是白毛巾，你姐姐和你的大裤衩子是花毛巾，我没说错吧？吃了晚饭，你们一家子去大马路上乘凉，花花绿绿是不是挺……"

李云芳红着脸笑了。"我们一家子穿开裆裤，你管得着吗！"

"你看你看，你根本没明白我的意思。我觉得花花绿绿挺……挺温馨的。我就是不认识你们家，一看这打扮也知道起码有三个人在毛巾厂上班。这能赖你们吗？不发奖金老发毛巾，你们家柳条包都撑得关不上了，这能赖你爸爸，能赖你吗？我要是毛巾厂的，就用花格子毛巾做套西装，整天穿着上班，看看厂领导高兴不高兴！"

"大民，你贫不贫呀！"

"其实我也没别的意思。你们一家子穿着毛巾在屋里待着，我就什么都不说了。上了街还是应该注意影响。缝裤衩的时候应该把字儿缝起来。每个屁股蛋儿都印着一行'光华毛巾厂'，好像你们全家走到哪儿都忘不了带着工作证一样。"

"快闭嘴吧，水都溢了。"

"我的话还没完呢！"

"你少说两句不行吗？"

"不行，不说够了我吃不下饭。"

"那你就饿着呗！"

李云芳不当回事，闪着细腰嘻嘻哈哈地走开了。他嘴唇发干，嗓子眼儿里塞满了自知之明，知道一堆废话她一句也没听进去。他自卑得睡不着觉，摸着两条短腿，想着两条长腿，发现自己跟她没什么好说的了。

张大民一直暗恋着李云芳，但又自卑，不敢表白。而此时，李云芳正与毛巾厂的技术员谈恋爱。张大民非常失落，经常想找李云芳说话，想以"贫嘴"的方式引起李云芳的注意。这段"贫嘴"并无恶意，只是在嬉笑之中提出善良建议，同时希望李云芳能够感知他的爱意。然而，恋爱中的李云芳并没有把张大民的"贫嘴"当回事，"嘻嘻哈哈地走开了"，"贫嘴"之后的张大民也"自卑得睡不着觉"。当然，他与李云芳的爱情转机是在技术员去了美国之后，李云芳失恋，张大民利用"贫嘴"反而赢得了芳心。再看电视剧对这个场景的处理。

镜头1：（全景）张大民穿着红色背心和灰色短裤，在院子里的公共水龙头下接水洗脸。

邮递员的画外音："李云芳，快点儿。"张大民循声回望。

李云芳从屋里跑出来："来了，来了。"她穿着方格子连衣裙和高跟鞋，蹬蹬蹬地跑到外面去取她的信。

镜头2：（中景）张大民拧着洗脸帕。李云芳一边看信，一边慢慢走进院子。

张大民回头看满脸喜色的李云芳，讪笑道："傻不傻呀。嘿！说你呢！要乐回家乐，站当街乐个什么呐！"

李云芳向张大民走过来，"我爱在哪儿乐就在哪儿乐，管得着吗？你！"

张大民笑着说："人家骑自行车的都看你。"

李云芳回头看有没有人看，又转身对着张大民问："看我干吗？"说完又继续看信。

张大民边洗脸边说："挺漂亮的大姑娘，弱智！"

李云芳走到张大民身旁，用信敲了一下张大民的肩膀，不满地说："你说谁呢？我让你贫，就你弱智！"边说边把脸盆的水洒向张大民。

张大民连忙求饶，"得！得！你弱智，我大脑炎后遗症行不行！"

李云芳还是有点不高兴，"你大脑炎！"

张大民小声告饶说："水怪凉的，水怪凉的。"

李云芳把信衔在嘴里，拧开水龙头洗手，并示意张大民帮她拿信。

张大民接过信，看了一眼后，背着双手，又看正在洗脸的李云芳，说："云芳，小时候脖子没这么粗吧。"

李云芳说："废话！"说完，又继续用香皂洗手。

张大民长叹一声，又把信从背后拿过来说："写封信还挂号！写什么见不得人的东西了？"

李云芳笑着说："他拿到奖学金了。"

张大民嘲笑道："哎哟！我说你乐成那样呢，给你寄美元来了是不是？"

李云芳不高兴了，"德行！没法儿跟你说话。"

张大民说："美国好是好啊，就是找不着工作，念多少书也白搭。"

李云芳有点乐意："他一去就有工作。"说着，顺手扯下张大民肩上的洗脸帕擦手。

张大民继续嘲笑说："给人刷盘子吧！"

李云芳有点诧异："你怎么知道？"

张大民笑着说："这事瞒不了我，中国人去十个，有九个半给人刷盘子。哗……，没白日没黑夜的，惨了去了。"

李云芳说："我看刷盘子也没什么不好。"

张大民说："那也不一定，你瞧我吧，虽然没什么能耐，我也犯不着给外国人刷盘子呀？我在我们家都不刷。"

李云芳也嘲笑张大民："你这出息还小呀！以后你老婆让你刷，看你刷不刷。"说完，把洗脸帕扔到张大民怀里，拿过她的信，转身离开。

张大民继续嘴硬："不刷！"

镜头3：（中景）见李云芳要离开，张大民赶紧说："哎，云芳，别走！别走！还有正经的。"

李云芳停住了脚步，"哟，你还有正经的呢！又憋坏了吧？"说完，慢慢转过身来。

镜头4：（中景）张大民说："我是说，就你那位徐先生，嘿！要样儿有样儿，要才有才。"

李云芳有点得意，"那是！"

镜头5：（近景）张大民说："就是那天上你们家去的时候，这眼睛老盯着一个地方瞧，显得有点没教养。"

李云芳又走近张大民问："他盯哪儿了？"

张大民有些欲言又止，"他……，老盯着你爸和你妈的——后边。"

镜头6：（近景）李云芳有些不解，"后边？你什么意思呀？"

镜头7：（近景）张大民依旧不想明说，"就是后边呗，有什么意思呀！你想想自个儿后边，有什么值得看的？"

镜头8：（近景）李云芳反而笑着说："又憋坏了吧。"

镜头9：（近景）张大民也笑着说："你妈有一大裤衩子，是粉毛巾缝的，对吧。你爸那条是绿毛巾缝的。"

镜头10：（近景）李云芳显得不高兴，张大民却继续说："哎，对了，你有一个花毛巾缝的大裤衩子，老没见你穿了。"李云芳生气地用信敲打了张大民的肚子。

镜头11：（近景）张大民笑着解释："我没说什么。我是说呀，我就是不认识你们家人，一看也知道，起码你们家有仨人在毛巾厂工作，不发奖金，老发毛巾。我要是毛巾厂的，嘿！我弄一花格毛巾做一身西服，整天上班老穿着，看你们领导高兴不高兴。"

镜头12：（近景）李云芳制止道："哎！哎！我们就是从澡堂子出来，没换浴巾，怎么着吧！"

镜头13：（近景）张大民说："我不是那意思，你们一家人要是披一身儿毛巾在屋里头待着，我也就不说什么了。要是上个街，家里来个外人什么的，还是注意点影响。缝裤衩的时候把那行字儿缝里头。你说，每个人屁股蛋儿上……"

镜头14：（近景）李云芳反而被逗笑了，张大民继续说："……嘿！'光华毛巾厂'，好像走哪儿都愿意带着身份证似的，有点儿不太雅观。"

李云芳很快又正色制止道："大民，坏透了，你。"

镜头15：（近景）张大民说："你们家那徐先生两眼直勾勾地就盯着你妈的后边，让人一看吧，就觉得他想犯坏。其实我知道，他是眼神儿不好，你瞧眼镜片上那圈。我知道，他想看清楚那几个字，可是一不小心吧，就让人觉得有点没教养。这事赖你妈。"

镜头16：（近景）李云芳生气地说："我不理你了！"说完，转身走了。

镜头17：（近景）张大民还继续说："哎，回家让你妈改改。哎，云芳！云芳！我还有事呢。"张大民追上去。

镜头18：（全景）正要进家门的李云芳停下来，"说！"

站在远处的张大民说："别老穿着高跟鞋了，报纸上都说了，女同志老穿高跟鞋呀容易罗锅，你说你将来罗着锅上美国去了，一下飞机，哎，那徐先生咣当就能晕过去。"

李云芳用两只手捂着耳朵说："没听见，我没听见。"说着，走进了房间。

（根据电视剧《贫嘴张大民的幸福生活》整理而成）

由于电视剧有20集，场景内容显然比小说情节更加丰富。与小说相比，电视剧增加了李云芳取男朋友从美国寄回的信，张大民嘲笑李云芳男朋友徐万君在美国刷盘子，徐万君盯着用"光华毛巾厂"缝制的大裤衩看，张大民劝李云芳别穿高跟鞋等细节。由于电视剧的编剧也是刘恒，所以这些增加的细节显得非常自然流畅，既充分表现了张大民的"贫嘴"性格，又体现了张大民对李云芳的关心和爱护，同时也隐含了张大民对李云芳男朋友的嫉妒。当然，这个场景也显示出李云芳与张大民之间亲密无间的同学关系和邻里关系，为后来李云芳成为张大民的妻子做了很好的铺垫。

电视剧《贫嘴张大民的幸福生活》剧照

三　多次改编的成功与缺陷

由于电视剧编剧和小说原著都是刘恒，因此，电视剧的故事情节基本上与小说保持一致。不过，由于小说原著只是一部中篇小说，其容量不够拍摄一部20集的电视连续剧，故事情节就必须要在原著的基础上适当扩张。与小说相比，电视剧有几点不同。第一，人物姓名做了微调。张二民改为张大雨，张三民改为张大军，张四民改为张大雪，张五民改为张大国，毛小莎改名毛莎莎，亮子改为古三。李云芳的初恋情人技术员在小说里没有姓名，电视剧里取名徐万君。李云芳的姐姐取名李彩芳。第二，增加了人物。电视剧中增加了张大民的女徒弟贺小同、张大雨的第一个恋人汽车司机、张大雪的男朋友赵炳文、张大民的师傅郑主席、张大妈的老年恋人居委会主任刘大爷等角色。第三，增加了情节。由于人物的增加，电视剧中的人物关系和故事情节也相应变得复杂起来，矛盾冲突更加频繁。电视剧中，张大民的女徒弟贺小同先给张大民介绍女朋友，后给下岗的张大民介绍工作，还跟张大国谈恋爱。小说里的张四民从未恋爱；电视剧中的张大雪与军医赵炳文谈恋爱，赵炳文后来又因公牺牲。电视剧增加了张大民的师傅、保温瓶厂的工会主席郑主席这个人物，张大民多次向他申请住房，后来，两人下岗后一起卖保温瓶。此外，还增加了张大雨与汽车司机的恋爱、李云芳在夜大学习会计、毛莎莎与古三的婚外情、刘大爷暗恋张大妈等情节。

　　尽管电视剧《贫嘴张大民的幸福生活》有 20 集，但总体上与小说原著保持了一致，增加的人物和大部分情节也得到了观众的认可。不过，还是存在少许的美中不足。首先，张大军(小说里的张三民)与毛莎莎(小说里的毛小莎)没有孩子的问题缺乏交代。小说里的张三民和毛小莎基本上是被否定的人物，张三民没有骨气，毛小莎是个水性杨花的女人，婚后与许多男人保持着不正当的男女关系，几乎近似婊子。两人也没有孩子，虽在小说里没有直接交代，但可以反过来推论，毛小莎结婚前就不是一个正经的女人，加上婚后男女关系混乱，可能早就失去了生育能力。同时，小说中的毛小莎是一个出场不多的次要人物，作者很少正面描写。电视剧中的张大军和毛莎莎是贯穿全剧的主要人物，为了伦理道德和大众的接受问题，毛莎莎只是一度陷入与古三的婚外情，后来改邪归正，与张大军恢复了正常的夫妻感情。也就是说，电视剧中的毛莎莎并不是一个水性杨花的女人，更不是小说里的婊子。刘恒的这种改动符合了大众的审美情趣，应该给予肯定。但问题是两人没有孩子，而且两人都不着急似的，这就有悖于普通人的日常生活逻辑。张大雨与李木勺因为没有孩子夫妻经常打架，这说明"不孝有三，无后为大"的传统观念在市民阶层根深蒂固。因此，电视剧应该简单交代张大军与毛莎莎没有孩子的原因。其次，张大国与贺小同的恋爱有些牵强。电视剧增加贺小同这个人物，对于延宕电视剧的情节起到了重要作用。不过，两人的恋爱却没有感情基础。从电视剧的情节来看，由于贺小同经常去张大民家，她与张大国很早就认识，但两人并没有感情方面的交流，也没有多少交往。

张大国后来上大学、毕业后在农业部工作，走的是仕途之路；贺小同先在工厂上班，接着辞职到南方下海，后又回北京开餐厅，走的是经商之路。两人的经历和人生道路都不相同，情趣爱好也相去甚远，互相并没有多少好感，突然在最后两集谈起恋爱，实在给人以突兀之感，有一点"戏不够，情来凑"的味道。

瑕不掩瑜，电视剧《贫嘴张大民的幸福生活》播出后，深得观众的喜爱，并创下很高的收视率。饰演李云芳的朱媛媛先后获得中国电视金鹰奖和北京市春燕杯最佳女主角奖。北京人艺的梁冠华以其出色的演技，入木三分地刻画了张大民这个生活在大杂院的小人物。虽未能获奖，但他幽默风趣的"贫嘴"已经深入人心。梁冠华说："也有一部分人反映，这是当代的阿Q。是阿Q，有这个阿Q的这种精神。但是我觉得，作为一个最底层的人物，他要生存下去，他要让这一家人都好好地活下去。他的长辈，他的同辈和他的晚辈，这样三代人都要好好活下去，那么他必须要有这样的一种精神，来支撑着自己的这点精神头吧。"[1] 饰演张大雪的霍思燕、饰演赵炳文的潘粤明、饰演古三的刘桦等青年演员，因这部电视剧而广为人知，并很快成为炙手可热的影视剧明星。

无独有偶，也在1998年，导演杨亚洲把小说《贫嘴张大民的幸福生活》改编成电影《没事偷着乐》，由冯巩饰演张大民，郑卫莉饰演李云芳。电影淡化了原作的反讽式幽默，现实平民的苦痛在这部都市电影中受到空前的重视和突出。影片始终以一个小人物的视角观察周围的生活，演员的表演非常生活化，整部片子以天津话演绎，演的就是活脱脱的家常事，观众看了很有认同感。导演杨亚洲不厌其烦地寻找着平民生活的困窘：平民的学子只能去房顶早读，平民的妈妈只能睡箱子拼凑的床，两对年轻的夫妻不得不忍受隔帘而眠的尴尬。平民的精神人格与沉重的生活水平相对抗，从而形成了影片的张力。"当私人空间与公众空间突破了各自界限的时候，尴尬之中蕴涵的只有悲凉

---

① 王刚主持：《电视往事——中国电视剧二十年纪实》(影像)，第二十集。

和无奈。"① 解决这种冲突的方式是空间的拓展，由此，整部影片的内容便被故事的内容所规定，张大民们于是经历了从安排住处、盖房到搬房的一系列事件。在一部影片内，人生的内容被如此填充，所谓的"活着"便只有在抗争的意义上徘徊。

电影《没事偷着乐》剧照

影片结尾，一家人走在向远方延伸的路上，儿子问张大民："爸爸，什么时候能再幸福一次？"张大民回答："没事你就偷着乐吧，那就是幸福。"女人搀扶着老人，男人背着孩子，这是一个典型的中国家庭，他们沿着草丛覆盖的铁轨走向远方的楼群。镜头投到他们的背影上，缓缓拉开，导演借此传达了一种对中国人未来的祝福，完成了对中国当代平民生活的关怀和注视，其情可感，其境可玩。

《没事偷着乐》是杨亚洲拍摄的第一部电影，演员可谓"明星荟萃"。饰演张大民的冯巩、饰演厂长的牛群是著名的相声演员，饰演云芳爹的郭达、饰演李木勺的李琦是著名的小品演员，饰演云芳初恋情人的蔡国庆是著名歌星，饰演张二民的丁嘉莉、饰演母亲的李明启

---

① 邓光辉：《关于〈没事偷着乐〉》，《当代电影》1999 年第 1 期。

和饰演包子的李嘉存是影视界的实力派演员。此外，唐杰忠、巩汉林、侯耀华等相声小品演员也客串一些次要角色。虽然喜剧明星云集，但杨亚洲并没有拍成一部幽默滑稽的喜剧片，而是很好地传达了小说原作的精神内涵和主题思想，将普通百姓的酸甜苦辣刻画得淋漓尽致。让杨亚洲没有想到的是，影片不但得到观众和评论界的好评，而且获奖无数。虽然冯巩的形象与小说里矮胖的张大民形象差异较大，但冯巩的演技传达出张大民的神韵，得到了观众的认可，因此，他先后获得金鸡奖最佳男演员奖和大学生电影节最受欢迎的男演员奖。2000 年，该片获得意大利远东国际电影节最佳故事片奖。

小说的改编热潮并没有结束。2000 年，小说《贫嘴张大民的幸福生活》又被改编成同名评剧，由丑角名家韩剑光扮演张大民，歌星于文华扮演李云芳。评剧的演出同样大获成功，韩剑光因为成功塑造了市民张大民这一人物形象而获得第十九届中国戏曲"梅花奖"。

2001 年，导演安战军又拍摄了贺岁片《贫嘴张大民的幸福生活之美丽的家》，这其实是小说的续集，演员依然是梁冠华、朱媛媛等原班人马，讲述的是拆迁进了楼房后的种种琐事，房屋装修、张小树上重点中学等问题不断困扰着张大民。后来，各种问题终于解决，皆大欢喜，附和了贺岁的主题。

一部好作品需要不同读者进行不同解读，正所谓"一千个读者就有一千个哈姆雷特"。小说《贫嘴张大民的幸福生活》被改编成电影、电视剧和评剧，其实就是不同的导演对这部小说的不同解读方式，这也反证了小说具有的文学价值。张大民在本质上给我们揭示了幸福的实质，然而更多的人看到的是一种关怀，一种忧虑，一种隐藏在家长里短背后的悲凉，一种沧桑，一种需要我们付出更多的热情去关注的现实。

第四节 《来来往往》的都市传奇与大众趣味

一 情场诱惑与商场神话

池莉(1957—)，湖北仙桃人。1976 年就读于冶金医学院(现武

作家 池莉

（图片来源于池莉－百度百科中的插图，http：//baike. baidu. com/link? url = m2tZK8t0nvhLLh9y7v 1HSZWxs3tkxY_ XYJ7h_ OyIlqfjJ5vkT 6jEIIwdf2YM_ VCsDvTG1I3oAZORgD 3－ABa6b_ ）

汉科技大学医学院）。1979 年毕业后在武钢职业卫生防疫站工作，担任流行病医生。1983 年考入武汉大学中文系成人班就读汉语言文学专业。1987 年调入武汉市文联《芳草》编辑部任文学编辑。1990 年调入武汉文学院，成为专业作家。1979 年创作了处女作短篇小说《妙龄时光》，从此开启了自己的文学道路。"人生三部曲"《烦恼人生》《不谈爱情》《太阳出世》奠定了新写实小说家的地位。90 年代中期以后，创作了《你以为你是谁》《来来往往》《小姐你早》《口红》《水与火的缠绵》《有了快感你就喊》《生活秀》《你是一条河》《怀念声名狼藉的日子》《所以》等小说，广受读者喜欢，许多作品先后被改编成影视剧。池莉的小说主要以武汉普通市民的凡俗生活为描写对象，揭示他们接近于"原生态"的生存境况。"作者叙事能力强，语言干净利落，处理题材和人物时比较冷静客观。她主张面对琐碎的生活现实，摒弃虚幻的生命抽象，坦然地呈现朴实、率真的生命本质，这使她的小说拥有较多的读者。"①

大多数新写实小说家都能与时俱进，特别关注对当下生活的描写，紧跟时代发展步伐，池莉便是典型代表。随着社会的变化和新生

---

① 孟繁华、程光炜：《中国当代文学发展史》，北京大学出版社 2011 年版，第 323 页。

事物的出现，池莉总是能够把新写实的创作手法与现实生活流行元素有效地结合起来，其中最成功的典范就是《来来往往》。

《来来往往》①创作于 1997 年，单就故事情节而言，是"情场加商场"的基本套路，也是非常吸引眼球的流行元素。小说讲述男主人公康伟业从一个青年工人到成为一个大款商人的 15 年里，与几个女人之间的情感故事。身高 1.81 米的康伟业自小就被女性注意和喜欢。读初中时就暗恋上了漂亮的高三女生戴晓蕾，两人经历了一段美好而纯真的情感，可因知识青年"上山下乡"而失去联系。作为知青返城后的康伟业被安排在肉联厂当工人，热情的厂医李大夫给康伟业介绍了身高 1.66 米的段丽娜作为女朋友。段丽娜在社科院工作，父亲是武汉军区师级干部。康伟业觉得地位悬殊，不抱希望，而段丽娜却爱上了康伟业，在她的热情追求下两人结婚。此后，康伟业一帆风顺，入党，调工作，下海办起了承建大型工程项目的公司，在海外同学贺汉儒的支持下，生意越做越大。段丽娜在家里对康伟业长期采取盛气凌人的姿态，康伟业感受不到女性的温柔与体贴，夫妻感情很不和谐。后来，林珠加盟他的公司，这对康伟业来说就是如虎添翼，而且，激情四射的林珠成为康伟业的情人，使康伟业如痴如醉。由于康伟业无法与段丽娜离婚，林珠只好离他而去。为了排解康伟业的苦闷，王老总给康伟业介绍了更加年轻的时雨蓬作为他的情人。时雨蓬虽然活泼开朗，充满青春气息，但是，她只能成为康伟业解闷、驱愁、减压的开心果，只能滋润一下他紧张的生活，两人完全是金钱与肉体的关系。

在池莉看来，现代生活中的爱情都是建立在物质利益基础上的，没有物质就没有浪漫，就没有情意缠绵。康伟业在婚姻爱情上的波折与他商业上的成功密不可分，除了戴晓蕾与他的情爱不涉及物质利益以外，他与段丽娜的矛盾，与林珠、时雨蓬之间的感情纠葛，都是在他物质经济丰富以后才发生的。池莉说："康伟业和他原来的老婆有一段时间关系不错，那仅是因为两人都很平静，物质对等，精神对

---

① 发表于《十月》1997 年第 4 期。

等，这种对等也还是很美好的。一旦他们的平衡遭到破坏，他们的关系也遭到了破坏。后来康伟业与林珠有过一段美好时光，也是因为他们的物质和精神对等，这种对等被打破，他们的关系也就中止了。"①康伟业与林珠的关系或许说得上具有爱情意味，他们的肌肤相亲、颠鸾倒凤，不能仅仅看作是肉欲的满足，确有彼此爱恋、情投意合的因素，但这种爱恋是可以用金钱物质来衡量的。林珠送康伟业一枚价值万元以上的玉坠，使康伟业极为感动，"他万万没有想到林珠待他是如此情深义重。情义的深浅不在乎钱多钱少，可钱的多少却可以衡量情义的深浅"。于是他回赠给林珠 40 万元买了一套房子。这可以说是"投我以木瓜，报之以琼琚"的现代版了，也是物质基础之上的爱情所在。康伟业与时雨蓬更是金钱和肉欲的关系。时雨蓬给康伟业带来了轻松愉悦的享受，康伟业回报她的是逛商场，让时雨蓬挑选各式各样的名贵衣服。时雨蓬以玩笑的方式说："康总你可得当心了，给小费别把自己给得倾家荡产了。"时雨蓬明白她与康伟业的关系只能停留在物质交易上，像康伟业从事的生意一样。

　　《来来往往》的叙事手法采用的是第三人称叙述方式，这本是一个全景式的客观现实的叙事模式。然而，小说的叙述人主要是集中于主人公康伟业进行叙述的，换句话说，第三人称叙述与主人公的视角几乎是重合的。一般来说，叙述人视角与主人公视角的重合只是在第一人称小说中才广泛使用。而池莉在这部小说中不但打破了常规的叙事方式，而且叙述视角非常男性化。池莉这样叙事的目的是站在大众文化时代的消费主义立场，隐藏了叙述人自己的主观偏好，以便更好地满足普通大众的心理需求。

　　正是由于从大众的立场出发，池莉塑造的康伟业简直就是当代都市里完美无缺的"英雄形象"。康伟业一出场就很完美，是许多姑娘梦寐以求的白马王子。他身材高大威武，又爱读书，求上进，虽然很讨女性喜欢，但却没有拈花惹草的闲话，"不纠缠女性，生活作风正

---

　　① 李骞、曾军：《浩瀚时空和卑微生命的对照性书写——池莉访谈录》，《长江文艺》1998 年第 2 期。

派"，连一向高傲挑剔的段丽娜也给康伟业总结了许多优点。康伟业
与段丽娜结婚后，叙述人继续给读者展现康伟业的优点："多年以
来，康伟业循规蹈矩，勤奋工作，工作完毕就回家，回家就抢着做家
务。"段丽娜很霸道，经常对康伟业大发脾气，而他从不动怒生气，
连他的父母都"指责儿子一点骨气都没有"。叙述人评价道："康伟
业成天洗碗拖地的，他有没有怨言？他有的。一般男人谁都不会乐意
做这些婆婆妈妈的永无休止的家庭琐事。但康伟业把怨言放在心里，
从来不对人说。"

　　在遇到林珠之前，康伟业依然是用情专一的好丈夫："康伟业经
商这几年，天南海北地跑过，各种夜总会娱乐城酒吧也泡过，投怀送
抱的漂亮女孩子也不止遇到过一次两次，他都抵抗得住，坚守得
住。"即使康伟业与林珠之间发生了婚外情，叙述人也没有简单地对
这件事进行道德价值评判。池莉说："因为我不是老师，不想当精神
导师，不想刻意教诲世人，换句简单的话说：我不推销真理，只是对
生活进行审美性的虚构与塑造，我乐意让读者自己从中去获取他需要
获得的东西。"① 叙述人对康伟业的变化没有给予主观上的道德批判，
因为许多人把现实生活中的商人看成是"当代英雄"，古代的"英雄
与美女"的传奇演变为今天的"商人与美女"的故事，似乎也很正
常。孰是孰非，叙述人不作价值判断，让读者自己去理解和思考。

　　在《来来往往》中，池莉依然在作品里贯穿着新写实的手法，并
增添了调侃的笔墨和流行生活元素。康伟业与段丽娜刚结婚时，康伟
业又要上班，又要做家务，整天忙碌，生活很累人，叙述人马上调侃
道："但是康伟业有一颗累不垮的心，苦不苦，想想红军二万五；累
不累，想想曾经插过队。"康伟业经商发财后，经常给段丽娜买衣
服、口红、香水、丝袜等女士用品，叙述人戏称康伟业这种行为是对
段丽娜实施的"和平演变政策"。这些调侃幽默的语言使读者忍俊不
禁，一些严肃的、庄重的事情在调侃语言中得到了消解。小说里还描
写了流行生活方式和流行话语。林珠喜欢听凯丽·金演奏的萨克斯音

---

① 池莉：《敬畏个体生命的存在状态——池莉访谈录》，《小说评论》2003 年第 1 期。

乐，20 世纪 90 年代后期，凯丽·金的萨克斯音乐在全国的大街小巷流行。林珠喜欢去"J·J"。"'J·J'是美国人开的一家迪斯科广场，生意红火得不得了，蹦迪的几乎全是少年男女。""蹦迪"是新出现的休闲娱乐方式。时雨蓬更是一个相当新潮的女孩，喜欢说"酷"，喜欢去酒吧，喜欢吃爆米花。连酒吧的酒名都很时髦，取名"红粉佳人""爆炸""旭日东升"等。萨克斯音乐、蹦迪、酒吧等词汇反映的是当时的新生事物和时尚生活方式，池莉把这些当下生活流行元素写入作品，其实也是新写实创作的重要特色。新写实不仅仅是对普通人的生活进行原生态描写，而且也要对新生事物进行真实再现。池莉作为叙述人并不以启蒙者的姿态对现实生活进行指手画脚的批评，而是以比较客观的笔触真实展现消费时代的生活图景。

二　电视剧场景的重构与延宕

小说《来来往往》刚刚发表就引起众多的影视剧创作者和投资人的抢夺，这是池莉本人都始料未及的。一时间，16 家公司赶往武汉，与池莉谈判小说的改编权，经过一番激烈竞争，北京中博现代企业和湖北国际航空服务公司最终赢得了小说的版权，并组成了 6 人创作班子，希望尽快让电视剧与观众见面。① 《来来往往》得到了几位知名导演的青睐，其中包括实力派导演田迪。当时，田迪导演的《小井胡同》的收视率高居京城电视剧排行榜榜首。最终，田迪又担当了执导《来来往往》的重任。

田迪(1958—　)，从 1981 年开始，先后担任电影《追索》《南拳王》的场记。1984 年担任电影《木棉袈裟》和《白龙剑》的副导演。1985 年，第一次独立执导电视剧《我是中国人》。此后，执导了《雪线》(1986)、《天桥梦》(1995)、《小井胡同》(1996)、《来来往往》(1998)、《是非中年》(2000)、《君子梦》(2001，后更名为《祖祖辈辈》)、《鸣沙湾的故事》(2002)、《公安局长》(2002)、《独身男女》(2004)、《你是苹果我是梨》(2005)、《阳光总在风雨后》(2007)、

---

① 　参见陈飞《〈来来往往〉的故事》，《大众电影》1998 年第 5 期。

《女人树》(2008)、《我无法放纵的青春》(2011)等各类题材的电视剧。田迪导演的许多电视剧都曾热播于全国各大电视台,其中,《鸣沙湾的故事》荣获"飞天奖"优秀中篇电视剧奖。

谁来主演《来来往往》剧中个性鲜明、有血有肉的四个主要人物康伟业、段丽娜、林珠、时雨蓬?一时间在媒体上也炒作得沸沸扬扬。当时,《戏剧电影报》举办了读者票选心目中《来来往往》剧演员活动。当时一些知名演员,孙淳、濮存昕、刘威、张丰毅、巍子、宋春丽、吕丽萍、盖丽丽、许晴等都想饰演剧中的角色。最终,濮存昕饰演康伟业,吕丽萍饰演段丽娜,许晴饰演林珠,由当时的新人李小冉同时扮演戴晓蕾和时雨蓬两个角色。1998年10月,18集电视剧《来来往往》制作完成,并在各大电视台播出。由于有三位当红明星主演,电视剧在全国一炮走红,给投资方带来了相当丰厚的回报。

与小说相比,电视剧《来来往往》比较忠实于原著,主要人物、

导演 田迪

(图片来源于田迪百度百科中的插图,http://baike.baidu.com/link? url = RxP9YROCGMEhkKQoedb2YVvPNXj – Npq_NCsX2M9OQnasjJBtwk0021H1Qh7JUdvqUPS_ lpQNtvjP7PZz6OSYkq)

故事情节基本上与小说保持一致。池莉创作的《来来往往》只是一部中篇小说,只有17节,要拍摄成18集电视剧,编剧在篇幅容量上就必须进行大量扩充。

增添什么样的人物和故事情节,让电视剧呈现出什么样的趣味是电视剧接近观众的重要因素。池莉的作品正是以其鲜明的市民性、大众性引起了电视剧投资商的关注,但要改编成电视剧,池莉小说中的市民性和大众性还是远远不够的。在电视剧中,我们看到编剧在向大

众欣赏趣味和市民价值立场的迎合方面做了更多的努力，这可以在电视剧中的人物安排、人物对白、人物关系的设置上体现出来。比如，康伟业与段丽娜谈恋爱，小说里除了把两人初次见面和段丽娜写给康伟业的第一封信的内容描写得比较具体外，其他过程就是简单的概述：

> 在通信往来中，他们也约会过好几次，约会的效果都不如信中的感觉好。两人一旦面对面，"我们"这个词都说不出口了。段丽娜的口才表达能力很强，革命道理谈起来滔滔不绝。康伟业的口才原本不差，但是被段丽娜的气势压抑住了，显得迟钝和笨拙，有时还口吃。而且他们所有的话题都围绕党和国家的命运生发和展开，与男女之情远隔万里。
>
> 他们一点也不像是为谈婚论嫁走到一起的青年，而像是两位日理万机的党和国家的领导人。康伟业渐渐感到了无趣，他准备撤退。

这两小段内容在电视剧中扩张到大约半个小时的叙事情节。在剧中，编剧设置了九个场景来讲述康伟业与段丽娜谈恋爱的过程：康伟业与李大夫在武汉长江大桥下交谈的场景；段丽娜与康伟业在江边交谈的场景；段丽娜与康伟业在军队驻地外面谈恋爱的场景；贺汉儒与康伟业在宿舍里谈话的场景；段丽娜与康伟业二度在江边谈话的场景；康伟业在寝室给段丽娜写信的场景；贺汉儒与康伟业在肉联厂车间谈话的场景；康伟业到戴晓蕾旧家的场景；康伟业到李大夫家的场景。这九个场景不但形象具体，而且妙趣横生。请看段丽娜与康伟业在江边交谈的场景：

> 镜头1：（全景，直摇）前景是贴在窗户上的两条小标语"无产阶级文化大革命"和"阶级斗争是纲，纲举目张"，远景是武汉长江大桥。康伟业和段丽娜并排走在长满野草的江边小路上。康伟业穿着白色衬衣、深蓝色长裤，段丽娜穿一身绿色军装，戴

着圆形的女式军帽，两根辫子自然下垂到胸前。镜头慢慢向上直摇

康伟业问："这段时间挺忙吧？"

段丽娜："啊。最近全国展开批林批孔的运动……"

镜头2：（中景，横摇）两人边走边谈。两人向右走，镜头跟随横摇。

段丽娜："……我们部队也组织了批判会，机关还组织了批林批孔漫画展，就是让大家提高对孔孟之道的认识。孔孟之道就是复辟资本主义的根源。哎，你们厂运动开展得怎么样？"

康伟业："工人懂什么？上面怎么说下面就怎么干呗。"

段丽娜："哎，那可不对啊！工人阶级应该站在革命的最前列，工农兵学商，工可是首位，所以你们要起到模范带头作用。"

镜头3：（中景，推，横摇）两人走到大桥下面，桥墩上贴着两条小标语"千万不要忘记阶级斗争"和"深入开展批林批孔运动"。

康伟业："你的口才真好！"

段丽娜："这都是我经常多看看报纸，听听广播，了解国家大事学来的。"镜头慢慢向两人推近。

康伟业："小段同志，有一个问题我一直搞不明白，我也不敢问。"

段丽娜："那你说说看，也许我能帮你解决思想上的疙瘩。"

康伟业："'批林批孔'，'批林'我能明白；'批孔'……孔老二跟我们社会有什么关系？"

段丽娜："当然有关系啦！"段丽娜向右走，并站在一高处对康伟业说话。镜头横摇跟随。

段丽娜继续说："'孔孟之道'就是复辟资本主义的根源，如果不把它批倒批臭那怎么行？我们这个时代的青年要充分认识到这一点，才能够巩固无产阶级文化大革命的胜利果实，才能永保社会主义江山不变颜色。"康伟业神情专注地仰望着慷慨激昂

的段丽娜。

（根据电视剧《来来往往》整理而成）

电视剧《来来往往》剧照

这哪里像是谈恋爱？完全是段丽娜对康伟业作阶级斗争的政治报告，小说中那句"段丽娜表达能力很强，革命道理谈起来滔滔不绝"，在剧中得到了直观生动的影像再现。这个场景很好地把"文化大革命"的时代背景和"批林批孔"的政治运动结合起来，让观众感受到特殊年代的社会生活，甚至连青年男女的恋爱方式都政治化了。

小说《来来往往》只是一部中篇小说，其故事内容只够拍摄一部电影；而投资方和剧组要把小说拍摄成 18 集电视连续剧，小说原有的信息量就远远不够了。因此，编剧必须在保持小说主干线索不变的基础上，增加更多的故事内容和影像场景，以便符合电视剧的拍摄要求。第一，增加人物设置，并使小说中的次要人物具象化。电视剧不但把次要人物变为次主要人物，大大增加李大夫、贺汉儒、老梅等人的戏份，而且增加了一些人物：康伟业工作过的二轻局柴局长，康伟业在二轻局工作的同事老曲，段丽娜在市妇联工作的马大姐等。正是由于人物数量的增多，康伟业、段丽娜的社会关系和生活环境才更加复杂多样，他们活动的场景才真实可信。第二，增加故事内容和叙事细节。小说中的段丽娜一直在社会科学院工作；剧中段丽娜的工作发生了几次变化：先是在部队当兵，接着转业到武汉市妇联工作，康伟业下海经商要闹离婚时，段丽娜也悄悄辞职下海，做起了服装生意，成为法国时装公司驻湖北的总代理。小说里康伟业下海是承建大型工程项目，经商活动写得很简略；剧中的康伟业下海开办的是服装加工厂，工厂从无到有，直到扩大的发展过程，剧中都交代刻画得相当详尽，同时，剧中还增加了康伟业抗洪救灾的感人事迹。第三，增加人物活动的影像场景。小说中人物活动的场所比较少，很多都没有具体交代。电视剧增加了食堂、康伟业的寝室、康伟业父亲的住房、武汉长江大桥下、李大夫的家、康伟业在二轻局工作的办公室、康伟业同事老曲的家、服装加工厂、康伟业在服装厂的办公室、段丽娜在市妇联的办公室、段丽娜下海后经营的服装专卖店、康伟业到洪水淹没的农村灾区等各种各样的场景。电视剧由于影像视觉的需要，场景的选取和场景的布置就显得特别重要。场景的选择和场面调度的变化也是吸引观众的法宝之一。

三 大众传媒的选择与小说传播的思考

小说是作家个人心灵体悟之作，读者借由文本直接与作家面对面。电视剧是通过多种叙述语言、由各个演职部门互相合作、形成合力而创作出来的作品。主创人员如编剧、导演、主要演员都是根据自身的体验，在小说文本、剧本基础上实行的再创造，所以电视剧通常也是多种立场相互妥协的结果，最后的结果就是小说文本的试验性和启蒙性降低，价值的中和在一般情况下就是大众意识的抬头。就这点而言，电视剧相比小说更为彻底地走向大众是有其艺术本体上的原因的。

电视剧和小说毕竟是两种不同的艺术形式，在从小说到电视剧的改编过程中，编剧和导演会根据现实需要进行一些必要的改动，以适应观众的审美需求。《来来往往》也不例外，归纳起来看，电视剧和小说有几个方面的差异。第一，对个别主要人物的外在形象进行了调整。电视剧中，濮存昕扮演的康伟业、吕丽萍扮演的段丽娜、李小冉扮演的时雨蓬与小说的人物形象非常接近，但是，许晴与小说中林珠的形象差异较大。小说里的林珠不太漂亮，没有段丽娜漂亮，她是广东人，是"一个典型的南国小女子，身材小巧，皮肤微黄，眼窝深，颧骨高，唇大而厚而红，眉黑且直且长"。剧中扮演林珠的许晴可比小说中的林珠漂亮得多：身材高挑，皮肤白皙，鹅蛋形脸，圆圆的眼睛，小巧迷人的嘴唇，齐耳的短发。这简直就是一个人见人爱的大美人！电视剧从影像的可视性角度和婚外恋的基本规律考虑，选择比原作更漂亮的演员来扮演林珠，这样会更符合观众的审美需求，如果让康伟业爱上一个比妻子还差的女人，就有悖于人之常情。第二，对主要人物的工作进行了改动。小说里康伟业下海创办了承建大型工程项目的公司，电视剧中的康伟业下海开办的是服装加工厂。小说中的段丽娜一直在社会科学院工作；电视剧中段丽娜的工作发生了几次变化：先是在部队当兵，接着转业到武汉市妇联工作，康伟业下海经商要闹离婚时，段丽娜也悄悄辞职下海，做起了服装生意。第三，增加了抗洪救灾的内容。小说创作于 1997 年，当时长江还没有发生洪灾。电视剧拍摄于 1998 年，主要场景在武汉，而当时武汉就发生了百年不遇的洪灾。因此，电视剧增加了康伟业捐献帐篷和服装的场景，亲自带队把捐资物品送到灾区，赞扬了康伟业"富裕不忘国家难，经商不忘养育恩"的高贵品质。

可以肯定的是，《来来往往》的现实性是比较强的，它描述了在变革的年代不同的价值观与人生观的互相冲突，在一定程度上反映了当前正发生在许多家庭中的故事，探寻了经济力量对家庭和情感结构的渗入，以及现实中男人的困境等问题。扮演康伟业的濮存昕说："拍完这部电视剧，我就接到一些观众来信，有很多碰撞，哎呀，你演的就是我，很多人在这个角色的身上看到了自己，其实，我在接到这个电视剧、我看到这个角色的时候，我也觉得我有很多积累。每个人通过看这部电视剧，这类人、这群人看这部电视剧的时候，他们对于自己的参照，就是这部电视剧的意义。不堕落不足以警示，所以家庭伦理道德片我演完了《来来往往》之后，我就没有再接过一部，我就觉得演完了。"①

电视剧离不开女性，女性是大众文化时代一个重要的消费话题，而池莉的小说大多数都是反映现代婚姻家庭中男女关系问题的，她尤其对女性给予了极大的关注。这表现为她对女性多持同情、理解和赞赏的态度；表现为她总让笔下的男人多一些妥协与体贴，多一分宽容与成熟，而让女性多一些任性与骄躁，多一些果敢与胜利。同时，她又对中国女性的传统美德给以赞扬，尤其是女性的忍让、包容和顾及家庭等品质在小说里着墨颇多。《来来往往》中的段丽娜、《小姐你早》中的戚润物、《口红》中的江晓歌，虽说她们都不够完美，但在池莉笔下她们都具有一些中国传统妇女的美好品质。她们都全身心地爱着丈夫，爱着孩子，操持家务，希望家庭稳定和谐，即使夫妻之间出现感情矛盾，她们也都不希望通过离婚来解决矛盾，而是希望丈夫改邪归正，使家庭重新充满欢乐的氛围。也许正如池莉自己所言："男人和女人们都是在寻求一个答案：要在这个世界上博得自己的位置后，平起平坐。"②

根据池莉小说《来来往往》《小姐你早》改编的同名电视剧的轰动效应还未完全散去，池莉又在 2000 年推出了献给新千年的一份厚礼——20 集电视剧《口红》。《口红》是池莉第一次尝试电视剧本的创作。之后在江苏文艺出版社编辑的要求下，2000 年 6 月 2 日，池莉又与她的先生联手将剧本改编成了小说出版。池莉认为，这样的小说比一般意义上的小说好看，因为它既有电视剧曲折的情节和变化的场景，又充分发挥了小说描写叙述的特长，所以她给这种小说起了一个新名词叫"剧情小说"。她说创作这部小说的初衷是"精美的纸质小说，它可以永远留在我们身边，伴随我们人生的整个旅途"③。池莉所说的"剧情小说"实际上就是当下流行的"影视小说"。池莉曾在

① 王刚主持：《电视往事——中国电视剧二十年纪实》（影像），第十九集。
② 转引自袁小可《池莉小说传播现象论》，《上海师范大学学报》（哲学社会科学版）2001 年第 5 期。
③ 池莉：《口红》封三，江苏文艺出版社 2000 年版。

创作小说《口红》之后说："我们不是改编剧本，而是彻底用小说的笔调重新写作一次，让枯燥的对白变成流畅的文字，保持剧本最精彩的故事情节和人物命运走向，保留基本最原始的故事情态，增加文学阅读的体味感、想象力与回味感。"①

影视剧因池莉的小说而大获成功，池莉的小说作品也因为影视剧的播映而畅销不止。《来来往往》在两年之内发行了23万册，《小姐你早》在一年内发行了10万册，《口红》在2000年首印就是10万册。②《生活秀》的发行没有统计过，但至少在《口红》之上。在2000年以后，池莉的各种版本的小说集也成为出版社的新宠，她的其他作品也借此大量发行。长春出版社2003年出版的《池莉作品选》就包括《绿水长流》《生活秀》《小姐你早》《来来往往》《绝代佳人》《让梦穿越你的心》《你以为你是谁》《怀念声名狼藉的日子》八部中篇小说。同一年，长江文艺出版社出版了《池莉近作精选》，其中包括《有了快感你就喊》《怀念声名狼藉的日子》《看麦娘》《生活秀》《惊世之作》《云破处》《霍乱之乱》等小说。在短短的几年时间里，池莉的小说就出版了近百万册，这个数字是相当惊人的。现在，池莉已经有了"明星作家"的风范，她的名字本身就是卖点。而出版社和影视剧制片人早就知道包装的奥妙，几番合作，于作者和出版社是双赢，加上过足了瘾的读者，构成了一个陶陶乐乐的池莉文学热。

在短短的两三年时间里，池莉通过与影视剧的联姻，很快提升了知名度，她的小说一夜之间畅销全国，出版社出她的书就像是在印钞票。换句话说，不论从社会效益还是经济效益的角度，池莉都已经取得了成功。正如她自己所说："客观地说，我的创作激情也有一部分从我的读者那里来。假如二十年来，从始至终我都没有读者，我不敢说我将怎样。我觉得，小说作家与读者建立的是一种密传式的心灵感应，传达独特个人情怀和不可言传的私人审美感觉。面对我的读者，哪怕是为了他们中间的一个写作，我都会激情飞扬。"③

---

①　池莉：《口红》封三，江苏文艺出版社2000年版。

②　参见刘川鄂《小市民，名作家：池莉论》，湖北人民出版社2000年版，第206页。

③　池莉：《写作的激情》，《青年文学》2004年第3期。

第九章　主旋律小说与影视传媒的关系

　　在新时期文学中，主旋律小说虽然没有形成一个文学流派和统一的文学思潮，但是，主旋律小说的创作却一直伴随着中国改革开放的整个过程。一般来说，主旋律小说能够充分体现主流意识形态，弘扬主流价值观念，紧跟时代发展步伐，主要包括军旅小说、公安小说、反腐小说、新现实主义小说等类型。其代表作品有李存葆的《高山下的花环》，海岩的《便衣警察》，徐贵祥的《历史的天空》，陆天明的《苍天在上》，周梅森的《人间正道》，张平的《抉择》等。与文学界不同，影视界明确提出了"突出主旋律，坚持多元化"的创作口号，因此，主旋律影视剧在新时期影视剧发展历程中一直占据着重要位置。主旋律影视剧由于得到国家权力机构的提倡和支持，加之受到众多观众的青睐，所以题材多样，佳作不断，包括革命历史题材影视剧、军旅题材影视剧、公安题材影视剧、反腐题材影视剧、先进人物题材影视剧等多种类型。由于主流意识形态与大众文化的合谋，许多主旋律小说都很快被改编成影视剧，形成了主旋律影视剧持续不断的热潮。与此同时，影视剧的上映和热播，又进一步促进了主旋律小说的创作，二者在相互合作之中得以共同发展，对于当代社会主义文化的繁荣起到了积极的推动作用。

第一节　主流价值观的当代展现

一　民族国家意识的文学书写

"主旋律"最初是指一部音乐作品或乐章的旋律主题。商务印书馆1989年出版的《新华词典》(修订版)这样解释"主旋律"："在许多声部同时演唱(奏)的音乐中，有一个声部所唱(奏)的曲调是主要曲调，这个主要曲调就是主旋律。其它声部都只是起润色、丰富、烘托、补充的作用。"① 从这个解释中可以看出，"主旋律"一词只适用于音乐领域。到了1998年，商务印书馆出版的《现代汉语词典》(修订本)对"主旋律"的解释有了变化：1. 指多声部演唱或演奏的音乐中，一个声部所唱或所奏的主要曲调，其他声部只起润色、丰富、烘托、补充的作用。2. 比喻主要精神、基本观点。第一个解释还是"主旋律"的本义，第二个解释是"主旋律"的引申义。

"主旋律"一词从音乐领域扩展到其他文艺领域是在改革开放之后。1987年，时任广电部电影局局长的腾进贤正式对全国电影创作团队提出了"主旋律电影"的发展方向。从此，"主旋律"一词逐渐开始在其他文艺领域使用，并且对这个词语的解释也越来越丰富。"主旋律"概括地说，"应当是通过具体作品体现出一种紧跟我们建设社会主义的时代潮流，热爱祖国，弘扬民族优秀文化，积极反映沸腾的现实生活，强烈表现无私奉献精神，基调昂扬向上，能够激发人们追求理想的意志和催人奋进的艺术力量。"②

主旋律小说是改革开放后出现的新宏大叙事型小说，它们以现代民族国家叙事为基础，能充分体现主流意识形态，弘扬主流价值观，贴近现实生活，宣传真善美，大力倡导一切有利于改革开放和现代化建设的思想和精神，如军旅小说、公安小说、革命历史小说、新现实主义小说、反腐小说、官场小说等，都属于主旋律小说的范畴。主旋

---

① 参见《新华词典》，商务印书馆1989年版，第1177页。
② 参见《突出主旋律，坚持多元化》，《当代电影》1991年第1期。

律小说，作为有中国特色社会主义文艺的新意识形态，在政党利益背景下，形成了一整套具有"现代强国梦"的国家史诗仪式。同时，这种新"一体化"模式，既有别于苏联党派文学，又有别于"十七年文学"，即"对多样化和文学市场性的宽容"。这也是中国特色社会主义文化的一次大胆尝试。自此，现代民族国家叙事、社会主义叙事和市场经济原则，都得到了暂时的缝合。正是这种"有限度"的多样化，与"社会主义、爱国主义和市场经济"主旋律的合唱，使得不同意识形态企图都得到了重新整合的机会，共同服务于"文化复兴的现代中国"想象。[1]

在主旋律小说创作中，军旅小说的创作成绩斐然，不但在新时期文学初期占据着重要位置，而且在整个新时期文学的发展历程中佳作不断，作家辈出，代表作家有徐怀中、李存葆、朱苏进、徐贵祥、柳建伟等。徐怀中的《西线轶事》、李存葆的《高山下的花环》《山中那十九座坟茔》等小说都是以中越自卫反击战为背景，反映普通战士在老山前线的生活以及他们在战火洗礼中的英雄业绩。发表于《人民文学》1980 年第 1 期上的《西线轶事》是第一篇反映对越自卫反击战的小说，描写了六个女电话兵和一个男电话兵的部队生活。这些平均年龄20 岁的女兵，由于本身的特点和弱点，在战争中遇到了比男兵更多的困难。初上战场的他们甚至怕死人，怕蚂蟥，无法解手。但是严酷战争的要求，庄严使命的召唤，使她们很快适应了战争，锻炼了意志。在架线、查线、护线、通话等普通的战斗生活中做出了无愧于祖国的奉献。整个作品充满了人情美与人性美，为军旅小说的发展开拓了一条新的道路。该小说也获得了全国优秀短篇小说奖。

朱苏进在军旅小说创作方面是一位多产作家，先后创作了《射天狼》《绝望中诞生》《接近无限透明》《清晰度》《欲飞》《第三只眼》《孤独的炮手》《凝眸》《炮群》等作品。但与传统的军旅小说有很大的不同，朱苏进将军人刻画成既具有最平凡人性又有着独特魅力的一群。

---

[1] 江泽民：《江泽民在全国第七次文代会、作代会上的讲话》，《江泽民文选》第 1卷，人民出版社 2006 年版，第 276 页。

作家用充满激情的笔调，刻画了新一代军旅人物的光荣与梦想、无奈与痛楚，极富艺术个性。部队本身是个小社会，而在和平年代，壮烈的英雄主义转化为狭隘阴险的工于心计，铺演成权力场上的争权夺势。军营里或明或暗的日常人际纠结，同僚之间心机深藏的微妙关系，一系列冷热相兼、苦辣参半的人生故事，都在军营里一幕一幕地上演。

进入 20 世纪 90 年代，柳建伟、徐贵祥等人的创作又把军旅小说带入一个新的高峰。徐贵祥先后创作了《潇洒行军》《弹道无痕》《决战》《天下》《仰角》《历史的天空》《明天战争》等多部军旅小说。徐贵祥的小说既有史诗性，又有哲理性，其典型代表作是长篇小说《历史的天空》。主人公梁大牙本来想要投奔国民党军，却阴差阳错地闯进了八路军的根据地，在他犹豫不决时，一个漂亮的女八路让他下定决心加入了八路军。从此，梁大牙的人生道路与战争和政治连在一起。在政工干部张普景等人的帮助下，梁大牙逐步由一个不自觉的乡村好汉成长为一名足智多谋的指挥员，显示了卓越的智慧和优秀的品质，最终修炼成为一名具有斗争艺术和高度政治觉悟的高级将领。从某种意义上说，《历史的天空》是对过去军旅小说中英雄人物的解构，还原了英雄人物的本来面目，把英雄人物的优点和缺点都集中展现出来，使主人公的形象更加真实可信。这部小说因此获得第六届茅盾文学奖。

柳建伟先后创作了《突出重围》《惊涛骇浪》等多部军旅作品。《突出重围》描写了一场局部战争的大演习，对高科技条件下的现代战争进行了深刻反思。一个装备精良的整编甲种师在与装备了高科技技术的乙种师的战术对抗中屡遭败绩，这不得不令众多指战员深思：中国军队在世界军事、政治、经济格局中面临着严峻的生存挑战，现代化和高科技化已是中国军队迫切需要解决的首要问题。作品歌颂了当代优秀的中国军人在技术落后以及和平条件下长期滋养的观念陈旧、个人私欲膨胀和外国物质利诱等因素的重重围困中杀出一条血路的英雄主义气质，具有海明威式的简洁与力量。逼真的战争氛围，激烈的战术对抗、电子战、信息战、数字化战场等高科技，都在小说里得以充分展现，作品揭示了高科技手段在现代战争中的重要性。

　　公安小说也是主旋律小说的重要组成部分，是伴随着人民公安事业的创建而兴起的。顾名思义，公安小说是着重表现公安保卫战线的斗争生活，以塑造公安干警、武警官兵、治安人员的职业生活、情感生活、心灵世界和他们的命运际遇为主要表现对象，以塑造他们的艺术形象为使命的主旋律文学。公安小说是随着新中国的成立而诞生的，而它的繁荣期却在进入新时期之后。从 1977 年开始，公安小说佳作不断，并在新时期文学中占据着重要位置。比如王亚平的《神圣的使命》，从维熙的《大墙下的红玉兰》和《第十个弹孔》，柯岩的《寻找回来的世界》，陈建功的《前科》，顾工的《霸王龙的末日》，彭荆风的《绿月亮》，李心田的《老方的秋天》，余华的《河边的错误》，方方的《行为艺术》和《埋伏》，赵本夫的《天下无贼》，京夫的《在治安办公室里》，刘恒的《夕阳行动》，叶辛的《凶案一桩》，叶兆言的《今夜星光灿烂》，苏童的《本案无凶手》，刘醒龙的《合同警察》，等等。由此可见，当代文坛许多知名作家都创作过公安小说，为公安小说的繁荣做出了贡献。当然，公安小说创作成就最突出的是海岩，他从1985 年创作《便衣警察》开始，先后发表了《一场风花雪月的事》《永不瞑目》《你的生命如此多情》《玉观音》《拿什么拯救你，我的爱人》等多部公安小说，并且在读者中引起强烈反响。海岩在公安小说的创新与突破方面，做了许多有益的尝试。海岩在传统公安题材的写法上，大胆吸收了当代小说的创作规律，从过去的由案件到案件，已经转变为由写案到写人，并转到以写人为主。由于二者的结合，他塑造了鲜活的大众喜爱的形象，创作元素适应了读者的口味。

　　20 世纪 90 年代以来，中国社会转型中的拜金主义、纵欲主义、享乐主义和极端个人主义、封建等级观念、宗法思想抬头，成为腐败滋生的温床。反腐小说应运而生，并成功地找到了主流文化与世俗文化的结合点，代表作家有陆天明、周梅森、张平等。陆天明创作的《苍天在上》《大雪无痕》《省委书记》《黑雀群》《高纬度战栗》《命运》，周梅森创作的《人间正道》《中国制造》《绝对权力》《至高利益》《国家公诉》《我主沉浮》《我本英雄》，张平创作的《抉择》《法撼汾西》《天网》《十面埋伏》《国家干部》，这些反腐小说在国内均引起强烈反响。反腐小说都是近距离直接关注现实问题和社会问题，反映改革开放之后的经济腐败问题和官商勾结现象。这类小说将视角集中于纷繁复杂的现实问题，盘根错节的历史积弊，深入发掘出社会的黑暗面，它是原有社会的价值体系情感期待在新的社会格局中的文学话语体现。一个作家和一个民族的文学创作，真正成熟的标志之一，应该是既被自己的人民认可，又能在文学史的进程中有创造性的突破；既创造性地形成作家鲜明的艺术个性，又能在国家和民族的文明进程中发挥它的作用。反腐小说以介入社会生活为基本立场，这是文学选择的自由之一，无论持怎样的文学观念，都应当有着平等的表达权利。张平的《抉择》获得第五届茅盾文学奖，这既说明反腐小说得到普通读者的喜爱，也充分证明反腐小说的文学艺术成就已经得到评论界的肯定。

新现实主义小说也是主旋律小说的一种类型，出现于 20 世纪 90 年代的小说创作中，作家从各种角度关心社会现实生活，并努力以写实的笔触写出生活的丰富与复杂。最具代表性的是何申、谈歌、关仁山、刘醒龙等作家的创作。"他们积极关注我们社会当下的生活，关注社会下层百姓的窘困处境，关注社会改革途中的曲折与艰难，也关注现实生活中种种不良的倾向和风气。"① 新现实主义作家的创作努力以现实主义的手法，生动地写出社会转型期活生生的现实生活。改革开放以后，我们由计划经济转为市场经济，步入 90 年代，社会进入了转型期，在市场经济的制约下，由于管理体制与管理水平的落后，加上传统观念的惰性，使一些工厂企业、农村乡镇陷入一种生存的困境之中。谈歌的《大厂》《年底》《车间》，关仁山的《破产》等作品，都写出国有大中型企业在社会转型期的落魄处境与难堪局面。何申的《穷县》《县委宣传部》《良辰吉日》，韦晓光的《摘贫帽》等作品，都写出了农村县乡在社会变革中的艰难困境与尴尬境遇。何申在谈到小说创作时说："这是一个令人鼓舞催人奋进的时代，将其中的欢乐

---

① 王铁仙等：《新时期文学二十年》，上海教育出版社 2001 年版，第 369 页。

与忧虑、成功与失败以及有趣的场面记录下来，这样的作家是很幸运的。"①

二 主旋律影视剧的多样性

"主旋律"与影视剧关系最为紧密，"突出主旋律，坚持多元化"的创作口号是1987年在"反对资产阶级自由化"的背景下提出的，它成了这个时期中国影视剧创作主要的指导思想。根据中央精神和影视剧创作实践可知，主旋律影视剧是指以当代主旋律话题或事件为题材，为弘扬主流文化，塑造社会集体价值观，鼓励积极健康的物质与精神生活的影视剧，主要包括革命历史题材影视剧、军旅题材影视剧、公安题材影视剧、反腐题材影视剧等。主旋律影视剧要求以中国特色社会主义的理论和党的基本路线为指导，大力提倡一切有利于发扬社会主义、爱国主义、集体主义的精神和思想，大力倡导一切有利于现代化建设和改革开放的精神和思想，大力提供一切有利于社会进步、民族团结、人民幸福的精神和思想，大力倡导艰苦朴素、诚实劳动、乐于助人的精神和思想。

革命历史题材影视剧是主旋律影视剧最重要的组成部分。1987年7月4日，经中共中央批准，成立了"革命历史题材影视创作领导小组"，由电影界的老领导丁峤担任组长。后来这个领导小组更名为"重大革命历史题材影视创作领导小组"，主要任务是对重大革命历史题材加强统一协调，进行宏观规划，负责审查、通过剧本和完成拍片。由于有专门的领导小组指导，革命历史题材影视剧创作成绩斐然。在电影创作方面，先后创作了《西安事变》（1981）、《孙中山》（1986）、《开国大典》（1989）、《周恩来》（1991）、《开天辟地》（1991）、《大决战》（1992）、《横空出世》（1999）、《我的1919》（1999）、《大进军——大战宁沪杭》（1999）、《国歌》（1999）等影片；在电视剧创作方面，先后创作了《上党战役》（1985）、《忻口战役》（1988）、《开国领袖毛泽东》（1999）、《长征》（2001）、《延安颂》

---

① 见《分享艰难——新社会问题大系》封里，中国电影出版社1996年版。

（2003）、《周恩来在重庆》（2008）、《战北平》（2008）、《解放》（2009）等电视剧。可见，作为主旋律影视剧的艺术重镇，革命历史题材影视剧在反映人民的精神世界、引领人民的精神生活方面，在传播先进文化中具有独特的重要作用。

主旋律小说一直与影视剧保持着密切的关系，不少主旋律小说被改编成影视剧，在观众中产生了强烈反响。军旅小说不但伴随着新时期文学的发展步伐而向前发展，而且也推动了中国影视剧的繁荣。1979 年，导演张铮拍摄的电影《小花》就改编自军旅小说《桐柏英雄》。在从小说到电影的过程中，编导舍弃了小说描写 1947 年解放军由战略防御到战略反攻这个重要历史转折时刻的战争形势发展以及交战双方矛盾冲突的内容，战争被推到了后景。影片没有着力描写这场战争的规模、军事战略思想、将领的才智及战争中的英雄壮举，而是着力表现兄妹情意，把人物的命运作为影片的主要内容。"编导认为只有大胆触及战争中人的命运和情感，才有可能使这部影片出现新的突破，给观众造成新鲜感。"[1] 影片描写了战争中人和人的灵魂，很受观众欢迎。该片获得当年大众电影百花奖最佳影片奖，扮演妹妹的陈冲获得最佳女演员奖。1983 年，山东电视台把李存葆的小说《高山下的花环》改编成 3 集同名电视连续剧。1984 年，著名导演谢晋又把小说改编成同名电影。这部以对越自卫反击战为题材的小说被改编成电视剧和电影之后，好评如潮，既受到观众的喜欢，又得到评论界的充分肯定。

1994 年，导演宁海强把徐贵祥的军旅小说《弹道无痕》改编成同名电影，由赵岩松、陈大伟、王玉璋、刘大伟等人主演。铁匠的儿子石平阳带着父亲的嘱托参军来到炮兵部队，逐渐成为炮兵部队的技术尖子。然而，由于阴差阳错的原因，几次失去了上军校的机会，一同入伍的战友有些已当上了参谋，石平阳还是上士。入伍十几年后，在上级领导的关怀下，石平阳终于被破格提拔为中尉连长。

---

① 陆绍阳：《中国当代电影史——1977 年以来》，北京大学出版社 2004 年版，第20 页。

　　2000 年，导演舒崇福把柳建伟的长篇小说《突出重围》改编成 22 集同名电视连续剧，由杜雨露、张志忠、郑晓宁、杜志国、曹培昌等人主演。全剧通过对几场军事对抗演习的生动描写，充分展现了高科技手段在现代战争中的重要性。西南战区 R 集团军组织了一场常规演习，按照演习的规定，"红方"的 A 师必胜，"假设敌人"的蓝方 C 师必败。但这次演习出乎意料，"蓝方"事先自筹资金建立起了高技术战场监控系统，他们利用先进的系统发现了"红方"的漏洞，决定打破预定的演习规则，攻击"红方"的弱点。他们趁夜插入"红方"背后，成功地占领了"红方"的师指挥部，使红方的正面攻击扑空，首次在演习中获胜。"蓝方"的"违规"演习震动了军区上下，军队高层终于意识到高科技信息手段在现代军队建设中的极大作用。该剧获得了飞天奖一等奖和金鹰奖长篇电视剧优秀奖。

电视剧《突出重围》剧照

　　2004 年，导演高希希把徐贵祥获得茅盾文学奖的小说《历史的天空》改编成 32 集同名电视连续剧，由张丰毅、李雪健、李琳、孙松、殷桃、林永健等人主演。这是一个既起伏跌宕，又错综复杂的漫长故事，贯穿了从抗日战争到拨乱反正时期长达 40 年的历史，讲述了一个不自觉的乡村好汉成长为我军一名高级将领的人生历程。梁大牙和陈默涵是凹凸山区蓝桥埠镇的同乡，梁大牙本想参加国民党正规军，却阴差阳错地进入了八路军游击队；陈默涵本想参加八路军，却不料碰上了国民党军队。后来，梁大牙逐渐成为八路军和解放军高级指战员，陈默涵也在新中国成立前夕起义投靠了解放军。在与一贯坚持原则的张普景、"左倾"思想浓厚的江古碑等人的交往中，梁大牙经历了人生的几起几伏，深刻体会到政治风云对人的意志品质的考量，真正认识到战友情的可贵。该剧也荣获飞天奖一等奖和金鹰奖优秀长篇电视剧奖。

电视剧《历史的天空》剧照

在公安小说的创作中，海岩的小说最受影视剧导演青睐。1987年，海岩的第一部公安题材的长篇小说《便衣警察》被改编成 12 集同名电视连续剧，这是一个年轻警察成长的故事，也是一曲美好爱情的颂歌。此剧当年播出时曾形成人人争睹的场面，反响十分强烈。1997年，导演赵宝刚把海岩的长篇小说《一场风花雪月的事》改编成20集同名电视连续剧，该剧讲述的是妙龄女警吕月月为了执行追查国宝级文物小提琴的任务，而涉身一场错综复杂的感情纠葛、家族之争和帮派斗争的故事。一年之后的1998年，导演赵宝刚又把海岩的另一部长篇小说《永不瞑目》改编成27集同名电视连续剧，该剧讲述缉毒公安干警与毒枭之间爱恨情仇的故事。海岩的公安题材影视剧之所以受到观众喜爱，是因为他把案件侦破与公安干警的婚恋故事进行了巧妙结合，同时加上一些现实生活的流行元素，极大地满足了观众的审美需求。

电视剧《一场风花雪月的事》剧照

20世纪90年代以来，我国在社会转型过程中滋生了腐败现象，中国共产党和政府明确提出了反腐倡廉的要求。因此，反腐小说和反腐影视剧就格外受到人们关注。陆天明的《苍天在上》《大雪无痕》《省委书记》，张平的《抉择》《国家干部》，周梅森的《人间正道》《中国制造》《绝对权力》等反腐小说，先后被改编成影视剧，展示了反腐倡廉的复杂性和深刻性。1995 年，导演周寰把陆天明的长篇小说《苍天在上》改编成 17 集同名电视剧，由李鸣、高明、廖京生、田曼芳、刘亦婷等人主演。这是我国第一部反腐题材电视剧，全剧讲述了章台市一起千万元公款挪用大案的侦破过程。该剧以章台市女市长、公安局长相继突然死亡开场，受命于危难之际的年轻代理市长黄江北上任查处疑案，卷入重重矛盾中。冲突连冲突，悬念接悬念，最后在市委书记林成森的指导与群众的支持下，案情终于大白于天下，并揭露了田副省长及其儿子挪用 1400 万元公款炒股、贪污 160 余万元的重大罪行。"作品以环环相扣的情节结构方式，不仅增强了对观众的吸引力，而且令人们在审美鉴赏直觉'惊险'之余，更进一步获得一种理智上的'警觉'：贪污腐败，祸国殃民！"① 该剧获得了我国电视剧金鹰奖最佳长篇连续剧奖。1998 年，导演潘小扬把周梅森的长篇小

电视剧《苍天在上》剧照

---

① 仲呈祥、陈友军：《中国电视剧历史教程》，中国传媒大学出版社 2010 年版，第 152 页。

说《人间正道》改编成 26 集同名电视剧，由鲍国安、廖京生、宋春丽、姜华等人主演。该剧歌颂了共产党人在国企改革、反腐倡廉的敏感领域中排除阻力，创造了人间奇迹，展示出一幅气势磅礴、场面壮观的生活画卷。该剧获得飞天奖长篇电视剧一等奖和金鹰奖最佳长篇连续剧奖。

2000 年，导演雷献禾把陆天明的长篇小说《大雪无痕》改编成 20 集同名电视剧，由任程伟、何政军、曹颖、赵恒煊等人主演。全剧围绕市政府一秘书被枪杀的"12.18 大案"的侦查过程展开，揭露了官商勾结的腐败罪行。在北方某省会城市，市政府秘书处的张秘书在 12 月 18 日晚被人枪杀了。市公安局成立了"12.18 大案"侦破组，公安刑警方雨林负责侦查此案。副市长周密与本市颇有影响的企业家九天集团董事长冯祥龙关系密切。而正直的廖红宇无意中发现，价值 5000 万元的国有资产已被冯祥龙以 500 万元卖给了假港商。省里派的工作组却明察暗保。工人集体进城静坐请愿，引发了橡树湾事件。廖红宇不顾被冯祥龙派人砍伤的危险，状告冯祥龙，从省里一直告到

电视剧《人间正道》剧照

中央。在廖红宇的状告下，中纪委让省纪委重新调查九天集团的案子。冯祥龙因贪污受贿罪被捕。与此同时，方雨林也加紧寻找周密与冯祥龙勾结的证据，在周密出国考察的当天，他罪行败露，经省委批准，公安干警在飞机起飞前逮捕了周密。周密交代了"12. 18大案"的杀人动机和全部过程。该剧在大众电视金鹰奖评选中荣获最佳作品奖，饰演方雨林的任程伟获得观众喜爱的男演员奖，饰演丁洁的曹颖获得观众喜爱的女演员奖。

新时期是中国文艺不断向上攀登的时期，主旋律小说和主旋律影视剧相互影响，相互促进，也在不断进步，从单纯的意识形态的传声筒到更人性化的处理，从艺术上的粗糙、漏洞百出到慢慢圆熟，这是一个逐步完善自身的过程。以"主旋律"为首的小说和影视剧，在我国特有的社会文化语境中，为确立、弘扬主流意识形态与精神文明建设，加强国民的凝聚力，维护社会稳定，发挥了积极作用，为发展社会主义文艺事业做出了不可磨灭的贡献。

三 主旋律的社会责任与大众接受

无论是主旋律小说，还是主旋律影视剧，都一直徘徊于社会责任和大众接受的矛盾之中。一方面，主旋律作品都有比较强的主流意识形态，承担着重要的社会责任；另一方面，由于大众审美趣味的选择和传统心理的作用，人们对主旋律作品多少存在着一些抵制情绪。特别是对于主旋律影视剧，观众已经产生了这样一种心理定势：是由政府提供投资的，由红头文件组织观摩的，专用于宣传教育类的电影、电视剧。这种心理定势的形成，一方面因大量"戏说""娱乐"类影视作品充斥市场，主旋律影视剧难以在商业大潮中抢占市场；另一方面与主旋律影视剧自身创作有关，主要编导人员缺乏商业意识和创新精神，从而造成了主旋律影视剧缺乏市场竞争能力。

众所周知，新中国成立之后，许多文艺作品都很好地贯彻了国家主流意识形态，其典型代表便是红色经典作品。其实，红色经典就是主旋律作品的时代表现。1951年，周扬曾在《坚决贯彻毛泽东文艺路线》一文中指出："目前文艺创作上头等重要的任务"是"我们的文艺作品必须表现出新的人民的新的品质，表现共产党员的英雄形象，以他们的英雄事迹和模范行为来教育广大群众和青年"①。根据周扬的号召，文学界创作了一大批歌颂祖国、歌颂工农兵、歌颂英雄的红色小说，比如，《红日》《红旗谱》《红岩》《青春之歌》《林海雪原》《李双双小传》等。这些小说很快被改编成红色电影，成为新中国成立初期主旋律的时代颂歌。这些红色经典成为树立国家形象、宣扬工农兵的最重要的艺术形式，在广大民众中产生了深远影响。然而，红色经典由于过分强调意识形态，把文艺标准置于政治标准以下，实际上削弱了文艺作品的独立性。因此，许多小说和电影中的人物形象出现了雷同化、概念化的趋势。这种概念化倾向在十年"文化大革命"中发展到极致，"四人帮"在违背艺术规律的条件下炮制了"高、大、全"的形象，文艺作品的创作受到了极大的伤害。

新时期，随着改革开放的不断深入，文艺创作在"百花齐放，百家争鸣"方针的指引下得以恢复和繁荣，人们的精神文化生活越来越多姿多彩。与此同时，西方文艺思潮不断涌入，享乐主义、个人主义、消费主义的价值观念也越来越多地影响着青少年的人生观和价值观。为了遏制资产阶级自由化的思潮，国家明确提出了社会主义精神文明建设的时代要求，提出了"突出主旋律"的创作口号和社会责任。"突出主旋律"就要旗帜鲜明地承认文艺作品的宣传教育功能，同时，要强调教育、认识、审美、娱乐功能的统一性。

主旋律是一种表达国家意志或主流意识形态的文化。无论是主旋律小说，还是主旋律影视剧，都是主导国家意识形态的作品，这些作品对于弘扬时代精神、宣传主流价值观有着不可低估的作用。比如，李存葆创作的《高山下的花环》，海岩创作的《便衣警察》等小说，就是新时期初期主旋律作品的典型代表。这些小说被改编成影视剧后，在社会上引起强烈反响。这些主旋律作品之所以受到大众的喜爱，其根本原因在于，创作者并没有简单地向人民灌输爱国主义、集体主义和理想主义的教育，而是在暴露现实社会中的各种矛盾和问题的基础

---

①　转引自燕筠《"主旋律"影视剧路在何方》，《晋阳学刊》2001 年第 5 期。

上，让读者和观众独立思考英雄主义、集体主义和爱国主义在当代的价值和意义。

20世纪90年代以来，随着商品经济和大众文化的到来，主旋律在观念上也不得不相应地调整和改变。在1994年全国宣传工作会议上，江泽民指出主旋律就是"大力提倡一切有利于发扬爱国主义、集体主义、社会主义的思想和精神，大力提倡一切有利于改革开放和现代化建设的思想和精神，大力提倡一切有利于民族团结、社会进步、人民幸福的思想和精神，大力提倡一切用诚实劳动争取美好生活的思想和精神"①。在创作中，主旋律作品随着社会对于审美需求的不断增加，一直扩充丰富着自己的内涵，主旋律作品正在慢慢摆脱简单的政治宣传桎梏，以艺术的方式传播主流价值观，放大正能量。

随着社会主义市场经济的发展，改革的深入与思想的解放，一大批主旋律作品引入了商业化策略，建立了相对充分的市场运作模式，从而实现社会效益与经济利益的双赢。应该肯定，主旋律作品的商业化不失为一种有益的探索。但不容忽视的是，商业化策略使主旋律作品的社会责任正在逐步弱化，逐渐增强的却是大众化的审美趣味。比如，以《红色恋人》《黄河绝恋》《红河谷》等电影为典型代表，"革命+恋爱"的大众化模式被广泛运用于主旋律作品的创作之中。叶大鹰导演的《红色恋人》以"革命"和"爱情"为商业元素，实质上就是一部时尚性大于革命性的影片。该影片讲述了一个传奇革命与浪漫爱情相结合的故事：靳和秋秋为从事革命工作而假扮夫妻。靳的脑袋里有残留的弹片，病情发作就会把秋秋当作前妻。秋秋为了靳"假戏真做"，两人生下了一个女儿。后来，秋秋和靳都牺牲了，美国医生养大了他俩的女儿。这虽是一部把爱情故事和革命故事统一起来的电影，但影片关于靳的革命叙事十分单薄，除了有一次演说之外，观众找不到更多的"革命"内容。爱情成为影片叙事的主要内容，主流意识形态的宏大叙事被排挤到边缘地位。"这一主题演绎的

---

① 转引自陈响园、李丹超《人性回归——主旋律影视剧创作的突围》，《现代传播》2013年第5期。

结果是使文本最后导向了纯粹的大众文化逻辑，并导致了精英意识的严重弱化。"①

　　主旋律作品由于主题意蕴的深刻与选题的宏大，一般追求积极向上的"正剧"式审美风格。但目前主旋律作品的"正剧"风格正逐渐被颠覆，"戏说"性情节和场景不时出现。众所周知，反腐题材都是宏大的"正剧"风格，不能随便"戏说"。然而，一些编导不顾现实生活基础，在反腐题材的影视剧中引入了"戏说"场景，引起观众的哗然。根据周梅森创作的反腐小说《中国制造》改编成的电视剧《忠诚》，一播出就引起了观众关于该剧"戏说化"倾向的激烈争论，并引起了原作者周梅森的强烈不满。该剧第二集中，省委书记对高长河说："赶快上任去吧，组织部的任命随后。"在没有正式任命市委书记文件的情况下，高长河独自一人去明阳市上任。途中巧遇镜湖县县长胡早秋，便一同去调查污染案，不料遭遇"随地小便"插曲，被严格执法的联防队员给扣了起来，最后还开着一辆破车逃了回来。这一情节明显与现实生活不相符合，"戏说化"成分太浓。一个副省级干部至少会有一位省委领导和组织部的领导陪同上任，绝不会违反组织原则，独自一人行动。电视剧把严肃的干部任命组织程序处理得如同儿戏一般，明显冲淡了该剧作为"正剧"的现实感。"这一'戏说'风格在损害了主旋律题材的现实主义品格的同时，'戏说化'情节所带来的视觉效果和'狂欢化'娱乐效果也掩盖了'主流叙事'的意识形态表述，并在一定程度上阻碍了'主流叙事'教化功能的实现。"②

　　在当今市场经济和文化多元化的环境中，主旋律作品如何解决社会责任和大众接受之间的矛盾问题？笔者以为，小说与影视剧的结合是提升主旋律作品质量的最好办法。没有好的主旋律小说，就很难拍摄出优秀的主旋律影视剧。主旋律小说与主旋律影视剧的关联是紧密的，从本质上说，意识形态的表述要求小说家采用通俗情节剧的形式

---

　　① 丁莉丽：《谈被"大众叙事"所改写的主旋律影视剧》，《西南交通大学学报》（社会科学版）2005 年第 2 期。
　　② 同上。

来讲故事。实践证明，陆天明创作的《苍天在上》《大雪无痕》，张平创作的《抉择》，海岩创作的《永不瞑目》，周梅森创作的《人间正道》，都是优秀的主旋律小说，是社会责任和大众审美趣味有效融合的典范之作。这些小说被改编成主旋律影视剧之后，在社会上引起强烈反响，并掀起了观众争看主旋律影视剧的热潮。主旋律小说为影视剧改编不仅提供了生活的深度、广度及有特色的人物形象，而且为影视剧的叙事形态和结构模式提供了基础。"'主旋律'文学（小说）担负着表达主流意识形态的重任，而且是'主旋律'战略的中坚力量和核心部分。它要在想象领域（读者的无意识领域）建立时代的总体形象，以'他者'的语言改写、制造读者的人格结构，使他们向既定的方向上生成为新的时代所要求的'主体'。"①

第二节 《高山下的花环》的英雄叙事
与灵魂洗礼

一 战火洗礼的灵魂与花环下面的悲哀

李存葆（1946— ），1964 年应征入伍。1970 年任济南军区政治部宣传队创作员。1978 年调到济南军区政治部歌舞团担任编导和创作员。1984—1986 年在解放军艺术学院学习。1996 年任解放军艺术学院副院长。1997 年被授予少将军衔。1970 年开始创作，创作的散文《火中凤凰》被改编成同名舞剧上演后，获得新中国成立三十周年献礼演出创作一等奖。长篇报告文学《将门虎子》荣获 1980 年解放军文艺创作一等奖。中篇小说《高山下的花环》和《山中，那十九座坟茔》分别获全国第二三届优秀中篇小说奖。此外，《大王魂》《沂蒙九章》等长篇报告文学，《我为捕虎者说》《鲸殇》等散文也先后在全国获奖。李存葆出生在山东农村，他文学上的灵气来自于齐鲁大地传统的文化氛围，他做人的正直和善良源于淳朴的乡风民俗。正因为他的热

---

① 刘复生、朱慧丽：《商业时代的"主旋律"——"主旋律"创作领域影视剧与小说的互动关系》，《海南师范大学学报》（社会科学版）2007 年第 2 期。

情与豪爽，正直和坦荡，所以他的作品跌宕起伏，气势雄伟，洒脱豪放，给新时期文学增添了雄浑的阳刚之气。

作家 李存葆

（图片来源于李存葆－百度百科中的插图，http:/baike. baidu. com/ link? url=YsWpIaejuTFdn0ZiT6Mogc0D TWjTYR7xbzivztgUr3K-ZKg1EkM7e0p Pj_WXbQNWV2ev3MTkkktEdN_ POX SFg_ ）

在 80 年代初大量涌现的取材于自卫反击战的文学作品中，李存葆1982 年创作的中篇小说《高山下的花环》引起了最强烈的反响，也为新时期初期的军旅小说撑起了一面天空。这部小说来源于李存葆的采访经历。

1979 年初春，济南部队的几个创作员奉命奔赴云南省前线采访，李存葆是其中之一。同年 8 月，为深入前线体验生活，李存葆又一次到广西前线进行采访。两次采访经历使他的灵魂经受了战火的洗礼。自卫反击战中涌现出许多英雄人物，他们的业绩可歌可泣，震撼着他，感染着他，也鼓励着他去如实地、大胆地写英雄，写英雄的心理历程，写英雄的个性。在丛林的帐篷里，在潮湿的猫耳洞中，在跳动的烛光下，李存葆含着热泪写出了一个个活生生的"这一个"。采访结束后，李存葆创作了报告文学《将门虎子》等作品，受到一致好评。但是，他并不满足，想创作一部小说《高山下的花环》，并把创作想法和具体结构多次同军内外年轻的同行们进行交谈，得到了同行们的一致赞同。1982 年 4 月，李存葆去北京参加军事题材文学创作座谈会，听了同行们的议论，听了军委有关领导的讲话，受到了很大的启发。很快，成竹在胸的情节，存活已久的人物，突然出现在李存葆脑子里，他快速下笔，小说人物和情节便跃然纸上，一部力作《高山下的花环》也由此诞生。

《高山下的花环》之所以对读者具有震撼力量，并不在于描写战争的激烈场面和惊心动魄的英雄主义，而在于表现了平凡中的伟大。1979 年的中国西南边疆，某部九连官兵正在欢度周末，通信员金小柱跑来告诉连长梁三喜，团里批准了他的探亲报告。去年，妻子玉秀来部队探亲，与战士们度过了一段愉快的日子。如今，妻子马上临产，需要他回家照顾。然而，新任指导员赵蒙生是军队高干子女，只是想"曲线调动"调到机关，他的精神状态和工作态度让梁三喜放心不下。这时，对越自卫反击战打响，部队要开赴云南前线。梁三喜放弃了探亲，给玉秀回信，为孩子起名盼盼。赵蒙生也接到了调令。靳开来被任命为九连副连长。赵蒙生的母亲、军区卫生部副部长吴爽，将电话打到前线指挥所，雷军长大怒，在战前军人动员大会上说：不管她是天王爷的夫人，还是地王爷的太太，我要让她儿子第一个冲向战场。赵蒙生羞愧得无地自容，发誓要在战场上与敌人刺刀见红。在激烈的战斗中，炎热的天气使战士们严重脱水，靳开来为了保存战斗力，不得不到老乡的田里去偷甘蔗，不幸被地雷炸死。炮手"小北京"雷凯华，因为一发臭弹误了战机，牺牲在敌人的枪弹之中。通信员金小柱被炸断了双腿。为掩护指导员赵蒙生，连长梁三喜中了敌人的冷弹。赵蒙生不顾一切地抱起炸药包，冲进山洞，炸死了敌人，赢得了最终的胜利。战斗结束了，高山下的烈士陵园里堆起了一座座新坟。靳开来的妻子杨改花带着孩子来到部队，但她却没有领到靳开来的军功章，原因是靳开来违反纪律去偷老乡的甘蔗。赵蒙生把他的奖章送给了靳开来妻子。千里迢迢从沂蒙山区赶到连队的梁三喜的母亲梁大娘和妻子玉秀，用抚恤金和借来的钱还清梁三喜的欠债。后来才知道，"小北京"雷凯华就是雷军长的儿子，救过雷军长的赵蒙生的母亲吴爽感到无地自容。面对烈士陵园的花环，大家默然肃立，人世间最美丽的色彩，都集中在这巍峨的高山之中。

在人物塑造方面，《高山下的花环》别开生面，打破了过去英雄形象"高大全"的模式，人物的个性非常鲜明，而且英雄人物的缺点也各不相同。赵蒙生养尊处优，生活懒散，自备高级香烟和点心到连队；留着长头发的段雨国，一直做着作家梦，还想利用父母的工作之便买外国货拉关系；靳开来脾气暴躁，爱发牢骚，说话带些脏字。然而，他们都是英雄，都有英勇杀敌、为国捐躯的壮烈行动。一方面，他们身上有一些小缺点；另一方面，他们又有丰富的情感世界。以靳开来这个看起来有些粗鲁、疾恶如仇的汉子为例，他劝梁三喜尽快回家，因为梁三喜妻子要生孩子了。面临死亡时，他断然拒绝梁三喜带尖刀排，他说梁家只有三喜一个了，必须留下续香火，自己兄弟4人，死一个不怕，于是，勇敢地挑起尖刀排的重任。置身于激烈的战斗中，他随身带着全家的合影。李存葆描写了解放军官兵的七情六欲和血肉深情，增强了小说的真实感。

《高山下的花环》成功之处还在于，敢于大胆暴露现实生活中的一些问题。小说直接取材于对越自卫反击战，但并不是一味地正面描写，而是把军队中、社会现实中存在的一些问题和不合理现象，进行了客观展示。赵蒙生母亲吴爽就是军队少部分官太太的形象，让儿子下基层，不过是"曲线调动"的手段，而且敢于打电话到前线指挥所要求军长放人。这在某种程度上反映了军队的不正之风。靳开来的牢骚话、那种"打起仗来还得靠咱这些庄户人"的愤激之词，不是没有道理的。靳开来为了保持战斗实力，偷了群众的甘蔗，并且献出了生命，但却不是烈士，这反映了军队中的教条主义思想。通过"小北京"死于两发臭弹，写出了"文化大革命"中军工厂的生产问题。梁三喜临死前留下的是一纸染上鲜血的欠账单，而不是惊天动地的豪言壮语。梁大娘为革命献出了三个儿子，然而新中国成立30年，沂蒙山区的贫困面貌为何依然没有改变？过去，梁大娘与吴爽亲如姐妹，梁大娘还是赵蒙生的养母，然而，如今却是天壤之别。李存葆在这部小说中也提出了让人深思的问题：当年的革命者如何才能保持革命本色、不变质为新的革命对象？"文化大革命"之类的政治运动造成怎样的后果？靳开来富于正义感的牢骚说明了什么？吴爽、赵蒙生与梁大娘、梁三喜之间的距离是怎样产生的？等等。《高山下的花环》这部小说已经不仅仅是军事文学作品，其思想内容的丰富性和社会历史的深刻性将这部小说与一般的军事文学作品区别开来，或者说，战争生活只是其理解现实与历史的一种参照物。

小说的叙述方式也有独到之处，小说开始是李干事对赵蒙生的采访，然后从主人公赵蒙生的角度用第一人称来叙述。这种叙述方式避免了单调的顺叙，还增加了插叙、倒叙、补叙等多种叙述手法，使小说具有纵横交错的立体感。通过插叙和倒叙，交代了吴爽在抗日战争中救过雷军长，梁大娘与吴爽曾经结成的姐妹情谊，从而把现实生活同历史联系起来，增强了小说的纵深感。通过补叙，交代了赵蒙生与妻子柳岚之间的爱情婚姻，梁大娘与玉秀下火车后步行到军营的艰辛，给读者形成了强烈的对比之感。这种写法不仅包含了对历史和现实的某种评价，而且强化了小说的历史纵深感。其实，小说的叙事内容早已超出了战争生活的范围，使作品具有了更丰富的思想内涵。

二 整体"形似"与细节"神似"

《高山下的花环》虽然获得全国优秀中篇小说奖，但熟知这部作品的读者还局限在文学领域。真正让小说名声大噪是在1984年，著名导演谢晋把小说改编成同名电影，上映之后，在亿万观众中广为流传。

谢晋喜欢读小说，他的许多电影都来源于小说，这在新时期电影中表现得尤为明显。《天云山传奇》改编自鲁彦周的同名小说，《牧马人》是根据张贤亮的小说《灵与肉》改编的，《芙蓉镇》改编自古华的同名小说。《高山下的花环》也不例外。谢晋选择小说进行改编时，很重视初读印象。他阅读小说《高山下的花环》时非常激动，"我看《高山下的花环》的时候，第一遍我控制不住地哭，第二遍掉泪，第三遍眼睛还是湿的"①。为了拍好这部让谢晋流泪的小说，他邀请了不少实力派演员参加演出。由吕晓禾饰演梁三喜，唐国强饰演赵蒙生，何伟饰演靳开来，王玉梅饰演梁大娘，斯琴高娃饰演杨改花，盖克饰演韩玉秀，童超饰演雷震，石磊饰演雷凯华，刘燕生饰演吴爽，倪大宏

---

① 转引自罗艺军《谢晋，我的同路人》，《论谢晋电影续集》，中国电影出版社2002年版，第39页。

饰演段雨国。王玉梅、唐国强、斯琴高娃等演员当时已经有很高的知名度，为电影《高山下的花环》的成功拍摄奠定了基础。面对选中的小说，谢晋总是以饱满的艺术激情投入其中，他把拍一部好的电影当作"导演一次生命的燃烧"①。

在拍摄电影时，他对小说原著总是非常尊重，尽可能在电影中传达出小说的主题和神韵。在他拍摄的许多电影中，叙事结构都有一个共同特点：影像叙事结构与小说叙事结构表现出总体的一致性。小说《高山下的花环》有两个叙事结构：外结构和内结构。外结构是李干事对赵蒙生的采访；内结构是赵蒙生参加自卫反击战前后的一段人生经历。小说内容的重点是内结构，外结构只是起到穿针引线的作用。谢晋在拍摄电影时，舍弃了小说的外结构，保留了内结构的内容，并且以顺叙为主。这种改编既符合电影的审美特征，又最大限度地忠实于小说原著。电影的编剧也是李存葆，因此，电影的主要场景与小说情节基本上保持一致。以赵蒙生与梁三喜第一次见面的场景为例，小说情节如下：

　　　　我和梁三喜及九连的排长们第一次见了面。

　　　　梁三喜两手紧紧握着我的手，煞是激动："欢迎你，欢迎你！王指导员入校半年多了，我们天天盼着上级派个指导员来！"

　　　　看上去，梁三喜是个"吃粮费米、穿衣费布"的大汉，比我这一米七七的个头，少说要高出两公分。那黝黑的长方脸膛有些瘦削，带着憨气的嘴唇厚厚的，绷成平直的一线，下颌微微上扬。一望便知，他是顶着满头高粱花子参军的。

　　　　他望着我："指导员，有二十六七了吧？"

　　　　我说："咱可不是'选青'对象，都三十一啦！"

　　　　"这么说咱们是同岁，都是属猪的。"他笑着，"可看上去，

---

　　① 张宗伟：《依旧亮丽的风景——〈芙蓉镇〉赏析》，《中国优秀电影电视剧赏析》，北京广播学院出版社 2000 年版，第 364 页。

你少说要比我小七八岁呢！"

"连长，你也学会'逢人减岁，遇货加钱'啦！"站在我身旁的一位排长对梁三喜说罢，又滑稽地朝我一笑，"行啦，一个黑脸，一个白脸，你俩这一对猪，今后就在一个槽子里吃食吧！"

梁三喜忙给我介绍说："这是咱连的滑稽演员，炮排排长！"

"靳开来，靳开来！"炮排长靳开来握着我的手，"不是啥滑稽演员，是全团挂号的牢骚大王！"

梁三喜接着把另外三位排长——给我介绍。

外表比我老气得多的梁三喜，又诚笃地对我笑着说："行啊，今后你吹笛儿，我捏眼儿，一文一武，咱俩配个搭档吧！"稍停，他叹口气，"咳！副连长进了教导队，副指导员因老婆住院回去探亲了。这不，连里就我和这四员大将连轴转，你来了，就好了。要不然，今年我的假就休不成了！"

靳开来接上道："连长，干脆，明天你就打休假报告，争取下个星期就走！别光给韩玉秀开空头支票了，让人家天天在家盼着你！"说罢，他转脸对我，"奶奶的，连队干部，苦行僧的干活！"

看来，我的搭档们都不是"唱高调"的人。这，还算是对我的心思。

人物的动作和语言是一个人性格的外在体现。通过赵蒙生的视角，他第一次到九连，两个人给他留下了深刻印象——连长梁三喜和排长靳开来。李存葆对两个人的描写侧重点不同，梁三喜重在肖像描写：高大黝黑，憨厚少语；对靳开来重在语言描写：语言风趣，性格爽直。同时，通过梁三喜和靳开来对"我"赵蒙生的评价，让读者知道赵蒙生的形象：皮肤白皙，显得年轻。这三位主人公的性格通过简单的对话，便栩栩如生地活跃在读者面前。再看电影对这个场景的处理。

镜头1：（中景）在梁三喜寝室，金小柱提着东西跑了进来，高兴地说："连长，新指导员到了。"

镜头2：（中景，摇）正在墙上看《军训成绩一览表》的梁三喜闻声笑着回过头来，高兴地问："到了?"说完，走到桌前拿起军帽，戴在头上，整理好衣领，"国"字形的脸显得很有精神。

镜头3：（中景）提着行李的赵蒙生笑着走进会议室，他有一张长条形而且白皙的脸庞。梁三喜热情地迎上前去，"欢迎！欢迎！"互相敬了一个军礼，再握手，"我叫梁三喜。"

赵蒙生笑着说："我姓赵，赵蒙生。"

镜头4：（近景）梁三喜高兴地说："知道！知道！来来来!"说着，帮赵蒙生放行李。

镜头5：（中景，移）赵蒙生跟着梁三喜走到床前，梁三喜说："我就算计着，你就该到了。"赵蒙生高兴地拍了一下金小柱的头。梁三喜用手示意赵蒙生的床铺，赵蒙生把挎包放到床前的桌上。赵蒙生和梁三喜住在同一间寝室。

梁三喜大声喊道："柱子。"

金小柱随即立正，"到!"

梁三喜命令："传令，全连集合。"

金小柱回答："是!"

镜头6：（近景）梁三喜又喊住即将离去的金小柱，"哎，通知炊事班长，晚上多搞几个好菜!"

金小柱回答："是!"

梁三喜又转身对赵蒙生说："来，洗洗脸!"

镜头7：（近景，摇）赵蒙生答道："好!"镜头摇到赵蒙生带来的黑色挎包，他拉开包，拿出包里的保温杯和雪花膏。

镜头8：（近景，摇）梁三喜提着水瓶走到赵蒙生跟前，"来，喝水。"

镜头9：（中景）赵蒙生把杯子放到梁三喜跟前，然后走到洗脸盆前洗脸。梁三喜边倒开水边说："我们那个王指导员啊，他到军校学习……"

镜头 10：（近景）赵蒙生洗脸，梁三喜的画外音，"……有半年多了，咱们早就盼着上级给咱们派个指导员来。"

镜头 11：（中景）梁三喜提着开水瓶走到另一边，又问："你的老家在什么地方？"

镜头 12：（近景）赵蒙生说："江西，不过，我生在山东的沂蒙山。"

镜头 13：（中景）梁三喜有些吃惊："哦，怪不得你的名字叫'赵蒙生'？"

赵蒙生边洗脸边笑了一下。梁三喜接着说："我也是山东沂蒙山人，这么说，咱们还是半拉子老乡呢！"电话响了，梁三喜去接电话。

镜头 14：（近景）赵蒙生也很高兴。

镜头 15：（中景，摇）长着一张大脸膛的靳开来在窗外张望，看到新来的赵蒙生，就大大咧咧地走了进来，边走边大声说："哟，好大一股香胰子味儿啊！这是檀香皂。"他对正在洗脸地赵蒙生开玩笑，"怎么样，我留一块？八毛八，没舍得给老婆买。"说着，拿起赵蒙生的香皂闻起来。

接完电话的梁三喜马上说："我来介绍一下，这是我们连有名的滑稽演员。"

靳开来打断梁三喜的话，"不不不，靳开来！靳开来！"并主动要与赵蒙生握手。

梁三喜继续说："我们的炮排排长。"

镜头 16：（近景）一脸香皂的赵蒙生赶紧与靳开来握手。

镜头 17：（中景）靳开来反驳道："不是什么滑稽演员，倒是全连挂号的牢骚大王。"边说边在赵蒙生肩上拍了两下。

镜头 18：（近景）满脸香皂的赵蒙生露出一丝不快，无奈地摇了摇头。

镜头 19：（中景）梁三喜问还在洗脸的赵蒙生："二十六七岁了吧？"

赵蒙生回答："三十一啦，咱可不是什么'选青'对象。"说完，赵蒙生要倒洗脸水。

梁三喜抢着洗脸盆说："我来我来我来！"赵蒙生推辞了一下让给了梁三喜。

梁三喜说："不像，不像啊！"

镜头20：（中景）梁三喜端着洗脸水走到屋外，泼洒到院坝里，"这么说，咱们俩同岁，都是属猪的。"说完，梁三喜又走进屋里。

镜头21：（中景，摇）赵蒙生掏出烟来，一旁的靳开来马上说："我这里有！"

赵蒙生说："开着呢。"说着给靳开来一支，又给梁三喜一支。

而梁三喜还继续说："少说你要比我年轻七八岁。"

靳开来也附和着说："确实面嫩！反正你们俩一看便知。"边说边把烟灰缸拿过来，并招呼赵蒙生，"坐坐坐！一个喝牛奶长大的，一个吃地瓜干长大的。咱们这些吃地瓜干长大的就是一天擦上三遍雪花膏……"

镜头22：（近景）赵蒙生正在搽雪花膏，显得有点尴尬。

靳开来的画外音："……都去不了那个土腥味儿。嘿嘿！"

镜头23：（中景）梁三喜挖苦靳开来："你呀，你这人样子都快变成地瓜了。"

靳开来一点也不生气，"一点也不错！"边说边解开衣服扣子，露出里面的红背心，胸前印着"优秀射手"几个字。说完，拍拍胸脯，对着赵蒙生"嘿嘿"地笑了起来。

赵蒙生打燃火，三人聚拢点烟。

镜头24：（近景）三人点烟的镜头。

镜头25：（中景）梁三喜说："我们那位副连长上教导队轮训去了，副指导员上个月回家探亲去了，咱们这个连啊，就剩下我们几个，整天连轴转。这回你来了可就好了，要不然我这个探亲假怕是休不成了。"

靳开来凑近赵蒙生的耳朵说："快当爹了。"

赵蒙生笑着举茶杯祝贺。

镜头26：（近景）靳开来对梁三喜说："连长，指导员也来了，干脆明天就开路！"

镜头27：（中景）靳开来继续说："别再给韩玉秀开空头支票了，让人家天天在家等你！"靳开来又对着赵蒙生发牢骚，"连队干部就是那样……"

镜头28：（中景）"……哎呀，娶个老婆当月亮看！"说完，坐到了赵蒙生床边的桌子上。

镜头29：（近景）梁三喜马上提醒道："哎，老靳，喊什么呢？"

镜头30：（中景）靳开来明白过来，马上笑着转移话题，"我闻着有股照相机的味儿啊！嘿嘿嘿！"

镜头31：（特写）金小柱吹集合号的镜头

镜头32：（中景）梁三喜听见吹号声说："指导员，咱们和同志们见见面？"

赵蒙生犹豫了一下说，"哦，好，好。"

（根据电影《高山下的花环》整理而成）

电影《高山下的花环》剧照

电影的场景不但保留了小说情节的主要内容，而且增加了传令兵金小柱，在场景的布置上增加了行李包、保温杯、雪花膏、暖水瓶、洗脸盆、洗脸帕、香烟、烟灰缸等道具，丰富了电影表达的内容。几个人物在这个场景中始终处于运动状态，赵蒙生进屋、放行李、拿出保温杯、洗脸、搽雪花膏，梁三喜迎接赵蒙生、倒开水、倒洗脸水，靳开来进屋、拿起香皂来闻、拿烟灰缸、解开衣服，他们都在屋子里走动着，手上、嘴上都没停歇，镜头多采用摇动拍摄，充分体现了军队快节奏的干练作风。与小说相比，电影更加突出靳开来的形象，增加了靳开来的动作和对白，进屋前的招呼声，进屋后拿起陌生人的香皂就闻，主动与人握手，对刚来的指导员就亲热地拍肩膀，讥讽赵蒙生搽雪花膏，解开衣服扣子露出"优秀射手"的背心，这些动作和语言对靳开来的性格是一个立体的展示，既体现了靳开来大大咧咧、快人快语的直爽性格，又说明他是一位技术过硬、勇于展示自己的铁骨军人。

三　电影版与电视剧版的改编思考

谢晋电影对小说原著的忠实，并不是简单地用影像语言再现小说的语言文字，不是简单地照搬、照抄小说的故事内容。谢晋在不破坏原著的叙事结构的基础上，非常重视对小说细节内容的深入挖掘。他在改编小说时，不追求对文本细节的"形似"，而看重对小说细节的"神似"，以便能传达出小说内在的精神意韵。电影《高山下的花环》在整体内容上忠实于小说原作，但谢晋对个别细节进行了改动。小说里，赵蒙生曾寄养在梁大娘家，与梁三喜一块儿长大，到赵蒙生五岁时，梁大娘把他送回到父母身边；时隔二十多年，梁大娘作为烈士家属来到部队时，赵蒙生才意外见到自己的养母。电影中删去了梁大娘是赵蒙生养母的情节，避免了生硬的"巧合"。因为电影中赵蒙生与梁三喜第一次见面就互相介绍了人生经历，赵蒙生说自己小时候在沂蒙山生活过，如果曾在梁三喜家里生活，通过几个月的交往，早就相互知道了，何必要等到梁大娘来了才揭开"谜底"呢？电影的处理更符合逻辑。小说里，雷军长独自到烈士陵园看望儿子雷凯华，并在坟前伤心地哭起来；同时，韩玉秀也单独到梁三喜的坟前哭过。电影中，修改为雷军长与梁大娘、韩玉秀先后两次在烈士陵园见面。这种改动使情节内容更加集中，既突出了雷军长的亲民形象，又通过梁大娘之口讲述了三个儿子先后牺牲的原因，赞扬了老区人民为中国革命无私奉献的高尚情操。

其实，早在谢晋导演的同名电影诞生之前的 1983 年，山东电视台率先制作了三集电视剧《高山下的花环》。由滕敬德和席与明任导演，孙周任摄影，由周里京饰演赵蒙生，朱建民饰演梁三喜，王同乐饰演靳开来，也是王玉梅饰演梁大娘。在结构形式上，电视剧版比电影版更忠实于小说原著。电视剧的开篇，赵蒙生去烈士坟墓敬献花篮，伴随着他沉重的脚步，响起愈来愈激烈的枪炮声，观众一下子被引入战争的氛围之中。同时，赵蒙生的画外音，打通了过去与现在、眼前与远方、生者与死者之悬隔。通过画面对比和赵蒙生忏悔式的画外音，电视剧揭示了赵蒙生与梁三喜的心灵与境界差距，把卑琐与高尚、自私与无私之间的矛盾冲突非常显赫地展示出来了。小说的外结构转化为赵蒙生的画外音，小说的内结构形成了电视剧表达的主体内容。由此可见，电视剧不但在内容上非常忠实于小说原著，在外在形式上也基本保持了原著的风貌。

对于小说的改编问题，许多文学家和评论家都强调影视剧应忠实于小说原作。但是，对如何忠实于原作却仁者见仁，智者见智。一般来说，高明的导演强调对小说原作的“神似”，在把握原作整体精神的基础上进行再创造，以达到更好的艺术表达效果。而有些影视剧过分拘泥于对原作的“形似”，忽视了原作的“灵魂”，舍弃了影视剧独有的媒介特性。同样地，《高山下的花环》电影版重视对小说原作的“神似”，把人物性格和矛盾冲突充分展现在观众面前，并且，先喜后悲、先抑后扬的艺术构思形成了浑然的整体，也极大地满足了观众的期待视野。而电视剧版过分忠实于“形似”，赵蒙生的画外音也显得相当单调沉闷，心直口快、爱发牢骚的靳开来，在电视剧里显得庄重有余，谐趣不足，未把他达观豪爽的一面充分表现出来，电视剧的整体基调较为沉重。相反，“电影改编在这一方面的处理要出色一些，演员何伟对靳开来之思想、性格、情感世界的诠释比较到位，他所演绎的靳开来，正是具备了上述悲壮但不悲观、粗放但不粗鲁、谐趣但不低迷、豪气但绝不流气的复杂内涵"①。电影改编运用电影的独特手法，以生动感人的画面演绎"文字转述"，起到了丰富叙事节奏和烘托人物境界的双重功用，因此堪称对原著的再创造和深化。

电影《高山下的花环》在送审时经历了一点波折，有人指责梁三喜牺牲时欠债单的情节"有损解放军形象"，要求删改。谢晋多次经历自己的电影被删改的经历，比如《红色娘子军》中最初有吴琼花与洪常青恋爱的情节，审查时被删掉了。这次谢晋坚持自己的意见：如果没有梁三喜欠债单的神来之笔，宁可不拍这部电影。最终，电影保持了小说的原汁原味，并且给观众产生了极大的震撼力。

电影《高山下的花环》上映后获得极大的成功，据粗略统计，观众人数达到 1.7 亿，差不多当时五个人中就有一个人看过这部电影。与此同时，这部电影也获得各种荣誉，荣获百花奖最佳故事片奖，饰演梁三喜的吕晓禾同时获得金鸡奖最佳男主角奖和百花奖最佳男演员奖，饰演靳开来的何伟也同时获得金鸡奖和百花奖最佳男配角奖，饰演梁大娘的王玉梅荣获百花奖最佳女配角奖，李存葆获得金鸡奖最佳编剧奖，周鼎文获得金鸡奖最佳剪辑奖。另外，影片还获得文化部 1984 年优秀影片一等奖。由于电影的成功，小说《高山下的花环》在很长一段时间里是各大书店的热门畅销书。

电视剧《高山下的花环》虽然存在一些缺陷，但毕竟是中国新时期电视剧发展的初始阶段，加之题材重大，剧情真实可信，周里京、王玉梅等演员的表演令人信服。这部电视剧可谓占尽了天时地利人和，获奖自在情理之中。在当届"飞天奖"的获奖名单中，《高山下的花环》榜上有名。此外，它还得到了当年设立的首届"中国电视金鹰奖"连续剧一等奖的殊荣。不过，由于当时的电视机还不普及，观众收看的频道有限，因此，电视剧的影响没有电影大。

---

① 颜琪：《"崇高"主题下的"滑稽"——谈〈高山下的花环〉影视改编问题》，《文艺争鸣》2011 年第 4 期。

据不完全统计，《高山下的花环》发表后的两三年时间里，全国70多家报刊转载了这篇作品，60多家剧团先后把它改编成话剧、歌剧、舞剧、京剧、评剧等剧种①，随后又被改编成电影和电视剧，这在当时是中国的一个重要的文化事件。无论是小说，还是电影和电视剧，《高山下的花环》都在军事题材领域有所突破，以梁三喜、靳开来、赵蒙生为代表的当代军人形象有血有肉，真实可信。读者和观众忘不了靳开来乐观风趣和耿直爽朗的性格，忘不了梁三喜临死前掏出的那张血染的欠债单，忘不了巍巍高山下雷军长向梁大娘敬的那个军礼，同样也将那段历史铭记在心。

第三节 《便衣警察》的政治事件与法理拷问

一 警察的职责与爱情

海岩(1954—)，原名侣海岩，父亲是著名剧作家、导演侣朋。1969年应征入伍，成为海军航空兵二十八团战士。退伍后历任北京市公安局干部、北京新华实业总公司管理处处长等职务。1988年加入中国作家协会。海岩只上过四年小学，虽无学历但人生经历丰富，当过海军、工人、警察和机关干部。1985年创作第一部公安题材长篇小说《便衣警察》。1986年，根据自己参加唐山大地震的救灾经历创作了中篇小说《死于青春》。此后，创作了《一场风花雪月的事》《永不瞑目》《你的生命如此多情》《玉观音》《拿什么拯救你，我的爱人》《平淡生活》《深牢大狱》《河流如血》《五星大饭店》《舞者》《独家披露》等多部公安题材的长篇小说，这些小说大部分都被改编成了影视剧。海岩有多重身份，既是著名作家和编剧，又是设计师和收藏家，还是一位成功的企业家。用他自己的话来说，是"一脚踏在文化里面，一脚踏在文化外面"②。多重身份，决定了视角的特殊性。海岩的创作总是能把公安题材和流行文化元素进行巧妙衔接，为公安小说

---

① 颜琪：《"崇高"主题下的"滑稽"——谈〈高山下的花环〉影视改编问题》，《文艺争鸣》2011年第4期。

② 曹静、黄玮：《传统文化的永远，有多远》，《解放日报》2006年1月11日。

和公安影视剧的繁荣添加一份靓丽的色彩。

作家 海岩

（图片来源于海岩－百度百科中的插图，http:/baike. baidu. com/
link？url＝9ilsxVrD0OP3R＿Xk＿rVArg7RhMqBLSshEmykMud-Xu7qrTMW
3MhKfOWhdpSXO－J2g4XkSi19ik4sGvHkHGpOe＿）

　　海岩真正有影响的代表作应该是他 1985 年创作的长篇小说《便衣
警察》，这虽是海岩创作的第一部小说，但却被学界称为公安文学史
上里程碑式的作品。

　　故事发生在周总理逝世不久的 1976 年。3 月，经群众举报，一
个名叫徐邦呈的台湾特务被南州市公安局逮捕。在军代表甘副局长的
诱供下，徐邦呈谎称他要准备接应一支敌人的小分队入境，以便破坏
大陆的批林批孔运动。徐邦呈在甘副局长亲自带队押解下前往边境，
准备一网打尽敌人的小分队。不料，徐邦呈从侦察员周志明手中
逃脱。

　　周志明在一次偶然的事件中认识了一个名叫施肖萌的姑娘，两人
逐渐相爱。而刚来处里一年的女大学生严君也暗恋着周志明。此时，
南州市出现了悼念周总理的各种纪念活动，在十一广场张贴悼念诗
歌，当时的军代表将悼念活动列为反革命事件。清明节这天，周志明

的同事陆振羽在十一广场拍了照，其中有施肖萌的姐姐施季虹和941厂的团委书记安成大声朗诵诗歌的照片。为了保护他们不被抓捕，周志明把胶卷曝了光。结果，周志明因为之前徐邦呈逃跑的事情已背上了特务的嫌疑，这次由于胶卷曝光事件而被定性为现行反革命，判刑15年。接着，他唯一的亲人——其父亲也含恨去世。

施肖萌不顾家人的反对和担心，坚持去监狱看望周志明。为了不连累施肖萌，周志明忍痛断绝了两人的恋爱关系。周志明虽然受尽屈辱，但并没有失去信心。粉碎"四人帮"后，周志明得到了平反，又重新回到了公安队伍。已经考上大学的施肖萌依然爱着周志明，但重逢后他们的感情出现了裂痕。

一个叫杜卫东的小偷在狱中经过周志明的帮助和教育，改邪归正，出狱后，经周志明的帮助，在941厂找了一份工作。可是当江一明总工家被盗后，杜卫东又被当作嫌疑犯抓起来。周志明经过一番调查，证实杜卫东不是作案的人，杜卫东被释放。在引进大型项目中，941厂遭受了严重的损失，说明有人盗取了江一明总工家的机密文件。这时，施肖萌的姐姐施季虹突然举报说，江一明家是其男友卢援朝盗窃的，卢援朝被拘捕。施肖萌认为，姐姐是蓄意诬告卢援朝，毅然为卢援朝辩护，卢援朝被无罪释放。经调查发现，一心想出国的施季虹已被装扮成外商身份的间谍冯汉章收买，她有出卖情报的嫌疑。其实，冯汉章就是再次潜入南州市的特务徐邦呈的化名。施季虹和徐邦呈被公安机关逮捕。就在这时，杜卫东突然被人杀害。经过一番周密的调查，公安人员终于查清了杜卫东死亡的真相，同时，潜伏在南州市的特务卢援朝被挖了出来，真正盗窃941厂机密的人也被找到。经过一连串事件的锻炼和考验，周志明成长为一个真正的警察。周志明和施肖萌最终消除误解又走到一起，而在破案后，严君调离了南州市。

在新时期文学中，公安小说往往被划归通俗文学的行列，因为大多数公安小说集中于写案件，写惊心动魄的血腥场面，写迷雾重重的侦破过程，而忽略了对人物的描写，人物仅仅是为案件服务，多数都是模式化和脸谱化的形象：公安人员机智勇敢，犯罪分子奸诈狡猾。《便衣警察》是对以往公安小说的大胆突破，不专注于写案件，而重点描写人物，借鉴了精英文学的写作方式。具体来说，《便衣警察》是一个关于年轻警察成长的故事，讲述的是周志明在家庭、爱情、工作等方面的人生经历。周志明15岁就成了一名警察，父亲一度被打成"走资派"，不过，现在是南州大学革委会副主任。在"文化大革命"中多数家庭妻离子散的背景下，周志明可谓是少年得志，一帆风顺。如果海岩一直这样描写，那样就会落入模式化的俗套里，周志明也就跟严君、陆振羽等公安人员类似，没有独特性。周志明人生经历的转变在1976年，他22岁时。他在"311"案件中不慎让特务徐邦呈逃跑，引起了甘副局长的不满。接着，他在"四五"运动中，为了保护施季虹和安成，曝光了胶卷，从而被打成反革命，判刑15年，关进监狱。

　　周志明在监狱的经历是《便衣警察》这部小说最精彩、最独特的华章，因为以往的公安小说从未这样描写过。从来都是警察让别人进监狱，哪有警察自己也被当作犯人关进监狱的呢？周志明进监狱的经历至少呈现了三个方面的艺术效果。第一，通过周志明的视角，真实地反映了劳教人员的处境与心态。比如，田宝善纠集团伙对其他犯人进行欺辱和折磨，周志明本人也受到了非人待遇。又比如卞平甲因无意中写错一个标语而进监狱，反映了"文化大革命"的政治运动对普通民众造成的极大伤害。第二，揭露了监狱管理的腐败。比如，监狱教导员于中才故意纵容田宝善，而对正直的周志明却要关禁闭。第三，考验了周志明的理想信念。在经历磨难的痛苦阶段，周志明并没有放弃信仰，依然保持着警察的本色。杜卫东在周志明刚进监狱劳教时，故意折磨周志明；而杜卫东在被田宝善打断手臂时，周志明却主动照顾他。田宝善在纠集犯人越狱时，周志明不顾个人安危，阻止田宝善一伙越狱。粉碎"四人帮"后，周志明的案件因甘副局长的阻挠而迟迟不能平反，他并没有半点怨言。周志明在监狱劳教的过程中锻炼了意志，逐渐变得成熟起来。重新回到公安队伍后，他更加冷静沉着，对案件的判断分析更加缜密，最终侦破了一起特务盗窃案。海岩在对周志明人生历程的描写中，还把"四五"事件、"四人帮"的倒行逆施、粉碎"四人帮"、平反冤假错案等重大政治事件结合起来，把历史内容引入公安题材中，既反映了时代的变迁，又增强了历史厚重感，提升了公安小说的艺术境界。

《便衣警察》之所以吸引读者，是因为对爱情的描写。爱情是每个人心中的梦幻和追求，也是文学永恒的主题。这部小说给读者呈现了三种爱情：坚贞的爱情、变心的爱情和失望的爱情。施肖萌是坚贞爱情的主角，也是海岩着墨最多的女性形象。真正的爱情不是花前月下的亲吻拥抱，而是经历风吹雨打后的坚守执着。当周志明与施肖萌相爱时，施肖萌父母还在"四人帮"的管控之下，施肖萌高中毕业没有工作。此时，周志明不顾世俗的压力要与施肖萌相爱。而当周志明被关进监狱，施肖萌也是不顾家人的反对，赶到戒备森严的劳改农场看望周志明，并发誓要等他出狱。正是因为两人都经历了艰难困苦的考验，所以他们的爱情才坚贞持久，让读者油然而生敬意。与此相对，施季虹是变心爱情的代表。在"文化大革命"期间，施季虹父母被"四人帮"打倒，她承担着照顾妹妹施肖萌的责任，正如她父亲施万云的评价："她对这个家庭是有功劳的。"她与卢援朝的爱情得到了众人的赞许，她在"四五"运动中的大胆行为，也让读者产生了钦佩之情。然而，随着"四人帮"的垮台，父母重新走上领导岗位，施季虹的人生观、爱情观也逐渐发生改变。她利用父母的关系从工厂调到了市歌舞团，并开始重视物质享受，并且越来越不满足。结识了假外商冯汉章后，她更想出国了，于是，逐渐疏远卢援朝，最终为了私利而出卖国家机密，走上犯罪道路。从某种程度上说，施季虹的爱情变化是现实生活的真实反映，也是大多数世俗爱情的正常表现。世俗爱情多数是建立在物质基础之上的，当物质基础和现实地位发生改变时，爱情往往会发生相应变化。施季虹便是爱情变化的典型代表。与施肖萌和施季虹不同，严君遭遇的是失望的爱情。身材高挑、性格开朗的严君自大学毕业分配到公安局五处之后，就陷入了爱情的困境之中。一起分来的同学陆振羽追求着严君，而严君爱的是周志明，周志明却爱着施肖萌。在爱情的道路上，严君也比较执着，一直希望周志明能成为她心中的白马王子，即使周志明在监狱劳改时也没有动摇过。然而，周志明在感情的天平上却倾向了施肖萌。失望的严君并没有降低爱情的标准，没有接受陆振羽的爱，而是调离了伤心之地。严君的爱情经历也给我们一定的启示：爱情和婚姻很难两全其美，随着年龄的增长，严君也许会结婚，但却不一定是因为爱情而结婚。每个人都渴望爱情，但不是每个人都能得到爱情。

在叙事结构上，《便衣警察》也比较独特，不是以案件的侦破过程为主，而是以主人公的经历来谋篇布局。具体来说，小说以周志明的成长经历为主线，先后叙写了周志明与施肖萌的恋爱、周志明参与"311"特务案、在"四五"运动中曝光胶卷、在监狱劳改、平反释放、重新安排工作、帮杜卫东找工作、侦破江一明家被盗案、破获敌特案等事件。而这些事件并不是简单的流水账，前后都有关联，特别是开始时"311"特务案的悬而未决，在结尾处得以侦破，从而具有了前后呼应的艺术效果。这种结构方式，既避免了公安小说通常的模式化情节，又显示出海岩驾驭故事要素的纯熟技巧，他为一个容易流俗于英雄人物先进事迹的故事，巧妙地设置了精彩的感情线索，增强了作品的可读性和感染力。

二　监狱里的爱情场景

实事求是地说，小说《便衣警察》发表后，并未引起太大的轰动。而真正被人广为熟知，是在1987年导演林汝为把小说改编成12集同名电视剧之后，一经播出，几乎达到万人空巷收视的地步。

林汝为（1932—　），1950年进入中央电影局表演艺术研究所（北京电影学院前身）表演系学习。作为演员，曾主演的影片有《赵小兰》（1953）、《暴风中的雄鹰》（1957）、《她爱上故乡》（1958）、《红梅花开》（1960）。作为助理导演，参与拍摄的影片有《满意不满意》（1963）、《白山新歌》（1965）。1985年，林汝为作为导演把老舍的长篇小说《四世同堂》改编成28集同名电视剧，播出后大获成功，同时获得飞天奖特别奖和金鹰奖优秀电视连续剧奖。1987年又把海岩小说《便衣警察》改编成12集电视剧，该剧同样获得金鹰奖优秀连续剧奖。2008年他把叶广芩的长篇小说《采桑子》改编成40集电视剧《妻室儿女》。从演员到导演，从电影到电视剧，林汝为为中国影视艺术的发展做出了不可磨灭的贡献。

导演 林汝为

（图片来源于新浪娱乐文章《电视英雄回忆录之林汝为〈四世同堂〉感动你我》中的插图，2010 年 2 月 8 日，http://ent.sina.com.cn/v/2010-02-08/ba2871549.shtml）

拍摄《便衣警察》纯属偶然。林汝为因为与邻里的一点小矛盾，便对警察的工作方式产生了不满情绪，就向当时担任公安部部长的朋友抱怨。公安部部长给她找来了小说《便衣警察》，要她拍成电视剧，以便起到教育人的作用。林汝为找到赵宝刚，要求他参与改编这部电视剧。在确定拍摄方案之后，林汝为挑选了许多青年演员饰演剧中的主角，胡亚捷饰演周志明，宋春丽饰演严君，谭晓燕饰演施肖萌，申军谊饰演杜卫东，廖京生饰演卢援朝，周铁海饰演陆振羽，丁芯饰演施季虹。同时，林汝为也邀请一些老艺术家加盟其中，让蓝天野饰演施万云，李明启饰演郑大妈。林汝为之所以选择胡亚捷和谭晓燕，是因为二人有个共同点：眼睛很纯。

正式开拍后又发现演员们还有个共同点：少数民族多。林汝为说："谭晓燕是黎族，李明启是回族，周铁海是藏族，我是满族。"①

小说《便衣警察》人物众多，有名有姓的人物共计 40 多个；电视剧保留了绝大部分人物，涉及各种角色 30 多个，人物姓名与小说一致，即使一些不太重要的次要人物，电视剧里都有相应的演员饰演。小说的一些主要情节，比如周志明与施肖萌的相识、周志明父亲的住院、周志明与施肖萌和严君之间的情感纠葛、施肖萌家人对周志明的态度、"四五"运动、周志明曝光胶卷事件、周志明被关进监狱、周

---

① 冯遐：《林汝为二十年后自嘲：警察曾招我生气》，《北京晨报》2007 年 12 月 13 日。

志明与田宝善的斗争、卞平甲对周志明的照顾、周志明对杜卫东的帮助、周志明的平反、周志明的工作安排问题、施季虹与冯汉章的关系、杜卫东被抓和被杀、施季虹告发卢援朝等情节，都在电视剧中得以如实反映。我们具体比较一下施肖萌在监狱看望周志明的情节，小说原文如下：

那扇门终于又开了，戴眼镜的干部走进来，身后跟着一个人。她紧张得心都快要从嗓子眼儿里跳出来，张皇地从凳子上站起了身子。

这就是他吗？

他那种象牙般光滑明亮的肤色从脸庞上褪去了，双颊变得粗糙黧黑，满头泼墨般的软发也只剩下一层被晒干了油色的刺毛儿，还遮不住黄虚虚的头皮，那对深不见底的眼眸现在竟是这样憔悴、疲惫和呆滞，从满是灰垢和汗渍的黑色囚衣领口伸出来的脖子，显得又细又长，几根粗曲的血管像蚯蚓一样触目惊心地蜿蜒在皮下……这就是他吗？她满眶眼泪憋不住了。

"小周，我，我看你来了……"只说了一句，喉咙便哽咽住。

周志明并没有表现出她原来想象的那样激动和热烈，他只是在一见到她的瞬间发了傻，嘴唇微微张开，不知所措地喃喃着："你来啦，你来啦……"

她哭了。从他的声音中，一切期待和牺牲都得到了满足和报偿。她不顾危险来看他，是因为要把自己弱小微薄的同情和怜悯给予他吗？不，她现在才明白，她来这儿不光是为了给予，同时也是为了追求，为了得到。因为内心的感情已经无可否认，她自己是多么需要他，需要他的爱和抚慰，需要听到他的声音……她扑到他的胸膛上，双肩抽动，有百感而无一言。他的身上散发出一股难闻的泥土和汗酸的混杂气味，她的手触在他单薄的脊背上，那肩胛瘦得几乎快要从汗渍板结的黑布服里支棱出来了。

她盼着他能紧紧地拥抱她，但是他没有，却是一副不知所措的样子。

"砰砰砰!"一阵恼怒的响声压过她的欷歔,戴眼镜干部用门锁在桌上用力敲着,以十分看不惯的神情干涉了。

"哎哎哎,周志明可是个在押犯,这儿是监狱,不能那么随便啊,又搂又抱的成什么样子!坐下谈行不行,这不是预备凳子了吗?要说话抓紧时间。"

她感到周志明的身子缓缓地往后退了退,她也赶紧后退了一步,生怕由于自己的失当而致看守人员迁怒于他,使他今后在狱中的处境更难。

他们隔着长桌坐下来,她说:"志明,我很想你。"

"你……"他很拘谨,直挺挺地坐着,"你好吗?你爸爸妈妈,他们都好吗?"他的声音轻得近于耳语。

"他们都好,你怎么变成这样儿了,你是不是很苦,很累……"她恨不得把所有想要问的话都问了。

"还有你姐姐呢,她怎么样?她和援朝他们都好吗?"他仍然用一种小心翼翼的声音问着。

"志明,你快说说你自己吧,你在这儿怎么样,你身体怎么样?"

"我挺好的。你找到工作了吗?最近又去过知青办吗?我看如果……"

"别说我了,快别说我了。"她几乎是哀求着,"我这么远跑来,我多想知道你的情况啊,你怎么这样瘦啊?全变了样儿了,你,究竟是为了什么呀,你以后可怎么办呀……"她说不下去了。

"我没什么,我没什么,你赶快回去吧。"他喃喃地、发呆地说。那个常干事站在桌子旁,看看她,又看看周志明,突然插进来说:"行了,到时间了,周志明,你出去吧。"

周志明服从地站起来,目光在她脸上停了一下,她蓦然感到这一刹那的眼神是那么熟悉,一下子把她心中无数记忆都连接起来了。

"同志，还不到十分钟，还不到啊，你让我们再说几句吧。"

"怎么不到？是按你的表还是按我的表？怎么得寸进尺呀，让你见一面本来就已经是破例照顾了。周志明，你先出去。"

周志明望着她，后退着蹭到通向院内的那个门边上，用背把门顶开，却没有立即出去。

"同志，求求你了，能不能再让我们谈五分钟，再谈五分钟……"

"不行，你这人怎么这么赖呀？"

"小萌！"周志明突然放大了声音，他终于放大了声音！她的心酸酸的，快要从嗓子眼儿里跳出来了。

"你回去吧，好好地生活，再别来了，一定不要再来了，就算最后听我这句话，你自己好好地生活吧。"

他走了，声音留在屋子里，她双手捂住脸，双肩剧烈地抽动，泪水涌泉一般濡湿了手掌，她用全部力气压抑着哭声，只能听到一阵尖细的鸣响在胸膛里滚动，如同遥远的天籁！

施肖萌看望周志明并不容易，首先是父母和她姐姐施季虹表示强烈反对，后在严君赞助路费的情况下，才好不容易赶到监狱劳改农场。在劳改农场等待了几天，又在场长的帮助下，施肖萌才最终见到周志明。两人见面不到十分钟，她不管监狱警察就在旁边，激动地扑到已经瘦弱不堪的周志明怀里，她用爱的行动和女性的柔情去抚慰周志明受伤的心，用大胆的表白"我很想你"来给周志明生活下去的力量和勇气。施肖萌的爱是坚贞而执着的，不仅顶住了家庭的反对和世俗的压力，甚至连严君也感到自愧不如。逆境中的爱情更显得弥足珍贵。我们再看电视剧对这个场景的处理。

镜头1：（全景，俯拍）在监狱会客室，穿着白色短袖衬衣、梳着两条辫子的施肖萌与穿着黑色衣服的周志明，分别坐在一张长方形大桌的两头，身穿白色警服的常干事在大桌旁踱步。

镜头2：（中景）瘦削的周志明阴沉着脸，一言不发。

镜头3：（中景，闪回），穿白色警服的周志明坐在桌旁，用小玩具笑着逗施肖萌。

镜头4：（中景）镜头又回到监狱，周志明依然阴沉着脸，慢慢抬起头来看施肖萌。

镜头5：（中景）施肖萌目不转睛地盯着周志明，手里拿着两个红番茄。

镜头6：（中景，闪回）施肖萌在桌边笑起来的镜头。

镜头7：（中景）镜头又回到监狱，施肖萌仍然盯着周志明，然后慢慢垂下眼睑，用手抚摸着番茄。

镜头8：（中景）周志明面无表情地看着施肖萌，露出一丝苦笑。

镜头9：（中景）施肖萌把番茄推向周志明，也露出了一点勉强的笑容。接着，她又把番茄收回到自己身边。

镜头10：（近景）周志明苦笑着说："萌萌，你长大了。"

镜头11：（近景）施肖萌笑了一笑，接着用手擦了脸上的泪水，"我老了吧？"

周志明的画外音："怎么会呢？"

镜头12：（中景）周志明问："家里都好吗？"

施肖萌的画外音："嗯……嗯……爸爸，妈妈，姐姐，援朝，都问你好，都好。"

周志明说："萌萌，你怎么……不说说我爸爸？"

镜头13：（近景）施肖萌有些吃惊，停了一会儿说："对了……他也挺好……他说……说他还要……"施肖萌差点哭起来。

周志明的画外音："他是挺好的，他再也没有痛苦了……"

镜头14：（近景）有些激动的周志明停顿了一下，又问："你现在的工作怎么样了？你得多往知青点跑几趟，他们这些人办事儿太慢了。"

镜头15：（近景）施肖萌想说什么，但欲言又止。

镜头16：（近景）周志明关切地看着施肖萌。

镜头17：（近景）施肖萌擦了一下鼻子，对着周志明强装笑脸。

镜头18：（近景，拉）周志明说："萌萌，你回去吧，你以后别来了。"

施肖萌的画外音："志明，别这么说……"镜头逐渐拉成全景。

常干事说："周志明，时间到了。"

施肖萌站起来走向常干事，哭着请求道："不！同志，还不到十分钟，还不到，再让我们说会儿话好吗？"

常干事说："你怎么得寸进尺啊？让你们见面就不错了嘛！走吧！周志明。"周志明站起来走向门口。

施肖萌继续哭着请求，"同志，我好不容易……"看到周志明从身边经过，施肖萌一把拽住周志明的衣服，哭着说："不！志明，你先别走。"她边说边从后面抱着周志明，脸紧紧贴着周志明后背。

镜头19：（中景）施肖萌又哭着回头求常干事，"同志，你就再让我们说会儿话好吗？"双手依然抱住周志明不放。

常干事走过来，生气地说："你怎么回事？太不像话了！走！"说着，要把施肖萌拉开。

施肖萌继续求情，"我好不容易来一回，就让我们说会儿话好吗？"她哭着对周志明说，"志明，你是不是苦极了？你告诉我，你一定苦极了！"背景音乐响起。

周志明强忍着感情说："萌萌，你不该来，我跟你有什么关系？"

施肖萌哭着说："我还要来看你。"

周志明用力掰开施肖萌的双手说："走吧！你以后别来了。"周志明挣脱了施肖萌，走向门口。

施肖萌大声哭着说："你要好好的……不……"

常干事拉住施肖萌，"你怎么回事？"

施肖萌还是哭着说："不！志明，你别走！"她抓起桌上的两个番茄想送给周志明，被常干事制止了。

镜头 20：（全景）周志明走出会客室的背影。

施肖萌哭着的画外音："志明——"

镜头 21：（近景，拉）施肖萌捧着番茄哭泣，"志明——，这两个西红柿……你留着……带回去吃吧。志明——，你别走。志明——，我还会来看你！"

（根据电视剧《便衣警察》整理而成）

电视剧《便衣警察》剧照

从电视剧的场景来看，电视剧的主要内容与小说情节基本一致。不过，导演对施肖萌的情感处理做了顺序颠倒。小说的情感是从激动到冷静，施肖萌一见到被折磨得不成人样的周志明就很激动，扑到周志明怀里哭起来，在警察的干预下才冷静下来。电视剧的情感处理方式是从冷静到激动，开始两人见面都强忍着感情，在周志明要离开时，施肖萌的感情再也控制不住，抱着周志明不想让他离开。电视剧的这种处理方式更符合人之常情，伴随着背景音乐，把"相见时难别亦难"的生死恋烘托得更加荡气回肠。

三　"海岩剧"的模式分析

从拍摄《四世同堂》时就可以看出，林汝为对小说原著是比较尊重的，改编时尽量忠实于原著，《便衣警察》也不例外。不过，也许为了回避敏感的政治话题，电视剧改变了小说的主题。小说《便衣警察》是反特侦破案的主题，电视剧改为经济诈骗案和黄金走私案主题。电视剧删除了小说开始部分台湾特务徐邦呈潜伏回南州市作案的"311"案件；小说里的潜伏特务卢援朝在电视剧中被改为黄金走私案的头目。徐邦呈和卢援朝在小说里的身份是台湾特务，电视剧如果如实拍摄，就势必涉及当时大陆与台湾的敏感政治关系问题。为了回避敏感的政治话题，林汝为不得不改变拍摄主题，毕竟电视剧的影响力比小说要大得多。

林汝为对《便衣警察》主题的改动，无意中帮助了日后"海岩剧"模式的形成。林汝为把小说反特侦破案的主题，改为经济诈骗案和黄金走私案主题，其实是提醒海岩：无论是公安题材的小说，还是公安题材的影视剧，要尽量避开敏感的政治问题。《便衣警察》虽是海岩第一部小说，但已初步奠定了"海岩剧"模式："警匪加爱情"。在以后的《一场风花雪月的事》《永不瞑目》《你的生命如此多情》《拿什么拯救你，我的爱人》《玉观音》《平淡生活》《五星大饭店》等小说和影视剧中，海岩再也没有涉及敏感的政治话题，而"警匪加爱情"的"海岩剧"模式却一直没有改变。

电视剧《便衣警察》被称为公安题材电视剧史上里程碑式的作品，"它是新时期初期中国电视剧'写普通人'的美学思潮中，最早写人民警察的成功作品，反映普通民警的悲情际遇和壮美情怀"[①]。《便衣警察》不仅触及了公安民警的家庭生活和婚恋情感，宣扬了英雄主义、责任感、正义感等主流价值观念，而且直接书写了时代，把中国政治运动和警察的个人命运紧密结合在一起。海岩说："在当时，警

---

① 盘锦斐：《电视连续剧〈便衣警察〉的时代主题和警察形象》，《湖南公安高等专科学校学报》2008 年第 4 期。

察戏直接写时代，写中国政治生活中的重大事件和警察的个人命运结合在一起，这样的写法在警察戏里很少。那个时候公安题材多写些案件的侦破过程，顶多写点公安人员的任劳任怨，而《便衣警察》触及了公安人员的家庭、情感、个人命运，当时来讲给人感觉是比较有新意的。"①《便衣警察》突破了以往警匪片巧合、惊险、打斗、神秘的套路，首次将警察影像放在国家、历史、政治、时代、情感、家庭、个人的多维度构架中进行艺术再现，在淡化案件情节的同时，浓墨重彩地讴歌了人性的光辉。

"海岩剧"的特点不在于写案件的侦破过程，而在于写警察的情感经过和爱情故事，这在《便衣警察》中已经初露端倪。《便衣警察》重点表现的是周志明在时代风云变幻中的成长经历和情感历程。《便衣警察》毕竟是海岩的第一部长篇小说，他驾驭情节的技巧还不十分娴熟，在表现周志明内心矛盾的个别情节上存在着逻辑上的瑕疵。警察也是人，也会面临"情与法"的矛盾和困惑，周志明也不例外。在《便衣警察》中，周志明对施季虹案件的态度，就与小说前半部分的情感逻辑相冲突。从小说故事情节的发展过程可以看出，周志明是一个非常看重情感的年轻人，他重情重义，即使面对"情与法"的矛盾时，他内心的天平还是倾向于情感。在悼念周总理的"四五"运动中，周志明的情感表现得特别充分。如果从法理的角度讲，周志明不应该曝光胶卷，应该把施季虹和安成抓起来，因为他是执行上级命令的警察。周志明之所以要曝光胶卷，要保护施季虹和安成，是因为动了恻隐之心，在"情与法"的矛盾中选择的是情感，毕竟施季虹是自己恋人的姐姐，安成是他的好朋友。周志明之所以向甘副局长承认曝光胶卷的行为，并不是因为他已经有很高的政治觉悟，已经看清了"四人帮"倒行逆施的罪恶行径，而是出于同事之情，不想让陆振羽为他背黑锅，表现了周志明是一个敢作敢当、重情重义的血性男儿。可是，周志明在后来的施季虹案件中，好像变成了一个薄情寡义的人。他不满意乔仰山、纪真等领导从轻判罚施季虹，还要给南州

① 胡玥：《从〈便衣警察〉到〈永不瞑目〉》，《人民公安》2000 年第 11 期。

市委写告发信。海岩本意是想把周志明塑造成维护法律尊严、铁面无私的刑警，但这种过分拔高的写法反而有损人物形象，既前后矛盾，也有失人伦之情。因为此时不但周志明与施肖萌已经是快要结婚的恋人，而且就住在施肖萌家里。他站出来主动告发施季虹案件处理太轻，就与他之前重情重义的性格相抵触。其实，只要改为由陆振羽或者严君来告发施季虹案件就顺理成章了，何必一定要让周志明去告发呢？

不过，瑕不掩瑜，在公安题材电视剧还相当匮乏的 80 年代，《便衣警察》的播出没想到获得了极大的成功，一夜之间风靡全国。同时，由导演林汝为亲自作词的主题歌《少年壮志不言愁》，经刘欢演唱后，在大街小巷广为传唱。正如刘欢后来回忆说："那会儿天天晚上万人空巷看电视剧，然后天天晚上都听我唱的东西，对我个人的影响很简单，用我们今天的话讲，叫一炮走红了。"① 它完全称得上是一首励志歌曲，让人从那深情款款的主题歌里的岁月苦涩中，感悟到一种人生洒脱的气概。该剧也获得多种奖项，先后获得飞天奖三等奖、金鹰奖优秀连续剧奖和公安部首届金盾影视奖，饰演严君的宋春丽也凭该剧获得飞天奖优秀女配角奖，饰演周志明的胡亚捷凭该剧获得第二届电视十佳演员称号。胡亚捷评价说："《便衣警察》这部戏创造了好几个第一，海岩是第一次写小说，《便衣警察》就被搬上了银幕，刘欢唱这个主题歌，唱得家喻户晓，那么，我因为演了这个《便衣警察》，是我第一个荧屏形象，也是家喻户晓。不能说演得最好，但是它影响最大，以至于到现在来讲，走到哪，还是讲《便衣警察》，走到任何一个地方，哎，便衣警察来了。"②

因为《便衣警察》的成功，海岩创作公安题材小说的信心大增，以后又创作了《一场风花雪月的事》《永不瞑目》《玉观音》等多部公安题材小说，这些小说改编成影视剧后，逐渐形成了"海岩剧"的品牌效应，使小说和影视剧比翼齐飞。2009 年，导演赵毅维又翻拍《便

① 王刚主持：《电视往事——中国电视剧二十年纪实》（影像），第九集。
② 同上。

衣警察》，把小说改编成 20 集同名电视剧。由于电视剧整体生态环境的改变，人们审美趣味的多元化，新版的《便衣警察》并没有带来太大的影响。虽然海岩已经创作了多部公安题材的影视剧，"海岩剧"已经成为炙手可热的品牌，但是，从社会影响力来看，海岩后来的影视剧都没有超过《便衣警察》。因为《便衣警察》不是一部简单的警匪剧，而是把时代变幻、价值观念、人伦情感进行了结合，彰显了正面的、积极向上的精神力量，赞扬了正气凛然、崇高激昂的英雄主义行为。

第四节 《生死抉择》的反腐魄力与制度思考

一 国企破产引发的腐败大案

张平(1953—)，1971 年后任新绛县西关学校代理教师。1974年入运城地区教育干部学校师范班学习。1978 年入山西师范学院中文系汉语言文学专业学习，毕业后，历任临汾地区文联《平阳文艺》编辑部编辑、省文联《火花》编辑部副主编等职。2003 年任山西省作家协会主席。2008 年当选山西省副省长。张平从 1981 年开始发表作品，著有长篇小说《法撼汾西》《天网》《抉择》《凶犯》《国家干部》《少男少女》，中短篇小说集《祭妻》《姐姐》《夜朦胧》《十面埋伏》《对面的女孩》，长篇报告文学《孤儿泪》等。《姐姐》获得了全国优秀短篇小说奖，《抉择》获第五届茅盾文学奖。《天网》被改编为电影、电视剧、连环画、话剧、地方戏等艺术形式。根据《凶犯》改编的电影《天狗》获得大学生电影节最佳故事片奖和上海国际电影节最佳影片评委会大奖。张平始终坚持现实主义的创作道路，以直面现实人生的胆识和勇气，对腐败分子进行无情鞭挞。张平认为："不关注时代和现实、没有理想和责任的作家，也许可以成为一个出色的作家，但绝不会成为一个伟大的作家。"①

1997 年 8 月，长篇小说《抉择》正式出版，这是张平最重要的一

---

① 周益、李诚：《作家张平的不"平"之路》，《瞭望·廉政》2008 年第 3 期。

部作品。小说展现的是 20 世纪 90
年代内地省会城市的场景，以热烈
的文笔、强烈的感情、分明的爱
憎、鲜明的立场，带给我们非同一
般的震惊和思考。

　　在北方某省会城市，拥有两万
多人的大型国有企业——中阳纺织
集团亏损 6 个亿，曾经辉煌一时的
企业濒临破产，工厂停工，工人发
不出工资，几千名即将失业的工人
聚集在一起，准备到市政府门口讨
说法。临危之际，清正廉明的市长
李高成只身赴工厂了解实情。李高
成曾经是中阳纺织厂的厂长兼党委
书记，因政绩突出而走上了市级领
导岗位，而如今中阳纺织集团的领
导几乎都是他一手提拔的。通过明
察暗访，李高成终于弄清了企业倒
闭的祸首。企业的主要领导不仅贪
污腐化，权钱交易，包养情人，而

作家　张平

（图片来源于张平-百度百科中的插
图，http:/baike. baidu. com/link？url =
leN9pxcsXaGCyqpsTol4PezGVyLwTzs9O
JaT581zJziOoyc5OFLE3Z4SffYPA ＿ QJC-
wXSntbVzUyM7XZmwBeDskLu7kY － fPz
Gx8UPIW1PyKS）

且一些省级干部也卷入企业的经济腐败之中。企业领导为了谋求私
利，打着搞活企业的幌子，办起了第三产业——新潮公司，其下属的
分公司——特高特运输总公司董事长是省委副书记严阵的妻弟钞万
山，副董事长是离休的省人民银行副行长王义良，总经理则是企业领
导的亲属。新潮公司的另一个下属公司——青苹果娱乐城有限公司，
其总经理是李高成妻子吴爱珍哥哥的儿子吴宝柱。在中阳纺织集团处
于全面停产的倒闭状态下，企业里新开的昌隆服装纺织厂却红红火
火，这个厂就是由王义良、钞万山、李高成妻子等人开办的。

　　当李高成调查中阳纺织集团的问题时，省委副书记严阵多次阻
拦，而严阵又是培养和提拔李高成的老上级。更让李高成没有想到的

是，身为东城区反贪局局长的妻子吴爱珍，居然也在中阳纺织集团谋取私利，贪污了 200 多万。在党性与亲情面前，李高成面临着艰难的抉择。经过激烈的思想斗争，在市委书记杨诚的协助下，李高成下定决心要把中阳纺织集团贪污腐败问题彻底查处。最终，中阳纺织集团的领导班子和妻子吴爱珍等所有涉案官员都被收审，省委副书记严阵经中央批准，进行立案审查。《抉择》对腐败分子进行了无情的鞭挞，以直面现实人生的勇气和胆识，对社会上存在的花钱买官、行贿受贿、公款嫖娼、拉帮结派、搞圈子等腐败行为进行了大无畏的抨击和揭露，从而真实地再现了主人公李高成的艰难抉择与灵魂搏斗。

《抉择》这部小说之所以让众多读者感动与震撼，不仅仅是因为它塑造了一位清正廉洁的高官形象，而是因为它深刻揭示了反腐败工作的难度及其深层次原因。李高成可以做到自己清正廉洁，却无法管束手下官员的腐败，也无法阻止自己的上司腐败，甚至无法防止身边的妻子受贿腐败。腐败不是天生的，不是与生俱来的。当李高成提拔郭中姚、陈永明、冯敏杰、吴铭德等人担任中阳纺织集团的总经理、党委书记、副总经理时，这些人当时也很清廉，应该是凭借着实干能力走上领导岗位的。可让李高成万万没有想到的是，这些人当上领导后却逐渐变质，住豪华别墅，包养情人，子女开高档小车，一步步滑向腐败的深渊。这些人为了给他们的腐败找到保护伞，先把李高成妻子吴爱珍拉下水，同时寻找更硬的后台——省委副书记严阵。由此可见，腐败不只牵扯一个人或几个人，而是牵扯某一个大的利益集团，有一个深不见底的关系链条，这才是腐败的可怕之处，也是反腐败的难度所在。

《抉择》还真实地反映了现实社会中腐败的无孔不入。李高成可以管住自己不收礼品，却无法管住身边的亲属和家人。一些想办事的人不仅给他妻子送礼，而且还给他家小保姆送礼。在搜查李高成自己家中的现金和物品时，居然发现小保姆有 3.2 万元的存折，原来，这些钱都是"她在沙发缝里、台灯旁边、电话机下、礼品盒里找到的"，"在一个市长家里，来送礼的人太多了，让你防不胜防"。更让人想不到的是，中阳纺织集团的腐败分子为了栽赃陷害李高成，居然伙同他妻子吴爱珍，设计让李高成收下 30 万元现金，并偷偷进行录音，李高成差点因录音带事件而倒在反腐路上。在一张无形的腐败大网裹挟之下，一个官员要做到洁身自好谈何容易！与此同时，老上级严阵对反腐的阻挠，不但让中阳纺织集团的腐败问题难以彻查，而且差点让李高成自己陷入"腐败"漩涡之中。李高成经过痛苦的抉择之后，彻底查清了中阳腐败问题，然而，他并没有感到高兴，因为他的反腐近似于玉石俱焚，自己也付出了惨痛的代价："大义灭亲"的举动让妻子关进监狱，温暖的家庭从此不再；把提拔自己的老领导送上法庭，也会招致"忘恩负义"的非议。一方面，我们为有李高成这样不计个人得失的清廉官员而鼓掌；另一方面，我们也深切感受到反腐道路的艰巨与复杂，任重而道远。

小说的另一个亮点就是工人们所说的话，张平对普通工人阶级生存现状的真实而全面的反映。在很长一段时期里，工人阶级的地位既崇高又神圣。在革命战争年代，工人阶级是带领中国革命走向胜利的主力军。新中国成立后，工人阶级是国家的主人，在新中国建设的各条战线上做出了不可磨灭的贡献。然而，改革开放以后，随着社会的转型，工人阶级的地位逐渐下降，工人阶级与领导之间同甘共苦的关系不复存在。在《抉择》里，市长李高成曾经也是一名普通工人，后来凭着才干当上了中阳纺织厂厂长和党委书记。可就是这样一位从工人队伍里走出来的、非常清廉的好官，也有相当长的时间没有去走访普通工人家庭。因为几千工人闹事，李高成才不得不去查看普通工人的生活状况。如果不是他亲眼所见，他很难相信一些退休老红军、老劳模，依然住在低矮、狭窄、肮脏的房屋里，过着朝不保夕的生活。他同样很难相信，一个濒临倒闭企业的领导们住着宽敞豪华的别墅，过着花天酒地的生活。工人阶级与领导之间这种巨大的反差，不仅让读者为之愤慨，也让李高成无地自容。

张平曾经和几位作家去采访国有企业的工人，工人们非常激动，"他们说，这么多年，已经很少有人来采访他们工人了。""从来没有人真正问过我们工人究竟需要什么，究竟在想什么。……我们工人不是国家的主人吗？不是国家依靠的对象吗？为什么你们会把我们给忘记了抛弃了？为什么你们就不能写一些反映我们工人让我们工人看的作品？"① 连无职无权的作家、艺术家都很少去采访普通工人了，更何况高高在上的官员们，有几个能真正关心工人的疾苦？退休工人夏玉莲为了能见到李高成和省委书记万永年，她只能采用要从八层高的楼顶上跳下去的极端方式。这实在让人感喟，普通工人要见一个高官是何其难啊！而夏玉莲想见李高成和省委书记，并不是为了自己，而是为了阻止工人上访，保护李高成。《抉择》对普通工人生活的描写，让我们不得不思考：工人阶级的地位如何巩固？国企的改革应如何进行？为何改革开放会带来社会风气的败坏？在市场经济体制的环境中，普通工人的生活为何不能得到改善？每一个命题都是沉重而不可逃避的，甚至刻不容缓，都值得每一个人深思。

　　《抉择》这部小说的结构也非常独特：就是事件、矛盾和时间的高度集中。这部小说可以概括为"三个一"的统一，即一个中心人物——李高成，一个重要事件——中阳纺织集团的腐败问题，一个月左右的时间——从1996年2月到3月。这是典型的树状型结构，虽然只有一个树干，但是树的上面却枝丫交叉，树的下面盘根错节。张平围绕李高成处理中阳纺织集团的问题而展开叙事。中阳纺织集团的问题就像一口深不见底的烂井，李高成越挖淤泥越多，他自己也差点陷入淤泥中不能自拔；中阳纺织集团的问题又像潘多拉盒子，李高成想要打开，有人却要阻止他打开，他下定决心打开之后，却被盒子里飞出的灾祸冲撞得伤痕累累。中阳纺织集团几千工人要集体上访，作为市长的李高成不得不到现场平息事端；走访退休职工破败不堪的家庭时，李高成为之落泪；调查特高特运输总公司时，发现离休的省人民银行副行长王义良、严阵妻弟钞万山是公司负责人；暗访青苹果娱乐城有限公司时，居然发现老板是妻子的侄子；一边是李高成的明察暗访，一边是妻子伙同腐败分子陷害李高成受贿；李高成去调查昌隆服装纺织厂时，却被霸道的保安打伤住院；李高成想继续调查时，却又遇到省委副书记严阵的威胁。在这短短的一个月里，李高成经历了

①　张平：《抉择·后记》，人民文学出版社2004年版，第528页。

各种矛盾，遭遇到各种苦难，接触了各色人物，真是一波未平一波又起，甚至不得不面对严峻的生死考验。正是这些集中的矛盾，频发的事件，紧张的气氛，推动着情节的发展，也吸引着读者的期待视野。此外，小说对李高成心理活动的描写也相当成功，把他的困惑、自责、痛苦、畏惧、坚毅、果敢刻画得淋漓尽致。一个政界高官要彻底反腐，就要舍弃自己的既得利益，舍弃自己的家庭和亲人，其抉择的艰难与复杂，非亲历者不能体会其内心的痛苦！

在众多的反腐小说中，《抉择》无疑是最重要的代表作。这部小说先后被评为全国公安题材文学类作品一等奖，"啄木鸟"文学一等奖，全国最佳畅销书奖。1998 年，《抉择》获得第五届茅盾文学奖，这也是迄今为止唯一一部获得该奖项的反腐小说。1999 年，被国家新闻出版署等六部委推举为新中国成立五十年的重点献礼作品。

二　电影场景的压缩与视听语言的运用

小说《抉择》从小众化的文学领域走向普通大众是在 2000 年，导演于本正把小说改编成电影《生死抉择》，上映后引起很大震动。原中纪委书记尉健行看后做了批示："应该让领导干部带着自己的家属看看这部电影。"①

于本正(1941—　)，1963 年毕业于上海电影专科学校导演系，一直在上海电影制片厂工作。1975 年任导演。先后执导了《难忘的战斗》(1976)、《特殊任务》(1978)、《等到满山红叶时》(1980)、《魂系蓝天》(1982)、《漂泊奇遇》(1983)、《日出》(1985)、《紫红色的皇冠》(1987)、《走出地平线》(1992)、《信访办主任》(1995)、《生死抉择》(2000)等电影，并多次获金鸡奖、百花奖和童牛奖。同时，还拍摄了《我想有个家》《千堆雪》《啊哟妈妈》等电视剧。于本正的电影多数是现实性很强的社会性题材，重视现实生活的矛盾，关注时代发展的潮流与当代人的社会责任。

1998 年，正在上海市党校学习的于本正，接到了市领导指派的

---

①　周益、李诚：《作家张平的不"平"之路》，《瞭望·廉政》2008 年第 3 期

任务，要把张平的小说《抉择》改编
成电影。当时于本正的压力比较
大，一是要把长达43万字的长篇小
说改编成电影，谈何容易；二是由
陈国星、朱德承导演，李雪健主演
的17集电视剧《抉择》正在热播。
为了完成领导交办的艰巨任务，执
导经验丰富的于本正全力以赴地投
入小说的改编和电影的拍摄之中。
为了拍好这部电影，首先于本正坚
决不看电视剧《抉择》，以免受其影
响；其次是精心打造剧本。于本正
与几位编剧一起，先后对剧本七易
其稿，用了九个月时间来修改剧本，
电影名字最后改为《生死抉择》。

导演　于本正

（图片来源于于本正－互动百科中
的插图，http://www.baike.com/wi-
ki/于本正）

　　要把一部长达43万字的长篇小说转换成2小时40分钟的电影，
肯定要对原作进行压缩和艺术处理。不过，作为第四代导演的于本正
对小说《抉择》相当尊重，改编时，电影的主要人物、主要矛盾、主
要情节基本上与原著保持一致。无论是小说还是电影，都始终围绕着
李高成的命运发展，表现了他与老上级、老同事和他的部下们的冲突
和纠葛，以及他的亲人陷入社会浊流中的情感矛盾和精神困境。我们
具体来比较李高成在中阳纺织集团挨打的情节。小说原文如下：

　　　　真让人难以想象。

　　　　最后的一扇门终于被打开了，同时也好像是被打开了一道音
　　海和酒池的闸门，音乐的旋律和酒肉的浓香铺天盖地地宣泄而
　　来……

　　　　两个人扑通一声丢开了他。鼻子似乎又给撞了一下，他再一
　　次尝到了自己作为人的权利被全部剥夺了的感觉。也就是这时，
　　他听到身旁押他的一个人恭顺却又分明是炫耀的说话声：

"老板，就是这个家伙，不三不四、鬼鬼祟祟地在咱们的厂子里转悠了好半天，后来又偷偷地溜进了车间里，还把我们的一个女工拉出来，不知道想干什么。我们当场抓住了他，他居然还说要找厂里的领导。你瞧瞧他那尖嘴猴腮的样子，一看就不是个正经东西……"

李高成用手在自己的脸上摸了一把，终于费力地抬起了感到分外沉重的头颅。

他看到了一张张老大老大的圆桌，看到了圆桌上各种碟子盘子后面的一张张脸……

他摇了摇头，再摇了摇头……

他又在自己的眼睛上使劲擦了一把……

他不相信，他真的不相信，他也实在无法相信……

怎么这些脸会这么熟悉？怎么会是这些脸？

他真不愿意看到是他们！真的不愿意！

他看到的几乎是那一天在他家里的原班人马：

省委副书记的内弟，特高特客运公司的董事长钞万山。

原省人民银行副行长，特高特客运公司的副董事长王义良。

还有那天晚上来的两个主任，好像还有那个总会计师……

还有两个不熟悉的面孔，可能就是这个地方的负责人了……

还有，他真不想还有这么一个还有，他竟在这里看到了五六天都没回过家的妻子！这个区检察院副检察长、反贪局的局长吴爱珍！

这会是真的吗？这真的是真的吗？

李高成感到了一阵阵撕心裂肺般的痛苦，就像无法面对这残酷的事实一样使劲地合上了自己的眼睛。

怎么会？怎么会？

他突然明白了几天来一直萦绕在心头的重重疑问：那几千万的流动资金极可能就是被挪到了这些地方！否则他们哪里来的这么大财势和张狂！

用公司的钱，用国家的钱，用老百姓的钱在为自己谋利。正如老百姓说的那样，欠下债是国家的，赚下钱是自己的。

这难道便是他们的最终目的？但除此而外，又岂有他哉！

这才真是监守自盗，朋比为奸！

表面上一个个情恕理遣、信誓旦旦、善气迎人、道貌岸然，背过弯却是这般利欲熏心、欲壑难填、倚官仗势、无法无天！

简直难以让人相信，在他们自己的身上，怎么会生出这样卑鄙无耻的一群！

⋯⋯⋯⋯⋯

不知是谁关掉了音响，屋子里一下子就像窒息了一样陷入了一片死寂。

李高成再一次睁开了眼，这次他看到的是一张张也像他一样痛苦得被扭曲了的脸。

李高成觉得好像有人如呻吟似的发颤地嗫嚅着：

"⋯⋯李市长，李市长，李市长⋯⋯"

他觉得妻子好像被什么人刺了一刀似的声嘶力竭地尖叫了一声。

紧接着，他看到宴席上有个人突然像一头暴怒的狮子一样向身旁的这两个人冲了过来，然后便是一阵噼里啪啦猛抽嘴巴的响声和歇斯底里一样狂怒的骂声。

再紧接着，便是这两个兴冲冲押他而来的人扑通扑通跪倒在他身旁的响声，然后又是这两个人抽搐般的喊冤声和求饶声⋯⋯

李高成这时再次挣扎着要站起来，他一只手和一条腿半撑着，终于把身子直挺了起来。

这时，有几个人慌慌张张地扑过来伸手想把李高成扶起来，但被李高成愤怒地拨开了。扶他的有两个人不知是因为害怕还是因为不知该怎么办，被李高成这么一拨，竟被拨得跌坐在地板上不知所措。

李高成又擦了一把脸上的血迹和污痕，一使劲，终于摇摇晃晃地站了起来。

然后，他审视地斜睨着眼前的这一张张目瞪口呆、噤若寒蝉、仓皇失措、一动不动地僵硬愣怔的面孔，慢慢地把嘴里的一口血污用力地吐在摆满了美酒佳肴的桌子上。

他像喘了口气似的，又慢慢地在脸上嘴上擦了一把。

他本想转身走出去的，一种强烈的憎恶，使他什么也不想跟他们说，也实在没有再说什么的必要，但当他一回头看到两个华冠丽服的小姐正端着两大盘子美味袅袅婷婷地走进来时，一股压抑了很久很久的怒火，伴随着一种几乎已经消失了很多年的血性之气，终于像火山爆发似的一同喷发了出来。

他觉得自己似乎已经控制不了自己，陡然一个强烈的冲动，一把抓过小姐盘子里的一个碟子，猛一甩手，只听得轰然一声巨响，这个碟子便被摔在了那个已经摆满了碟子的桌子上！

紧接着他又摔过去一个碟子！

紧接着又是一个碟子！

再紧接着把小姐手里的那个端碟子的大盘子也给摔了过去！

另一个大盘子再次也给摔了过去！

他一边摔，一边像头豹子似的怒吼着：

"……让你们吃！……让你们喝！……让你们啃！"

…………

等他摔得没的可摔了，仍然余恨未消地怒斥道：

"……你们吃的都是什么！都是工人的血！都是工人的肉！今天吞下去，明天一口一口再吐出来！都睁开眼好好看一看，这个世界上还有什么人肯放过你们！死到临头了，还以为你们都在天堂！还想把这个世界上的东西全都带到坟墓里去！看看下边的工人，看看你们碗里的东西，再摸摸你们的良心，这样的东西也能吃得下去！你们吃的是人肉！喝的是人血！想想你们这样的一群东西会有什么下场！……"

李高成孤身一人去昌隆服装纺织厂找夏玉莲，调查中阳纺织集团的问题，没想到却被厂里的两个监工痛打了一顿，被打得口鼻流血，晕倒在地。接着，两个监工像拖死尸一样，把李高成拖到正在大吃大喝的包房里。李高成没想到，在包房看到了钞万山、王义良，甚至还有自己的妻子吴爱珍。一向沉稳的李高成终于暴怒了，把小姐端来的菜盘子一个个摔到了桌子上，边摔边怒斥这群腐败分子。这个情节是小说的高潮部分之一，堂堂一个市长被人打得口吐鲜血，而打他的人却是妻子的监工，既有很强的冲突性，又极具反讽意味。张平对这段情节描写得相当细致，尤其是对李高成的心理活动和发怒的动作表现刻画得十分逼真。我们来看导演于本正对这个情节的处理：

镜头1：（全景）在一个包房里，一桌人正在吃着山珍海味，两个打人的监工把李高成仰面拖了进来，扔在地板上。穿着白色衬衣的李高成，一动不动地趴在铺有地毯的地板上。

一个监工说："老板，就是他。"

镜头2：（全景）正在吃饭的一桌人，有郭中姚、陈永明、钞万山、吴铭德等人，他们循声看过去，并站起来去查看地上的人。一个人问："谁啊？"

镜头3：（全景）他们走到躺在地上的人身边，不知这个昏迷的人是谁？郭中姚俯下身把李高成翻了过来。

镜头4：（近景，俯拍）李高成紧闭双眼，嘴角流着血。

镜头5：（中景，仰拍）郭中姚、陈永明、钞万山、吴铭德等人低头看地上昏迷的李高成。陈永明吃惊道："哎？李市长？"大家都感到突然，互相看了看。

镜头6：（全景）他们不约而同地抬头去看两名打人的监工。郭中姚用手抓着一名监工的衣服，狠狠地扇了几耳光！

两名监工立即跪在地上，被扇耳光的监工求饶道："老板，我……我确实……确实不知道……真不知道……老板……"

高双良对两名监工怒吼道："滚！"两名监工连滚带爬地跑了出去。

镜头7：（中景，摇）他们俯下身要把李高成扶起来。清醒过来的李高成用手把他们推开，自己摇摇晃晃地站了起来。

郭中姚马上道歉，"李市长，实在对不起，他们不认识你。"

隔壁传来三陪女的淫声浪语。

李高成慢慢看清了包厢里的人，郭中姚、陈永明、吴铭德、钞万山……

李高成阴沉着脸往前走，此时，一名女服务员用托盘端着菜往包房走。她看见李高成和包房里的紧张气氛，马上停住了脚步。

镜头8：（中景）李高成端起托盘里的盘子，生气地把装菜的盘子摔到包房里的饭桌上！

镜头9：（近景）"咔嚓"一声，盘子在饭桌上摔得粉碎。

镜头10：（近景）郭中姚等人吓得后退了一步，并本能地用手遮挡桌上飞溅的酒菜。

镜头11：（全景）李高成继续向桌上摔盘子，摔碎的盘子和酒菜四处飞溅。郭中姚等人连忙躲闪。

镜头12：（近景）吓坏了的陈永明和吴铭德，惶恐地互相看着。

镜头13：（全景）李高成又把服务员手中的托盘夺过来，双手举过头顶，用力地砸向饭桌，托盘砸到桌上的盘子后，又飞了出去。

电影《生死抉择》剧照

接着，李高成快步走到桌前，用力把一桌酒菜全部掀了个底朝天！他边掀边大声骂："叫你们吃！我叫你们喝！"盘子、酒瓶、杯子、碗筷……一起爆发出巨大的破碎声！

镜头14：（近景）钞万山、郭中姚的惊恐表情。

镜头15：（中景，摇）怒气未消的李高成转身盯着郭中姚、陈永明、钞万山等人，他们在李高成愤怒的眼神中低下了头。李高成慢慢向门口走去。走到门口，李高成有些站立不稳，他用右手摸了摸头。

镜头16：（全景）忽然，李高成又仰面倒在地板上。

（根据电影《生死抉择》整理而成）

与小说相比，电影中增加了中阳纺织集团公司总经理郭中姚、党委书记陈永明、副总经理吴铭德等人，去掉了原省人民银行副行长、特高特客运公司副董事长王义良和李高成的妻子吴爱珍。这些人物的调整并不影响对小说情节内容的表达，这样调整的目的是更加突出中阳纺织集团的领导腐败问题。小说里有很大的篇幅是描写李高成的心理活动的，而电影不擅长于对人物心理活动的传达。因此，电影删除了李高成心理活动的内容，减少了人物对白，只保留了人物的动作和表情。这种处理方式既压缩了镜头，又更集中地传达了小说的神韵。与此同时，电影在李高成摔盘子的基础上，增加了李高成掀翻桌子的内容，虽然只是一个很短的镜头，却是神来之笔，既增强了电影视听的表现效果，又把这个场景推向了高潮，进一步突出了李高成的愤怒之情。电影最后一个镜头是李高成再次晕倒在地，而小说原文是"那五层楼好像是他一个人走下来的"，也就是说是李高成自己走出去的。电影的处理比小说更符合情理，因为李高成开始就被打昏过，又经历了一场摔盘子、掀桌子的火山式爆发，急火攻心，再次晕倒就在情理之中。如果李高成自己走出去，就削弱了他挨打受伤的程度。

三 导演改编的创造性

当时反腐题材的影视剧已经比较多了，为了使电影《生死抉择》

有创新性，于本正除了在电影剧本上下了一番功夫外，还在演员的选择上费尽了心思。他挑选演员的标准是：演技上既要达到剧本的要求，又要不是观众非常熟悉的大牌明星。于是，于本正选中了海政文工团知名度不高的王庆祥来饰演李高成。饰演吴爱珍的左翎和饰演杨诚的廖京生在电视界的知名度较高，但他们主演的电影并不多。对其他演员观众几乎不熟悉，王振荣饰演严阵，雷明饰演郭中姚，孙毓才饰演陈永明，谭增卫饰演冯敏杰，姚侃饰演吴铭德，张鸿饰演钞万山，吴云芳饰演夏玉莲。更为大胆的是，于本正坚持选择了一个现实生活中真正的智障女孩张薇来出演梅梅这个角色。

1999 年 7 月，电影《生死抉择》正式开机拍摄，拍摄只花了 2 个多月的时间，但后期修改却花了 3 个多月。比如，片中的有些旁白，虽然只有一分多钟的时间，但却录了五六次。电影上映的成功表明，于本正挑选演员的思路是正确的。同时，他也指出，小说和剧本对一部电影至关重要，"许多成功的电影离不开小说。生活的厚度，生活的开掘，人物性格的丰满，主题思想的深度和新鲜，是小说给的。小说提供了很好的基础。但是将小说改编为电影，远远不只是电影化问题，不只是两种叙述方式的转化问题，更重要的还是再开掘，再深化，是在思想意蕴和人物形象方面更上一层楼的任务"[1]。

一部电影成功的前提是，人物性格、人物矛盾、人物命运和情节发展一定要合情合理。于本正为了让电影《生死抉择》的情节合情合理，始终让矛盾冲突推动着情节发展，吸引着观众的兴趣。小说开始部分，中阳纺织集团因为发不出工资，几千工人要集体上访，从而引起了李高成的重视；电影中改为工人反对郭中姚等人兼并卖厂的行为，因为厂领导想用"瞒天过海"和"金蝉脱壳"之策来掩盖他们的腐败问题，从而引起工人的愤慨。小说里，市委书记杨诚与李高成之间配合默契，没有太多矛盾；电影中，李高成与杨诚的矛盾在开头部分就充分显现出来，但后来演变成携手团结、共同对敌的战友。小说里，中阳纺织集团副总经理冯敏杰身体很好，从没有把班子腐败问

---

[1] 于本正：《于本正谈〈生死抉择〉》，《当代电影》2000 年第 5 期。

题讲给李高成听；电影中，冯敏杰得了肝癌，他虽然自身也参与了腐败，但经过激烈的思想斗争，在手术前的一天，把领导班子腐败问题全部告诉了李高成。钞万山在小说里是省委副书记严阵的妻弟，李高成很早就知道其身份；电影中钞万山的身份背景一直是个谜，直到最后，严阵告诉李高成，钞万山是他养子，钞万山父亲曾在山洪暴发中为救严阵而死。电影对情节的这种艺术化处理，既强化了矛盾冲突，又推动着矛盾层层剥笋式地、递进式地发展，在矛盾推进过程中，腐败分子的面目一点一点地暴露出来。观众也从这种递进式的矛盾中发生了观赏的兴趣。

在不影响小说整体内容和主要思想的基础上，于本正对李高成妻子吴爱珍进行了比较大的改动。在小说《抉择》中，吴爱珍是一个反贪局局长，又是一个已经完全腐败的堕落分子，性格上是一个十分霸道、凶悍跋扈的女人。于本正认为："李高成有这样一个夫人，我觉得非常不舒服，对主要人物形象有很大的损害。因此，我和两位编剧设计电影中的李高成夫人，应该是一个具有女性柔美气质的、内心善良忠诚但误入歧途的贤妻良母，是被动卷入贪污集团陷阱，但是道德没有沦丧的失足者。"① 为了适应新的角色需要，于本正对吴爱珍的工作、家庭关系做了改动。第一，局长变处长。小说里的吴爱珍是反贪局局长，电影中变为反贪局的一个处长，其职权被削弱了。第二，贪污受贿的数额降低了。小说里吴爱珍贪污受贿 200 多万元，数额巨大；电影只有几十万元，很多受贿还是在不知情的情况下收的。第三，从为自己谋利而腐败改变为因家庭负担而受贿。小说里，吴爱珍贪污受贿完全是主动行为，她有一儿一女在外地上大学，为了让她的家族尽快富裕，便把她哥哥的儿子安排在青苹果娱乐城有限公司当老板，并且经常参与郭中姚、钞万山等腐败分子的各种活动；电影中，吴爱珍只生了一个弱智的女儿梅梅，青苹果娱乐城有限公司的老板变成了李高成的弟弟李高地，她是因为考虑女儿的将来和照顾李高成的老家亲戚，才不知不觉地陷入腐败集团的网络之中的。第四，小说

---

① 于本正：《于本正谈〈生死抉择〉》，《当代电影》2000 年第 5 期。

中，特高特公司送 30 万到李高成家中，是吴爱珍和钞万山等人的合谋陷害行为，目的是想把李高成拉下水；电影中，吴爱珍在不知情的情况下收到 30 万，后又送回去了，但经过郭中姚、钞万山等人的恐吓，她不得不又拿回家中。第五，从被抓捕到主动自首。小说里，吴爱珍设置各种障碍，希望李高成放弃追查中阳纺织集团的问题，她一直与腐败团伙站在一起，没有承认过错误，直到最后被捕；电影中，在李高成的劝说下，吴爱珍主动投案自首。电影对吴爱珍形象的处理，既增强了人物性格的复杂性，又给观众留下了更多的思考空间。在女儿梅梅身上，吴爱珍深厚的母爱得以无微不至的体现；为了分担李高成一市之长的艰辛和重任，一切重担，一切困难，她都默默承担，体现了一个中国女性的传统美德。电影充分表现了吴爱珍性格的复杂性，既反映了她内心善良、道德本位的一面，又表现了她错误的一面；既突出她对女儿、对丈夫眷顾的责任，又呈现了她迷误失足的悔恨。观众对这个形象也就不由得不产生叹息和同情之感。

　　一部电影的成功与否需要经过观众的检验。《生死抉择》上映后所引起的轰动是于本正始料未及的。2000 年 8 月 8 日，中央政治局全体人员看了这部电影，时任总书记的江泽民批示，全体党员干部应该观看《生死抉择》。许多观众对单位组织观看的影片有反感情绪，只想看几分钟就出去。没想到被电影的情节和人物吸引住了，叫好声、掌声、笑声、骂声、叹息声在影院里此起彼伏。观众没想到一部主旋律电影还会这样好看！《生死抉择》也产生了强大的社会舆论，一些观众看完影片之后，举报了不少贪官。该片也以 1.2 亿元的票房总成绩位列当年国产电影的首位。

　　与此同时，《生死抉择》也获奖无数。在百花奖评选中，该片获得最佳故事片奖，饰演李高成的王庆祥获得最佳男主角奖。在金鸡奖评选中，该片也获最佳故事片奖，贺子壮和宋继高获最佳编剧奖，饰演郭中姚的雷明获最佳男配角奖。在华表奖评选中，该片一举夺得优秀故事片奖、优秀导演奖、优秀编剧奖、优秀男演员奖四项大奖。该片还荣获中宣部"五个一工程"奖入选作品特等奖和上海影评人奖"突出成就奖"。一部反腐题材的电影，既让观众满意，又能得到专家的肯定，确实不多见。

《生死抉择》不是一部普通意义上的应景之作，而是具有很强的思想震撼力和艺术感染力的影片。于本正坦言："这次拍摄《生死抉择》，并不仅仅是完成领导所交派的一次任务，而是看到了社会和党内腐败现象的严重与群众与日俱增的反腐呼声，也看到了党中央反腐倡廉的决心。被《抉择》一书所揭露的问题、揭示的主题所震惊，并感动于作者张平在小说后记中所表达出的社会责任感、使命感，才使我抛弃顾虑，全身心投入到创作中去。无论当前腐败现象有多么猖獗，还是要看到党和政府惩治腐败的决心，看到我们社会的主导力量是健康的、积极的，我们的国家是有前途的。"① 正如张平所说："文学不关注人民，人民又如何会热爱文学?"② 由此可见，真正优秀的作品，既要关注人民、关注时代，又要以人民大众喜闻乐见的艺术形式表现出来，这是每一位文艺工作者义不容辞的责任。

---

① 邓鲁：《导演于本正细说〈生死抉择〉幕后》，《中国乡镇企业报》2000 年 9 月 15 日。
② 张平：《抉择·后记》，人民文学出版社 2004 年版，第 526—527 页。

结语　新时期小说与影视
传媒的多元关系

　　改革开放以来，无论是新时期小说，还是新时期影视剧，都取得了令人瞩目的成就，为中国当代文艺增添了亮丽的风景线。而新时期小说与影视剧的紧密关系也是有目共睹的事实，它们相互借鉴，互相促进，共同提升。如今，研究新时期小说与影视传媒之间的内在关系，探索相互之间具有普遍意义的实践经验，对于发展和繁荣当代文艺极有裨益。

一　传播性

　　中国文艺发展的历史证明：一个时代的文艺往往与独特的时代条件紧密联系，并相应形成一种时代创作主潮，如秦之文、汉之赋、六朝之骈文、唐之诗、宋之词、元之曲、明清之小说……到了20世纪，伴随着现代电子传媒技术的发展，诞生了新的文艺形式——电影和电视剧。如果从时间的长短来看，影视剧这种艺术形式诞生的时间不过百年，无疑是文艺阵营里的"新兵"。如果从传播的媒介属性来看，中国传统文艺是以纸质媒介的形式传播的，属于小众化传播的范畴；而影视剧是依靠影像媒介进行传播的，在当代属于大众化传播的范畴。这在新时期小说和新时期影视剧中表现得特别明显。

　　从传播学的角度看，新时期小说与影视剧之间既有相互传播的关系，又有向社会大众同时进行传播的一致性目标。新时期初期的伤痕小说、反思小说、改革小说、知识分子小说，很多都被改编成影视剧，这充分显示了小说对影视剧的传播属性。不过，从传播的社会效应来看，影视剧的传播影响力远远大于小说。以改革小说为例，其代表作家无疑是蒋子龙，他的《乔厂长上任记》《赤橙黄绿青蓝紫》《锅碗瓢盆交响曲》等小说都在发表后不久，就被导演改编成影视剧，形成了改革影视剧的浪潮，这股浪潮是小说无法比拟的。贾平凹的《鸡窝洼人家》虽是一篇改革小说，但影响力并不大，在颜学恕改编成电影《野山》之后，在电影界和观众之中产生了很大的影响，并且获得了很多奖项。柯云路的长篇小说《新星》发表之初，并没有引起太大反响，然而在被改编成同名电视剧之后，深深地吸引了广大观众，并且成为改革影视剧的经典之作。

在新时期小说初期，谌容的《人到中年》，张贤亮的《浪漫的黑炮》《灵与肉》，路遥的《人生》等作品，几乎集中在同一个阶段发表，引起了人们对知识分子现实处境的思考。不过，在新时期文学中并没有形成知识分子小说流派。知识分子问题真正引起社会的关注是在这些小说被改编成电影之后。王启民和孙羽导演的电影《人到中年》上映后，引起了社会对中年知识分子现实处境和生活问题的关注，推动了知识分子政策的落实。谢晋导演的《牧马人》（根据《灵与肉》改编）提出了知识分子的爱国问题，遭受磨难的知识分子是否还有一颗爱国心？答案当然是肯定的。黄建新导演的《黑炮事件》是对张贤亮一篇不太有名的短篇小说《浪漫的黑炮》进行了重新提炼和挖掘，虽然有一点荒诞可笑的色彩，但却提出了在新时期如何重用和信任知识分子的问题，其现实针对性不言而喻。

影视剧对小说的传播性在先锋小说中表现得尤为突出。众所周知，先锋小说重视对艺术形式的追求，对于小说叙事方式的实验，对于荒诞、反讽、象征等现代派手法的借鉴，使先锋小说的创作将审美的、形式的追求置于显赫的地位，从而也相应地增加了阅读难度。正因为如此，先锋小说的阅读群体始终处于小众化的范围，止步于文学研究者的研究视野。先锋小说受众群体的增加是在改编成影视剧之后。莫言的《红高粱》，苏童的《妻妾成群》《红粉》，余华的《活着》等先锋小说被改编成影视剧之后所引起的轰动效应，极大地提升了先锋小说的社会影响力。反之，残雪、孙甘露、洪峰、格非等先锋小说家的作品虽然在文学理论界受到批评家的充分肯定，但由于没有被导演改编成影视剧，普通读者几乎不知道他们的作品。

二 互文性

吉拉尔·热奈特（Genard Genette）在他的《隐迹稿本》（Palimpseste）一书中对"互文性"（intertextualite）一词给予了明确定义，他认为互文性是"一篇文本在另一篇文本中切实地出现"①。换言之，互文性是研究两个具有内在联系的文本之间关系的。"互文性"一词虽然主要是针对文学文本进行研究的，但是，用它来研究文学与影视剧的关系也是可行的，因为有许多影视剧文本是从文学文本特别是小说文本中诞生出来的。吉拉尔·热奈特认为，互文性是一篇文本从另一篇已然存在的文本中被派生出来的关系，后一种文本更是一种模仿或戏拟，他把后者叫做"超文性"（hypertextualite）。根据吉拉尔·热奈特的观点，影视剧文本可以看作是文学文本的超文性。

互文手法形式多样，其中有两种形式比较常见：仿作（pastiche）和戏拟（parodie）。仿作"主要是模仿原作"②，突出表现为新文本对原文本从内容到形式的完全模仿。戏拟"是对原文进行转换"③，新文本和原文本之间虽然有直接的关系，但二者在内容和形式上已经有了明显的改变。

新时期小说和影视剧之间存在着明显的互文性关系，一些影视剧运用了仿作手法，另一些影视剧运用了戏拟手法。仿作手法表现为导演采用了忠实原作的改编方式，而戏拟手法则表现为导演采用了变通取意的改编方式。中国第三代导演和第四代导演习惯于运用仿作手法来改编新时期小说作品，比如谢晋的电影《天云山传奇》，王启民和孙羽导演的电影《人到中年》就是典型的例子。这两部电影不仅在内

---

① 转引自〔法〕蒂费纳·萨莫瓦约《互文性研究》，邵炜译，天津人民出版社 2003 年版，第 19 页。

② 同上书，第 44 页。

③ 同上书，第 41 页。

容上与小说原作保持一致，而且在叙事结构上也与小说完全相同。而第五代导演喜欢用戏拟的手法来改编小说，其典型代表就是张艺谋。他拍摄《红高粱》时，在内容上融合了莫言的《红高粱》和《高粱酒》两篇小说，许多内容进行了取舍和修改，删除了小说中许多次要人物，叙事结构从原作多种叙述的交织改成单一的顺叙方式。张艺谋拍摄《大红灯笼高高挂》时，不仅改变了小说原作《妻妾成群》的标题，而且仅仅根据小说里一句话"十二月初七陈府门口挂起了灯笼"，便在电影中演绎了一套挂灯、点灯、吹灯、封灯的仪式，无论是内容还是叙事风格，电影文本实际上变成了对小说文本的戏拟。

在互文性研究中，参考性(referencialite)理论也相当重要。蒂费纳·萨莫瓦约这样描述"参考性"："它不同于参照性(referentialite)，而是对应于文学对现实的参考(reference)，但这种参考完全以互文的参考作为媒介。"[①] 换言之，两个互文性文本需要进入现实，在现实中测量阅读效果。

参考性理论为新时期小说和影视剧的互文性关系，提供了新的研究视野和理论方法。无论是新时期小说文本，还是影视剧文本，都必须进入现实，在读者/观众中得到检验。文化寻根小说在新时期文学发展历程中是非常重要的流派，文学理论界也给予了高度评价和长期关注。然而，陈凯歌导演的《黄土地》《孩子王》，谢飞导演的《黑骏马》等一些文化寻根电影却无法赢得现实社会普通观众的青睐。与此相反，主旋律小说在文学理论界并不太受重视，而《高山下的花环》等军旅影视剧，《便衣警察》等公安影视剧，《苍天在上》《大雪无痕》《生死抉择》等反腐影视剧，在现实社会中引起了强烈反响。新时期小说文本与影视剧文本在互文性关系中不仅相互参考，更重要的是它们必须参考现实，在受众视野中检验现实效果。

三　接受性

作家和导演都有一个相同的创作目的，希望自己的作品能够被社

---

① ［法］蒂费纳·萨莫瓦约：《互文性研究》，邵炜译，天津人民出版社2003年版，第99页。

会大众所接受。一个作家或者一个导演，在创作之初，如果考虑了受众的心理需求，尽量满足他们的期待视野，那么他们的作品就会得到普通大众的接受和喜爱。婚恋是人类的永恒追求，也是文艺创作的永恒主题，新时期的婚恋小说和婚恋影视剧一直受到普通大众的喜欢。王朔创作的《浮出海面》《橡皮人》《一半是火焰，一半是海水》《顽主》《过把瘾就死》《永失我爱》等小说都可以划归为婚恋题材，这些小说被改编成影视剧后，一度在社会上形成了"王朔热""王朔现象"。由于影视剧的推动作用，王朔的小说在很长一段时间里居于畅销书榜首。当然，并非所有的婚恋小说在改编成影视剧后，都能被观众所接受。王安忆的《长恨歌》获得了茅盾文学奖，然而，根据小说改编的同名电影和同名电视剧并没有被大多数观众所接受。其实，婚恋影视剧要尊重观众的伦理道德底线，大多数观众接受和欣赏的是忠贞而纯洁的爱情，对于男女关系非常混乱的《长恨歌》而言，观众只有唾骂和厌恶，很难引起审美上的共鸣。

新时期小说与影视剧之间具有相互接受的特征。首先，导演对小说作品的接受是一种显性的接受，导演只有喜欢某部小说，才有可能把小说改编成电影或者电视剧，这是显而易见的事实。其次，作家对影视剧的接受表现为一种隐性的接受，不容易被发现。而新写实小说的创作就隐含着对影视剧接受的倾向性。刘恒的《伏羲伏羲》和《黑的雪》是带有现代主义色彩的新写实小说，其影视性并不强。这两部小说分别被改编成电影《菊豆》和《本命年》之后，刘恒的创作逐渐转向了影视剧，在多部影视剧中担任编剧。他后来创作的《贫嘴张大民的幸福生活》，主要以人物的对白来叙事，其影像性特征非常明显。因此，这部小说要改编成影视剧就比较容易。新写实小说的另一位代表作家池莉很早就喜欢电影："我喜欢欧洲的文艺片和有一部分先锋派的探索片，我喜欢拉美的有些片子，我喜欢美国的好莱坞的动作片、枪战片、言情片、传记片，还有动画片，我还喜欢苏联的片子。我喜欢一切的优秀影片。"① 正因为对电影的喜欢，池莉在小说创作时，

---

① 池莉：《信笔游走》，《当代电影》1997年第4期。

在有意无意之间增强了小说的画面感、情节性和故事性。《来来往往》《小姐你早》《口红》《生活秀》《有了快感你就喊》等小说，就是把影视剧的叙事性和当下生活的流行元素进行巧妙结合，非常容易被改编成影视剧，这些作品受到影视导演的青睐也就在情理之中了。

由于受众的审美趣味不同，新时期小说和影视剧的接受性有时候存在着某些差异，这在知青小说和知青影视剧中表现得比较明显。叶辛创作的《蹉跎岁月》《孽债》，梁晓声创作的《今夜有暴风雪》《雪城》《年轮》等知青小说，很受读者喜欢，改编成的影视剧不仅在观众中反响强烈，而且在影视界也受到一致好评，并且获得各种影视剧奖项。然而，文学界对知青小说评价不高，陈思和主编的《新时期文学简史》、王铁仙等人合著的《新时期文学二十年》，都没有论述过知青小说。相反，有些知青作家的作品处于小众化的接受范围，但在文学界的评价却很高。阿城的《棋王》《孩子王》，张承志的《黑骏马》等作品被划归到文化寻根小说的范畴，曾在文学界掀起了寻根文学热潮，引起众多作家和理论家的热评。由于文学界的"寻根热"，这些小说也被改编成电影，然而，这些电影在观众中反应平淡，尤其是陈凯歌导演的《孩子王》仅仅卖出了6个拷贝，是名副其实的"票房毒药"。让人奇怪的是，观众并不喜欢的电影却有众多的理论工作者撰写了浩如烟海的评论文章。自古以来，"阳春白雪"与"下里巴人"的差异化现象就一直存在着。随着社会发展和时代的进步，我们对当代文艺的评价也不能抱残守缺，而应该采用开放的、多元化的标准，要充分尊重大众的接受性，尽量消弭大众化与小众化之间的距离。

四 互补性

小说已有上千年的历史，而影视剧诞生不过百年时间，因此，小说对影视剧的影响是显而易见的。在新时期初期，小说思潮就明显地影响着影视剧思潮。有伤痕小说《班主任》《伤痕》《枫》，就有伤痕电影《泪痕》《枫》《小街》《第十个弹孔》；有反思小说《天云山传奇》《芙蓉镇》《许茂和他的女儿们》，就有反思影视剧《天云山传奇》《芙蓉镇》《许茂和他的女儿们》《大地之子》（改编自王蒙的《蝴蝶》）、《没有

航标的河流》(改编自叶蔚林的《在没有航标的河流上》);有改革小说
《乔厂长上任记》《新星》《花园街五号》《陈奂生上城》《赤橙黄绿青蓝
紫》《锅碗瓢盆交响曲》,就有改革影视剧《乔厂长上任记》《新星》《花
园街五号》《陈奂生上城》《赤橙黄绿青蓝紫》《锅碗瓢盆交响曲》《野
山》(改编自贾平凹的《鸡窝洼人家》)、《乡民》(改编自贾平凹的《腊
月·正月》)。可以看出,新时期小说的繁荣带动了新时期影视剧的
繁荣,影视剧对小说的改编和借鉴,既顺应了时代发展的要求,满足
了观众对文艺的渴求,又弥补了新时期初期影视剧自身不足的缺陷。

随着社会的转型和文化的变迁,到了20世纪90年代,影视剧发
展日臻成熟。影视剧创作更多地显示出其作为大众艺术样式的品性,
摆脱了新时期初期受政治影响过大、宣教痕迹过重的误区,遵循影视
剧市场特定规律,向大众的、通俗的艺术定位逐步回归。尤其是电视
剧的创作更是突飞猛进,从第一届"飞天奖"参评剧目不过数十集,
到第十届时已增至数百集,而至第20届时则逾千集。电视剧从改革
之初的年产量不过百集翻了百倍,如今年产量达到上万集。一部在电
视台播出的优秀电视剧,可以赢得数以亿计的观众。正如仲呈祥所
说:"在当代中国,称覆盖面最广、影响力最大、观众最多的电视剧
艺术是一门'显学',诚不为过。"①

由于影视剧自身的成熟和大众喜爱程度的加深,影视剧对小说创
作的影响也逐渐加强。到了20世纪90年代,不仅越来越多的作家接
受了影视艺术的创作形式,而且影视剧的创作潮流也影响了小说的创
作走向,主旋律小说和主旋律影视剧创作就表现得十分明显。"主旋
律"一词最初来源于音乐,后来逐渐被运用到影视剧之中,形成了
主旋律影视剧,在影视剧创作中一直长盛不衰。因此,作家也自然而
然地加入了"主旋律"创作的潮流之中,形成了主旋律小说类型。
在新时期初期,李存葆的《高山下的花环》《山中那十九座坟茔》等军
旅小说曾一度受到关注,但军旅小说的热潮是在20世纪90年代后期

---

① 仲呈祥、陈友军:《中国电视剧历史教程》,中国传媒大学出版社2010年版,第
234页。

出现的，随着军旅影视剧的热播而使大量军旅小说面世。徐贵祥的
《历史的天空》获得茅盾文学奖，标志着军旅小说正式被文学理论界
认可。与此相似，如果没有反腐影视剧的热潮，也就没有作家加入反
腐小说的创作阵营。1998 年，张平的《抉择》获得茅盾文学奖，同样
说明反腐小说被文学理论界接受和肯定了。毋庸置疑，军旅小说、反
腐小说、公安小说等主旋律题材，将来也会进入当代文学史，成为一
道独特的文学风景线。

　　新时期小说与影视传播的关系是纷繁复杂的，把小说置于影视传
播的视野进行考察，从某种意义上改变了文学的批评观念和审美标
准，同时也带给我们诸多的启示和思考。总体来看，新时期小说与新
时期影视剧是互帮互助、互惠互利的共赢关系，它们携手同行，共同
创造了当代文艺的灿烂华章。

参考文献

一 国内学术著作

陈思和主编：《中国当代文学史教程》，复旦大学出版社 1999 年版。

陈思和主编：《新时期文学简史》，广西师范大学出版社 2010 年版。

陆绍阳：《中国当代电影史——1977 年以来》，北京大学出版社 2004 年版。

张学军：《中国当代小说流派史》，山东大学出版社 2000 年版。

仲呈祥、陈友军：《中国电视剧历史教程》，中国传媒大学出版社 2010 年版。

刘明银：《改编：从文学到影像的审美转换》，中国电影出版社 2008 年版。

王铁仙等：《新时期文学二十年》，上海教育出版社 2001 年版。

高鑫、吴秋雅：《20 世纪中国电视剧史论》，学苑出版社 2002 年版。

洪子诚：《当代文学概说》，广西教育出版社 2000 年版。

郝春涛：《新时期小说人性发掘历程》，山东人民出版社 2011 年版。

张宏：《新时期小说中的苦难叙事》，中国传媒大学出版社 2009 年版。

柯倩婷：《身体、创伤与性别——中国新时期小说的身体书写》，广东人民出版社 2009 年版。

黄永林：《中国民间文学与新时期小说》，人民出版社 2007 年版。

陈黎明：《魔幻现实主义与新时期中国小说》，河北大学出版社 2008 年版。

周水涛、轩红芹、王文初：《新时期农民工题材小说研究》，社会科学文献出版社2010年版。

宋彦：《新时期中国电影的现代性、后现代性研究》，山东人民出版社2010年版。

汪芳华：《坚硬的影像——后新时期中国电影研究》，中国传媒大学出版社2011年版。

彭文祥：《中国现代性的影像书写：新时期改革题材电视剧研究》，中国传媒大学出版社2009年版。

张斌：《镜像家国——现代性与中国家族电视剧》，上海学林出版社2010年版。

刘彬彬：《中国电视剧改编的历史嬗变与文化审视》，岳麓书社2010年版。

倪骏：《中国电影史》，中国电影出版社2004年版。

王世德：《影视审美学》，北京广播学院出版社1999年版。

张凤铸：《影视艺术新论》，北京广播学院出版社2000年版。

韩伟岳：《影视学基础》，中国电影出版社2001年版。

李道新：《影视批评学》，北京大学出版社2002年版。

王国臣：《广播影视文学脚本创作》，浙江大学出版社2004年版。

金丹元、陈犀禾主编：《新世纪影视理论探索》，学林出版社2004年版。

黄会林主编：《影视文学》，高等教育出版社2002年版。

邹红主编：《影视文学教程》，中国人民大学出版社2007年版。

袁智忠主编：《影视传播概论》，西南师范大学出版社2007年版。

柳鸣九：《从现代主义到后现代主义》，中国社会科学出版社1994年版。

代琇、庄辛：《谢晋传》，中国电影出版社1997年版。

中国电影家协会编：《论谢晋电影续集》，中国电影出版社2002年版。

张明：《与张艺谋对话》，中国电影出版社2004年版。

张阿利、曹小晶：《中国电影精品解读》，重庆大学出版社2011

年版。

鲁彦周：《〈天云山传奇〉——从小说到电影》，中国电影出版社 1983 年版。

《〈芙蓉镇〉评论选集》，湖南人民出版社 1984 年版。

王刚主持：《电视往事——中国电视剧二十年纪实》（影像），中国人民大学音像出版社。

王蒙：《漫话小说创作》，上海文艺出版社 1983 年版。

《〈黑炮事件〉——从小说到电影》，中国电影出版社 1988 年版。

《中国电影年鉴》（1981），中国电影出版社 1982 年版。

《中国电影年鉴》（1985），中国电影出版社 1987 年版。

《中国电影年鉴》（1988），中国电影出版社 1989 年版。

雷达：《文学活着》，人民文学出版社 1995 年版。

高峰主编：《中国电视剧名剧鉴赏辞典》，武汉出版社 2010 年版。

张为工：《当代电视剧名片赏析》，海峡文艺出版社 1987 年版。

张清华：《中国当代先锋文学思潮论》，江苏文艺出版社 1997 年版。

孟繁华、程光炜：《中国当代文学发展史》（修订版），北京大学出版社 2011 年版。

张会军、谢小晶、陈沪主编：《银幕追求——与中国当代电影导演对话》，中国电影出版社 2002 年版。

李尔葳：《张艺谋说》，春风文艺出版社 1998 年版。

李尔葳：《直面陈凯歌》，经济日报出版社 2002 年版。

陈墨：《张艺谋电影论》，中国电影出版社 1995 年版。

王斌：《张艺谋这个人》，团结出版社 1998 年版。

李剑国：《唐前志怪小说史》（修订本），天津教育出版社 2005 年版。

何西来、杜书瀛主编：《新时期文学与道德》，山东教育出版社 1981 年版。

王朔：《无知者无畏》，春风文艺出版社 2000 年版。

《新时期作家谈创作》，人民文学出版社 1983 年版。

张德祥、金惠敏：《王朔批判》，中国社会科学出版社 1993 年版。

《江泽民文选》第 1 卷，人民出版社 2006 年版。

刘书亮等：《中国优秀电影电视剧赏析》，北京广播学院出版社 2000 年版。

高晓声：《生活·思考·创作》，上海文艺出版社 1986 年版。

李幼蒸：《当代西方电影美学思想》，中国社会科学出版社 1986 年版。

李显杰：《电影叙事学：理论和实例》，中国电影出版社 2005 年版。

蒋子龙：《不惑文谈》，上海文艺出版社 1984 年版。

刘俊田、林松、禹克坤译注：《四书全译》，贵州人民出版社 1988 年版。

钟敬文：《民俗学概论》，上海文艺出版社 1998 年版。

《邓友梅自选集》，作家出版社 1995 年版。

张承志：《美丽瞬间》，北京师范大学出版社 1993 年版。

何清、张承志：《残月下的孤独》，山东文艺出版社 1997 年版。

曹文轩：《20 世纪末中国文学现象研究》，北京大学出版社 2002 年版。

罗钢、刘象愚主编：《文化研究读本》，中国社会科学出版社 2000 年版。

刘川鄂：《小市民，名作家：池莉论》，湖北人民出版社 2000 年版。

二　国外学术著作

［法］安德烈·巴赞：《电影是什么》，崔君衍译，文化艺术出版社 2008 年版。

［匈］贝拉·巴拉兹：《电影美学》，中国电影出版社 1982 年版。

［美］乔治·布鲁斯特：《从小说到电影》，高骏千译，中国电影出版社 1981 年版。

［德］舒里安：《影视心理学》，罗悌伦译，四川人民出版社 1998 年版。

［美］彼得·布鲁克斯：《身体活——现代叙述中的欲望对象》，朱生坚译，新星出版社 2005 年版。

［美］理安·艾斯勒：《神圣的欢爱》，黄觉、黄棣光译，社会科学文

献出版社 2004 年版。

［斯］阿莱斯·艾尔雅维茨：《图像时代》，张云鹏译，吉林人民出版社 2003 年版。

［美］阿芒·马特拉：《世界传播与文化霸权》，陈卫星译，中央编译出版社 2001 年版。

［美］爱德华·茂莱：《电影化的想象——作家和电影》，邵牧君译，中国电影出版社 1989 年版。

［美］伯格：《通俗文化、媒介和日常生活中的叙事》，姚媛译，南京大学出版社 2001 年版。

［美］布鲁斯·F. 卡温：《解读电影》，李显立译，广西师范大学出版社 2003 年版。

［美］达德利·安德鲁：《电影理论概念》，郝大铮、陈梅等译，上海文艺出版社 1990 年版。

［美］大卫·鲍德韦尔、诺埃尔·卡罗尔：《后理论：重建电影研究》，麦永雄、柏敬泽等译，中国社会科学出版社 2000 年版。

［美］大卫·波德维尔、克莉丝汀·汤普森：《电影艺术——形式与风格》，彭吉象等译，北京大学出版社 2003 年版。

［美］约翰·菲斯克：《解读大众文化》，杨全权译，南京大学出版社 2001 年版。

［希］亚里斯多德：《诗学·诗艺》，罗念生、杨周翰译，人民文学出版社 1962 年版。

［荷］扬·M. 彼得斯：《图像符号和电影语言》，一匡译，中国电影出版社 1990 年版。

［苏］高尔基：《论文学》，人民文学出版社 1978 年版。

［日］岩崎昶：《电影的理论》，中国电影出版社 1982 年版。

［法］蒂费纳·萨莫瓦约：《互文性研究》，邵炜译，天津人民出版社 2003 年版。

三　期刊文献

张骏祥：《电影就是文学——用电影手段完成的文学》，《电影通讯》

1980 年第 11 期。

谈蓓芳：《再论中国现当代文学分期》，《复旦学报》2001 年第 1 期。

郑雪来：《电影文学与电影特性问题》，《电影新作》1982 年第 5 期。

崔君衍：《现代电影理论信息》（第二部分），载《世界电影》1985 年第
　　3 期。

许水涛：《〈天云山传奇〉令文坛为之一震》，《传记文学》2005 年第
　　7 期。

谢晋：《心灵深处的呐喊——〈天云山传奇〉导演创作随想》，《电影艺
　　术》1981 年第 4 期。

施建岚：《银幕生活第一课——扮演冯晴岚的体会》，《电影艺术》
　　1981 年第 1 期。

张铭堂：《谢晋电影之谜》，《电影艺术》1988 年第 5 期。

翁世荣：《从〈许茂和他的女儿们〉谈改编》，《电影新作》1982 年第
　　2 期。

汪瑰曼：《重评〈乔厂长上任记〉兼论文学反映改革》，《安庆师范学院
　　学报》1985 年第 1 期。

吴俊：《环绕文学的政治博弈——〈机电局长的一天〉风波始末》，《当
　　代作家评论》2004 年第 6 期。

柯云路：《现代现实主义——从〈夜与昼〉谈我的艺术追求》，《当代》
　　1986 年第 4 期。

曾毅：《〈新星〉艺术论：从小说到电视》，《延边大学学报》（社会科
　　学版）1986 年第 1 期。

王铁：《把民族的热情保持在伟大历史悲剧的高度上——电视剧〈新
　　星〉观众调查报告》，《社会学研究》1987 年第 1 期。

俞悦：《紧扣时代的脉搏描绘历史的画卷——观众来信评〈新星〉等电
　　视剧》，《中外电视》1986 年第 4 期。

章柏青：《写改革的路子要宽一点，再宽一点——由〈野山〉谈到改革
　　题材电影创作》，《电影评介》1986 年第 4 期。

曾镇南：《也谈〈杂色〉》，《作品与争鸣》1983 年第 5 期。

曾镇南：《〈黑骏马〉及其他》，《读书》1983 年第 2 期。

钱学格：《沉重的叹息——〈背靠背，脸对脸〉的人物塑造》，《电影艺术》1995 年第 1 期。

潘跃：《关于电视剧中的当代知识分子形象》，《中外电视》1988 年第 3 期。

罗长青：《张贤亮小说〈浪漫的黑炮〉的象征艺术分析》，《扬子江评论》2012 年第 5 期。

李陀：《从小说到电影——谈〈芙蓉镇〉的改编》，《当代电影》1986 年第 3 期。

刘海铃：《我的电影是我对中国的理解——关于黄建新电影改编的访谈》，《电影评介》2007 年第 1 期。

刘海铃：《电影〈背靠背，脸对脸〉与小说原著的互文性研究》，《开封教育学院学报》2013 年第 7 期。

贾磊磊：《用影像镌刻民族的心灵史——与黄建新对话》，《当代电影》2011 年第 4 期。

王晓凌：《收敛与开放——〈背靠背，脸对脸〉与〈秋菊打官司〉之比较》，《当代电影》1994 年第 5 期。

安佑忠、墨宝：《曾经的知识青年》，《中国人力资源社会保障》2014 年第 1 期。

彭家瑾：《从〈蹉跎岁月〉到〈家教〉——谈蔡晓晴的审美意识》，《当代电视》1989 年第 6 期。

冯果：《寻根文学与五代电影人的叙事电影》，《求索》2010 年第 12 期。

石万鹏：《剖析传统民族文化底蕴，构建现代审美艺术精神——论寻根小说在主题内容与美学品格上对新时期文学的贡献》，《济南教育学院学报》2003 年第 3 期。

韩少功：《文学的根》，《作家》1985 年第 2 期。

郑万隆：《我的根》，《上海文学》1985 年第 3 期。

李杭育：《理一理我们的根》，《作家》1985 年第 5 期。

张闳：《莫言小说的基本主题与文体特征》，《当代作家评论》1999 年第 5 期。

金昌庆：《寻根：新时期电影思潮的主流》，《南京艺术学院学报》2006 年第 3 期。

金昌庆：《论寻根电影的文化价值取向》，《南京师范大学文学院学报》2006 年第 4 期。

苏迎雪：《论邓友梅小说创作体现的生存智慧》，《北京广播电视大学学报》2009 年第 4 期。

邴璐：《〈那五〉创作艺术谈》，《北京师范学院学报》（社会科学版）1983 年第 2 期。

邓友梅：《寻访"画儿韩"篇外缀语》，《小说月报》1982 年第 2 期。

陈立萍：《论邓友梅中篇小说〈那五〉的创作特色》，《长春大学学报》2003 年第 2 期。

苏叔阳：《我看〈那五〉所想到的》，《当代电视》1989 年第 3 期。

黎荔：《邓友梅小说语言的民俗学研究》，《民族论坛》2008 年第 2 期。

崔志远：《论邓友梅的京味小说》，《中国现代文学研究丛刊》2011 年第 10 期。

张承志：《〈黑骏马〉写作之外》，《民族文学》1983 年第 3 期。

姚俊平：《母亲，草原文明的守护者——〈黑骏马〉母亲形象浅议》，《漯河职业技术学院学报》2010 年第 4 期。

韩可弟：《〈黑骏马〉的结构艺术》，《中南民族学院学报》（哲学社会科学版）1997 年第 4 期。

艾红：《散文化电影的主题倾向》，《电影文学》2013 年第 5 期。

谢飞、胡克：《〈黑骏马〉及电影文化》，《当代电影》1995 年第 6 期。

谢永旺：《用滋润的心迎接明天——读张承志的中篇小说〈黑骏马〉》，《民族文学》1983 年第 3 期。

向义光：《〈黑骏马〉的人生》，《上海文学》1983 年第 5 期。

魏一峰：《论当代散文化电影的叙事结构》，《电影文学》2012 年第 2 期。

陈凯歌：《我拍〈孩子王〉》，《南方文坛》1997 年第 1 期。

李翰祥：《我看〈孩子王〉》，《天涯》1997 年第 2 期。

吴亮：《马原的叙述圈套》，《当代作家评论》1987 年第 3 期。

李劼：《论中国当代新潮小说的语言结构》，《文学评论》1988 年第 5 期。

王晓明：《疲惫的心灵——从张辛欣、刘索拉和残雪的小说谈起》，《上海文学》1988 年第 5 期。

赵玫：《先锋小说的自足与浮泛——对近年来先锋实验小说的再认织》，《文学评论》1989 年第 1 期。

张卫：《探索片的导演机制与观众》，《当代电影》1993 年第 1 期。

潘源：《"织锦裁编写意深"——重读电影〈大红灯笼高高挂〉》，《当代电影》2006 年第 4 期。

张赟：《作家性别与新时期婚恋小说文化意蕴的关系》，《沈阳师范大学学报》(社会科学版)2010 年第 1 期。

李贵仁：《她捧出的是两颗纯洁的心》，《北京文艺》1980 年第 8 期。

李素梅：《婚恋观的重构与消解——20 世纪 80 年代婚恋小说研究》，《名作欣赏》2012 年第 12 期。

刘月香：《从近年都市婚恋小说看婚恋观嬗变》，《宁夏师范学院学报》(社会科学版)2007 年第 5 期。

王蒙：《躲避崇高》，《读书》1993 年第 1 期。

雷达：《论王朔现象》，《作家》1989 年第 3 期。

齐红、林舟：《王安忆访谈》，《作家》1995 年第 10 期。

王安忆：《上海的女性》，《海上文坛》1995 年第 9 期。

池莉：《信笔游走》，《当代电影》1997 年第 4 期。

池莉：《敬畏个体生命的存在状态——池莉访谈录》，《小说评论》2003 年第 1 期。

池莉：《写作的激情》，《青年文学》2004 年第 3 期。

胡玲莉：《论池莉小说的影视改编》，《电影艺术》2004 年第 2 期。

邓光辉：《关于〈没事偷着乐〉》，《当代电影》1999 年第 1 期。

李骞、曾军：《浩瀚时空和卑微生命的对照性书写——池莉访谈录》，《长江文艺》1998 年第 2 期。

陈飞：《〈来来往往〉的故事》，《大众电影》1998 年第 5 期。

袁小可：《池莉小说传播现象论》，《上海师范大学学报》（哲学社会科学版）2001 年第 5 期。

刘震云：《磨损与丧失》，《中篇小说选刊》1991 年第 2 期。

阎实：《生活不该是这样——电视剧〈一地鸡毛〉启示录》，《理论与实践》1996 年第 3 期。

燕筠：《"主旋律"影视剧路在何方》，《晋阳学刊》2001 年第 5 期。

陈响园、李丹超：《人性回归——主旋律影视剧创作的突围》，《现代传播》2013 年第 5 期。

丁莉丽：《谈被"大众叙事"所改写的主旋律影视剧》，《西南交通大学学报》（社会科学版）2005 年第 2 期。

刘复生、朱慧丽：《商业时代的"主旋律"——"主旋律"创作领域影视剧与小说的互动关系》，《海南师范大学学报》（社会科学版）2007 年第 2 期。

颜琪：《"崇高"主题下的"滑稽"——谈〈高山下的花环〉影视改编问题》，《文艺争鸣》2011 年第 4 期。

盘锦斐：《电视连续剧〈便衣警察〉的时代主题和警察形象》，《湖南公安高等专科学校学报》2008 年第 4 期。

胡玥：《从〈便衣警察〉到〈永不瞑目〉》，《人民公安》2000 年第 11 期。

周益、李诚：《作家张平的不"平"之路》，《瞭望·廉政》2008 年第 3 期。

于本正：《于本正谈〈生死抉择〉》，《当代电影》2000 年第 5 期。

四　报纸文献

李少白：《二十年影坛弹指一挥间》，《戏剧电影报》1998 年 12 月 31 日。

徐坤：《"物质虚名"与"精神之花"》，《渤海早报》2010 年 11 月 11 日。

孙力、余小蕙：《关于长篇小说〈都市风流〉的创作》，《央视国际》2003 年 12 月 29 日。

宗杰：《四化需要这样的带头人——评短篇小说〈乔厂长上任记〉》，

《人民日报》1979 年 9 月 3 日。

马威：《为献身四化的干部塑像——短篇小说〈乔厂长上任记〉读后》，《光明日报》1979 年 9 月 12 日。

徐庆全：《〈乔厂长上任记〉风波——从两封未刊信说起》，《南方周末》2007 年 5 月 17 日。

马立诚：《静悄悄的星——访女作家谌容》，《中国青年报》1980 年 7 月 26 日。

新华社：《我们也有两只手，不在城里吃闲饭》，《人民日报》1968 年 12 月 22 日。

阿城：《文化制约着人类》，《文艺报》1985 年 7 月 13 日。

朱大可：《在反叛与皈依之间——我看〈红高粱〉》，《文汇电影时报》1988 年 3 月 5 日。

雅文山：《〈黑骏马〉期待着中国观众》，《中国电影周报》1996 年 4 月 11 日。

陈凯歌：《关于〈黄土地〉》，《北京晚报》1985 年 10 月 5 日。

王蕾：《〈活着〉遭遇两种市场命运》，《中华读书报》1999 年 9 月 1 日。

任嫣：《电视版〈活着〉比小说温情，已经通过审批》，《北京娱乐信报》2005 年 8 月 22 日。

刘嘉琦：《关锦鹏不挑〈长恨歌〉毛病，借王琦瑶与上海谈恋爱》，《东方早报》2005 年 9 月 25 日。

曹静、黄玮：《传统文化的永远，有多远》，《解放日报》2006 年 1 月 11 日。

冯遐：《林汝为二十年后自嘲：警察曾招我生气》，《北京晨报》2007 年 12 月 13 日。

邓鲁：《导演于本正细说〈生死抉择〉幕后》，《中国乡镇企业报》2000 年 9 月 15 日。

五　网络文献

劳武：《乡土作家周克芹：植根于故乡的沃土之中》，http：//rencai.

gmw. cn/2011 – 05/31/content_ 2027419. htm。

范璐:《〈新星〉,那时的万人空巷》,山西新闻网,2009 年 1 月 6 日,http://www. sxrb. com/sxwb/bban/31/685890. html。

于雁宾:《国家一级导演王启民谈〈人到中年〉》,http://tieba. baidu. com/f? kz = 74077567。

张保良:《刘醒龙:小说是一种奇迹》,http://www. huaxia. com/zhwh/whrw/rd/2011/08/2564972_ 2. html。

覃海明:《探索电影回顾》,http://group. mtime. com/ABetterTo-morrow/discussion/906718。

郭珊整理:《2012 年诺贝尔文学奖得主莫言"魔幻现实主义融合了民间故事、历史与当代社会"》,华夏经纬网,2012 年 10 月 12 日,http://www. huaxia. com/gdtb/gdyw/szyw/2012/10/3033382. html。

李晓蕾:《沈丹萍宋佳忆裸戏:激情戏来劲》,深圳新闻网,2008 年 10 月 28 日,http://www. sznews. com/photo/content/2008 – 10/28/content_ 3335451_ 5. htm。

后　记

　　这本专著来源于我 2010 年 6 月立项主持的国家社科基金项目"新时期小说与影视传媒关系研究"，项目参加人员有田园博士、彭文英副教授、张霆副教授和我的研究生吴贺起。项目研究不仅经历了四年多时间，而且跨越了亚洲、北美洲和非洲，其过程相当艰辛。

　　2010 年，我在申报国家社科基金项目的同时，也在积极申请出国项目，没想到，申请的几个项目都被批准了。当年 7 月和 8 月，我被学校推荐、国家汉办批准，被选送到南开大学参加孔子学院中方院长岗前培训。2010 年 9 月到 2011 年 1 月，经国家留学基金委批准，我又到四川外国语大学参加出国外语培训。我口语基础差，经过全力培训，勉强通过了出国外语考试。之后，又忙着联系美国的大学和出国签证的事，而国家项目的研究实际上无暇顾及。

　　2011 年 5 月，我到美国爱荷华州（Iowa）的德瑞克大学（Drake University）当访问学者。爱荷华州位于美国中部，以种植玉米和小麦闻名，因此风景好，空气极为清新。德瑞克大学创办于 1881 年，校园里橡树巨大，绿草如茵，松鼠在橡树上撒欢，乌鸦在草地上信步。然而，我没有更多的时间欣赏这些校园美景，因为我的首要任务是学习英语。那时，美国大学即将放暑假，不过，德瑞克大学专门为中国访问学者免费在假期安排了每周 8 学时的英语课。让我吃惊的是美国大学的认真态度和个性化的教育方式。《美国社会》课只有我和来自华南理工大学的另一位访问学者两人学习，但老师上课既和颜悦色，又相当认真。《口语训练》课只有我一个学生，给我上课的是一位金发披肩的美女教师。我口语不太好，但她教得相当耐心。这种一对一的教学方式在中国大学几乎没有，我第一次感受到了美国教育的"先进"，心中有一种"受宠若惊"之感，因此，课余时间花了很大工夫来预习和复习英语，以便对得起老师的认真态度。

当然，我不能只学英语。当时，我正在主编一本教材《政治与公共事务报道》，编写组成员在我出国前后把各自撰写的部分发给我。学习英语之余的晚上，我一边校对，一边统稿，特别是要统一各自成员撰写的体例，对许多素材要进行核实和增删，工作量特别大。统稿之后，我还撰写了前言和后记，都是在美国完成的。

同样，我没有忘记国家社科基金项目。出国时，由于飞机托运行李有重量限制，除了必要的生活物品外，只能带少量的项目研究的理论书籍。而一些重要的新时期小说作品，通过拍照的形式保存到笔记本电脑里。许多影视剧影像资料全部拷贝到几个移动硬盘里。其中，王刚主持的 20 集大型专题片《电视往事——中国电视剧二十年纪实》，以编年体的方式讲述了 1980 年中国电视复兴到 1999 年 20 年间中国电视剧的发展和传播史。这个文献资料相当珍贵，我也通过移动硬盘带到了美国。可是，20 集电视剧专题片只有影像，没有文字资料。于是，我在学习之余，通过电脑播放和暂停方式，逐字逐句地整理 20 集影像的文字材料，耗时几个月时间。

8 月下旬，德瑞克大学新学期开学，我的学习任务随之增加。英语课增加了托福、语法、听力、写作，公共课增加了《美国历史与文化》。同时，我还要上新闻传播学院的《社会传播学》课程。因此，每天大部分时间都用来学习，课前要预习，课后还有许多作业。稍有闲暇，我就要思考科研项目的事，或者阅读资料，或者观看从国内带来的影视剧，边看边思考研究提纲。在离开美国之前，我终于拟写出了八章研究提纲的初稿，初步理清了项目研究的思路。

然而，国家汉办 9 月份就下发了任命函，要我去非洲贝宁（Benin）阿波美卡拉维大学（University of Abomey-Calavi）孔子学院接任中方院长。美国访学是一年时间，我本来想在美国学满之后再去非洲。可是，第一任中方院长经常催促我尽快赴任，于是，我不得不在 12

月中旬提前回国，之后，马不停蹄地办理去贝宁的签证和机票。12月29日，我从北京飞巴黎，转机到贝宁首都科特努（Cotonou）。空中飞行18个小时后，当地时间30日晚达到贝宁首都。这是第二次出国，有经验了，除了必需品之外，课题研究书籍、移动硬盘中的影像资料以及小说图片资料，都带到了非洲。

从美国到贝宁完全是冰火两重天。我离开美国前，爱荷华州刚下了一场大雪，积雪没膝。飞机过巴黎时，巴黎也是白雪皑皑。而贝宁位于赤道，12月正是旱季，从北京出发时穿着厚厚的羽绒服，而贝宁是一年最热的时候。走出飞机舱门，滚滚热浪扑来，霎时汗流浃背。机场很小，海关厅和行李厅也很小，又没有空调，真正感受了非洲条件的艰苦。

我到贝宁的首要任务是工作，特别是到人生地不熟的异国他乡，一切都是边学边干，边干边学。一方面，我与首任中方院长交接工作，另一方面又要尽快熟悉环境和开展工作。虽然孔子学院的工作千头万绪，困难重重，但是必须想方设法推动各项工作。刚到贝宁的半年多时间里，我全力投入孔子学院的工作中，贝宁是法语国家，业余还要学点法语口语。因此，课题研究的事暂时放到了一边。

2012年5月，我基本上熟悉了孔子学院的各项工作，教学和管理工作逐渐有序展开。此时，我能够稍有闲暇重新开始课题研究任务了。白天，我要上班工作；晚上，回到宿舍，忙完工作之余，便在夜深人静之时，根据课题大纲，动笔撰写专著。我一直有晚睡的习惯，大概写到深夜两点左右才睡觉。好在贝宁人生活节奏慢，上午十点以后才开始慢慢上班工作，我也可以晚起，确保了工作和专著写作的两不误。

贝宁没有四季，永远是夏天，但所有人都穿长衣长裤，目的是防疟疾蚊虫叮咬。我也听从建议，买了当地的花色长裤，回到住地就换上。当我在自己房间时，就会上身赤膊，下穿长裤，因为实在太热。晚上忙完工作，撰写专著，也就是这种奇怪的穿着，反正无人看见，完全沉浸在写作中。贝宁疟疾频发，像中国的感冒一样。曾经有一位中资机构援贝医生，因患疟疾治疗不及时而死在贝宁。我带去了许多防虐药——获得诺贝尔生理医学奖屠呦呦研制的青蒿素片，平时也注意预防，万幸三年时间里，没有得过疟疾。不过，我的同事却有人得过。

不必细说写作过程的艰苦。经过一年多的辛勤耕耘，2012 年 10 月，我终于按照提纲完成了八章共 30 多万字的专著初稿。经过一些专家的初审，他们建议我增加一章"文化寻根小说与影视传媒关系"的内容。根据专家意见，我又增加了写作章节。然而，我在贝宁工作，新增章节的内容并没有带到贝宁去。特别是在国外，由于网络管理限制，无法查到国内影视剧的视频资料。我只能让我妻子彭文英把我需要的学术材料拍成照片，通过 QQ 传给我；让妻子和国内一些朋友下载文化寻根影视剧，再通过网络传到贝宁。我妻子在专著写作过程中，不必说在国内独自带女儿了，就是在资料收集和传递方面，也给予了极大的帮助和支持。2015 年 1 月，38 万字共九章的专著终于完成，并提交到国家社科规划办评审。评审过程我一直惴惴不安，担心通不过，因为国家社科基金每年都有不少项目需要修改，我也有修改的心理准备。经过几个月的漫长结项等待，2015 年 10 月，终于收到了国家社科规划办下发的结项证书，心里总算舒了一口气。

几年的课题研究和专著写作，从国内到美国，从美国到非洲贝宁，一路上我得到了许多人的帮助。重庆市两江学者周晓风教授在百忙中抽出时间为我的这本书写序。周晓风教授是我的老师，他从我读大学到读博士，给予我许多关心和帮助，在工作和学术研究中，更是给予许多鼓励和引导。西南大学文学院院长王本朝教授、重庆师范大学文学院郝明工教授、李文平教授对我的课题提出了不少宝贵意见，使我在课题研究中少走了许多弯路。在我课题研究和结项的过程中，重庆市社科联的傅剑秋老师、陈开慧老师、重庆交通大学科技处副处长施丽红教授都给予了耐心指导和帮助，重庆交通大学研究生院的赵倩老师为我的课题查重给予了极大支持。对这些领导和老师的无私帮助，一并表示真诚谢意。

正如前所述，我还要感谢妻子彭文英这几年对我课题研究的大力支持。我在国外学习和工作了三年半时间，不少研究资料没有她在国

内的帮助，就不能顺利进行研究和写作。另外需要说明的是，书中许
多图片来源于影视剧视频截图，作家和导演的图片来源于网络。这些
图片仅用于学术研究，没有任何商业目的。

李红秀

2016 年 3 月